高等教育自学考试教材

鲁 迅 概 论

朱晓进 唐纪如 主编

苏州大学出版社

图书在版编目(CIP)数据

鲁迅概论/朱晓进,唐纪如主编. —苏州:苏州大学出版社,1999.12(2023.7 重印)
ISBN 978-7-81037-613-6

Ⅰ. ①鲁… Ⅱ. ①朱…②唐… Ⅲ. 鲁迅著作 – 研究 – 高等学校 – 教材 Ⅳ. I210.97

中国版本图书馆 CIP 数据核字(1999)第 53200 号

鲁 迅 概 论

朱晓进 唐纪如 主编

责任编辑 徐斯年

苏州大学出版社出版发行
(地址:苏州市十梓街 1 号 邮编:215006)
南通印刷总厂有限公司印装
(地址:通州经济开发区朝霞路 180 号 邮编:226300)

开本 850 mm×1 168 mm 1/32 印张 13.625 字数 340 千
1999 年 12 月第 1 版 2023 年 7 月第 14 次印刷
印数 24661—26160 册
ISBN 978-7-81037-613-6 定价:45.00 元

苏州大学版图书若有印装错误,本社负责调换
苏州大学出版社营销部 电话:0512-67481020
苏州大学出版社网址 http://www.sudapress.com

出版前言

高等教育自学考试是对自学者进行以学历为主的高等教育国家考试,是个人自学、社会助学和国家考试相结合的高等教育形式,是我国社会主义教育的组成部分。

自学考试制度在我省实施十余年来,已先后开考了文、理、工、农、医、法、经济、教育等类七十多个本、专科专业,全省共计三百五十余万人报名参加考试,已有11.4万人取得了毕业证书。这项制度的实施,不仅直接为经济建设与社会发展造就和选拔了众多的合格人才,而且对鼓励自学成才,促进社会风气的好转,提高劳动者的科学文化素质具有非常重要的意义。十多年的实践证明,自学考试既是一种国家考试制度,又是一种教育形式,受到广大考生和社会各界的欢迎,产生了巨大的社会效益,赢得了良好的社会声誉。

自学考试是建立在个人自学基础上的教育形式,而个人自学的基本条件是自学教材。一本好的自学教材不仅可以使自学者"无师自通",而且对于保证自学考试质量具有重要作用。而对于自学者来说,除了要有一本高质量的自学教材外,还需要有一本与之配套的自学指导书,帮助自学者系统地掌握教材的内容,达到举一反三、触类旁通、提高自学效率的目的。

自学教材和自学指导书的建设是高等教育自学考试工作的一项基础建设,为此,我们将有计划、有步骤地组织高等学校业务水平较高、教学经验丰富、熟悉自学考试特点和规律的专家、学者,编写一批体现高等教育自学考试特点的自学教材和自学指导书,以满足社会自学者和自学考试工作的需要。我们相信,随着自学教材和自学指导书的陆续出版,必将对自学考试事业的发展、保证自学考试质量起到积极的促进作用。

编写适合自学的教材和指导书,是一项探索性的工作,需要在实践中不断提高,为使这项有意义的工作能取得事半功倍的效果,希望得到社会各方面更多的关心和支持。

由于作者对自学考试特点了解的深度有限,书中不当之处在所难免,敬请广大读者惠予指正。

江苏省高等教育自学考试委员会办公室
1999年9月

目　　录

第一章　绪论
  第一节　鲁迅对中国现代文化发展的历史贡献 ……… （ 1 ）
  第二节　鲁迅的人格魅力 …………………………………（10）
  第三节　鲁迅的当代意义 …………………………………（27）

第二章　鲁迅的生活道路
  第一节　热忱的爱国主义者 ………………………………（33）
  第二节　激进的革命民主主义者 …………………………（44）
  第三节　英勇的左翼文化旗手 ……………………………（53）

第三章　鲁迅的文化思想
  第一节　鲁迅的文化哲学思想 ……………………………（68）
  第二节　鲁迅的改造国民性思想 …………………………（78）
  第三节　鲁迅的伦理文化观 ………………………………（89）
  第四节　鲁迅的宗教文化观 ………………………………（104）
  第五节　鲁迅的民俗文化观 ………………………………（123）

第四章　鲁迅的文艺观
  第一节　鲁迅的文艺本质论 ………………………………（135）
  第二节　鲁迅的文艺创作论 ………………………………（151）
  第三节　鲁迅的文学文体论 ………………………………（172）
  第四节　鲁迅的文学欣赏论 ………………………………（185）
  第五节　鲁迅的文学批评论 ………………………………（205）

第五章　鲁迅的小说
  第一节　鲁迅小说的文学史地位 …………………………（226）

第二节　《呐喊》、《彷徨》的思想内容 …………… (233)
　　第三节　《呐喊》、《彷徨》的艺术成就 ……………… (255)
　　第四节　《故事新编》……………………………………… (267)
　　第五节　鲁迅小说名篇分析……………………………… (278)
第六章　鲁迅的杂文
　　第一节　鲁迅杂文的文学史地位 ……………………… (300)
　　第二节　鲁迅前期杂文的思想内容 …………………… (308)
　　第三节　鲁迅后期杂文的思想内容 …………………… (316)
　　第四节　鲁迅杂文的艺术成就 ………………………… (326)
第七章　鲁迅的散文
　　第一节　《野草》的文学史地位 ………………………… (335)
　　第二节　《野草》的思想内容 …………………………… (340)
　　第三节　《野草》的艺术成就 …………………………… (351)
　　第四节　《朝花夕拾》…………………………………… (357)
第八章　鲁迅的诗歌
　　第一节　鲁迅诗歌的创作历程 ………………………… (365)
　　第二节　鲁迅诗歌的思想内容 ………………………… (368)
　　第三节　鲁迅诗歌的艺术成就 ………………………… (379)
第九章　鲁迅的学术研究
　　第一节　鲁迅的文学史研究 …………………………… (386)
　　第二节　鲁迅的翻译和古籍整理 ……………………… (395)
　　第三节　鲁迅与语言文字改革 ………………………… (401)
　　第四节　鲁迅与自然科学 ……………………………… (407)

后记

《鲁迅概论》自学考试大纲

第一章 绪 论

第一节 鲁迅对中国现代文化发展的历史贡献

(一)鲁迅的文化史意义

在中国近现代文化发展史上,也许再也找不到一个像鲁迅这样具有代表性的人物了。正如任何一个民族的文化伟人一样,鲁迅作为中华民族的文化精英,必然地具有丰富的典型性和"文化史"的意义。可以说,鲁迅的文化思想道路,较为充分地代表了20世纪初多数文化人所经历的思想历程。诚如早就有人指出过的那样:"鲁迅的道路,典型地反映了20世纪中国优秀知识分子不断追求真理、不断前进的道路,不断地从爱国主义、现实主义走向社会主义、共产主义的道路。"[①] 的确,本世纪初一大批最优秀的知识分子,他们是沿着一条充满了苦闷与追求、彷徨与抉择、前进与倒退的艰难曲折的道路走过来的,他们经受了作为变革时期第一代文化人所必然要经受的痛苦的心灵历程。鲁迅身上具有这一代知识分子所具有的共同特征,研究鲁迅有助于我们了解整整一代文化人。

而且,作为文化现象的鲁迅,其本身所显示的中国新旧文化转换期的一些基本特征,也使得对鲁迅的研究成为把握新旧文化转换期重要标记的有意义的工作。"五四"作为一个文化启蒙运动,

---

[①] 周扬:《坚持鲁迅的文化方向,发扬鲁迅的战斗传统》,《人民日报》1981年9月28日。

是绵延了数千年的中国文化史上的一个伟大的转机,中国现代文化正是从这里开始了破旧立新的重建工程。如同任何一个国家、任何一个文化转换的伟大时代一样,这是一个"需要巨人而且产生了巨人"的时代。鲁迅正是应时代的召唤而产生的、代表中华民族现代文化意识在痛苦中觉醒、促成民族文化转换的一代巨人中的一个杰出的代表。他以其巨大的思想深度和坚毅的探索精神,以其博学多才和非凡的秉赋,无愧地承担起了这个文化转换时代所赋予他的艰难的历史任务。他不仅在总体上代表了"中华民族新文化的方向"[①],而且在各具体文化领域里勇于破旧立新,树起了作为新与旧分野标记的里程碑;同时,鲁迅自身所具有的全部的内在矛盾也无疑在标示着一个特定的文化时代。在多方面地探讨了鲁迅的文化业绩,他在各具体文化领域中破旧立新的成就,以及他主体方面所包蕴的文化内容之后,我们对鲁迅在中国现代文化史上的地位将不会有任何怀疑。

与任何一个文化史上的巨人一样,鲁迅的文化意义绝不仅仅属于他所生活的那个时代,而是属于他以后的时代的。鲁迅站在他那个文化时代可能达到的高度所提出的一些文化的基本命题,仍是当今时代文化革新的主要内容。而且,鲁迅处于文化转折期时所表现出的一些基本文化态度,对于同处于文化转折期的现在,仍有着极具价值的参考意义。正是在这个意义上,我们可以说,鲁迅在中国文化史上的典型意义还在于他对中国文化发展的久远的影响。

(二)对待中外文化传统的基本态度

在鲁迅的一些基本的文化态度中,首先应引起重视的是他对

[①] 毛泽东:《新民主主义论》。

待中外文化的态度。这是任何一个处于新旧文化转换期,并立志促成这种转换的人都无法绕开的一个问题。

鲁迅这一代人都曾被这一问题困扰过。自19世纪40年代开始,西方文化在愈来愈大的规模上撞击着中国的大门。但这种撞击不是中华民族自觉自愿地迎来的(不像中国历史上的盛唐时代,盛唐文化曾在强大的国势之下,气度雍容地接受印度佛教文化的撞击,并通过对外来文化的自觉自愿的融合达到自身的超越),而是在丧权辱国的处境中被迫接受外来文化的撞击的。这一历史的特点在中国人的心灵上投下了浓重的民族危机感和文化危机感的阴影。中国人从"宇宙中心"、"老大帝国"的幻梦中被惊醒了,他们忽然发现,自己时时沉醉于其中的对几千年文化的优越感颇有些值得怀疑,因为在许多文化领域中,中国已远远落后于西方。最先觉醒的知识分子首先表现出了一种对于中国可能面临的亡国灭种的灾难的历史焦灼感,他们起而对民族自身的文化进行严肃的反省。自19世纪末到20世纪初,在一些爱国的仁人志士们的脑中始终萦回着的问题就是:西方强盛、中国落后的原因是什么?中国应该向西方学习什么?什么是根本的民族复兴之道?这些问题集中到文化方面,人们的思考中心则是如何对民族文化进行现代化改造的问题。浓重的文化危机阴影使许多知识分子在思考这些问题时常常走向两种极端,一种是对民族文化彻底失却信心,企冀以西方文化取代中国文化;另一种是缺乏对西方文化汲取、融合的能力和信心,试图以排斥外来文化影响来单方面振兴民族文化。这两种设想基本上都是行不通的。文化系统的形成,根源于特定民族的特定历史过程,文化会随历史的变迁而变迁,但完全以植根于别的区域、别的种族、别的历史过程的文化系统来取而代之,这是根本不可能的。因此,企冀以西方文化完全取代中国文化,其设想有其革命性的一面,但实际上却难以实行。另一方面,中国文化在几千年的发展过程中,形成了一种强大的惰性力,使整个文化系统呈现出超稳定结构状态,如果不借助外力的冲击,要想在其自身找寻根本变革的出路,试图排斥外国文化影响,关起门来单方面地振兴民族文化,其设想也是不可能实现的。在本世纪初的人们对西方文化挑战的种种反应中,鲁迅的态度是值得注意的。鲁迅很早就提出了一种充满进取精神的文化构想:"外之既不后于世界之思潮,内之仍弗失固有之血脉,取今复古,别立新宗。"① 这可以看作鲁迅在本世纪初面对西方文化挑战所采取的总体态度和对民族文化进行现代化改造的基本构想。鲁迅认为,对民族文化固有的血脉,在不失其信心的前提下,应加以辨析、扬弃和选择;对世界文化思潮,则在打破闭关锁国状态的基础上,应以积极的态度去占有、挑选和拿来;在这两条途径的相辅相成的结合中,去创建中华民族的新文化。从这一基本构想出发,形成了贯穿鲁迅一生的中外文化观:对中华民族文化中优化因素(打破了传统文化的整体性结构功能之后)的传承和对外来文化中先进文化因素的"拿来主义"。这里,充分显示出了鲁迅所具有的崇高的情怀和开放的胸襟。鲁迅的这种文化构想在本世纪初有其代表性,正是鲁迅这一代文化人,通过这两条相辅相成的途径,架通了中华民族文化生命与世界文化进步思潮之间的桥梁。

鲁迅在深刻的文化反省中,始终坚持着"全面反传统"的精神,这应该看作他对上述文化构想的合理发展。"全面反传统"在鲁迅那里是一个具有战略性的口号。鲁迅目睹了中华民族两度失去跻身于世界先进行列的机会:一次是戊戌政变失败,失去了走日本明治维新道路的机会;一次是辛亥革命后的政局逆转,失去了走法、美民主共和道路的机会。痛定思痛之后的思考,使他不能不提出这样的问题:为什么社会与文化的进步,对于中国来说竟是如此的

---

① 《坟·文化偏至论》。按本书所引鲁迅著作,均见人民文学出版社1981年版《鲁迅全集》。

艰难曲折？鲁迅深刻地认识到，衰老的国度"正如人体一样，年事老了，废料愈积愈多，组织间又沉积下矿质，使组织变硬，易就于灭亡"①。这种历时数千年的文化沉积，形成了一种可怕的历史惰力，即畸形的民族文化同化力，使得任何先进的东西都或遭到拒绝，或被同化、改变成能适应于维系旧事物生命的东西。这种惰性严重阻碍着中国在世界文化交流中取优补劣。因此，鲁迅觉得，只有在整体格局以及整个体系上的全面反传统，先进的东西才会被真正接受过来，并充分发挥其效能。当然，鲁迅并非看不到中国文化的长处，但在他看来，多讲本国的优点容易使人陶醉，不思改进；而对弱点的批评，则能促人觉醒，激起人们改变现状的热情。鲁迅并不反对在打破传统文化的整体格局之后，对那些局部的、具体的积极性文化因素的传承和汲取。这里，正体现了民族自强精神与民族自我批判精神的高度统一。

站在文化转换的历史关头的人们，都无疑会遇到如何处置本民族传统文化与外来文化的关系的问题。能否正确处理好这种关系，对于能否推动这种文化转换有着极其重要的意义。鲁迅对于中国文化发展的历史贡献，他所取得的诸多文化业绩，在较大程度上正是取决于他的这种对待中外文化关系的正确态度。这种态度对于同样处于文化变革历史关头的当代中国人来说，其借鉴意义是不言自明的。

(三)文化革新的主攻方向

同样值得注意的是鲁迅在诸多文化层次中所选择的文化革新的主攻方向。

就鲁迅那一代知识分子而言，他们基本的历史使命是促进中

---

① 《华盖集·十四年的"读经"》。

国民族文化向现代化的方向转换。但在广阔的文化领域中,这种转换首先应该从哪里开始呢? 在鲁迅之前的一些新派人物中,较为关注的是两个方面,即"物质文化"方面和"制度文化"方面。一部分人认为,西方之所以强盛,乃在于"物质文明"的发达,因此,中国文化的转换,关键也在"物质文化"方面;于是,他们纷纷"竞言武事",热衷于"制造商估"等等(如"洋务运动"的提倡者们,其后出现的"实业救国"论者实亦继承了这一思路)。另一部分人则认为,西方的强盛在于"社会民主政治",因此中国文化的转换,关键是在"制度文化"方面;于是,他们纷纷"以众治为文明",热心于"立宪国会之说"等等(如主张"维新",热心"共和")。然而,鲁迅却提出了与此不同的看法,他明确指出,"欧美之强,……根柢在人",物质文明、民主政治等等,"此特现象之末"。也就是说,鲁迅认为西方强盛之根本在于人自身,在人自身精神文明的高度发达;至于物质文明和民主制度等等,都是在人自身精神文明发达的基础上才得以产生的。如果片面强调物质文化和民主政治,而忽略人的精神文化的发展这个首要因素,则无异于舍本求末。事实也一直在证明着这一点。高度的物质现代化,如果没有具备高度现代化精神文明的人去掌握,就可能产生两种结果,一是现代化物质文明不能充分发挥其效能,二是高度的物质文明为愚昧所用,助长了野蛮、落后与丑恶。至于民主政治,也必须由具有民主意识的人去掌握,否则民主政治终会落入少数人的掌握之中。鲁迅由此得出结论,中国文化的历史性转换的主攻方向,应该是在主体精神文化方面,即应注重人自身的精神文化变革。用鲁迅的话说,"其首在立人,人立而后凡事举;若其道术,乃必尊个性而张精神","国人之自觉至,个性张,沙聚之邦,由是转为人国"[①]。这里所谓"立人",其内容主要是指人的个性意识的自觉和人的精神的张扬。鲁迅极力倡导这

---

① 《坟·文化偏至论》。

种主体精神文化的建设,主要是从两个方面着眼的。第一,鲁迅是从西方文化发展的历程着眼的。西方文化的突转性发展,是始于人的觉醒;西方近代文化与中世纪专制主义文化的根本对立,就在于对人的价值的肯定。正如马克思所说的,封建专制制度的唯一原则就是轻视人类,使人不成其为人;而使人真正摆脱中世纪桎梏的唯一途径,便是"从宣布人本身是人的最高本质这个理论出发的解放"①。如果没有这样的人的解放的运动,没有对主体精神文化建设的高度重视,则很难想象会有后来那样高度发达的"物质文化"和"制度文化"。第二,鲁迅是从中国文化的历史现状着眼的。在有着几千年封建专制文化传统的中国,对于人的价值的贬抑,个性的压制,思想的束缚,远比欧洲历史上的封建国家为甚。基于以上两个方面,人的价值的强调,重视人本身精神文化的建设,这对于冲破中国封建专制主义对人们的精神束缚,对于唤起民族自觉,对于创建一种迥异于封建旧文化的民族新文化,具有特殊的重要性和迫切性。

与倡导主体精神文化建设相联系,鲁迅以极大的精力关注并思考了"改造国民性"这一历史命题。"改造国民性"命题的提出,对清理封建专制文化在社会心理中的历史沉积,促进人的现代化是具有革命性意义的。改造国民性的思想,几乎贯穿了鲁迅的一生,他在对各具体文化领域进行反省时,都一无例外地涉及到了"国民性"问题。诚如我们在本书中将分析到的,在伦理文化批判中,鲁迅挖掘了中国人身上专制主义与奴隶主义根性的文化根源;在谈语言文字问题时,鲁迅也未忘记透过语言现象揭示中国人的落后文化心理;在剖析宗教问题、民俗问题时,也总是与揭示中国人性格中潜隐的落后面相联系。这里值得强调的是,鲁迅在这一问题上所显示出的健康的文化态度:敢于直面现实、正视民族弱

---

① 马克思:《〈黑格尔法哲学批判〉导言》,《马克思恩格斯全集》第1卷,第2页。

点,敢于触及为一般人所忌讳的中国人性格中的隐秘之处。鲁迅改造国民性的思想,在中国文化发展史上可以说是光彩夺目的一页。对于现今的中国来说,鲁迅所揭示的种种国民性弱点中的有些方面也许已成为历史,但鲁迅重视主体精神文化建设的做法,却不能说对今人一无启发。在当前的改革中,我们不也曾陷入改革的主攻方向(诸如生产力水平问题、体制问题、精神文明问题等等)问题的纷争?历史已经比鲁迅的时代更跨进了一步,我们有时间来从容地、更全面地考虑问题,而鲁迅所提供的历史思考,对我们无疑仍是一份宝贵的精神财富。尤其是当我们反复看到一些诸如高度现代化设备引进后产生不了高效率、先进的物质文明在中国却与传统迷信发生嫁接等等社会现象时,我们不能不惊叹于鲁迅将人的现代化作为文化革新主攻方向所具有的文化战略眼光。

(四)对整体文化发展的全局性眼光

在鲁迅的文化态度中,他对文化发展始终坚持采用的"全局性"眼光,也应引起我们的重视。鲁迅在各具体文化领域中对传统文化进行反省时也好,在提出建设性主张时也好,他的出发点都在于整体的中国文化的革新和发展。诚如我们将在本书中分析到的,当他从事艺术活动时,他的考虑并非从纯粹的艺术出发,而是从有助于文化的进步着眼,并不惜为之作出种种自觉的牺牲(例如文艺创作中的"非艺术化"倾向);当他谈论语言问题时,他的思路却不在语言文字本身,而是从文化革新的迫切性出发,喊出了"消灭汉字"的偏激之论;当他涉及伦理文化问题时,他从整体文化进步的需要出发,将传统的伦理道德说得一无是处,等等。这种对于文化的"全局性"眼光,使鲁迅的文化思考真正具有了文化史的价值;离开了文化发展史的尺度,我们往往难以对之作出中肯的评价。人们可以从文学"本体性"的尺度去批评鲁迅的非艺术化倾向,可以从汉语言文字的种种长处去指责鲁迅的偏激,可以从中国家庭所特有的脉脉温情、融融之乐去反驳鲁迅对中国伦理文化的否定,等等;但是,我们却无法否认鲁迅从这些领域出发对中国整体文化的进步所作出的杰出贡献。鲁迅早在《文化偏至论》中就曾对文化的偏至现象作过分析,他指出,在不同的历史阶段,对文化有不同方面、领域的侧重,这种偏至具有不可避免性。其实还不仅如此,从文化发展的历史看,在文化发展的具体阶段上,文化的整体性、全局性的发展,常常会以牺牲一些具体的文化领域为其代价,这也算是一种文化的"偏至"吧! 更何况鲁迅所处的,是一个巨大的文化转折时代呢! 在那个特定的文化发展时期,当鲁迅面临的历史任务与具体文化领域的文化价值之间发生矛盾时,他是顺应历史的要求来作出选择的,他不惜放弃在具体文化领域中可能取得的更高成就(如文学创作),放弃对一些具体文化领域中有价值成分的张扬(如伦理文化、语言文化等),去促进文化的全局性发展和转换。这种"全局性"眼光是真正的"文化"的眼光。死抱住某一具体文化门类的价值不放(如追求"纯艺术"的品位),从单个门类来看不无意义,但在历史所规定的不能两全的情况下,一位思想家在多大程度上具有"全局性"眼光,是决定其思想的文化价值大小的不可忽视的重要因素之一。仅仅从单个文化门类的纯领域价值去评判鲁迅的贡献,则可能忽视了鲁迅的真正的文化意义。

　　鲁迅对于整体文化发展的"全局性"眼光,对当今来说,也并非全无意义。如何正确处理好具体文化领域的价值与整体文化发展的历史任务之间的关系,也许正是当今的文化人所面临的一个难题。那么,鲁迅当年的选择以及做法,最起码是为今人提供了一种参照,总结其功过得失,对今人的借鉴作用是不言而喻的。[1]

---

[1] 本节主要参考朱晓进所著《历史转换期文化启示录》,辽宁教育出版社1992年版。

第二节　鲁迅的人格魅力

(一)文化伟人的成因

鲁迅以他的文化业绩,使自己卓然自列于中国现代文化史上优秀文化人物的最前列。说鲁迅是文化伟人,这只是指出了一个历史事实,关键的问题是,如果我们能研究一下鲁迅之所以成为文化伟人的原因,我们将会有更多的收益。这是一个很有价值的"文化史研究"课题。

鲁迅生活的时代,适逢中国处于翻天覆地变化的阶段,这是一个文化面临着历史性转变的、可以同欧洲文艺复兴媲美的伟大时代。按照恩格斯的说法,一个"人类从来没有经历过的最伟大的、进步的变革时代",必然是一个"需要巨人而且产生了巨人"的时代。鲁迅正是应时代的要求而产生的这样的巨人。可以设想,如果时代尚未发展到这样一个历史的转折关头,那么,鲁迅这样一个士大夫家庭的子弟,也许会沿着历史的古道,或者是走所谓"读书应试"的"正路",或者是走"衰落了的读书人家子弟常走的""学作幕友和商人"这条路。[①] 然而,时代的风云毕竟已经激荡起来了,时代为文人学子们已经或正在提供异于前两条路的别样的路(例如"新学"勃兴,近代科学已经开始惠顾中国,新式学校也在陆续建立等等)。这使鲁迅有可能"走异路,逃异地,去寻求别样的人们"。正是由于这样一个历史的机遇,才使鲁迅能够不断在接受新思想的过程中丰富自己,不断使自己走向成熟,终而至于成为一个文化

---

① 见《集外集·俄文译本〈阿Q正传〉序及著者自叙传略》。

伟人。斯诺曾把鲁迅称作"法国革命时的伏尔泰"和"苏俄的高尔基"①,这个评价是很有见地,而且也很能说明问题的。伏尔泰和高尔基都是在本民族的文化转折时期成为文化巨人的。如果他们早些时诞生或晚些时诞生,他们就不会成为伟人——历史的机遇是产生文化伟人的前提和先决条件。同样,也正是时代造就了鲁迅。

如果从鲁迅开始上私塾感受中国文化算起,直至他逝世,时间的跨度大约是半个世纪。这半个世纪经历了我国近代历史上的三次思想大解放:"戊戌变法运动是思想的第一次解放";辛亥革命是第二次,"辛亥革命通过临时约法,建立起旧民主主义的观念来,知识分子受到影响,广大人民群众也受到影响,在思想解放运动中,这是较广泛较深刻的一次解放";而从第三次即五四新文化革命起步,中国开始进入了伟大的新民主主义革命阶段,"中国人民群众的思想得到根本性的划时代的大解放"②。这三次思想大解放正反映着鲁迅所生活的年代的基本历史主题和时代精神。没有这种历史主题和时代精神,也就没有作为文化伟人的鲁迅。可以作如是假设:如果鲁迅提前半个世纪或更早一些时候诞生,或者在鲁迅一生中没有经历过这三次思想解放,那么可以肯定,鲁迅将会是另外一种面貌。如果不是戊戌运动,鲁迅就不可能接触西方科学文化,不可能接受到对他思想有重大影响的进化论;也不可能决意到日本去,把眼光伸延到中国人过去看不到的另外一种世界。如果没有辛亥革命,就不会促使鲁迅从这一革命的过程和结果中生发出对中国社会的认识,产生对思想启蒙、启发民智重要性的认识。

---

① 埃德加·斯诺:《中国的伏尔泰——一个异邦人的赞辞》,《鲁迅先生纪念集·悼文二集》,上海书店1979年12月据鲁迅先生纪念委员会1937年初版复印本第63页。
② 范文澜:《戊戌变法的历史意义》,《范文澜历史论文选》,中国社会科学出版社1979年版。

如果不是五四新文化运动的逐步崛起,鲁迅大约也还会在旧教育部里继续他寂寞的岁月,完全致力于古籍的整理等等。但事实是,这一切都发生了,时代首先为鲁迅准备了成熟的外部条件。

时代的机遇固然是鲁迅成为文化伟人的重要的决定性因素,但决不是唯一的因素。时代在每个人面前都平等地提供了条件,但并不是每个人都能成为文化伟人的。因此,同样作为重要因素之一的,是个人的天才条件。这里所说的个人天才条件,并不是一般意义上的,而是特指能适应当时社会的需要的天才条件。普列汉诺夫曾就类似的问题发表过见解,他认为历史伟人所具备的天才条件应该比别人所具备的天才条件更适合于当时社会的需要:"如果拿破仑所具备的不是他那种军事才能,而是贝多芬那样的音乐才能,那他当然就会做不成皇帝。"① 当然,即使具备了这种天才条件,也还要同时具有一种将天才条件用于完成时代所赋予的使命的自觉性。每一个时代都有自己特定的历史任务与要求,能够在多大程度上满足历史提出的客观要求,决定着历史人物的价值。只有在最大程度上满足这种要求的人,才能成为历史上的伟人。鲁迅所具备的天才条件恰恰是包含了所有这些内容的。

那么,什么是文化转换时代所需要的天才条件呢?恩格斯曾经指出,一个历史变革的时代,需要的是"在思维能力、热情和性格方面,在多才多艺和学识渊博方面的"巨人②。换一个角度来说,谁在以上几方面富有最优秀的条件,谁就具有了成为伟人的可能。以这样的要求来考察鲁迅,我们会惊奇地发现,在鲁迅身上,恰恰是具备了以上几个方面条件的,而这些个人的天才条件也恰恰构成了鲁迅人格魅力的主要方面。

---

① 《普列汉诺夫哲学著作选集》第2卷,三联书店1984年版,第366-367页。
② 恩格斯:《〈自然辩证法〉导言》,《马克思恩格斯选集》第3卷,第445页。

(二)"多才多艺和学识渊博"

人们常常惊叹"五四"以后的中国第一代文化人在众多领域所取得的许多成就(诸如在文学创作、语言学研究、古文学研究、历史研究等领域的某些方面),居然在很长一段时间内,甚至直到目前,仍然无人能够企及,第二代以后的文化人,在许多方面远不如第一代文化人。这是什么原因呢？在认真考察这种差异性时,我们首先而且明显地能够见到的,在于中西文化的素养方面。鲁迅等第一代文化人(包括周作人、胡适、陈独秀、李大钊、郭沫若、茅盾等等)从青年时代开始,就遭逢中西文化汇流的大好时机,这使他们同时拥有旧学的根柢和新学的根柢,从而能在思想结构、知识结构等方面成为一种全新的类型。这不仅使他们学识的深度、广度能够超越前人,而且使他们有丰厚的实力在五四新文化运动中冲破传统,创立新说。这种学贯中西的机遇,以及自觉地融中西学说于一身的主观努力,并不是任何时代都能具有的。第二代文化人是在五四运动中成长起来而主要成熟于30年代的,这批文化人大多数在五四新文化运动的浪潮中开始接触中西文化,他们中虽有不少人或留洋攻西学,或在国内攻旧学,但常常比较单一,很少在两方面都特别用心;而更多的人则主要是从五四文化传统中间接地接触中西方文化的。加之,30年代以后的政治风云,使历史的、长期的文化改革任务,不时地因一些实际的政治革命(如大革命和30年代的党派激战等)而中断,第二代文化人大多数被卷入政治斗争的旋涡。因此,无论是就中西文化素养还是就文化各领域创造的业绩来说,第二代文化人均不如第一代。第三代主要是指成熟于抗战时期的包括国统区和解放区的文化人。他们之中虽不乏佼佼者,但是总体上的文化素养,较前两代人要低得多。建国以后,科学分工过于细密,使 五四 时期那种学贯中西的"通才"难以产生——虽然在某些具体的单个的方面,取得较大成就的人是那么的众多。目前,我们面临着一个全新的文化历史转折时期,或许我们能期待新一代的学贯中西的文化人的产生?不同时代对人才的要求是不同的,也许我们不应苛求其他的时代,但在"五四"这样一个处于文化转换期的历史时代,要能担当起历史所赋予的任务,恩格斯所说的"多才多艺和学识渊博"是绝对不可或缺的。作为第一代文化人的优秀代表,鲁迅的确具备了深厚的中西文化的素养。从鲁迅一生的经历来看,他最早是从事自然科学学科的学习的,并写有自然科学方面的论文,后来又从事文学和社会科学方面的研究。他所涉猎的领域几乎包容了精神文化的各个方面,他在文学创作、文艺研究、文学史研究、宗教研究、民俗研究、历史研究、古籍整理、语言研究、翻译等众多的领域中都取得过丰硕的成果。鲁迅的知识兴趣是极其广泛的,这从他的阅读和藏书中便可略窥一斑:他的藏书和日常阅读的书籍涉及文学、艺术、历史、哲学、美学、经济学、教育学、法律学、逻辑学、伦理学、心理学、宗教、民俗、医学、农学、生物学、数学、化学、物理学、地质矿物学、天文学、地理学等众多方面。这里,笔者不揣繁琐地列出这些学科,其目的是想说明,鲁迅在文化素养上不断充实自己,从而为自己创造了担当起文化巨人的历史重任的条件。

当然,这种"多才多艺和学识渊博",不仅仅是指文化素养,而且是指文化识见。在第一代文化人中,有好多似乎也具备了一些成为文化巨人的条件和特点,如胡适、周作人等,但他们最终却未能成为文化巨人。就恩格斯所说的"思维能力"和"多才多艺"等方面的条件而言,胡适、周作人等的确也具备了。尤其是周作人,在当时以及其后都有人将他与鲁迅并称为中国近代"深刻的思想家和战士"①。但我们将他们加以比较之后就会发现,在热情和性格

---

① 康嗣群:《周作人先生》,《现代》第4卷第1期,1933年11月1日出版。

方面(这一点将在后面论及),尤其是在文化识见即对"传统文化"和"活着的文化传统"的认识方面,周作人均欠充实、深刻。所以,在周氏兄弟中,历史选择了鲁迅。反对封建文化传统,这是本世纪初文化转换的极其根本而又艰巨的任务,人们经常因为对传统文化的危害认识不足,对反对封建文化这一历史任务的艰巨性认识不足,因而受到历史的嘲弄。周作人作为一个资产阶级人道主义、自由主义的启蒙思想家,曾经与封建旧文化进行过英勇的奋战,曾对促进中华民族的文化觉醒起过积极的作用;但由于对传统文化的巨大惰力以及对很大程度上仍由传统文化起着支配作用的现实社会缺乏清醒的认识,致使他虽以反封建旧文化开始,却终于以摆不脱灵魂深处的封建阴魂并堕落到积极宣扬中国传统文化而告结束。鲁迅则不同,鲁迅作为中国封建社会最后的知识分子,他与封建传统文化实行了最彻底的决裂。这恰恰得力于他对"传统文化"以及"活着的文化传统"有着最深刻、最充分、最清醒的认识。在这个方面,无论是与鲁迅同时代的著名文化人,还是后代的著名文化人,都曾在极其钦佩之余给予高度评价。例如,郭沫若就曾经说过:"从事新文化运动的,在'五四'前后,大抵都是青年,对于国内的现实未能有丰富的经验,其中有部分人是在外国受教育的,更远远地离开了本国的现实。……但如鲁迅则完全不同,在'五四'以前早已把留学生活结束了,二十年中都在国内和现实保持着密切的联系。而且以他的年龄而论,对于生活的经验与批判都比我们充裕而确实,他之所以能够成功决不是偶然的。"[①] 郭沫若的话可说是由衷之言。以郭沫若为代表的前期和后期创造社成员均与鲁迅发生过争论,但使创造社的同仁们佩服的是,鲁迅对于中国现实社会有着深刻认识,因而使他能十分敏锐地挖掘出现实社会中落后文化意识的病根。周扬也曾经说过:"鲁迅除了天才以外,主要

---

① 郭沫若:《今昔蒲剑·"民族形式"商兑》,重庆文学书店1942年版。

的在于他对中国社会的深刻了解。我们'左联'之中包括很多很好的同志,很有名的人,在这一点上是不如他的。""他们谈鲁迅的功劳,一是对社会的了解确实深刻,一是丰富的历史知识,这两条非常厉害。"① 鲁迅对包括中国历史在内的中国传统文化和对造成现实弊端的落后文化意识根源的深刻认识,是他在历次论战、论争中常常立于不败之地的重要原因。而对这些,往往连他的论争对手也十分佩服。由于鲁迅对"中国传统文化"和"活着的文化传统"有着深刻的认识,因此带来了鲁迅一系列的重大而著名的"文化发现"。其中最有代表性的是对中国传统文化"吃人"本质的发现和对活着的文化传统所培育出的"阿Q现象"的发现。鲁迅曾对许寿裳讲过,他是"偶阅《通鉴》,乃悟中国尚是食人民族",因此写成《狂人日记》这篇作品的。他并且指出:"此种发现,关系亦甚大,而知者尚寥寥也。"② 鲁迅在一系列文学作品中均反映了这一发现,如小说《孔乙己》、《白光》、《单四嫂子》、《祝福》等等,以及他的诸多杂文。如果不是对中国传统文化有着非常深刻的认识,很难想象鲁迅会写出这么成功的作品。"阿Q现象"的发现也是如此,如果鲁迅没有超拔的、对于"活着的文化传统"的深刻认识,在中国文学史上也就不会有"阿Q"形象的产生。"阿Q现象"所包含的社会思想内涵是极其广阔的,从这一现象中我们看到了现实生活中仍然起着潜在支配作用的落后文化意识。阿Q的精神胜利法所反映的文化传统的落后面,阿Q的恨洋鬼子等所反映出的盲目排外的文化心态,阿Q的恨尼姑、恨和尚等所反映出的中国人的人生哲学的潜隐意识,还有阿Q的"革命理想"所反映的中国传统文化中的"帝王情结"等等,这些发现都显示出了鲁迅的真知灼见。毫无

---

① 《周扬笑谈历史功过》,《新文学史料》第2辑(人民文学出版社1979年2月出版)。

② 《书信·致许寿裳(1918.8.20)》。

疑问,鲁迅的文学创作中如果缺少了这一系列的"文化发现",鲁迅作为"深刻的文学家"的地位将会大为降低。正是因为鲁迅对"中国传统文化"和"活着的文化传统"有着超出同时代人的深刻的认识,才使他取得了超越时人的文化业绩。

(三)"热情和性格"

恩格斯在谈"巨人"特征时,把"热情和性格"也作为内容之一,这是值得注意的。要成为文化伟人,要在特殊的新旧转换的环境中坚持战斗,没有超常的"热情和性格"是不行的。在鲁迅身上,这种超常的"热情和性格"是非常明显的。毛泽东同志称"鲁迅是在文化战线上,代表全民族的大多数,向着敌人冲锋陷阵的最正确、最勇敢、最坚决、最忠实、最热忱的空前的民族英雄"[①]。这可以说是对鲁迅超常的"热情和性格"的最好概括。在鲁迅身上,这种超常的"热情和性格"通常凝聚在一起,集中体现为韧性的战斗精神和雄伟的人格力量。

鲁迅的韧性战斗精神有多种表现形态,但最富有特色的是他那敢于在无路之中找寻出路的信念、勇气和毅力。鲁迅一生坚信这样一条真理:世界上本没有路,而走的人多了,便成了路。因此,鲁迅从不幻想走一条由别人铺平的舒坦的大道,而是在艰难的跋涉中自寻出路,甚至在绝望之中也仍不停步。鲁迅在《两地书》中曾经讲到,人生有两大难关,一个是歧路(十字路口),一个是穷途(穷途末路)。鲁迅恰恰是在冲破这两大难关而不屈不挠地前进时,显示了一种超常的韧性精神。墨子说过,遇歧路,则"恸哭而返"。鲁迅却不然,他说他自己是既不哭也不返的,不知如何走的时候,就先休息、思考一下,然后选一条似乎可走的路再走下去。

[①] 毛泽东:《新民主主义论》,着重号为笔者所加。

在穷途面前,他也决不绝望,决不后退,而是要在没有路的地方硬踏出路来,用他自己的话说,如果碰上穷途,就偏要在穷途中走一走。正是这种坚韧不拔的精神,才使鲁迅在那样一种社会环境中创造出前所未有的辉煌业绩。鲁迅一生最恨那种"见胜利纷纷而上,见失败纷纷逃亡""作鸟兽散"的投机心理,他曾将此作为国民性弱点的重要方面来批判。直到30年代在《三闲集·铲共大观》中,他还这样说过:"不是正因为黑暗,正因为没有出路,所以要革命的么?倘必须前面贴着'光明'和'出路'的包票,这才雄赳赳地去革命,那就不但不是革命者,简直连投机家都不如了。"固然,看到了某种"光明"的目标,并以此作为自己的精神支柱,从而为接近那个目标而奋斗,这也是一种奋斗精神;但是,鲁迅的奋斗精神却高居于这种精神之上,他是在看不到目标时仍在奋斗,在几乎无望的环境中找寻和创造出希望,这更加需要一种超群的毅力,而所谓"韧"的含义也正是在于此。鲁迅的散文诗《过客》中所表现的,正是鲁迅自己的精神写照,在那"瓦砾场"和"荒凉破败的丛葬"中,展现在过客面前的只是黄昏中的一条似路非路的痕迹,连过客自己也不知道要到哪儿去,他只是凭借着心灵的召唤前行着,尽管前面可能是荒凉的坟场,他自己也已负了伤,但他仍奋然地"向野地里跄跄地闯进去"。当然,鲁迅并非盲目奋斗,鲁迅的韧性还体现在他的奋斗中总是包含着坚实而深沉的理性精神。鲁迅认为,成就任何业绩,均需有"坚实的工作",必须有一种坚实而深沉的理性精神。鲁迅反对"匹夫之勇",他认为面对强敌,如果"没有智,没有勇,而单凭一股'气',实在是非常危险的"。所以,他提出了"打壕堑战"的战略战术,这正是鲁迅智勇结合的、坚实而深沉的理性精神的体现。

至于鲁迅的雄伟人格,则基本可以用毛泽东同志的一句话来概括,即"没有丝毫的奴颜和媚骨"①。鲁迅曾尖锐地批判过部分中国人身上染成的流氓气与奴才气,并且指出,这种人毫无"特操",缺乏起码的人格水平。在许多杂文中,鲁迅都曾讥嘲、抨击过诸如"革命小贩"、"捐班派文人学士"、"文坛登龙术士"、"帮闲文人"等等"无特操的各类文人学士"。这种批判本身也多少折射出了鲁迅自身的伟大人格。鲁迅的人格有时还体现在他的蔑视一切名号、名声和桂冠,摆脱一切名利束缚的言行中。他曾说过这样的话:我不觉得我有名,即使有也毫不想因此做人更加郑重,来维持自己的名声以及别人的信誉。人格的力量常常是成就伟大事业的重要因素之一,尤其是文化事业。勃兰兑斯在《十九世纪文学主流》一书中就曾指出,在文化事业的竞争中,首先被淘汰的是缺乏才能而且为名利所诱的人;其次是缺乏人生所必须的"特殊综合品质"的人。这都与人格有关。鲁迅也讲过类似意思的话,他说:"美术家固然须有精熟的技工,但尤须有进步的思想与高尚的人格。"② 正因为鲁迅对"人格"看重,所以他能在任何情况下保持尊严与纯洁的品性,由无私而无畏。没有这种雄伟的人格的力量,也很难想象鲁迅会成为中国现代史上的文化伟人。

(四)"鲁迅式思维"

鲁迅的独特的思维方式是他成为文化伟人的重要天才条件,也是鲁迅之所以成为鲁迅的一个极其重要的文化特征。探讨和研究鲁迅思维方式的特点,是我们从文化的深层意识来理解他的一个重要方面。

鲁迅作为一个中国人,他的整体思维方式与中国文化精神有

---

① 毛泽东:《新民主主义论》。
② 《热风·随感录四十三》。

着必然的联系,但由于他在自身思维能力的锻炼方面有着高度的自觉性,这使他常常能避免中国人传统思维方式中的非科学性成分,而充分继承了中国人传统思维方式中有利于思想、判断的因素;同时,他又非常注意吸收一些外来的思维方式和方法,从而形成了被称之为"鲁迅式思维"的特点。

第一,"鲁迅式思维"的特点首先体现为思维的开放性。鲁迅善于打破常人固有的习以为常的思维秩序,以一种全新的时空观念来思考问题。人们似乎不难发现,鲁迅写文章(尤其是杂文)善于联想,善于发现处于不同时间与空间的极不相同的事物之间的内在联系,而这种具有广阔性的联想,正是鲁迅的开放性思维特点的显现。

开放性思维是一种建立在现代科学进步基础之上的现代思维,鲁迅也正是在接受近代西方科学思想后才形成这一思维特点的。早在1907年写作《人之历史》一文时,鲁迅就从西方一系列重大科学成就中得到一种启示:"有生无生二界,且日益近接,终不能分,无生物之转有生,是成不易之真理。"[①] 也就是说,近代科学的发展,如细胞学说、生物进化论、关于太阳系起源的星云假说等等,在较大程度上发现了万物之间的内在联系,因而在打破人们封闭的生存空间的同时,也要求着人们思维空间的拓展。开放性思维是伴随着科学的发展而产生的。鲁迅这一思维特点的形成,是与他自觉地接受近代科学思想分不开的。[②]

这种在思维中对固有的单一时空范围的自觉超越,带来了鲁迅思考问题的深刻性。例如,鲁迅特别注意"现在"与"过去"、"现实"与"历史"之间所存在的时间的交叉、渗透、转化等联系,他认为

[①] 《坟·人之历史》。

[②] 参见钱理群:《鲁迅思维方式与中外文化关系的随想》(1986年10月在"鲁迅与中外文化"学术研讨会上宣读的论文)。

"人多是'生命之川'之中的一滴,承着过去,向着未来"①。历史虽已成为过去,但它又总是"指示着将来"②。这种对历史与现实的联系的关注,使鲁迅在思考时常常带有一种深沉的历史感和鲜活的、充满生气的当代性,即对于现实问题的思考、探索常常显示出一种历史的深度,而研究历史问题时又总是紧密地联系着现实。又如,鲁迅特别注意处于不同空间的事物之间的联系:现实世界与非现实世界、生存空间与精神空间、明意识与潜意识、看似相关的与看似不相关的。特别值得提起的,是鲁迅的"两极相合"式的联想。鲁迅思考问题时常把两个对立的事物或对立的方面联系起来分析,使对问题的思考每每能达到惊人的深刻之处。例如,在批判极左派时,鲁迅指出:"连续的向左转,结果碰见了向右转的朋友,那时候彼此点头会意,脸上会要辣辣的。"③ 有时这种"两极相合"简直带有某种荒诞性联想的成分,但恰恰在这种深刻的荒诞性联想中,显示出一种强烈的反差,使事物的本质特点更为真实地显露出来。诸如"才子"与"流氓"的相合,"革命"与"小贩"的相合等等,均已成为人们口口相传的"妙语"。在鲁迅的联想的两端,一端是高贵者及其神圣殿堂,一端却是地上"最不干净的地方",而二者经他一牵连,便以一种最新颖的组合,形成最意想不到的效果:

  文人雅士的小品文"遍满小报的摊子上";/"烟花女子,已经不能在弄堂里拉扯她的生意,只好涂脂抹粉,在夜里鳖到马路上来了。"④

  "民族主义文学"的"发扬踔厉",或"慷慨悲歌"的文章;/"落葬的行列里","用热闹来掩过了这'死'"的"悲哀

---

① 《集外集拾遗·〈十二个〉后记》。
② 《华盖集·忽然想到(四)》。
③ 《伪自由书·透底》。
④ 《南腔北调集·小品文的危机》。

的哭声"和"壮大的军乐"。①

如此等等,不一而足。

第二,"鲁迅式思维"的特点,最主要的是体现为思维的反叛性。鲁迅的思维方法是一种比较典型的反传统性思维、反习惯性思维。这种思维的最重要的表现形式就是"怀疑"。在中国文化人的思维定势中,有一种崇尚经典、崇尚"古已有之"的传统的习性,例如只许"我注六经",不许"六经注我",就是这种习性的集中体现。凡经典的东西不允许怀疑,在任何场合均可直接拿来作为不允驳难的可以代替论点的论据。长此以往,很难产生真正伟大的思想家。因此,对于一个真正的思想家来说,不囿于古人,不轻信表面现象,敢于大胆地怀疑,这是非常重要的。反叛性的"怀疑"方法,在鲁迅的思维方式中具有至关重要的意义。

鲁迅曾多次谈到自己的"多疑"。他说,"我看事情太仔细,一仔细,即多疑虑"。②"我的习性不大好,每不肯相信表面上的事情",常有"疑心"③。鲁迅还指出:关于多疑,"无论那一国人,都指这为可笑的缺点。然而怀疑并不是缺点。"④ 当然,鲁迅这里所说的"多疑"、"怀疑"是作为一种思维方式提出来的,而不是作为一种哲学观、世界观提出来的,因此,这与虚无的、悲观绝望的怀疑主义有着本质的区别。在鲁迅这里,"多疑"、"怀疑"所表明的是思维的周密性,即不肯相信表面观察得出的简单化结论,不肯顺从于"早已有之"的"古训",而努力于对事物矛盾的各个侧面的观察与思考,以求真正把握事物的本质。

鲁迅独特的生活经历,是他坚持"怀疑"式思维方式的重要原

---

① 《二心集·"民族主义文学"的任务和运命》。
② 《两地书·八》。
③ 《两地书·十》。
④ 《且介亭杂文末编·我要骗人》。

因。也就是说,鲁迅的"多疑"不是一种消极的病态,而是来自于他自己的生活经验,来自于他从血的代价中汲取的教训,来自于他对社会事物的最清醒的认识。鲁迅说过,他之所以比别人多疑,是因为事实的教训。他说,由于自己"见过辛亥革命,见过二次革命,见过袁世凯称帝,张勋复辟,看来看去,就看得怀疑起来"[①]。有时,他也曾设想,自己是不是太疑心了,是不是把人和事物看得太坏了,但事实如何呢?当他看到"三一八"惨案中,段祺瑞政府对赤手空拳的学生进行镇压时,他终于确信,对有些人和事,你怎么怀疑也不过头。他说:"我向来是不惮以最坏的恶意,来推测中国人的,然而我还不料,也不信竟会下劣凶残到这地步。"[②] 所以鲁迅一再声称,对任何人和事,"在未有更确的证明之前,我的'疑'是存在的"[③]。

怀疑性思维的运用,使鲁迅对事物的思考达到了惊人的深度。正是从这种怀疑性出发,鲁迅又常常能从人们习以为常、于焉不察的事物中发现问题。他凡事都喜欢问个为什么,他常用的思维表达方式是:"从来如此,便对么?""何尝如此?""也未必然?""为何……""何以……"等等。鲁迅的怀疑式思维不光是表现在凡事问个为什么,更为绝妙的是,他常常采用"正面文章反看法",从反面来推测事物,即鲁迅称之为"推背图"式的思考方法。这种方法在鲁迅那儿的表述方式常常是:传统谈是的,倒可能非,公认的好,倒也许正是坏。鲁迅曾多次谈到:"自称盗贼的无须防,得其反倒是好人;自称正人君子的必须防,得其反则是盗贼。"[④] 又说,看见显着正人君子模样的人物,竟会觉得他也许正是蜘蛛精了。鲁迅说

---

① 《南腔北调集·〈自选集〉自序》。
② 《华盖集续编·记念刘和珍君》。
③ 《华盖集续编·关于〈三藏取经记〉等》。
④ 《而已集·小杂感》。

他自己"对于正面的记载,是不大相信的,往往用一种另外的看法"[1]。例如,北平沦陷前夕,虽然国民党一再声称抗战到底,但鲁迅就是不信,他说:"报上说,北平正在设备防空,我见了并不觉得可靠;但一看见载着古物的南运,却立刻感到古城的危机。"[2] 这种从反面得出的推测,常常被鲁迅"不幸而言中"。这种"正面文章反看法"的方式,正说明鲁迅特别善于窥探、洞察表面现象背后的本质特征,这有时确实有其独特的功效。例如,鲁迅在《由中国女人的脚,推定中国人之非中庸,又由此推定孔夫子有胃病》这篇文章中,就是以这种"正面文章反看法"的"怀疑"性思维方式来说明"中国人之不中庸"的。他认为,由于中国的"圣人"们大呼"中庸"之道两千年,一般人就据此认为,中国人在"古训"之下均有了"中庸"之风。其实不然。"人必有所缺,这才想起他所需";"圣人"们之所以大呼"中庸","正因为大家并不中庸的缘故",否则就没有必要呼吁"中庸"了。这一见解是很深刻的。"正面文章反看法"的方法,对揭示伪君子,其效果尤佳,鲁迅在与"正人君子"们的论战中常能一击而致敌于死地,就是常采用这种方法的结果。例如鲁迅在批判假道学们反对模特儿一事时曾这样说:"要证明中国人的不正经,倒在自以为正经地禁止男女同学,禁止模特儿这件事上。"因为这恰恰证明了那些自以为正经的假道学们的神经兴奋点的所在,这些看见女人赤足也会感奋起来的道学家,自然对模特儿一事更为感奋。这类例子在鲁迅的作品里,真是举不胜举。

总之,无情地怀疑,大胆地重新思考,这确实是鲁迅最为重要的思维特点之一,也是鲁迅在认识和思考问题时达到惊人的深刻之处的重要原因。

第三,鲁迅式思维的特点还表现为在思维中采用的简括、明快

---

[1] 《伪自由书·中国人的生命圈》。
[2] 同[1]。

的判断方式。在鲁迅的思维判断中,很注重对事物的整体特征和本质特征作直截了当的揭示,常常是快刀斩乱麻式地排除偶然性和个别性,以最简括、明快的表达方式作判断式表述。如果说,上面讲的反叛性思维特点是以"疑"为特征的,那么,这里则主要是以"断"为特征。鲁迅在思维方式上是自觉追求"疑"与"断"之互相结合的。他指出:"怀疑并不是缺点。总是疑,而并不下断语,这才是缺点。"① 鲁迅思维中的判断,常常是简洁明快的,绝不拖泥带水,也绝不纠缠于具体现象的细微末节,而是尽快地舍弃次要的东西,直逼本质——突出而集中、迅速而明确地发现并抓住事物的要害部位。尤其是我们在读鲁迅的论战文章时,常常会发现,鲁迅在面对对手洋洋洒洒的宏文大论时,一般并不还以长篇大论,而仅仅用短论杂感、三言两语便击中要害,使对手再无招架之功、还手之力,甚至找不到申辩的余地。这正是鲁迅简括明快的思维判断所特有的威力。鲁迅曾说过,在论战中,"历举对手之语,从头至尾,逐一驳去,虽然犀利,而不沉重";最好的方式是"正对'论敌'之要害,仅以一击给与致命的重伤者"②。

　　鲁迅的简括、明快的判断方式在他的文章中随处可见,例子俯拾皆是,由于这种判断过于赤裸,过于直截了当,以至于有人称鲁迅"尖刻"、"刻毒",甚至骂鲁迅为"刑名师爷"。鲁迅的思维方式与他故乡绍兴的"师爷传统",确实存在着某种继承关系。鲁迅曾谈到,绍兴是出"师爷"的地方,有着师爷传统。基于这一事实,可以推断该地区人们的思维中确有适宜于当师爷的地方。鲁迅曾把"刑名师爷"的判断方式称之为"简括",常用极少的语言就能将事、将物"形容得痛快淋漓"③。鲁迅生在出"师爷"的绍兴,自然不可

---

① 《且介亭杂文末编·我要骗人》。
② 《两地书·十》。
③ 《华盖集续编·不是信》。

能不受这种思维方式的影响。而且,鲁迅还确实研究过"刑名师爷"的一些判断方式。例如,鲁迅常用的"取诨名",就是从那儿学来的。值得注意的是,鲁迅是把"取诨名"作为一种判断的方式来看待的,是借此来丰富自己的思维判断能力的。起"诨名"所表现的"简括"的思维,实质上也就是一种善于透过纷繁复杂的现象,迅速地切入本质,作出简括明确的判断的能力。鲁迅很看重这种判断能力,他说,"假使有谁能起颠扑不破的诨名的罢,那么,他如作评论,一定也是严肃正确的批评家,倘弄创作,一定也是深刻博大的作者。"① 鲁迅自己,不仅经常在文章中不时为一些人和事取诨名,而且他也十分重视这种"诨名"的效果,并且断言,他创造的许多诨名(诸如"叭儿狗"、"洋场恶少"、"奴隶总管"、"革命小贩"等)将会永久"流传"下去。

　　第四,在鲁迅的思维过程中,还常常采用一种由果溯因的反向分析方法。"由果溯因"是一种实践性很强的分析思维方式。在对事物的原因与结果二者的关系进行分析思考时,可以有两条途径,一条是考其因推其果,即先分析事物的原因,并根据原因来步步推导出结果。这是通常的逻辑演绎的分析方法。另一条途径是由其果溯其因,即首先认真考察现已成为事实的结果,然后返观结果形成的过程,考其因由。在这两种途径中,鲁迅更常采用的是后者。尤其是鲁迅在对中国传统文化进行价值评估时,更是经常采用由果溯因的分析方法。鲁迅以中国文化的落后状况这个"果"做为基本出发点,然后去思考形成这种现状的原因。这种"结果",在鲁迅看来,并不是一个理论问题,而是一个实践问题,是一个现实存在的无需验证的事实:中国在各个方面的落后状况在本世纪初已是不言自明的事实。立足于这一"结果",鲁迅再去找寻其形成原因,这样一个分析过程就必然地表现为一果多因的形式。也就是说,

---

① 《且介亭杂文二集·五论"文人相轻"——明术》。

当鲁迅批判造成中国民族落后的文化根源时,就不可能停留于某一具体文化领域,而是涉及几乎所有的领域。正是由果溯因的分析思维方法,才使鲁迅提出必须全面反传统的结论。相反,如果我们采用"由因推果"的方法来分析,也许会得出相反的结论。由某一原因出发,我们可能推出一种结果,也可能推出几种结果。无论是"一因一果"或"一因多果",都难以对传统文化作出准确的价值评估。例如,从儒家思想这"因",我们可以推出它导致中国文化封闭落后这一"果",即使如此,这也只是找出了落后现状的某一方面的根源,而不是全部。而且,从儒家思想这"因"也还可能推出多种"果"——它有导致文化落后封闭的一面,但从某种角度也可推导出它能致使人与人之间达到亲善和睦等等的结论,如现在流行的"新儒学"就是如此。由因推果,从逻辑关系来说是可以言之成理的,但在面对有些事物时,却会失去实际意义,它无法找到现实结果的全部的根源,从而也就无助于改变现实状况。由果溯因是鲁迅反思传统文化的重要分析方法,这在鲁迅那里非常重要,这是鲁迅在评估中国传统文化时之所以比同时代人更深刻、更系统、更整体化的重要思维根源。①

第三节　鲁迅的当代意义

(一)鲁迅文化遗产的真正价值

　　鲁迅研究界曾有一个喊了许多年的口号,即"让研究回到鲁迅自身去"。这个口号是基于研究中对鲁迅自身特征的偏离倾向而提出来的,但要将这个口号变为实践,那么首先遇到的就是这样一

---

① 本节参考朱晓进所著《历史转换期文化启示录》。

个问题:鲁迅自身最有意义、最有价值、最本质的特征是什么?美国人史沫特莱在《论鲁迅》一文中认为,"在所有中国的作家中,他恐怕是最和中国历史、文学和文化错综复杂地连络在一起的人了。"这一评价,是比较符合实际的。中国本世纪初这一特定历史阶段的时代特征,决定了鲁迅这一代文人学者在从事任何事业时都在实际上与时代赋予他们的文化思想启蒙的历史任务难以分离。他们学习、研究、思考、探索的领域常常是超越于某一个具体的部门或领域的范围,显示出博大精深的特点。他们目光所及,几乎渗透到了诸如哲学、历史学、伦理学、宗教学、经济学、社会学、人类学、民俗学、语言学、心理学等等一切的精神文化领域,而且各个方面的交相渗透,在一个人身上,常常是难以相互剥离开来的。因此,仅从任何一个具体领域出发,都无法揭示出他们的真正的全部的意义和价值。

鲁迅的真正的意义、鲁迅遗产的真正价值,正越来越深刻地为人们所认识。随着时代的迁移,鲁迅在中国历史上作为文化思想家的地位日见显著,以至正在取代其作为单一的文学家的地位。虽然毛泽东早在1940年的《新民主主义论》中就指出"鲁迅不但是伟大的文学家,而且是伟大的思想家和伟大的革命家",但对这三个"家"的理解,若仅从鲁迅在这三个具体领域中的贡献出发来分而论之,就会缺少对三者内在统一性的把握。其实,在鲁迅那儿,最初的出发点和最终的目的,都是在于促进中国文化顺利完成发端于本世纪初的伟大的历史性转换,至于他所涉猎较多的三个领域,只是他为完成最终的文化目的而选择的具体的渠道。鲁迅之为革命家,不同于人们通常所理解的从事革命理论的研究、阐述或从事实际的革命运动的那些所谓政治革命家,而是一个致力于文化战线上的斗争的"文化革命"家。由于文化问题与中国本世纪以来的社会变革关系异常密切,所以鲁迅的"文化革命"斗争与实际的社会斗争是相辅相成的;但如果用一般政治革命家、社会革命家的特征来解释鲁迅,则难以把握鲁迅之为"革命家"的独特的方面。同样,鲁迅之为思想家,也不是人们通常所理解的那些专门从事思辨的哲学研究的思想家。如果以"深邃的哲学"、"抽象的思辨"等作为衡量思想家的标准的话,鲁迅绝不是一个典型意义上的思想家。鲁迅比较执着于现实人生,注重对于社会的文明批判,注重对于伦理道德的探索,而这一切正体现出一个文化思想家的特点。至于文学,鲁迅更不是一个纯粹的文学家。他的文学创作的价值并非止于文学自身领域,鲁迅从根本上就是带着一种鲜明的文化目的去从事文学活动的。在鲁迅那里,文学艺术绝不是一个孤立的存在,如果仅把鲁迅的文学艺术活动当作一个封闭的系统来研究,事实上是不可能把握其文学艺术活动的全部意义和价值的。这一点不仅正在得到国内学者越来越充分的肯定,而且在国外,人们也早已认识到了。早在鲁迅逝世时,埃德加·斯诺就曾说过:"我总觉得,鲁迅之于中国,其历史上的重要性更甚于文学上的。"[①]其实,鲁迅在国外受到的关注,常常就是超越纯文学的界限的,外国学者常常是通过鲁迅来了解和分析中国社会和中国文化的。例如,"一个日本人,他可能不了解中国的文学、历史和哲学,可是,他却知道鲁迅的名字。他常常饶有趣味地阅读鲁迅的作品,通过这些作品,他懂得了中国近代文明与文化的意义。"[②] 对于一个中国人来说,当然也是如此,诚如有些学者所说的那样:"不懂得鲁迅,就不懂得中国。"而从鲁迅研究的角度来说,如果不从鲁迅所包蕴的整体性中国文化内涵出发,也许我们就难以理解鲁迅的真正价值。

[①] 埃德加·斯诺:《中国的伏尔泰》。
[②] 严绍望:《日本鲁迅研究名家名作述评》(一),《中国现代文学研究丛刊》1981年第3期。

(二)鲁迅精神和思想对当代的启迪意义

在中国近现代文化发展史上,也许再也找不到一个像鲁迅这样具有代表性的人物了。这不仅是因为鲁迅的文化思想道路较为典型地反映了20世纪初一代文化人所必然经历的充满了苦闷与追求、彷徨与抉择、前进与倒退,不断走向真理、走向进步的苦难的心理历程,而且还因为作为文化现象的鲁迅,其本身就带有新旧文化转换的标记性特征。这对后人研究一个时代的文化思想特点是有着极其重要的意义的。

当然,鲁迅的文化精神与他的文化业绩一道,不仅具有文化史的意义,也有着诸多的现实启迪作用。我们固然不能指望从一个鲁迅身上去获得今天的文化革新所需要的全部文化思想资料,但如果对此视而不见,有意无意地放弃这份可贵的文化思想的遗产,也是十分愚蠢的。

由于我们现在正处于与五四时期相类似的文化变革的历史性转换时期,因此,我们也面临着与五四时期相类似的历史任务,虽然这种类似并非等同,而是在更高意义上的同构。时代特点和历史任务的某种同构性,使五四时期文化先驱们对民族文化的反省以及由此留下的思想资料,对于当今来说显得格外宝贵;而作为五四新文化运动重要代表者的鲁迅对中国文化的深刻反思,尤应引起我们的重视。鲁迅对民族文化的反省和思考,几乎涉及了中国精神文化的一切领域,这种反省和思考为今天的文化革新提供了诸多有益的可供借鉴的东西。当然,这种借鉴既包括对鲁迅精神的"拿来",也包括对鲁迅思想成果的评价中引发出的新的启示。

鲁迅精神首先体现为清醒的现实主义精神。清醒的现实主义的主要特征是从实际出发,面向现实,实事求是,绝不回避矛盾。鲁迅毫不留情地暴露旧社会的黑暗和虚伪,指出其"陷入瞒和骗的大泽中,甚而至于已经自己不觉得","于是无问题,无缺陷,无不平,也就无解决,无改革,无反抗"。他呼吁人们"取下假面,真诚地,深入地,大胆地看取人生"①。正视现实,是进行改革的基础和前提,只有承认矛盾才有可能解决矛盾,因此鲁迅强调"一到不再自欺欺人的时候,也就是到了看见希望的萌芽的时候"②。在强调正视现实的同时,鲁迅还特别重视要努力用行动来改变现实。他指出,"现在的青年最要紧的是'行',不是'言'。"③ 他强调路是人走出来的,"遇见深林,可以辟成平地的,遇见旷野,可以栽种树木的,遇见沙漠,可以开掘井泉的"④。今天,中国人民正在走着一条适合中国国情的、中国式的现代化道路,因而发扬实事求是的清醒的现实主义精神,仍具有十分重要的现实意义。

韧性的战斗精神,这也是鲁迅精神的重要方面。鲁迅的韧性战斗精神的主要特征,一是体现为敢于在无路中找寻出路,在几乎无望的环境中找寻和创造希望,在艰难险阻面前显示出不屈不挠的坚韧毅力;二是体现为反对匹夫之勇,坚持智勇结合的、坚实而深沉的理性精神。今天,中国大地的改革开放已进入攻坚阶段,鲁迅的韧性战斗精神对于现实中的中国人来说,无疑是有着积极的精神导向作用的。

鲁迅精神有着极其丰富的内涵,它还包括诸如"横眉冷对千夫指,俯首甘为孺子牛"的硬骨头精神和自我牺牲的精神,严于解剖自己往往甚于解剖别人的与民族共忏悔的自我批评精神,时时想到中国、想到中国的未来的强烈的爱国主义精神等等内容。这些精神对于每一个中国人来说,都将是一笔取之不尽、用之长久的精

---

① 《坟·论睁了眼看》。
② 《华盖集·补白(一)》。
③ 《华盖集·青年必读书》。
④ 《华盖集·导师》。

神财富。发扬鲁迅精神,对于增强民族自信心与民族自尊心,对于重铸民族精神,对于中华民族的伟大崛起,有着深远的历史意义。

至于鲁迅在各个具体精神文化领域中对民族文化所作的深刻反省,则更是直接为当今的精神文化建设提供了诸多思想资料。鲁迅对中国伦理文化所作的深入而系统的批判以及他所提出的新的伦理道德的设想,鲁迅对宗教文化的深刻分析,鲁迅对民俗文化的探讨,鲁迅对国民性的批判和改造国民性的设想,鲁迅对传统文学的解析,鲁迅对语言文化的透视,鲁迅的文学观念等等,不仅其观点精辟,振聋发聩,而且分析透彻、发人深思。这些都无不从思想观念到思想方法等多个方面给今人以启示。①

---

① 本节参考朱晓进所著《历史转换期文化启示录》和王瑶所著《鲁迅作品论集》(人民文学出版社 1984 年版)。

第二章 鲁迅的生活道路

鲁迅的一生,跨越了中国旧民主主义革命和新民主主义革命两个历史时期,鲁迅的生活道路与此紧紧相连、息息相关。联系中国近代社会发展的进程,根据鲁迅生平思想的实际,我们将鲁迅的生活道路分为三个阶段。

第一节 热忱的爱国主义者

鲁迅,姓周,幼名樟寿,字豫才,于1898年在南京求学时改名树人;"鲁迅"是他1918年发表小说《狂人日记》时起用的笔名,"鲁"取自母姓。

(一)爱国主义思想的起点

鲁迅于1881年9月25日诞生于浙江绍兴。

这是中华民族多灾多难的年代。

1840年,即鲁迅出生前四十年,英帝国主义用鸦片和炮舰打开了清王朝"闭关自守"的大门,迫使清政府与它签订了中国近代史上第一个不平等条约——《中英南京条约》。从此,美、法、俄等十多个资本主义国家蜂拥而上,趁火打劫,短短的数十年间,中国被迫签订了上百个不平等条约,逐渐沦为半殖民地半封建社会,陷入了受人欺凌、任人宰割的悲惨境地。

面对民族的灾难,清朝统治阶级极端腐败,屈膝投降,将国家主权和民族利益进行大拍卖,甚至说中国的江山,"宁赠外邦,不予家奴"。他们在帝国主义面前是"羊",在百姓面前是"兽",对劳动人民进行残酷的剥削和镇压。

广大人民,特别是农民大众日益贫困,急剧破产。他们逐步觉醒,进行自发的反抗斗争,其集中表现就是1851年爆发的轰轰烈烈的太平天国起义。

正是这多灾多难、动荡不定的年代和社会,孕育了鲁迅忧国爱民的思想。

鲁迅的家庭和个人的经历,更是直接地促成他从小就产生了爱国主义思想。

其一,家庭的变故使鲁迅目睹旧社会的腐败,对上层社会产生了极端的憎恶。

鲁迅祖上是个大户人家,但随着时代的变迁,逐渐趋于衰败。到鲁迅出生时,他的家庭是个拥有四五十亩田地的"小康"之家。而在鲁迅幼年时代又发生了两件事,周家从此彻底败落。

第一件事是祖父的牢狱之灾。鲁迅的祖父周福清是清朝进士,在北京任内阁中书。鲁迅13岁时,周福清因科场作弊案先是被判"监斩候",后减为坐牢八年,周家卖田卖地筹款营救,弄得家里"几乎什么也没有了"①。在那个年代,往往一人犯法,满门抄斩。鲁迅与弟弟不得不到舅父家避难,在那里有时被当成"乞食者"。

第二件事是父亲的病。鲁迅的父亲周伯宜,数应乡试而不中,愁居在家。从鲁迅14岁时开始,父亲卧病三年,为给父亲治病,家庭经济状况更是每下愈况。鲁迅后来曾忆及在人们侮蔑的眼光下奔波于当铺与药店之间为父亲当物买药的景况,感慨极深。

在周家从大户到小康、从小康到破产的经历中,鲁迅目睹社会的腐败和混乱,深切感受到世态的炎凉,看穿了士大夫阶层的真面

---

① 《集外集·俄文译本〈阿Q正传〉序及著者自叙传略》。

目,达到"连心肝也似乎有些了然"① 的地步。幼年的鲁迅受到的刺激是非常深切、痛楚的。

其二,鲁迅从小就与农民亲近,和农家孩子建立了深厚的友谊,熟悉农民的生活,并同情他们的不幸。

他的母亲鲁瑞,娘家就在农村(安桥村),略识诗书,思想开明,性格坚韧,鲁迅深受她的影响。每年春天扫墓时,鲁迅常随母亲下乡,与农民、渔民的孩子在一起,犹如闯进了一个广阔的新天地,找到了知心朋友。祖父入狱后,鲁迅又到皇甫庄的舅父家中避难,虽遇到亲眷的冷落,但也感受到农民的热情、纯朴和无私。农民孩子章运水经常随父亲到周家帮工,与鲁迅结下了深厚的友情。这种特殊的经历与感受,对鲁迅的思想和日后的创作产生了很大的影响。

其三,鲁迅从小接触民间艺术,大量阅读"非正统"的书籍,一方面使他了解了中国的历史与社会,接受了文学的熏陶,另一方面则更激起了他对封建礼教的强烈不满。

鲁迅幼年时,照料他的是一位被称之为"长妈妈"的保姆,鲁迅视她为自己的第一位老师。长妈妈不仅常给鲁迅讲故事,而且为他买来了他所心仪的插图本《山海经》。鲁迅自小天性聪明,求知欲强,从祖母、母亲、"长妈妈"那里听到了许多生动的神话和故事,又接触了大量的年画、社戏等民间艺术。他于7岁开蒙,读的第一本书是类似中国通史的启蒙读本《鉴略》。12岁到"三味书屋"读书,塾师寿镜吾是一位方正、博学的老先生。鲁迅在那里不仅读完了《论语》、《孟子》、《周易》、《尔雅》、《唐诗三百首》等古籍经典,而且还在课外阅读了不少笔记、野史、杂集。这些口头的、书本上的历史、故事以及绘画、戏曲、诗文等等,从各个方面(特别是从"非正统"的方面)给鲁迅以丰富的历史知识和社会知识,充实了他的文

---

① 《朝花夕拾·琐记》。

学艺术素养,使他感受到了读书的无限乐趣;同时,读书和思考又使鲁迅更深切地感受到封建礼教的残忍与荒唐。尤其令少年鲁迅反感与憎恶的是类似《二十四孝图》那样的书。这是一本宣扬中国历史上和传说中的二十四个著名孝子事迹的有插图的读物。这些孝子的事迹被渲染得离奇、荒诞,甚至可怖、残忍、不近人情。比如,孝子郭巨家境贫困,为了供养母亲,竟活埋了儿子,鲁迅读后不禁胆颤心惊,心想:如果父亲学了郭巨,埋的不正是我吗?对这种宣扬残忍的封建道德的书籍,鲁迅自小十分憎恶,而且始终耿耿于心。

民族的灾难,家庭的败落,以及因本人特殊经历而深切感受到的社会的冷遇、封建道德的腐朽,都使鲁迅较早地关注民族和祖国的命运,迫切地寻求救国救民的真理。

随着帝国主义的入侵和封建统治的腐败,社会上萌发了资产阶级改良主义思潮,一些地方创办了洋学堂,但却受到封建顽固派的嘲笑。当时的读书人家子弟,读书应试仍是正路,败落后的读书人家子弟则多投奔官僚做幕友或当商人。然而,鲁迅却不然,他决定"走异路,逃导地,去寻求别样的人们"[①]。鲁迅这一行为得到了母亲的支持,1898年5月,他到南京去求学。

(二)爱国主义思想的发展

1898年至1917年的将近二十年间,中国社会更加动荡不定。

中国人民与帝国主义、封建主义的矛盾越发尖锐。1900年爆发了义和团运动,给帝国主义势力以沉重的打击。八国联军疯狂镇压义和团,帝国主义妄图瓜分中国,而清政府几乎成了"洋人的朝廷",于1901年签订了丧权辱国的《辛丑条约》。

[①] 《呐喊·自序》。

这一时期,资产阶级政治思想在中国知识界和开明的士大夫阶层中十分活跃。就在鲁迅到达南京那一年,以康有为、梁启超、谭嗣同等人为代表的资产阶级改良主义势力发起戊戌维新变法。这一政治改良运动失败之后,资产阶级革命势力随之蓬勃兴起。1905年,孙中山领导的同盟会在日本成立,绍兴的资产阶级革命家徐锡麟、秋瑾等十分活跃,著名的资产阶级政治活动家章太炎则在东京极力宣扬种族革命和民主革命。1911年终于爆发辛亥革命,推翻了清王朝的统治。

但是,辛亥革命只赶跑了一个皇帝,剪掉了男人头上的一根辫子,中国半殖民地半封建的社会性质并没有得到根本改变。

在这样的政治、社会背景下,鲁迅的爱国主义思想有了进一步的发展。

在南京,他学习到了新鲜的西方资产阶级的文化和自然科学知识,接受了进化论思想的影响。

1898年5月,鲁迅以"周树人"的名字,进入洋务派创办的江南水师学堂。这里的办学状况颇令鲁迅失望。原有的游泳池因淹死过两个年幼学生而被填平,上面还盖了一座小小的关帝庙;教员不学无术,校长十分保守,而且官气十足。鲁迅感到的是一片"乌烟瘴气"。翌年,他考入江南陆师学堂附设的路矿学堂。这虽然也属洋务派的学堂,但汉文读的仍然是《四书》、《五经》,做的仍是八股文;附设的煤矿情境十分凄凉,矿里积满了水,所挖的煤只够启动抽水机排除矿中积水,几个矿工鬼一样地在那里工作。前一所学堂名为"水师",理应下水,却无水可下;这一所名曰"陆师",不该下水,却偏要下水。这"水"的悲喜剧,无情地暴露了清政府和当时教育界的腐败与无能。

不过,鲁迅在路矿学堂并非一无所获。学校开设了许多介绍自然科学的课程,如格致、地学、算学、金石学、生理学等等;阅览室里还有许多鼓吹变法维新的报刊,特别是梁启超主编的《时务报》,

更是风行一时。鲁迅在这里学到了前所未见的自然科学知识,受到了西方资产阶级民主平等观念的影响,尤其是接受了进化论思想。

进化论是英国生物学家达尔文发现和总结的关于物种起源和发展的学说。其基本观点是:生物界的发展和进化,决定于生存竞争,适者生存,不适者淘汰。这是唯物主义的。

英国的自然科学家赫胥黎所著《进化论与伦理学》一书,一方面介绍达尔文的生物进化论,一方面把这学说用来解释社会生活,认为人类社会的发展同样是生存竞争,强者生存,弱者灭亡。这种观点后来被称为社会达尔文主义,成为替侵略者张目的反动理论。但是,这本书在中国,特别是在鲁迅的思想发展历程中,却起过相当积极的作用。

中国的资产阶级改良主义者严复"译述"了赫胥黎这一著作,把它定名为《天演论》。他联系中国贫穷落后的社会状况,加以发挥,提出"与天争胜"、"自强保种"的口号,以此来激励国人奋发抗争,救亡图存。这在当时有一定的进步意义。

鲁迅在南京读了《天演论》,感到惊喜而新鲜:"哦!原来世界上竟还有个赫胥黎坐在书房里那么想,而且想得那么新鲜。"① 当时先进的中国人接受西方新鲜的社会文化思潮,大多带有自身的思想特点,鲁迅对进化论也是如此。他从爱国主义出发,主要接受进化论的发展与变化的观点。这种思想一旦与他后来的革命民主主义思想结合,便产生了很大的积极作用,使他摆脱了"天不变道亦不变"的思想束缚,反对复古,渴望变革,欢迎革命,对中华民族的前途充满信心;使他在新与旧的斗争中爱憎分明,强调排击旧物,催促新生,寄希望于新的一代。在相当长的一段时间里,进化论成了鲁迅与封建主义战斗的有力的思想武器。当然,进化论的

---

① 《朝花夕拾·琐记》。

局限在鲁迅的前期思想中也有反映。他认为:"新的应当欢天喜地地向前走去,这便是壮,旧的也应该欢天喜地的向前走去,这便是死;各各如此走去,便是进化的路。"① 然而,实际上,社会的新旧势力决不可能如此欢天喜地地交替于历史舞台。进化论不可能正确地解释社会发展的现象和规律,这正是后来鲁迅的进化论思想"轰毁"的主要原因。

1902年1月,鲁迅毕业于路矿学堂。然后,他带着在这里学到的自然科学知识和进化论等思想,怀着强烈的爱国主义情怀,告别祖国,赴日本留学,继续寻求救国救民的真理。

在日本,鲁迅怀着强烈的爱国热情,先是选择了"医学救国"这一人生道路。

鲁迅先在东京弘文学院学日语。当时,汉人男子头上的辫子是民族压迫的象征。随着爱国主义思想的发展,鲁迅对这辫子越来越反感。他一到弘文学院便愤然剪去辫子,并特意照相留念。此刻,鲁迅爱国豪情满怀,写下了《自题小像》一诗:

灵台无计逃神矢,风雨如磐黯故园。
寄意寒星荃不察,我以我血荐轩辕。

"我以我血荐轩辕",这是当时鲁迅爱国主义思想的集中体现,也是鲁迅一生的战斗宣言。

鲁迅怀着这种爱国豪情,在弘文学院学了两年日语。当时他认为,日本是东方向西方学习颇有成效的国家,而日本的民治维新又与西方医学有关。于是在1904年秋季,鲁迅郑重地确立了"医学救国"的美好理想,进了仙台医专。他说:"我的梦很美满,预备卒业回来,救治像我父亲似的被误的病人的疾苦,战争时候便去当军医,一面又促进了国人对维新的信仰。"②

---

① 《热风·四十九》。
② 《呐喊·自序》。

此后不久,发生了这一阶段鲁迅思想历程中最重要的转折——"弃医从文"。这一转折的实质在于标志着青年鲁迅告别改良主义的维新思想,走向资产阶级民主革命的救国之路。

早在弘文学院时,出于对民族和人民前途的关心,鲁迅常与同学许寿裳讨论与"国民性"有关联的三个问题:1)怎样才是最理想的人性? 2)中国国民性最缺乏什么? 3)它的病根何在?"国民性"是鲁迅对中华民族思想、意识、心理的总称。由于当时鲁迅尚未找到先进的思想武器,所以对这些问题百思不得其解。来到仙台医专以后,一位叫藤野严九郎的先生经常为鲁迅订正笔记,殷切地希望鲁迅成为一个出色的医生,这令鲁迅十分感激,终身不忘。但是,藤野先生对鲁迅的这种无私的关怀与帮助,却遭到一些歧视中国的日本学生的冷嘲热讽,甚至写匿名信辱骂鲁迅。鲁迅为此非常气愤。不久,另一件事给了鲁迅更大的刺激。一次他在幻灯片中看到,在日俄战争中,一个中国人给沙皇军队做侦探,被日军捕获砍头示众,而围观的却正是一群中国人;他们的身体都一样的强壮,然而神情却呆钝麻木。那些受军国主义思想熏陶的日本学生看了这种镜头则欢呼"万岁"。这一情景使鲁迅认识到医学并非最紧要的事。"凡是愚弱的国民,即使体格如何健全,如何茁壮,也只能做毫无意义的示众的材料和看客。"他进而认为:"我们的第一要著,是在改变他们的精神,而善于改变精神的是,我那时以为当然要推文艺,于是想提倡文艺运动了。"① 1906年,鲁迅告别敬爱的滕野先生,回到东京。他对好友许寿裳愤愤地说:"我决计要学文艺了。中国的呆子,坏呆子,岂是医学所能治疗的么?"②

这一年夏天,在母亲的安排下,鲁迅回国与朱安女士结婚。由于这是母亲一手包办的没有感情的封建婚姻,所以,不多天鲁迅便

---

① 《呐喊·自序》。
② 许寿裳:《我所认识的鲁迅》,《新苗》月刊第11期(1936年11月16日出版)。

将新娘留给母亲,自己只身回到当时中国资产阶级革命派活动的中心东京。

在东京,他一方面积极参加资产阶级革命派的革命活动,特别是 1908 年直接就学于章太炎先生,在政治观念、学术思想上都深受其影响;另一方面,他潜心阅读大量外国文学作品,提倡文艺,并曾创办刊物,取名《新生》,然因人力财力等原因而流产。从 1907 年开始,鲁迅在河南留学生所办的杂志《河南》上发表文言论文。其中,《人之历史》介绍达尔文的生物进化论;《科学史教篇》介绍欧洲科学技术发展的历史,并从科学哲学的高度深刻总结其经验教训,指出 19 世纪西方物质文明所积累的最宝贵的财富,在于建立了一个认识自然、改造自然、利用自然的科学的思想体系;《文化偏至论》批判了维新派的"近不知中国之情,远复不察欧美之实",提出了立国"首在立人,人立而后凡事举"和"掊物质而张灵明,任个人而排众数"的主张;《摩罗诗力说》介绍和赞扬欧洲文学史上"立意在反抗,指归在动作"的浪漫主义诗人及其作品,呼唤像他们这样的"精神界之战士"在中国早日出现。这些论文体现了鲁迅早期的哲学观、科学观、政治观、社会观和文学观,显示出革命民主主义的鲜明立场。他提出的这些问题和观点具有很强的现实针对性,都关系着中华民族的前途与命运。鲁迅还与周作人翻译了许多俄国和东欧、北欧被压迫民族的文学作品,于 1908 年合编为《域外小说集》二册,1909 年 3 月出版第一册,7 月出版第二册。

鲁迅这一阶段的思想历程终结于资产阶级领导的旧民主主义革命爆发之后。这一革命的发生使他无比兴奋,而其结果又使他大失所望。

鲁迅在日本办杂志、搞翻译都不顺利,同时在日本学习的弟弟周作人与日本夫人结了婚,经济上有求于他,于是,鲁迅于 1909 年 6 月回国,先在杭州两级师范学堂当生物学和化学教员,一年后到绍兴府中学堂任监学,兼任博物学、生理卫生学教员。1911 年 10

月辛亥革命爆发，11月4日杭州新军起义，宣告杭州光复。消息传到绍兴，全城欢腾，鲁迅大为振奋。在一次群众集会上，他被公举为主席，当即提议若干临时办法，例如组织讲演团分赴各地演说，阐明革命意义，鼓动革命情绪等。鲁迅还亲自召集全校师生，手持长刀，到街上游行、讲演、张贴标语。几天后，鲁迅的朋友、光复会的王金发带兵进驻绍兴，成立绍兴军政府，王任军政府都督；鲁迅欣然同意担任山会初级师范学堂的监督（校长），鲁迅的朋友范爱农任监学。1911年冬，鲁迅创作了文言小说《怀旧》，作品描写辛亥革命前夜社会动荡中农村各阶层人物不同的精神面貌和性格特征，初步表现出反封建的精神和讽刺的艺术才能。1911年12月，中华民国临时政府成立，孙中山就任临时大总统。1912年2月，鲁迅应中华民国教育总长蔡元培之邀，到南京教育部任部员。不久，软弱的革命派同意袁世凯在北京就任临时大总统，临时政府迁都北京，鲁迅随教育部迁往北京，任教育部佥事、社会教育司第一科科长，主管图书馆、博物馆、美术馆等业务。总之，资产阶级领导的辛亥革命曾给鲁迅带来了极大希望，他曾对这一革命表现出巨大的热情。

但是，这希望与热情不久即转化为巨大的失望。辛亥革命虽然推翻了统治中国两千多年的封建王朝，然而伴随这种胜利的是资产阶级革命的软弱与妥协。对此，鲁迅早在绍兴时就已亲眼目睹，随着革命形势的发展，他的这种感受越来越深。

首先，鲁迅发现中国的封建势力十分顽固并且狡猾，而中国资产阶级革命党人对他们的打击却软弱无力。赶下台的皇帝被养在故宫，各地的革命政府"内骨里是依旧的，因为还是几个旧乡绅所组织的军政府"[①]，连革命党人秋瑾被杀一案的告密者、绍兴城里的大劣绅章介眉也得到了革命党人王金发的宽恕，让他当上了治

[①]《朝花夕拾·范爱农》。

安科长,以致后来反过来杀了宽恕他的王金发。

其次,鲁迅发现革命党人自身缺乏革命的彻底性,革命成功后很快就腐化倒退了。"在衙门里的人物,穿布衣来的,不上十天也大概换上皮袍子了,天气还并不冷。"① 有的革命党人很快成了搜刮地皮的官僚,王金发在宽恕章介眉一案中就犯有受贿罪。

再次,鲁迅还发现革命党人不去发动群众,以致革命到来时群众对革命全无所知。即使如阿Q式的真心要"革这伙妈妈的命"、决意"投降革命党"的贫困农民,也只能想入非非,认敌为友,最后遭受致命的打击。

总之,辛亥革命最终给鲁迅的不全是兴奋与希望,而是伴随着失望的深深的思考。

由于鲁迅为救国救民而告别故乡,远离祖国,苦苦寻求真理,探索民族解放的道路,一度对资产阶级革命寄予无限的希望,所以,辛亥革命的软弱与不彻底,必然使他感到无比的失望和苦闷。后来他说:"见过辛亥革命,见过二次革命,见过袁世凯称帝,张勋复辟,看来看去,就看得怀疑起来,于是失望,颓唐得很了。"② 当时教育部本来事务不多,职员上班常常喝茶、吸烟、谈天、看报。其时鲁迅住在绍兴会馆,相传院子里的槐树上缢死过一个女人,来客很少。夏夜,蚊子多了,便摇着蒲扇坐在槐树下,从密叶缝里看那一点一点的青天,槐蚕每每落在头颈上,冰冷、冰冷。鲁迅利用这段时间在这里默默地辑校古籍,搜集和研究金石拓本、造像和古砖、古钱等。鲁迅如此沉寂于古代,一方面固然也是研究中国的历史、文化,另一方面主要是不得不以此来填补失望、苦闷的心境。用他自己的说法,是让敏感的思维趋于"麻木"。鲁迅的失望是对资产阶级领导的旧民主主义革命的失望,鲁迅的苦闷是他苦苦寻

---

① 《朝花夕拾·范爱农》。
② 《南腔北调集·〈自选集〉自序》。

求真理而又暂时未能寻得真理的苦闷,鲁迅的沉默是战斗前的沉默。这一切都表明,热忱的爱国主义者鲁迅对中华民族的出路正在作新的探索,鲁迅的思想将要进入一个新的阶段。

第二节　激进的革命民主主义者

(一)发出反帝反封建的呐喊

　　世界在发展,人类在前进。辛亥革命虽然未能改变中国半殖民地半封建的社会性质,却使一批先进的中国人,一些资产阶级、小资产阶级知识分子,对照世界强盛国家成功的经验,认真地总结了中国旧民主主义革命的教训,进一步思考了社会变革与思想启蒙的关系。比如陈独秀就说,要实现真正的资产阶级共和国,必须先将国民脑子里所有反共和的旧思想,一一洗刷干净。为了大力宣传民主主义的思想,1915年9月,他们创办了重要刊物《青年杂志》(第二卷改名为《新青年》,它的第一任主编就是陈独秀),掀起了一场轰轰烈烈的以"民主"与"科学"为旗帜的新文化运动。1917年1月,《新青年》发表胡适的《文学改良刍议》,2月又发表了陈独秀的《文学革命论》,为新文化运动重要组成部分的五四文学革命拉开了序幕。1917年俄国发生十月革命,给中国人民送来了马克思列宁主义,也给方兴未艾的新文化运动输入了新的思想。从1919年5月4日起,北京爱国学生游行示威,抗议巴黎和会承认日本接管德国侵占我国山东所获各种特权的无理决定,要求"外争国权,内惩国贼",至6月3日,运动扩大到全国各个阶层。这便是划时代的彻底地反帝反封建的五四运动,它标志着中国旧民主主义革命向新民主主义革命的转化。

　　鲁迅是思想十分沉稳的人,何况辛亥革命又给了他如此深刻的教训,所以,面对这时代的大潮,起初他并未立即作出反响,思想上还不无疑虑。他的朋友、《新青年》编辑部的成员钱玄同前来劝他不要再抄那些古碑,应当加入他们的战线。鲁迅说:"假如一间铁屋子,是绝无窗户而万难破毁的,里面有许多熟睡的人们,不久都要闷死了,然而是从昏睡入死灭,并不感到就死的悲哀。现在你大嚷起来,惊起了较为清醒的几个人,使这不幸的少数者来受无可挽救的临终的苦楚,你倒以为对得起他们么?"[1] 然而,经钱玄同的劝说,鲁迅终于答应"听将令",写文章投入这场新的文化和文学的革命运动,并参与《新青年》编辑部的工作。正是由于鲁迅超常地冷静、沉稳,经过深思熟虑,所以一旦行动起来,便表现出超常的威力与决心。1918年5月,他在《新青年》上以"鲁迅"为笔名,发表了第一篇白话小说《狂人日记》,通过主人公狂人的嘴向世人大声疾呼:中国几千年的封建制度和封建礼教是"吃人"的!从此,鲁迅便"一发而不可收",在"民主"与"科学"这两面旗帜下,在文化战线上,不断地发出反帝反封建的战斗呐喊。

第一,鲁迅创作了大量的小说、杂文,集中体现了反帝反封建的"五四"时代精神,卓越地显示了文学革命的实绩。

继《狂人日记》以后,鲁迅发表了《孔乙己》、《药》等十多篇小说,特别是1921-1922年创作、发表的《阿Q正传》,堪称中国现代小说的典范,属于世界级的小说杰作。1923年8月,鲁迅出版了第一个小说集《呐喊》。"五四"高潮过后,鲁迅又创作了《祝福》、《在酒楼上》、《孤独者》、《伤逝》等小说,结集为《彷徨》,于1926年8月出版,比之《呐喊》,虽然由于时代的原因而减少了战斗意气,但技巧更为纯熟,思路更无拘束。

除了小说,鲁迅还在《新青年》的"随感录"专栏及后来的其他刊物上发表了许多杂文,如《我之节烈观》、《我们现在怎样做父亲》

---

[1] 《呐喊·自序》。

等,就当时的许多社会热点,如妇女问题、青年问题、家庭问题、文学革命问题等等,尖锐地批判了传统的封建社会与"文明",有力地推动了新文化运动和文学革命。后来,杂文成了鲁迅展开文化批判的主要武器,成为中国现代文学史、思想史上的宝贵财富。

第二,鲁迅积极参加对封建复古派的思想斗争,痛打新文化运动的"拦路虎"。

五四新文化运动对封建文化发动了猛烈的进攻,五四文学革命反对旧文学、提倡新文学,必然受到封建复古派的反对。比如1919年以林纾为代表的"国粹派",1921年以南京东南大学吴宓主编的《学衡》杂志为中心的"学衡派",1925年以章士钊主编的《甲寅》杂志为中心的"甲寅派"等等,他们都曾与新文化运动的倡导者展开论争。鲁迅在这些论争中总是一马当先,以杂文为武器,揭露对方复古论调的实质与危害,为新文化运动和文学革命扫清障碍。

第三,在爱国群众反帝反封建军阀的斗争中,鲁迅全力支持爱国学生的正义斗争,捍卫新文化统一战线思想上的纯洁性。

青年不仅是五四运动的主力军,而且是后来历次社会事件中十分活跃的进步力量,所以,如何对待青年便成了当时十分敏感的问题。《新青年》原就是在"民主"与"科学"这两面旗帜下反封建的联合战斗的团体,1918年初,李大钊、鲁迅等参加编委会,形成了由共产主义知识分子、小资产阶级知识分子和资产阶级知识分子组成的新文化统一战线。随着斗争的深入与发展,统一战线内部在一些问题上的分歧逐步暴露。这种分歧的焦点之一便是如何对待青年学生的爱国热情和行动。早在"五四"高潮中,面对日益扩大的马克思主义的传播,资产阶级知识分子胡适就"看不过,忍不住了",提出"多研究些问题,少谈些主义",并建议宣传马克思主义的《新青年》发表宣言"不谈政治",否则"停办"。1921年7月中国共产党成立,从此由青年参加的反帝爱国运动日益高涨。1923年,胡适提倡"整理国故",号召青年静心读书,要让青年认识到"被马克思、列宁、斯大林牵着鼻子走,也算不得好汉"。对此,鲁迅针锋相对,旗帜鲜明。他说:"现在《新青年》的趋势是倾向于分裂的,不容易勉强调和统一"①,至于"发表新宣言说明不谈政治,我却以为不必"②。报社请他开列青年必读书目,鲁迅愤激地反对青年读古书,因为"现在的青年最紧要的是'行',不是'言'"③。

到了20年代中期,这种分歧更为激烈。1924年12月,在胡适支持下,陈西滢、徐志摩、唐有壬等创办《现代评论》杂志,形成了"现代评论派"。他们尽管不满于军阀混战和政治腐败,但在一些重大的社会事件中却表现出资产阶级自由主义的倾向。1925年,鲁迅任教的北京女子师范大学爆发了进步学生反对阻挠她们爱国行动的校长杨荫榆的"女师大事件"。同年5月,上海爆发了学生及各界群众抗议上海日本纱厂资本家枪杀工人罢工领袖、共产党员顾正红的"五卅"运动,遭到英帝国主义的残酷镇压;北京和全国各地纷起响应。1926年3月,北京群众抗议日本帝国主义的军舰掩护奉军,炮击大沽口,抗议八个帝国主义国家无理要求撤除国民军在津沽防线的最后通牒,抗议段祺瑞屈从它们这些要求的卖国行径;段祺瑞执政府下令镇压,47名请愿者牺牲,其中就有女师大的学生刘和珍和杨德群,这便是震惊全国的"三一八"惨案。在这些重大的社会事件中,鲁迅都坚决站在爱国青年一边。他参加学生集会,发表演说,支持女师大学生另择校址坚持学习;教育部当局为此而非法免除鲁迅在教育部的职务,鲁迅在许寿裳等朋友的声援下向平政院提出控告获胜,恢复了职务;鲁迅还撰写许多杂文,愤怒揭露帝国主义、段祺瑞执政府的罪行,剖析、批评"现代评

---

① 1920年12月写在胡适给《新青年》的信上的一条意见,见《中国现代出版史料》甲编,中华书局1955年版。
② 《书信·致胡适(1921.1.3)》。
③ 《华盖集·青年必读书》。

论派""正人君子"的自由主义。1921年1月,鲁迅发表著名杂文《论"费厄泼赖"应该缓行》,提出"打落水狗"的革命口号。在《无花的蔷薇之二》中,他称1926年的3月18日是"民国以来最黑暗的一天",表示"血债必须以同物偿还"。在《记念刘和珍君》中,他高度赞扬死者的斗争精神和牺牲意义。在这一系列事件中,鲁迅与女师大学生会干事许广平共同战斗,结下了深厚的友谊,进而由师生之谊逐步转化为深深的恋情。

第四,鲁迅带领文学同仁和文学青年创办新文学杂志,组织新文学社团,扩大了新文学的阵地,壮大了新文学的作家队伍。

新文学社团的兴起是五四文学革命深入发展的重要标志。1921年率先成立的文学研究会和创造社分别代表了我国新文学史上最重要的两个文学流派——现实主义和浪漫主义。其后,文学社团如雨后春笋般地不断出现。鲁迅为扩大新文学阵地,壮大作家队伍,积极带领一批文学同仁和文学青年组织文学社团,取得了引人瞩目的成绩。1924年成立语丝社,创办《语丝》杂志,主要成员有鲁迅、周作人、钱玄同、林语堂、孙伏园、川岛等,鲁迅被称为"语丝派"的主将。《语丝》多发表杂文、小品、随笔,形成了生动、泼辣、幽默的"语丝文体",对中国现代散文的发展作出了重要贡献。1925年成立的莽原社和未名社,鲁迅是发起人和领导者。莽原社主要成员除了鲁迅外,还有高长虹、向培良、荆有麟、韦素园等,该社还创办了《莽原》杂志。《莽原》提倡社会批评和文明批评,与《语丝》站在一条战线,向旧势力、旧文明发起攻击。鲁迅的著名杂文《灯下漫笔》、《论"费厄泼赖"应该缓行》及回忆散文《朝花夕拾》各篇均发表于此。未名社成员除鲁迅外,还有韦素园、李霁野、台静农、韦丛芜、曹靖华。这是一个着重翻译和介绍外国文学尤其是俄罗斯文学的团体。未名社出版《未名月刊》,另曾印行专收翻译作品的《未名丛刊》和专收创作的《未名新集》。语丝社、莽原社、未名社在文学思想上都接近于文学研究会,是我国现代文学史上现实主义文学流派的重要方面军。

由于鲁迅在反对北洋军阀的斗争中态度鲜明,影响很大,因而遭到段祺瑞执政府的通辑,活动受到很大的限制,家人和朋友也劝他暂时躲避为妥,所以他于1926年8月26日携许广平离京南下。至上海,两人暂时分手,许广平去广州,鲁迅到厦门大学,约定两年后再汇合一起。鲁迅在厦门大学任文科教授,教学之余,继续撰写在北京已经开始动笔的一组散文,后来收入《朝花夕拾》。为应教学需要,他还编定了《汉文学史纲要》的前十篇。他支持厦门和厦大的青年成立文艺社团"泱泱社"和"鼓浪社",出版文学刊物《波艇》和《鼓浪》。此时,以广州为基地的北伐军节节胜利,第一次国内革命战争的形势振奋人心。鲁迅向往南方的革命形势,正好广州中山大学邀请他去任教,更何况那里还有他心爱的许广平,于是,鲁迅提前于1927年1月18日到达广州,任中山大学文学系主任兼教务主任。鲁迅到达广州,受到广大青年的热烈欢迎,中国共产党两广区委书记陈延年专门布置中山大学学生、中共广东区学委副书记毕磊和中山大学学生、中共中山大学总支书记徐文雅等负责欢迎鲁迅的工作,并帮助鲁迅及时了解当时、当地情况,经常保持与鲁迅的联系。鲁迅在这里开始了他新的生活。

总之,自1917年"五四"前夕到1927年上半年北伐战争大革命失败这十年中,鲁迅在"五四"精神的感召下"一发而不可收",坚持反帝反封建的战斗呐喊,继而又受到一系列群众反帝爱国斗争和大革命形势的鼓舞,越战越烈。这是鲁迅这十年战斗生活的主流。

(二)在彷徨中求索

然而,生活并非单色调,人的思想也决非直线发展。这十年间,鲁迅除了受到时代的召唤,鼓舞,增添前进的力量之外,现实也有令他失望的一面,他的思想也有矛盾和彷徨。就鲁迅本人来说,由于他的哲学思想基本上是进化论,对社会生活中许多复杂的、曲折的现象难以解释清楚,看得明白。特别是"五四"高潮退潮以后,原来步调似乎统一的战线不断出现矛盾以至分化,"有的高升,有的退隐,有的前进",那么,"新的战友在哪里呢"[①]? 他不清楚。当时党领导的工农革命运动正在蓬勃兴起,这给鲁迅以鼓舞;但是,鲁迅直接接触的毕竟主要是青年学生,他尚未充分意识到自己从事的活动与全国工农斗争的关系,所以难免有孤立无援的感觉。在这种情况下,他对自己原来信奉的进化论也产生了怀疑,然而又尚未确立新的思想体系,这也加深了他的苦闷。

这种彷徨、苦闷的心情尤其表现于 1924 年至 1926 年这段时间。1926 年 8 月,他将写于前两年的 11 篇小说结集,题名《彷徨》,扉页上引有屈原《离骚》的诗句:"路漫漫其修远兮,吾将上下而求索。"1933 年他曾写《题〈彷徨〉》一诗,可以视为对于上述题句的阐释:

寂寞新文苑,平安旧战场。
两间余一卒,荷戟独彷徨。

这首诗十分形象地表达了鲁迅当年复杂的心境。在这里我们看到"五四"高潮过后,新文学的园地一片寂寞,无声无息,偌大的空间只剩下一个孤单单的战士,肩荷长戟,来回彷徨。

鲁迅这种苦闷、彷徨的情绪,在写于《彷徨》同时期的散文诗《野草》里也表现得相当充分,其中有不少篇章表现了"在沙漠里走来走去"的孤独心情。

但是,鲁迅这种孤独与彷徨并非消极,从某种角度说,正是由于鲁迅渴望积极进取,才有这种独特的孤独、彷徨的感受。"路漫漫其修远兮",结论是"吾将上下而求索";"两间余一卒",无疑彷徨

---

① 《南腔北调集·〈自选集〉自序》。

而孤独,但是,诗人仍然是"荷戟"的战士,渴望着新的队伍和新的战斗。《野草·过客》中的过客对自己的来路去路都不甚了然,但是却坚定地向前走,不管前边是坟还是有许多野百合、野蔷薇,他反正要不停地向前走。

正由于鲁迅的孤独、彷徨并不是消极的,所以,他在孤独、彷徨中不断地"求索",其结果是对许多问题都有了新的认识。

第一,他对各社会阶层在中国革命中作用的认识更为清楚了。如前所述,鲁迅一度寄希望于资产阶级革命派,但是,辛亥革命的结果却令他大失所望,五四新文化运动中资产阶级知识分子的种种表现更使鲁迅深思而失望。所以,他这时期写的小说和杂文从许多方面批判了资产阶级革命的软弱和不彻底。早在南京求学时,鲁迅就信奉进化论,总以为青年必胜于老年,直到"五四"前后,他对当时特别活跃的青年群体仍然抱有极大的希望,所以给以全力支持。可是,20年代中期青年群体复杂的状况使他另有所悟。他在《导师》一文中说:"青年又何能一概而论?有醒着的,有睡着的,有昏着的,有躺着的,有玩着的,此外还多。但是,自然也有要前进的。"与此同时,鲁迅对工农大众有了更深的信任。他在《写在〈坟〉后面》中说:"世界却正由愚人造成;聪明人决不能支持世界。"

第二,他对中国革命道路与方式的理解逐步明朗了。从"医学救国"到"弃医从文",反映了鲁迅对中国革命道路和方式的苦苦思考与选择。五四运动中,他反对胡适鼓吹的"一点一滴的改良",主张旧中国这辆"破车"不配"扶",不如"翻后再抬";他反对"在瓦砾堆上修补老例",主张"创造这中国历史上未曾有过的第三样时代"。但是,通过什么方式与途径实现这一目标呢?鲁迅并不十分清楚。1925年至1926间一系列血淋淋的事实使鲁迅十分痛心。面对青年学生无谓的牺牲,他语重心长地指出,不能再搞徒手的请愿,应当做"别样的工作"。1925年他在后来收入《两地书》中的一封致许广平的信里进一步说:"无论如何,总要改革才好。但是改革最快的还是火与剑,孙中山奔波一世,而中国还是如此,最大原因还在他没有党军,因此不能不迁就有武力的别人。"

第三,他对自己的思想状况更为了解了。鲁迅是个清醒的现实主义者,不仅对客观世界,而且对主观的自我,都有十分清醒的剖析。"五四"以来,严峻、复杂的现实生活时时在检验着每一个人。鲁迅在坚持与黑暗现实进行斗争的同时,又不时地解剖着自己。1924年9月24日他在致李秉中的信中坦诚地说:"我自己总觉得我的灵魂里有毒气和鬼气,我极憎恶他,想除去他,而不能。"1926年秋冬之交,他把前一时期的部分杂文收编成集。他一方面充分意识到这些匕首、投枪般的杂文的战斗力量,另一方面又深深感到这是并非成熟的"果实",他将集子题为《坟》,既意味着纪念,也意味着埋藏过去。他在《后记》中无情地解剖自己,说"我就怕我未熟的果实偏偏毒死了偏爱我的果实的人"。

我们从以上介绍的鲁迅思想状况可以看到,1924年至1926年间,鲁迅对进化论已不再坚信不疑,而是产生了怀疑与动摇,出现了有意无意地以阶级论与辩证法取代进化论的趋势。正由于此,再加上中国共产党的组织的有益的工作,鲁迅抵达广州不久,便对当地乃至全国严峻、复杂的革命形势作出了深刻的、独到的判断,他敏锐地觉察到革命的背后潜伏着反革命的危机。才到广州一周,鲁迅就在中山大学学生欢迎会上谈了自己对广州的感受:因为听说广东很革命,赤化了,所以决心到广州来看看,来到后果然满街都是红标语,但仔细一看,那些标语都是用白粉写在红布上的,红中夹白,有点可怕!在3月24日写的《黄花节的杂感》中,他肯定革命先驱的精神与血肉培育出了幸福的"花果",同时指出"但需警惕有人赏玩,攀折这花,摘食这果实"。尤其令人惊叹的是,在蒋介石叛变革命,下令进行"四一二"反革命大屠杀的前两天,鲁迅写下了《庆祝沪宁克复的那一边》这篇光辉的杂文,表现出对复杂斗争形势惊人的洞察力。当时北伐军节节胜利,3月21日和3月24

日,先后占领了沪、宁两个大城市,形势一片大好,人们陶醉于庆祝、讴歌之中。然而,篡夺了北伐军领导大权的蒋介石,此刻正在积极策划反革命政变;一些反动军阀和政客也纷纷南下,混入革命阵营;共产党内机会主义路线的代表人物陈独秀认敌为友,对蒋妥协,反对工农夺取政权。鲁迅透过胜利的表面,清醒地看到了潜伏在背后的逆流——反革命者的工作也正在默默地进行。鲁迅还引用列宁的话语作为自己立论的依据,再次强调对"落水狗"非打不可的主张;告诫人们千万要提高革命警惕,防止投机分子钻进革命队伍;号召人们要"永远进击",将革命进行到底。这一切表明,鲁迅已经开始有意识地运用马列主义作为自己观察问题、分析问题的思想指南,标志着鲁迅的思想开始了新的飞跃。

第三节　英勇的左翼文化旗手

(一)面对严峻现实的理性升华

不出鲁迅所料,1927年4月12日,混在大革命阵营中的最大投机者、国民党右派的总头目蒋介石在上海发动了反革命政变,大肆屠杀共产党人和革命群众。4月15日,广州也开始了空前大屠杀。这一天,仅中山大学就有四十多名学生被捕,代表中国共产党组织与鲁迅联系的毕磊不久壮烈牺牲。当天下午,鲁迅参加各科主任会议,会上他义愤填膺,提议校方出面营救学生,由于公开响应者廖廖而未获通过。21日,鲁迅愤然辞去中山大学一切职务。鲁迅怀着沉重的心情在此滞留大约半年之后,于同年10月转赴上海,与许广平同居,开始了他作为英勇的左翼文化旗手的光辉战斗生活。

我们完全有理由将给鲁迅以极大震动的"四一二"反革命政变

作为鲁迅成为马克思主义者、左翼文化英勇旗手的起点，但是，这并不等于说，在这之前鲁迅全无马克思主义的观点。事实上，正如我们前面所说，在这之前鲁迅已经具备了不少明显超越爱国主义、革命民主主义范畴的思想与观点。这也不等于说，在"四一二"之后鲁迅便一下子成为一个成熟的马克思主义者；而且即便在成为成熟的马克思主义者以后，鲁迅对任何问题的看法也并非都属于马克思主义的。我们强调这一番意思无非是想说明，"四一二"反革命政变以后，鲁迅基本上成为马克思主义者。经过大约一两年的反思、总结、学习，他的思想观念得到了纯化与升华，大约到1929年上半年，作为马克思主义者的鲁迅，相对地达到了成熟的境界。

是什么因素促使鲁迅完成思想上的根本转变并趋向相对成熟的呢？

首先，触目惊心的血的事实使鲁迅轰毁了进化论，确立了阶级论。在"女师大事件"、"五卅"惨案和"三一八"惨案中，已有刘和珍、杨德群等青年的鲜血给鲁迅以深刻的刺激，而"四一二"、"四一五"大屠杀更使鲁迅无比震惊和愤怒，受到了前所未有的教育。鲁迅说他从来没见过这般杀人的，称这是一场"血的游戏"。在离开广州前夕所写的《答有恒先生》一文中，鲁迅怀着沉重的心情谈了自己的感受。他说："我恐怖了。而且这种恐怖，我觉得从来没有经验过。"必须指出的是，这"恐怖"，并非指被"血的游戏"所吓倒，而是包含着对自己以往的思想、观念，经过无情解剖，发现严重弊端与错误以后的惊讶和自悔。他说："我的一种妄想破灭了。我至今为止，时时有一种乐观，以为压迫，杀戮青年的，大概是老人。这种老人渐渐死去，中国总可比较地有生气。现在我知道不然了，杀戮青年的，似乎倒大概是青年"。鲁迅进一步检讨了自己这种观念所造成的可怕的后果："我曾经说过：中国历来是排着吃人的筵宴，有吃的，有被吃的。被吃的也曾吃人，正吃的也会被吃。但我现在发现了,我自己也帮助着排筵宴。"鲁迅表示今后一定要以新的思想为武器,进行更为切实有效的战斗。他说:"总而言之,现在倘再发那些四平八稳的'救救孩子'似的议论,连我自己听去,也觉得空空洞洞了。"

其次,鲁迅系统地学习和掌握了马克思主义,使自己的信念、思想在理论上趋于完备并实现升华。在这以前,鲁迅早就接触、学习过马克思主义,这对他调整自己对世界的认识起过积极的作用;1927年4月写的《庆祝沪宁克复的那一边》一文还直接引用列宁的文字作为自己立论的依据。鲁迅到上海不久,即1928年1月,创造社、太阳社根据大革命失败以后形势的需要正式提倡无产阶级革命文学,由于种种原因,他们错误地将鲁迅、茅盾等作为无产阶级革命文学的主要障碍大加讨伐,于是,他们与鲁迅、茅盾等作家之间发生了关于革命文学的论争。革命文学的倡导者对鲁迅及其作品大加曲解与攻击,他们自己的理论则暴露出诸多违背马克思主义的错误,鲁迅据理与之论争。创造社、太阳社成员大多是共产党员,在论争中习惯于运用马克思主义词句,但实际上他们又并非成熟的马克思主义者,不可能正确运用马克思主义来解释中国无产阶级革命文学。针对这种状况,鲁迅必须努力正确运用马克思主义来确立自己的观点,批评对方非马克思主义的观点。这一过程使鲁迅受到了深刻的理论教育,使他以往初步学到的马克思主义观点得以系统化,使他在"血的游戏"中受到的感触得以理性化。事后他曾说:"我有一件事要感谢创造社的,是他们'挤'我看了几种科学底文艺论,明白了先前的文学史家们说了一大堆,还是纠缠不清的疑问。并且因此译了一本蒲力汉诺夫的《艺术论》,以救正我——还因我而及别人——的只信进化论的偏颇。"据熟悉鲁迅当时思想状况的杨霁云回忆,鲁迅曾对他说:马克思主义是最明快的哲学,许多以前认为纠缠不清的问题,用马克思主义的观点一看就明白了。

总之,血写的事实,系统的理论研讨,终于使鲁迅实现了从革命民主主义者向马克思主义者的飞跃。资产阶级领导的辛亥革命的失败曾使鲁迅深感矛盾与苦恼,"五四"高潮过后新文化统一战线的分化曾使鲁迅陷于彷徨与孤独,然而,"四一二"、"四一五"这样他从未见过的大屠杀却并没有给鲁迅的思想发展带来丝毫的消极作用。可见,经过几十年社会动荡的风风雨雨,鲁迅确实成熟了。所以,这场"血的游戏"过后,鲁迅的心情虽然是沉重的,但是他很镇静、踏实,对自己的过去看得比任何时候都清楚,对自己的未来满怀信心。这时,对于中国社会的各个阶级,他明确地"以为惟新兴的无产者才有将来"[①]。在他生命的最后十年中,他青少年时期就已形成的爱国热情,中年时期怀抱的激进的革命民主主义思想,在新的历史条件下得到最大限度的发展,实现了质的升华。

(二)在白色恐怖中呼啸着前进

这十年间,尤其是1929年下半年以后,作为马克思主义者的鲁迅,在政治斗争和民族矛盾中总是牢牢地站稳革命立场,勇于斗争,毫无顾忌,乃至毫不顾惜宝贵的生命。

鲁迅从广州"四一五"大屠杀起直到他生命的最后一刻,一再揭露国民党右派背叛革命和推行法西斯统治的罪行。在辞去中山大学一切职务以后滞留在广州的日子里,他写了《〈野草〉题辞》、《可恶罪》、《怎样写(夜记之一)》、《小杂感》等文章,以或明或暗的手法,揭露了国民党右派屠伯们以"花言巧语"掩饰杀人罪行的伎俩,称他们是一群怀疑狂和杀人狂。30年代,蒋介石强化法西斯统治,加紧对左翼文化人士的迫害,特别是1931年1月17日,柔石、殷夫、胡也频、冯铿、李伟森五位左联革命作家及其他共产党员

---

① 《二心集·序》。

在上海东方旅社参加秘密会议被捕,鲁迅受牵连而举家移居避难。得悉2月7日夜或8日晨柔石等五位作家及另外18名革命者共23人惨遭秘密枪杀,鲁迅在极度悲愤中作诗《惯于长夜过春时》:

> 惯于长夜过春时,挈妇将雏鬓有丝。
> 梦里依稀慈母泪,城头变幻大王旗。
> 忍看朋辈成新鬼,怒向刀丛觅小诗。
> 吟罢低眉无写处,月光如水照缁衣。

为了纪念烈士,鲁迅与冯雪峰合编了秘密发行的左联机关刊物《前哨》——"纪念战死者专号",并写了题为《中国无产阶级革命文学和前驱的血》的悼文,愤怒控诉国民党反动派的屠伯们杀戮革命作家的罪行,热情讴歌无产阶级革命文学在腥风血雨中诞生。鲁迅还应史沫特莱之约,为美国《新群众》杂志作《黑暗中国的文艺界的现状》,将国民党当局的暴行公之于世界舆论。史沫特莱读后担心文章发表后可能会使鲁迅的处境更加危险。鲁迅激愤地说:"这几句话,是必须说的。拿去发表就是。"左联五烈士被害两周年之际,鲁迅又写了《为了忘却的记念》,再次赞扬先烈的高贵品质,声讨反动派欠下的这笔巨大的血债。

30年代,日本帝国主义发动了对中国的武装侵略,国民党反动派对外消极抵抗,对内积极反共,发动了一次次的反革命军事"围剿"。对此,鲁迅写了《"友邦惊诧"论》、《战略关系》、《文章与题目》、《中国人的生命圈》、《以夷制夷》》等杂文,对中外反动势力的阴谋作了深刻的揭露和剖析。

在与反动派的斗争中,鲁迅和许多共产党人结下了深厚的战斗友谊。他与柔石等左联五烈士的深情厚谊前已述及。1932年7月,陈赓将军从革命根据地到上海养伤,鲁迅两次邀他到家中长谈,对陈赓同志介绍的红军战斗情况、根据地人民的生活十分关心,曾有意以此为素材,创作一部反映红军战斗业绩的中篇小说,后来因为资料不熟悉,无亲身体验,担心写不好而未动笔。鲁迅与中共领袖瞿秋白的战斗友谊更为感人。政治上的共同信念,文学上的一致爱好,使他们一见面就互相视为知己。1932年11月至1933年7月,瞿秋白三次到鲁迅家中避难,此外还曾多次相聚。他们志趣相投,共同讨论和切磋创作、翻译、杂感、文学史、文艺大众化等问题,瞿秋白还用鲁迅的笔名撰写了多篇出色的杂文,风格颇为相似,鲁迅将其收入自己的杂文集。瞿秋白编选了一本《鲁迅杂感选集》,并为之写了长篇序言。这篇《〈鲁迅杂感选集〉序》在现代文学史上第一次用马克思主义的观点对鲁迅杂文的意义以及鲁迅思想的发展道路作了全面、系统的分析。鲁迅曾将清代道光年间何臻的一副对联书赠瞿秋白:"人生得一知己足矣,斯世当以同怀视之。"1935年6月,瞿秋白在福建长汀罗汉岭前英勇就义,鲁迅万分悲痛,为了哀悼这位殉难的知己,他全面负责编辑、校对、装帧瞿秋白的翻译遗著,并将这部译稿定名为《海上述林》。鲁迅与中共党员方志敏烈士虽然未曾见面,但他们之间的友情却永远被人传颂。方志敏临刑前,出于对鲁迅深深的信任,将自己绝密的手稿托人冒险送给鲁迅,请他设法转交给党中央。这批文稿中就有《可爱的中国》这部杰出的作品。

鲁迅还参加了多个由中国共产党发起组织的反帝反战、争取民主自由的群众团体,如革命互济会、中国自由运动同盟、中国民权保障同盟和反帝反战同盟,积极参与这些团体发起组织的反对蒋介石独裁统治和帝国主义侵略暴行的活动。特别是中国民权保障同盟,蒋介石将其视为眼中钉。该同盟的领导人宋庆龄、蔡元培、鲁迅等都是国际声望很高的知名人士,国民党当局不敢贸然下手,于是,同盟总干事杨杏佛(杨铨)成了他们首要的谋害目标。1933年6月18日,杨杏佛被特务暗杀。20日,杨杏佛入殓仪式在万国殡仪馆举行。国民党特务四处散布谣言,声称还要暗杀蔡元培和鲁迅。但是,鲁迅毫无惧色,置生死于度外,毅然前往送殓。为表示随时都可作出牺牲的决心,他出门时连钥匙也不带。杨杏佛被害事件惊动了国内外不少关心、惦念鲁迅的朋友,他们纷纷来信问候。鲁迅的回信充满乐观精神和战斗到底的决心。他在给一位日本朋友的信中说:"只要我还活着,我总要拿起笔来对付他们的手枪的。"①

对于30年代日本帝国主义的武装侵略,鲁迅一方面撰文揭露其帝国主义面目和野心,一方面坚决拥护中国共产党团结抗日的政策,歌颂党领导的民众抗日斗争。1936年初,中国工农红军东征获得胜利,鲁迅闻讯,立即致函表示祝贺,信中说:"在你们身上寄托着人类的光荣和幸福的未来。"同年12月,中国共产党在陕北瓦窑堡举行中央政治局会议,制定了建立抗日民族统一战线的策略。1936年4月,党中央派冯雪峰到上海,其主要任务之一便是贯彻瓦窑堡会议的精神。冯雪峰向鲁迅介绍了中国共产党提出的抗日民族统一战线方针以后,鲁迅便消除了原有的一些疑虑(主要是担心中共在与国民党合作时吃亏),表示坚决拥护。当时,托派分子陈仲山写信给鲁迅,挑拨鲁迅与中国共产党的关系,鲁迅愤然写了《答托洛斯基派的信》,公开表示自己的政治态度,高度赞扬"毛泽东先生们"团结抗日的理论,宣称:"那切切实实,足踏在地上,为着现在中国人的生存而流血奋斗者,我得引为同志,是自以为光荣的。"尽管由于工作性质,决定了鲁迅是一个文化人,但是,我们从以上一系列充满政治斗争和民族矛盾的事件中可以清楚地看到,鲁迅始终显示出革命者的本色,在思想文化战线上作出了巨大的政治贡献。

这十年间,鲁迅在文化战线上继承、发扬了五四新文化运动和文学革命的精神,在新的历史条件下,以马克思主义为思想武器,在文化领域的许多方面作出了杰出的贡献。这些贡献面宽、量大,而且由于鲁迅始终处在左翼文化阵营的中心位置,所以其影响举

---

① 《书信集·致山本初枝(1933.6.25)》。

足轻重,意义深远。

第一,鲁迅赞同中国共产党的意见,参与筹建"中国左翼作家联盟",并为"左联"的健康成长而不断对之纠偏反正。

创造社、太阳社和鲁迅经过1928年关于革命文学的论争,双方都意识到在反对帝国主义和蒋介石独裁统治、建立适应新形势的革命文学等原则问题上,他们的方向与愿望是一致的,同时中国共产党江苏省委宣传部负责人李富春、中共中央文化工作委员会书记潘汉年出面找有关人员做工作,希望双方及其影响下的进步作家联合起来,成立一个革命的文艺团体即"中国左翼作家联盟"。中国共产党充分肯定鲁迅及其作品的意义,也十分尊重鲁迅的意见,甚至连将要成立的文艺团体的名称中用不用"左翼"这两个字也请鲁迅裁定。对此主张,鲁迅欣然赞成,并且成为"左联"重要的筹备人和发起人。1930年3月2日,"中国左翼作家联盟"在上海正式成立。它在白色恐怖中艰难地生存,战斗了六个年头,对中国左翼文学的产生和成长发挥了决定性的作用,鲁迅在"左联"中虽然并未担任具体领导职务,但他却始终是"左联"的坚强核心。

由于当时中国共产党内出现了"左"倾机会主义路线,同时国际无产阶级文学运动中也存在"左"的倾向,在此影响下,"左联"在有关团体的性质、左翼文学的理论、创作方向及批评原则等问题的认识上,曾出现一些"左"的偏颇。鲁迅一向冷静而踏实,从"左联"成立之日起,就对这些"左"的理论与行为及时加以提醒并进行批评,起到了纠偏反正的作用。"左联"的理论纲领,口号激烈,论断简单,文风别扭,实质上是一种"左"的表现。鲁迅在"左联"成立大会上作了题为《对于左翼作家联盟的意见》的演讲,一针见血地指出,"左翼"作家其实是很容易成为"右翼"作家的。鲁迅对这种蜕变的原因及防范措施作了中肯的论述和分析。通篇讲话切中左翼作家的思想实际,及时,真切,深刻,一语道破,语重心长,对"左联"的理论纲领作了十分重要的补充和纠偏。在左翼作家参与政治活动问题上,鲁迅一向反对不切实际的做法。当时有人要求左翼作家散发传单、张贴标语,参加飞行集会、示威游行等很不安全的政治活动。针对这种做法,1932年11月鲁迅在北平几个左翼文化团体的集会上强调:作家用笔才是主要的战斗方式。会上,鲁迅还针对某些左翼作家创作中公式化、概念化的倾向,提出作家必须熟悉工农,不应当把工人写得像流氓,一开口就粗鲁地骂几句"他妈的",以为这就是无产阶级。这种"左"的现象在"左联"发动的文学争论中也有所表现。1932年"左联"机关刊物之一《文学月报》第4期发表了署名芸生的一首长诗《汉奸的供状》。长诗批判张扬"文艺自由论"的胡秋原,充满了"辱骂"与"恐吓"。鲁迅十分敏感,意识到这种"左"的文风在《文学月报》乃至左翼作家中有一定的代表性。鲁迅及时地指出:"辱骂与恐吓决不是战斗"。尽管"左联"这种"左"的倾向未能彻底肃清,尽管鲁迅本人在某些问题上也并非绝对未受到"左"的影响,但是,从总的倾向上看,鲁迅主观上是一向反"左"的。在"左"的影响较为普遍的情况下,鲁迅这些意见与做法实为难能可贵,功不可没。

第二,鲁迅坚持文艺战线的思想斗争,为左翼文艺的发展扫清道路。

新文学从"五四"前夕诞生的时候起就面临着斗争,不过当时的反对者主要来自封建复古派以及从新文学统一战线中分化出去的一些势力,显得比较单纯。新文学进入第二个十年,文学革命从主要反对封建文学发展到提倡无产阶级的革命文学,随着文学运动性质的转化,遇到的反对者便更多,更为复杂了,既有配合国民党反动派推行反革命文化"围剿"的政治上的敌对文艺"别动队",又有政治上虽然不敌对但在文学观念上与左翼文艺存在很大差距的形形色色的文学派别。尽管派别繁多,性质复杂,鲁迅总是以马克思主义为思想武器,准确识别,及时作出反应,常有一针见血、一锤定音之威力。

"左联"成立不久,1930年6月,上海滩上突然冒出一个人称"民族主义文学"的文学派别。它的主要成员是国民党反动派的党、政、军官员以及少数国民党文人,如潘公展、朱应鹏、范争波、王平陵、黄震遐等。他们创办《前锋周报》与《前锋月刊》,发表《民族主义文艺运动宣言》及其他文章,鼓吹"文艺的最高意义,就是民族主义",妄图用民族意识来抵制阶级意识,而他们的所谓"民族意识"实质上是维护国民党反动派的法西斯主义统治。黄震遐还创作了《陇海线上》、《黄人之血》等拙劣的作品,宣扬这些反动主张。这一文艺派别实质上是国民党的"党治文学",是对中国共产党及革命人民实行反革命文化"围剿"的一支文艺别动队。对此鲁迅一目了然。出于对国民党反动派法西斯统治的愤怒,他写了《"民族主义文学"的任务和运命》等文章,深刻而形象地揭示了他们的反动实质。

无产阶级文学的兴起,必然遭到代表不同阶级意识的文学流派的反对。1928年3月,创造社、太阳社倡导无产阶级革命文学的旗帜刚刚举起,资产阶级知识分子梁实秋等就迫不及待地创办《新月》月刊,形成了以梁实秋为代表的资产阶级文艺团体"新月派"。梁实秋以《新月》为阵地发表了《文学是有阶级性的吗?》、《论鲁迅先生的"硬译"》等文章,鼓吹抽象的"人性论"。梁实秋公然宣称资产是文明的基础,反对资产阶级便是反对文明,无产阶级本来并没有阶级观念,只是几个过于富有同情心而又"态度偏激的领袖",把阶级观念传授给他们,他们才不安于低劣的地位。他认为,文学艺术应当表现最基本的人性,而不应该"把阶级的束缚加在文学上面"。在《"硬译"与"文学的阶级性"》等文中,鲁迅抓住人在阶级社会里必然不可能超脱阶级性这一马克思主义的基本观点,指出文学的阶级性是客观存在的。尽管鲁迅称梁实秋是"丧家的"、"资本家的乏走狗"有失"宽厚",但经鲁迅批判,"新月派"所代表的资产阶级文艺观的实质却昭然若揭了。

面对激烈的矛盾与斗争,常常会出现一些中间状态者,希望在夹缝中寻求自由。正当左翼文艺与"新月派"分别代表无产阶级文艺观与资产阶级文艺观展开论争时,1931年有以胡秋原为代表的"自由人"、1932年有以苏汶(杜衡)为代表的"第三种人",他们既不满国民党政权的黑暗与腐败,参与揭露"民族主义文学"政治上的反动性,又反对左翼文艺坚持的无产阶级倾向,宣扬"文艺自由论"。鲁迅写了《论"第三种人"》、《又论"第三种人"》等文,指出在阶级社会里,想当超阶级、"非政治"、"为艺术而艺术"的绝对的"自由人"与"第三种人",是不现实的。

第三,鲁迅继续创作大量的文学作品,发展了"五四"文学的成果,成为左翼战斗文学的光辉典范。

这期间,尽管由于鲁迅始终处在各种矛盾的中心,斗争的形势需要他不断地、及时地作出反应,不可能有宁静的心境创作更多的小说,但是,在取材于历史、神话、传说故事的创作方面却仍有五篇新作,其中《理水》塑造了"中国脊梁"式的人物大禹,寄托着作者对中国共产党人的歌颂、赞美之情。这五篇作品与前期的三篇合在一起,形成了一种完整的、被鲁迅自己题之为"故事新编"的独特文体,丰富了鲁迅乃至中国现代文学的文体宝库。

这十年中,鲁迅创作的精力主要集中在杂文。这是时代的需要。不只数量远远超过了前期,而且内容极为广泛,有人称之为百科全书。我们前面所说的鲁迅在政治斗争、民族矛盾中的许多战斗业绩,以及他在文化战线上的其他贡献,几乎无不体现在他的杂文创作之中。这一方面的巨大成果与贡献,在有关章节将作专题讨论。

第四,鲁迅还致力于翻译、介绍马克思主义文艺论著和苏俄等国家的进步文学作品,为左翼文学的发展"窃得火来",提供借鉴。

早在1928年与创造社、太阳社关于革命文学的论争中,鲁迅就迫切希望系统学习马克思主义文艺理论,但当时中国这类翻译著作很少,于是,鲁迅自己翻译了苏联的《文艺政策》(苏联早期文艺政策的文件汇编),卢那察尔斯基的《艺术论》、《文艺与批评》,普列汉诺夫的《艺术论》等,并对这些论著加以科学的评述。比如,他按照列宁的观点,精当地评价了普列汉诺夫及其著作《艺术论》。鲁迅一方面批评了普列汉诺夫政治上的动摇,一方面又肯定、赞扬了他的美学理论。鲁迅的翻译与介绍有着明确的目的,既为自己,亦为他人。他说:"人往往以神话中的 Prometheus 比革命者,以为窃火给人,虽遭天帝之虐待不悔,其博大坚忍正相同。但我从别国里窃得火来,本意却在煮自己的肉的,以为倘能味道较好,庶几在咬嚼者那一面也得到较多的好处,我也不枉费了身躯"[①]。鲁迅对待外国文学遗产持辩证唯物主义和历史唯物主义的观点,采取"拿来主义"的态度。主张先"拿来",然而必须加以"挑选"、"辨别","没有拿来,文艺不能自成为新文艺"[②]。鲁迅还亲自翻译了苏联法捷耶夫的小说《毁灭》、俄国果戈里的小说《死魂灵》,重译了高尔基的《俄罗斯的童话》等,还为《浮士德与城》、《铁流》、《静静的顿河》等苏联作品的中译本撰写后记。

第五,鲁迅为壮大左翼作家队伍而继续热心扶植青年作家、艺术家。

鲁迅在《对于左翼作家联盟的意见》中就提出了"左联""应当造出大群新战士"。鲁迅身体力行,在百忙中十分关心青年作家的成长,亲自为许多青年作家向报刊、出版单位推荐其作品,给他们的作品撰写序言与评论。东北青年作家萧军、萧红与鲁迅素不相识,他们在创作长篇小说《八月的乡村》和《生死场》时,为了求得指教与帮助而写信给鲁迅,于是,鲁迅与他们成为亲密的朋友。鲁迅介绍青年作家叶紫与他们相识,成为他们初到上海时的向导与生

---

① 《二心集·"硬译"与"文学的阶级性"》。
② 《且介亭杂文·拿来主义》。

活顾问。鲁迅将萧红的《生死场》推荐给生活书店,将《生死场》与萧军的《八月的乡村》、叶紫的《丰收》一起编入特意为他们创设的"奴隶丛书",鲁迅还为之分别写了序,这就是著名的《萧红作〈生死场〉序》、《田军作〈八月的乡村〉序》、《叶紫作〈丰收〉序》。鲁迅在这些序中高度赞扬这些作品独特的意义。此外,鲁迅还撰写了《徐懋庸作〈打杂集〉序》、《白莽作〈孩儿塔〉序》等。鲁迅自幼喜爱绘画和传统木刻,为了给我国的现代艺术提供借鉴,鲁迅提倡输入西方木刻艺术,使之与中国传统结合,并亲自筹办讲习会,展览会,出版木刻集,培养出了中国第一代新兴木刻家的队伍,其影响直至当代。他还给许多中外绘画、木刻的选本撰写小引、附记等。

第六,鲁迅再次响应中国共产党的召唤,自觉地加入文艺界抗日统一战线,并为这一战线的建立,从理论上、组织上作出贡献。

为了适应团结抗日的总形势,1936年春,中国共产党在上海文艺界的基层组织根据第三国际中共代表王明的指令,决定解散"左联",着手筹建文艺界联合抗日的团体,负责人周扬等人提出了"国防文学"的口号,作为文艺界统一战线的口号。由于倡导者对这口号的解释尚欠周密与完备,由于鲁迅开初尚未得知中共已提出建立统一战线的策略,以至对这一口号的性质、意义的理解存在某些偏差,也由于左翼文艺界内部特别是鲁迅与周扬等人早已存在某些矛盾与隔阂,鲁迅不赞成"国防文学"的口号。待到1936年4月下旬中共特派员冯雪峰向鲁迅介绍了中国共产党当前建立抗日民族统一战线策略的精神后,鲁迅即表示无条件地加入这条战线。但是,为了弥补"国防文学"口号的"不明了"之处,他与冯雪峰、胡风一起商定,提出了"民族革命战争的大众文学"的口号。于是,上海左翼文艺界内部发生了一场很不愉快的关于"两个口号"的论争。尽管学术界对论争双方的是非曲直的评价时有分歧,尽管双方在理论上和做法上都确实存在某些不周与欠妥之处,但有一点却是肯定的,那就是双方毫无疑问都是拥护中国共产党提出的建立抗日民族统一战线的政策,并希望文艺界也能适应总形势而团结抗日的。当时鲁迅重病在身,但他积极思考,由冯雪峰代笔,经自己审定,发表了《论现在我们的文学运动》、《答徐懋庸并关于抗日统一战线问题》等文,对文艺界的联合抗日提出了许多中肯的意见。大敌当前,鲁迅怀着对中华民族深深的爱,出于对中国共产党及其策略的深信无疑,顾全大局,终于与论争对方以及其他许多代表不同政治态度、不同文学派别的作家携手,联名发表了《文艺界同人为团结御侮与言论自由宣言》。这标志着文艺界抗日统一战线的初步形成。

总之,鲁迅在他生命的最后十年里,在文化战线上为中华民族的彻底解放而英勇奋战,无愧为左翼文学英勇的旗手。

鲁迅晚年患有肺病,1936年5月病情日渐加重。一位外国肺病专家为鲁迅诊断后十分惊讶地说,倘若是欧洲人,像这样的病人早在五年之前就死掉了。许多友人十分关心鲁迅的病情,特别是宋庆龄,专门为此给鲁迅写信,语重心长地恳请鲁迅以革命的名义珍重和爱护自己的生命:"我恳求你立即入医院医治!因为你延迟一天,便是说你的生命增加了一天的危险!!你的生命,并不是你个人的,而是属于中国和中国革命的!!!为了中国和革命的前途,你有保存、珍重你身体的必要,因为中国需要你,革命需要你!!!"[①] 但是,鲁迅一直坚持紧张的斗争,坚持完成了他一生中最后的大量的工作。1936年10月19日凌晨,一代文化伟人鲁迅与世长辞。

鲁迅的逝世震动了整个中华民族,全国各界人士自发沉痛悼念这位文化伟人。在鲁迅的棺木上覆盖着一面神圣洁白的旗帜,上面写着"民族魂"这三个黑色大字,它郑重宣示:鲁迅的一生卓越地体现了我们中华民族的优秀品质和崇高精神,鲁迅是我们中华

---

① 宋庆龄:《促鲁迅先生就医信》,《宇宙风》第50期(1937年11月1日出版)。

民族的象征。鲁迅的名字永远铭刻在中国人的心上,鲁迅的精神永远鼓舞我们前进。

郁达夫在为悼念鲁迅而写的《忆鲁迅》中说:

> 没有伟大的人物出现的民族,是世界上最可怜的生物群;有了伟大的人物,而不知拥护、爱戴、崇仰的国家,是没有希望的奴隶之邦。

鲁迅是中华民族的伟人,我们应当永远拥护他,爱戴他,崇仰他,学习和发扬鲁迅精神,使中华民族以更令人瞩目的姿态屹立于世界民族之林。

鲁迅一生给我们留下了 800 多万字的著作,包括小说、杂文、散文、散文诗、诗歌等,其中文学创作约 170 万字,学术论著和有关古籍的辑录、考订、整理约 80 万字,另有翻译、书信、日记等。这些著译是中华民族巨大的文化财富,也是我们研究鲁迅的主要依据。

第三章 鲁迅的文化思想

第一节 鲁迅的文化哲学思想

鲁迅对民族文化的反省几乎涉及中国精神文化的一切领域。从表面上看,鲁迅常常是就某个具体的文化现象发表见解,但在这些看似零散的见解背后却隐藏着一个属于形而上的评判标准的体系,我们把这个体系称之为鲁迅的"文化哲学思想"。这个体系主要包括鲁迅文化反省的价值依据、鲁迅的文化发展观以及属于方法论范畴的文化反省方法特性这三方面的内容。

(一)文化反省的价值依据

民族文化的觉醒首先应该是人的觉醒,而作为民族文化进步准则的,也只能是对人的价值的认识。鲁迅从一开始就紧紧抓住了"重视人"这个根本,并以此来确立自己对民族文化进行反省的价值依据。鲁迅认为,中国传统哲学的"天人合一"命题虽然似乎也涉及到人,但这一命题的导向却在于"人和于天",即不是为了张扬人性,鼓励人"与天争胜",而是要人"矫治"自身,"修养"自身,以"唯上"、"唯他"作为行为尺度。这种思想影响了中国文化,使中国文化在很大程度上表现为一种丧失主体性、缺少创造性、罕有生气的文化。鲁迅认为,对于人的价值的否定,恰恰是中国文化落后的一个本质性原因;要使中国文化有一个根本性的改变,能够真正由旧向新转换,这将取决于整个民族对人的价值的重视程度。

鲁迅考察过当时两种比较流行的关于"人的价值"的观念,一种是鲁迅称之为"社会民主之倾向"的观念,即把人首先看作是社会的一分子,从而将人的社会责任放在第一位,把社会平等与民主的要求置于人的个性解放之前;另一种,鲁迅称之为"极端之个人主义"的倾向,即"以己为中枢,亦以己为终极","立我性为绝对之自由者也",以"发挥个性,为最高之道德",以个性解放为社会进步之前提。① 鲁迅的思考并未停留在哪一个方面,在他看来,从爱国主义、民族主义的角度看,应重视人的社会责任;但从人性解放的角度看,则应把人性解放看作社会解放的前提。这二者看似矛盾,实为一种辩证关系,在理论上简单地肯定哪一方面都是片面的。为此,鲁迅从文化发展的历史要求来看待二者,他认识到在不同的文化发展阶段,面对不同的文化历史任务,对这二者的选择应有不同的侧重面。五四时期是一个文化反拨时期,针对传统文化中忽视人的价值的"物反于极"倾向,鲁迅认为在当时首先应强调人的个性解放。几千年的封建文化"灭人之自我,使之混然不敢自别异,泯于大群"②,打着"国家"、"社会"的旗号来贬抑个人价值。作为对此的反拨,强调个人超越于社会的"无上价值",无疑具有历史的必要性和文化的进步性。而当时代发展到30年代,普遍的社会革命日益高涨,使社会革命成为压倒一切的文化发展的关键,在这个时期,强调个性解放服从于社会解放的要求,又是十分恰当的。因此,在30年代,鲁迅将个性解放与社会解放辩证统一起来,从而依据时代的需要作出正确的选择。但这并不意味着鲁迅在后期对人的重视有所减弱。虽然在不同的历史任务面前,要求有不同的个人与社会的关系,但能否重视人,却始终是任何时代衡量文化进步的准则。个体的人也好,群体的"人"也好,作为文化的主体,都必须"使自己的生命活动本身变成自己的意志和意识的对象"③。

---

① 《坟·文化偏至论》。
② 《集外集拾遗补编·破恶声论》。
③ 《马克思恩格斯全集》第42卷,第96页。

因此,鲁迅在对待"个人主义"的态度上虽在前后期有所差异,但他始终把对人的价值的肯定、对人性的张扬看作衡量和评价文化现象的价值依据。鲁迅曾指出:"保存我们,的确是第一义。只要问他有无保存我们的力量,不管它是否是国粹。"[①] 他还讲过:"一要生存,二要温饱,三要发展。苟有阻碍这前途者,无论是古是今,是人是鬼,是《三坟》《五典》,百宋千元,天球河图,金人玉佛,祖传丸散,秘制膏丹,全都踏倒他。"[②] 在鲁迅这里,人的意义高于一切,即如他所谓的"其首在立人,人立而凡事举"[③]。可以说,以人为本位,是鲁迅的文化哲学思想的最本质的特征。

鲁迅常为中国人的生存状态感到悲凉。他指出,中国人从来就没有争得过做人的地位,中国人的几千年生存历史仅仅是"欲做奴隶而不得"和"暂时做稳了奴隶"这两种状况的交叉更替。这正是"非人"的文化缺陷造成的。更可悲的是在这种文化长期浸染下中国人对自己生存状态的麻木,他们几乎失去了对痛苦的感觉。鲁迅曾把整个中国比作一个"铁屋子",这个屋子"是绝无窗户而万难破毁的,里面有许多熟睡的人们,不久都要闷死了,然而是从昏睡入死灭,并不感到就死的悲哀。"[④] 鲁迅对中国人这种带有荒谬性的生存形式极为愤慨,他殷切希望人们能醒悟过来,捣毁这铁屋子,去创造一种全新的生存环境,即"创造第三样时代"。但要人们能醒悟,以至于能自觉地去改造自己的生存环境,首先就必须使他们懂得人的价值和尊严,恢复对痛苦的感觉,这样才能由痛苦激发出一种伟大的主观能动力量。为了恢复中国人对痛苦的感觉,鲁迅提出了一个我们不妨称之为"人生苦"(鲁迅自己称为"人间苦")

---

① 《热风·三十五》。
② 《华盖集·忽然想到(六)》。
③ 《坟·文化偏至论》。
④ 《呐喊·自序》。

的、多少带有形而上意味的人生哲学命题。鲁迅认为,在中国这样的文化氛围中,人间充满了痛苦,苦痛是总与人生相伴的,唯有"熟睡"时才会感觉不到。鲁迅曾对许广平说过,"我是诅咒'人间苦'而不嫌恶'死'的,因为'苦'可以设法减轻而'死'是必然的事,虽曰'尽头',也不足悲哀。"① 在《朝花夕拾·无常》里,他又说过,"想到生的乐趣固然可以留恋;想到生的苦趣,无常也不一定是恶客"。鲁迅提出的"人间苦"的命题是与中国传统文化灌输给人们的人生观针锋相对的。中国古训中教人苟活的格言太多,诸如"知足常乐"、"人生如梦"、"好死不如赖活"等等,实在都是要人们知天乐命,"麻木到不想'将来'也不知'现在'",中国文化的无进步,也正由此而造成。因此,鲁迅认为,知"苦痛"是人的觉醒的第一步,因为"人若一经走出麻木境界,便即增加苦痛"②。鲁迅的文化反省,在好多情况下就是从人生的残缺中生发出来的。从这里,我们似乎也多少可以理解,为什么鲁迅总是那么毫不留情地揭示出淋漓的鲜血和人间的种种丑恶。鲁迅的目的正在唤起人们的痛苦感,以引起疗救的注意。可以说,对人的思考,重视人的价值,使人真正成其为人,是鲁迅进行文化反省的出发点,也是最终的目的,而且还是他反省中国传统文化的根本性的价值依据。

(二)对文化发展的基本认识

鲁迅认为,文化的核心问题是"人"的问题,因此,所谓文化的发展也必然是人自身的发展,即人的内心要求和人的能力的发展。这是鲁迅的文化发展观的核心。

鲁迅认为,人对于自身发展的各种欲求,是文化发展的内在动

---

① 《两地书·二十四》。
② 《两地书·六》。

力：当人们对于物质生活条件有需求时，才会有物质文化的发展；而当人们在物质生活方面有了"余裕"，增长了对精神生活的要求时，也才有精神文化的发展。鲁迅曾这样分析"赛会"文化的发达原因："农人耕稼，岁几无休时，递得余闲，则有报赛，举酒自劳，洁牲酬神，精神体质，两愉悦也。"[①] 鲁迅把人有了"余裕"从而追求精神生活，看作是文化发展的动力，这在某种程度上是符合马克思主义关于文化发展的观点的。马克思认为，剥削阶级正是剥夺了劳动人民的一切"余裕"，陷他们于终年劳役之中，从而也就垄断了精神文化的生产。而新的社会制度应在发展物质生产的基础上，把人们从单纯谋生的劳作中解脱出来，给他们更多的余裕，使他们有更多的精神要求，从而刺激文化的进一步发达。鲁迅从自己的独特角度（即对"人"的把握）出发，在文化发展观上取得了与马克思主义的文化发展观相接近的结论。

当然，鲁迅对人与文化发展的关系的考察并不是单向的。鲁迅认为，人的欲求刺激了文化的发展，没有这种欲求，也就没有文化的发展；但文化发展到一定阶段又会反作用于人，当文化形成某种相对稳定的状态时，它又限制、改变人们可能增长的欲求，它以固定的形式将人的欲求固定在一定水平上，这就是文化的停滞。要推动这种"停滞"的文化继续发展，固然依赖人的愿望、欲求的张扬，但要使人的愿望、欲求得以张扬又必须首先打破束缚人的欲求发展的停滞着的文化系统。这样，鲁迅在考察整体文化发展时，又发现了一种文化发展的外在动力：当一种文化已处于停滞状态，靠自身的内部动力已难以推其前进时，那么，借助于外力推动就变得很有必要。鲁迅认为，尤其像中国文化这样，历史长久，背景深远，积累丰厚，正处于一种极端稳定性状态，甚至是处于衰落的情势之中，就更需要从一些健康、向上而具有蓬勃生机的文化中摄取有益

---

① 《集外集拾遗补编·破恶声论》。

成分。

　　他认为,两种不同系统的文化之间,高位文化对低位文化的影响力、作用力要远远超过后者之对于前者。鲁迅以此来解释一些文化现象。他首先对中国文化史上常常出现,而又为当今的守旧派们所津津乐道的"文化同化"现象进行过分析。鲁迅指出,在中国历史上,汉族虽常常是受侵略的,但在文化上却始终未被异族所同化,反而同化了侵略进来的异民族。那么"我们为什么能够同化蒙古人和满洲人呢?是因为他们的文化比我们的低得多。"① 在鲁迅看来,"同化"就是一民族的文化将另一民族的文化"化"掉,使其原有的文化解体和消亡。这种"同化"是必须具备特定条件的,即"同化"别人者的文化比别人的文化高。这个观点,虽然马克思在很早以前就已经阐述过,他说:"野蛮的征服者总是被那些他们所征服的民族的较高文明所征服,这是一条永恒的规律"②;但鲁迅在当时阐述这一问题,却是直接针对中国历史和中国的现实的。当时流行着两种情绪,一种是害怕中国文化被外国文化所同化,产生了对外来文化的排斥心理;一种是笃信中国文化有着很强的同化力,因而认为国势强弱并无关系,受外国侵略也无所谓,只要死抱住中国的文化,国家虽破犹存,我们将会同化一切侵略我们的国家,中国亦因中国文化的永存而永存。鲁迅批驳了这两种观点。他指出,历史上我们能"同化"异民族,那说明我们的文化处于高的地位,但"倘使别人的文化和我们的相敌或进步,那结果便要大不相同了。他们倘比我们更聪明,这时候,我们不但不能同化他们,反要被他们利用了我们的腐败文化,来治理我们这腐败的民族";而现在的事实是,"外国人……他们的文化并不在我们之下"③。

---

① 《集外集拾遗·老调子已经唱完》。
② 《马克思恩格斯选集》第 2 卷,第 70 页。
③ 同①。

陶醉于遥远的古代中国文化的"同化"力,以至于麻木不仁,对民族危机满不在乎,误认为中国文化会永远长存,这简直是糊涂之极。同时,鲁迅又指出,因担心被外国"同化"而排斥外来文化的影响,也是缺少民族自信心的表现。

鲁迅认为,我们应以宽阔的胸怀汲取外来文化中的有益东西,不是等别人来同化我们,而是我们自觉地拿来有益的东西,用于改造我们自己的文化,使中国文化向高的方向发展。"中国既然是世界上的一国,则受点别国的影响,即自然难免"①。拒绝这种外来文化的影响,实际上也就是自觉放弃了能促使自身文化发展的重要外部动力。所以鲁迅认为,"排外则易倾于慕古,慕古必不免于退婴"②。所谓文化的"退婴",就是文化的倒退和衰落。

鲁迅的这种注重人与文化的辩证关系的文化发展观,在他的文化反省中是始终被贯彻着的。

(三)文化反省的方法特性

鲁迅从自己的文化哲学思想出发,形成了一些独特的文化反省的方法特性。概其要,主要表现为如下几个方面。

第一,鲁迅文化反省的多元性和多层次性特征。鲁迅生活在中西文化交流碰撞、中国文化面临新旧转换之机的时期,他是站在文化的十字路口来谈论文化问题的;新、旧、东、西各种文化因素的影响,以及鲁迅对新、旧、东、西文化的自觉思考、批判与吸收,就构成了鲁迅文化反省的多元性。因此,鲁迅对一切文化现象,总是立足于把问题摆到促进中西文化交流、加快文化由旧向新的转换这个立场上来看待。我们在分析鲁迅对民族传统文化的反省时应看

---

① 《集外集·〈奔流〉编校后记》。
② 《集外集拾遗·〈新俄画选〉小引》。

到,在鲁迅的文化分析中,其内涵都决不是单一的,而是表现为各种文化因素的相互作用。如果不注意这种多元性特征,就很难理解鲁迅文化意识的丰富性内容。在鲁迅的文化意识世界里,密集着从历史到现代,从四面八方集拢而来的文化意识内容。试图从某个单一的文化侧面去理解鲁迅的文化反思,是不可能真正把握其精髓的。鲁迅的文化分析不仅是多元的,而且是多层次的,既有形而上的层次,也有实体性的层次;有自觉意识的层次,也有非自觉意识的层次。当然,在每个层次中都必然地参与着鲁迅的整个精神活动,我们在把握他的文化反省的深刻内涵时,如果仅仅停留在某一固定层次上,则势必会带来不可避免的片面性。

第二,鲁迅文化反省的批判性特征。鲁迅处于东西两种文化交流、中国文化由旧向新转换的时代,他首先面临的任务是以批判为武器,通过文化批判来达到文化革新的目的。因此,鲁迅文化反思的一个重要特点就是强烈的批判性。这种批判性特征,是贯穿于鲁迅一生的文化事业中的。在前期,鲁迅置身于文化批判的战斗之中,以极其坚决的态度否定封建旧文化,抓住了反封建的大题目,对旧文化进行猛烈的批判,这些是比较明显的。到了后期,鲁迅仍没有放下文化批判的武器,只是用以作为依据的指导思想中,增加了马克思主义的内容。在理解鲁迅文化反思中的批判性特征时,应从较为广阔的文化发展背景和文化发展前途着眼,否则会引起理解上的狭隘性。鲁迅那样激烈地攻击中国的固有的精神文明,当年就曾受到一些以"爱国者"自居的人的谴责,要鲁迅"搬出中国去"。这就涉及什么是真正的"爱国"的问题。"爱国"不是一个空泛的概念,也不是一种情绪,它的实质性内容应该是促使民族的进步和富强;不管从什么角度,以什么方式,只要是有利于民族的进步与富强的,就是"爱国"的;反之,光有情绪,光喊口号,而于实际的民族进步无益,甚至适得其反,则根本谈不上爱国,这是一个简单的道理。鲁迅在批判中国固有的精神文明时所使用的语言确实异常激烈,甚至十分偏激,但在一个特定的批判时代中,只要是立志献身于时代的人,就不可能仅仅满足于说出一些"温吞水"似的话语。正是在这种看似过激的批判中,才能体现出一种对于真正的前途的思考。列宁曾经这样评价过车尔尼雪夫斯基:"我们记得,献身于革命事业的大俄罗斯民主主义者车尔尼雪夫斯基在半世纪以前说过:'可怜的民族,奴隶的民族,上上下下都是奴隶。'公开和不公开的奴隶——大俄罗斯人(沙皇专制制度的奴隶)是不喜欢回顾这些话的。而我们却认为这是真正热爱祖国的话。"①这个评价也适用于鲁迅。

鉴于鲁迅文化反思的批判性特征,我们在把握和理解鲁迅对各种具体文化现象的分析时,必须从这一特征出发,善于从批判过程和批判时的价值标准去发现鲁迅的文化思想的本质。鲁迅一系列有关文化问题的见解,常常是以文化批判的形式呈现出来的。他很少专门地正面论述文化应该如何的,多数情况下是在"不应该如何"的批判性评价中透露出理应如何的思想的。批判本身就是一种价值观念的显现。

第三,鲁迅文化反省的辩证性特征。鲁迅的文化观常常显示出形式上的偏激;但在根本上,在对实质性问题的论述中,却又总是显出一种辩证的科学性。鲁迅认为,作为文化发展的阶段性特点,"偏至"是一个必然的现象:新文明的产生,一方面是"根旧迹而演来";但另一方面,又正因为其"新",就势必"以矫往事而生偏至"②。没有这种偏至,没有对旧文明、旧文化的偏激态度,就难以生发出新的文化来,这是文化发展的带规律性的现象。鲁迅深刻认识到这一点,因而以一种全异于旧文化的偏激态度来谈论文化;但鲁迅在根本上并未真正割断新文化与旧文化的联系,他的偏激

---

① 《列宁文选》第 1 卷,第 897 页。
② 《坟·文化偏至论》。

仅仅是一种战略的考虑。在对新文化构成进行科学分析时,鲁迅总是能以辩证的态度思考各种文化因素的关系问题。鲁迅认为,在文化建设上,必须采取辩证的态度,即"去其偏颇",例如,对于新兴的木刻艺术,就"不必问西洋风或中国风,只要看观者能否看懂,而采用其合宜者"①。鲁迅曾经指出:"因为新阶级及其文化,并非突然从天而降,大抵是发达于对于旧支配者及其文化的反抗中,亦即发达于和旧者的对立中,所以新文化仍然有所承传,于旧文化也仍然有所择取。"② 吸收固有文化中的某些优化因素的目的不是在于使旧文化的生命延续下去,而是在于建设新文化的需要。

有时,我们会发现鲁迅文化观中有不少矛盾的现象,如何理解这种矛盾现象?这只有从其辩证性特征来加以考察。因为鲁迅常常以辩证的眼光去看问题,因而他所看到的就决不是事物的某一单个的侧面,而是多侧面的。同一事物的不同侧面相互矛盾的情况是普遍存在的。因而,鲁迅的一些评价上的矛盾恰恰是他多角度、多侧面辩证地看问题的结果。关键的问题是要把握鲁迅发表文化见解的不同场合、时机和不同的战略考虑,不了解鲁迅文化反省的辩证性特征,就会带来对鲁迅文化观的误解。

第四,鲁迅文化反省的过渡性特征。这种过渡性主要是由时代的过渡性特点决定的。鲁迅始终站在新的历史时代的制高点上,因而得以对以往的文化进行高瞻远瞩的观照。但是,由于时代毕竟是一个转折的时代,它与未来时代相比,毕竟是一个不成熟的,仍充满了历史局限的时代。所以鲁迅固然有不少方面超越了自己的时代,而作为这个时代的产物,在他的文化观上依然不可能不打着时代的鲜明烙印。因此,鲁迅的文化反省,一方面显示出代表未来方向的先进性,同时也有着不少的不成熟性,尤其是那些在

---

① 《书信·致陈烟桥(1934.3.28)》。
② 《集外集拾遗·〈浮士德与城〉后记》。

当时特定时代要求之下所发表的见解,更不可能不带有某些时代的或个人的局限。

我们在理解鲁迅的具体文化分析时,既要把它摆到特定的历史背景中加以考察,以便认清它的价值,把握它对推动文化发展所能起到的作用;但同时,我们又要尽可能站在今天的思想高度,在找出鲁迅文化观中对今天的文化发展具有积极意义的成分的同时,也应指出它们的不足之处。对此,我们也应有一个辩证的态度。任何故意贬损鲁迅的文化思想或任意拔高鲁迅的文化思想的做法都是不可取的。①

第二节 鲁迅的改造国民性思想

(一)以"立人"为出发点

鲁迅的改造国民性思想与他的"立人"主张分不开。在他早期的几篇文言论文中,他一再强调了"致人性于全"② 的人性理想。他十分重视人的价值和人的社会作用,认为要振兴民族,"其首在立人,人立而后凡事举","国人之自觉至,个性张,沙聚之邦,由是转为人国。人国既建,乃始雄厉无前,屹然独见于天下。"③ 鲁迅所以强调"立人"的重要性,是因为他从中国的现实状况出发,深切感到人性的受压制,感到了人性压制之下国民性的病弱。要实现"立人"的理想,一方面有赖于国民的高度自觉,使其人格、个性获

---

① 本节参考朱晓进:《鲁迅的文化哲学思想及其文化反省的方法特性》(《鲁迅研究月刊》,1989 年第 10 期)。
② 《坟·科学史教篇》。
③ 《坟·文化偏至论》。

得独立,并使独立的人格、个性得到充分、健康的发展,使人成为"真的人"。但另一方面,由于国民性的病弱已经成为国民自觉的最大障碍,所以就不能不首先揭出病苦以引起疗救的注意。在鲁迅那里,是由"立人"主张出发,而引出了改造国民性的话题的。

早在日本弘文学院时期,鲁迅就经常与许寿裳讨论三个与人性、国民性相关联的问题(具见本书第二章第一节),这已经显示出在他的心目中,实现理想的人性是与揭示国民性的弱点及其根源分不开的。鲁迅前期的"立人"思想还带有空想的性质,对于如何去"立人",他的观念也还很朦胧。但是,鲁迅立足于现实,拣能做的事情先做,他说,"国民性可以改造于将来",而当前"中国的改革,第一著自然是扫荡废物,以造成一个使新生命得能诞生的机运"①。于是他选择积极从事"扫荡废物"的战斗,致力于批判国民性的实际工作,并在实践中探索到了通向"彼岸"的桥梁,找到了获得理想人性的途径,从而使他的"立人"思想获得了科学的基础。

鲁迅的"立人"思想经历了一个从空想到科学的发展过程。他曾回顾说:"我们在日本留学时候,有一种茫漠的希望:以为文艺是可以转移性情,改造社会的。"② 他在谈到文学革命的历程时又说:"最初,文学革命者的要求是人性的解放,他们以为只要扫荡了旧的成法,剩下来的便是原来的人,好的社会了,于是就遇到保守家们的迫压和陷害。大约十年之后,阶级意识觉醒了起来,前进的作家,就都成了革命文学者。"③ 显然,鲁迅早期的"立人"思想中带有"茫漠"的"人性解放"的空想性质,他想通过"立人"建立强盛的"人国",而对"人"和"人性"却缺少阶级分析;对于"人国"究竟是一种什么样的社会形态,这种社会形态究竟应该怎样建立,他都相

---

① 《译文序跋集·〈出了象牙之塔〉后记》。
② 《译文序跋集·〈域外小说集〉序》。
③ 《且介亭杂文·〈草鞋脚〉小引》。

当"茫漠"。到了后期,鲁迅不再简单化地主张通过"立人"来建立"人国",而是对"人"、"人性"注入了阶级性内涵,并把"人"的改造与社会改造、把"人"的解放与社会解放密切地联系起来。与"立人"思想紧密相关,鲁迅早期在改造国民性问题上,致力于揭露和攻打国民性的弱点及其病根;而在后期,则能运用阶级观点分析国民性,不仅揭露缺点,而且注重揭示民族性中的优点,歌颂人民群众的伟大,而且无论是批评缺点还是张扬优点,均能从唯物史观的角度去把握问题的实质。

(二)鲁迅所提"国民性"的含义

在鲁迅著作中最早提到"国民"的是《斯巴达之魂》(1903年)。"国民"一词与"国人"同义,指全国的居民,后来在《文化偏至论》、《摩罗诗力说》等文章中仍沿袭该用法。在五四时期和五四以后的许多文章中,鲁迅使用"国民"一词,大多数情况下仍是泛指,并无明确的阶级区分。直到30年代,鲁迅对国民能用阶级分析的观点和方法去认识了,但对于"国民"一词,他仍然是在泛指的意义上来使用的,即虽认识到"国民"中包括压迫者和被压迫者两个对立阶级的人们,但使用"国民"一词时的词意所指仍是一种泛称。

"国民性"一词的含义与"国民"相联系。鲁迅最早在《摩罗诗力说》中两处使用"国民性"一词,在这两处,国民性即等于民族性,不涉及阶级的分野。到五四时期,鲁迅基本上还是把"国民性"当作民族性来看待的。他在解剖所谓"民族根性"时,曾笼统地称一些民族为"不长进的民族",有时还把中国国民性的弱点称之为"华夏传统",称之为"没落的古国人民的精神"。他所谓的国民性的弱点就是指民族性的弱点,或一个时期国民精神的弱点,这里面也并没有明确的阶级内容。鲁迅后期接受了马克思主义,能以鲜明的阶级观点和阶级分析的方法来科学而深刻地分析国民性病根,并注意到民族性中的积极因素,但他却没有否定共同的民族性的存在,因而在使用"国民性"一词时,基本上仍是指整个民族性。

从鲁迅作品的实际情况可以看出,鲁迅所提的"国民性"问题,一般是指一定历史时期国民的精神状态的问题,也就是民族性的问题。在大多数情况下,他谈"国民性"时总是把统治阶级与被统治阶级作为一个民族整体来考察的。

(三)鲁迅所批判的"国民性"弱点

鲁迅的改造国民性的思想,首先体现在他对国民性弱点的揭露和批判方面。鲁迅在寻求民族觉醒和解放的道路时,深深地感到了民族性的弱点和劣点,他认为,"这些现象,实在可以使中国人败亡";因此他决心"先行发露各样的劣点,撕下那好看的假面具来"[1],以引起疗救的注意。鲁迅解剖、批判国民性弱点,正是为了改造国民性。

鲁迅批判国民性弱点时所涉及的方面很多,归纳起来看,主要集中在这样一些方面:

第一,是"瞒和骗"。鲁迅痛感中国人的不敢正视现实人生,"万事闭着眼睛";尤其对于人生的痛苦、社会的缺陷,没有正视的勇气,于是只好自欺欺人,这方法便是瞒和骗。在《论睁了眼看》一文中,鲁迅指出:"中国人的不敢正视各方面,用瞒和骗,造出奇妙的逃路来,而自以为正路。在这路上,就证明着国民性的怯弱,懒惰,而又巧滑。一天一天的满足着,即一天一天的堕落着,但却又觉得日见其光荣。"鲁迅认为,正是由于不敢正视现实,用瞒和骗来掩盖社会矛盾,粉饰生活缺陷,"于是无问题,无缺陷,无不平,也就

---

[1] 《华盖集·通讯》。

无解决,无改革,无反抗"①,使社会永远停滞在一潭死水之中。

由瞒和骗的国民性,又产生出一种"瞒和骗的文艺","由这文艺,更令中国人更深地陷入瞒和骗的大泽中"②。鲁迅曾一再揭露这种瞒和骗的文艺的虚妄和恶劣影响,批评中国旧文艺中典型的"团圆"结局。他说,历代才子佳人小说的"才子及第,奉旨成婚",必令"生旦当场团圆"等等,都是"自欺欺人","闭眼胡说"。他指出,"这是因为中国人底心理,是很喜欢团圆的,所以必至于如此,大概人生现实底缺陷,中国人也很知道,但不愿意说出来;因为一说出来,就要发生'怎样补救这缺点'的问题,或者免不了要烦闷,要改良,事情就麻烦了。……所以凡是历史上不团圆的,在小说里往往给他团圆;没有报应的,给他报应,互相骗骗。——这实在是关于国民性底问题。"③ 为此,鲁迅大声疾呼:"世界日日改变,我们的作家取下假面,真诚地,深入地,大胆地看取人生并且写出他的血和肉来的时候早到了;早就应该有一片崭新的文场,早就应该有几个凶猛的闯将!""没有冲破一切传统思想和手法的闯将,中国是不会有真的新文艺的。"④

第二,自我安慰的"精神胜利法"。鲁迅在《随感录三十八》里列举出的"爱国的自大家"的五种谬见,可说是这种自我安慰的"精神胜利法"的典型表现:(1)"中国地大物博,开化最早,道德天下第一";(2)"外国物质文明虽高,中国精神文明更好";(3)"外国的东西,中国都已有过,某种科学,即某子所说的云云";(4)"外国也有叫化子——(或云)也有草舍,——娼妓,——臭虫";(5)"中国便是野蛮的好"。这种种说法无非都是以夸耀中国固有的"精神文明"

---

① 《坟·论睁了眼看》。
② 同①。
③ 《中国小说的历史的变迁·唐之传奇文》。
④ 同①。

来掩饰当下的落后现状,甚至以丑恶骄人,以"国粹"的"祖传老病"为荣光,只要是祖传的,哪怕是疮疤,也"红肿之处,艳若桃花;溃烂之时,美如乳酪"。在这种自我安慰的"精神胜利法"之下,许多中国人虽然面临事实上的落后、失败,却能从过去、从精神上求得慰藉与解嘲,因而也就不思改革。《阿Q正传》中的不朽的艺术典型阿Q,便是这种"精神胜利法"的集中代表。

第三,"做戏"和讲"体面"。鲁迅在《马上支日记》中,曾引述美国传教士斯密斯所著《中国人气质》里的一段话,这段话说中国人"是颇有点做戏气味的民族",装模装样,总想将自己的体面弄得十足,认为中国人的"重要的国民性所成的复合关键,便是这'体面'"。鲁迅评价道:"这话并不过于刻毒。相传为戏台上的好对联,是'戏场小天地,天地大戏场'。大家本来看得一切事不过是一出戏,有谁认真的,就是蠢物。"鲁迅还把"中国的一些人"称为"做戏的虚无党"或"体面的虚无党"。他把"做戏"与讲"体面"作为中国国民性的弱点来揭露,是因为他深切地感到,我们已经被这种"做戏"与"体面"耽误得太久了,只有结束这"做戏"和讲"体面"的日子,认真而努力地让坦诚、真切、不掩饰、不虚夸的品格在中国人身上复活,中国才会有希望。

第四,"看客"式的无聊。鲁迅最先感到中国国民精神的厚重麻木,是在"幻灯事件"中看到那些"赏鉴示众的盛举的人们",即"看客"。他深感中国人不仅把万事当作一出戏,而自己又"永远是戏剧的看客"[①]。他们不能感受到别人精神上的痛苦,甚至也忘记了自己的痛苦,而对人生抱着"袖手旁观"的态度,精神上表现出极度的空虚和无聊。鲁迅曾多次沉痛地描述过国民的这一病态:北京的羊肉铺子前,一些人"张着嘴看剥羊,仿佛颇愉快"[②];广漠的

---

① 《坟·娜拉走后怎样》。
② 同①。

旷野之上，一男一女持刀对立，于是"路人从四面奔来，而且拼命地伸长颈子"，来赏鉴他们的拥抱或杀戮。① 鲁迅后来说，他创作《野草·复仇》的动机，就是"因为憎恶社会上旁观者之多"②。他的小说《示众》也是一篇集中地揭露这种"旁观者"、"无聊人"的作品，而且同样突出地写到看客们"嘴都张得很大，像一条死鲈鱼"的麻木神态。针砭这种病态是鲁迅一贯的思想，直到30年代，他在《淮风月谈·推》一文中，对于"人山人海"地"嘻开嘴巴"去当看客的市民们，同样表现了愤慨和憎恶。

第五，卑怯和势利。鲁迅认为，中国人由于"受强者的蹂躏"，蕴蓄着许多"怨愤"，"但他们却不很向强者反抗，而反在弱者身上发泄"，这便是"卑怯"③。他曾用很形象的比喻来揭露国民性的这种卑怯的特点："对于羊显凶兽相，而对于凶兽则显羊相"④。卑怯常常是同势利紧密相联的，遇见强者，不敢反抗，并且趋炎附势，现出奴颜婢膝的丑态；而对于弱者，则多是凶残横恣，宛然一个暴君。鲁迅认为，正是由于国民性的这种卑怯与势利，所以"中国一向就少有失败的英雄，少有韧性的反抗，少有敢单身鏖战的武人，少有敢于抚哭叛徒的吊客；见胜兆则纷纷聚集，见败兆则纷纷逃亡"⑤。无论在历史上还是在现实中，这种见强者便蜂聚拥戴，遇挫败则"纷纷作鸟兽散"，甚至于墙倒众人推，都是非常普遍的。

第六，因自利而不惜破坏公众利益，乃至对断送国家、民族也无动于衷。鲁迅将中国人的这一毛病称之为"奴才式的破坏"，并指出这种破坏不同于"改革者的志在扫除"，也不同于"寇盗的志在掠夺或单是破坏"。他由杭州西湖的雷峰塔倒掉这件事，指出"奴

---

① 《野草·复仇》。
② 《二心集·〈野草〉英文译本序》。
③ 《坟·杂忆》。
④ 《华盖集·忽然想到（七）》。
⑤ 《华盖集·这个与那个》。

才式破坏"的特点是:"仅因目前极小的自利,也肯对于完整的大物暗暗的加一个创伤。人数既多,创伤自然极大,而倒败之后,却难于知道加害的究竟是谁。……共有的塔失去了,乡下人所得,却不过一块砖,这砖,将来又将为别一自利者所藏,终究至于灭尽。"①鲁迅还列举了一些类似的事实证明这种破坏的普遍存在:龙门的石佛,大半肢体不全;图书馆中的书籍,插图须谨防撕去;凡是公物或无主的东西,倘难于移动,能够完全的即很不多。这种奴才式的破坏,在老百姓如此,在统治阶级更是如此。鲁迅曾揭露说:"中国公共的东西,实在不容易保存。如果当局者是外行,他便将东西糟完,倘是内行,他便将东西偷完。"② 而且岂止是盗窃公共的图书古董等财物而已,鲁迅愤慨地指出:"日日偷挖中华民国的柱石的奴才们,现在正不知有多少!"他一方面深刻地批判这种"只能留下一片瓦砾,与建设无关"的自利的奴才式的破坏,另一方面又热烈地希望和呼唤着"革新的破坏者",因为"他内心有理想的光"。只有这种"革新的破坏者"多起来,才有希望破坏旧世界,建立新生活。

  第七,安于命运、安于现状的奴才心理。鲁迅特别痛恶那种安于命运的奴才心理。他认为,正是这种对于奴隶生活无不平,无抗争,而且满足以至"含笑"的心态,才使中国停滞落后。罗素在《中国问题》一书中,曾说到他于1920年来中国讲学,游览西湖时,见到"轿夫含笑"的事,一些中国文人便以此吹嘘中国如何"文明"。鲁迅却深刻地指出:"轿夫如果能对坐轿的人不含笑,中国也早不是现在似的中国了。"这种中国固有的"文明","不但使外国人陶醉,也早使中国一切人们无不陶醉而至于含笑"③;"纵为奴隶,也

---

① 《坟·再论雷峰塔的倒掉》。
② 《而已集·谈所谓"大内档案"》。
③ 《坟·灯下漫笔》。

处之泰然,但又无往而不合于圣道"①。这就把造成国民性中安于命运的奴才心理的弱点,也置于批判中国固有精神文明的锋芒之下。不仅安于命运,而且安于现状,因循守旧,抗拒改革,这也是国民性的弱点之一,对此鲁迅也不断给以鞭挞。他曾说:"中国太难改变了,即使搬动一张桌子,改装一个火炉,几乎也要流血;而且即使有了血,也未必一定能搬动。"② 即使办一点事,也是"悠悠然","慢慢交","懒散,死样活气","一个人活五六十岁,在中国实在做不出什么事来"③。中国人的这种安于现状,有时还体现为"将新事物变得合于自己"④ 的保守与善变。鲁迅指出,只要中国人不努力去除这些安于命运、安于现状的奴才心理,中国的改革就难有希望。

此外,还有诸如"五分钟热"、"中庸折衷"、"骄和谄相结合"的洋奴思想等等,也都是鲁迅所痛心疾首并竭力加以抨击的国民性弱点。

(四)鲁迅改造国民性思想的意义

国民性的弱点是一种客观存在,鲁迅对此进行的揭露和解剖,在当时具有强烈的现实意义,在其后相当长的时期内,仍具有深远的历史意义。斯大林曾经指出:"民族性格"是"历代因生存条件不同而形成的"。"'民族性格'不是一成不变的,而是随着生活条件变化的,但它既然存在于每一个一定的时期内,它就要在民族面貌上打上自己的烙印。"⑤ 可见"国民性"或民族性并非虚无缥缈、不可

---

① 《华盖集·通讯》。
② 《坟·娜拉走后怎样》。
③ 《书信·致曹聚仁(1935.4.10)》。
④ 《华盖集·补白》。
⑤ 《马克思主义和民族问题》,《斯大林全集》第2卷,第294页。

捉摸的东西,而是由于长期共同的生活条件所形成,表现于共同文化特点上的、可以感受和体验到的一种具体的精神上的和心理上的客观存在。中华民族的民族性格中有其优秀的一面,"不但以刻苦耐劳著称于世,同时又是酷爱自由、富于革命传统的民族"①。但是,在漫长的封建社会中,小生产的自然经济,绝对的君主专制和封建思想统治,又使人们在思想上造成了保守、狭隘、自利、麻木以至愚昧的消极的一面。近代以来,帝国主义侵略的淫威及其腐朽文化和封建主义的专制统治及封建文化的熏染,造成一种带着半殖民地半封建特性的共同的"生活条件",这也在中国国民的思想意识中播下并催发了种种消极、丑恶的病根,以至形成相当普遍地存在于各阶层中的种种精神病症。鲁迅所揭露和解剖的国民性的弱点,正是中国国民的这种精神病症的深刻反映,因而具有尖锐的、强烈的现实意义。鲁迅对国民性弱点的揭露和批判,像一面明镜,照出了老中国儿女们躯体上和心灵上的种种污垢和伤痕,在当时的社会,在当时人们的思想上,引起过强烈的震动,起到了令人警醒、引起疗救注意的作用。又由于鲁迅真实揭示出的种种国民性弱点,就像"在民族面貌上打上"的"烙印"一样,它在"一定的时期内"仍会或多或少地存在,因而在此后相当长的时期内,鲁迅对国民性弱点的批判仍具有深远历史意义,就是在今天,人们仍可以从中窥见某些现代人的影子。

鲁迅对国民性弱点的批判的深刻性,不仅表现在对国民性种种弱点的揭示和披露上,而且还表现在他对病根的探究方面。对于国民性弱点产生的原因,鲁迅谈得最多的主要有三个方面:首先是封建等级制度。"天有十日,人有十等","一级一级的制驭着",人们在被压迫的地位下"所蕴蓄的怨愤"不是"向强者反抗,而反在

---

① 毛泽东:《中国革命和中国共产党》。

弱者身上发泄",直到怨愤已消,"天下也就成为太平的盛世"①。欺弱怕强之类的奴性思想和苟活心理就是由此产生的。其次是封建思想的毒害。中国的封建思想历史长久,发展得极为完备,它与封建专制主义的政治力量结合在一起,形成了一种强大的思想统治力量。鲁迅曾说过,我国的"古书实在太多,倘不是笨牛,读一点就可以知道,怎样敷衍,偷生,献媚,弄权,自私,然而能够假借大义,窃取美名。再进一步,并可以悟出中国人是健忘的,无论怎样言行不符,名实不副,前后矛盾,撒诳造谣,蝇营狗苟,都不要紧,经过若干时候,自然被忘得干干净净;只要留下一点卫道模样的文字,将来仍不失为'正人君子'。"② 第三,鲁迅把我们民族屡受外来侵略看作是形成国民性弱点的重要原因。中国历史上"历受游牧民族之害",所形成的是"满是血痕"③ 的民族心理,经受了元、清两代游牧民族的统治,加上近代帝国主义的侵略,国民才逐渐变成"愚弱的国民",失败主义、自欺欺人、自轻自贱、麻木健忘一类的国民弱点才得以滋生和蔓延,才形成了鲁迅所说的"现代的我们国人的魂灵"。

　　鲁迅的改造国民性思想包括两方面内容:一方面是揭露和批判国民性的弱点,一方面是肯定和发扬国民性的某些优点,其目的都在促进一种新的、向上的、符合时代要求的民族精神的诞生。虽然鲁迅对国民性问题认识的深度和侧重点前后期有所不同,但这两个方面的内容无论前期或后期都是存在的。为了正视现实和推动改革,他前期着重批判国民性的弱点,而且问题提得很尖锐,使人不能不惊醒;但就在前期,他也不是对中国的国民性采取全面否定的态度,而是努力挖掘出一些值得肯定的和宝贵的东西。早在

---

① 《坟·杂忆》。
② 《华盖集·十四年的"读经"》。
③ 同①。

《摩罗诗力说》里,鲁迅就赞美了屈原的爱国主义精神和"放言无惮"的热情;在《华盖集·补白(三)》、《这个与那个》中,他称赞过韩非子的"不耻最后"的精神;在《学界的三魂》中,鲁迅积极主张发扬"民魂",认为"惟有民魂是值得宝贵的,惟有他发扬起来,中国才有真进步";在小说《一件小事》中,他赞扬了人力车夫的高尚品德。可见鲁迅前期的改造国民性思想并非只限于批判国民性弱点。鲁迅后期着重写了赞扬老百姓的文字,侧重于发扬民族精神的积极方面,但并不等于他不再揭露和批判国民性的弱点了。在1936年3月4日写的一封书信中,鲁迅表示,中国"其实是伟大的","但我们还要揭发自己的缺点,这是意在复兴,在改善";在写于1936年的《"立此存照"(三)》中,他仍在批评中国人自欺欺人的毛病等等。可见,无论前期或后期,鲁迅对于国民性的积极面和消极面,是分得很清楚的,他的改造国民性的思想是一贯的,只是认识的深度和侧重点前后期有所不同而已。①

第三节 鲁迅的伦理文化观

(一)抓住反封建伦常的大题目

五四新文化运动是以反对旧思想、旧道德和提倡新思想、新道德为其主要内容的。鲁迅作为这场运动的后起者② 而终于成为这场运动的主将,是与他紧紧抓住"反对封建伦常的大题目"分不

---

① 本节主要参考王瑶:《谈鲁迅的改造国民性思想》(《鲁迅作品论集》)和易竹贤:《关于"国民性"问题的探讨》(《中国现代文学研究丛刊》1981年第2期)。
② 如果以1915年《新青年》的创刊为新文化运动发端的标志,那么,鲁迅是直到1918年8月才发表文章投入新文化运动的。

开的。正是鲁迅在批判封建伦理文化方面所取得的突出的成就，奠定了他在中国新文化史上的地位。

在某种意义上可以说，中国的文化是一种政治化了的伦理文化，因此，抓住了伦理道德问题，也就是抓住了牵一发而动全身的文化关键。也正是出于这一角度的思考，所以在五四时期，伦理革命的呼声最高。当新文化运动的倡导者们试图发动一场深刻而彻底的思想革命时，最初几乎都是不约而同地将抨击目标定在中国的伦理文化这一核心点上。例如，陈独秀在《吾人最后觉悟之觉悟》一文中就声称："吾敢断言，伦理之觉悟，为最后觉悟之觉悟。"李大钊在《由经济上解释中国近代思想变动的原因》、《自然的伦理观与孔子》等文中，也把反对封建正统文化观念归结为对封建伦理文化的批判。在李大钊看来，中国的"一切政治、法度、伦理、道德、学术、思想、风俗、习惯都建筑在大家族制度上"，"纲常、名教、道德、礼义"无一不是"本着大家族制度下子弟对于亲长的精神"，正是这种封建的伦理精神在支配着中国人的物质和精神生活的方方面面，因此打倒这种以家族制度为基础的封建伦理秩序，是新文化运动的重要任务。对中国文化中封建伦理道德弊害的认识程度，事实上也能标示出文化觉醒的程度。中国文化发展到"五四"，正是由于有一大批文化人对封建伦理文化进行清醒的揭露和尖锐的批判，从而才使中国文化在整体上开始了由旧向新的本质性变化。在这场伦理革命中，鲁迅的功绩是很显著的。

鲁迅曾在比较了中西社会对于人伦关系和对于家庭的不同观念之后指出："欧美的家庭，专制不及中国。"[①] 这是因为，中国的家庭结构形态是一种"人伦"格局。在中国人的观念中，"伦"是不可违逆的。因此，中国的家庭特别注重以辈分、年龄区分亲疏贵贱。这养成了中国人文化心态中的名分思想和等级观念。既然伦

---

① 《坟·我们现在怎样做父亲》。

有差序,划分等级就特别使中国人感兴趣。用鲁迅的话说是:"天有十日,人有十等","有贵贱,有大小,有上下,一级一级的制驭着"①。这种伦常秩序延伸到整个社会,就使中国的社会成了一张由人伦关系组织的网络,家庭的专制也扩大成为社会的专制。因此,在中国封建社会中,向来缺少一种全社会共同遵守的平等的道德,道德评价的价值标准也是随着被评价对象在人伦关系中的地位而加以相当程度的伸缩的,所谓"下不责上"、"为亲者讳"等等,都是其具体表现。鲁迅在《二十四孝图》一文中曾举"老莱子娱亲"、"郭巨埋儿"这两件事来抨击中国封建道德的虚伪性。中国封建社会的道德规范中,向来有要求人们克制自己、为人端庄的一面,由此看老莱子"常着斑斓之衣"、"手拿'摇咕咚'"、"僵扑为婴儿啼"的矫作行为,当属违背正常行为规范的"老不正经"。但由于老莱子这一切所作所为都是为了"娱亲",为了"遵上",于是"便也被人们肉麻当有趣"地称颂赞扬了。"仁"原本是中国封建道德中的一个重要内容,由此看"郭巨埋儿"当属不仁。但郭巨乃为了不使儿子"分母之食",便也被认为"埋"得有理。由此可见,在一个由人伦关系构成网络的社会中,社会道德也只有在人伦关系中才发生意义,而所有的道德观念都无不具体地体现在某一种人身依附关系中。君臣、父子、夫妻、长幼之间所谓理想的道德关系是忠、孝、节、悌,这里没有平等可言,只有依据一定的人伦关系而必须单向遵循的礼教。对此,鲁迅给予了猛烈的抨击和批判。

(二)解剖封建家族制度的弊端

鲁迅首先解剖了家族制度的弊端。鲁迅指出,"历朝大抵'以

---

① 《坟·灯下漫笔》。

孝治天下'"①,所以形成了以家族为本位的伦理文化特征。这种家族制度对人们各方面的发展都起着严重的束缚作用。鲁迅曾以切肤之痛发过这样的感慨:"中国的家族制度,真是麻烦,就是一个人关系太多,许多时间都不是自己的",甚至连生命也不是自己的②。鲁迅认为,中国人并非没有一点想改变现状,想有所进步的愿望,问题是受家族制度的牵累,"对于老家,却总是死也不肯放",这不仅限制了人们变异现状的愿望的实现,而且把仅有的才智也无端地耗散于家族中无聊的事情上。外国人可以用火药发展工业、制造利器,可以用指南针发展航海业,促进文明的发展;而中国,"火药只做爆竹,指南针只看坟山",中国文化之所以发展缓慢,"恐怕原因就在此"③。

鲁迅对以家族制为本位的伦理中心主义文化有着深刻的认识,他曾就这种文化氛围必然产生的社会后果作过精到的分析。鲁迅指出,以差等的人伦关系为基础的社会结构形态中,必然产生封建专制主义和封建性的奴隶主义。因为人伦关系的无法超越,使尊卑、上下、贵贱成为不可逾越的等级秩序,于是这样"一级一级的制驭着,不能动弹","有敢非议者,其罪名曰不安分"④。这种秩序给上对下以绝对的专制权,而下对上只有绝对服从的义务。这是一条等级的长链,顺向看,是一级驱使一级,每人都有施行专制的对象,因而每人身上均有一种"专制性";而逆向看是一级顺从一级,每人都必须无条件地作顺民,因而每人身上又均具"奴性"。因此,专制性和奴性这两种对立的性格特点常常紧密地统一于一人身上,成为深藏于中国人身上的某种根性。用鲁迅的话说,"古人

---

① 《华盖集·补白》。
② 《书信·致萧军(1935.3.19)》。
③ 《南腔北调集·家庭为中国之基本》。
④ 《华盖集·十四年的"读经"》。

的良法美意",是"王臣公,公臣大夫,大夫臣士,士臣皂,皂臣舆,舆臣隶,隶臣僚,僚臣仆,仆臣台","但是'台'没有臣,不是太苦了么?无须担心的,有比他更卑的妻,更弱的子在。而且其子也很有希望,他日长大,升而为'台',便又有更卑更弱的妻子,供他驱使了。"至于"妻",也还有"希望",这就是苦媳妇熬成婆,可以驱使儿媳妇、孙媳妇等等①。我们由此来看鲁迅塑造的阿Q形象,有些方面就可以理解得更为深切:为什么阿Q遭赵太爷打,显出一种无可奈何的奴性,而遇上更弱小的小D,则又加以欺压,显示出一种理所当然的专制性?鲁迅塑造这一形象,正是要揭出在封建伦理文化氛围下所养育的集奴性与专制性为一体的国民精神病态。在鲁迅看来,正是由于这种伦理中心主义文化的长期浸染,使得中国人的文化观念中因而特别缺乏两样东西:一是与专制主义相对立的民主意识;一是与奴隶主义相对立的自主意识。鲁迅的分析,从中国文化特性中所缺乏的因素方面,为在中国提倡民主科学的迫切性提供了有力的论证。

(三)批判封建孝道观念

正因为中国封建社会的伦理道德是建立在差等的人伦关系上的,因此,在五四新文化运动中,先驱者们"反对旧道德,提倡新道德"的主要内容实际上就是集中批判和反对封建的人伦关系,反对建立在这种人伦关系之上的差等的道德规范;提倡人与人相互平等的新的人伦关系和人际关系,提倡在此基础上建立起大家都能执行的平等的社会道德规范。为了使这种反对和提倡不流于浮泛化和表面化,鲁迅对一些具体的"伦常"关系进行了认真的剖析,从而使伦理文化批判建立在更为坚实的基础之上。

---

① 《坟·灯下漫笔》。

鲁迅首先从"父子"关系入手,分析了封建伦理道德观念中的"孝道"。他在写《我们现在怎样做父亲》一文时,就曾开宗明义,说明自己的本意"其实是想研究怎样改革家庭","因为中国亲权重,父权更重,所以尤想对于从来认为神圣不可侵犯的父子问题,发表一点意见。总而言之:只是革命要革到老子身上罢了。"所谓革老子的命,意思即是指革"孝道"的命。

鲁迅认为,"孝道"是一种以长者为本位的"古传的谬误思想"。其谬误之处在于它是本末倒置的,它违背了生物进化的规律:"本位应在幼者,却反在长者;置重应在将来,却反在过去。前者做了更前者的牺牲,自己无力量生存,却苛责后者又来专做他的牺牲,毁灭了一切发展的能力。"[1] 因此,鲁迅斥孝道为"一味收拾弱者的方法",是培养"弯腰曲背,低眉顺眼","老成的子弟,驯良的百姓"的方法[2]。

为了从根本上批倒所谓"孝道",鲁迅对"孝道"赖以成立的所谓"依据"进行了彻底清算。鲁迅指出,中国的旧见解认为父亲对儿子有恩,"以为父子关系,只须'父兮生我'一件事,幼者的全部,便应为长者所有。"[3] 对此,鲁迅提出了截然相反的惊世骇俗的见解。他说,生育是一种人类"继续"自身生命的"本能"。"因性欲"而"性交","发生苗裔,继续了生命",这与因"食欲"而"饮食",保存个体生命是一样的。父与子的"生命的价值和生命价值的高下可以不论",但就其个体来说,都只是人类生命发展过程中的一个环节,"仅有先后的不同,分不出谁受谁的恩典"。那么,有人不禁要问,就算父子之间不存在生育这种恩,那么父亲将儿子抚养成人,这总有一种养育之恩吧?鲁迅的回答仍然是否定的,他认为,自然

---

[1] 《坟·我们现在怎样做父亲》。
[2] 《坟·论睁了眼看》。
[3] 同[1]。

界赋予生物一种结合长幼的"天性",这种天性不是"施恩"与"报恩",而是一种"爱","不但绝无利益心情,甚或至于牺牲了自己,让他的将来的生命,去上那发展的长途"。生物如此,"人类也不例外","只要心思纯白,未曾经过'圣人之徒'作践的人,也都自然而然地能发现这一天性。例如一个村妇哺乳婴儿的时候,决不想到自己在施恩;一个农夫娶妻的时候,也决不以为将要放债。只是有了子女,即天然相爱,愿他生存;更进一步的,便还要愿他比自己更好,就是进化。"所以父子之间正确的关系,鲁迅"心以为然的,便只是爱",是"离绝了交换关系、利害关系的爱",如果"抹煞了爱,一味说'恩',又因此责望报尝",那就"大反于做父母的实际的真情",这"在人伦道德上丝毫没有价值"。而所谓"孝道",恰恰是建立在"一味说恩",认为长者对幼者有一种天然的权力的观念之上的。因此"孝道"从自然界进化的角度看,是"逆天行事"的。这种"逆天行事"的结果是,使"人的能力,十分萎缩,社会的进步也跟着停顿"①。鲁迅对"孝道"的批判,十分合乎逻辑地上升到了社会进化和文化发展的高度,因而是雄辩、有力的。

(四)批判封建"女德"

有一个很值得注意的问题,即在鲁迅的小说和其他一些作品中,对妇女命运的关注占了相当的比重。其实,这是与他在新文化运动中对中国伦理文化问题的思考紧密相联的。

在中国封建的"伦常"关系中,妇女的地位是最低的。中国传统的人伦关系遵循的是"父系原则",家庭结构也是按父系亲属的原则组成的。这种家庭,其发展的主轴是纵向的,即在父子、子孙之间传承;而夫妻之间是配轴关系。因此,在家庭关系中,夫妇之

---

① 《坟·我们现在怎样做父亲》。

间缺少凝聚力,夫妇之间的感情问题也向来不受重视。由此造成了中国人在感情上,尤其是在两性间,显得特别矜持和保留。鲁迅曾指出,在中国的夫妇间,"性交本是常事,却以为不净","人人对于婚姻,大抵先夹带不净的思想",因此每遇这类事,"亲戚朋友有许多戏谑,自己也有许多羞涩,直到生了孩子,还是躲躲闪闪,怕敢声明"①。在中国伦理文化中,特别强调"男女有别",这种"有别",并不是指生理上的差异,而是指一种"隔离原则"。这不仅是在生活上加以隔离,而且是以所谓"男女授受不亲"的观念,造成一种心理上的隔离。这种"隔离"原则施行的结果是造成了一种普遍的社会性心理障碍,不仅每个人自觉压抑自己对异性的感情,不敢在这方面有自由的表达和追求,而且对于胆敢在这方面有自由表达和追求的人施以舆论的谴责。由于中国家庭的父系亲属组织原则,又由于中国人在家庭中不重视夫妇间的感情,因此中国妇女的家庭地位也就特别低下。所谓"三从四德",正是将妇女低下的地位加以伦理道德化的结果。正是从中国妇女的社会地位方面,鲁迅进一步论证了中国封建伦理道德是专门"收拾弱者"的道德的结论。鲁迅深刻地指出,"中国的妇女所有的桎梏太多",这正说明中国的"家族制度未经改革";而只要这种状况依旧,中国女子的痛苦便是"永远不会消灭的"②。

在强加于妇女身上的诸多"桎梏"中,最野蛮、最不人道的,就是要求女子单方面地保持"贞操"、单方面地讲"节烈"。因此,在鲁迅的伦理文化批判中,有很大一部分是针对封建的"贞操"和"节烈"观念的。

鲁迅曾以嘲讽的口吻述说了所谓"节烈"的内容:"节是丈夫死了,决不再嫁,也不私奔,丈夫死得愈早,家里愈穷,他便节得愈好。

---

① 《坟·我们现在怎样做父亲》。
② 《南腔北调集·关于妇女解放》。

烈可是有两种:一种是无论已嫁未嫁,只要丈夫死了,他也跟着自尽;一种是有强暴来污辱她的时候,设法自戕,或者抗拒被杀,都无不可。这也是死得愈惨愈苦,他便烈得愈好,倘若不及抵御,竟受了污辱,然后自戕,便免不了议论。""如此畸形的道德"之所以日见其"发达","日见其精密残酷",正因为它迎合了向来的差等的人伦关系,鲁迅指出,"即如失节一事,岂不知道必须是男女两性,才能实现","专责女性,至于破人节操的男子,以及造成不烈的暴徒,便都含糊过去",这便是中国封建伦理道德的卑鄙之处。为此,鲁迅愤然地说道:这样的事,"只要平心一想,便觉不像人间应有的事情,何况是道德"①!

鲁迅还进而指出,由于男子们对女子抱有一种完全占有的欲望,所以他们常常是以对待自己的私有财产的心理来对待女子的:"女子既是男子所有",男子自己如果活着,"自然更不许被夺",而即使"自己死了",也像不甘心自己的私有财产流失一样,决"不希望女子重新嫁人",于是就起劲地鼓吹起"节烈"来。出于同样的心理,当遇到暴力时,男子"没有勇气反抗",又"没有力量保护"女子,于是便像对待将要被剥夺的财产一样,宁可毁掉,也不让别人占有,这样,"只好别出心裁,鼓吹女人自杀"。这种畸形的男性心理的形成,根源还在中国封建社会差等的人伦关系,在这种差等的人伦关系中,男子根本不可能把女子当作有平等地位的人来看待。所以,鲁迅认为,要消除这种不人道的、要求女子单方面遵循的所谓道德,关键还在于求得男女平等。"既然平等,男女便都有一律应守的契约。男子决不能将自己不守的事,向女子特别要求。"②

鲁迅批判的锋芒并未止于封建的"节烈"观念。他认为,中国封建社会不仅以道德的形式规范女子,让其单方面"节烈",而且这

---

① 《坟·我之节烈观》。
② 同①。

种道德心理在很大程度上延伸到了其他方面,不仅"失节"之事全归罪于女子,而且"别的事情也是如此。所以历史上亡国败家的原因,每每归咎女子"。就这样,由女子来"糊糊涂涂的代担全体的罪恶,已经三千多年了"①。在中国历史上,凡涉及亡国和动乱,都要找出几个女性做替罪羊。"譬如罢,关于杨妃,禄山之乱以后的文人就都撒着大谎,玄宗逍遥事外,倒说是许多坏事情都由她";"就是妲己,褒姒,也还不是一样的事?女人的替自己的男人伏罪,真是太长远了"②。更有甚者,把女子的一些言行,看成是不祥之兆。例如"西汉末年,女人的'堕马髻','愁眉啼妆',也说成是亡国之兆。其实亡汉的何尝是女人!"③鲁迅指出,这种把一切罪责转嫁到女人头上的做法,实际上是差等的人伦关系下形成的一种"罪责转嫁"心理的体现。大凡在等级性专制制度下,下不能责上,而上则可以任意将过错归罪于下。而女性在中国封建社会所处的低下的地位,则使受"罪责转嫁"心理支配者几乎是出于习惯地"把种种罪名加在他头上"。鲁迅幽默地说:"只要看有人出来唉声叹气的不满意于女人的妆束,我们就知道当时统治阶级的情形,大概有些不妙了"④。因为当人们看到社会动乱在即,既不敢责上,又无勇气自责时,自然要找出替罪的弱者来出出气;责骂一下女子,"男人们的责任似乎也尽了"。鲁迅尖锐地讽刺了这种转嫁罪责的行为的荒谬性,他说,"政界,军界,学界,商界等等里面全是男人,并无不节烈的女子夹杂在内",那么"女子何以害了国家"⑤呢?鲁迅曾引述一首"为某女子鸣不平"的古诗:"君王城上竖降旗,妾在深

---

① 《坟·我之节烈观》。
② 《花边文学·女人未必多说谎》。
③ 《南腔北调集·关于女人》。
④ 同③。
⑤ 同①。

宫那得知?二十万人齐解甲,更无一个是男儿"①!鲁迅对这首诗给予罪责转嫁的社会心理的辛辣嘲讽颇为激赏。有时,"罪责转嫁"的社会心理还会以"责任推诿"的形式表现出来:每有困难,男人们无法,于是总忽发奇想,希望能出几个神奇女子来替代男子,挽救大厦之将倾的危局。鲁迅指出,这"并不是说,'女士'们都得在绣房里关起来",而在于文人们、男子们这种寄希望于女士挽救危局的心理所显示出的怯懦和不负责任:"练了多年的军人,一声鼓响,突然都变了无抵抗主义者。于是远路的文人学士,便大谈什么'乞丐杀敌','屠夫成仁','奇女子救国'一类的传奇式古典,想一声锣响,出人意料之外来'为国争光'。"中国人向来喜欢在关键时刻"以下激上","以贱激尊",而颂扬"奇女子救国",看似歌颂了女人,实际上仍是在普遍的潜意识中将女性摆在"下"与"贱"的位置上。正是出于这一角度的分析和思考,鲁迅对抗战前夕"占据舞台"的、被"看客称之为'女将'"的剧目以及画有"白长衫看护服或托枪的戎装的女士们"的传奇的插画等等很不以为然。他讽刺道:"雄兵解甲而密斯托枪,是富于戏剧性的。"②

鲁迅对封建伦理道德对女性的戕害的认识是非常深入的。他曾揭示出一个更为残酷的事实:封建伦理道德不仅使中国妇女在身体上深受其害,而且在精神上也深受其毒化。她们虽然承受着不公正的道德规范,但她们本身却"毫无异言",因为她们的精神"也同他体质一样,成了畸形。所以对于这畸形道德,实在无甚意见"③,这是更为深刻而残酷的悲剧。鲁迅在他的小说名篇《祝福》中就揭示了这样一个问题。祥林嫂之死因,远非仅止于贫穷和肉体的折磨,她是死于作为社会舆论的道德谴责和她自己内心对于

---

① 《花边文学·女人未必多说谎》。
② 《二心集·新的"女将"》。
③ 《坟·我之节烈观》。

因不由自主地违反了封建伦理道德(未能从一而终)而产生的一种恐惧感和怀罪感。这说明,封建伦理道德观念对于社会、对于人的意识施加影响的力量是很大的。

封建伦理道德要求女子守贞操,讲节烈,这在道德家们看来也确非易事,因为生存的困窘是可以想象的,女性在"精神上的惨苦"也是可以料到的;为此,提倡禁欲,就成了封建的女性道德的补充。这种禁欲的要求也是单方面的,男子一方面要对她们胡作非为,另一方面又要她们能守住节操,于是想出一种两全的办法,即要求她们当身体在满足着男人的欲望时,心里则勿动"邪念";"即使'只在心里动了恶念,也要算犯奸淫'的"。鲁迅指出,这种手段"巧妙而严厉",使女人无法可想,只能或是"跳井"或是"当节妇,贞女,烈女去"。"男人会用'最科学的'学说,使得女人虽无礼教",但仍一方面"深信"应克制性欲,另一方面"也能心甘情愿地从一而终"①。这种灭人欲的教化,使得女性只能处处压抑自己,以便修成正果,成为一个被社会承认的好女人。结果是,年青女子缺乏"朝气",精神"萎缩","眼光呆滞,面肌固定","失去了青春的本来面目,成为精神上的'未字先寡'"②;而结了婚的女子,也只是一味服从,"嫁鸡随鸡,嫁犬随犬",夫妇间缺少一种凝聚力,缺少真正的乐趣;至于一旦不幸,失去丈夫的寡妇,则更得处处小心,不仅要在内心时时压抑克制自己可能萌动的春情,即使在举手投足上,也得防止可能遭到的非议。鲁迅认为,这种单方面要求妇女禁欲的做法,最集中地体现了封建伦理道德的虚伪性,因为社会道德一方面要求女子单方面禁欲,讲"贞操"、"节烈",另一方面又毫不谴责男性对女子的胡作非为;一方面"把女人看做一种不吉利的动物,威吓她,使她奴隶般的服从,同时又要她做高等阶级的玩具。正像现在的正

---

① 《准风月谈·男人的进化》。
② 《坟·寡妇主义》。

人君子,他们骂女人奢侈,板起面孔维持风化,而同时正在偷偷地欣赏着肉感的大腿文化"①。这就使女子实在难以做人:又要禁欲、要讲节操,而又要对作为丈夫的男人服从,要面对社会所怂恿的"破人节操的男子","所以女子身旁,几乎布满了危险","除却他自己的父兄丈夫外,便都带点诱惑的鬼气"②。由此可见,所谓的"女德"实际上仅仅是对于女性的"苛酷"。鲁迅认为,中国封建社会的一切强加于女性的、要求女性单方面遵循的道德规范,都是极不人道的,这正是中国伦理文化畸形的体现。

(五)新伦理道德观的提倡

鲁迅在猛烈抨击这些畸形道德的同时,提出了建立新型的道德观念的主张。他认为,新的道德观念应是建立在人格独立、相互间地位平等的基础之上的。必须首先去除"孝道"观的毒害,"此后觉醒的人,应该先洗净了东方古传的谬误思想,对于子女,义务思想须加多,而权利思想却大可切实核减,以准备改作幼者本位的道德"。在鲁迅看来,长者对幼者主要是尽义务的问题,因为这是一个必然的过程,"幼者受了权利","并非永久占有,将来还要对于他们的幼者仍尽义务"。对于义务和权利,每个人都只是"前前后后""过付的经手人"而已。正因为如此,父母对子女,赖以结合在一起的,决不是长者对幼者施恩、再由幼者报恩的关系,而应是一种出于天性的爱。并且还要"将这天性的爱,更加扩张,更加醇化;用无我的爱,自己牺牲于后起新人"③。这就是鲁迅所倡导的新型的"爱"的道德。这种爱的道德,鲁迅将它具体化为三个方面的内容。

---

① 《南腔北调集·关于女人》。
② 《坟·我之节烈观》。
③ 《坟·我们现在怎样做父亲》。

"开宗第一,便是理解。"鲁迅认为,科学的研究证明,"孩子的世界,与成人截然不同;倘不先行理解,一味蛮做,更大碍于孩子的发达。所以一切设施,都应该以孩子为本位"①。中国人过去有许多"误解",把孩子看成是"缩小的成人",以成人的要求来对待孩子,这是扼杀孩子的天性。对此,鲁迅曾深有痛感,他在《野草·风筝》、《朝花夕拾·五猖会》、《朝花夕拾·从百草园到三味书屋》等作品中都有描写。鲁迅最反对"少年老成",而这种"少年老成"正是长者以成人要求来束缚孩子的结果。鲁迅认为,幼稚,是孩子的必经阶段,完全是一种必然,所以"幼稚对于老成",不应"有什么耻辱"②。处处刁难幼者,动辄责罚,只能使孩子过早地"萎缩"。"第二,便是指导。"鲁迅认为,"时势既有改变,生活也必须进化","后起的人"应超越于前辈,因此对人的发展"决不能用同一模型,无理嵌定"。长者决不能将自己既成的生活模式强加于后辈身上,他们的任务是对幼者"除了养育保护以外,再教他们生存上必需的本领"。但这种"教"必须以"指导者协商者"的身份来进行,而"不该是命令者"。这种"指导",必须是无私的,不是教会幼者如何"供奉自己",而是"专为他们自己,养成他们有耐劳作的体力,纯洁高尚的道德,广博自由能容纳新潮流的精神,也就是能在世界新潮流中游泳,不被淹没的力量"。"第三,便是解放。"因为父母对子女有着挚爱,所以父母应"尽教育的义务,交给他们自立的能力"。又因为父母与子女之间关系的连接仅凭着爱,因此同时也应将子女看成"是人类中的人",承认他们有独立的人格,"完全的解放"他们,使他们的一切权利"全部为他们自己所有"。总之,在父母与子女之间,鲁迅认为,合理的伦理关系"便是父母对于子女,应该健全的产生,尽力的教育,完全的解放"。只有这样,才是顺应了"世界文化潮流的"。从

---

① 《坟·我们现在怎样做父亲》。
② 《坟·未有天才之前》。

文化发展和社会进步的角度看,"这样做的可以生存,不然的便都衰落"①。

鲁迅在提出以上新的父子间的伦理关系和新的道德主张的同时,还进一步告诉人们:这种新伦理道德的真正实行,"是一件极伟大而紧要的事,也是一件极困苦艰难的事",因为这种新的伦理道德的本质是"利他的,牺牲的",所以"很不易做,而在中国尤不易做"。必须有一批真正"觉醒"的中国人,"觉醒的父母",勇于"尽义务",勇于作"牺牲",为实现"长者解放幼者","一面清结旧帐,一面开辟新路",即"自己背着因袭的重担,肩住了黑暗的闸门,放他们到宽阔光明的地方去;此后幸福的度日,合理的做人"②。鲁迅不仅这样讲了,而且自己是身体力行的。例如鲁迅与海婴的关系,就可以称得上是一种新型的父子关系③。

针对畸形的女性道德,鲁迅指出,"此后觉醒的人,应该先洗尽了东方固有的不净的思想,再纯洁明白一些,了解夫妇是伴侣,是共同劳动者,又是新生命创造者的意义。"④唯其如此,夫妇间才会产生真正的情感,才有真正使之凝结在一起的聚合力,也只有这样的夫妇关系才是真正道德的。鲁迅在与许广平结合后,的确也是努力实践着他所提倡的新道德的。可以说,鲁迅与许广平共同生活的日子,是在"随时随地、略尽其分忧、慰藉之忱",或"共话喜悦,相与一笑"⑤的互相鼓舞中度过的。鲁迅直到临逝世前,想到的也首先是许广平的幸福,他有一条遗嘱是这样写的:"忘记我,管自己生活。——倘不,那就是胡涂虫。"⑥ 这是鲁迅对许广平的最

---

① 《坟·我们现在怎样做父亲》。
② 同①。
③ 参见许广平:《欣慰的纪念·鲁迅先生与海婴》,人民文学出版社 1951 年版。
④ 同①。
⑤ 参阅许广平:《欣慰的纪念》。
⑥ 《且介亭杂文末编·死》。

深切的关怀,也是鲁迅思想彻底解放、最为开明的体现。鲁迅以自己的行动,实施了自己所提倡的夫妇间"完全的平等"、"相互的关怀"、"深切的爱"的新道德。

综上所述,鲁迅的伦理文化观中,具有特别丰厚的内容。这里面既有对中国封建伦理文化的深刻认识,又有对具体伦常关系及其相应的封建道德观念的精到分析和尖锐批判;既有针对封建伦理道德"畸形"、"野蛮"的特征所提出的建立新的伦理道德的主张,又有鲁迅对新道德的亲自实践。鲁迅的伦理文化批判与对新伦理道德的提倡,在五四新文化运动中起了巨大的作用,为推动新文化运动的发展作出了杰出的贡献。[①]

第四节 鲁迅的宗教文化观

在一个对传统文化进行全面反省的历史时期,是无法回避对宗教文化作出评判的。虽然,宗教在中国政治、思想、文化中所占的地位远不像西方社会那样重要,宗教思想也并未像西方国家那样曾在整体上成为占统治地位的思想,但它毕竟是中国传统文化的一个重要组成部分。作为一种"在野"文化,它一方面起着经典文化、统治阶段的文化与"俗"文化之间的连接、整合的作用,另一方面,它本身也有许多与经典文化和俗文化相重叠的地方;况且,宗教对于社会生活的影响具有一种广泛性和渗透性的特点,因此常常以特有的方式,在一定程度上广泛地反映出尊奉这种宗教的民族的思想方式和民族心理结构。一个民族对于不同宗教的选择,一个时代对于不同宗教的不同评价,这都与民族文化和时代风尚有着内在的联系。中国近代以来的文化人对宗教文化所表现出的极大的"兴趣",正是与近代以来先驱者们所进行的文化反省联

---

① 本节参考朱晓进:《鲁迅的伦理文化观》,《江海学刊》1992年第1期。

系在一起的。鲁迅作为历史转折期文化的重要代表人物,他的宗教文化观具有典型的意义。鲁迅对宗教文化的反省也是他对整体中国文化进行反省的重要方面。

(一)对宗教文化的总体认识

鲁迅对世界上主要的几大宗教进行研究之后,首先在理论上形成了对宗教文化的独特看法。虽然鲁迅对各种不同宗教的具体评价是不一样的,但他也看到了宗教作为一种文化形态,它们有着一些共有的特征和规律。鲁迅认为,宗教是特定历史阶段文化发展的产物,因此,它很可能随着文化的进一步发展而成为过去,例如"佛教",就"已死亡,永不会复活了"[①]。宗教的产生,源于人们认知世界的探索精神和征服世界的美好愿望;当人们自身能力的发展尚难以与自然力抗争时,便用想象把人们的愿望加以"外化",并对自然力"施以人化"的想象,这就产生了"神话"和原始宗教。人类从没有宗教到有宗教,是文化的一大进步。宗教的产生是人类认识能力发展中的一个重要环节,但宗教一旦被以一种教义和仪式固定下来,便把处于原始状态的人们观照世界的方式也神圣化了;这样,随着文化的发展,尤其是科学的发展,宗教与科学之间便产生了矛盾和对立。同时,一种宗教一旦形成,它们会对文化发生反作用力,即以其特有的方式影响人心,影响社会,乃至在一定程度上制约着文化的进步和发展。因此,鲁迅认为社会发展到一定的水平,宗教的蒙昧主义的特征就显示出来了。宣扬蒙昧主义,几乎是一切宗教所共有的内容。例如中世纪的罗马教会,就曾用蒙昧主义"梏亡人心",使"思想自由几绝,聪明英特之士,虽摘发新理,怀抱新见,而束于教令,胥缄口结舌而不敢言";"其有毅然表白

[①] 转引自许寿裳:《亡友鲁迅印象记》,人民文学出版社1953年版,第44页。

于众者,每每获囚戮之祸"①。鲁迅指出,宗教宣扬的蒙昧主义,是科学发展的大敌,西方国家在中世纪,因"宗教暴起,压抑科学",致使"科学之光,遂以黯淡"②。而近代以来,西方社会由于科学战胜了宗教,才最终完成了文化由中世纪的落后向近代的先进的转化。由此来观照中国的社会,鲁迅也深切希望能去除宗教蒙昧,去除迷信,张扬科学,使"和尚,道士,巫师,星相家,风水先生……的宝座,都让给了科学家"③,中国的文化才能够完成由旧向新的转换。正是在这个意义上,鲁迅对宗教是持整体反对的态度的。在新文化运动中,鲁迅文化批判的内容有相当一部分就是针对那些作为佛教、道教的宗教仪式的东西,如巫祝术,神仙术,扶乩打拳,鬼画符等迷信行为的。鲁迅明确认识到,历史发展到了今天,作为具有整体功能的完整的宗教应成为过去的东西,它们的继续存在,对科学的发展是不利的。

但是,鲁迅对待宗教的态度又是十分审慎的,他并没有停留在简单地提出反宗教的口号,或简单地将之视为"已成为过去"的东西而不再理会它。鲁迅看到了宗教文化的复杂性,它与任何一种精神文化一样,有着与人们的精神生活难以剥离的因素。任何一种具体的宗教,随着文化的发展,必然会成为过去的东西,但作为宗教文化中所包含的一些精神内容,也许仍会深藏于人们的精神生活之中。因此,所谓"成为过去",只是指宗教之整体功能上的失却;如果在打破了宗教的结构格局、去除了它的整体功能之后,宗教文化中不乏可以汲取、借鉴的具体有益因素。例如,任何一种宗教文化中事实上都有一种"足充人心向上之需要"的精神吸引力,这种精神吸引力可以起净化人心的作用,可以使人们从物质利欲

---

① 《坟·文化偏至论》。
② 《坟·科学史教篇》。
③ 《且介亭杂文·运命》。

的狗苟蝇营中解脱出来;如果利用得好,即不是以这种精神吸引力把人们从现实世界中引向虚幻的"天国",引向蒙昧;而是以这种精神吸引力使人"一扬其精神",避免"沦溺嗜欲",则是有意义的。[①]宗教是以特有的方式对人们施加影响的,只要去除了这影响的内容而借鉴这种影响方式,对于新文化运动中的思想启蒙还是很有用的。

况且,宗教文化即使在内容方面,也不全是荒谬和消极的东西。鲁迅是很注意从宗教文化中挖掘这种真理性因素的。例如,鲁迅就曾高度评价过佛教教义中的平等观念。佛教提出:"虽复上同如来,不以为尊,下为六师,不以为卑"[②];鲁迅认为这是对建立在封建伦常观念基础上的等级制度的反叛,正是因为这种反叛性的内容,导致了"自六朝至唐宋,凡攻击佛教的人,往往说他不拜君父,近乎造反"[③]。又如,鲁迅对基督教宣扬的博爱精神也曾加以首肯,他在《野草·复仇(二)》中,对体现在耶稣身上的那种拯救世人、牺牲自我的博爱精神给予了肯定性的审美评价。

鲁迅认为,宗教文化作为精神文化的一种,它与其他精神文化有着密切的联系,研究宗教文化,不仅可以通过揭示宗教文化与其他精神文化的关系进而了解其他精神文化的一些内容和特点,而且也可以以宗教文化为"窗口",进而把握作为宗教文化氛围的整体中国文化的诸多特点。鲁迅之所以对宗教文化感兴趣,其中很重要的原因也正是在于通过宗教文化来把握产生这种宗教文化的整个文化传统,以及加深了解与之相关联的其他精神文化。鲁迅在分析中国的艺术文化时,非常注意宗教文化的影响和作用。他认为,宗教与神话是同源的,原始宗教有时就是与神话传说纠结在

[①] 见《集外集拾遗补编·破恶声论》。
[②] 《维摩诘经·弟子品(第三)》。
[③] 《热风·三十三》。

一起的:由"初民"解释"变异无常"的自然现象而产生神话,又由于对神的"信仰敬畏","于是歌颂其威灵,致美于坛庙,久而愈进";所以,神话"为宗教之萌芽"①。不仅如此,而且宗教对文学艺术首先发生直接影响,这种情况各国都普遍存在。欧洲文学的源头常常可以追溯到《圣经》,印度的佛教也多有寓言,"他国文艺,往往蒙其影响"②。不仅如此,鲁迅还认为,宗教在其发展中,产生了特有的宗教艺术,如"著名之建筑,伽兰宫殿"、"壁画及造像"等等③。由于宗教的目的是劝善,而枯燥的教义是难以被人接受的,因此就产生了以"娱心"为手段的宗教文学。鲁迅在其著作中曾多处直接分析了宗教对中国艺术文化的发展所产生的巨大影响。例如,唐代佛教在中国流传日广,致使产生了"灿烂"的"佛画"和精美的石雕④。鲁迅在分析六朝志怪小说盛行这一文学现象时又曾指出:"中国本来信鬼神的,而鬼神与人乃是隔离的,因欲人与鬼神相交通,于是乎就有巫出来。巫到后来分为两派:一为方士;一仍为巫。巫多说鬼,方士多谈炼金及求仙,秦汉以来,其风日盛,到六朝并没有息,所以志怪之书特多"⑤。加以"印度佛教之输入",伴随佛教而来的"鬼神奇异之谈也杂出","所以当时合中,印两国底鬼怪到小说里,使它更加发达起来"。鲁迅在分析明代神魔小说的盛行时也曾指出:"此思潮之起来,也受了当时宗教,方士之影响的。"⑥

总之,鲁迅对待宗教文化的态度是特别谨慎的,其否定性态度远不如对待其他领域的封建文化那么强烈、决绝、干脆。这也许与宗教文化在中国所具有的特殊地位有关。在中国,正因为宗教从

---

① 《中国小说史略·神话与传说》。
② 《集外集·〈痴华鬘〉题记》。
③ 《集外集拾遗补编·拟播布美术意见书》。
④ 《且介亭杂文·论旧形式的采用》。
⑤ 《中国小说的历史的变迁·六朝时之志怪与志人》。
⑥ 《中国小说的历史的变迁·明小说之两大主潮》。

来未成为能行使统治权力的国教,它对于中国人各方面的影响与中国经典的传统文化如儒家思想等相比要小得多。所以,鲁迅在整体格局上对宗教文化进行批判的同时,在有些场合是对宗教文化中的积极因素持肯定和"拿来"的态度的。掌握了鲁迅这一总的态度,我们再来分析鲁迅与作为中国主要宗教的佛教、道教的关系,就能够有一个基本的出发点。鲁迅的宗教文化观,在很大程度上是具体体现在他对佛教和道教的评价上的。

(二)与佛教文化的关系

鲁迅在《我的第一个师父》一文中曾讲到自己与佛教的结缘:"我生在周氏是长男,'物以稀为贵',父亲怕我有出息,因此养不大,不到一岁,便领到长庆寺里去,拜了一个和尚为师了。……由此得了一个法名叫作'长庚',后来我也偶尔用作笔名……"但鲁迅真正开始接触佛教,是在日本留学时。当时他师从章太炎,因而受其影响,开始重视佛学研究。从1912年以后的鲁迅日记中,可以看出他在一段时期内大量购买佛典经籍的情况。五四时期及以后,鲁迅虽不再专心从事佛学研究,但对佛教问题仍发表了不少见解。

鲁迅对佛学发生兴趣,原因是多方面的。有人认为这是鲁迅看到辛亥革命失败后,心境较为苦闷,因而借研究佛经作为一种排解;也有人认为是鲁迅的不幸家庭生活和个人坎坷遭遇,使他想借研究佛经以"代醇酒妇人";也许这两种情况都存在,内外夹击,把鲁迅一时追逼到了佛教的边缘,以至于使他对以"苦"来认识人世的存在,以"渴爱"来创导解脱苦恼的"释迦"的教义,在内心深处引起了某些共鸣。鲁迅曾对人说过:"释迦牟尼确实是一位伟大的哲人,我平时抱有的对人生难解的许多问题,令人吃惊的是,他早就大部分启示清楚了,的确是伟大的哲人!"这说明鲁迅之接触佛教文化,是想从中汲取人生哲理的启悟,或是其他精神养料的。同时,作为一个对中国文化特别关切的人,当他真正深入佛教研究中去时,他实际上已不可能不把它当作一种文化研究的对象来对待了。

从反对以儒家思想为主要精神支柱的专制制度和非人的伦理道德出发,鲁迅强调佛教中的平等观念;为呼吁反封建的勇猛的精神界战士,鲁迅希望佛教所张扬的"普度众生"、"唯识无境"等观点能够强化先觉者们的对外界压力的承受心理和主观战斗精神;而从改造国民性的愿望出发,鲁迅则又看到了佛教的"足充人心向上之需要"① 的一面。鲁迅认为,中国国民性的一大弱点是"无特操"、无专一的信仰,狗苟蝇营;他指出,"中国人自然有迷信,也有'信',但好像很少'坚信'"②。而"佛教崇高",对于纯净人们的道德,使人清净专一等有积极的作用。鲁迅认为,佛教寺庙里的僧侣,比起那种"志操特卑下,所希仅在科名"的人物来,"其清净远矣"③。

鲁迅不仅以佛教思想中有益的东西为武器,用来批判封建儒家文化,也不仅试图通过运用佛教净化人心和道德的方法、方式,来为完成改造国民性的任务服务,更具意义的是,他还从佛教中汲取了许多有益的精神养料,这种汲取对鲁迅的人格形成是很重要的。我们从鲁迅那种勇于探索、坚韧不拔、牺牲自己以拯救民众等精神人格中,可以看到佛教精神的有益影响。例如,鲁迅就曾高度称赞唐代僧人、佛教唯识宗的创始人之一的玄奘身上所体现的宗教精神:对信仰的忠贞,为实现理想而艰苦奋斗的献身精神。鲁迅

---

① 《集外集拾遗补编·破恶声论》。
② 《且介亭杂文·运命》。
③ 同①。

曾将"舍身求法"的玄奘列为"中国的脊梁"① 之列,鲁迅人格中的勇于探索、坚韧不拔,与这"舍身求法"的品格有着一种精神上的联系。鲁迅曾多次以称赞的口吻提及释迦牟尼"投身饲虎"的故事;鲁迅人格中牺牲自我而利他人的殉道精神(自己肩住黑暗闸门,让别人到更广阔的地方去生存),与释迦牟尼牺牲自我普度众生的精神亦有相近之处。在鲁迅的人格,如对自己信仰的忠贞,反对朝令夕改的无特操等等方面,都可以看出佛教的积极影响。在人生观上,我们亦可看出鲁迅所受佛教思想的影响。许寿裳曾说过,鲁迅研究佛教,其目的之一是"借以研究其人生观"②。例如鲁迅的"人间苦"思想,多少运用了佛教参悟人生的思想方法,多少反映着"现世苦难"的佛教观世态度的影响。这种思想方法和观世态度,对鲁迅的心理结构的形成起了不小的作用。鲁迅对于人生苦难的大彻大悟,对于人类生存状况的绝望反抗,鲁迅对于生死的豁达大度等方面,都明显有着佛教思想影响的痕迹。

佛教思想的影响,还在某些方面带来了鲁迅作为文学家的某种深刻性。这种深刻性不仅体现在鲁迅的文学创作上,也体现在他对文学现象的认识和分析上。关于这一点,许寿裳曾作过评论,他说:"鲁迅读佛经,当然是章先生的影响。……先生和鲁迅师弟二人,对于佛教的思想,归结是不同的:先生主张以佛法救中国,鲁迅则以战斗精神的新文艺救中国。"③ 这里多少指出了鲁迅与章太炎的不同之处。章太炎试图把佛教作为拯救国民的理论归宿,即所谓"非说无生则不能去畏死心,非破我所则不能去拜金心,非谈平等则不能去奴隶心,非示众生皆佛则不能去退屈心,非举三轮

---

① 《且介亭杂文·中国人失掉自信力了吗》。
② 许寿裳:《亡友鲁迅印象记》,第44页。
③ 许寿裳:《亡友鲁迅印象记》,第46页。

清净则不能去德色心"①。在这里,章太炎几乎把佛教作为拯救中国的唯一思想武器。而鲁迅则是看到了佛教影响人们精神的作用,试图以此为途径之一,去改换人心。而在影响人心这一点上,佛教的作用与文学相同,它们都不是拯救国民的最后理论归宿,而仅是手段之一。正是从这一目的出发,鲁迅曾把佛教"顾瞻百昌,审谛万物"的充满"灵觉妙义"的观照事物和影响人心的方式看成是与"诗歌"有着同样的"美妙"之处②。佛教文化与鲁迅的文学创作,仅就最为明显的诸多作品中所运用的佛学典故、思想材料等,便可看出二者之间的联系。正是对佛教典故、词汇、寓言等的运用,常常增强了鲁迅作品的寓意、思想深度和艺术感染力。诸如刹那、涅槃、轮回、华盖、摩罗等佛教用语,在鲁迅作品中均可随手拈来。佛教典故、寓言的运用也随处可见,例如用"狮子身中的害虫"比喻混入革命阵营中的投机分子③;用"故鬼、新鬼、游魂、牛首阿旁、畜生、化生、大叫唤、无叫唤"、"重迭的黑云"等来形容地狱一般的华夏④;用"释迦出世,一手指天,一手指地曰:'天上地下,惟我独尊'"来形容国民党反动派的独裁统治⑤;用"布袋和尚"的举动来鼓励人们勇于解剖自己⑥,等等。

　　佛教对于作为文学家的鲁迅的影响,不仅体现于具体的文学创作上,而且体现在他对各种历史和现实的文学现象的分析眼光。在写作《中国小说史略》、《汉文学史纲要》等文学研究论著时,鲁迅都曾分析了佛教与中国文学艺术的关系。鲁迅对六朝志怪小说、明清神魔小说等文学现象的精到分析,正是得力于对佛教的精通。

---

① 章太炎:《建立宗教论》,《民报》第9号(1906年9月出版)。
② 《集外集拾遗补编·破恶声论》。
③ 《伪自由书·后记》。
④ 《华盖集·"碰壁"之后》。
⑤ 《伪自由书·天上地下》。
⑥ 《书信·致孙伏园(1923.6.12)》。

他论述宋人说话的产生与讲述佛经故事的变文的流行这二者之间的关系、《红楼梦》的主题思想与佛家色空观念的关系等,都具有特别的精到之处。佛学知识对鲁迅考证历史作品的真伪亦有很大帮助,如他曾经考证出六朝六种小说(《神异经》、《十洲记》、《汉武故事》、《汉武帝内传》、《洞溟记》、《西京杂记》)系后人所作而谬托汉人,其依据就在于一是与汉人"笔调不类",再则"中间夹有佛家语——彼时佛教尚不盛行。且汉人从来不喜说佛语——可知也是假的"①。鲁迅的这种判断力,正是来自他对中国佛学不同时期特点的精到研究和准确把握。

毫无疑问,鲁迅关注佛教,研究佛学,这是有着积极意义的,这种意义不仅仅属于鲁迅,而且属于自近代到"五四"整整两代的文化先驱者。在近代到"五四"这段历史时期佛教文化的受推重,无论从哪方面来说,都只能是文化转折时期的必然现象:在文化转折中产生的失落感,使一些人从佛教中寻找精神依托;从反对旧文化传统的需要出发,使一些人从佛教中找寻思想武器;出于建立新的伦理文化的要求,使一些人从佛教中找寻有益的可供借鉴的道德内容;为了适应文化转换的需要,为了对付作为文化先驱者所必然面临的环境压力,使有些人试图从佛教中汲取一些精神力量,以强化自己的心态,修炼自己的人格。而在鲁迅身上,这几个方面都有所体现,同时又不仅仅是这些。这也正是鲁迅的博大精深之处。

在很多的情况下,鲁迅对佛教问题的评价,其目的其实往往与佛教自身无关,而只是以佛教为一"窗口",由此作文化的延伸,以达到文化批判的目的。例如鲁迅对"大乘、小乘"、"居士、佛子"的有关论述就是这样的。鲁迅在研究了佛教的发展历史之后,曾就佛教由小乘发展到大乘的问题发表了自己的看法,他认为,大乘使佛教变得浮滑,失去了自己的本来面目。而小乘主张自行解脱,要

---

① 《中国小说的历史的变迁·从神话到神仙传》。

求苦行修炼,在很大程度上保持了早期佛教的精神;大乘佛教则主张"普度众生",强调尽人皆能成佛,一切修行以简便、见效快为主,戒律比较松弛。由于大乘佛教简便易行,又人尽皆能成佛,故在我国流行和产生影响的是大乘佛教。鲁迅对小乘向大乘的发展,谈了自己的看法:"我对于佛教先有一种偏见,以为坚苦的小乘教倒是佛教,待到饮酒食肉的阔人富翁,只要吃餐素,便可以称为居士,算作信徒,虽美其名曰大乘,流播也更广远,然而这教却因为容易信奉,因而变为浮滑,或者竟等于零了。"① 当然,鲁迅分析佛教的这种变迁,其目的并非止于佛教史的研究本身,而是通过这种宗教现象,分析中国"文化—心理"的特点:要想成正果,又不愿付出代价;缺少奋斗与牺牲精神,而又偏偏想获取非艰苦不能获得的超度;于是便想方设法投机取巧,走捷径。在鲁迅看来,大乘佛教之所以在中国流行并产生巨大影响,就是因为大乘佛教教义迎合了中国人的这种"文化—心理"。大乘不要人艰苦修行,把小乘佛教中具体的苦行变为大乘中大而无当、无所不可以成佛的教义,迎合了中国"文化—心理"中不求实干、不求力行、不认真、万事笼而统之、自欺欺人等特点。透过佛教现象,看到中国文化的特征和根源,以宗教现象为引子,作文化延伸,进行文化批判,这正是鲁迅的深刻而独特的地方。鲁迅对"居士"和"佛子"的分析也带有同样的意义。他认为,居士者,乃并不真心向佛者,心中既无信仰,也就不想为信仰作任何牺牲,只是又不肯放弃那向佛的一点点"好处",即成佛、成仙的诱惑和"脱俗"、"向善"的美名,于是采取了一种变通的方法,既不受苦,又能享受那可能的好处。鲁迅对中国"文化—心理"中的这种投机性、见利忘义的特点是有充分认识的,在《庆祝沪宁克复的那一边》一文中,就曾借用佛教大、小乘及居士和佛子的议论,告诫人们在革命不断胜利的情况下,要防止投机分子钻进

---

① 《集外集拾遗补编·庆祝沪宁克复的那一边》。

革命队伍:中国国民性中向来有"见胜利纷纷而上,见失败纷纷逃亡"的习性,这是投机意识的表现,因为"见胜利"时,已不必冒风险,而又可分享胜利果实;这与"大乘、小乘"、"居士、佛子"的宗教现象所反映出的中国"文化—心理"是一致的。

总之,鲁迅与佛教文化的关系中,有着特别丰富的"文化"内容,这不仅是我们了解鲁迅的整体文化观的一个不可缺少的方面,而且,从鲁迅对佛教文化的种种分析中,我们可以得到诸多文化启示;同时,透过鲁迅的宗教文化观,我们还可以从一个侧面了解到近代思想文化的发展情况。

(三)对道教文化的态度

与对待佛教的态度不同,关于道教,无论就其思想,还是仪式和方法等各个方面,鲁迅都是坚决反对的。鲁迅对道教文化问题非常重视,早在1918年,五四新文化运动正处于高潮中时,他就在给许寿裳的信中说:"前曾言中国根柢全在道教,此说近颇广行。以此读史,有多种问题可以迎刃而解。"[①] 此后,鲁迅曾在多处表示这种看法,直到1927年,鲁迅还说过:"人往往憎和尚,憎尼姑,憎回教徒,憎耶教徒,而不憎道士。懂得此理者,懂得中国大半。"[②] 很明显,鲁迅是把道教文化作为理解中国文化的一个重要方面来认识的,而且确认,在这一方面较多地包蕴了中国文化的内容。鲁迅所谓"中国根柢"者,亦即主要指中国封建文化的根柢;既然道教最充分、集中地体现了这种文化根柢,那么要理解中国文化,道教无疑是一个重要"窗口";不仅是道教本身,而且从人们对待道士的态度中,也可以观出中国人普遍的"文化—心态"。在新

---

① 《书信·致许寿裳(1918.8.20)》。
② 《而已集·小杂感》。

文化运动中及以后,鲁迅致力于对中国封建文化的批判和对中国国民性(包括"文化—心态")的揭示,因此,对道教文化的评判就附带成了鲁迅文化批判的重要内容之一。

鲁迅深入到道教的内里,并就其不同内在层次加以剖析,从而揭示并批判了道教所体现的中国传统文化。鲁迅论道教文化,通常是将它分为两个层次,一是指"道士思想",主要指道教仪式部分,如科仪和方术等所体现的文化思想;一是指作为道教形而上思想的核心的"道家(老庄)思想"。

关于"道士思想"。鲁迅曾经指出,中国人研究自己,可从多方面入手,可研究的东西也很多,其中之一就是"道士思想(不是道教,是方士)与历史上大事件的关系,在现今社会上的势力"[①]。鲁迅这里所谓的道士思想,不是整体的"道教"思想,它不包括道教中形而上的思想理论,而主要只是指道教中形而下的"方士"思想。鲁迅曾分析过方士思想对历代君王及由此而对历代邦国大事的影响。中国道教虽攀附老庄,但其一整套得以形成完整宗教体系的内涵却集中了众多粗陋鄙俗的巫觋方术。由于这个原因,在影响方面,道教势力在最初远不如儒、佛两家。儒学在中国源远流长,积蓄已久,佛教声势浩大,花样百出;而道教能与这二者抗衡,最终争得与儒、释相对应的鼎足之地位,这是因为道教采用了特殊的方法:一方面靠道士们走上层路线,道教徒们常常找些统治者(直至皇帝)吹喇叭抬轿子,并使出中国巫师方士早已惯熟的一套鬼把戏,如献符命、谶言之类来讨好卖乖,投机政治,这使得道教有时借助政治力量与佛教分庭抗礼,道士们自己也一下子飞黄腾达;另一方面,道教徒们抓住人的欲望大做文章,使道教宗旨具有诱惑力——与社会心理条件相契合,使道教渗透到各个阶层。道教利用方术对统治者施以影响,常常在很大程度上左右了中国的政治和

[①] 《华盖集续编·马上支日记》。

文化。此外,道士思想历史的某些阶段对一些著名文人及作品也产生过很大影响。鲁迅在《魏晋风度及文章与药及酒之关系》中就谈到了魏晋文人的服药;在《中国小说史略》中谈到《封神演义》产生于"方士之见"。鲁迅认为,这种"道士思想"的影响不仅存在于中国历史上,也存在于现实中。鲁迅之所以把"道士思想"专门提出来,并特地说明它"不是道教,是方士",就是为了提醒人们,作为"道教",在明清之后基本走向衰落,但那一套方士思想仍有很多的市场。例如鲁迅指出的一些现象:社会上散布着"妖气",充斥着"鬼话",许多人幻想着"成仙";"抉乩"、"降坛"者有之,"迎尸拜蛇"者有之,卖"推背图"者有之,声称"张天师传言自山东来"者有之;甚至"把科学东扯西拉,羼进鬼话,弄得是非不明,连科学也带了妖气"①。这些显然是道士思想在起着作用。由于这种道士方术有欺骗作用,因此它向来是统治者愚弄人民的有力武器。且不说被道教徒称之为"张天师",奉为道教创始人(东汉五斗米道的创立者)的张道陵曾被历代君王多次授予各种封号,并封其子孙以"天师"、"真人"之称;直到1934年,在国民党反动统治下,当局仍在尊奉"张天师"的妖法(灾区几及全国,旱灾有十四省之多,当局为平民愤,请道士作法求雨)。鲁迅在这年8月给友人的信中对此加以讽刺道:"张天师作法无效,西湖之水已干。"②

鲁迅不仅指出了道士思想在历史和现实社会中所具有的影响,而且就这种影响加以分析,从而达到了文化批判的目的。鲁迅指出:"方士的最高理想是仙道"③。这个"仙道",实质上是极端的享乐主义、利己主义的体现:既要求"飞升"之后的享乐(得道升天),又不放弃俗世的享乐(以种种供其享乐的方术,充分放纵人们

---

① 《热风·随感录三十三》。
② 《书信·致姚克(1934.8.31)》。
③ 《且介亭杂文·关于中国的两三件事》。

的享乐欲望)。道教作为一个宗教,它与其他宗教诸如回教、耶稣教、佛教等在教义上最大的不同点,就在于道教特别注重现世的享乐,并且要把这种享乐无限地延续下去,因而有了种种炼丹服药的方士之术,以求"长生不老"。从这个方面来看,道士思想几乎可说是代表了道教的思想。葛洪在《抱朴子·内篇》中这样描述道教鼓吹的理想:"登虚蹑景,云舆霓盖,餐朝霞之沆瀣,吸玄黄之醇精,饮则玉醴金浆,食则翠芝朱英,居则瑶堂瑰室,行则逍遥太清。"有人曾指出中国文化属于"乐感文化"(即重现世、来世享乐,重圆满,而缺少悲剧意识等),那么道教文化就是最集中最充分地显示了这一文化特征。道教在最大程度上顺应了人的要求享乐的欲望:"孰不乐生而畏死?"那么,道教这里就有的是长生不死的丹药与方术;谁不想过上能超越现实的神仙日子?于是道教就提供了导引吐纳、食气、辟谷、升仙、羽化的方法;人们不是都害怕病疟、鬼魅、水旱之灾吗?那也好办,道教这里有的是斋醮、祈禳、禁咒、符箓供你挑选。总之,道教是"主生"、"主乐"的门径,会让你其乐无比,要钱用,它能点石成金,化铜成金;要女人,它能教你房中御女合气之术。① 这些,本来都是很荒唐的,诚如鲁迅所说:"卖仙药的道士,将来都与白骨是'一丘之貉'",向他们"求上升的真传,岂不可笑?"② 但由于它顺应了人们的享乐心理,故全然没有人去考虑它的可笑之处。而相比之下,其他宗教却正好相反。道教是以生为乐,以长寿为大乐,以不死成仙为极乐;而佛教却以生为苦。佛教也注意到现世人的生活欲念,但却不是顺应这种欲念(更不像道教把这种欲念加以张扬以至于发展到变态的地步,即如鲁迅所说的"纯粹兽性方面的欲望的满足——威福、子女、玉帛……"③),而是

---

① 参阅葛兆光:《道教与中国文化》,上海人民出版社1987年版,第166–167页。
② 《华盖集·导师》。
③ 《热风·五十九"圣武"》。

要人抛弃这种欲念。除了道教以外,大多数宗教都主张克制现世的欲望去追求彼岸世界,而彼岸世界的获得又总以现世的克制、修行为代价。诸如和尚、尼姑、回教徒、耶稣教徒的修行,总会给人以一种克制自己到了特别过分的地步的感觉,尤与一般人的享乐欲望相违逆;他们甘愿"入地狱",背十字架,弃俗出家,或终身作修女、修士,剃发易服,戒荤腥,绝婚配等等。而道教教旨是让人享乐,而且永远地享乐,且不须付出很大代价,对于世俗人们来说,它是事实上存在的种种人生缺憾的心理补偿。因此,在世俗人的心目中,较之和尚、尼姑、回教徒、耶教徒,道士似乎更能受到乐感文化氛围中的世俗人的青睐。这就是人们往往憎和尚、尼姑、回教徒、耶教徒而不憎道士的由来。所以,鲁迅说:"懂得此理者,懂得中国大半。"

此外,鲁迅还指出了道教所体现的中国"文化—心态"的惰性、无特操等特点。鲁迅在谈到中国"文化—心态"中的排外性时,曾举过这样的例子:"佛教东来时有几个佛教徒译经传道,则道士们一面乱偷了佛经造道经,而这道经就来骂佛经,而一面又用了下流不堪的方法害和尚,闹得乌烟瘴气,乱七八糟。"[①] 道教的形成过程以及道士的这种所作所为,正是体现了深藏于中国人性格中的守旧、排外的文化心态以及"无特操"的人性弱点。中国人的憎和尚、尼姑、回教徒、耶教徒而不憎道士,也包含了这样一个原因,即唯有道教是"国粹",是土生土长的,而其他都是外来户,几乎出于一种本能的排外和守旧,使他们对一切外来的东西都抱着一种厌恶。

总之,鲁迅通过对"道士思想"的批判,一方面揭示了道教所体现的中国文化的特征,另一方面也通过批判道士思想来达到批判中国传统文化的目的。

---

① 《集外集拾遗补编·关于〈小说世界〉》。

关于"道家思想"。由于老庄被道教当作偶像,道家思想为道教所攀附,且在道教的形而上的理论中占有重要的位置,因此,要全面分析和理解道教,当然不能避开对道家思想的评判。道教之受历代统治者的青睐,一方面是它以其方术让统治者们极享现世之快乐,另一方面则是由于道教为统治者提供了所谓"君王南面之术",即耍权术、搞阴谋的统御之术。而后者则主要是从道家思想中汲取来的。

在长期的封建社会中,政权的更替主要体现于统治集团内部。不同的政治集团之间的争权斗争,君王、皇储、外戚、宦官之间的争权夺利,此起彼伏,从未间歇过。儒家的"德治"思想,只是在治世方能通行,在一系列的争权斗争中则显得"迂阔";而道家思想很浓的"君王南面之术"则反而可以收到较好的效果。老子所谓"将欲歙之,必固张之;将欲弱之,必固强之;将欲废之,必固兴之;将欲夺之,必固与之。"还有"知其雄,守其雌";"知其白,守其黑";"知其荣,守其辱"。简言之,就是在权谋之中,欲擒故纵,不示人以真相,搞"骗术"。这种"君王南面之术",不仅在统治者的争权夺利中被运用着,而且被作为统治者统治广大人民的"统御"之术被运用着。鲁迅指出:"中国之治,理想在不撄……,有人撄人,或有人得撄者,为帝大禁,其意在保位,使子孙王千万世,无有底止。"[①] 而老子的言论,恰恰是顺应帝王统御人民的需要的。鲁迅认为:"老子书五千语,要在不撄人心;以不撄人心故,则必先自致槁木之心,立无为之治;以无为之为化社会,而世即于太平,其术善也。"[②] 正因为老子学说符合历代帝王之需要,所以在实际上对历代统治者起着很大的影响作用。因此,要理解中国封建统治的"政治文化",以老子为代表的道家思想也是一个重要的渠道。不仅如此,老子的这种

---

① 《坟·摩罗诗力说》。
② 同①。

"不撄人心"的思想,也在很大程度上体现了比较普遍的中国人的"文化—心态"。鲁迅指出:"有人撄我,或有能撄人者,为民大禁,其意在安生,宁蜷伏堕落而恶进取,故性解(Genius)之出,亦必竭全力死之。"① 鲁迅从中国政治文化的特点和中国人普遍"文化—心态"的特点来分析道家"不撄人心"的思想,从而又再次揭示出中国文化根柢全在道教。

鲁迅还曾指出,老庄道家思想深深影响了中国人的生活态度,或者说是体现了中国人的生活态度。首先,在生活理想上,中国人身上那种"知足常乐"、"不求进取"、"勿抗命"、"勿抗天"、"不争"等等传统心态,均可以在老庄那里找到源头。例如道家竭力提倡所谓"知足常乐,终身不辱","祸莫大于不知足","知足之足常足矣",用自我的知足来代替对各种精神和物质方面的追求,同时也就形成了不求进取的文化心态。其次,在处世态度上,中国人那种"少交往"、"无是非"等等传统观念,亦可在老庄那里找到源头。例如老子所崇尚的"小国寡民"的人生处世态度:"甘其食,美其服,安其居,乐其俗,邻国相望,鸡犬之声相闻,老死不相往来。"中国人的守旧、排外心态,正与这种生活理想有关。庄子所鼓吹的处世哲学,则是"彼亦一是非,此亦一是非",混淆真与假之间、正直与虚伪之间、高尚与卑鄙之间的界限,不讲德操,不讲信仰等等,与中国国民性中的巧滑、虚无等特征有着血缘关系。所以鲁迅指出:中国人正是从"孔二先生的先生老聃的大著作里",以及"此后的书本里",悟出了"怎样敷衍、偷生、献媚、弄权、自私,然而能够假借大义,窃取美名",并且还学会"无论怎样言行不符,名实不副,前后矛盾,撒谎造谣,蝇营狗苟,都不要紧",均可以"健忘"处之,只要有"目下的实利"就行。② 鲁迅曾引用美国人斯密斯《支那人气质》一书中的话:

---

① 《坟·摩罗诗力说》。
② 《华盖集·十四年的"读经"》。

"支那人是颇有点做戏气味的民族,精神略有亢奋,就成了戏子样,一字一句,一举手一投足,都装模装样。"鲁迅进而指出,因为"大家本来看得一切事不过是一出戏,有谁认真的就是蠢物",所以这一套处世态度和人生哲学在有些中国人那儿就发展到了极致,简直可以称为"做戏的虚无党"①。因此,鲁迅认为,中国文化主要受儒家思想影响,但在好些方面,我们却不能忽视道家思想的影响。鲁迅说:"我们虽挂孔子的门徒招牌,却是庄生的私淑弟子。'彼亦一是非,此亦一是非',是与非不想辨"②。越是到后期,鲁迅越加重视对道家思想的批判,这是因为他对"中国根柢全在道教"的认识越来越明确。鲁迅写《出关》和《起死》这两篇小说,其目的就是想要挖一挖一切坏种的"祖坟"。当然,鲁迅对老庄这两个被道教奉为"太上老君"和"南华真人"的"祖师爷"的批判和讽刺,其目的仍在挖掘中国封建文化及其现在的承续者的根柢。

从以上分析中可以看到,鲁迅将文化批判的火力从对正统儒学的批判延伸到对道教思想的批判上来,这决不是偶然的现象。这不仅显示了鲁迅文化批判视野的扩大,也体现了文化批判的深度。而这一切又是与鲁迅对国民性问题探讨的深入发展有关的。当鲁迅深入分析中国国民性中的文化积淀的构成时,他发现,除正统的儒家思想外,道教与中国人的普遍的"文化—心态"亦有着不可忽略的血缘关系。在与封建旧文化的决战中,很少有人像鲁迅这样,能如此多角度、多侧面、全方位地对旧文化发起冲击。也许,这就是鲁迅作为文化巨人的伟大之处。③

---

① 《华盖集续编·马上支日记》。
② 《南腔北调集·"论语一年"》。
③ 本节参考朱晓进:《鲁迅的佛教文化观》(《鲁迅研究月刊》1990年第11期)和《鲁迅的道教文化观》(《鲁迅研究月刊》1991年第3期)。

第五节　鲁迅的民俗文化观

(一)对民俗文化的关注

当鲁迅进行最广泛的文化反省时,首先关注的是封建正统文化,但同时,他也没有忽略"俗"文化这一领域。鲁迅曾很明确地指出过:"真正的革命者,自有独到的见解,例如乌略诺夫先生(即列宁——引者注),他是将'风俗'和'习惯',都包括在'文化'之内的,并且以为改革这些,很为困难。我想,但倘不将这些改革,则这革命即等于无成,如沙上建塔,顷刻倒坏。"[①] 鲁迅很同意列宁将"风俗"和"习惯"归入"文化"范畴的观点,并认为这些方面同属于文化革新的范围。归入"文化"范畴的"风俗"、"习惯",实际上就是文化人类学家称之为"民俗文化"的那部分内容。民俗文化是指与一个民族的正统的经典文化相对应的,普遍存在于民间的,存在于基层人民生活中间的"俗"文化。它包括风俗、习惯、民间礼仪、民间信仰乃至民间艺术、民间文学等等。当鲁迅从全面反省中国民族文化这个大目标出发,并深入到各具体文化领域中进行研究、思考时,自然不可能忽略这一并非不重要的方面。鲁迅文化反省的广泛性,由此可见一斑。

民俗文化在中国受到文化研究者的重视,这是从本世纪才开始的,这与本世纪初中国文化所面临的历史转换这一伟大任务有着密切的关系。鲁迅曾说过:"旧文学衰颓时,因为摄取民间文学或外国文学而起一个新的转换,这例子是常见于文学史上的。"[②]

---

① 《二心集·习惯与改革》。
② 《且介亭杂文·门外文谈》。

其实,不仅限于文学,文化的发展也有类似情况。当传统的"经典文化"已经走向衰颓,文化的变革已不可能在"经典文化"自身中完成之时,对民俗文化的汲取是否也能有助于文化由旧向新的转换?显然,从本世纪初开始的对民俗文化研究的兴趣是包含着当时的文化人的这种考虑的。但更为重要的是,在长期的封建社会形态中,正统文化与民俗文化的相互渗透,使得民俗文化基本上也只能是属于封建文化范畴的东西。虽然其中不乏民主性的精华,但这种精华是裹挟在大量的封建尘垢中的。因此,近现代文化人之于民俗文化,一方面固然是想从中摄取有益因素,另一方面又是将之从整体上作为文化反省、文化变革的对象的。

正如我国现代众多文化研究领域的开创总是与鲁迅的名字联系在一起一样,我国民俗文化研究的开端与鲁迅的倡导也是分不开的。早在1913年,他就在《拟播布美术意见书》一文中提出:"国民文术,当立国民文术研究会,以理各地歌谣,俚谚,传说,童话等;详其意谊,辨其特性,又发挥而光大之,并以辅翼教育。"① 鲁迅所列的"国民文术"的内容,就属于民俗文化内容。鲁迅的这篇文章,曾被许多民俗学家认为是中国现代最早涉及"民俗学(Folklore)"的文章。当然,严格地说来,鲁迅这里还只是涉及了民俗文化中的"民间文艺"部分,但这毕竟体现出鲁迅对于俗文化的重视。其后,鲁迅与周作人、蔡元培等人倡导在北京大学成立了"歌谣研究会",从征集、整理民间歌谣入手,开展对民俗文化的研究。据当时北大歌谣研究会会刊《歌谣周刊》主编之一的常惠先生的回忆,"北大征集歌谣就实在是响应鲁迅先生的号召而来的"②。1922年,鲁迅还专为《歌谣周刊》"纪念北大二十五周年校庆"增刊设计封面③。

---

① 《集外集拾遗补编·拟播布美术意见书》。
② 常惠:《鲁迅与歌谣二三事》,《民间文学》1961年第9期。
③ 同②。

《歌谣周刊》第 71 期(1924 年 12 月 7 日出版)刊出民俗征题《雷峰塔与白蛇娘娘》,曾以鲁迅已发表的杂文《论雷峰塔的倒掉》作为范例。鲁迅对民俗文化的研究一直保持着浓厚的兴趣。1925 年,他在写给一位有志于从事民俗文化研究的学生的信中,曾就神话的整理、分类和研究方法等问题给予指导[①];1926 年,鲁迅创作的《朝花夕拾》中,有多篇是记述生动有趣的民俗活动的;1927 年后,鲁迅在上海,曾给一些从事民俗文化研究的学者,诸如江绍原、赵景深等以不少指导,为他们提供了一些民俗文化研究的资料[②],与他们共同探讨有关民俗文化的问题[③]。到了 30 年代,鲁迅则更为自觉地把民俗文化研究与对社会改革问题的思考紧密结合起来,对民俗文化中的诸如"风俗"、"习惯"等给予重视,并将这方面的改革视为社会改革和文化革新的重要工作,并告诫人们,若不改革旧有的风俗和习惯,则任何革命"即等于无成"[④]。

(二)鲁迅文学创作与民俗文化的关系

如果客观地来看鲁迅与民俗文化的关系,最为明显的莫过于他的生平和创作。就生平经历而言,鲁迅自出生之后,就与绍兴的地方民俗结下了缘分。例如,出生后,"按绍兴的习惯,家人依次给他尝了五种东西:醋、盐、黄连、钩藤、糖,象征他在未来的生活道路上要先备尝酸辛、经历苦痛和磨难,最终才能品味到人生的甘甜"[⑤]。又如,鲁迅不到一岁,"便被领到长庆寺里去,拜一个和尚为师",这也是一种民俗:中国民间认为,鬼神"专喜欢杀害有出息

---

① 见《书信·致梁绳袆(1925.3.15)》。
② 见《书信·致江绍原(1927.7.27)》。
③ 见《书信·致赵景深(1928.1.31)》。
④ 《二心集·习惯与改革》。
⑤ 陈漱渝:《民族魂》,《中国青年报》1981 年 8 月 27 日。

的人,尤其是孩子;要下贱,他们才放手,安心",所以拜和尚为师实为使孩子"变得"贱一些,以便容易长大[1]。再如,鲁迅曾说起过他小时候家人给做的一件"纳衣"("百家衣")以及小时佩带的"避邪物"等,这些也都是民间信仰的物化[2]。鲁迅直到很久以后,仍保存着那只"银筛"似的"避邪物",并在1934年将这种"银筛"作为礼物由内山完造的朋友带回国赠给增田涉[3]。

当然,鲁迅之与民俗文化的关系,更为重要的是他在文学创作上所受绍兴地方民俗文化的影响。这种影响,首先体现在创作素材上:在鲁迅的文学作品中,大量运用了民俗文化的资料。鲁迅的小说创作,有许多细节均取自民俗,比较明显的如《药》中的以人血馒头治痨病,《风波》中的以出生的重量取人名,《故乡》中的大祭祀,《阿Q正传》中阿Q所唱的地方戏文,《社戏》中的社戏,《祝福》中的祝福场景,《长明灯》中的燃长明灯,《离婚》中的娘家人闹事、拆夫家炉灶等等。可以说,在鲁迅的大部分小说中都运用了民俗资料。不能设想,如果抽掉了民俗文化方面的细节和描写,这些作品还能依然不减其魅力!例如《祝福》中几次写到的祝福,作品将这一风俗作为背景,对作品表达主题、刻画人物以及渲染气氛等起了重要的烘托作用。《阿Q正传》中阿Q挂在嘴边的戏文"手执钢鞭将你打",取自绍兴大班(绍剧)的《龙虎斗》,这句唱词对塑造阿Q形象亦有重要作用:一是阿Q性格中欺侮弱小者的特点在此可以见出;二是阿Q精神上的亢奋、自我强化的特点由此得到显现;三是从一个侧面向人们昭示了阿Q身上封建意识的来源,民俗文化与封建正统文化在深层意识上有着相通之处。因此,像阿Q这样的不识字、不知礼,其全部教养仅从民俗文化中获得的无业游

---

[1] 《且介亭杂文末编·我的第一个师父》。
[2] 同[1]。
[3] 《书信·致增田涉(1934.2.27)》。

民,也就会存在着正统的圣君贤相及"不孝有三,无后为大"等观念意识。再如《离婚》中的"解放脚"(勾刀式的脚)则是民俗变化的一种迹象,通过这一变化中的民俗现象的描写,就较好地揭示了爱姑的反抗性所具有的时代特征和反抗性格中必然会出现的历史局限(处于新旧之间的过渡性时代和性格)。如此等等,不一而足。至于散文创作,鲁迅直接以民俗文化内容为素材写成的作品则更不在少数。例如《送灶日漫笔》中写到的送灶神;《论雷峰塔的倒掉》中写到的白蛇娘子的民间故事;《风筝》中的放风筝;《五猖会》中的迎神赛会;《无常》中写到的迎神赛会以及由乡下人扮演的无常鬼;《女吊》中的女吊神等等,都是属于民俗文化范畴的内容。如果说,前述有关小说中,若删除有关民俗资料,会使作品在主题表达、人物塑造、气氛渲染上有所削弱的话,那么,在这些散文中若舍去民俗内容,则作品就根本不存在了。1928年,《文学周报》曾登出一则消息说:"鲁迅近来搜集了许多中国的民间故事来看,预备按照它们的大意,自己创作一些童话来。我们焦急的,诚恳的盼望他能够早日写出,使我们欣赏他的艺术。现在先把这个中国文坛的好消息告诉给爱读鲁迅作品的读者。"① 这条消息也从一个侧面说明了鲁迅当时对民间艺术的重视。从上述事实中可以看出民俗文化对鲁迅创作的影响,尤其是在创作素材上的影响。

鲁迅的文学创作之于民俗文化,还体现在创作技巧上所受民间文学、民间艺术的影响。鲁迅最初关注民俗,是从注意民间文学艺术开始的,其目的在于让"衰颓"的"旧文学""因为摄取民间文学或外国文学而起一个新的转换"②。从鲁迅的创作中,我们可以明显地看到,他在艺术技巧上除受外国文学和中国优秀古典文学的影响外,民间文学的影响也占有相当比重。例如鲁迅创作中最善

---

① 《文坛近讯》,《文学周报》,7–17 期合订本,第 337–338 页。
② 《且介亭杂文·门外文谈》。

用的白描手法,就来源于民间艺术。他自己就曾讲过:"我力避行文的唠叨,只要觉得够将意思传给别人了,就宁可什么陪衬拖带也没有。中国旧戏上,没有背景,新年卖给孩子看的花纸上,只有主要的几个人……,我深信对于我的目的,这方法是适宜的……"①鲁迅所接触的中国旧戏主要是绍兴地方戏,而所谓过新年卖的花纸,也是一种民间艺术。鲁迅是深得民间艺术之精髓的,因为白描手法恰恰在最大程度上体现了民间文艺的一个重要的审美特征以及民间的审美习惯。关于这一点,鲁迅曾说过:"我所遇见的农民,十之八九不赞成西洋画及照像,他们说:人脸那有两边颜色不同的呢?"② 这里多少指出了民间艺术没有陪衬拖带的简捷的艺术特点与民间传统审美习惯之间的关系。鲁迅是受民间文艺审美特征影响,从而形成了自己独特的白描技巧的。再如,鲁迅在《故事新编》创作中所采用的"油滑"的写法与鲁迅汲取绍兴戏中的"二丑艺术"有很大关系,在《故事新编》的许多穿插性喜剧人物身上有着绍兴戏中"二丑"角色的特点③。又如,吸收民间歌谣、打油诗的表现手法用来写新诗等等,在鲁迅也是常有的事。总之,在分析鲁迅艺术渊源的构成时,绝然离不开他对民间艺术养分的吸收。

鲁迅如此热心于在文学作品中表现民俗,并在技巧中吸收民间艺术养分,这多少也有着鲁迅对地域文化与世界文化关系的某种思考。鲁迅曾多次谈到文学作品的地方色彩问题:"现在的世界,环境不同,艺术上也必须有地方色彩,庶不至于千篇一律。"④而作品中以民俗为素材或汲取地方民间艺术技巧,是使之"有地方色彩"的途径之一。有地方色彩,不仅可以增添作品的魅力:"自己

---

① 《南腔北调集·我怎么做起小说来》。
② 《且介亭杂文·连环画琐谈》。
③ 见王瑶:《鲁迅作品论集·鲁迅〈故事新编〉散论》。
④ 《书信·致何白涛(1934.1.8)》。

生长其地,看惯了,或者不觉得什么,但在别地方人,看起来是觉得非常开拓眼界,增加知识的"①;而且有利于促进中国与世界的文化交流:"现在的文学也一样,有地方色彩的,倒容易成为世界的,即为别国所注意。打出世界上去,即于中国之活动有利。"② 鲁迅对于木刻艺术之"主张杂入静物,风景,各地方的风俗,街头风景,就是为此"③。由此可见,在鲁迅的文学创作与民俗文化的联系中,正包含着鲁迅深远的文化考虑。

(三)对民俗文化现象的解析和研究

当然,鲁迅与民俗文化的关系远不止于上述举证,更为深刻的、更具文化意义的是鲁迅对各种民俗文化现象的分析。

作为民俗文化,在其形成过程中,它始终交织着两条源流:一条是生于斯长于斯的人民,在长期的历史过程中逐步积累和形成的生存方式和生活方式;一条是处于统治地位的文化,以其理论和观念的形态对土生土长的固有的传统性生存、生活方式所作的调整。因此,在民俗文化中常常会出现这样的现象:在许多看似与正统的文化观念相矛盾、相偏移的现象中,却又总能找到其与正统文化观念在深层意识上的同一性。就拿浙东地区的民俗来说,许多浙东作家都曾写到一个民俗现象——典妻(如许杰——浙东天台人,作品《赌徒吉顺》;柔石——浙东宁海县人,作品《为奴隶的母亲》)。从正统的儒家伦理道德观念看来,典妻无疑是与封建贞操、节烈观念相违背的;但典妻的目的是为了子嗣,而子嗣观念恰恰又是与封建的正统观念——不孝有三,无后为大之类具有了同一性。

---

① 《书信·致罗清桢(1933.12.26)》。
② 《书信·致陈烟桥(1934.4.19)》。
③ 同②。

所以,对民俗现象的分析,事实上有利于挖掘出封建文化思想意识在更广大的层面上所施加的影响。鲁迅正是敏锐地看到了占统治地位的文化思想对民俗文化所起的调整作用,以及二者在深层意识上的大幅度重合,从而令人信服地告诉人们:像阿Q、柳妈等这样一些不知不识、无缘直接接受封建文化正规教育的下层国民,其头脑中也会有着根深蒂固的封建思想意识。因而,文化革新者的任务绝不能止于批倒正统的儒家文化这单一的文化范式,还应深入到更广阔的范围中去进行更为彻底的革命。

鲁迅对民俗文化的思考,正是他对整个中国文化思考的一个组成部分。尤其是在五四反封建浪潮过去之后,儒家封建思想在名分上已从统治地位上跌落下来,但中国的改革依然艰难,而阻力似乎已主要不再来自那些封建主义的卫道者了。鲁迅终于发现,由民俗文化所养育成的"风俗"和"习惯",在造成最广大阶层的民众对改革的抗拒性心理。"体质和精神都已硬化了的人民,对于极小的一点改革,也无不加以阻碍",其根源就在于"有风俗和习惯的后援",使"较新的改革""著著失败,改革一两,反动十斤"。鲁迅终于得出结论:风俗和习惯的改革,将是更深层次的、更加艰难的改革。鉴于风俗和习惯的惰性力量,鲁迅指出,"倘不深入民众的大层中,于他们的风俗习惯,加以研究,解剖,分别好坏,立存废的标准,而于存于废,都慎选施行的方法,则无论怎样的改革,都将为习惯的岩石所压碎,或者只在表面浮游一些时。"[①] 鲁迅的这种认识,应该说是他对文化问题理解的深化。如果说,在五四时期他集中力量批判封建儒道文化,是为了彻底推倒封建传统文化的理论支柱,那么,这个目的似乎是达到了;但封建文化意识已在长期的潜移默化过程中融入民俗文化,因此对封建文化的纯粹理论批判,并不能中止它在广泛的民众阶层中对人们行为方式和生活方式的

---

① 《二心集·习惯与改革》。

继续规范和制约。鲁迅的这种认识,应该说是他在文化反省过程中的思想的深化。正是基于这样的认识,鲁迅将改革民俗文化的意义提到相当的高度,他呼吁有志于社会改革的人们:"必须先知道习惯和风俗,而且有正视这些黑暗面的勇敢和毅力。因为倘不看清,就无从改革。仅大叫未来的光明,其实是欺骗怠慢的自己和怠慢的听众的。"① 当然,鲁迅明确地把民俗中的风俗和习惯等摆进自己文化批判的范围内,并强调其与改革的关系,是在30年代;但是,他对这一问题的认识却在更早些时候便开始了。在20年代中后期,鲁迅对一批致力于用文学作品表现自己故乡风俗习惯的乡土文学作家曾悉心扶持,鲁迅称赞蹇先艾的作品"展示了'老远贵州'的乡间习俗的冷酷",赞扬台静农"将乡间的生死,泥土的气息移在纸上"等等,正包含了鲁迅对以文学来"研究"、"解剖"、"正视""风俗习惯"的做法的支持。

在鲁迅的有关论述中,对于作为民俗文化重要内容的"风俗和习惯",主要是从文化批判的角度去加以认识的,即主要是抓住其"黑暗面"进行剖析的。例如,对民间的"迎神赛会",鲁迅曾发表过自己的看法。早年,在《破恶声论》中,鲁迅曾论及这种民俗:"农人耕稼,岁几无休时,递得余闲,则有报赛,举酒自劳,洁牲酬神,精神体质,两愉悦也。"② 在《五猖会》这篇作品中,鲁迅也曾饶有兴趣地记述了故乡迎神赛会的盛况。但鲁迅对迎神赛会这种民俗现象并未止于对其作一般的表层结构的展示,而是深入到民俗文化的深层结构中去看问题,即挖掘风俗习惯中所潜藏的民族性格、思维方式与价值观念。在迎神、祭祀、赛会等活动中,中国普通人民身上的潜隐性格欲望都明显表现出来了,例如人们那种对于信仰的狂热,是与中国人身上似乎非常明显的善良、老实、本分、知足等性

---

① 《二心集·习惯与改革》。
② 《集外集拾遗补编·破恶声论》。

格大不一致的,由此可见出中国人性格的二重性。一方面,中国人在生活中是那样善良、老实、谦让、本分,如牛负重似地在土地上耕耘,欲望很少,性格温和,内向克制;但另一方面,却在狂热的信仰之中表现出一种极其迷醉的冲动,甚至表现出一种由潜藏极深的欲望的驱力而导致的刻毒、自私和具有攻击性。鲁迅对这点是看得很清楚的。因此,他认为,赛会的确是中国下层人民潜隐性格欲望发泄的一种方式,不能随意禁止,否则普遍存于人们身上的这种潜隐性格欲望"必别有所发泄者矣"①。鲁迅曾在《迎神与咬人》一文中,透过"迎神"这一民俗现象,挖掘了中国人性格中愚昧、野蛮、迷信、落后的一面,并且指出,这些落后面恰恰又总是与封建正统文化有着重叠之处。文中写道:"报载余姚的某乡,农民们因为旱荒,迎神求雨,看客有带帽的,便用刀棒乱打他一通。"②(1934年8月19日《大晚报·社会一周间》载:"余姚各乡,近因大旱,该区陡亹镇农民五百余,吾客乡农民千余,联合举办迎神赛会祈雨。路经各处,均不准乡民戴帽,否则即用刀枪猛砍!")鲁迅对此深有感慨。他首先指出,这种民间迷信由来已久,与儒家文化也不无关系:"汉先儒董仲舒先生就有祈雨法,什么用寡妇,关城门,乌烟瘴气……而未尝为今儒所订正。"③一方面,鲁迅通过分析迎神求雨这一民俗现象的渊源来批判封建儒家思想中的落后愚昧因素,另一方面也通过对这一民俗现象的分析来挖掘民众之中的落后意识和愚昧思想。鲁迅认为,在迎神求雨赛会中的"打帽",正是一种信仰狂热和从众心理使然:"因为恐怕神看见还很有人悠然自得,不垂哀怜",出于对神的虔诚,出于对要实现的欲望的迫切心理,因而要严惩那些对神不太恭敬的人;同时,"则也憎恶他的不与大家共

---

① 《集外集拾遗补编·破恶声论》。
② 《花边文学·迎神与咬人》。
③ 同②。

患难",别人在求神,他却不与大家心情一致,故要受到严惩①。为此,鲁迅哀叹道:"迎神,农民的本意是在救死的——但可惜是迷信,——但除此之外,他们也不知道别一样",而就在这只知如此的迷信中,最大程度地张扬了民众的落后和愚昧的一面,即潜隐欲望的无节制地释放所导致的理性的丧失而引发出刻毒的攻击性。鲁迅还曾引证另一条报载的消息:"有一个六十多岁的老党员,出而劝阻迎神,被大家一顿打,终于咬断了喉管,死掉了。"对此,鲁迅又哀叹道:"咬人,农民们的本意是在逃死的——但可惜是妄信,——但除此之外,他们也不知道别一样";"想救死,想逃死,适所以自速其死,哀哉!"②鲁迅确实是未止于对一般民俗现象的评价,而是透过现象挖掘其文化深层意识,揭示出深藏于民众身上的野蛮、愚昧和落后的因素,以呼吁人们对改革民俗文化的重视。鲁迅认为:"自从由帝国成为民国以来,上层的改变是不少了,无教育的农民,却还未得到一点什么新的有益的东西,依然是旧日的迷信,旧日的讹传,在拼命的救死和逃死中自速其死。"只要一天不彻底改革影响民众生活方式和思维方式的民俗文化,这种状况就依然会存在,"依然是迎神与咬人","这悲剧"就依然不会"完结"③。

当然,鲁迅对民俗文化的论述和分析,与他对其他文化领域的研究和阐释相比,尚欠系统性。鲁迅虽然在理论上认清了"研究"、"解剖"民俗文化的重要性,并且在理论上论证了它与社会改革、文化革新的关系,但由于特定的历史条件的限制,鲁迅自己尚未能真正着手对民俗进行深入的调查,他只能通过自己经历中所接触到的民俗现象以及报载的民俗现象,加以分析和解剖。尽管如此,这也已给我们留下了诸多精辟的见解,尤其是鲁迅对民俗文化的重

---

① 《花边文学·迎神与咬人》。
② 同①。
③ 同①。

视,对民俗与文化革新关系的论述,对民俗文化深层意识进行剖析的尝试,给人以深刻的启示。甚至鲁迅的创作与民间文艺之间的关系,也能给人以启发。

我们往往注重那些文化的显性方面的东西,而忽略隐性方面的东西;我们常常过多地重视那些可以用现成理论来分类、界定的思想意识,而忽略更为众多的、以民俗文化的方式(风俗、习惯等)影响着人们的思想意识。因此,我们也时常会感到,虽然我们一再地明确地提倡过不少东西,也明确地批判过不少东西,但一种无形的改革阻力依然很大。从这个角度来看,鲁迅对民俗文化的论述,对我们今天的文化改革乃至文化研究,理应是有借鉴意义的。[①]

[①] 本节参考朱晓进:《鲁迅与民俗文化》(《鲁迅研究月刊》1991年第10期)。

第四章 鲁迅的文艺观

作为文学家的鲁迅,他的历史功绩不仅仅在于为新文化提供了大量的文艺创作精品,而且还在于为中国现代文艺理论批评的发展作出了巨大的贡献。虽然鲁迅"不是像一个理论家似地常常注意到逻辑的完整性,而是更多地注意实际的用处和更多地受事实的教训所影响"①,但是,在长期的文学生涯中,鲁迅概括了自己从文艺实践和社会实践中积累起来的丰富经验,吸取了古今中外文艺理论批评的精华,对文艺问题发表了一系列独特的见解,并大体形成了他自己的相对完整的文艺思想体系。本章着重从文艺本质论、文艺创作论、文学文体论、文学欣赏论和文学批评论这五个方面来尽可能全面地介绍鲁迅的文艺观。②

第一节 鲁迅的文艺本质论

(一)早期对文艺本质的认识

鲁迅对文艺本质的认识,有一个历史的发展过程。随着对于社会的认识越来越深入,他的文艺本质论也越来越完善,越来越深刻。

在"五四"以前,鲁迅对文艺本质的见解主要反映在《摩罗诗力说》和《拟播布美术意见书》两篇论文中。这个时期,鲁迅对文艺本

---

① 冯雪峰:《回忆鲁迅》,人民文学出版社1952年版,第39页。
② 本章参考朱晓进:《鲁迅文学观综论》,陕西人民教育出版社1996年9月出版。

质的认识主要体现在三个方面：

第一，鲁迅注意到了文艺的社会功利性，看到了文艺能改变人的精神。他认为："涵养人之神思，即文章之职与用也。"并且说，假如去读荷马以来的一切优秀文学作品，就会从中受到极大的教育，增强"自觉勇猛发扬精进"的精神。他甚至认为文艺的这种作用"决不次于衣食，宫室，宗教，道德"①。

第二，鲁迅也认识到了文艺的愉悦作用。为了强调这一点，他有时甚至把文艺看成是与个人、国家的存亡无直接关系、无实利性的东西。他指出："由纯文学上言之，则以一切美术之本质，皆在使观听之人，为之兴感怡悦。文章为美术之一，质当亦然。与个人暨邦国之存，无所系属，实利离尽，究理弗存。"②

第三，鲁迅看到了文艺区别于科学的独特性。他认为，文学艺术直语人生之"事实"的"法则"即"人生之阅机"，是"为科学所不能言者"；而且文学艺术，也不像科学那样"缕判条分"，其目的也不是为了追求"理密"，前面所引的"究理弗存"也正是这个意思。鲁迅认为，文学艺术也讲"诚理"，但这种诚理，"微妙微玄，不能假口于学子"，而存在于"直语"之中。说到底，文学艺术的诚理是存在于感性形象之中的，它与科学用"缕判条分"来揭示道理不尽相同。③

鲁迅这时期对文艺本质的认识出现了矛盾现象，一方面他肯定了文艺的社会功用，另一方面又认为文艺的目的只在于"兴感怡悦"，与国家存亡"无所系属"。鲁迅当时还未能对文艺的愉悦性和功利性的对立统一关系作出恰当的分析。但在鲁迅早期文艺思想中，占据主导地位的仍然是"有功利"的观点，只不过他当时还没有在理论上作出较为深入的阐述而已。鲁迅弃医从文的目的，就是

---

① 《坟·摩罗诗力说》。
② 同①。
③ 同①。

企冀用文艺来改造国民性,以拯救"沉沦益速"的中华民族,这就决定了他必然在实际上要承认和维护文艺的社会功利性。

总之,鲁迅在"五四"之前对文艺本质的论述,基本上还是零散的,尚未形成较为系统的理论。

(二)革命功利主义文艺观的形成

"五四"以后一直到30年代,鲁迅对于文艺本质的认识有了很大的发展。随着对社会认识的日渐深刻,鲁迅对文艺本质的认识也日臻成熟、深刻,并且也更具有系统性和明确性。

首先,鲁迅突出发展了"五四"以前对文艺的社会功用的见解,并且在理论上对之加以深刻的阐发、论述,形成了作为鲁迅文艺思想核心的革命功利性的文艺观。

五四时期,鲁迅从反帝反封建斗争的需要出发,主张文艺创作应当"遵奉前驱者的命令",要为改革社会而斗争。他反对"无所为而为"的文艺观,认为文艺应"是国民精神所发的火光,同时也是引导国民精神的前途的火花"[1],文艺"必须是'为人生',而且要改良人生"。正是在这个意义上,鲁迅"将'为艺术而艺术',看作不过是'消闲'的新式别号"而"深恶"之[2]。他并且指出,好的艺术品,应当使人"不但欢喜赏玩,尤能发生感动,造成精神上的影响"[3],要"揭发病苦,引起社会上疗救的注意"[4]。可以看出,鲁迅在这个时期,已自觉地将文艺看作"改革社会的器械"[5]了。

到了30年代,鲁迅已逐步成为一个马克思主义者。这时,他

---

[1] 《坟·论睁了眼看》。
[2] 《南腔北调集·我怎么做起小说来》。
[3] 《热风·随感录四十三》。
[4] 同[2]。
[5] 《且介亭杂文二集·〈中国新文学大系〉小说二集序》。

更注重从无产阶级的立场去论述文艺的本质。在《〈艺术论〉译本序》一文中,鲁迅曾高度肯定和赞许普列汉诺夫的"并非人为美而存在,乃是美为人而存在"的"社会、种族、阶级的功利主义底见解"。可以说,在这个时期,鲁迅对文艺的社会性和阶级性问题所发表的一系列精到的见解,较充分地显示出了他所达到的马克思主义文艺理论水平的高度。

关于文学的阶级性问题,鲁迅反复强调一点:既然文学创作都是通过作者头脑对现实所作出的或直接或间接、或正确或歪曲的反映,那么就必然与作者的"思想和眼光"有关,与作者的阶级"地位","尤其是利害"有密切的关系[①]。因此,"忠于他自己的艺术的人,也就是忠于他本阶级的作者,在资产阶级如此,在无产阶级也如此"[②]。作家的阶级性决定了文艺作品必然带有阶级性。如何辩证地来看待文艺的阶级性呢?鲁迅在《文学的阶级性》一文中,当论述了人的性格感情等一定都带有阶级性,因而反映作者思想感情的文艺作品也必然带有阶级性这一命题之后,紧接着便强调指出:"但是'都带'而非'只有'"[③],从而避免了"绝对化"的倾向。

对于文学的社会性问题,鲁迅更是坚定地站在无产阶级革命的立场,对之作了深刻透切的阐述。鲁迅认为,只要是文艺创作,就必然是有"社会性的"[④],"只要你一给人看","一写出","即使是个人主义的作品",也"有宣传的可能"[⑤],"凡有文学,都是宣传,因为其中总不免传布着什么"[⑥]。基于对文艺这种社会性的认识,鲁

[①]《且介亭杂文二集·内山完造作〈活中国的姿态〉序》。
[②]《南腔北调集·又论"第三种人"》。
[③]《三闲集·文学的阶级性》。
[④]《而已集·小杂感》。
[⑤]《三闲集·文艺与革命》。
[⑥]《书信·致蔡斐君(1935.9.20)》。

迅指出,文艺"用于革命,作为工具的一种,自然也可以"①,甚至可以而且也应该将无产阶级的文艺看作是"无产阶级斗争底一翼",因为无产阶级文艺与整个革命事业有着密不可分的联系,一方面,"它跟着无产阶级的社会势力的成长而成长"②,另一方面,它又可以"助革命更加深化,展开"③。应该说,鲁迅这些有关文艺社会性问题的认识,的确达到了当时所能达到的马克思主义的理论高度。不过,我们在理解鲁迅的这些见解时,仍有两点应特别引起注意。其一,鲁迅在强调文艺的阶级性和社会性的同时,并没有忽视文艺的审美特性。对文艺的美感作用以及文艺的独特性,鲁迅同样作了必要的强调和极为精到的论述。其二,鲁迅的以上关于文艺阶级性和社会性的认识,是特定历史环境和背景之下的产物。在一个阶级对立和革命斗争空前剧烈的时代,人民所期望的便是能在文艺作品中听到自己愤怒的呐喊和良心的呼声。鲁迅正是顺应了时代的要求,自觉地以文艺为武器,投身于人民革命之中去的。鲁迅曾说过,他写作是为了"适应社会的需要"④,是为了"对于有害的事物,立即给以反响或抗争"⑤。因此,离开了特定的历史时代的要求,我们就很难正确评价鲁迅的革命功利性的文艺观。

鲁迅从文艺的社会功利性出发,对艺术的起源以及制约着文艺的发展的时代性问题,作了深入的研究和阐述。

早在《中国小说的历史的变迁》中,鲁迅就试图对艺术的起源作出解释。他认为,"诗歌起源于劳动和宗教。其一,因劳动时,一面工作,一面唱歌,可以忘却劳苦,所以从单纯的呼叫发展开去,直到发挥自己的心意和感情,并偕有自然的韵调;其二,是因为原始

---

① 《三闲集·文艺与革命》。
② 《二心集·对于左翼作家联盟的意见》。
③ 《伪自由书·后记》。
④ 《书信·致增田涉(1931.3.1)》。
⑤ 《南腔北调集·小品文的危机》。

氏族对于神明,渐因畏惧而生敬仰,于是歌颂其威灵,赞叹其功烈,也就成了诗歌的起源。"这里,鲁迅已经把艺术的起源与劳动联系起来了。到1930年,鲁迅译了普列汉诺夫的《艺术论》后,深受普列汉诺夫"劳动起源说"的影响,更加深了自己对这个问题的认识。后来,他在《门外文谈》中,对艺术源于劳动生活与生产斗争的问题作了较系统的论述。鲁迅以通俗易懂的生动比喻,阐明了我们祖先最早的文艺创作活动,或直接产生于劳动的过程中,成为协调与鼓舞劳动的一种手段;或模仿与再现劳动生活的情景,以娱乐和教育周围的人们;或以幻想的形式来表现当时人们战胜自然、争取丰收的理想与愿望。鲁迅还有意识地从阐明艺术起源的角度来批判"为艺术而艺术"的观点,进一步论证文艺的社会功利性。

从功利性的文艺观出发,鲁迅也很强调文艺的时代性。他曾通过对"文风"的变异、文体的盛衰的分析,来论证文艺的时代性特征。他指出,西欧"十九世纪的文艺,和十八世纪以前的文艺大不相同",它由"供给太太小姐们的消遣"而"完全变成和人生问题发生密切关系",其原因就在于西欧的19世纪"是一个革命的时代"①。而在我国历史上,不同时期"文风"的变异,如汉末魏初文章的"清峻"、"通脱"②,明清之盛行"抒写性灵"③ 等,也都无不与当时的时代风尚有着必然的联系。至于文体,也是如此。五四运动以后短篇小说的兴起,很重要的原因就是"由于社会的要求"④。正是出于对文艺时代性的认识,鲁迅明确指出,文艺"有着时代的眉目",才能够让人们"从中寻出合于他的用处的东西"⑤。正是由于鲁迅对文艺的时代性问题有较为自觉而深刻的认识,因此在他

---

① 《集外集·文艺与政治的歧途》。
② 《而已集·魏晋风度及文章与药及酒的关系》。
③ 《且介亭杂文二集·杂谈小品文》。
④ 《且介亭杂文·〈草鞋脚〉小引》。
⑤ 《且介亭杂文·序言》。

的作品中才那么强烈地闪烁着时代精神的光芒,具有唤起一代人的激情的精神力量。

(三)对文艺审美特性的强调

鲁迅在阐述文艺的本质时,一方面强调文艺的社会功利性,但另一方面却始终未忽视文艺的独特性。鲁迅特别强调文艺的审美特性,认为文艺的社会功用是通过文艺的美感作用来实现的。

鲁迅在顺应时代要求,自觉地将文艺当作无产阶级斗争的武器的同时,一直注意提醒人们:"万不要忘记它是艺术"①,即不要忽视文艺自身的规律。他辩证地分析了文艺的审美特性与它的社会功用之间的关系,强调"一切文艺固然是宣传,而一切宣传却并非全是文艺";"革命之所以于口号,标语……之外,要用文艺者,就因为它是文艺"②。因此,不应当将文学创作"故意做成宣传文字的样子"③。文艺有其自身独特的规律和要求,它以情感见长,是以"热烈的感情奔迸"来"发抒自己的热情",它与那些"感情已经冰结的思想家"永远是"隔膜"的④。文艺独特的审美特性就在于"意美以感心"、"音美以感耳"、"形美以感目"⑤。因而,文艺之作为"宣传工具"、"武器",也有其区别于别的工具、武器的特殊性:它是通过对丰富多彩的社会生活进行生动具体的"具象化"⑥的再现,使人们"发生感动,造成精神上的影响"⑦。正是出于对文艺审美

---

① 《书信·致李桦(1935.6.16)》。
② 《三闲集·文艺与革命》。
③ 《书信·致蔡斐君(1935.9.20)》。
④ 《集外集拾遗·诗歌之敌》。
⑤ 《汉文学史纲要·自文字至文章》。
⑥ 《书信·致徐懋庸(1936.2.21)》。
⑦ 《热风·随感录四十三》。

特性的深刻认识,鲁迅对那种忽视文艺特点,为宣传而摒弃艺术性的标语口号式的倾向进行了批评。他认为,当时"有许多诗歌小说,填进口号和标语去,自以为是无产文学","实际上并非无产文学",因为这种文学只是一时"坐在'阶级斗争'的掩护之下,于文学自己到不必着力",所以它"于文学"很"少关系"①。从这里可以看出,鲁迅对文艺本质的认识,越到后期越加深刻、全面。他不再是割裂地来看待文艺的本质,而是用对立统一的观点来看待文艺社会功能与审美特性的关系。在《〈艺术论〉译本序》中,鲁迅作了如此清晰的表述:"在一切人类所以为美的东西,就是于他有用——于为了生存而和自然以及别的社会人生的斗争上有着意义的东西。功用由理性而被认识,但美则凭直感底能力而被认识。享乐着美的时候,虽然几乎并不想到功用,但可由科学底分析而被发见。所以美的享乐的特殊性,即在那直接性,然而美的愉乐的根底里,倘不伏着功用,那事物也就不见得美了。"② 可以说,鲁迅在其文艺思想发展过程中,逐步形成了唯物的辩证的文艺本质论。

(四)对艺术美的基本形态所作的阐释

从文艺的功利性和文艺的审美特性出发,鲁迅还对艺术美的几种基本形态作了颇为精到的论述。

艺术的美是丰富多样的,按其形态划分,则基本上有四种:崇高、优美、悲剧性和喜剧性。鲁迅虽然没有对这些美的形态作系统的直接的美学论证,但在其众多零散的论述中,却可以归纳出他对艺术美的基本看法以及了解到他对不同形态的美的喜好、偏爱。鲁迅的这些对美的不同形态的见解,恰恰又反映出他对于艺术本

---

① 《二心集·"硬译"与"文学的阶级性"》。
② 《二心集·〈艺术论〉译本序》。

质的认识。

关于崇高。崇高,也有称作雄伟、壮美、伟美的,亦即中国美学思想史上所说的"阳刚之美"。艺术的崇高,是指艺术作品中,不但显示出一般的美,而且还带有一种特殊的威力,能引起人们的敬畏、赞叹和紧张的情绪,使人们产生一种高居于平庸和渺小之上的感情,催人奋发,促使人们去同卑鄙的事物进行斗争。崇高这一美的形态,深为鲁迅所喜爱。鲁迅认为,美和艺术深深地扎根于现实社会生活的土壤里,有什么样的社会,就会有什么样的美和艺术的时尚。对于二三十年代国民党统治下的旧中国来说,最需要的是能够"呼唤血与火"的文艺,是能够鼓舞人心的"力之美"的艺术。鲁迅曾说:"在风沙扑面,狼虎成群的时候,谁还有这许多闲工夫,来赏玩琥珀扇坠,翡翠戒指呢。他们即使要悦目,所要的也是耸立于风沙中的大建筑,要坚固而伟大,不必怎样精;即使要满意,所要的也是匕首和投枪,要锋利而切实,用不着什么雅。"① 鲁迅在评价30年代的一些作家、作品时,就常常从这一美学偏爱出发。例如,他在给萧红的小说《生死场》作序时,就是从"力之美"的要求出发给了较高的评价。鲁迅认为这部作品最大的成功之处就在于,作者将"北方人民的对于生的坚强,对于死的挣扎","力透纸背"、"明丽和新鲜"地展现在读者眼前,因而深深感动着人们②。又如对白莽的作品的评价也是如此。他把白莽的诗比作"东方的微光"、"林中的响箭"、"冬末的萌芽"、"对于前驱者的爱的大纛"、"对于摧残者的憎的丰碑",在它面前,"一切所谓圆熟简练、静穆幽远之作,都无须来作比方,因为这诗属于别一世界"③。对于这种伟美——力之美的偏爱,在鲁迅对外国艺术的评价方面也表现得

---

① 《南腔北调集·小品文的危机》。
② 《且介亭杂文二集·萧红作〈生死场〉序》。
③ 《且介亭杂文末编·白莽作〈孩儿塔〉序》。

较突出。鲁迅赞赏德国木刻的"豪放",推崇苏联早期版画的"真挚"、"美丽"、"有力"[1]。鲁迅给予德国女艺术家凯绥·珂勒惠支以很高的评价,认为她具有"丈夫气概",她的版画线条奔放,黑白对比强烈,刻画人物沉郁而坚实,"集中于强韧的力量"[2],让人们"看见了别一种人,虽然并非英雄,却可以亲近,同情,而且愈看,而愈觉得美,愈觉得有动人的力"[3]。可见,鲁迅的这些评价多是从艺术的"力度"出发的。

关于优美。优美亦即中国美学思想史上所说的"阴柔之美"。艺术上的优美,指作品内在的平衡、和谐以及所具有的自然、柔和、冲淡、纤巧、谐调、悦目的特色,能使观赏者怡然自得。鲁迅为了转变社会风尚,希望以艺术的美激发起人民群众特别是青年一代的奋发昂扬的精神状态,因而他对艺术美的要求便自然而然地侧重于伟美。与此相反,鲁迅虽然不否认优美的存在意义,但对优美这种形态并不像对伟美那样推崇、提倡。鲁迅不大满意于纤巧的艺术,他曾说过这样的话:"在方寸的象牙版上刻一篇《兰亭序》,至今还有'艺术品'之称,但倘将这挂在万里长城的墙头,或供在云冈的丈八佛像的足下,它就渺小得看不见了。"[4] 鲁迅还曾对"多是削肩的美人,枯瘦的佛子"的流行装饰画表示不满[5],对法国木刻的"多为纤美"也似有微词[6]。以这种对"纤巧"艺术的不满来论及作家及艺术家时,鲁迅曾明白表示过,他本人是最讨厌江南才子那种扭扭捏捏,没有人气的模样的,唯"有精力弥满的作家和观者,才会

---

[1] 《且介亭杂文末编·记苏联版画展览会》。
[2] 《且介亭杂文末编·〈凯绥·珂勒惠支版画选集〉序目》。
[3] 《且介亭杂文末编·写于深夜里》。
[4] 《南腔北调集·小品文的危机》。
[5] 《集外集拾遗·〈近代木刻选集〉小引》。
[6] 同[1]。

生出'力'的艺术来"①。当然,在对待优美的这种美的形态的态度上,鲁迅有时不免过于偏激。但对于这种偏激,我们也只有将之摆到特定历史背景之下才能够理解。鲁迅的抑优美、扬崇高,是从他的革命的功利主义文艺观出发的。这里包含了历史的原因和时代的特点。鲁迅认为,对优美这一艺术美形态的欣赏,是必须有余裕的,"花呀月呀"不出于啼饥号寒者之口。那种心地晶莹的雅致,是必须有与之相应的好境遇的。身处黑暗社会的压榨之下,哪里还会有欣赏纤美艺术的兴趣,当务之急首先是奋发昂扬起来,进行坚韧的斗争,改变黑暗的现状,进向英勇、豪迈、宏伟、坚实的建设的大时代。正是由于这个根本原因,鲁迅不能不把目光注向崇高和壮美,而暂时不能顾及优美了。

鲁迅的悲剧观。一提到悲剧,人们往往要征引鲁迅的这句话:"悲剧将人生有价值的东西毁灭给人看"②。这几乎成了被多数人认可的悲剧定义。的确,这段论述从本质上揭示了悲剧内容的特点,集中反映了鲁迅的悲剧观。首先,鲁迅认为,悲剧反映的对象是实体性的,是人类社会生活中客观存在着的。在一个充斥着苦难与不幸的世界上,悲剧艺术是不可避免的,而悲剧描写的也正是这个世界上人生有价值的东西的毁灭。在这里,鲁迅强调了悲剧同社会生活的联系,从而与"表现神秘的命运"的原始悲剧观以及与"表现两种绝对理念的矛盾冲突"的唯心主义悲剧观划清了界线。其次,鲁迅指出悲剧是一个"毁灭"的过程,毁灭的对象是"人生有价值的东西"。构成悲剧冲突的一方是"人生有价值的东西",另一方则是"人生有价值的东西"的毁灭者,冲突的最后结果是前者的毁灭。这里值得注意的是,鲁迅强调的悲剧性的毁灭,不是指以往一些美学家所概括的悲剧人物——"好人"、"伟大人物"——

---

① 《集外集拾遗·〈近代木刻选集〉小引》。
② 《坟·再论雷峰塔的倒掉》。

的灭亡,而是不拘什么人物身上的"有价值的东西"的毁灭;而且,"有价值的东西"也不拘是物质的还是精神的,从而扩大了悲剧表现的对象,使悲剧有了广阔的描写领域。同时,在鲁迅的悲剧观中较为明显地体现出他对文艺社会功用的认识。他认为,悲剧将人生有价值的东西的毁灭反映出来是要"给人看"的。"给人看"势必会产生效果。人们从这种悲剧中看到的正是这个社会的缺陷和在这缺陷下所生出的种种痛苦,这可以促使人们正视现实生活中的"困苦,饥饿,流离,疾病,死亡"等等,并激发起人们的"呼号,挣扎,联合和奋起"①。显然,悲剧的认识作用,以及与认识作用相联系的教育鼓舞作用,同样受到了鲁迅的重视。能用十多个字对悲剧作出如此简明深刻的概括,这充分表明了鲁迅对悲剧美学问题在理论认识上的深刻和成熟。

鲁迅对悲剧的论述,涉及面较广,他从以上对悲剧内容的美学特征的理解出发,还在许多方面对悲剧创作提出了一系列主张。例如,鲁迅要求悲剧创作能够敢于直面惨淡的人生,敢于正视淋漓的鲜血,而切忌走向人为的"团圆主义"。鲁迅曾给予《红楼梦》作者曹雪芹以极高的评价,其原因就在于他在作品中不加讳饰地描写了"悲凉之雾,遍被华林"的景象,而且他构思中的《红楼梦》是"白茫茫大地一片真干净"的悲剧结局②。相形之下,鲁迅认为续作者高鹗的后四十回"虽亦悲凉,而贾氏终于'兰桂齐芳',家业复起,殊不类茫茫白地,真成干净者矣"③。又如,鲁迅提倡写几乎无事的悲剧。鲁迅认为:"这些极为平常的,或者简直近于没有事情的悲剧,正如无声的言语一样,非有诗人画出它的形象来,是很不

---

① 《且介亭杂文末编·〈凯绥·珂勒惠支版画选集〉序目》。
② 《坟·论睁了眼看》。
③ 《中国小说史略·清之人情小说》。

容易觉察的。"① 几乎无事的悲剧,当然势必包含着人生有价值的东西的毁灭,但这种毁灭却发生在极其平常的事件之中,人们在日常生活中司空见惯,习以为常,渐生麻木,于焉不察。而将这类悲剧写出,可以振聋发聩,引导人们透过平淡无奇去认识其有价值的东西遭受毁灭的惊心动魄的事实。又因为这种悲剧过于平常,而"事情越平常,就越普遍"②,"和我们更密切,更有大关系"③,所以将这种悲剧写出,能够"使读者摸不着在写自己以外的谁,一下子就推诿掉,变成旁观者",并"由此开出反省的路"④。总之,从鲁迅对悲剧的一系列精辟的富有创造性的见解中,可以看到鲁迅自己独特的悲剧观。

鲁迅的喜剧观。与其对悲剧的见解一样,鲁迅所说的"喜剧将那无价值的撕破给人看"⑤,这一句话,也几乎成了许多人认可的喜剧定义。所不同的是,鲁迅对喜剧问题的论述,远较对悲剧的论述要丰富系统得多。鲁迅对喜剧的实质作了明确的揭示。首先,他认为喜剧描写的对象是"无价值的"东西。那么"无价值"的东西主要是指什么呢?鲁迅从总结中国旧社会的现实出发,认为喜剧描写的"无价值的"东西,主要是上流社会的"伪"(即政治道德的"伪善"),以及下层社会的"愚"(而这"愚"也仍然是上层的虚伪的政治道德毒害的产物)。其次,鲁迅在指出喜剧对象的"无价值"性的同时,还通过探求分析,指出了之所以"无价值"的原因。鲁迅指出,喜剧所描写的事情,虽然是公然和常见的,但"这事情在那时却已经是不合理,可笑,可鄙,甚而至于可恶"⑥。很清楚,这种"无价

---

① 《且介亭杂文二集·叶紫作〈丰收〉序》。
② 《且介亭杂文二集·什么是讽刺?》。
③ 同①。
④ 《且介亭杂文集·答〈戏〉周刊编者信》。
⑤ 《坟·再论雷峰塔的倒掉》。
⑥ 同②。

值"的原因就在于它落伍于时代,并因为过时而变得"不合理",从而引起"可笑"、"可鄙"甚至"可恶"之感。其三,鲁迅还指出,喜剧对象的独特性在于它不是赤裸裸的丑恶事物,而是"把自己的过错加以隐瞒而勉强作出一派正经的面孔",即以假象掩盖丑恶本质的事物、事情。一句话,是"不以坏事为坏,不省悟,不认罪,而摆出道理来掩饰过错"的"极为卑鄙的伪善"①。其四,鲁迅指出,揭穿"伪善"假象,是喜剧的任务。鲁迅号召作家要"取下假面,真诚地,深入地,大胆地看取人生并且写出他的血和肉来"②。他主张对"无价值"的东西的伪装必须"撕破",喜剧作品就是要"刻画伪妄",使其"情伪毕露"③。

喜剧是一个宽泛的概念,它具有不同的表现形式,如幽默、讽刺等。鲁迅对幽默的论述较少,因为他认为,当时中国"实在是难以幽默的时候",而且"'幽默'既非国产,中国人也不是长于'幽默'的人民","于是虽幽默也就免不了改变样子了",常易流于"为笑笑而笑笑",忽视了"对社会的讽刺","堕入传统的'说笑话'和'讨便宜'"④。当然,鲁迅并不是反对幽默本身,而是反对那种对幽默的歪曲,以及对幽默的不适当的推广。事实上,鲁迅本人不仅能够鉴赏马克·吐温、肖伯纳等杰出的幽默大师的幽默作品,而且他自己的作品也常常流露出真正的幽默。但是,出于历史、时代的要求,出于批判社会的需要,鲁迅更为强调"对社会的讽刺"。鲁迅有关讽刺的论述很多,这些论述充分体现了鲁迅的喜剧观。

鲁迅认为,讽刺是喜剧的重要形式,"是喜剧变简的一支流"⑤,因此在鲁迅的论述中,讽刺与喜剧不仅在实质上是相同的,

---

① 《鲁迅研究资料》(三),文物出版社1979年版,第50页。
② 《坟·论睁了眼看》。
③ 《中国小说史略·清之讽刺小说》。
④ 《伪自由书·从讽刺到幽默》。
⑤ 《坟·再论雷峰塔的倒掉》。

而且其美学特征——以笑为特点的喜剧美——也是一致的。鲁迅曾用"笑中有刺"① 四字，对讽刺的美学特征作了最精确的概括。这里包含着两个方面的意思：第一，对丑恶的事物进行的鞭挞、贬斥是通过"笑"来体现的，"以笑叱正世态"②，通过所引起的"笑"来达到批判时弊、发人深思、引起疗救注意的社会效果。当然，这是一种具有独特艺术魅力的"笑"，它以直刺社会痼弊而获得意义，它以揭发生活中的"隐情"而获得深刻性。所以鲁迅说："不含有隐情便也不至于有深刻"③，只有揭出掩藏在假象之下的"隐情"，剥去"伪装"，披露"隐衷"，才能产生深刻的"笑"。第二，既然是笑中有"刺"，那么在对"隐情"进行揭露时，就必须具有尖锐性，不调和，不折中，不遮掩，不姑息，以匕首般的锋利，"撕得鲜血淋漓"，"使麒麟皮下露出了马脚"，"露出真价值来"④。但值得注意的是，鲁迅在强调讽刺的尖锐性的同时，特别提醒人们要正确区分"有情的讽刺"与"无情的冷嘲"这二者的界线，鲁迅提倡前者而反对后者。他认为："如果貌似讽刺的作品，而毫无善意，也毫无热情，只使读者觉得一切世事，一无足取，也一无可为，那就并非讽刺了，这便是所谓'冷嘲'。"⑤很明显，二者的根本区别就在于有无"善意"和"热情"。"无情的冷嘲"，是以冷漠的嘲弄态度来对待社会和社会痼弊，它虽然也旨在批判和否定"无价值的东西"，但因其冷眼旁观的态度和无"热情"、无"善意"，而使人看不到理想和希望，从而给人以虚无和绝望之感。而"有情的讽刺"却不一样，它虽然揭发了人

---

① 《南腔北调集·"论语一年"》。
② 厨川白村：《出了象牙之塔》，《鲁迅译文集》第3卷，人民文学出版社1958年版，第233页。
③ 《译文序跋集·〈信州杂记〉译者附记》。
④ 《华盖集续编·我还不能"带住"》。
⑤ 《且介亭杂文二集·什么是讽刺？》。

们身上的丑恶和社会的痼弊,却仍能以作家的理想和热情,给人以希望。鲁迅主张以"哀其不幸,怒其不争"的态度去对待人民的缺点、错误,用这种"含泪的微笑"式的讽刺,去达到对妨害人民前进的"精神不幸"进行针砭和帮助人民前进的目的。而对于敌人,则从爱人民的"善意"出发去憎恨之,爱人民愈烈,恨敌人愈深,这里"有情"则表现为"憎恶"之情。鲁迅曾把"'喜笑怒骂'之情多,而共同忏悔之心少"看作是中国谴责小说的通病[①],可见鲁迅对讽刺中的情感态度的看重。革命或进步的讽刺作家必然和人民同命运,与民族共忏悔,"他得像热烈地主张着所是一样,热烈地攻击着所非,像热烈地拥抱着所爱一样,更热烈地拥抱着所憎"[②],而决不能置身事外,对社会人生采取消极、恨世的冷嘲态度。

除此之外,鲁迅对讽刺的真实性、典型性以及技巧手法等一系列问题有过不少精辟的论述。如果说,鲁迅的悲剧观还只是在一些分散零碎的论述中显现出来,那么鲁迅的喜剧观则是从较为系统的论述,尤其是从对讽刺艺术的具体阐述中体现出来的。

从上面的介绍可以看出,鲁迅关于文艺本质的见解是深刻而全面的。一方面,鲁迅始终强调文艺的历史使命,按时代的要求去把握文艺,另一方面,鲁迅又始终未忽视文艺的审美特性,社会功利性和审美特性这二者在鲁迅的文艺本质论中得到了较为完美的统一,达到了在当时的时代条件下所能达到的历史高度。鲁迅对文艺本质问题的许多见解,不仅没有随着他那个时代而成为过去,相反,它们对今天的文艺发展仍具有宝贵的指导和借鉴的作用。

---

① 《中国小说史略·清之讽刺小说》。
② 《且介亭杂文二集·再论"文人相轻"》。

第二节　鲁迅的文艺创作论

鲁迅自己是一个伟大的作家,他从自己的创作实践中提炼出来的文艺创作思想,是他整个文艺思想中非常重要的组成部分。鲁迅有关创作的论述是很多的,这里我们着重从文艺创作的独特性、文艺创作的真实性、文艺的创作方法以及在创作中写什么和怎样写等几个不同的侧面来介绍鲁迅的文艺创作论。

(一)文艺创作的独特性

文艺创作作为精神领域里的创造活动,有着不同于一般的理性创造活动的独特性,这种独特性用鲁迅的话来说就是"创作抒写自己的心"[①]。所谓"心",当然包含着思想和情感这两个方面,但文学和学说不同,学说的功效是启人思,文学的功效是增人感,所以文学创作活动更主要的是一种情感活动,思想是化为情感表达出来的,情感活动的规律在文艺创作活动中起着主要的或决定性的作用。

鲁迅认为,创作必需情感,至少总得"发点热"。因为创作活动是人的活动,人非木石,所以作家在创作中并不是对生活现象作直观的反映,而是对生活现象进行"人化",在反映这种"人化"了的社会生活现象的同时,也熔铸进作家自己的心血、生命和情感。而且,对于感情常常较一般人更为丰富的作家来说,要在创作中排除情感的决定作用似乎是完全不可能的,因为作家"既然还是人,他心里就仍然有是非,有爱憎;但又因为是文人,他的是非就愈分明,

---

[①] 《而已集·小杂感》。

爱憎也愈热烈"①。正是这种热烈的爱憎情感催促作家们去从事创作,也正是因为融入了作家的这种爱憎情感,才使其作品具有了感人的力量。作品中所熔铸的作家的真实感情越丰富,作品的艺术性便越高。鲁迅的《彷徨》较《呐喊》在艺术上更成熟,其原因不仅仅在于表现技法的进步,更重要的原因是在《彷徨》中,虽减少了《呐喊》式的热情,但更多地融入了自己独特的苦闷心情,且其情感的内蕴更为丰富,更深沉,也更有力度。鲁迅曾对自己的《野草》表现出极大的偏爱,认为它才算是真正的艺术,这或许与《野草》最集中、深沉地表达了作者内心深处的寂寞苦闷的情感不无关系。因为,鲁迅认为"创作总根于爱","人感到寂寞时,会创作;一感到干净时,即无创作,他已经一无所爱。"②

　　寂寞、苦闷、爱都是主观情感的东西,强调文学创作根源于主观情感,是为了突出文学创作的独特性。这与"文艺是生活的反映"这一命题并不矛盾,鲁迅并未否定社会生活作为文艺的终极根源的意义,他认为,人的情感不是无本之木,无源之水,它也来自于社会生活。鲁迅曾这样分析人的受压抑的情感的由来:"人为什么被压抑的呢? 这就和社会制度,习惯之类连结了起来……"③。但是鲁迅认为,在肯定文艺的终极根源是社会生活的同时,更应该充分注意社会生活与文艺的独特关联方式:文艺与社会生活之间必不可少的中介环节是创作者主体的情感活动。鲁迅对此曾作这样的表述:"我以为文艺大概由于现在生活的感受,亲身所感到的,便影印到文艺中去。"④ 很明确,影印到文艺中的,不是原原本本的社会生活,而是作家艺术家在生活中的感受。离开了作为作家情

---

① 《且介亭杂文二集·再论"文人相轻"》。
② 《而已集·小杂感》。
③ 《南腔北调集·听说梦》。
④ 《集外集·文艺与政治的歧途》。

感活动结果的感受,也就谈不上文艺创作,如果简单地强调"艺术是生活的反映",而忽视二者之间的中介环节,则有可能陷入机械唯物论的泥坑。马克思曾在《关于费尔巴哈的论纲》中批评过机械唯物论的片面性,认为其"主要缺点是:对事物、现实、感情,只是从客体的或直观的形式去理解,而不是把它们当作人的感情活动,当作实践去理解,不是从主体方面去理解。"艺术创作是人的活动,离开了人的主观因素当然无法对之作出合理的解释。鲁迅注重人的情感的在文学创作中的作用,正是抓住了文学创作的关键。

鲁迅这样谈到自己的创作:"所写的事迹,大抵有一点见过或听到过的缘由,但决不全用这事实,只是采取一端,加以改造,或生发开去,到足以几乎完全发表我的意思为止。"① 这段话说得非常明白,为表达自己"意思"的需要去取舍生活,甚至对生活现象加以生发改造。说到底,在文学创作过程中就是必须遵循情感活动的规律。"生活本来是没有主题,一切都搀混着:深刻的和浅薄的,伟大的和渺小的,悲惨的和滑稽的"(契诃夫语)。艺术家的任务就是"用那富有创造的感情补足他抓住的那一刹那的连贯性,在自己的心灵中把一些局部的现象概括起来"②。文学艺术作品,是依据作家艺术家情感表达的需要而构筑起来的独特的世界,在这里,各种社会生活现象都依据作家艺术家情感作用的方向而组合成一个有序的统一体。在这个统一体中,情感活动的规律起着决定的作用。鲁迅的《阿Q正传》发表后,曾有人嫌"阿Q之收局太匆促",怪鲁迅"如此随便给他一个'大团圆'"。鲁迅解释说:"其实'大团圆'倒不是'随意'给他的;至于初写时可曾料到,那倒确乎也是一个疑问。我仿佛记得:没有料到。不过这也无法"③。这说明,阿Q的

---

① 《南腔北调集·我怎么做起小说来》。
② 《杜勃罗留波夫选集》第2卷,上海译文出版社1983年版,第454页。
③ 《华盖集续编·〈阿Q正传〉的成因》。

命运、阿Q形象的发展,不是事先有意设定的,而是作者对阿Q这个人物的"哀其不幸,怒其不争"的情感态度在阿Q形象的创造过程中,不自觉地、自然而然地发挥着作用。如果忽视情感活动的规律,人为地按照观念去进行创作,其作品势必会显得生硬、造作。

简言之,鲁迅认为文艺创作的独特性就在于它的情感性;创作根源于人的情感,必须是有感而发;创作过程也是人的情感活动的过程,因此,创作必须遵循情感活动的规律。

(二)文艺创作中的真实性

鲁迅曾就艺术的真实性问题发表过不少见解,但他常常是就具体的问题,站在不同的层次上来讲真实性问题的。例如,有时是就作品人物的真实性而言的,有时是讲作家对待现实的真实态度的,有时则论及作品情节、细节的真实,而有时又是在谈作品的真实性意义和效果。如何从一个相对统一的角度把握鲁迅的艺术真实观呢?他对文艺创作独特性的论述为我们提供了可作依据的线索。前面我们曾引过鲁迅这么一段话:"文艺大概由于现在生活的感受,亲身所感到的,便影印到文艺中去"[①]。这就告诉我们,文艺创作基本可分为两个层面。第一个层面是作家艺术家在现实的审美关系中所产生的感受,这种感受包含着作者对现实的审美情感态度,将这种感受、情感表达出来,才有所谓艺术。这是在艺术创作中起决定作用的层面。第二个层面是作家艺术家为了将这种感受影印到文艺中去所找寻的情感的载体,即由线条、色彩、节奏、言辞所构筑的生活的具体形象,这里自然就包括作品的人物、情节、细节等等。我们可以从文艺创作中的这两个不同的层面,来理解鲁迅关于艺术真实的论述。

---

① 《集外集·文艺与政治的歧途》。

艺术创作的真实性首先表现为情感的真实。所谓情感的真实,也就是在创作中,作家必须表达自己的真情实感,而忌虚情、矫性和造作。作家必须表达自己的真情实感,而忌虚情、矫性和造作。鲁迅向来反对没有真情的创作,认为"无真情,亦无真相也"①。何谓真情?这种真情就是指作家艺术家自己从生活体验中亲身感受到的情感经验,鲁迅认为,如果没有这种亲身体验,没有这种切身的感受,作家艺术家也就无法表现,假使想当然地去"表现",那就决不能真切、深刻,也就不能成为艺术。不是自己亲自获得的而是转达他人的情感,这只能是一种"依傍和模仿,决不能产生真艺术"②。鲁迅曾这样谈起过自己对《阿Q正传》的写作:"我也只得依了自己的觉察,孤寂地姑且将这些写出,作为在我的眼里所经过的中国的人生。"③可以想见,如果没有对中国人生的深切感受,鲁迅就不会写出《阿Q正传》这样的真正的艺术作品来。1932年前后,曾经有人劝鲁迅写一些反映红军艰苦斗争的小说和报告,他自己也曾热忱地收集了一些材料,但后来终于没有写,其原因,用鲁迅的话说是"因为我不在革命的旋涡中心,而且久不能到各处去考察,所以我大约仍然只能暴露旧社会的坏处"④。他坚持从真实的情感体验出发从事创作,没有亲身的经历,不能产生深切的感受,宁可不作。

什么是亲身的经历呢?鲁迅认为,"作者写出创作来,对于其中的事情,虽然不必亲历过,最好是经历过。诘难者问:那么,写杀人最好是自己杀过人,写妓女还得去卖淫么?答曰:不然。我所谓经历,是所遇,所见,所闻,并不一定是所作,但所作自然也可以包

---

① 《书信·致曹聚仁(1934.4.30)》。
② 《且介亭杂文末编·记苏联版画展览会》。
③ 《集外集·俄文译本〈阿Q正传〉序及著者自叙传略》。
④ 《且介亭杂文·答国际文学社问》。

含在里面。"① 也就是说,作家艺术家要获得经历过的情感体验,并不一定要凡事都亲自所作所为,通过所遇、所见、所闻,也能产生情感体验。作家艺术家对所写事物,不管是所作所为还是所遇、所见、所闻,都必须由之产生了真切的情感体验。这种情感必须是自己直接感受过的,是独到的,否则,一切事物之于他都不能成为艺术表现的对象。其实就生活经历来说,每个人都是具备的,因为每个人都在"生活"着,但并非每个人都能创造出艺术来。其重要原因之一是,并非每个人都能在生活经历中产生独到的感受和感情。艺术家只有表现自己对之感动过、产生过审美情感的事物,才能以感情呼唤读者,从而引起共鸣。正如鲁迅所说:"只有真的声音,才能感动中国的人和世界的人。"② 而"以无情之语欲动人之情,难矣"(清沈德潜语)。

有没有作家艺术家的真情实感,这是衡量一部作品是否堪称艺术品的最起码的标准。我们之所以不把那种纯客观描述现象的作品,诸如一般历史记事、通讯报道文章等称为艺术,其原因就在于它缺少透过一般事物形象所表现出的作家的主观情感。鲁迅指出:"新闻上的记事,拙劣的小说,那事件,是也有可以写成一部文艺作品的,不过那记事,那小说,却并非文艺"③。同样的事件,可以写成艺术品,也可能成不了艺术品,这里的分别并不在于艺术形式与非艺术形式的区别,而在于其中有没有倾注作家艺术家的真情实感。也有一些非艺术形式的作品,如司马迁的《史记》,虽是史书,但由于其中表达了作者真诚和鲜明的爱憎情感,历代文学史家均称之为"郁愤"之作,作者对史实的取舍和评价中都包蕴了自己的情感态度,因此,它常被人们当作文学作品来读,鲁迅就认为,

---

① 《且介亭杂文二集·叶紫作〈丰收〉序》。
② 《三闲集·无声的中国》。
③ 《且介亭杂文二集·不应该那么写》。

《史记》"不失为史家之绝唱,无韵之《离骚》"①。

作家艺术家有了从亲身的体验中得来的真情实感,还要敢于、善于将这种情感大胆地、真切地表现出来。鲁迅认为,"文艺家至少是须有直抒己见的诚心和勇气"的②,没有这种表达真情实感的"诚心"和"勇气",文艺创作中的情感真实也就成了一句空话,而要做到这一点,并不是很容易的事。鲁迅就曾指出:"中国人向来因为不敢正视人生,只好瞒和骗。由此也生出瞒和骗的文艺来,由这文艺更令中国人更深地陷入瞒和骗的大泽中,甚而至于已经自己不觉得。"鲁迅真切恳挚地呼吁:"世界日日改变,我们的作家取下假面,真诚地,深入地,大胆地看取人生并且写出他的血和肉来的时候早到了;早就应该有一片崭新的文场,早就应该有几个凶猛的闯将!"③鲁迅自己在这方面堪称表率,他"论时事不留面子",有正视现实的"勇猛和毅力",在他的创作中,也真正体现了"有真意,去粉饰,少做作,勿卖弄"④的原则。

"有直抒己见的诚心和勇气",也就是指作家艺术家在创作中能坚持从自己的独特感受出发,而不见风使舵,人云亦云。鲁迅并不反对作家艺术家适应革命的要求,遵奉"革命的前驱者的将令"去从事创作,但他认为,那也必须是"自己所愿意遵奉的命令",而且首先自己在情感态度上"必须与前驱者取同一的步调"⑤,发自本心地站在革命的前列,"至少是必须和革命共同着生命,或深切地感受着革命的脉搏的"⑥,否则,也很容易写出观念化的东西来。

作家艺术家在创作中表达自己的真情实感的同时,也要再现

---

① 《汉文学史纲要·司马相如与司马迁》。
② 《三闲集·叶永蓁作〈小小十年〉小引》。
③ 《坟·论睁了眼看》。
④ 《南腔北调集·作文秘诀》。
⑤ 《南腔北调集·〈自选集〉自序》。
⑥ 《二心集·上海文艺之一瞥》。

出作为这种情感载体的生活具象,即在有些论著中被称之为"描写对象"者。文艺创作中的真实性当然也包括这种再现的生活具象或描写对象的真实性。文艺创作中,采取不同的艺术形式、艺术方法和表现手法,甚至采用不同的题材,其作品对生活具象和描写对象的真实性都有着不尽相同的要求;但有一点是基本一致的,这就是在每一部具体作品所规定的艺术情境中,作品所再现和描写的对象必须与这一艺术情境的整体相和谐。也就是说,对各种生活现象的描写,在规定的艺术情境中必须顺乎事理。

在写实的作品中,要求描写的事物取现实本来的形式,要求人物、情节、细节的真实,否则就不符合事理。鲁迅很反对在写实的作品中对生活现象作不必要的夸张。例如他曾就绘画、木刻作品中刻画劳动者的形象发表了这样的见解:"我以为画普罗列塔利亚,应该是写实的,照工人原来的面貌,并不须画得拳头比脑袋还要大。"①"刻劳动者而头小臂粗",易"使看者有'畸形'之感"②。要在写实的作品中真实地再现生活现象,作家艺术家对于生活的实际经验和准确地把握自然的能力是十分重要的。鲁迅曾这样称赞《毁灭》一书中真实的人物、情节和细节,认为这些"非身历者不能描写,即开枪和调马之术,书中但以烘托美谛克的受窘者,也都是得于实际的经验,决非幻想的文人所能著笔的。"③

当然,对写实作品中描写对象的真实性,不可作机械地理解,它不是简单地照相式的酷似,而是要符合事理的真实。作品所写"不必是曾有的实事,但必须是会有的实情"④。作者可以根据作品所规定的艺术情境的需要,把各种分散的不相关的众多社会生

---

① 《二心集·上海文艺之一瞥》。
② 《书信·致陈烟桥(1934.4.5)》。
③ 《译文序跋集·〈毁灭〉后记》。
④ 《且介亭杂文二集·什么是讽刺?》。

活现象,通过抽取、缀合,然后写出。当然,这所据以缀合、抒写的材料,都是社会上的存在,从这些目前的人、事加以推断,使之发展下去,这便好像预言,因为后来此人此事,确也正如所写那样。相反,依靠对事实的酷似来获得的真实性,反而容易失去:如果"一与事实相左,那真实性也随之死亡"①。追求这种酷似实物的真实性,其失望是必然的,因为任何高明的艺术描写也不可能穷尽客观事物的各个方面。鲁迅曾以绘画为例来说明这一问题:"艺术上的真,倘如实物之真,则人物只有二三寸,就不真了,而没有和地球一样大小的纸张,地球便无法绘画。"② 同样,对于读者和批评者也是如此,他不应当要求作品的描写都完完全全符合事实,如果只求符合具体事实,"只求没有破绽,那就以看新闻记事为宜",而他要看文艺,则"活该幻灭"。这种"幻灭"的性质,与"查不出大观园的遗迹,而不满于《红楼梦》者"一样可笑③。说到底,艺术是以表现作家艺术家的情感为目的的,描写对象常常要依据所表达的情感的需要而加以取舍、改造、糅合。

至于非写实作品,所描写的对象则可以不必取生活本身的形式。作者为把自己的感情用特殊的方式表达出来,他可以幻想、虚构一些现实中并不存在的事物。例如鲁迅的《野草》中所描述的事物和现象,有些根本不可能在现实中找到,如狗的"驳诘",人死后的"思想"等等。如何来判断非写实作品中描写对象的真实性呢?鲁迅认为,非写实性作品中的描写对象虽然"可以专靠了神思,所谓'天马行空'似的描写",但它最终必须是为表达作家的情感服务的,而且所写的东西仍须在其精神实质上与现实中的某一类人事相像。也就是说,尽管作品所写题材是非人间的,但精神却必须是

---

① 《三闲集·怎么写》。
② 《且介杂文·连环图画琐谈》。
③ 同①。

人间的。如鲁迅写狗的"驳诘",实际是借狗来暗喻人,而写人死后有"思想",则也是把对活人"思想"的合理推断,借"死人"表达出来,在现实的人中可以找到这类"狗"和"死人"的影子。因此,非写实性作品中描写对象的真实性,说到底,是取决于它是否具有现实精神,它是否是以社会人性为基础的。鲁迅曾给予《聊斋志异》以很高评价,其出发点也就在此。他认为,《聊斋志异》虽"出于幻域",却能"顿入人间","使花妖狐魅,多具人情,和易可亲,忘为异类"①。这里的"人情"、人间"都是对以社会人性为基础的最好注解。鲁迅曾这样评价《西游记》及其作者吴承恩的成就:"承恩本善于滑稽,他讲妖怪的喜,怒,哀,乐,都近于人情,所以人人都喜欢看!这是他的本领。"② 在谈到高尔基的童话时,鲁迅也曾说过:"这种童话里所写的却全不像真的人,所以也不像事实,然而这是呼吸,是痱子,是疮疖,都是人所必有的,或者是会有的。"③ 这里的"人所必有"或人所"会有"等,都说明了描写对象所具有的现实可能性。正是描写对象根基于社会人性和它所具有的现实可能性,才使之具有真实感。相反,如果离开了这样一些基本点,一味追求奇幻,瞎编乱造,为夸张而夸张,则会影响作品的艺术真实性。例如描画鬼神,虽可以驰骋想象,使之奇幻异常,但如果既不为表现社会人性,也不为暗喻现实人生,尽管写出,最多"也不过是"向人们展示"三只眼,长颈子"的东西,无非"就是在常见的人体上,增加了眼睛一只,增长了颈子二三尺而已",鲁迅认为这算不了"什么本领"、"什么创造"④。他对《封神演义》评价甚低,其原因也就是因为它"似志在于演史,而侈谈神怪,什九虚造,实不过假商周之

---

① 《中国小说史略·清之拟晋唐小说及其支流》。
② 《中国小说的历史的变迁·明小说之两大主潮》。
③ 《集外集拾遗补编·〈俄罗斯的童话〉》。
④ 《且介亭杂文二集·叶紫作〈丰收〉序》。

争,自写幻想,较《水浒》固失之架空,方《西游》又逊其雄肆"①。

综上所述,鲁迅所论述的文艺创作中的真实性包括两个方面,一是作家艺术家所表达的情感的真实性,二是作为情感表达载体的描写对象的真实性。情感的真实主要指作家艺术家在作品中所表达的必须是自己亲自体验过的情感经验和真诚的生活感受,同时在表达这种感情的过程中必须有诚心和勇气。描写对象的真实则依据不同性质(写实或非写实)的作品而有着不同的要求,但都必须在规定的艺术情境中符合事理的真实。

(三)文艺的创作方法

在西方文艺发展史上曾先后出现过以不同创作方法为标志的流派和思潮,这些文艺流派和思潮的创作理论及优秀作品,"五四"以后均大量被介绍到中国,但由于中国社会发展的历史特殊性(在短短几年中走完了西方国家几百年所走过的路程),使之对中国文艺发展的影响主要不是体现在流派、思潮的整体性重演上,而更多地是体现在对各种流派思潮的具体创作方法、手法的借鉴上。因此,在鲁迅的艺术创作论范围内,创作方法主要是指艺术表现的方法。

鲁迅论述得较多的是现实主义创作方法。他早在《拟播布美术意见书》等文章中,就指出了现实主义反映现实的基本特点是"再现"客观事物。鲁迅认为,艺术作品是人"受"了生活之后的"作",而现实主义的"作"的特点是以客观现实生活为反映对象,按照生活的本来面目"再现"生活。同时鲁迅还认为,现实主义在"再现"生活的过程中,又必须加以改造,即必须经过一个由"天物"到"思理"和"美化"的过程。鲁迅反对无创造的"模仿之作",从而划

---

① 《中国小说史略·明之神魔小说(下)》。

清了创作与"匠气"的界线,同时也指明了现实主义与自然主义的界线。不仅如此,鲁迅还多少涉及到了现实主义典型论的有关问题,如指出作家艺术家必须以"特殊相"来表现"共通之表象",亦即通过个别表现一般,这可以说是触到了现实主义典型论的核心。

以上对现实主义创作方法的认识,在鲁迅的创作论中一直被坚持着,并不断得到丰富和发展。在写于1926年的《〈穷人〉小引》一文中,鲁迅发挥了陀思妥也夫斯基"显示灵魂的深"的命题,并以此来丰富和深化自己的现实主义论。陀思妥也夫斯基曾在一则手记中讲到,他自己是"以完全的写实主义在人中间发见人","是在高的意义上的写实主义者",因为他是"将人的灵魂的深,显示于人的"①。鲁迅不仅很赞同陀氏这种对自我的估价,而且把"显示灵魂的深",作为现实主义的重要原则作了阐释和发挥。首先,鲁迅认为,能不能写出"灵魂的深",直接标示了作者对于现实的态度,因为人的"灵魂深处并不平安,敢于正视的本来就不多,更何况写出"?而敢于写出,才是"在高的意义上的写实主义者"。其次,鲁迅指出,能不能写出"灵魂的深",直接关系到文艺作品能否起到净化人心的作用,能否真正发挥出对于社会的功用,"因为显示着灵魂的深",才能"一读那作品,便令人发生精神的变化","使人受了精神底苦刑而得到创伤,又即从这得伤和养伤和愈合中,得到苦的涤除,而上了苏生的路"。再次,鲁迅还指出,要"显示出灵魂的深",必须"所处理的乃是人的全灵魂",既要显示出灵魂中"精神底苦刑",又要"送他们到那反省,矫正,忏悔,苏生的路上去"。由此,也要求作家必须"是人的灵魂的伟大的审问者,同时也一定是伟大的犯人。审问者在堂上举劾着他的恶,犯人在阶下陈述他自己的善;审问者在灵魂中揭发污秽,犯人在所揭发的污秽中阐明那埋藏的光耀。"也就是说,要显示出灵魂的深,作家要以冷峻的现实主义

---

① 《集外集·〈穷人〉小引》。

的态度,"毫无顾忌地解剖"人物的灵魂,但同时又必须对人类抱有深沉、热烈的"同情"和"爱"①。

鲁迅对现实主义创作方法的理解,更多地体现于他的创作之中。基于对中国社会历史的透辟了解,鲁迅一贯坚持清醒的现实主义原则,坚持艺术内容的真实性,他从不赞成违背生活逻辑,硬塞给读者一些廉价"乐观"的东西。在他的一些小说中,宁可只"提出一些问题"②,决不轻易提供正面答案。而且,鲁迅在以塑造典型人物来反映社会现实时,常以"哀其不幸,怒其不争"的态度去揭示人物的"全灵魂",显示出现实主义的深度。鲁迅的创作实践,为人们提供了"高的意义上的写实主义"创作的典范。

鲁迅在创作方法上虽主要以现实主义为主,但他并没有因此排斥其他创作方法,一向主张"博采众家,取其所长"③。他认为"必须如蜜蜂一样,采过许多花,这才酿出蜜来,倘若叮在一处,所得就非常有限,枯燥了"④。他决不局限于接触自己所喜欢的少数几个现实主义作家(如果戈理、契诃夫、显克微支)的作品,而是广泛阅读,择取一切有用的创作方法和表现手法。在鲁迅的创作中,除了作为主体的现实主义外,还采取了其他的创作方法,其中尤以象征主义、浪漫主义最为显著。

浪漫主义,曾经是鲁迅早年文艺思想中十分重要的一面。在他写于1907年的洋洋两万言的文艺专论《摩罗诗力说》中,所推崇的所谓摩罗诗派,大多是19世纪初叶至中叶在欧洲兴起的积极浪漫主义文学流派。鲁迅不但颂扬他们"立意在反抗,指归在动作"的革命精神,而且从创作方法上赞许他们"超脱古范,直抒所信,其

---

① 《集外集·〈穷人〉小引》。
② 《集外集拾遗·英文译本〈短篇小说选集〉自序》。
③ 《书信·致董永舒(1933.8.13)》。
④ 《书信·致颜黎民(1936.4.15)》。

文章无不函刚健抗拒破坏挑战之声"[1]。鲁迅后来回忆拜伦等"摩罗诗派"对自己早年的影响时说:"他们的名,先前是怎样地使我激昂呵。"[2] "时当清的末年,在一部分中国青年的心中,革命思潮正盛,凡有叫喊复仇和反抗的,便容易惹起感应。"[3] 其实,"刚健抗拒破坏挑战"的浪漫主义精神特质不仅在"五四"前,即使在"五四"以后的时期,也一直在对鲁迅发生影响。例如在其写于1926年的小说《奔月》和《铸剑》中,就精心塑造出了具有"复仇和反抗"的精神以及冷峻孤独的性格特征的浪漫主义英雄人物,设置了不少奇特怪诞的情节,而且在艺术表现上,也多采用飞跃神思、驰骋想象、虚构幻化的方法,使这两篇作品几乎成了公认的典型的浪漫主义杰作。此外,在鲁迅的其他许多创作中,也都留下了浪漫主义的痕迹。

除了浪漫主义外,象征主义创作方法也曾经是鲁迅颇感兴趣的。在他看来,象征主义作为一种流派,浸透着世纪末的悲观主义、神秘主义的苦汁,不应无批判地照搬;而象征主义作为一种创作方法,则有其合理性,可以加以吸取。俄国作家安德列夫曾对鲁迅有所影响,鲁迅特别欣赏这位作家能成功地将象征主义与现实主义融合起来。他曾在《〈黯淡的烟霭里〉译者附记》中赞许说:"安德列夫的创作里,又都含着严肃的现实性以及深刻和纤细,使象征印象主义与写实主义相调和","他的著作是虽然很有象征印象气息,而仍不失其现实性的"。在鲁迅看来,只要作品在其本质上不脱离社会现实,对象征主义创作方法的采用应该是无可非议的。鲁迅后来通过译介厨川白村的《苦闷的象征》,更多地接受了象征主义的影响。在翻译过程中,他较多地接触了欧洲象征派的作品,

---

[1] 《坟·摩罗诗力说》。
[2] 《坟·题记》。
[3] 《坟·杂忆》。

特别是波特莱尔用象征主义方法写的散文诗。此外,鲁迅 1926 年还曾译介了苏联"象征派诗人"勃洛克的作品,认为他的《十二介》作为"十月革命的重要作品,还要永久地流传"①。由此可见,鲁迅并不排斥象征主义的创作方法。不仅如此,在他的创作中,对象征主义创作方法也有所实践。例如,波特莱尔的象征主义方法直接影响了鲁迅对《野草》的创作。他的部分小说中,象征主义的成分也是较为明显的,如《狂人日记》就是现实主义与象征主义相结合的作品。一方面,它严格地按照生活的情理刻画了一个真实的狂人;另一方面,它又运用了象征主义的方法,在意象的经营中和狂人一些关键性的疯话里,精心安装了双关的、多义的揭露封建制度本质的内容,从而赋予已有的现实主义骨架和血肉以新的生命和光彩。此外,像《药》、《白光》等作品,也是在现实主义方法基础上多少采用了一些象征主义方法的,而《长明灯》则基本是通篇采用象征主义创作方法的作品(有关这方面的详细分析,将在第五章具体展开)②。可以说,象征主义作为一种艺术表现的方法而为鲁迅所采用,无疑是增加了他的作品的艺术表现力和深化了作品的思想内容的。

综上所述,鲁迅基于中国社会现实的考虑,特别注意提倡现实主义精神,但作为艺术表现的方法,鲁迅则在提倡现实主义方法的同时,也兼容浪漫主义、象征主义等多种多样的创作方法。鲁迅一向认为,介绍外国文学作品,"不但输入新的内容,也在输入新的表现法"③,只要有利于更好地表达作家的思想情感,有利于写出成功的作品,对任何表现手法都可以采用"拿来"的办法。鲁迅在这方面的主张以及创作实践,对于今天的文学创作仍是非常具有指

---

① 《译文序跋集·〈十二个〉后记》。
② 参阅严家炎:《求实集·鲁迅小说的历史地位》,北京大学出版社 1983 年版。
③ 《二心集·关于翻译的通信》。

导意义和借鉴作用的。

(四)应该写什么和怎样写

鲁迅除了对以上一些有关文艺创作的总体性问题作了论述之外,还就创作中的许多具体问题发表了意见。这些论述的涉及面较为宽泛,就其主要部分而言,大体可以归纳为写什么和怎样写的问题。

写什么的问题,说到底就是文艺创作题材的问题。鲁迅认为这"倒也不成什么问题"①,因为作者只要是按照创作规律从事写作,他就只能是把"现在生活感受,亲身所感到的","影印到文艺中去"②。因此鲁迅对写什么这一问题的回答,首先是强调必须写作家自己所熟悉的东西。1931年末,当有两位青年作者就小说题材问题向鲁迅请教时,鲁迅就曾指出,与其写自己不熟悉的"大时代冲击圈内"的生活,"把一些虚构的人物使其翻一个身就革起命来",还不如就写自己所"熟悉的小资产阶级的青年"的生活,"能写什么就写什么,不必趋时"。揭示小资产阶级青年"在现时代所显现和潜伏的一般的弱点",对于大时代同样是重要的,而且由熟悉者来揭示,"当比不熟悉此中情形者更加有力"③。鲁迅认为,应当从作家独特的生活积累、社会经历和艺术表现能力的现状出发,去确定描写题材。例如有不少人,"生长在旧社会里,熟悉了旧社会的情形,看惯了旧社会的人物","对于和他向来没有关系的无产阶级的情形和人物,他就会无能,或者弄成错误的描写"④,因此没有

---

① 《三闲集·怎么写》。
② 《集外集·文艺与政治的歧途》。
③ 《二心集·关于小说题材的通信》。
④ 《二心集·上海文艺之一瞥》。

必要硬让他们丢开所熟悉的生活,一下子就去写不熟悉的无产阶级的生活。不让作家写熟悉的生活,就很难获得"可以成为艺术品的东西"①。

鲁迅认为,作家写自己所熟悉的生活,能写什么就写什么,这与文艺作品反映时代风貌并不矛盾,因为时代风貌可以从不同侧面、不同角度去加以反映,写时代重大题材以及取重大社会矛盾加以直接表现并不是反映时代的唯一途径。例如30年代中期,由于日本帝国主义的入侵,民族矛盾上升为主要矛盾,有不少人提出,文学要表现抗战,就应该反映"义勇军打仗,学生请愿示威"等等,鲁迅认为"这当然是最好的",但作为具体作品的题材,却"不应该是这样狭窄",而应该更"广泛得多,广泛到包括描写现在中国各种生活和斗争的意识"②。鲁迅坚持认为,应该看各个作者的具体条件,作家"倘不在什么旋涡中,那么,只表现些所见的平常的社会状态也好"③。"日常的社会状态"并非都是"琐屑的没有意思的"④,有时反而"因为极平常,所以和我们更密切,更有大关系"。即使写战士,也可以写他们极平常的一面,因为"战士的日常生活,是并不全部可歌可泣,然而又无不和可歌可泣相关联"⑤。有些生活现象,看起来似乎很普通,但此中却也蕴含着某些深刻的东西;退一步说,对于普通事件的反映,起码也可以使人"能够很明白的知道社会上的一部分现象"⑥。总之,一切从作者自己的实际情况出发,虽然有时会因限于作者的实践经验,而"无力表现""太伟大的变动","不过这也无须悲观,我们即使不能表现它的全盘,我们可

---

① 《二心集·关于小说题材的通信》。
② 《且介亭杂文末编·论现在我们的文学运动》。
③ 《书信·致李桦(1935.2.4)》。
④ 《且介亭杂文二集·叶紫作〈丰收〉序》。
⑤ 《且介亭杂文末编·"这也是生活……"》。
⑥ 《二心集·上海文艺之一瞥》。

以表现它的一角,巨大的建筑,总是一木一石叠起来的",作家"不妨做做这一木一石"①,因为倘能在作品中成功地表现其"一木一石",也就能够达到从某一侧面展示"伟大的变动"的目的了。

当然,鲁迅提出"能写什么,就写什么",这只是对文艺创作中"写什么"的基本要求,鲁迅认为这是第一步。同时,任何作者又"不可安于这一点,没有改革,以致沉没了自己",而应该"逐渐克服了自己的生活和意识,看见新路"②。尤其是"如果社会状态不同了,那自然也就不固定在一点上"③。鲁迅在回答两位青年作者对小说题材问题的提问时,一方面指出写旧有的生活,包括写自己熟悉的小资产阶级青年的生活,"对于目前的时代,还是有意义的",另一方面,他又指出:"然而假使永是这样的脾气,却是不妥当的",因为"这样写去,到一个时候,我料想必将觉得写完"④。出于丰富文艺创作内容的考虑,鲁迅认为文艺创作的题材应该是多种多样的,从社会欣赏要求来看,也切忌单调。题材的单一,无异是文艺的"自杀政策"⑤。以欣赏花草为例,"世上爱牡丹的或者最多,但也有喜欢曼陀罗或无名小草的"⑥,"如果四时皆春,一年到头请你看桃花,您想够多么乏味? 即使那桃花有车轮般大,也只能在初看上去的时候,暂时吃惊,决不会每天做一首'桃之夭夭'的。"⑦ 因此,鲁迅认为,作者除了一方面写自己已经熟悉的生活外,另一方面还应尽可能扩大视野,不断熟悉新的生活,开拓新的题材领域,以便能够从多个侧面乃至从正面和全局去反映时代风貌,从而发

---

① 《书信·致赖少麒(1935.6.29)》。
② 《二心集·关于小说题材的通信》。
③ 《书信·致李桦(1935.2.4)》。
④ 同②。
⑤ 《书信·致陈烟桥(1934.4.19)》。
⑥ 《华盖集续编·厦门通信》。
⑦ 《华盖集续编·厦门通信(二)》。

挥文学"对时代的助力和贡献",同时也就能够更好地适应社会的丰富多样的欣赏要求。

至于"怎样写"的问题,在某种意义上讲,是指写作技巧的问题。鲁迅很重视文艺创作中的技巧问题,他曾指出,对于技巧,"许多青年艺术家,往往忽略了这一点,所以他的作品,表现不出所要表现的内容来。正如作文的人,因为不能修辞,于是也就不能达意"。当然,鲁迅同时也指出:"如果内容的充实,不与技巧并进,是很容易陷入徒然玩弄技巧的深坑里去的。"① 他是将技巧问题与内容的充实摆在同等重要的位置来看待的。

鲁迅认为,所谓技巧,最重要的是在于对表现对象有"明确的判断力和表现的能力"②。这里的"明确的判断力",是指对表现对象进行准确观察和研究之后所作出的透彻理解。所以,鲁迅曾对当时的青年木刻家一再指出,对于任何事物,必须观察准确,透彻,才好下笔,不要看了就动手,要观察了又观察,研究了又研究,精益求精,只要这样做,那怕是最平凡的事物也能创造出它的生命力来。③ 只有善于观察和研究事物,才会获得"准确的判断力",从而真正把握自己在作品中所要表现的对象。"表现才能"的获得,按鲁迅的体会,"是由于多看和练习,此外并无心得或方法的"④。"凡是已有定评的大作家,他的作品,全部都说明着'应该怎么写'"⑤,从成功的作品中学习和借鉴,是丰富自己创作表现力的重要手段之一。但更重要的是,必须经过自己的实践和锻炼,并从中总结和积累创作的经验,最终形成自己独特的表现技巧。鲁迅自己的创作最能说明这一问题。在最初的创作中,他的作品多少受

---

① 《书信·致李桦(1935.2.4)》。
② 《且介亭杂文二集·五论"文人相轻"——明术》。
③ 参阅陈烟桥《鲁迅与木刻》等文(见商务印书馆1951年版《新中国的木刻》)。
④ 《书信·致赖少麒(1935.6.29)》。
⑤ 《且介亭杂文二集·不应该那么写》。

外国作家的影响,但随着不断的创作实践,他便逐步"脱离了外国作家的影响,技巧稍为圆熟,刻划也稍加深切"[①]了。

具体的创作技巧所包含的内容是丰富而复杂的。鲁迅基本上是在总体原则上肯定创作技巧的重要,而较少谈及自己如何运用技巧的经验的,因为他一向认为,具体的写作技巧,要靠作者自己从别人的作品中去体会,要通过实践自己去摸索。这里我们仅就鲁迅谈论得较多的关于文学作品塑造人物的有关技巧,选其要点略作介绍:

其一,作品中所写出的人物,必须是作者在心目里充分酝酿后的产物。鲁迅指出:"作者用对话表现人物的时候,恐怕在他自己的心目中,是存在着这人物的模样的,于是传给读者,使读者的心目中也形成这人物的模样。"[②] 这就是说,作者心目中首先必须存在所要写的人物的影象,否则就不可能在作品中写出活生生的人物,而这个影象则是作者对自己所遇、所见、所闻的人物进行观察、分析、提炼、改造、综合,即充分酝酿的结果,用鲁迅的话说,这好比"画家的画人物",对生活中的人物"静观默察,烂熟于心",然后便能"凝神结想,一挥而就"[③]。鲁迅塑造阿Q这一人物形象时就有这样一个过程,鲁迅说,"阿Q的影象,在我心目中似乎确已有了好几年"[④],也就是说,正是经过心目中多年的酝酿,鲁迅才成功地塑造出这么生动的人物形象。这种酝酿是很重要的,正是在这个意义上,鲁迅主张"写不出的时候不硬写"[⑤],"硬写"出的人物常易流于苍白枯燥以及公式化、脸谱化,缺少生气。

其二,要注意写出人物的灵魂来。要把人物真正写活,鲁迅认

---

① 《且介亭杂文二集·〈中国新文学大系〉小说二集序》。
② 《花边文学·看书琐记》。
③ 《且介亭杂文末编·〈出关〉的"关"》。
④ 《华盖集续编·〈阿Q正传〉的成因》。
⑤ 《二心集·答北斗杂志社问》。

为一定要写人物的灵魂,即前面曾讲到的要"显示灵魂的深"。如何写出人物"灵魂的深"呢?鲁迅常采用的手法有三种:第一,画眼睛。鲁迅认为,"要极省俭地画出一个人的特征,最好是画他的眼睛","倘若画了全部的头发,即使细得逼真,也毫无意思"[①],因为眼睛是心灵的窗户,从它可以透视人物灵魂的深处。这里的"画眼睛"是一种形象的说法,实际上是指抓住人物最能传神的因素,以形写神,达到揭示人物灵魂的目的。第二,直接揭开人物心灵的秘密。关于这一手法,鲁迅没有直接论述过,但在他的创作中却屡屡被采用着。一个典型的例子是《阿Q正传》第七章,该章写了阿Q的"革命狂想曲",作者借人物由幻想形成的幻觉,直接展示了阿Q的病态心理和偏狭的"革命"目的。第三,用个性化的人物语言来揭示人物的内心世界。鲁迅曾提及,"高尔基很惊服巴尔扎克小说里对话的巧妙,以为并不描写人物的模样,却能使读者看了对话,便好像目睹了说话的那些人"[②]。鲁迅还曾这样称赞陀思妥也夫斯基作品对人物"灵魂的深"的揭示,认为"他写人物,几乎无须描写外貌,只要以语气,声音,就不独将他们的思想和感情,便是面目和身体也表示着"[③]。而鲁迅在自己的作品中运用人物的个性化语言来显示灵魂的例子,更是屡见不鲜。

其三,采用"杂取种种人,合成一个"的方法来塑造人物。鲁迅指出:"作家的取人为模特儿,有两法":"一是专用一个人,言谈举动,不必说了,连微细的癖性,衣服的式样,也不加改变";"二是杂取种种人,合成一个"[④]。鲁迅大都采取后一种办法,他曾这样谈起过自己的创作:"有模特儿,我从来不用某一整个"[⑤];"模特儿不

---

① 《南腔北调集·我怎么做起小说来》。
② 《花边文学·看书琐记》。
③ 《集外集·〈穷人〉小引》。
④ 《且介亭杂文末编·〈出关〉的"关"》。
⑤ 《书信·致徐懋庸(1936.2.21)》。

用一个一定的人,看得多了,凑合起来的"①;"往往嘴在浙江,脸在北京,衣服在山西,是一个拼凑起来的脚色"②。这里所讲的"杂取"、"合成"、"凑合"、"拼凑"等等,实际上就是指对生活中的原型进行一定的艺术集中和概括,即将人物典型化,这样,虽然写出的只是一个,概括进去的却是一群,写出的人物所包蕴的社会意义也更广泛,更能在读者中产生广泛的反响。因为是广收博取,"一部分相像的人也就更其多数,更能招致广大的惶怒"③,从而让现实中的人们"疑心到像自己,又像是写一切人,由此开出反省的道路"④。鲁迅的《阿Q正传》中塑造的阿Q形象,正是采用这种手法,并达到了这样的效果。

当然,鲁迅所论及的以及在创作中所采用的写人物的技巧远不止以上三个方面,这里只是略作举例而已。即使是对这几个方面的技巧,也不能生搬硬套,而应该通过各自的创作实践去领会、理解、掌握、改进,以变成自己的东西。鲁迅早就告诫过人们,文艺创作"究竟也以独创为贵"⑤。

第三节 鲁迅的文学文体论

(一)文体选择中体现出的文体意识

诗歌、小说、散文、杂感文等文体形式,在鲁迅的创作中都曾先后被采用过,但何以鲁迅对杂感文特别钟爱——不仅创作数量一

---

① 《二心集·答北斗杂志社问》。
② 《南腔北调集·我怎么做起小说来》。
③ 《且介亭杂文末编·〈出关〉的"关"》。
④ 《且介亭杂文·答〈戏〉周刊编者信》。
⑤ 《华盖集续编·不是信》。

开始就遥居各类创作之首,而且最终几乎舍弃了其他文学样式,使杂感文的写作成为他创作活动的唯一内容?以往的大量解释,主要都是着眼于鲁迅文学观中的"功能意识",即认为,鲁迅是在找寻社会批判、文化革新的武器时选择文学事业的,同样,鲁迅也是在比较武器的优劣后选择了杂感文这一文体形式。的确,鲁迅的文体选择中,包含了找寻武器的目的和要求,但既然是在文学范围内的选择,对于文学各文体形式的特点的理解和把握,就是一个不容忽略的必备条件。其实,在文体选择方面,恰恰充分体现了鲁迅自觉的"文体意识",显示了他对文学自身特性的深切了悟,同时也昭示了作为伟大启蒙思想家的鲁迅与作为伟大文学家的鲁迅二者相契合的独特方式。

鲁迅对杂感文体的选择,应看作是他追求时代性与文学性相统一、"功能意识"与"文体意识"双重价值实现的必然结果。忽略了鲁迅的明确的"文体意识",仅从"功能意识"着眼,便很难解释清楚鲁迅何以逐步放弃了新诗和小说的创作,何以倾注如此巨大的精力和热情来鼓吹杂感文,何以能在创作实践中将这一文体形式发展到如此炉火纯青的地步!正是在这个意义上,我们不仅理应承认,是鲁迅独创了杂感文这一文体形式,即如瞿秋白所谓的"杂感这种文体,将要因为鲁迅而变成文艺性的论文(阜利通——feuileton)的代名词"[1];而且,我们也理应更清楚地了解鲁迅创造的杂感文形式在中国现代语言变迁史、中国现代文学史上的意义,并从而更充分地认识它的文学史价值。

---

[1] 瞿秋白:《"鲁迅杂感选集"序言》,人民文学出版社1953年版《瞿秋白文集》(二)第978-979页。

(二)对新诗文体的思考

鲁迅之于新诗,在一开始就抱定了一种不彻底介入的态度,他声称自己并不喜欢做新诗,"只因为那时诗坛寂寞,所以打打边鼓,凑些热闹"①。这里所谓的"凑些热闹",主要是就"五四"当时正在兴起的"反对文言文,提倡白话文"运动而言的,鲁迅希望能以新诗助新的白话语言方式的确立,而且苦于当时诗坛的寂寞,所以亲自实践。鲁迅初期创作的白话诗无论从内容还是从语言形式上看,均已达到了当时的最高水平,胡适、朱自清等对此均有非常高的评价。但鲁迅很快就"退出"了新诗创作队伍,并一再表示,"自己实在不会做"新诗,"我对于新诗是外行"②;"我自己是不会做诗的"③;"我其实是不喜欢做新诗的"④。这种表白,显然并非完全出于谦虚,此中所蕴含的实质性意义在于,鲁迅对诗歌这一文体形式的自身要求有着明确的认识,对新诗在白话文运动之后所可能遭逢的命运有深切的了悟。

诗歌在文学品类中是形式感最强的一种,在艺术形式上有着远甚于其他文学品类的苛刻的要求。鲁迅曾反复论及新诗的形式问题,他说:"诗须有形式,要易记,易懂,易唱,动听,但格式不要太严。要有韵,但不必依旧诗韵,只要顺口就好。"⑤ "我以为内容且不说,新诗先要有节调,押大致相近的韵,给大家容易记,又顺口,唱得出来。"⑥ 在鲁迅看来,新诗的形式问题,最基本的方面就在

---

① 《集外集·序言》。
② 《书信·致蔡斐君(1935.9.20)》。
③ 《两地书·三二》。
④ 同①。
⑤ 《书信·致蔡斐君(1935.9.20)》。
⑥ 《书信·致窦隐夫(1934.11.1)》。

于它的节调和音韵。对于这二者的有意无意的忽略,将会导致新诗的失败,即如鲁迅所说的,"没有节调,没有韵,它唱不来;唱不来,就记不住,记不住,就不能在人们的脑子里将旧诗挤出,占了它的地位。……新诗直到现在,还是在交倒楣运。"① 鲁迅讲这段话时已是 30 年代中期,此中包含着他从新诗的文体要求出发所进行的对"五四"以来新诗发展历程和命运的深刻思考。诗歌的诸如节调、音韵等形式问题,说到底是一个语言问题。鲁迅深切地认识到,"白话要押韵而又自然,是颇不容易的"②,因此,以白话为载体的新诗在形式上就具有了先天的不足之处。鲁迅把新诗的"倒楣运"与做新诗所用的白话联系起来,这是发人深思的。

"真正的诗歌史是语言的变化史,诗歌正是从这种不断变化的语言中产生的。而语言的变化是社会和文化的各种倾向产生的压力造成的。"③ 发端于"五四"之初的白话文运动,是顺应社会进步、文化发展的历史要求而兴起的。在这场运动中,以鲁迅为代表的先驱者们特别关注的一个重要方面是以文言为代表的旧语言文字的模糊、含混、不精确等方面的弊端,认为这种不精确必然带来中国人思维的模糊。在近代被看作科学发展的重要精神动力的演绎推论,是以概念的精确为前提的。对于科学的思维,文言文所代表的中国语言文字不是一种完善的媒介。④ 出于促使文化进步的考虑,鲁迅等先驱者以极大的热情反对文言文,提倡白话文,其目的正在于丰富中国语言的科学思维能力,使中国人"可以发表更明白的意思,同时也可以明白更精确的意义"⑤。毫无疑问,这场语

---

① 《书信·致窦隐夫(1934.11.1)》。
② 同①。
③ F·W·贝特森:《英诗与英语》,转引自韦勒克、沃伦:《文学原理》,三联书店 1994 年版第 186 页。
④ 参见朱晓进:《鲁迅与语言文化》(《中国现代文学研究丛刊》1987 年第 2 期)。
⑤ 《且介亭杂文·答曹聚仁先生信》。

言革命对于推动中国文化由旧向新转换,促进中国文化的整体性发展,有着不可磨灭的历史功绩。中国白话新诗作为这场意义深远的语言革命的具体实践,其历史贡献也是不言自明的。语言革命的成果常常是必须依赖作为语言艺术的文学创作来得到巩固的。新诗对代表着旧的语言方式的旧体诗的冲决,对于新的白话语言方式的确立有着特殊作用。因此,中国新诗的产生,其意义首先不在诗歌自身,诚如当时就曾有人指出的那样,"新诗运动的起来,侧重白话一方面,未曾注意到新诗的艺术和原理一方面",人们"注重的是'白话',不是'诗'",新诗普遍缺乏"音节","读起来不顺口",虽然"有人能把诗写得很整齐,例如十个字一行,八个字一行,但读时仍无相当的抑扬顿挫"[①]。不仅如此,中国语言在五四初期的这场革命后,多少陷入了一种"两难"的境地:为了适应科学发展的要求,语言必须追求精确性、界定性,这就必须以丧失中国传统语言方式所具有的隐喻性、模糊性等带有文学色彩的风格为代价;而要保存中国语言方式中被西方人称之为特具"诗"的风格的东西[②],则又难以使中国语言适应科学性思维的要求。五四时期的语言革命在科学与文学的选择中,无疑是倾向于科学的。因此,新诗作为这场语言革命的产物,也必然地要承担语言革命的"非文学"的后果。

  文学对语言有着特殊的要求,如语义的多层次性、情绪性、含蓄性、感受性、暗示性等等。这与科学性语言相去甚远。用 J·浮尔兹的话说就是:"科学——就其字面意义而言,是不惜任何代价的精确,诗歌——则是不惜任何代价的包揽。"[③] 鲁迅在《诗歌之

---

 ① 梁实秋:《新诗的格调及其他》,《诗刊》创刊号(1931年1月20日出版)。
 ② 参见〔日〕西村文子、〔挪威〕加尔通:《结构、文化和语言》,《外国社会科学》1985年第8期。
 ③ J·浮尔兹:《亚里斯托斯》,《英国作家论文学》,三联书店1985年版第560页。

敌》一文中也曾指出"科学"与"诗美"的冲突。由于五四时期过分强调语言的界定性、明确性,促进了科学的发展,推动了文化在整体上的转换,但对文学这一具体领域而言,其损失也是不言自明的。文化的整体性历史进步,似乎是在以牺牲局部的文艺本体特性为其代价,尤其是那些形式感较强、最具文学性的文学门类(如诗歌),所受的损失要更大一些。相比较而言,小说、杂文等文学门类要幸运一些:语言的精确性要求,在某种程度上或许可以说是玉成了以叙述为主要语言特征的小说(增加了叙事的清晰度)和以说理为其语言特征的杂文(增强了说理的逻辑性),而以含蓄、寓意、多义、暗示、抒情为语言特征的诗歌,则不能不"交倒楣运"。

正是基于以上的认识,鲁迅终于放弃了新诗的写作。与旧体诗相比,在形式上由于"白话要押韵而又自然,是颇不容易的",这先就给写好白话新诗带来了一重困难;而趋向于精确化、理性化的白话在诗的内蕴上又逊一筹,许多文言能表达的诗境,白话是无法表达的,用白话写诗很难保证能像古典诗词那样蕴藉深厚。因此,鲁迅在欲寄情于诗歌时,往往选择旧体诗形式。只要稍稍注意一下鲁迅的诗歌创作,就会发现他写的新诗数量很少,且主要集中于五四初期那一段时间,而此前此后在诗歌创作方面均以写旧体诗为主,不仅所写旧体诗的数量远远超出白话新诗,而且脍炙人口的艺术佳作也以旧体诗为多。由此可知,鲁迅最终放弃新诗创作,并非如有些人解释的那样,仅仅是要集中精力于杂文来进行社会批判和文明批评,而也包含着鲁迅在深入探讨了新诗文体问题之后所作的明智的选择,此中体现着他因对新诗文体的难以把握而持的一种审慎的态度。

不仅如此,鲁迅还分明意识到,诗歌这一文学种类,其文体要求的实现事实上还要受制于特殊的时代条件。鲁迅曾就许广平的一首关于五卅惨案的诗作过这样的评论:"那一首诗,意气也未尝不盛,但此种猛烈的攻击,只宜用散文,如'杂感'之类,而造语还须曲折,否,即容易引起反感。诗歌较有永久性,所以不甚合于做这样题目。"① 但也诚如鲁迅所反复强调的那样,这个时代所需要于文学的,并不是什么精、雅的艺术品,而是"锋利而切实"的"匕首和投枪"②。文学之于那样一个特定的时代,应是"感应的神经"、"攻守的手足"③。新诗就这样处在一种"两难"的境地之中。一方面,诗歌"较有永久性",不宜用于"猛烈的攻击",意气太盛,感情太烈,锋芒太露,"能将'诗美'杀掉"④;然而另一方面,在一个斗争激烈、血与火拼搏的时代,又常常不允许人们在感情上冷静下来,除非有意识地与现实保持相当距离,否则一写诗就难免要"意气太盛",难免要"猛烈攻击",难免要"直说"。文体的盛衰,显然有着深刻的社会原因,即鲁迅所谓的"文学'种类之别',也仍然与社会条件相关联"⑤。鲁迅终于放弃新诗的创作,并提出新诗正"交倒楣运"的命题,大概也正包含了他对新诗在特定社会条件下所处的"两难"困境的思考吧。

(三)对小说文体的理解

鲁迅在新诗领域所遇到的受制于特定历史时期的时代条件而形成的"功能意识"与"文体意识"难以两全的境况,在小说领域中也或多或少以不同的形式存在着。

鲁迅曾说到他做小说的情况:"我做完之后,总要看两遍,自己觉得拗口的,就增删几个字,一定要读得顺口;没有相宜的白话,宁可引古语,总希望有人会懂,只有自己懂得或连自己也不懂的生造

---

① 《两地书·三二》。
② 《南腔北调集·序言》。
③ 《且介亭杂文·序言》。
④ 同①。
⑤ 《且介亭杂文·论"旧形式的采用"》。

出来的字句,是不大用的。这一节,许多批评家之中,只有一个人看出来了,但他称我为 stylist(文体家)。"① 这段话可以证明,鲁迅之于小说,其文体意识是很自觉的。这里有两点值得注意:第一,鲁迅很注重对白话语言的提炼和加工;第二,鲁迅很强调"读得顺口"、"总希望有人会懂"。这两点都标示了鲁迅的现代白话小说与"五四"那场语言革命的关系。鲁迅注重语言的提炼加工,实际上正包含了他借小说创作助白话方式确立,以使白话在表现力上能与旧的文言语言方式抗衡的目的。鲁迅之所谓"采说书而去其油滑,听闲谈而去其散漫,博取民众的口语而存其比较的大家能懂的字句,成为四不像的白话"②,正可以看出他对白话语言的创制和完善所作的探索。

从文学形式的独特性要求来看,小说也有自身的文体要求,对此,鲁迅也有着精到的理解。例如,他在批评《官场现形记》等清末谴责小说艺术上的不足时,主要是指出了它们的"辞气浮露,笔无藏锋,甚且过甚其辞,以合时人之嗜好"③ 的缺点;在批评《二十年目睹之怪现状》艺术上的不足时,也主要是指出了它的"描写失之张皇,时或伤于溢恶,言违真实,则感人之力顿微"④ 的缺点。这里所谓的"辞气浮露,笔无藏锋"和"伤于溢恶",都是指出了这些小说过于直说、过多议论,而少形象、不含蓄的弊病。鲁迅曾高度赞扬《儒林外史》在"指摘时弊"方面的成就,而他尤为称道的是,这部作品虽是指摘时弊,但却避免了直说、议论等小说文体之大忌:"无一贬词,而情伪毕露,诚微辞之妙选,亦狙击之辣手矣。"⑤ 在评价宋代传奇小说时,鲁迅更是从文体要求的角度认定,"传奇小说,到

---

① 《南腔北调集·我怎么做起小说来》。
② 《二心集·关于翻译的通信》。
③ 《中国小说史略·清末之谴责小说》。
④ 同③。
⑤ 《中国小说史略·清之讽刺小说》。

唐之时就绝了"。这倒不是说宋代没有人作传奇,而是因为宋代的传奇与小说的文体要求相去甚远:"宋时理学极盛一时,因之把小说也多理学化了,以为小说非含有教训,便不足道。但文艺之所以为文艺,并不贵在教训,若把小说变成修身教科书,还说什么文艺。宋人虽然还作传奇,而我说传奇是绝了,也就是这意思。"① 鲁迅对小说这一文体形式自身艺术要求的深刻理解当然并不仅仅表现在评价传统小说作品时,而且也同样表现在对现代白话小说的评价上。例如,鲁迅曾这样谈起过叶永蓁的《小小十年》:"技术,是未曾矫揉造作的。……我所感到累赘的只是说理之处过于多,校读时删节了一点……"②。鲁迅对萧军《八月的乡村》也曾提过这样的修改意见:"《八月》上我主张删去的,是说明而非描写的地方,作者的说明,以少为是。"③ 从上述有关论述中,的确可以看出,鲁迅对小说的文体要求有着明晰而精到的理解。

与诗歌不同的是,白话之于小说并无多大矛盾,白话语言方式与小说的文体要求完全可以达到一致,这是因为小说原本就是文学品类中最具平民性、通俗性的文体,其使用"白话"的历史也很悠久。按理说,鲁迅写小说绝不会遇到他写新诗时所遭遇的受制于白话语言方式而难以完美地实现其文体要求的尴尬情况。但鲁迅却感觉到,受制于时代条件,小说的文体要求同样是难以完满实现的:一方面,鲁迅明知小说自身的文体要求是重形象塑造而忌议论过多,重含蓄而忌直说的;但另一方面,在实际的创作中,鲁迅自己似乎也很难摆脱议论与直说。

在鲁迅的小说创作中,议论性笔调是比较明显的,尤其是他最初的小说创作。例如《狂人日记》中,几乎通篇都是狂人对历史和

---

① 《中国小说的历史的变迁·宋人之"说话"及其影响》。
② 《三闲集·叶永蓁作〈小小十年〉小引》。
③ 《书信·致萧军(1935.4.12)》。

现实中"吃人"现象的直语式的抨击;《阿Q正传》第一章"序"中用讥讽的语言对国粹派作风趣、诙谐的嘲笑;《端午节》中方玄绰对"索薪"、"亲领"的大段牢骚性议论;《兔和猫》中对造物主的"将生命造得太滥,毁得太滥"的责备性议论;尤其是《头发的故事》,全篇都是借N先生之口直接发议论。对于小说中的议论性特点,鲁迅自己从不讳言,甚至明确表示:"就是我的小说,也是论文;我不过采用了短篇小说的体裁罢了。"① 可见,鲁迅是自觉地引议论入小说,其出发点也很明显:"不过大约心里原也藏着一点不平,因此动起笔来,每不免露出愤言激语。"②

鲁迅明知小说的文体要求是什么,也清楚愤激的议论之于小说这种文体形式的不相宜,但在小说创作中为什么又摆不脱非文体化的倾向呢?这显然与时代条件以及鲁迅受制于时代而从理性出发形成的"功能意识"密切相关。鲁迅写作小说的时代是一个"不是死,就是生"的"大时代",作家不能"使自己逃出文艺,或者从文艺推出人生"③;而读者也无暇欣赏那些太艺术化的精品,人们对政治思想内涵的要求压倒了对艺术内涵的追寻。鲁迅这样表示过:"我所写的小说极为幼稚,只是对像隆冬一样没有歌唱,没有花朵的本国情景感到悲哀,才写些东西来打破寂寞而已","在这样的环境中,恐将更陷于讽刺与诅咒亦未可知"④。面对当时的环境、当时的读者需求、普遍的社会心理,文学第一位的任务不在于自身的艺术要求以及文体要求的实现,而在于直剖明示地反映时代的内容和民众的呼声。正因为如此,鲁迅最初的小说创作争得了最广大的读者。鲁迅在回顾《呐喊》中的作品时,也曾从议论过多等

---

① 转引自冯雪峰《过来的年代·鲁迅先生计划而未完成的著作》,新知书店1946年7月版。
② 《三闲集·通信》。
③ 《而已集·〈尘影〉题辞》。
④ 《书信·致青木正儿(1920.11.14)》。

非小说文体化倾向的角度指出其不足,认为"倘再发出些四平八稳的'救救孩子'似的议论",连他自己"也觉得空空洞洞"① 了。但鲁迅又十分明白,虽然《呐喊》中语言愤激,议论颇多,但是"因为其中的讽刺在表面上似乎大抵针对旧社会的缘故","所以略略流行于新人物间"②,以至于"想也没想到""小说销到上万"③。到了《彷徨》中的作品,鲁迅"只因为成了游勇,布不成阵了,所以技术比先前好一些","而战斗的意气却冷得不少"④。《彷徨》中虽仍保留了一些议论性笔调,但已去其锋芒,转归含蓄。"技巧稍为圆熟,刻划也稍加深切","但一面也减少了热情,不为读者所注意了"⑤。面对《呐喊》与《彷徨》在读者反响上的不同遭遇,鲁迅其实是难以回避选择的"二难"局面的:继续像《呐喊》那样以议论和愤激的言辞去保持震聋发聩的力量,固然能继续引起广大读者层的关注,但这"照艺术上说,是不应该的",连作者本人也要不免觉得"空空洞洞";而如《彷徨》那样注重艺术内涵,注意运用曲笔来含蓄地表达,却又易被读者所忽略。这种选择的"二难"状况,其实质反映的仍是鲁迅文学观中"功能意识"与"文体意识"之间的矛盾性。要求得两全,最好的办法也许只能是放弃小说这一文体形式,再另作他觅。

鲁迅早在《狂人日记》发表后不久就曾说过:"《狂人日记》很幼稚,而且太逼促,照艺术上说,是不应该的……我自己知道实在不是作家,现在的乱嚷,是想闹出几个新的创作家来……破破中国的寂寞。"⑥ 这与他说自己写新诗并非想作诗人,而只是"敲敲边

---

① 《而已集·答有恒先生》。
② 《集外集·咬嚼之余》。
③ 《三闲集·通信》。
④ 《南腔北调集·〈自选集〉自序》。
⑤ 《且介亭杂文二集·〈中国新文学大系〉小说二集序》。
⑥ 《书信·致傅斯年(1919.4.16)》。

鼓",以待真正的诗人出现,有异曲同工之妙。这里也透露出一种信息:鲁迅开始写小说时,就隐含着他放弃小说的可能性。

(四)对杂文文体的把握

能否有一种文体形式能够使鲁迅的"功能意识"与"文体意识"二者都得以充分实现呢?可以说,鲁迅最终选定杂感文这一文体形式,正包含了他在这方面的考虑。

能否既保证语言朝着界定性精确化方向健康地发展,而同时又兼顾到文体自身对于语言的特殊要求?从杂感文对于语言的特殊要求来看,杂感文这种文体形式与五四时期的那场语言革命的目标有着诸多一致性,或者最起码可以说,杂感文对语言的要求之于五四白话语言发展的实际,不像诗歌对语言的要求之于白话那样具有较明显的冲突。相反,语言的明确性和精确化恰恰在某种程度上玉成了以议论、说理为其语言特征的杂感文。

从文学的角度看,杂感文虽然也有着一般文学作品所具有的客观形象的再现和主观情感的表达,但它与诗歌小说相比却有所不同。杂感文在再现客观形象时,常具有单一化、概括化的特点,而且对具体事实和客观现象的描述,其目也主要是为发议论。诚如有些学者所指出的那样,"本质上是一种议论文的杂文,却是可以离开形象而存在的","一篇议论文的一个最起码的要求,就是条理清楚,层次分明;要有严密的逻辑性"[①]。也就是说,创造有文学价值的艺术形象并不是杂感文的主要任务。具体形象之介入杂感文,主要是为了说理、议论的需要,这与小说创造典型形象和诗歌创造抒情主人公的形象是不同的。至于主观情感的表达方式,杂感文也有不同于其他文学样式的特点。固然杂感文也常有寓情

---

① 《六十年来鲁迅研究文选》,中国社会科学出版社 1982 年版第 352、361 页。

感于客观形象的描述之中的时候,但作为其主要方式,在更多的场合下却是以议论表达出情感判断,这就有别于小说的主要以形象塑造来寄托感情的方式;虽然杂感文中主观情感的抒发有时也带有直接性,但更多的情况下情感是化为一种理性的思考,以"理趣"的形态呈现出来的,这就有别于诗歌的抒情方式。正如朱自清对鲁迅杂感文所作的评价:"这里吸引我的,一方面固然也是幽默,一方面却是……那传统的称为'理趣',现在我们可以说是'理智的结晶'。"①

对于杂感文的理性化、直语性、逻辑性等等特点,鲁迅自己也曾有过诸多的论述。他曾说,自己的杂感文"凡有所说所写,只是就平日见闻的事理里面,取一点心以为然的道理"②,这是突出杂感文的"理趣"特征。鲁迅常说自己写杂感文是"论时事不留面子,砭锢弊常取类型"③。所谓"论时事不留面子",从文体特征的角度看,实际上就是直语、直说,即用具有相当界定性、清晰度的语言直剖明示出问题的实质;而所谓"常取类型"者,与其说是像小说那样通过典型化过程来塑造形象,不如说是更像科学的图示,只是这种图示所选的"标本"较具类型化特征而已,即鲁迅所说的:"写类型者,于坏处,恰如病理学上的图,假如是疮疽,则这图便是一切某疮的标本,或和某甲的疮有些相像,或和某乙的疽有点相同。"④ 这体现在语言上,便是要求概括性、明示性等"图示"特征,而非具象化、感性化的个性特征。总之,杂感文是以其"议论"为主要特征的,注重的是"理趣",是思维的理性化、陈述的直接性和行文的逻辑性等等。这些文体特征,要求用于杂感文的语言也必须相应地

---

① 朱自清:《鲁迅先生的杂感》,见《六十年来鲁迅研究文选》,中国社会科学出版社1982年版。
② 《坟·我们现在怎样做父亲》。
③ 《伪自由书·前记》。
④ 同③。

具有直语性、精确性、明示性、界定性。尤其是与小说、诗歌相比,这种文体特征是非常明显的。

鲁迅对杂感文这一文体形式的选择,正包含了上述对杂感文文体特征的理解和把握。杂感文形式成了他努力追寻"功能意识"与"文体意识"双重价值实现的一条途径。这是语言革命之后找寻作为语言艺术的文学的出路的有益而且卓有成效的尝试。杂感文这一文体形式既有助于巩固五四初期语言革命的成果,又在最大程度上避免了因强调语言的明确性而可能给文学带来的不利影响。或许正是以此为重要原因之一,杂感文在"五四"以后便特别发达起来。鲁迅所说的五四时期"散文小品的成功,几乎在小说戏曲和诗歌之上"①,揭示的也正是这样一个重要的文学史现象。

第四节　鲁迅的文学欣赏论

(一)对文学欣赏主体的重视和尊重

鲁迅很重视文学欣赏问题。他曾指出,"创作虽说抒写自己的心,但总愿意有人看"②,也愿意"有共鸣的心弦"③。也就是说,作者写出作品,目的是要给人看,是试图通过作品与读者进行情感的交流。这种交流正是通过文学欣赏活动来达到的,只有通过欣赏活动,才能使文学作品的价值得以真正实现。文学作品一经写出,它的价值当然就成了一种客观存在,但在作品还未获得读者时,这种客观价值还只表现为一种潜在价值;而只有当作品"有人看"、震

---

①　《南腔北调集·序言》。
②　《而已集·小杂感》。
③　《集外集拾遗·诗歌之敌》。

响了"共鸣的心弦"时,这种客观价值才表现为显价值。

要使文学作品的潜在价值变为现实价值,必须经过读者的阅读和欣赏。因此,作者在创作文学作品时,就不能不受到读者的阅读和欣赏要求的制约。作者必须时时想到读者,因为没有读者,作家的工作就失去了服务对象,在服务对象消失的情况下,作品价值的实现也就根本无从谈起。正是在这个意义上,鲁迅提出了"作者和读者互相为因果"[①]的命题。所谓作者与读者互为因果,在某种意义上可以说读者的一方更为重要,它往往能起到左右文学发展的作用。鲁迅曾分析过木刻艺术的发展与鉴赏者的关系问题,他认为,木刻"在中国,大约难以发达,因为没有鉴赏者"[②]。因此,要使木刻艺术在中国有所发展,首先就应该设法使之获得鉴赏者。他还在给一位友人的信中这样表示了自己的主张:"木刻还未大发展,所以我的意见,现在首先是在引起一般读书界的注意,看重,于是得到鉴赏,采用,就是将那条路开拓起来,路开拓了,那活动力也就增大。"[③] 这虽然是就木刻艺术而言的,但实际上对各类艺术的发展具有普遍意义。任何艺术作品,一旦离开了鉴赏者,它就只能自生自灭,难以存活,更不用谈什么艺术价值的实现了。重视鉴赏者,重视读者之于艺术作品、文学作品的作用和意义,这在鲁迅的文艺欣赏观中是一以贯之的。早在 20 年代初,他就曾以泥土和好花、乔木的形象比喻来说明作者与读者的互为因果的关系,他说,"想有乔木,想看好花,一定要有好土;没有土,便没有乔木了;所以土实在较花木还重要",如果说广大的民众读者层是这种泥土的话,那么天才的文学家和好的文学作品就是生长在泥土中的乔木

---

① 《坟·未有天才之前》。
② 《书信·致李桦(1935.2.4)》。
③ 《书信·致陈烟桥(1934.4.19)》。

和好花,一旦失去泥土也就"长不出好花和乔木来"①。

可以说,重视读者,是鲁迅文学欣赏观的核心。这与鲁迅的整体文学观是一致的。既然鲁迅要以文学作思想启蒙的工具,要以文学作改良社会、改良人生的利器,那么,他就不可能忽略文学价值的实现问题;既然文学作品价值的实现是必须通过读者的欣赏活动来完成的,那么,读者之于文学的意义理所当然地应该受到高度重视。鲁迅的社会功利性文学观,决定了他势必重视读者的阅读和欣赏问题,同时也决定了他之重视读者的一些具体行为方式。重视读者,在鲁迅那里,最突出地表现为对读者负责。他曾反复批评那些忽视广大的读者层、不为读者的利益考虑的种种言行。例如,有人说:"诗人要做诗,就如植物要开花,因为他非开不可的缘故。如果你摘去吃了,即使中了毒,也是你自己的错。"对此,鲁迅一针见血地指出:"诗人毕竟不是一株草,还是社会里的一个人;况且诗集是卖钱的,何尝可以自摘。"② 这里鲁迅批评了对读者不负责任的态度。鲁迅自己创作时,是注意时时从读者的角度去考虑问题的。他曾说过,"我就怕我未熟的果实偏偏毒死了偏爱我的果实的人","因此作文就时常更谨慎,更踌躇。有人以为我信笔写来,直抒胸臆,其实是不尽然的。"③ 当然,读者是各种各样的,不能一概而论,鲁迅的重视读者,主要是指应为读者的大多数着想。文学作品的读者面越宽,社会效果越好,文学价值实现的程度就越高。所以,鲁迅从来就不认为文学艺术的鉴赏只是少数人的专利,他指出,文艺本应该并非只有少数的优秀者才能够鉴赏,而是只有少数的先天的低能者所不能鉴赏的东西。针对"作品愈高,知者愈少"的论调,鲁迅讽刺道:"那么,推论起来,谁也不懂的东西,就是

---

① 《坟·未有天才之前》。
② 《花边文学·看书琐记(三)》。
③ 《坟·写在〈坟〉后面》。

世界上的绝作了。"因此,鲁迅强调:"在现下的教育不平等的社会里,仍当有种种难易不同的文艺,以应各种程度的读者之需。不过应该多有为大众设想的作家,竭力来作浅显易解的作品,使大家能懂,爱看,以挤掉一些陈腐的劳什子。"① 可以看出,在鲁迅的文学欣赏观中也带有社会功利性的倾向。

鲁迅重视文学欣赏问题,其重点落实在对读者的重视上,这是因为读者是文学欣赏的主体。通过研究读者,事实上可以更好地理解许多仅从作家作品方面不能得到圆满回答的问题。文学的发展、文学作品的流行,其实正包含着许多非文学性的因素,其中一个非常重要的方面就是读者。不仅一些作品能否流行的关键取决于读者的能否欣赏,而且普遍的读者的欣赏要求和审美趣味往往就能左右文学的发展方向和发展进程。因此,鲁迅从事文学创作时,在许多方面,常常会依据普遍的读者的审美要求作相应的调整,例如在审美风格的选择乃至文体形式的选择等方面就是如此。诚如我们在前几章所论及的,鲁迅在30年代之所以更自觉地追求壮美的风格,扬杂感文而贬小品文等等,其重要的原因之一,就在于他充分地考虑了在"风沙扑面,虎狼成群"的特定历史条件下和社会环境中普遍的读者的审美需求。总之,鲁迅的文学欣赏观,集中体现为对作为欣赏主体的读者的重视和尊重。他重视和尊重读者的最终目的,仍在于使文学作品更好地为最广大的读者群服务,以使文学作品真正成为作家和读者进行情感交流的渠道,使文学的价值得以充分实现。

(二)强调"趣味"在文学欣赏活动中的作用

欣赏是读者自愿的心灵活动,使读者进入欣赏状态的是"趣

---

① 《集外集拾遗·文学的大众化》。

味",不能诉诸读者"趣味"的作品,很难引起读者的共鸣。尊重读者,首先就应尊重他们的自愿意志,而不是将文学作品强加给读者。对此,鲁迅有着较为详尽的论述。

鲁迅曾把读者分为两种:"一是职业的读书,一是嗜好的读书。所谓职业的读书者,譬如学生因为升学,教员因为要讲功课,不翻翻书,就有些危险的就是";"嗜好的读书","那是出于自愿,全不勉强,离开了利害关系的。""凡嗜好的读书","他在每一叶每一叶里,都得着深厚的趣味。"[1] 而所谓欣赏,正是指这种"得着深厚的趣味"的阅读。鲁迅认为,谈欣赏,必须理直气壮地讲"趣味"。他对那种抹杀趣味的做法很不以为然,他说:"说到'趣味',那是现在确已算一种罪名了,但无论人类底也罢,阶级底也罢,我还希望总有一日弛禁,讲文艺不必定要'没趣味'。"[2] 欣赏活动是一种心灵活动,它不是因外力的强迫而进行的,而是出自欣赏者自愿的内在要求,因此,要引导读者进入这种自愿的心灵活动中去,首先就必须使他们感到有趣味。

鲁迅曾这样谈到《唐·吉诃德》的流行:《唐·吉诃德》中的主角,"就是以那时的人,偏要行古代游侠之道,执迷不悟,终于困苦而死的资格,赢得许多读者的开心,因而爱读,传布的。"[3] 这里突出讲了《唐·吉诃德》使读者爱读的原因是在"赢得许多读者的开心",这正是指作品首先能以趣味引起读者的阅读和欣赏欲求。

作者尊重读者,首先应是尊重读者的趣味,而不能采用任何强制性的方法让读者去接受其作品。鲁迅指出:"看客的去舍,是没法强制的,他若不要看,连拖也无益。"[4] 忽略读者的趣味,以枯燥

---

[1] 《而已集·读书杂谈》。
[2] 《集外集·〈奔流〉编校后记(五)》。
[3] 《集外集拾遗·〈解放了的堂·吉诃德〉后记》。
[4] 《准风月谈·偶成》。

的说教面对读者,这其实也是采用强制性方法让读者接受作品的一种表现。鲁迅批评"左"的文艺倾向时,曾谈过自己的阅读体验:"我一向有一种偏见,凡书面上画着这样的兵士和手捏铁锄的农工的刊物,是不大去涉略的,因为我总疑心它是宣传品。"意在宣传,而又不首先以趣味去吸引读者的作品,往往是会受读者冷落的。相反,"发抒自己的意见,结果弄成带些宣传气味的伊孛生等辈的作品,我看了倒并不发烦"①,这是因为,它们诉诸读者的方式不是说教,而首先是以抒发自己的情感去打动读者。鲁迅从这里引发出一种"宣传的艺术"论,他告诉人们,文学是有"社会性"②的,"只要你一给人看","一写出",就"有宣传的可能"③,因此,宣传之于文学作品,并非缺点;但是,不管你是有意识地以宣传为目的也好,还是虽无初衷而结果变成了带宣传意味的也好,都有一个先决条件,这就是要能先让读者自觉自愿地去阅读,以期引起共鸣,否则就不能使文学作品发生作用,"宣传"也就成了一句空话。鲁迅认为,任何一部好的文学作品,都应该是"令我们看了,不但欢喜赏玩,尤能发生感动,造成精神上的影响"④。鲁迅这里提出的好作品的标准,当然主要是指文学作品影响人们的精神的功用,但他并没有忽视好作品能让人"欢喜赏玩"这一特点。其实,这二者是有关系的,好作品影响人们精神的功用常常是通过人们的"欢喜赏玩"来实现的。鲁迅曾对那些较少说教气、能在较为平等的诉述中让读者在不知不觉中受到教育的作品给予较好的评价,例如在《〈中国新文学大系〉小说二集序》中,他就这样评价向培良的小说,认为它摒弃了"矫揉造作,只如熟人相对,娓娓而谈,使我们在不甚

---

① 《三闲集·怎么写》。
② 《而已集·小杂感》。
③ 《三闲集·文艺与革命》。
④ 《热风·随感录四十三》。

操心的倾听中,感到一种生活的色相"①。总之,从欣赏活动是读者自愿的心灵活动这一特点出发,创作者应特别重视和研究读者的审美趣味,尽可能使读者从文学作品中获得较多的审美的愉悦,并进而完成对读者的精神上的影响。

重视读者的审美趣味,使读者在阅读作品时感到有趣味,这当然不是一件很容易的事,因为读者的趣味常常是千差万别的。鲁迅就曾指出,"读者是种种不同的,有的爱读《江赋》和《海赋》,有的欣赏《小园》或《枯树》"②;"世上爱牡丹的或者是最多,但也有喜欢曼陀罗花或无名小草的,朋其还将霸王鞭种在茶壶里当盆景哩"③。因此,作家创作时,当然也应考虑到读者趣味的这种差异性。鲁迅曾把作家与读者的关系比作厨司和食客的关系,厨司应考虑食客的口味和偏好;如果觉得食客提的意见不公平,"可以看看他否神经病,是否厚舌苔,是否挟夙嫌,是否想赖帐。或者他是否广东人,想吃蛇肉;是否四川人,还要辣椒。"④ 当然,鲁迅并非一定要让作者去对每个人的千差万别的具体的趣味和偏好负责,而是由此指出,作者的创作应力避单一、单调,应尽可能地使文学作品多样化,以调动起更多的读者的阅读、欣赏兴趣。

为了提高读者阅读和欣赏的兴趣,鲁迅还充分注意到了欣赏兴趣的消解问题。有的文学作品虽然在最初出现时很能引发读者的兴趣,但当类似的作品反复出现后,能激起读者阅读、欣赏兴趣的因素也许就会逐渐消失。用鲁迅的话来说,这是因为读者都是"喜新好异的"⑤,当读者反复阅读和欣赏内容、形式雷同的作品时,即使这作品就其本身而言质量并不差,但也仍然会因失去新异

---

① 《且介亭杂文二集·〈中国新文学大系〉小说二集序》。
② 《且介亭杂文二集·"题未定"草》。
③ 《华盖集续编·厦门通信》。
④ 见《花边文学·看书琐记(三)》。
⑤ 《书信·致段干青(1935.11.8)》。

之感而难以引起读者的兴趣。对此,鲁迅曾有过更为形象的阐述,他说:"四时皆春,一年到头请你看桃花,你想够多么乏味?即使那桃花有车轮般大,也只能在初上去的时候,暂时吃惊,决不会每天做一首'桃之夭夭'的。"① 也就是说,欣赏任何事物,都切忌单调;再好的事物,再优美的风景,看得久了,也会乏味的。鲁迅对此是深有体会的,他曾在给友人的信中多次谈起过自己到厦门后的观感:"此地初见虽然像有趣,而其实却很单调,永是这样的山,这样的海。便是天气,也永是这样暖和;树和花草,也永是这样开着,绿着。"②"此地虽是海滨,背山面水,而少住几日,即觉单调。"③ 欣赏自然景色是如此,欣赏艺术、文学作品也是如此。例如看戏,鲁迅就曾指出,倘若在舞台上"讲来讲去总是这几套",观众"纵使记性坏,多听了也会烦厌的",弄不好就要"台下走散",要"想继续",就"应该换一出戏来叫座"④。再如读小说,鲁迅曾在《中国小说的历史的变迁》中从这一角度分析过晚清武侠小说流行的原因。他指出,像《三侠五义》之类的武侠小说,虽"大抵千篇一律,语多不通",但却颇得读者欢迎,这是因为"当时底小说,有《红楼梦》等专讲柔情,《西游记》一派,又专讲妖怪,人们大概也很觉得厌气了,而《三侠五义》则别开生面,很是新奇,所以流行也就能特别快,特别盛"⑤。这一分析从反面说明了在读者阅读和欣赏中普遍存在的"喜新好异"的心理特点。要使文学作品真正诉诸读者的趣味,当然也就不能忽略引发读者趣味的因素的变化。

当然,鲁迅重视读者的趣味,其出发点是为了使文学的社会效果更加强烈,为了让文学作品能被最广大的读者层所接受,从而使

---

① 《华盖集续编·厦门通信(二)》。
② 《书信·致韦素园、韦丛芜、李霁野(1926.10.4)》。
③ 《书信·致许寿裳(1926.1.4)》。
④ 《准风月谈·归厚》。
⑤ 《中国小说的历史的变迁·清小说之四派及其末流》。

其价值得到更充分的实现。为此,鲁迅才主张文学作品要讲趣味,要研究读者趣味的差异和趣味的消解等等问题。但是,这并不意味着去一味迎合读者的无论什么样的趣味。鲁迅指出,"为流行计,特别取了低级趣味之点,那不消说是不对的","必须令人能懂,而又有益,也还是艺术,才对"①。这就是说,讲"趣味"也有一个度,能诉诸读者的趣味固然重要,但必须是健康的趣味。而读者之于文学作品,也并不总能处于一种正确的欣赏关系,其趣味并非总很健康。所以,鲁迅同时强调指出,"迎合大众,媚悦大众",是"不会于大众有益"的②。尤其是对一些不正确的欣赏态度和不健康的欣赏趣味,作家不但不能迎合,而且还应对之开展批评和引导。鲁迅指出,有些读者缺少选择的眼光,对不管什么作品都是"随手拈来,大口吞下",以至于常常误吞了"红纸包里的烂肉",直"吃得胸口痒痒的,好像要呕吐"③。更有一些读者,在阅读欣赏文艺作品时,专对一些"裸体大写真"之类的东西抱有特别的兴趣,争着看"赤条条的""洋小姐的曲线美"等等。对此,鲁迅认为作家应该担负起自己的责任来,一方面应在创作中以健康的趣味来养成读者的高雅情趣,而让那些有"嗜痂之癖"者无痂可嗜;同时"不能听大众的自然",而应"给他们随时拣选",以免他们"误拿了无益的,甚至有害的东西"④。应该给读者"相当的指点",使他们能正确区分美丑,而不至于误吸了"鸦片或吗啡"⑤。

---

① 《书信·致魏猛克(1934.4.9)》。
② 《集外集拾遗·文艺的大众化》。
③ 《二心集·我们要批评家》。
④ 《且介亭杂文·门外文谈》。
⑤ 《准风月谈·关于翻译(上)》。

(三)正视文学欣赏活动中读者的艺术"再创造"

读者在对文学作品进行欣赏时,常常是带着某种参与意识的。在欣赏过程中,欣赏者不仅积极地进入作品所提供的场景,去身临其境地与作品中的人物共呼吸、同悲欢,去体验作者曾经体验过的情感和思想,而且常常以自己的生活经验去充实、补足作者所没有写明的部分,甚至对作者的意图进行某种发挥性想象,即对作品进行"再创造"。鲁迅曾指出,文学欣赏中常常有这种情况:读者从作品中"所推见的人物,却并不一定和作者所设想的相同,巴尔扎克的小胡须的清瘦的老人,到了高尔基的头里,也许变成了粗蛮壮大的络腮胡子"[①]。鲁迅认为,应该正视文学欣赏活动中读者的艺术"再创造",因为欣赏者正是在这种"再创造"中感受到艺术欣赏的乐趣,与作者"一样的受到创作的欢喜"[②]。因此,尊重读者,重视读者,实际上也应该包括对读者欣赏过程中的艺术再创作的能力的尊重和重视。创作者应该在文学作品中尽可能地调动读者的想象与联想,尽可能地留给读者想象和"再创造"的余地,而忌过直、将话说尽,从而堵塞了欣赏者的思路,使欣赏者难以获得艺术"再创造"的"欢喜"。

所谓让读者与作者"一样的受到创作的欢喜",说到底是指读者所获得的参与作品创造的喜悦。能否在较大程度上满足读者的参与意识,这也是关系到文学作品价值实现的一个重要方面。鲁迅所谓"愿意有共鸣的心弦",实际上也就是希望文学作品能引发读者的参与意识,激起读者的情感介入。这就要求作品所写的生活经验、情感体验和思想经验必须尽可能地与读者贴近,否则读者

---

① 《花边文学·看书琐记》。
② 《南腔北调集·〈木刻创作法〉序》。

的艺术"再创造"就失却根柢和依据,读者的参与意识也就难以实现,"共鸣的心弦"当然也就难以求得。鲁迅曾经指出:"看别人的作品也很有难处,就是经验不同,即不能心心相印。所以常有极要紧,极精采处,而读者不能想到,后来自己经验了类似的事,这才了然起来。"① 这里一方面强调了读者阅读作品时各种经验的重要,但另一方面也启示作者:如果作品中的经验不能与读者贴近,则作品中的许多"极重要,极精彩处"就会被读者忽略,求得读者"共鸣"的程度也就要大受影响。为此,鲁迅很强调文学作品在"经验"上与读者的贴近。他讲过这样的话:"凡作者,和读者因缘愈远的,那作品就于读者愈无害。古典的,反动的,观念形态已经很不相同的作品,大抵即不能打动新的青年的心……"② 这段话虽然主要不是直接针对阅读和欣赏问题而言的,却也包含了文学欣赏的有关道理,即文学作品离读者愈远,则愈不能打动读者的心。鲁迅对许多文学作品的评价,也是从这一角度切入的。例如,在评价叶紫的小说《丰收》时,他特别指出叶紫小说中所写都是"极平常的事情。因为极平常,所以和我们更密切,更有大关系"③。这里,鲁迅就是从作品内容与多数读者的贴近这个角度来给予评价的。显然,作品的内容与读者的生活越贴近,就越容易引起读者的欢迎与共鸣,诚如鲁迅所说的:"看一位不死不活的天女或林妹妹,我想,大多数人是倒不如看一个漂亮活动的村女的,她和我们相近。"④ 鲁迅在分析一些作家作品得以流行的原因时,都很明确地指出了这一点。例如清末的谴责小说,诸如《官场现形记》、《二十年目睹之怪现状》等等,虽然与《儒林外史》相比"差得远了","辞气浮露,笔无藏锋,

---

① 《书信·致董永舒(1933.8.13)》。
② 《准风月谈·关于翻译(上)》。
③ 《且介亭杂文二集·叶紫作〈丰收〉序》。
④ 《花边文学·略论梅兰芳及其他(上)》。

甚且过甚其辞","言违真实,则感人之力顿微","殊不足望文木老人后尘";但由于这些谴责小说在内容上是揭露官场黑暗和统治者腐败的,它反映了人们的某种不满情绪,所以"合时人嗜好","特缘时事要求,得此为快","乃骤享大名"①。一些外国文学的作家作品之所以能在中国盛行一时,也可以从这方面找到原因,例如对拜伦、密茨凯维支、裴多菲等诗人,鲁迅就作过这样的分析:"有人说G·Byron的诗多为青年所爱读,我觉得这话有几分真。就自己而论,也还记得怎样读了他的诗,而心神俱旺;尤其是看见他那花布裹头,去助希腊独立时候的肖像。""其实,那时 Byron 之所以比较为中国人所知,还有别一原因,就是他的助希腊独立。时当清的末年,在一部分中国青年的心中,革命思潮正盛,凡有叫喊复仇和反抗的,便容易惹起感应。那时我记得的人,还有波兰的复仇诗人 Adam Mickiewicz;匈牙利的复国诗人 Petöfi Sandor……"②。"Mickiewicz 是波兰在异民族压迫下的时代的诗人,所鼓吹的是复仇,所希求的是解放,在二三十年前,是很足以招致中国青年的共鸣的。"裴多菲(Petöfi)也"是我那时所敬仰的诗人。在满洲政府之下的人,共鸣于反抗俄皇的英雄,也是自然的事。"③ 由此可见,文学作品之能引起读者的阅读关心和欣赏注意,首先必须在情感经验、生活经验和思想经验上与读者有相通之处,否则,就难以进入读者的欣赏视野,文学作品价值的实现也就会受到妨碍。鲁迅强调文学作品与读者的贴近,强调文学作品能引发读者的参与意识等等,其目的就是希望文学作品能更好地与读者建立起密切的关系,这样,以文学为改良社会、改良人生的利器也好,以文学为思想启蒙的工具也好,也才能真正发挥出应有的效力。可以说,鲁迅针对文学欣

---

① 《中国小说史略·清末之谴责小说》。
② 《坟·杂忆》。
③ 《集外集·〈奔流〉编校后记(十一)、(十二)》。

赏问题所发表的见解,依然明显地打上了他的社会功利性的价值观的印记。

同时应该强调的是,鲁迅希望文学作品能贴近读者,能引发读者的参与意识,但却很反对读者对作品的过于"钻入"。所谓"钻入",与参与作品的艺术"再创造"完全不同,而是一种缺乏"赏鉴的态度"的病态的阅读倾向。鲁迅认为,欣赏文学作品固然要有读者的情感投入和艺术再创造的参与意识,但读者与作品之间又应适当地保持一种欣赏距离,读者要认识到"小说乃是写的人生,非真的人生。故看小说第一不应自己跑入小说里面"。鲁迅还说:"看小说犹之看铁槛中的狮虎,有槛才可以细细地看,由细看推知其在山中生活情况。故文艺者,乃借小说——槛——以理会人生也。槛中的狮虎,非其全部状貌,但乃狮虎状貌之一片断。小说中的人生,亦一片断,故看小说看人生都应站立在槛外地位,切不可钻入,一钻入就要生病了。"① 鲁迅讲这些话,一方面是提醒读者在阅读、欣赏文学作品时,能保持清醒的态度,以免被作品牵着鼻子走,尤其是在面对不太健康的文学作品时;另一方面,是希望读者在文学的欣赏过程中杜绝过于"钻入"的庸俗阅读倾向,其目的,也正是为了使文学作品通过正确的阅读欣赏途径而发挥其应有的社会功用。鲁迅曾列举过种种过于"钻入"的表现,概其要,有三个方面。其一,自充作品中的脚色,即对文学作品"不能用鉴赏的态度去欣赏它,却自己钻入书中,硬去充一个其中的脚色。所以青年看《红楼梦》,便以宝玉,黛玉自居;而年老人看去,又多占据了贾政管束宝玉的身份,满心是利害的打算,别的什么也看不见了。"② 其二,按图索骥,视文学作品为实录。一些读者在阅读时,不是将文学作品作为作家的艺术创造来看待,不是在整体上把握作品的精神,而

---

① 许广平:《鲁迅回忆录·鲁迅的讲演与讲课》,作家出版社 1961 年版。
② 《中国小说的历史的变迁·清小说之四派及其末流》。

只是满足于将作品中的具体人事与现实作庸俗的对比、对应。对此,鲁迅指出:"只求没有破绽,那就以看新闻记事为宜,对于文艺,活该幻灭。而其幻灭也不足惜,因为这不是真的幻灭,正如查不出大观园的遗迹而不满足于《红楼梦》相同。"① 其三,视文学作品为泼秽水的器具。鲁迅曾指出,在阅读和欣赏中,有一种"视小说为非斥人则自况的""弊病"②。为此,他在作完《孔乙己》这篇作品后,便特作《附记》来加以声明:"以为小说是一种泼秽水的器具,里面糟蹋的是谁,这实在是一件可怜的事。所以我在此声明,免得发生猜度,害了读者的人格。"③ 鲁迅的《阿Q正传》就曾使一些人坐立不安,以为自己就是这篇小说的讽刺对象,鲁迅曾就此说过这样的话:"直到这一篇收在《呐喊》里,也还有人问我:你实是在骂谁和谁呢? 我只能悲愤,自恨不能使人看得我不至于如此下劣。"④ 不管是自充角色,按图索骥,还是视文学为泼秽水的器具,这些都是对文学作品过于"钻入"的病态的阅读倾向,这种倾向无疑会产生种种无聊的副作用,有损于文学作品的真正价值的实现,所以鲁迅对此给予了批评。鲁迅认为文学欣赏要尽可能发挥文学作品的社会功用,就必须努力抑止欣赏中负效应的产生,这也再次昭示了其文学欣赏观与他的整体的社会功利性文学观的同一性。

(四)把握文学欣赏的复杂性和差异性

既然文学欣赏在某种意义上是读者的艺术"再创造"的活动,所以在对具体文学作品的欣赏中,也常常会出现仁者见仁、智者见

---

① 《三闲集·怎么写》。
② 《书信·致徐懋庸(1936.2.21)》。
③ 见人民文学出版社 1981 年版《鲁迅全集》第 1 卷第 438 页《呐喊·孔乙己》注[1]。
④ 《华盖集续编·〈阿Q正传〉的成因》。

智的复杂性和差异性。鲁迅指出:"看人生是因作者而不同,看作品又因读者而不同。"① 例如对《红楼梦》,"单是立意,就因读者的眼光而有种种:经学家看见《易》,道学家看见淫,革命家看见排满,流言家看见宫闱秘事"②。又如对《西游记》的主题,也历来是众说纷云,"或云劝学,成云谈禅,或云讲道",还有认为作者"实出于游戏,并非语道"的。③ 所以鲁迅说:"文学虽然有普遍性,但因读者的体验的不同而有变化,读者倘没有类似的体验,它也就失去了效力。"④ 这种"体验不同",正是产生文学欣赏的复杂性和差异性的主要原因。

不同时代的读者,各根据在自己的时代所获得的生活体验去欣赏文学作品,自然会产生欣赏效果的差异。"譬如我们看《红楼梦》,从文字上推见了林黛玉这一个","恐怕会想到剪头发,穿印度绸衫,清瘦,寂寞的摩登女郎","或者别的什么模样","但试去和三四十年前出版的《红楼梦图咏》之类里面的画像比一比罢,一定是截然两样的,那上面所画的是那时的读者心目中的林黛玉。"⑤ 鲁迅曾谈到自己拟编的一本集子,"其文章的策略和用意……等,大约于后来的读者,也许不无益处";但又认为,这种益处"恐怕也不多","因为自己或同时人,较知底细,所以容易了然,后人则未曾身历其境,即如隔靴搔痒"⑥。这里所说的,都是因时代的不同,读者的体验便有所变化,因此对同样的文学作品也会产生不同的欣赏效果。

即使是同一时代的读者,"因环境之异,而思想感觉,遂彼此不

---

① 《集外集·俄文译本〈阿Q正传〉序及著者自叙传略》。
② 《集外集拾遗补编·〈绛洞花主〉小引》。
③ 《中国小说史略·明之神魔小说(中)》。
④ 《花边文学·看书琐记》。
⑤ 同④。
⑥ 《书信·致杨霁云(1934.5.15)》。

同",这也会产生欣赏效果的差异,因为对有些作品的理解,是"非身历其境,不易推想"①的。例如对法捷耶夫的《毁灭》,"倘要十分了解,恐怕就非实际的革命者不可,至少,是懂些革命的意义,于社会有广大的了解"②。这种"因环境之异"造成的欣赏效果的差异,最集中地体现在不同国度的读者之间。鲁迅早在翻译《域外小说集》中的作品时,就明确地意识到了这一点。他在为《域外小说集》再版而写的《序》中说:"这三十多篇短篇里,所描写的事物,在中国大半免不得很隔膜;至于迦尔洵作中的人物,恐怕几于极无,所以更不容易理会。同是人类,本来决不至于不能互相了解;但时代国土习惯成见,都能够遮蔽人的心思,所以往往不能镜一般明,照见别人的心了。"③ 这种"国土习惯成见"的差异所造成的阅读欣赏中的"隔膜",有时会达到相当大的程度。例如"北极的遏斯吉摩人和非洲腹地的黑人","是不会懂得'林黛玉型'的;健全而合理的好社会中人,也将不能懂得,他们大约要比我们的听讲始皇焚书,黄巢杀人更其隔膜"④。不同国度的"环境之异",主要是文化背景的差异,鲁迅就曾谈起自己读陀思妥也夫斯基的印象:"不过作为中国的读者的我,却还不能熟悉陀思妥也夫斯基式的忍从——对于横逆之来的真正的忍从。在中国,没有俄国的基督。在中国,君临的是'礼',不是神。百分之百的忍从,在未嫁就死了定婚的丈夫,坚苦的一直硬活到八十岁的所谓节妇身上,也许可以偶然发现罢,但在一般的人们,却没有。"⑤ 在《〈小彼得〉译本序》中鲁迅也曾指出,"作者的本意,是写给劳动者的孩子们看的,但输入中国,结果却又不如此。首先的缘故,是劳动者的孩子们轮不到受

---

① 《书信·致林语堂(1934.5.4)》。
② 《译文序跋集·〈溃灭〉第二部一至三章译者后记》。
③ 《译文序跋集·〈域外小说集〉序言》。
④ 《花边文学·看书琐记》。
⑤ 《且介亭杂文二集·陀思妥也夫斯基的事》。

教育,不能认识这四方形的字和格子布模样的文章,所以在他们,和这是毫无关系……但是,即使在受过教育的孩子们的眼中,那结果也还是和别国不一样"。"总而言之,这作品一经搬家,效果已大不如作者的意料"①,其原因就在文化背景的差异。这不仅体现在外国文学作品之传入中国时,而且也同样体现在中国文学作品被介绍到国外时。当鲁迅为俄译本《阿Q正传》作序时,也曾充分地估计到这一点。他认为:"这一篇在毫无'我们的传统思想'的俄国读者的眼中,也许又会照见别样的情景的罢,这实在是使我觉得很有意味的。"②

当然,"环境之异"不仅仅是指国别的差异,即使同一国的读者,对同样的作品,也会因读者身份、经历的不同,而产生不同的欣赏效果。鲁迅在论及这方面的情况时,特别地强调了读者的阶级性差异所带来的欣赏效果的差异:"例如描写饥饿罢,富人是无论如何都不会懂的,如果饿他几天,他就明白那好处。"③这就是说,由阶级地位所造成的生存环境的不同而产生的不同体验,会直接影响到对文学作品的欣赏效果。鲁迅所谓"饥区的灾民,大约总不去种兰花,像阔人的老太爷一样,贾府上的焦大,也不爱林妹妹的"④,这实在是一种非常形象生动的比喻。鲁迅还曾从自己切身的感受来说明这一问题:"当我在家乡的村子里看中国旧戏的时候,是还未被教育成'读书人'的时候,小朋友大抵是农民。爱看的是翻筋斗,跳老虎,一把烟焰,现出一个妖精来;对于剧情,似乎都不大和我们有关系。大面和老生的争城夺地,小生和正旦的离合悲欢,全是他们的事,捏锄头柄人家的孩子,自己知道是决不会登

---

① 《三闲集·〈小彼得〉译本序》。
② 《集外集·俄文译本〈阿Q正传〉序及著者自叙传略》。
③ 《书信·致董永舒(1933.8.13)》。
④ 《二心集·"硬译"与"文学的阶级性"》。

坛拜将,或上京赴考的。"① 读者欣赏的偏好,多与自身的经历和地位有关,因此,从作家作品的内容可以推知其主要的读者对象层次,而从不同读者的喜好程度,亦可推知文学作品的审美倾向。鲁迅就曾从这一角度来分析各种阅读和欣赏对象。例如肖伯纳的作品,由于使上等人登场,"撕掉了假面具,阔衣装,终于拉住耳朵,指给大家道,'看哪,这是蛆虫!'连磋商的工夫,掩饰的法子也不给人有一点。这时候,能笑的就只有并无他所指摘的病痛的下等人了"②。再如高尔基的作品,在中国二三十年代,"当屠格纳夫,柴霍夫这些作家大为中国读书界所称颂的时候,高尔基是不很有人注意的"。鲁迅认为,"这原因,现在很明白了:因为他是'底层'的代表者,是无产阶级的作家。对于他的作品,中国的旧的知识阶级不能共鸣,正是当然的事。"③

文学欣赏活动中欣赏效果的差异,不但体现在不同的读者之间,有时还会体现在同一读者之于同一作品上。在不同的心境、不同的思想认识水平和不同的年龄层次上,即使是同一作品,也可能会产生不同的欣赏效果。即如鲁迅所说,欣赏效果"不但因人而异,而且因事而异,因时而异"④。鲁迅就曾有过这样的体验:他"先前读但丁的《神曲》,到《地狱》篇,就惊异于这作者设想的残酷,但到现在,阅历加多,才知道他还是仁厚的了:他还没有想出一个现在已极平常的惨苦到谁也看不见的地狱来。"⑤

总之,由于读者所处的时代、环境、地位的不同,以及由于读者经历、心境、欣赏习惯、艺术偏好、审美趣味等等的不同,便会形成欣赏效果的差异。差异性是欣赏活动中普遍存在的现象。指出这

---

① 《准风月谈·电影的教训》。
② 《南腔北调集·"论语一年"》。
③ 《集外集拾遗·译本高尔基〈一月九日〉小引》。
④ 《准风月谈·难得糊涂》。
⑤ 《且介亭杂文末编·写于深夜里》。

差异性,首先对创作者有很重要的指导意义。针对这种差异,一方面,创作者要认识到,任何创作,事实上都不可能适应所有读者的欣赏要求,因此创作者不必以断送创作个性为代价,去"媚悦"、"迎合"所有的读者。事实上,要想写一部"随时随地,无不可用"的作品,"其实是不可能的"①;另一方面,创作者又必须认识到读者欣赏效果差异的各种原因,应研究不同层次读者的不同欣赏要求,努力创作出"以应各种程度的读者之需"② 的作品,从而尽可能地获得较多的读者。尤其是那些致力于为现代的、中国的大众而创新的作家,更应清楚地理解时代、环境、生存境况等制约下的一般大众读者的欣赏要求,以便创造出能为他们所接受,能引起他们共鸣的文学作品来。

鲁迅指出欣赏活动的复杂性和差异性,首先是为了让作者能针对不同的读者层次,写出"种种难易不同的文艺",但同时鲁迅也认为,应该正确分析读者欣赏效果差异的原因,从而创造条件,让更多的读者能够欣赏真正的艺术。为此,他也向读者提出了相应的要求,因为欣赏活动的主体是读者,读者并不是被动地接受作品的。作家在提供作为欣赏对象的文学作品时,固然要充分照顾到读者的欣赏要求和欣赏条件,但读者自身也必须具备相应的条件,否则是难以进入文学欣赏的状态中去的。即如鲁迅所说,如果作家是想通过作品去点燃读者的心火,那么就要求读者"有精神上的燃料,才会着火";如果作者要想拨动读者的心弦,那么读者的"心上也须有弦索,才会出声";如果作者要想使自己发出的声音得到回应,那么读者"也必须是发声器,才会共鸣"③。对读者的相应的要求,说得具体一些,实际上也就是指读者必须具备相应的生活经

---

① 《且介亭杂文·答〈戏〉周刊编者信》。
② 《集外集拾遗·文艺的大众化》。
③ 《热风·五十九》。

历、思想情感的体验和文化修养等等。读者的生活体验对他理解事物(包括文学作品)的程度有着决定作用。对此,鲁迅曾举例加以说明:"譬如小孩子,未曾被火所灼,你若告诉他火灼是怎样的感觉,他到底莫名其妙"①;再譬如"热带人未见冰前,为之语冰,虽喻以物理生理二学,而不知水之能凝,冰之为冷如故"②。鲁迅曾谈到自己文章的遭遇,他说:"我的文章,未有阅历的人实在不见得看得懂,而中国的读书人,又是不注意世事的居多,所以真是无法可想。"③ 这里都是在讲读者的相应的生活经历、社会阅历等对于欣赏文学作品的重要性。所谓"体验",当然不仅指读者的生活经历,而且也指读者的思想情感的体验。如果读者根本就没有体验过作品中"写出的性情,作者的思想",那么他对作品就"不会了解,不会同情,不会感应;甚至彼我间的爱憎,也免不了得到一个相反的结果"④。当然,思想情感与文化修养也有联系,因此用鲁迅的话说,对于文化修养,"读者也应该有相当的程度。首先是识字,其次是有普通的大体的知识,而思想和情感,也须大抵达到相当的水平线。否则,和文艺即不能发生关系。"⑤ 鲁迅在谈到两部翻译作品时,都曾论及文化修养与欣赏的关系。在为潘菲洛夫等人的报告文学《枯燥·人们和耐火砖》写译后记时,他曾指出这部作品"也许不适宜于中国的若干的读者,因为倘不知道一点地质,炼煤,开矿的大略,读起来很无兴味的"⑥。在为至尔·妙伦的童话《小彼得》写译本序时,鲁迅也曾指出:"这故事前四篇所用的背景,是:煤矿,森林,玻璃厂,染色厂;读者恐怕大多数都未曾亲历,那么印象也当

---

① 《书信·致杨霁云(1934.5.15)》。
② 《坟·摩罗诗力说》。
③ 《书信·致王冶秋(1936.4.5)》。
④ 《热风·五十九》。
⑤ 《集外集拾遗·文艺的大众化》。
⑥ 《译文序跋集·〈一天的工作〉后记》。

然不能怎样地分明。"① 这里都是指出了读者的相应的文化修养之于阅读和欣赏文学作品的重要。

鲁迅希望作者去尽可能适应不同层次读者的欣赏要求也好,希望读者能提高自身的文化素养,增长自己的社会阅历,扩大自己的生活视野也好,其目的都是一样的,这就是如何使文学作品更好地发挥"效力"。

总之,从鲁迅对文学欣赏问题所发表的一系列见解中我们可以看出,他不仅较深入地揭示了文学欣赏的特点,而且特别注重从此特点出发,进而向作者和读者都提出相应的要求。鲁迅的兴趣显然不是在为研究欣赏而研究欣赏,他的目的是在通过研究文学作品的传播方式和传播效果,促使文学作品的价值得以充分实现。由于鲁迅有着明确的借文学启蒙民众的社会功利性目的,因而他对作为欣赏主体的读者给予高度的重视,他的文学欣赏研究,更多地是以为读者设想、争取更广大的读者层为出发点的。因此,鲁迅的文学欣赏观无疑也是他的社会功利性的整体文学观的具体显现。

第五节 鲁迅的文学批评论

鲁迅从事文学活动的重要目的之一,就是以文学为武器来进行"文明批评"和"社会批评",因此,他的大多数文学作品都可以视为广义的批评文字。鲁迅的文学批评观无疑是与他的广义的批评活动相联系的,因此,在鲁迅的文学批评观中,也同样显示了一种社会功利性的价值取向。文学批评的对象主要是文学作品,因而文学批评并不等同于广泛的社会批评;但鲁迅对文学批评的提倡,他对文学批评诸多问题的论述和阐释,都明显地蕴含着他为使文

---

① 《三闲集·〈小彼得〉译本序》。

学更健康地发展,为使文学更好地承担起文明批评和社会批评任务的目的。当然,作为独特领域的文学批评,又具有相对独立的文学性的价值,即其对于文学发展所起的作用不仅仅是对文学承载的内容作出评判、引导,而且还包括对文学作品艺术美点的评价和张扬等等。鲁迅的文学批评观从总的方面来说,较系统地包含了对文学批评的作用、任务,文学批评家的态度,以及文学批评的标准、方法等方面较为全面而深刻的认识。

(一)文学批评的作用

鲁迅十分重视文学批评的作用,他认为,"文艺必须有批评"[①],"必须更有真切的批评,这才有真的新文艺和新批评的产生的希望"[②]。这里,鲁迅是把文艺批评与文艺创作摆在同等重要的地位来看待的。对于读者来说,"真切的"文学批评是不可缺少的,文学批评对端正读者的欣赏态度,培养读者健康的欣赏趣味和鉴别美丑良莠的能力,负有重要的责任。摆在读者面前的文学作品并非总是有益的。面对五花八门、良莠杂陈的作品,鲁迅认为一方面应该"要读者有选择的眼光",但另一方面,"也希望识者给相当的指点"[③]。而这识者的指点,就是所谓文学批评的内容之一。鲁迅认为,文学批评可以帮助读者去进行选择,还可以帮助读者深入理解那些有益的文学作品的思想意义和艺术价值。例如,对将要呈现在读者面前的作品,先由批评家"略述作者的生涯,思想,主张,或本书中所含的要义,一定于读者便益得多。"[④] 文学作品的

---

① 《花边文学·看书琐记(三)》。
② 《译文序跋集·〈文艺与批评〉译者附记》。
③ 《且介亭杂文二集·杂谈小品文》。
④ 同②。

价值是通过读者的阅读、欣赏来实现的,而读者领会越深入,作品价值的实现就越充分。既然文学批评可以通过"指点"使读者更好,更"便益"地领会、理解作品,那么文学批评的重要性自是不言而喻的了。

不仅如此,鲁迅还进而指出,对于文学作品,"加上了分析和严正的批评,好在那里,坏在那里……那么,不但读者的见解,可以一天一天的分明起来,就是新的创作家,也得了正确的师范了"①。这就是说,文学批评不仅对于读者来说是重要的,而且对于作家来说也是必不可少的。好的文学批评之于作家,是"很有可以借镜之处"②的。"作家和批评家的关系颇有些像厨司和食客",二者缺一不可,"厨司做出一味食品来,食客就要说话,或是好,或是歹";一概拒绝"食客"的批评,厨司的技术也许很难长进。同样,作家如果拒绝一切批评,批评家也"一律掩住嘴",这样,看似"文坛已经干净",然而文学的发展,"所得的结果倒是要相反的"③。

文学批评之于文学的发展的意义是体现在各个方面的,不仅仅文学作品内容的好坏,需要有正确的真切的批评来加以匡正、提倡、引导,而且文学的"形式的探求",除"必须艺术学徒的努力的实践"外,"理论家或批评家是同有指导,评论,商量的责任的"④。文学的翻译工作也是如此。鲁迅曾对一段时期翻译作品质量不高的现象作过分析,他认为,除了翻译工作者本身应负责外,"读书界和出版界,尤其是批评家,也应分负若干的责任。要救治这颓运,必须有正确的批评"⑤。"翻译的路要放宽,批评的工作要着重"⑥。

---

① 《二心集·关于翻译的通信》。
② 《南腔北调集·我怎么做起小说来》。
③ 《花边文学·看书琐记(三)》。
④ 《且介亭杂文·论"旧形式的采用"》。
⑤ 《准风月谈·为翻译辩护》。
⑥ 《花边文学·再论重译》。

翻译虽不同于创作,但在这块"空地"上,也"会生长荆棘或雀麦",因此同样需要"有人来处理,或者培植,或者删除,使翻译界略免于芜杂。这就是批评"①。总之,凡有文学的地方,凡与文学相关的问题,都必须有文学的批评。文学批评对文学发展的各个方面都是必不可少的。

(二)文学批评的任务

鲁迅曾说:他"所希望于批评家的,实在有三点:一,指出坏的;二,奖励好的;三,倘没有,则较好的也可以"②。这里所谈及的,其实正是文学批评的任务。类似的意思,鲁迅还曾作过较为形象的表述:"批评家的职务不但是剪除恶草,还得灌溉佳花,——佳花的苗"③。说到底,文学批评的任务就是通过揭示文学作品的美点和缺点,从而达到促进文学健康发展的目的。肯定好的和比较好的作品,是为了"催促新的产生"④,使佳花得以更好地生长,使美得到张扬。因此,鲁迅指出,对文学作品,"取其有意义之点,指示出来,使那意义格外分明,扩大,那是正确的批评家的任务"⑤。而所谓"指出坏的",一方面是为了"对于有害于新的旧物","竭力加以排击"⑥,从而为新文学的健康发展扫除障碍;另一方面,又是为了化"恶草"为肥料,滋养佳花,使新文学在总结经验教训中得到提高。"批评家"又是"有害文学的铁栅"⑦,对有害的文学,文学批评

---

① 《花边文学·再论重译》。
② 《准风月谈·关于翻译(下)》。
③ 《华盖集·并非闲话(三)》。
④ 《三闲集·我和〈语丝〉的始终》。
⑤ 《二心集·关于小说题材的通信》。
⑥ 同④。
⑦ 《准风月谈·关于翻译(上)》。

起了限制其危害的作用。

　　文学批评的任务不仅是指批评家对作家作品的批评,它还应包括作家的"反批评"。鲁迅指出:"批评者有从作品来批评作者的权利,作者也有从批评来批判批评者的权利。"① "批评如果不对了,就用批评来抗争,这才能够使文艺和批评一同前进。"② 这种"反批评",在特殊的历史时期是特别重要的,鲁迅在谈及自己写小说的经历时曾说:"因为那时中国的创作界固然幼稚,批评界更幼稚,不是举之上天,就是按之入地,倘将这些放在眼里,就要自命不凡,或觉得非自杀不足以谢天下的。"所以他称自己"每当写作,一律抹杀各种的批评"③。鲁迅还指出:"读者渴望批评,于是批评家也便应运而起。批评这东西,对于读者,至少对于和这批评家趣旨相近的读者,是有用的,但中国现在,似乎应该暂作别论……凡中国的批评文字,我总是越看越胡涂,如果当真,就要无路可走。"④ 所以他一再表示,自己"不相信中国的所谓'批评家'之类的话",而宁可多"看看可靠的外国批评家的评论"⑤。这里显示出的正是鲁迅的一种"反批评"的精神。一方面,他认识到批评之于读者,之于文学发展的重要;另一方面他也看到当时中国文坛上文学批评的幼稚和粗暴。那些幼稚的、不确切的批评,有时不仅无助于文学的发展,反而会起到相反的作用。因此,文学有时为了自身的发展,也就需要有适当的反批评。文学和文学批评,正是在这种批评和反批评的充分开展中得以明辨是非,从而正常发展的。

---

① 《且介亭杂文末编·〈出关〉的"关"》。
② 《花边文学·看书琐记(三)》。
③ 《南腔北调集·我怎么做起小说来》。
④ 《二心集·答北斗杂志社问》。
⑤ 《而已集·读书杂谈》。

(三)批评家应有的科学态度

鲁迅充分意识到文学批评的重要性,同时又分明看到了文学批评现状的不尽如人意,因此他才大力提倡"真切的批评"。也就是说,文学批评要能担负起引导读者、为作者提供借镜、促进文学健康发展的任务,"真切"二字是不可缺少的。所谓"真切的批评",从批评家的角度而言,首先指批评家应抱有实事求是的科学的批评态度。

鲁迅指出:"正确的文艺观是不骗人的,凡所指摘,自有他们自己来证明。"[①] 这是指持正确文艺观的批评,一定会与批评对象相契合。相反,如果"不负责任的,不能照办的教训多,则相信的人少;利己损人的教训多,则相信的人更少"[②]。"论客的自私的曲说",不但"掩蔽"不了文学作品的真正长处,而且还会因为与"读者大众的共鸣和热爱"相违背而失去多数的读者。[③] 因此,鲁迅坚决主张在文学批评中必须坚持实事求是的态度。

什么是文学批评中的实事求是呢? 用鲁迅的话来概括,就是"批评必须坏处说坏,好处说好"[④],要能够正确地指出文学作品"好在哪里,坏在哪里"[⑤]。这就首先要求批评家抱着严肃认真的态度,在其主观上"一定得有明确的是非,有热烈的好恶"[⑥]。也就是说,批评家要有独立的自主意识,要敢于说真话,"遇见所是和所

---

① 《集外集拾遗补编·势所必至,理有固然》。
② 《且介亭杂文·难行和不信》。
③ 《南腔北调集·祝中俄文字之交》。
④ 《南腔北调·我怎么做起小说来》。
⑤ 《二心集·关于翻译的通信》。
⑥ 《且介亭杂文二集·"文人相轻"》。

爱的,他就拥抱,遇见所非和所憎的,他就反拨"①。鲁迅最不赞成那种"不关痛痒的文章",因为这样的批评文章,其"特色是在令人从头到尾,终于等于不看"②。如果无论面对什么作品,"都无不'彼亦一是非,此亦一是非',一律拱手低眉,不敢说或不屑说,那么,这是怎样的批评家或文人呢?——他先就非被'轻'不可的!"③。当有人"不满于批评家的批评",视批评家为"好'漫骂'"时,鲁迅曾竭力为明辨是非的文学批评正名,他指出:"现在要问的是怎样的是'漫骂'。假如指着一个人,说道:这是婊子!如果她是良家,那就是漫骂;倘使她实在是做卖笑生涯的,就并不是漫骂,倒是说的真实。""漫骂固然冤屈了许多好人,但含含胡胡的扑灭'漫骂',却包庇了一切坏种"④。

为了明辨是非,有时不免要有"笔战",这是正常现象。鲁迅对那种"一见笔战,便是什么'文坛的悲观'呀,'文人相轻'呀,甚至于不问是非,统谓之'互骂',指为'漆黑一团糟'"⑤的做法颇为不满。因此,他强调指出,"应该注重于'论争'"。当然,这种"论争"必须"止于嘲笑,止于热骂,而且要'喜笑怒骂,皆成文章',使敌人因此受伤或致死,而自己并无卑劣的行为,观者也不以为污秽,这才是战斗的作者的本领。"⑥ 鲁迅在提倡论争的同时,也提出了论争中批评家应实事求是,并无卑劣行为的问题。敢于批评,这固然是批评家应抱的态度,但这种批评应是出于公心,否则也是很容易将批评引向歧路的。鲁迅坚决反对将"妇姑勃豀叔嫂斗法的手段,移到文坛上";反对在文学批评中"喊喊嚓嚓,招是生非,搬弄口

---

① 《且介亭杂文二集·再论"文人相轻"》。
② 《二心集·上海文艺之一瞥》。
③ 《且介亭杂文二集·"文人相轻"》。
④ 《花边文学·漫骂》。
⑤ 《花边文学·看书琐记(三)》。
⑥ 《南腔北调集·辱骂和恐吓决不是战斗》。

舌","决不在大处着眼"的态度和作法。[①] 在这方面,他是身体力行的,他曾反复讲到自己的那些批评性文字"实为公仇,决非私怨"[②]。即如他和"茅盾、郭沫若两位,或相识,或未尝一面,或未冲突,或曾用笔墨相讥,但大战斗却都为着同一的目标,决不日夜记着个人的恩怨"[③]。唯有出于公心,不计个人恩怨,才能够真正持实事求是的批评态度。因此,文学批评的文品,实际上也映照出批评家的人品。鲁迅在批评一些"以马克思主义文艺批评家自命的批评家"时,就曾指出他们"在所写的判决书中,同时也一并告发了自己"[④]。为此他一再表示,希望批评家能努力提高自身的素质,端正批评的态度,最好"于解剖裁判别人的作品之前,先将自己的精神来解剖裁判一回,看本身有无浅薄卑劣荒谬之处"。

鲁迅曾批评过种种"浅薄卑劣荒谬"的批评态度,其中最为突出的是乱捧和乱骂式的批评。鲁迅既反对无原则的乱捧式的批评,也反对吹毛求疵的乱骂式批评,因为"乱骂与乱捧"都会使批评"失了威力"。"正确的批评"与"乱捧乱骂"之间,是有明确的界限的,鲁迅指出:"指英雄为英雄,说娼妇为娼妇,表面上虽像捧与骂,实则说得刚刚合式,不能责备批评家的。批评家的错误是在乱骂与乱捧,例如说英雄是娼妇,举娼妇为英雄。""批评的失了威力,由于'乱',甚而至于'乱'到和事实相反,这底细一被大家看出,那效果有时也就相反了。""骂"与"捧"的文学批评是十分有害的,它有可能使一些作家或忘乎所以,骄傲狂妄,不求进取,或变得毫无自信地"萎死"下去,这也就是作家的被"捧杀"与"骂杀",其结果,便是"文坛的荒凉"[⑤]。

---

① 见《且介亭杂文末编·答徐懋庸并关于抗日统一战线问题》。
② 《书信·致杨霁云(1934.5.22)》。
③ 同①。
④ 《译文序跋集·〈文艺与批评〉译者附记》。
⑤ 《花边文学·骂杀与捧杀》。

鲁迅在分析这种"捧"与"骂"的批评态度产生的根源时,将之与中国人传统的落后文化心态联系了起来。他指出:"中国的人们,遇见带有会使自己不安的朕兆的人物,向来就用两样法:将他压下去,或将他捧起来。"① "有什么稍稍显得突出,就有人拿了长刀来削平它";"自然,也有例外,是捧了起来。但这捧了起来,却不过是为了接着摔得粉碎"②。这种文化心态反映在文学批评领域,也就是"乱捧"与"乱骂"。这种"乱骂"与"乱捧"式批评,虽然有时也会蒙骗人于一时,但却是不会长久的,它最终只能是暴露出批评者本人的丑恶和无知。正如鲁迅所说,"辩论事情,威吓和诬谄,是没有用处的"③。"如果自造一点丑恶,来证明他的敌对的不行,那只是他从隐蔽之处挖出来的自己的丑恶,不能使大众羞,只能使大众笑。"④ 这是"乱骂"。"乱捧"也是如此,鲁迅指出:"无缘无故的将所攻击或暴露的对象画作一头驴,恰如拍马家将所拍的对象做成一个神一样,是毫无效果的,假如那对象其实并无驴气息或神气息。"⑤ "以学者或诗人的招牌,来批评或介绍一个作者,开初是很能够蒙混旁人的","如果没有旁人来指明真相呢,这作家就从此被捧杀,不知道要多少年后才翻身","但待到旁人看清了这作者的真相的时候,却只剩了他自己的不诚恳,或学识的不够了。"⑥ 总之,"乱骂"式批评也好,"乱捧"式批评也好,都偏离了"真切的批评"的轨道。这样的批评,"观察不精,因而品题也不确","即使用尽死劲,流完大汗,写了出去,也还是和对方不相干,就是用浆糊粘在他

---

① 《华盖集·这个与那个》。
② 《且介亭杂文二集·徐懋庸作〈打杂集〉序》。
③ 《花边文学·玩笑只当它玩笑(上)》。
④ 《花边文学·"大雪纷飞"》。
⑤ 《且介亭杂文二集·漫谈"漫画"》。
⑥ 《花边文学·骂杀与捧杀》。

身上,不久也就脱落了。"① 既然与批评对象毫不相干,这样的批评当然也就毫无意义和价值。

鲁迅尤其痛恨的是那些"在嫩苗的地上驰马"的"恶意的批评家"②。这种"恶意的批评家"也应属于"乱骂"者之列,甚至简直就属于"乱打"、"乱踢"的打手了。鲁迅认为,新文学的发展,尤其是尚处于"幼稚的时候",特别需要"发掘美点",以便"煽起文艺的火焰来"③。然而,鲁迅眼见的批评现状是怎样的呢?一些人"一做批评家,眼界便高卓,所以我只见对于青年作家的迎头痛击,冷笑,抹杀,却很少见诱掖奖劝的意思的批评。"④ 对于青年作家,"惟恐他还有活气,一定要弄到此后一声不响,这才算天下太平,文坛万岁"⑤。这些人就是"恶意的批评家"。他们根本"不像批评家,作品才到面前,便恨恨地磨墨,立刻写出很高明的结论,'唉,幼稚得很,中国要天才!'"鲁迅为此指出,"其实即使天才,在生下来的时候的第一声啼哭,也和平常的儿童一样,决不会就是一首好诗。因为幼稚,当头加以戕贼,也可以萎死的。我亲见几个作者,都被他们骂得寒噤了。"⑥ 出于对文学发展的长远考虑,特别是为了提倡对文学新人的扶植,鲁迅曾说:"我惟希望就是在文艺界,也有许多新的青年起来"⑦。而文学新人的成长,需要一个好的文艺气氛,正好像要长出"好花和乔木来",需要好的"泥土"一样。鲁迅称赞那些甘作护花泥土的批评家为"不容易做"的"艰苦卓绝者"⑧。他

---

① 《且介亭杂文二集·五论"文人相轻"——明术》。
② 《坟·未有天才之前》。
③ 《热风·对于批评家的希望》。
④ 《华盖集·并非闲话(三)》。
⑤ 《且介亭文末编·〈出关〉的"关"》。
⑥ 同②。
⑦ 《书信·致曹靖华(1930.9.20)》。
⑧ 同②。

主张,对文学新人的新作,批评家应尽可能持宽容的态度,批评家应该看到,"时代是在不息地进行,现在新的,年青的,没有名的作家的作品……露出日见生长的健壮的新芽。自然,这,是很幼小的。但是,惟其幼小,所以希望就正在这一面。"① 在培养文学新人方面,鲁迅一方面亲自做大量的工作,"自甘这样用去若干生命"来扶植、培育文学新人,而且"毫不希望一点报尝"②;另一方面,他也希望广大文学批评家能有实事求是的批评态度,希望文学批评能够起到助文学新人成长、发展的作用。

(四)文学批评的标准

文学批评必须好处说好,坏处说坏。那么,批评家如何来判定好与坏呢?这里就有一个批评标准的问题。鲁迅曾针对当时的文艺界状况指出,"我们的批评常流于标准太狭窄,看法太肤浅"③,他要求"把限度放得更宽些"④,但放宽标准并非不要标准。事实上,任何一种文学批评都是依据一定的标准来进行的,这就是鲁迅所谓的"圈子"。他说:"我们曾经在文艺批评史上见过没有一定圈子的批评家吗?都有的,或者是美的圈,或者是真实的圈,或者是前进的圈。没有一定的圈子的批评家,那才是怪汉子呢。……我们不能责备他有圈子,我们只能批评他的圈子对不对。"⑤ 这里,鲁迅着重强调了两点,一是强调文学批评必须依据一定的标准;二是强调文学批评标准的正确性要求。

凡文学批评当然都是有一定标准的,只不过有的明显,有的隐

---

① 《二心集·一八艺社习作展览会小引》。
② 《集外集拾遗补编·新的世故》。
③ 《且介亭杂文末编·论现在我们的文学运动》。
④ 《且介亭杂文末编·答徐懋庸并关于抗日统一战线问题》。
⑤ 《花边文学·批评家的批评家》。

蔽而已。即如选本,虽是选别人的作品,并无评价,但"殊不知却被选者缩小了眼界","选本既经选者过滤过,就总只能吃他所给与的糟与醨。况且有时还加以批评,提醒了他之以为然,而默杀了他之以为不然处。纵使选者非常胡涂,如《儒林外史》所写的马二先生,游西湖漫无准备,须问路人,吃点心不知选择,要每样都买一点,由此可见其衡文之毫无把握罢,然而他是处州人,一定要吃'处片',又可见虽是马二先生,也自有其'处片'式的标准了。"① 虽然如此,鲁迅所希望的是,文学批评必须自觉地依据一定的标准,而不是那种无定见的不是标准的标准。鲁迅最反对"不施考察,不加批评,但用'彼亦一是非,此亦一是非'的论调"② 驰骋于文坛。他甚至说:"无论古今,凡是没有一定的理论,或主张的变化并无线索可寻,而随时拿了各种各派的理论来作武器的人,都可以称之为流氓。"他还作比喻说:"例如上海的流氓,看见一男一女的乡下人在走路,他就说,'喂,你们这样子,有伤风化,你们犯法了!'他用的是中国法。倘看见一个乡下人在路旁小便呢,他就说,'喂,这是不准的,你犯了法,该捉到捕房去!'这时所用的又是外国法。但结果是无所谓法不法,只要被他敲去了几个钱就都完事。"③ 文学批评中也有与此类似的"流氓"行为。一些人"现为批评家而说话的时候,就随便捞到一种东西以驳诘相反的东西。要驳互助说时用争存说,驳争存说时用互助说;反对和平论时用阶级争斗说,反对斗争时就主张人类之爱。论敌是唯心论者呢,他的立场是唯物论,待到和唯物论者相辩难,他却又化为唯心论者了。要之,是用英尺来量俄里,又用法尺来量密达,而发见无一相合的人。因为别的无一相

---

① 《集外集·选本》。
② 《准风月谈·"中国文坛的悲观"》。
③ 《二心集·上海文艺之一瞥》。

合,于是永远觉得自己是'允执厥中',永远得到自己满足。"① 针对这种无定见无恒定标准的批评,鲁迅借用近视眼看扁额的故事作比喻说:"在文艺批评上要比眼力,也总得先有那块扁额挂起来才行。空空洞洞的争,实在只有两面自己心里明白。"② 没有明确的标准,毫无自己的主张,做起文学批评来当然也就难以中肯。没有标准不行,标准太滥、太泛、太杂也不行,多标准即无标准。鲁迅认为,这种标准太滥、太杂的现象,在当时的批评界并不少见:"就耳目所及,只觉得各专家所用的尺度非常多,有英国美国尺,有德国尺,有俄国尺,有日本尺,自然又有中国尺,或者兼用各种尺。有的说要真正,有的说要斗争,有的说要超时代,有的躲在人背后说几句短短的冷话。"③ 这些各式各样的尺度,使文学批评的信度大受损害。因此,在论及文艺批评标准时,鲁迅首先强调的就是批评家的定见和批评标准的明晰性、确定性。

尽管不同的批评家依据自己的定见,采用相应的批评标准,都是无可厚非的,但标准与标准之间也有正确与否的区别,标准使用得是否得当也还是有高下之分的。为此,鲁迅还就批评标准或曰尺度的正确使用问题发表了不少见解。在鲁迅看来,能否正确使用批评标准,起码可以从两个方面来考察:一是看使用标准的批评家本身的素质如何,他是否有锐利的眼光,是否有使用该标准所相应要求的修养;二是看使用的标准与批评对象是否契合。有些批评家固然也持有一定的批评标准,但由于自己缺少独特的、敏锐的眼光,甚至缺乏一些基本的必要的修养,所以常有滥用或错用了批评标准的情况。例如,"感情已经冰结的思想家,即对于诗人往往

---

① 《二心集·非革命的急进革命论者》。
② 《三闲集·扁》。
③ 《三闲集·文艺与革命》。

有谬误的判断和隔膜的揶揄"①;再如,缺少起码的"常识"的批评家,会错误地混淆"裸体画和春画的区别,接吻和性交的区别,尸体解剖和戮尸的区别"②。因此,要准确地把握批评的标准,首先对于批评家自身有较多的要求,诚如鲁迅所指出的,"独有靠了一两本'西方'的旧批评论,或则捞一点头脑板滞的先生们的唾余,或则仗着中国固有的什么天经地义之类的,也到文坛上来践踏,则我以为委实太滥用了批评的权威。"③ 这就是说,文学作品不同于物质产品,因此用来衡量作品的标准也决不是一些可以任意取用的死板的条条框框。批评标准的把握在很大程度上取决于批评家的眼光和修养,因此,仅搬用一些批评论的教条,是无法真正承担起文学批评的任务的。另外,批评标准的取用与批评对象是否契合,这也是一个不允忽略的问题。有些批评,就其使用的批评标准本身孤立地看,似乎也无所谓对与错,但当这种标准与批评对象联系在一起时,对错立即分明。例如我们前面述及的"用英尺来量俄里","用法尺来量密达","英尺"、"法尺"本身并无所谓错,但用它们来量"俄里"、"密达"时,由于这种尺度与对象的不相契合,便显示出了使用标准(或曰尺度)的谬误。鲁迅在评价陶元庆的艺术时曾说过这样的话:"他并非'之乎者也',因为用的是新的形和新的色;而又不是'Yes''No',因为他究竟是中国人。所以,用密达尺来量,是不对的,但也不能用什么汉朝的虑傂尺或清朝的营造尺,因为他又已经是现今的人。我想,必须用存在于现今想要参与世界上的事业的中国人的心里的尺来量,这才懂得他的艺术。"④ 这段话再清楚不过地说明了依据批评对象取用合适的批评尺度的问题之重

---

① 《集外集拾遗·诗歌之敌》。
② 《热风·对于批评家的希望》。
③ 同②。
④ 《而已集·当陶元庆君的绘画展览时》。

要。只有当批评尺度与批评对象契合时,才能真正理解和正确阐释、解析出作品的艺术真谛,其评价也才会中肯、准确。

(五)文学批评的方法

要做好文学批评,批评家正确的批评态度和对批评标准的准确把握都是不可缺少的,同时,文学批评的方法也是一个重要的方面。鲁迅很重视文学批评的方法问题,希望批评家能以科学的方法去进行批评。他曾明确指出,中国文坛"现在所首先需要的也还是——几个坚实的,明白的,真懂得社会科学及其文艺理论的批评家"[①]。这里的所谓的"真懂得社会科学",显然是特指的。他曾说过,"以史底惟物论批评文艺的书,我也曾看了一点,以为那是极直捷爽快的,有许多暧昧难解的问题,都可说明。"[②] 可见,鲁迅所说的"懂得社会科学",主要是指懂得历史唯物主义的方法。鲁迅越到后期,越自觉地以马克思主义的辩证唯物主义和历史唯物主义的方法为武器,去从事文艺批评。他甚至直捷了当地呼唤着"能操马克思主义枪法"的批评家的出现。[③] 因此,在鲁迅的许多有关文学批评方法的论述和见解中,马克思主义方法论的指导作用也是较明显的。这里取其主要方面略作陈述。

第一,鲁迅主张全面地看问题。他曾经指出:"倘要论文,最好是顾及全篇,并且顾及作者的全人,以及他所处的社会状态,这才较为确凿。要不然,是很容易近乎说梦的。"[④] 这就是所谓的"知人论世"。鲁迅在谈及"选本"问题时曾指出"选本"之于研究作家

---

① 《二心集·我们要批评家》。
② 《书信·致韦素园(1928.7.22)》。
③ 见《二心集·对于左翼作家联盟的意见》。
④ 《且介亭杂文二集·"题未定"草(七)》。

的局限性:"如果随便玩玩,那是什么选本都可以的,《文选》好,《古文观止》也可以。不过倘要研究文学或某一作家,所谓'知人论世',那么,足以应用的选本就很难得。选本所显示出来的,往往并非作者的特色,倒是选者的眼光。眼光愈锐利,见识愈深广,选本固然愈准确,但可惜大抵眼光如豆,抹杀了作者真相的居多,这才是一个'文人的浩劫'。"① 鲁迅指出"选本"的局限性,正是为了强调全面了解作家、作品的重要。他特别反对那些以片面代全体的"就事论事"式和"摘句"式的批评。所谓"就事论事"式批评,是指"批评者的眼界是小的,所以他不能在大处落墨"②。鲁迅批评说,"这些批评家之病亦难治。他们斥小说家写'身边琐事',而不悟自己在做'身边批评',较远之大敌,不看见,不提起的。"③ 所谓"摘句"式批评,就是仅从作品中摘出一两句,"而踢开他的全篇,又用这两句概括作者的全人",这就不免抹杀了作者的真相,好比"是衣裳上撕下来的一块绣花,经摘取者一吹嘘或附会,说是怎样超然物外,与尘浊无干,读者没有见过全体,便也被他弄得迷离惝恍",这不仅使作者做了"冤屈的牺牲",而且也"最能引读者入于迷途"④。鲁迅曾列举许多例子来证明"就事论事"式和"摘句"式批评的片面性。譬如,"一向被我们看作恋爱诗人的海纳,还有革命底一面。"⑤ 再如,"被论客赞赏着'采菊东篱下,悠然见南山'的陶潜先生……除论客所佩服的'悠然见南山'之外,也还有'精卫衔微木,将以填沧海,形天舞干戚,猛志固常在'之类的'金刚怒目'式,在证明着他并非整天整夜的飘飘然。"鲁迅还进而阐发道:"这'猛志固常在'和'悠然见南山'的是一个人,倘有取舍,即非全人,再加抑

---

① 《且介亭杂文二集·"题未定"草(六)》。
② 《书信·致徐懋庸(1934.6.21)》。
③ 《书信·致郑振铎(1934.6.21)》。
④ 《且介亭杂文二集·"题未定"草(七)》。
⑤ 《译文序跋集·〈海纳与革命〉译后记》。

扬,更离真实。譬如勇士,也战斗,也休息,也饮食,自然也性交,如果只取他末一点,画起像来,挂在妓院里,尊为性交大师,那当然也不能说是毫无根据的,然而,岂不冤哉!"① 像陶潜等是"被选文家和摘句家所缩小了,凌迟了",因此,鲁迅认为,要真正认识一位作家,还是应该"自己放出眼光看过较多的作品"②,才有发言权。可以说,"知人论世",全面地、整体地、多方位地看问题,是鲁迅在论及批评方法时强调较多的方面。

第二,鲁迅主张历史地看问题。他指出,"想研究某一时代的文学,至少要知道作者的环境"③,要了解作者"所处的社会状态"④。还要"从文学史上看看他在史上的位置"⑤。这就是说,批评作家和作品,一定要注意历史的联系,一定要将之摆到他们所赖以产生的历史环境和社会条件中去加以考察,因为"一切事总免不掉环境的影响。文学——在中国的所谓新文学,所谓革命文学,也是如此。"⑥ 只有注重历史环境对作家和文学作品的影响,才能够真正理解和评价他们所反映的社会生活内容的真实性和深刻程度。而且,也只有从文学发展的历史中来考察作品的成就,看它们到底为文学发展提供了哪些前人所没有提供的新东西,以及它们在同时代文学的发展中有什么独特的贡献,也才能真正作出合理的评论。鲁迅最反对割断历史联系、抛开历史环境去孤立地评价作家的作品。他曾对许多文学批评者忽略作家作品产生的历史环境表示过遗憾。例如,针对一些"前进的青年""可惜"鲁迅一段时间的"不大写文章","并声明他们的失望",鲁迅指出,"这些前进的

---

① 《且介亭杂文二集·"题未定"草(六)》。
② 《且介亭杂文二集·"题未定"草(七)》。
③ 《而已集·魏晋风度及文章与药及酒的关系》。
④ 同②。
⑤ 《而已集·读书杂谈》。
⑥ 《三闲集·现今的新文学的概观》。

青年,似乎谁都没有注意到现在的对于言论的迫压,也很令人觉得诧异的。我以为要论作家的作品,必须兼想到周围的情形"①。再如,针对历代批评家对论战性文字的评价往往过低的现象,鲁迅曾提倡收录敌对文章编为集子的方式,尽可能多地保存历史原貌,以防后人评价上的偏误。他说,"如果多少和社会有些关系的文字,我以为都应该集印的,其中当然夹杂着许多废料,所谓'榛楛弗剪',然这才是深山大泽"。"倘使这作者是身在人间,带些战斗性的,那么,他在社会上一定有敌对";如果编集子的人不屑收录其敌对文字,"于是到得后来,就只剩了一面的文章了,无可对比,当时的抗战之作,就都好像无的放矢,独个人在向着空中发疯。我尝见人评古人的文章,说谁是'锋棱太露',谁又是'剑拔弩张',就因为对面的文章,完全消灭了的缘故,倘在,是也许可以减去评论家几分懵懂的。所以我以为此后该有博采种种所谓无价值的别人的文章,作为附录的集子。"② 主张批评家注重历史环境对作家作品的影响,主张文学批评应显示出历史的真实,这实际上是为科学地评价作家和作品找寻到了一种较为客观的坐标,这可以减少文学批评中的盲目性和主观随意性。

第三,鲁迅主张辩证地看问题。他指出,"倘要完全的书,天下可读的书怕要绝无,倘要完全的人,天下配活的人也就有限,每一本书,从每一个人看来,有是处,也有错处,在现今的时候是一定难免的。"③ 所以,文学批评对于作家和作品不能"求全责备"。对于基本成功的作品,文学批评首先应该"取其大,略其细"④,即肯定其基本的主流方面,尽量发掘其优点和成就,决不能只因个别的缺

---

① 《且介亭杂文二集·后记》。
② 《且介亭杂文二集·"题未定"草(八)》。
③ 《译文序跋集·〈思想·山水·人物〉题记》。
④ 《且介亭杂文二集·"文人相轻"》。

点而否定了它的全部。这丝毫不意味着只见成绩不见缺点,关键的问题是如何辩证地去看问题,如何正确看待缺点在整体性成就中所占的比重。鲁迅说,"作品,总是有缺点的。亚波里奈尔咏孔雀,说它翘起尾巴,光辉灿烂,但后面的屁股眼也露了出来了。所以批评家的指摘是要的";但又不能因此而只见屁股眼,不见它正面还有"光辉灿烂的羽毛"。当然,这是对基本成功的作品而言的,至于对本身就不算成功的作品,那又另当别论,因为"倘使并非孔雀,仅仅是鹅鸭之流",即使也"翘起尾巴来,露出的只是些什么",也可想而知的。① 鲁迅认为,无论是对作家还是作品,都不能求全责备。对作家如果"求全责备,则有些人便远避了,坏一点的就来迎合,作违心论,这样,就不但不会有好文章,而且也是假朋友了。"② "首饰要'足赤',人物要'完人'。一有缺点,有时就全部都不要了",这是万万要不得的"脾气"。③ 对于作品,也应多一些宽容的态度,"一道浊流,固然不如一杯清水干净而澄明,但蒸馏了浊流的一部分,却就有许多杯净水在"④。批评家对于作品,旨在"指出坏的,奖励好的",但倘没有好的,"则较好的也可以",如果"连较好的也没有",则仍可以在指出坏的之后,"并且指明其中哪些地方还可以于读者有益处"。为此,鲁迅希望"批评家用吃烂苹果的方法":"我们先前的批评法,是说,这苹果有烂疤了,要不得,一下子抛掉。然而买者的金钱有限,岂不是大冤枉,而况此后还要穷下去。所以,此后似乎最好还是添几句,倘不是穿心烂,就说:这苹果有着烂疤了,然而这几处没有烂,还可以吃得。"以此方法来批评作品,则作品的"好坏是明白了,而读者的损失也可以小一点"。所以

---

① 见《花边文学·商贾的批评》。
② 《书信·致王志之(1933.5.10)》。
③ 《准风月谈·关于翻译(下)》。
④ 《准风月谈·由聋而哑》。

鲁迅号召"刻苦的批评家来做剜烂苹果的工作"①。反对求全责备,显示出了鲁迅文学批评观的辩证性特点。

第四,鲁迅还主张有比较地看问题。他认为,"比较是最好的事情","只要一比较,许多事便明白"②。采用比较的方法,有助于人们在文学批评中更好地明辨是非,更为恰当地对文学作品作出褒贬评价。鲁迅曾以识别金子为例,他说,有人"常常误认一种硫化铜为金矿,空口是和他说不明白的,或者还会赶紧藏起,疑心你要白骗他的宝贝。但如果遇到一点真的金矿,只要用手掂一掂轻重,他就死心塌地:明白了"。评价文学作品也是如此,孤立地看一个作家和作品,常常容易限制住批评家的眼光,使他们难以作出客观的评价。而一旦将之与其他作品加以比较,则优劣自然显示出来。因此,鲁迅主张多读些各种各样的作品,多读了"就有比较,比较是医治受骗的好方子"③。鲁迅举了两种比较的方法,一是取公认的、经过历史检验的优秀作品,作为自己所要批评的作品的参照系,这种方法比较"明白"、"简单"。当然,这就要求批评家首先必须是读过较多优秀作品,即"看过真金"的,而"一识得真金,一面也就真的识得了硫化铜",可以"免受硫化铜的欺骗"。另一种是取其他一般的作品为参照系,即"用各种别的矿石来比较的方法"。这种方法"很费事,没有用真的金矿来比的明白,简单",但在暂时找不到"金子"的情况下,仍不失为一种可行的较好的方法,最起码,这可以帮助批评家去分析作品各自的独特意义。④ 鲁迅在译介苏俄革命时期的文艺评论集《文艺政策》时就曾讲到,他译介的目的是在于"使大家看看各种议论,可以和中国的新的批评家的批

---

① 《准风月谈·关于翻译(下)》。
② 《集外集拾遗补编·致〈近代美术史潮论〉的读者诸君》。
③ 《且介亭杂文·随便翻翻》。
④ 同③。

评和主张相比较"①。总之,用比较的方法去看问题,可以避免孤立地看问题所带来的偏狭性。

---

① 《集外集·〈奔流〉编校后记(九)》。

第五章　鲁迅的小说

第一节　鲁迅小说的文学史地位

小说,是鲁迅作为伟大文学家的奠基作品。

1903年鲁迅在日本留学时,翻译了文言小说《斯巴达之魂》。这虽是译作,但有一定的创作成分。作品描写了古希腊城市国家斯巴达国王带领市民及同盟军英勇抗敌的故事,歌颂了他们反抗外来侵略的尚武精神。当时,沙俄侵占了我国的东北,鲁迅热烈期望我国人民也像斯巴达人民那样宁死不屈地反抗侵略,表现了强烈的爱国主义精神。

1911年冬,鲁迅创作了文言小说《怀旧》。小说描写地主金耀宗与私塾先生仰圣,在"长毛"将来到时所表现出的种种丑态,初步显示了鲁迅反封建的战斗精神与善于讽刺的艺术个性。

鲁迅用白话创作小说开始于1918年5月。其取材于现实生活的作品,结集为《呐喊》与《彷徨》;后来所写的取材于历史、神话和传说的作品,则结集为《故事新编》。这些作品是我国现代小说的光辉典范,其中强烈地跳动着时代的脉博,记录着鲁迅的心声,集中体现了作者出类拔萃的艺术才华。

茅盾在《〈中国新文学大系〉小说一集导言》中说:

> 民国六年(1917),《新青年》杂志发表《文学革命论》的时候,还没有"新文学"创作小说出现。
>
> 民国七年(1918),鲁迅的《狂人日记》在《新青年》上出现的时候,也还没有第二个同样惹人注意的作家,更其找不出同样成功的第二篇创作小说。

是谁打破了这种局面的呢? 还是鲁迅。继《狂人日记》以后,鲁迅又发表了《孔乙己》、《药》等引人瞩目的作品,从而形成了现代小说的崭新的文体。鲁迅本人也尊重历史,他曾毫不避嫌地说:"在这里发表了创作的短篇小说的,是鲁迅。从1918年5月起,《狂人日记》、《孔乙己》、《药》等,陆续的出现了,算是显示了'文学革命'的实绩。"[①] 文学研究会的主要成员郑振铎指出,在现代文学发展的第一个十年中,小说创作发展很快,但只有鲁迅的诸作始终无人能够超越。连"文学革命"的最早发难者,而后与鲁迅一直存在思想分歧的胡适也认为这一时期的小说创作"以鲁迅的成绩最大"[②]。类似评价举不胜举。鲁迅一生,连同以非现实生活为题材的《故事新编》在内,也仅仅创作了33篇小说,与同时期其他作家相比,数量并不为多;而且,以上所引评价主要着眼于鲁迅的《呐喊》与《彷徨》,仅仅25篇。那么,鲁迅有限的几篇小说何以能赢得如此高的评价呢?这主要是因为鲁迅的小说应时而出,在很短的时间里,在思想与艺术两个方面都标志着中国现代小说的成熟,登上了世界小说艺术的峰峦,对我国现代小说的产生、成熟与发展产生了巨大的影响。鲁迅凭他为数不多的小说,牢牢地确立了他在中国现代小说史上所占的具有绝对优势的历史地位。

(一)肩负起以文学推动历史前进的伟大使命

首先,鲁迅更新了小说观念,确立了利用小说"来改造社会"的创作目的。

在中国传统的文学观念中,小说被称为"闲书",是供人茶余饭后消遣娱乐的。直到19世纪末,以梁启超为代表的资产阶级改良

---

① 《且介亭杂文二集·〈中国新文学大系〉小说二集序》。
② 《五十年来之中国文学》,见《胡适文存》第2集第2卷,上海亚东图书馆1924年版。

主义思想家才将小说的作用与"新民"即改造民族灵魂,塑造新的民族性格联系起来,强调"欲新人心、欲新人格,必新小说"①。鲁迅不仅在理论上继承了这种观念,而且适应时代的要求,更新、发展了这种注重社会功利的小说观念,并在自己的小说创作中进行了完美的实践。鲁迅说:"在中国,小说不算文学,做小说的也决不能称为文学家,所以并没有人想在这一条道路上出世。我也并没有要将小说抬进'文苑'里的意思,不过想利用他的力量,来改造社会"②。鲁迅开始创作小说之时,正值我国近代社会重大转折时期,他经历了一番深沉的思考,终于打破沉默,奋起参与毁坏中国这"绝无窗户"的"铁屋子"的战斗,自觉地将小说创作与当时日益高涨的反帝反封建的思想革命联系起来。这种带有革命色彩的小说观念与创作动机,不仅适应了近代中国历史转折时代的需要,而且极大地增强了他利用小说推动社会发展的自觉性,即自觉地从题材的选择、主题的提炼以及艺术技巧的精益求精等方面保证自己作品的社会作用。利用小说"来改良社会"这一小说观念,在我国现代文学史上产生过深远的影响。

其次,鲁迅的小说是彻底地面向现实的。他与五四文学革命取同一步调,反对贵族文学、古典文学、山林文学脱离现实的倾向。他所描写的是现实社会中的"上流社会的堕落和下流社会的不幸",他描写的许多社会问题,比如科举问题、妇女问题、婚恋问题、辛亥革命问题,尤其是劳苦大众的命运以及知识分子何去何从的问题等等,都是当时社会转折中的热点。鲁迅小说以新的题材、新的主题、新的人物,使清末民初小说界死气沉沉的面貌顿生剧变。这些新的气象都来自于新的现实,体现着"五四"的时代精神。即使后来所写的取材于非现实生活的《故事新编》,也是从历史、神

---

① 《小说与群治之关系》,《新小说》1920 年第 1 卷第 1 期。
② 《南腔北调集·我怎么做起小说来》。

话、传说中"取一点因由",生发开去,通向现实的,仍表现出鲜明的现实针对性。

再次,鲁迅的小说传达着时代的最强音。当时人们对历史转折中许多问题的思考往往各不相同,认识差距很大。鲁迅凭着他丰富的历史、社会知识和三十多年来深刻的人生体验,加上他对时代精神的把握,所以对许多社会问题的理解都超越了同代作家。狂人关于封建社会、封建礼教"吃人"的一声怒吼,被公认为代表着一代先觉者对中国历史与现实本质最深刻的认识。这一主题,在他后来的一系列作品中,通过对劳动人民、下层知识分子等社会阶层命运的描写得到了全面的拓展与深化。鲁迅对劳苦大众既"哀其不幸"更"怒其不争";对知识分子,在冷静的剖析中指示其寻求正当的人生道路,这一切都显示出独特的视角和独到的见解,体现着这个时代先知先觉者最高的思想精神境界。

从改造社会的目的出发,使作品面向现实,反映时代的呼声,肩负起推动社会发展的伟大使命,鲁迅这种创作风范,集中地反映了那个时代大多数作家的共同心愿,所以,这些特点,最终也成为我国现代文学的重要特点。

(二)形成了中国现代文学中现实主义的文学主潮

"五四"是开放的年代,文学领域思潮迭起,流派纷争。但是,随着新文学的发展与成熟,现实主义思潮流派越来越生机勃勃,逐渐形成了我国现代文学的主潮。鲁迅对这一思潮、流派的形成起到了主帅作用,他是这一文学思潮、流派的奠基者与旗手。不过,鲁迅的现实主义还有他独特的表现形态。

现实主义要求作家按照生活的本来面目客观地再现生活。在这一方面,鲁迅表现出异常的冷静。他的小说,尽管同时描写了"上流社会的堕落和下流社会的不幸",但其着眼点主要是后者。

在他的笔下,出现得更多的是作为生活的主体的劳苦大众,不幸的妇女,下层的知识分子,等等。特别值得指出的是,在当时绝大多数作品热衷于描写青年婚姻恋爱题材的情况下,鲁迅率先将农民作为自己小说创作的主要对象,这无疑具有开创意义。鲁迅写这些凡人凡事,似乎信手拈来,不猎奇,不做作,不修饰,如实、客观地再现了生活的本色;即便写深重的悲剧,也属"几乎无事的悲剧"。

现实主义并非绝对的客观主义,它不是要求作家对生活不作评判,而是限制作家主见的外露,情感的外溢,要求将主观的判断隐藏于客观的描写之中。在这方面鲁迅表现出对生活的理解特别清醒,充满理性,但又伴随着沉重的感情。他对封建制度与礼教本质的揭露,高屋建瓴,义愤填膺;他对劳苦大众既哀其不幸,更怒其不争,这种含泪的"哀"与"怒"蕴蓄深沉,发人深思;他对活跃而动摇的"新式"知识阶层,既不是单纯的肯定或嘲讽,又不是为之哀哀切切,而是在作品所描写的主、客观的交汇点上,殷切地表现其寻求人生道路的惶惑和苦恼。同样是现实主义作家,在处理情与理的关系上是各不相同的。茅盾的小说犹如严肃的社会学家冷静地给读者指示社会矛盾、党派斗争等社会问题,虽能引发人们对社会问题的思考,但不容易掀动情感上的波澜,可谓理胜于情;巴金的小说犹如一个情绪冲动者向人们急切地呼喊自己的愤懑和不平,读者尤其是青年人很容易产生共鸣,但未必能引起对社会的更深层的思考,可谓情胜于理。鲁迅的小说犹如涉世很深者向人们讲述世态和人心,简约而严谨,冷静而深沉,读后既发人深思,又感人肺腑,可谓理深情挚。难怪 20 年代有人称鲁迅的《呐喊》是发自地球深处的呼喊,这一提法准确地揭示了鲁迅小说清醒、深沉的现实主义的特征。

现实主义强调刻划典型环境中的典型人物。鲁迅的小说,成功地刻画了阿 Q 等一群出色的人物形象,他们性格鲜明、独特而又有极大的普遍意义。鲁迅为这些人物提供了一个赖以生存的典型环境。他笔下的鲁镇、未庄,其经济状况、生活方式、人际关系、文化氛围、风情习俗等等,无不真实地再现了"老中国"的本相。鲁迅笔下的人物就是这"老中国的儿女"[①]。

鲁迅虽然是我国现代文学中现实主义的奠基者和旗手,但他的现实主义并不是封闭的,而是开放的,具有很大的包容性。鲁迅早期曾钟情于浪漫主义,曾热烈地赞美过一批外国的浪漫主义作家。1903年创作的《斯巴达之魂》充满着激越情调和悲壮气氛,显示出明显的浪漫主义倾向。从《狂人日记》起,尽管基调是现实主义的,但并不意味着其中全无浪漫主义的因素。特别是《故事新编》里的一些作品,浪漫主义倾向尤为明显。鲁迅有时刻划一些富有理想精神的人物,也表现出浪漫主义的色彩。比如《奔月》即以掩抑不住的深情赞颂了后羿正直勇敢、战斗不息的英雄性格,同时也刻划了他孤独寂寞的心境,其中不无拜伦式浪漫主义悲剧性英雄留下的投影。《铸剑》强烈地体现了"复仇与反抗"的精神,浪漫主义色彩更加鲜明。有时,鲁迅也借助神奇的想象来渲染奇特的场面和气氛,比如《铸剑》描写黑色人在王宫中表演绝技,口唱常人难解的咒语般的歌,指挥沸鼎中的人头上下翻腾,气氛紧张而神秘。鲁迅也曾特意用抒情的笔调使小说结尾"显出若干亮色",比如《故乡》,虽然对儿时家乡美好的回忆已经幻灭,但小说中的"我"对水生等下一代的"新路"却充满着希望。除了浪漫主义,鲁迅对象征主义也也颇有兴趣,阅读过许多外国的象征主义作家的作品,在自己的小说创作中也糅进了不少象征主义的成分。他的开篇之作《狂人日记》运用有关"迫害狂"的精神病学知识和象征手法,对封建社会、封建礼教"吃人"本质的理性思考表现得鲜明生动、鲜血淋漓。《药》描写了华、夏两家的悲剧。"华"、"夏"合起来恰恰是中国的古称——"华夏"。显然,华、夏两家象征着中华民族,这两个

[①] 茅盾:《鲁迅论》,上海文艺出版社1980年版第128页。

家庭的悲剧正是中华民族大家庭的悲剧。象征手法的运用极大地深化了作品的主题。鲁迅自己说过,《药》的写作有着俄国作家安德列夫的影响。笼罩全篇的安德列夫式的"阴冷",尤其具有象征主义色彩。

尽管我国现代文学史上出现过各种思潮、流派,但是,现实主义一直是其主流。鲁迅的小说所特有的质朴、清醒、深沉,使他的现实主义在我国现代文学史上大放异彩,影响及于几代作家。

(三)创造了崭新的中国现代小说艺术

对一个作家来说,其作品的成熟离不开艺术的成熟。鲁迅尽管将小说作为"改良社会"的武器,但他从未忘记小说是艺术。他的小说在我国文学史上的地位不仅在于肩负了推动社会发展的伟大使命,形成了现实主义的文学主潮,而且在于对我国传统小说艺术实现了大突破,创造了崭新的中国现代小说艺术。

首先,在人物与故事的关系上,鲁迅的小说突破了传统短篇小说的格局。我国古典短篇小说基本上按照讲故事人的口气逐事铺陈,追求故事首尾的完整,以情节曲折吸引人,而人物性格的刻划则被相对淡化。我国古代几大长篇名著比较注重人物的描写和刻划,特别是《红楼梦》,一群性格各异的人物活跃在作者笔下,但可惜的是未被后人重视,继之而起的谴责小说又回到了重故事轻人物的老路。这种传统的小说格局严重地束缚了作家的艺术个性,也不适应表现越来越复杂的现代生活的需要。"五四"前夕,周作人、胡适等就呼吁突破这种小说格局,而最早将这主张付诸实践并创造了中国现代小说范本的则是鲁迅。他的小说淡化情节,注重人物性格的刻划,完成了从情节小说向性格小说的转化。他的许多作品,特别是《狂人日记》、《孔乙己》、《在酒楼上》、《孤独者》、《伤逝》、《肥皂》等,故事极为简单平淡,但人物却令读者久久难忘。

其次,在艺术手法上,鲁迅"博采众家,取其所长",他的小说综合运用了中西方小说的艺术技巧,从作品内容出发而灵活多变,有的截取生活的横断面,有的直现生活的纵剖面,有的多用对话,有的近于速写;有的采用由主人公自述的日记、手记体,有的采用由见证人回述的第一人称,有的则用完全由作者进行客观描绘的第三人称;有的重于抒情,有的专于讽刺,有的剖析心理,有的兼表哲理等等,充分显示了鲁迅丰厚的中西方艺术素养和艺术上的独创性。

再次,在小说语言上,鲁迅的小说彻底地摆脱文言,改用白话,形成了独特的风格。语言上的"文""白"之争是五四文学革命中重要的论争焦点之一,以"白"代"文"在当时是一场文学领域中的大革命。鲁迅用他的小说证明,被反对者嘲讽为"引车卖浆者流"所操的白话完全可以提炼成纯正的现代文学语言,具有无限的生命力。而且,鲁迅通过为时不长的艺术实践,使其小说语言很快就形成了与内容相适应的简朴、含蓄、幽默的独特风格。鲁迅堪称中国现代文学的文体家和语言大师。

总之,鲁迅的小说充分发挥了推动中国社会发展的巨大作用,成为中国现代文学中现实主义思潮、流派的典范,并完成了对中国传统小说的革命,为中国现代小说树起了第一块里程碑。值得注意的是,与其他几大文体相比,我国现代小说的成熟没有经历过一个很长的过程,它是由鲁迅一蹴而就的,其业绩一经显示,就出现了世界性的力作。鲁迅是我国现代小说之父。

第二节 《呐喊》、《彷徨》的思想内容

《呐喊》收入1918年至1922年所写的14篇小说(初版时收入15篇,1930年1月第13次印刷时将《不周山》抽出,后转入《故事新编》,改题《补天》)。鲁迅把这个集子题为《呐喊》,意思是指他受

新文化运动的鼓舞,听"前驱者"的"将令"而"呐喊几声,聊以慰藉那在寂寞里奔驰的猛士,使他不惮于前驱。"①《呐喊》中的小说具有充沛的反封建的热情,与"五四"的时代精神一致,表现了文化革新和思想启蒙的特色。这些作品尖锐地揭露了宗法制度和封建文化传统的弊害,描写了劳动人民命运特别是农民命运的不幸,揭示了旧民主主义革命失败的历史教训。《彷徨》收入1924年至1925年所写的11篇小说。这一时期,鲁迅经历了五四新文化运动统一战线的分裂,他一面独立地同反动势力进行着坚韧的斗争,一面又由于暂时没有看清历史发展的路径和前景而感到苦闷。因为"成了游勇,布不成阵"②,所以精神上有"寂寞"、"彷徨"之感。后来所写的《题〈彷徨〉》一诗充分地表现并准确地阐释了这种感受:"寂寞新文苑,平安旧战场。两间余一卒,荷戟独彷徨。"这也便是《彷徨》的题意。《彷徨》的反封建内容与《呐喊》相承续,艺术上则更加成熟,作者的爱憎更深切地埋藏在对现实的客观冷静的描写之中。这些作品在对旧制度、旧传统进行更加细致揭露的同时,比较集中地描写了在历史变动中挣扎浮沉的知识分子的命运,以及他们的软弱、动摇和孤独、颓唐的思想性格弱点。纵观《呐喊》和《彷徨》,它们无论在思想性还是在艺术性上,都更多地具有内在的统一性。

《呐喊》与《彷徨》的思想内容极为丰富而深切,充分体现了"五四"的时代精神。

(一)深刻揭露封建制度、封建礼教"吃人"的本质

反封建,是五四运动和文学革命最根本的任务。鲁迅适应了这一时代要求,高举反封建的旗帜,将揭露封建制度与封建礼教的

---

① 《呐喊·自序》。参阅《南腔北调集·〈自选集〉自序》。
② 《南腔北调集·〈自选集〉自序》。

罪恶本质作为自己小说创作的中心主题。

这一主题集中表现在《呐喊》的开篇之作《狂人日记》。鲁迅在谈到这篇小说的成因时说："偶阅《通鉴》，乃悟中国人尚是食人民族，因成此篇。此种发现，关系甚大，而知者尚寥寥也。"① 鲁迅将这惊人的发现化为生动的艺术形象，通过主人公狂人之口向人们揭示中国封建社会的过去和现在都是"吃人"社会，然而其狰狞面目却被漂亮的"仁义道德"的外衣遮盖着。这是五四新文化运动和文学革命的战斗宣言，也是鲁迅小说创作的总序言，从此"一发而不可收"。

《狂人日记》所表现的"吃人"主题，在《呐喊》、《彷徨》其他各篇中，从各个不同的角度或侧面得到了延伸与扩展。

从"吃人"的手段来说，有用"钢刀子"杀人的，最典型的便是《药》中反动当局将资产阶级革命党人夏瑜杀害了；阿Q尽管对革命的理解糊涂透顶，但是就反动当局来说，他们也是把阿Q当作革命造反者而杀掉的。类似"钢刀子"杀人的还有孔乙己因偷书而被丁举人老爷打折了腿，只能"盘着两腿，下面垫着一个蒲包，用草绳在肩上挂着"，用手"走路"；阿Q因宣称与赵太爷同姓而被赵太爷打嘴巴，又因闹了恋爱悲剧而遭赵太爷大竹杠的痛打等等。这些"吃人"者凭借他们的政治、经济地位，可以为所欲为，用种种"硬"的手段迫害乃至杀害革命者和劳动人民。但鲁迅的小说更多的是描写"吃人"者用"软刀子"杀人。他们利用封建思想对劳动人民实行精神统治，麻痹、腐蚀、扭曲他们的心灵，这是一种残忍的慢性的心灵折磨，使被"吃"者不思抗争，永远甘愿被"吃"。这种"吃人"现象面广量大，从某种意义上说，其用心也更为险恶，被"吃"者的痛苦则更深。发露并致力于揭示"软刀子杀人"现象，显示了鲁迅的独特视角。这一独特的角度给鲁迅的小说带来了许多特点。

---

① 《书信·致许寿裳(1918.8.20)》。

就"吃"的对象来说,鲁迅展现了广泛的社会阶层和多样的人物的悲剧命运。

《孔乙己》和《白光》展示了封建社会下层旧式知识分子被封建科举制度所"吃"的命运。主人公孔乙己与陈士成都是封建科举制度的忠实信徒,但都运气不佳,多次应试,连连落榜,弄得精神变态。孔乙己在封建文化的毒害下一身迂腐,不但招来众人的嘲笑,而且还遭受丁举人的毒打,最后无声息地从人间消失。陈士成因连续十六次落榜而精神失常,落水身亡。孔乙己、陈士成是我国封建教育制度下培育出来的末代知识分子,他们虔诚地拥护这个封建制度与文化,但最终成了这个制度及其文化的殉葬品。

《阿Q正传》、《药》、《故乡》、《明天》、《祝福》等篇广泛地描写了各类劳苦大众被"软刀子"杀害的惨酷情景。阿Q的一生固然是被"吃人者"用"钢刀子""嚓"的一声结束掉的,但究其深层原因,则是因为他严重地受了封建精神统治的毒害才愚昧得出奇,以至糊里糊涂地断送了性命。《药》的故事显示,封建反动势力在用"钢刀子"杀害革命者夏瑜的同时,还使用"软刀子"杀害劳动大众。他们的精神统治让华老栓夫妇用省吃俭用积下的钱买来人血馒头给儿子华小栓治病,结果无效身亡。这种精神统治还使夏瑜周围的人们,包括其母亲,对革命者的反抗斗争、流血牺牲的意义茫然无知。《故乡》中善良的闰土和俗气的杨二嫂不仅身体扭曲变形,而且心灵受到严重腐蚀,分别以不同的形态,蹒跚于一条绝望的人生之路。

论及劳苦大众被"吃"的命运时,不能不特别注意鲁迅笔下的劳动妇女。如果说,农民毕生有"很多痛苦",那么,农村妇女则比她们身边的男性有更多的痛苦。在男权社会里,她们处在社会的底层。封建社会的"吃人"罗网,就有相当一部分是专门为她们精心编织的。比如,男性可以妻妾成群,但女子必须"从一而终",恪守"节烈"。鲁迅在1919年新文化运动的高潮中曾怒斥这种极不人道的畸形道德。然而,在漫长的封建社会历史中,这种畸形道德不仅为"吃人"者所推行,而且也为被"吃"者所自觉不自觉地接受。因此,由"节烈"引发出来的悲剧,在旧中国常演不断。《明天》里的主人公单四嫂子年轻时就丧夫守节,孤儿寡母,贫弱无依,默默地承受着生活与心灵的重压。幼子宝儿是她唯一的精神安慰,可是宝儿病了。她多么希望得到帮助与宽慰,然而,她遭遇到的是庸医的欺骗,还有市井无赖的以帮助为名,行调戏之实。她多么希望明天宝儿的病会好,可是宝儿死了。年轻守寡而又丧子,失去了唯一的精神支柱,她不得不继续承受难以承受的精神上的孤独与空虚。这是一幕"几乎无事的悲剧"。这里没有重大的事件,也没有具体的对立人物,然而这里有一个无形的"吃人"者——一个可怕的、令为守节而活着的女子难以活下去的社会环境,这个环境贫困、阴冷、沉寂、空虚、隔膜,在这里活下去是不会有"明天"的,因为活得比死还痛苦。《祝福》中祥林嫂悲剧的意义更为丰富而深刻。作品的思想核心是深刻地揭露和批判造成祥林嫂悲剧的祸根——代表我国封建宗法思想与制度的政权、族权、夫权、神权四条"绳索"。祥林嫂被这四条"绳索"越勒越紧,她曾多次反抗,甚至以死抗争,但仍然未能冲破封建的"吃人"的网罗。在这四条"绳索"中,作品侧重表现的是夫权与神权,而这里的神权主要又是夫权在阴间的延伸,所以作品表现的实质主要是夫权对妇女的折磨,这便体现为"节烈"观念。《明天》描写寡妇"守节"的悲剧,《祝福》则主要表现寡妇"失节"的悲剧。祥林嫂当丈夫死后不在婆家安分守"节",而是外逃帮工,触犯了夫权;婆家行使夫权将她抓回,可又置"从一而终"的夫权于不顾,将她当作一笔财产出卖,逼她改嫁;尽管改嫁纯属被逼,但她却又因触犯夫权而被视为"败坏风俗",这里包括人们对祥林嫂两次亡夫的评价:这是生就的"克夫之命"。总之,祥林嫂成了重罪之人。祥林嫂的悲剧告诉人们:在那样的社会里,夫权是妇女无法摆脱的"绳索"。女子死后,夫权甚至会追踪到"阴间"来执法:据柳妈说,由于祥林嫂生前嫁过两个丈夫,到了阴间,她就必须遭锯身的酷刑。在祥林嫂悲剧的全过程中,鲁四老爷扮演了"四权"全权代表的角色。他是地主,无疑占有政权;他又是其他三权特别是夫权的绝对维护者,他是鲁镇"吃人"势力的具体体现。许多命运不幸者或心灵痛苦者以死来解脱不幸与痛苦,但是对祥林嫂来说,死亡不是她的不幸与痛苦的结束,因为对于死后的更大的不幸与痛苦的恐惧,使她在精神上永远得不到解脱。

其实,封建末代知识分子孔乙己、陈士成固然被"吃",新一代的下层知识分子何尝不被"吃"?《在酒楼上》中的吕纬甫、《孤独者》中的魏连殳、《伤逝》中的子君等,他们都有过正当的理想与追求,有的还取得了局部的成功,然而最终还是受到黑暗社会的无情打击和挤压,有的虽生犹死,有的连同身躯也被黑暗社会吞噬。

鲁迅在从被"吃"者的角度揭露封建社会"吃人"罪恶的同时,还从"吃人"者的角度揭露了封建社会"吃人"的凶残、虚伪和卑劣。除了前面涉及的作品中的康大叔、赵太爷、丁举人、鲁四老爷等不同的"吃人"者的各种嘴脸以外,还应特别提到《肥皂》中的四铭和《高老夫子》中的高干亭。四铭是个典型的封建卫道者,又是一个灵魂丑恶的假道学。他咒骂新式学堂,攻击新文化运动,在大街上看到一个行孝的年轻女乞丐,大为"感动",决意要以《孝女行》为题赋诗。其实这些都是假的,他夸奖女乞丐的真正原因,是听到一个流氓说"买两块肥皂来咯支咯支遍身一洗,好得很哩"时所产生的色情心理。这种色情心理又转移为情不自禁地买香皂的行为。于是卫道者的伪善与无耻被鲁迅暴露无遗。《高老夫子》中的高干亭本是流氓,烟酒嫖赌,无所不为。由于他写了两篇宣扬中国国粹的文章,竟然被邀,登上学校讲台。他为标榜"留心新学问"而改名"高尔础",闹出认为俄国大文豪高尔基姓"高"的大笑话。授课时因不学无术而出尽洋相,而且面对女生,下流之心蠢蠢欲动,结果是狼狈逃出课堂,决意不当"学者",还是以赴赌场为乐。我们从四铭、高干亭这批丑类身上,何尝看不到封建伦理道德的陈腐虚伪同样在起着"吃人"的作用。

《呐喊》、《彷徨》所描绘的"吃人"的封建势力是一支庞大的、渗透性极强的统治力量。它不仅个性化地化为"大哥"、丁举人、鲁四老爷、赵太爷、赵七爷、七大人、四铭、高干亭等,而且作为一种统治意识和"从来如此便对"的传统势力,渗透于社会各阶级、阶层的心理定势、习俗惯例、伦理道德观念等等深层的精神领域,成为一张无影无踪、无处不在的"网",笼罩在全民族之上。所以,对于"老中国"及其"儿女"来说,这种"吃人"的势力几乎是难以抗拒的。

统观《呐喊》与《彷徨》,我们可以看到一幅惊心动魄的人生图画。鲁迅通过狂人向世人宣告封建社会"吃人"本质以后,抬出了一具具鲜血淋漓的尸体,其中有孔乙己、陈士成、夏瑜、华小栓、祥林嫂、魏连殳、子君、宝儿、阿Q等,后面跟着一群可怜的后备军,他们是单四嫂子、小D、王胡、小尼姑、柳妈、示众"犯人"、看客……最后是押送他们奔赴屠场的刽子手、人肉享用者,其中有青面獠牙的赵贵翁、大哥、丁举人、康大叔、赵太爷、赵七爷们,还有道貌岸然的鲁四老爷、七大人、四铭、高干亭等。鲁迅在著名杂文《灯下漫笔》中尖锐地指出:"所谓中国的文明者,其实不过是安排给阔人享用的人肉的筵宴。所谓中国者,其实不过是安排这人肉筵宴的厨房。"《呐喊》和《彷徨》所描绘的这幅"吃"与被"吃"的社会人生图画,正是对这中国及其"文明"最为准确、深刻的形象展示。

尽管封建社会这张"吃人"的网罗无处不在,威力无穷,但是,以鲁迅为代表的五四先驱与之彻底决裂,抗衡到底。这在《长明灯》中表现得相当充分。吉光屯庙里的这盏长明灯,据说从梁武帝时代就点起来了,一直到现在还长明不熄,连"长毛"造反也未熄掉它;据说这盏灯一旦熄灭,天下就将大乱,村庄将变成海洋,人便变成泥鳅,可见这盏灯确实千万熄不得。但是,村上偏偏出现了一个青年疯子,坚决要熄灭这盏灯,受阻后他竟进而大声疾呼:"我放火!"鲁迅希望有更多的"狂人"、"疯子"应时而出,放一把大火,彻底烧毁这"吃人"的世界。

《狂人日记》等小说问世以后,有许多作家追随鲁迅表现封建社会"吃人"的主题,可见鲁迅的小说影响之深;但是,没有哪一个后起者能像鲁迅这样写得既高屋建瓴,又生动感人,可见鲁迅的独到之处。

(二)对劳动人民"哀其不幸,怒其不争",尖锐地指出改造国民性的紧迫性

五四时期,在"劳工神圣"思想的影响下,知识分子开始关心、同情、赞美劳苦大众,但是,在初期的新文学作品里,以劳动人民为题材的作品仍然是凤毛麟角。据茅盾统计,1920年第2季度发表的小说,98%都是描写青年婚姻恋爱的,然而《呐喊》中竟无一篇描写青年恋爱的故事,绝大多数描写的是劳动农民,在《彷徨》中,这一题材仍然占有一定的比例。鲁迅的小说在描写劳动农民题材方面具有开创之功。

鲁迅如此热心于描写农民不是没有原因的。首先,中国是个农业大国,农民是中华民族的主体,他们的生活状况、精神面貌直接关系着中华民族的前途,自小就忧国忧民的鲁迅必然对他们特别关注。其次,鲁迅从少年时期起就与农民有较多接触,与农家孩子建立了友谊,对农民的状况尤其是他们的不幸与痛苦有所了解。他在《英译本〈短篇小说选集〉自序》中说:"我生长于都市的大家庭里,从小就受着古书和师傅的教训,所以也看得劳苦大众和花鸟一样。"但是,鲁迅与他们亲近以后便"逐渐知道他们是毕生受着压迫,很多痛苦,和花鸟并不一样了。"随着革命民主主义思想的确立,他越来越关心劳苦大众,一有创作机会,便将"上流社会的堕落和下流社会的不幸,陆续用短篇小说的形式发表出来了。"

鲁迅早年就苦苦思考如何改造中国国民性,"弃医从文"就是他本人参与这一伟大工程的具体行动。不久,他在论文中大力鼓吹"立人",寻求"精神界之战士"。而后,他对中国的历史与现状作了深入的研究,发现中华民族乃"食人民族",然而对此"知者尚寥寥"。正如鲁迅在《呐喊·自序》中所描述的,人们在"绝无窗户"的"铁屋子"中将被闷死,然而他们昏昏然,对自己的绝境绝对的无知无觉。鲁迅以小说参与战斗,目的就是要唤醒昏睡中的人们,奋起捣毁这"铁屋子"。这种思想状况和创作动机使鲁迅在描写劳动农民时用心良苦,表现出独特的视角。

其一,鲁迅在描写劳动人民不幸命运时,不仅同情他们生活的贫困,更主要的是揭露他们精神上所受的毒害,他们的愚昧、麻木、不思抗争;既"哀其不幸",更"怒其不争"。而且,鲁迅发现农民的这种愚昧、麻木、不思抗争带有极大的普遍性,体现着整个中华民族的精神。因此,鲁迅在表现劳动人民的不觉悟时,往往以之与改造国民性的问题联系在一起。

《呐喊》、《彷徨》对劳动者"不幸"、"不争"的描写可谓不遗余力,几乎与"吃人"主题一样渗透于每一个单篇,而且两大主题互相交织,互为因果。所以,在这类作品中,在揭示造成劳动人民悲剧命运原因的时候,作者批判的矛头往往一方面指向"吃人"的客观世界,一方面指向劳动人民自身愚弱的心灵。

《示众》近于速写,没有完整的情节,没有主要人物,只有一个街头场景,只有一群麻木、呆钝的人群。一个巡警押着一个犯人在马路上示众,于是胖孩子、秃老头子、赤膊红鼻汉子、小学生、老妈子、洋车夫等等踊跃围观,里三层外三层,众人看犯人,犯人看众人,你看我,我看你,莫明其妙,但又津津有味。鲁迅几乎含着眼泪,不厌其烦地描述这群可怜的麻木人群。这是一篇展示国人迟钝状貌的绝妙之作。

《故乡》中的闰土,前后判若两人,"多子,饥荒,苛税,兵,匪,官,绅,都苦得他像一个木偶人了"。这无疑反映了他生活的艰辛,令鲁迅同情与伤心。但是,更让鲁迅痛心的是闰土原本纯洁的心灵受害后的愚钝,以至与"我"的心灵分离,而且将自己的命运寄希望于毫无意义的香炉与烛台了。小说发表以后,茅盾称它是同期创作中的最优之作,其"中心思想是悲哀那人与人中间的不了解、隔膜。造成这不了解的原因是历史遗传的阶级观念。"[①] 如果我们侧重于从生活的艰辛、形体的变态而忽略了从心灵的创伤角度去理解闰土的不幸,那就远远没有把握鲁迅思考的深度。

我们前边论述封建社会的"吃人"本质时曾谈到代表封建宗法制度和思想的"四条绳索",特别是夫权与神权,是造成祥林嫂悲剧的祸根,这无疑是《祝福》的主要思想所在;但是,我们必须看到,作品思想的深刻性还在于真实地描写了鲁镇广大群众深深受到封建四权尤其是夫权、神权思想的毒害,以至自觉不自觉地参与了封建社会对祥林嫂的"围剿"。祥林嫂周围有一群有名无名的群众,包括凶残的婆婆,麻木的短工,无理的堂伯,奚落弱者的女人,还有那个自以为怀有菩萨心肠然而几乎给祥林嫂致命一击的愚昧的柳妈。尽管他们与祥林嫂同属于受害者、被"吃"者,但是,他们偏偏也维护"夫权"等封建宗法思想,用这封建宗法之"网"死死地包围祥林嫂,对她歧视、责备、嘲笑,不仅使她孤立无援,而且加速了她精神的崩溃。他们的麻木、愚昧是构成祥林嫂悲剧的一个重要原因。《祝福》还告诉人们,祥林嫂的悲剧之所以不可避免,还有她自身的原因。祥林嫂在行动上不服命运而对之抗争,但她思想上却也恪守封建宗法。她满足于做稳了奴隶的地位,她的出逃、抗婚等反叛行为,尽管不无为独立做人而挣扎的成分,但这又是与信奉"从一而终"等封建"妇道"、"女德"联系在一起的,她的捐门槛则是

[①] 郎损(茅盾)《评四五六月的创作》,《小说月报》第12卷第8号(1921年8月出版)。

出自相信封建神权而感到的精神恐怖。总之,她以封建礼教的是非为是非,这也注定了她的悲剧命运是不可避免的。

妇女不服从命运而抗争,背后却潜伏着可笑与可悲,这在《离婚》中表现得也十分深刻而且相当精彩。主人公爱姑大胆泼辣,敢骂敢斗,她无视那些封建礼仪,甚至亵渎夫权,对公公、丈夫满口"老畜生"、"小畜生",为抵制丈夫逼她离婚,在娘家人的支持下作了一系列的反抗与斗争。爱姑是鲁迅笔下最刚强泼辣、敢于反抗的女性。然而,鲁迅进一步的描写却揭示出爱姑这种性格背后同样是祥林嫂们所共有的糊涂,而且特别可笑。她虽曾斗志满怀,信心十足,可很快就败下阵来。一进"老畜生"、"小畜生"的家门,见工人端出年糕汤来,"爱姑不由得越加局促不安起来了,连自己也不明白为什么",外表的刚强毕竟难掩本质上的软弱。而后,她与家人被七大人神秘的"屁塞"乱了方寸。"公婆说'走'!就得走。"七大人一言九鼎,一锤定音。于是,全客厅雅雀无声,于是,爱姑表态:"我本来是专听七大人吩咐……",一场抵制离婚的闹剧就此收场。爱姑的抗争之所以彻底失败,要害就在于她把胜利的希望寄托在"知书识礼"的七大人身上。她始终坚信:"知书识礼的人是讲公道话的。"她全然不知,鲁迅笔下的狂人早就告诉世人,封建的"书"与"礼"的字缝中写满了"吃人"两个字。爱姑反抗离婚的闹剧表明:封建夫权不仅规定丈夫死后妻子必须守节,而且丈夫死前还可以强行与妻子离婚——休妻。

其二,鲁迅的小说在描写劳动农民"不幸"、"不争"的时候,常常与对资产阶级领导的旧民主主义革命的批判联系在一起。这样,一方面便于从群众对革命的认识与态度的角度,揭示劳动人民的不觉悟,另一方面便于抓住革命者对群众态度这一要害问题,总结辛亥革命的经验教训,进而探索有效的革命道路。

应该说,前边所论的小说都与辛亥革命有关,因为这些作品所描写的"吃人"悲剧,人们那种愚钝、麻木可笑的情景,大多发生在辛亥革命以后。这些故事告诉人们,辛亥革命并未给中国农村带来大的变动。但是,在这些作品中,辛亥革命只是作为一个虚化的背景而存在的。鲁迅的另外几篇小说则将故事直接与辛亥革命联系在一起,产生了十分理想的效果,如《药》、《阿Q正传》、《风波》和《头发的故事》等。

《药》描写的是辛亥革命四年前的故事。主要故事线索是乡镇小茶馆老板华老栓买人血馒头给患痨病的儿子华小栓治病无效而身亡。将人血馒头当良药而贻误了亲子的性命,这无疑是愚昧酿成的悲剧。然而,作品的深刻性在于,这人血不是普通人的血,而是民主革命者的血。革命党人夏瑜为民众利益而被杀,这无疑是壮烈的,然而可悲的是人们对他牺牲的意义一无所知,茶客、华老栓,连同夏瑜的母亲无不如此;如果说他的鲜血还有意义的话,也不过是化为毫无疗效的"药"。作品命名为《药》,用心良苦。这"药"的故事告诫人们,我们多么急需一种思想上的良"药"来医治广大民众精神上的疾病。华、夏两家的悲剧正是我古老的华夏民族的大悲剧。

《阿Q正传》是鲁迅唯一的一篇中篇小说,是他的改造国民性伟大工程中的最宏大、最重要的一个组成部分,以辛亥革命为背景,出色地刻划了阿Q这一艺术形象,表现了极为丰富的思想意义。阿Q是我国旧民主主义革命时代带有流浪性的落后农民的典型。他性格复杂,既有农民的质朴、勤劳,对地主阶级的仇恨,自发的革命要求,又受到封建道德观念、流氓无产者习气的影响,尤其是有严重的消极、愚昧的精神胜利法。阿Q赤贫如洗,苦不堪言,经常受人欺负和污辱。面对这种悲惨的境况,他不是努力自强和抗争,而是编织种种歪理,异想天开地满足于精神上的"转败为胜"。阿Q在平常生活中表现出的这种麻木、愚昧和自欺已十分可笑和可悲,鲁迅又将这种精神摆在关系到阿Q命运的辛亥革命中来加以考察。当阿Q活不下去的时候,辛亥革命给他提供了改变悲剧命运的大好时机。由于他对革命绝对无知,加上革命的敌人十分狡猾,摇身一变而成为革命党人,阿Q对此虽颇不满,但又竟然有点想认敌为友,结果是断送了性命。可笑的是死到临头,阿Q仍然企图寻找歪理,取得精神上的胜利。鲁迅这一精彩之笔显示,阿Q心灵中毒之深,到了至死未悟的地步。鲁迅的描写还告诉我们,在阿Q生活的未庄,依靠精神胜利法过日子的大有人在。我们前边提到的犯人、围观者、闰土、单四嫂子、祥林嫂、柳妈、爱姑、华老栓等等尽管都愚钝、麻木,令人既哀又怒,但是比之阿Q,真是"小巫见大巫"。阿Q是愚昧人群中的最为出众者。阿Q是面镜子,鲁迅希望人们用这面镜子照见资产阶级革命党人未能发动和依靠群众的严重教训,照见地主阶级在革命过程中的狡猾、投机,尤其是让劳苦大众乃至中华民族照见自己愚昧、麻木、健忘、自尊、自负等丑陋的灵魂。尽管精神胜利法是全民族共有的心理精神之病,但是,鲁迅偏偏选定劳动农民作为典型,大加描写,这种选择表现了他的一番苦心,饱含着他对劳动农民深深的关怀和殷切的期望。

《风波》的故事发生在辛亥革命六年以后。清王朝的重臣张勋曾大杀革命党人,但被窃取辛亥革命果实、担任民国大总统的袁世凯委以重任。张勋一直梦想复辟,自己和下属的部队都留着长辫,他因此而被称为"辫帅"。1917年7月1日,张勋拥护十二岁的溥仪"登极",复辟了帝制,由于遭到全国人民的反对,仅仅十二天便以失败而告终。张勋复辟是辛亥革命的不彻底性直接导致的恶果。《风波》描写了张勋复辟在江南农村各阶层中引起的反应。船夫七斤因帮人撑船进城,成为村里有名的"出场人物"。七斤嫂则是一位泼辣精明的女子。他们对重大社会事变的反应如何呢?辛亥革命时,七斤被剪掉了辫子,除此以外,他们的生活和思想并未发生什么变化,在九斤老太看来则是"一代不如一代"。如今"皇帝坐了龙庭"的风声传来,七斤嫂先是幻想"皇恩大赦",后来得知皇帝是需要辫子的,便责怪七斤当初不该被剪去辫子,七斤本人也为没有辫子而非常烦闷忧虑。可见,七斤夫妇对当初的辛亥革命,对眼下的张勋反革命复辟,都毫无认识,他们所虑的仅仅是没有辫子就当不成顺民。所以"风波"过后,他们便如释重负,照常生活。七斤的母亲九斤老太狭隘保守、思想僵化,对日益贫困的生活极为不满,但不可能对之作出正确的解释,所以她的"一代不如一代"的思想更多地反映着保守、倒退的倾向。村民们是一群热心的"看客",他们对七斤的命运漠不关心,甚至幸灾乐祸,客观上助长了复辟势力的气焰。酒店老板、土财主赵七爷是十足的封建复辟势力的代表人物。辛亥革命后,赵七爷"将辫子盘在顶上",伪装老实,闭门读书;"皇帝坐了龙庭"的消息传来,他立即将辫子放下,露出"光滑头皮,乌黑发顶",并且穿上只有"于他有庆,于他的仇家有殃"时才穿的竹布长衫,耀武扬威地跑到农民当中威胁剪辫子的七斤:"没有辫子,该当何罪?"皇帝不坐龙庭了,他又盘辫读书,当然也不穿那件竹布长衫了。赵七爷是封建复辟在农村的阶级基础,反动、顽固而且狡猾,复辟、反攻倒算之心不死。小说通过江南某地临河场上这场因"皇帝又要坐龙庭"而引起的辫子风波,深刻地揭露了辛亥革命以后中国农村依然停滞、落后,农民依然贫困、愚昧、麻木,而封建势力依然存在,时刻都在伺机复辟的社会情状。小说结尾处,七斤的杀头危机总算因张勋复辟失败而成为过去,临河场上又很快地恢复了往日的平静。在这几乎凝滞的生活背景下,唯一动态的情景是七斤的女儿六斤和她祖母一样,仍然裹起了小脚,一瘸一拐地走来走去。小脚,作为中国封建社会畸形性的标志之一,在此似乎成了死气沉沉生活中唯一有生气的点缀。这种点缀,恰恰证明中国社会旧的基础不被摧毁,那么由这基础培育出来并维护这个旧基础的封建意识形态和落后愚昧的精神是消灭不掉的。作品以"风波"命名,富有深刻的象征意义:《风波》里面有"风波",而所有的风波都不成其"风波",这恰恰证明辛亥革命未能解决中国当时的根本问题——中国农村并未发生根本性的大变动。只有一场真正的人民革命的风波,才能扫荡广大农村的封建复辟势力,荡涤广大农民思想上、精神上、心理上所受的毒害,从而给中国带来希望。

其实,在中国因头发带来灾难的并不止于船夫七斤。鲁迅在《头发的故事》中,通过一个脾气有点乖僻的N先生的一番牢骚和议论,回顾了中国人因不痛不痒的头发而吃苦、受难、灭亡的历史。当中华民国的又一个国庆节来临时,N先生没有忘记先烈,他肯定了邹容等资产阶级革命党人的革命热情和牺牲精神,揭露了封建势力迫害革命党人的罪行:"几个少年辛苦奔走了十多年,暗地里一颗弹丸要了他的性命;几个少年一击不中,在监牢里身受一个多月的苦刑;几个少年怀着远志,忽然踪影全无,连尸首也不知那里去了。"另一方面,作者通过N先生之口,也委婉地嘲讽了辛亥革命只不过是围绕着头发存留问题而进行的一场革命。令N先生更为愤激的是,人们对这场革命的一切,包括应该赞美的、警惕的和记取的,统统都已忘却;这健忘症得不到诊治,中国是决不可能会有丝毫的变革与发展的。显然,这在篇小说里,N先生的思想情感与作者是比较合一的。

从以上这组作品可以看到,鲁迅对辛亥革命的前前后后作了全面的思考,结论是资产阶级革命党人的革命愿望与热情固然值得肯定,但他们对革命敌人的斗争很不彻底,又未能放手发动群众,以至这场革命未能给中国带来大的变动,反动势力时时都有复辟的可能;而广大民众对自身命运、对国家大事漠不关心,茫然无知,他们贫穷、愚钝,但又麻木、健忘而且自尊,永远安于闭塞、沉闷、贫困、落后的现状。对此,鲁迅是无比愤怒和痛心的。

鲁迅在描写劳动人民题材方面开创了一个时代,而后有些作者以鲁迅为榜样,也对劳动人民的命运加以越来越多的关注。但是,他们的视角较多地偏向于劳动人民所受的经济剥削和生活上的贫困。显然,鲁迅的独特视角是不同凡响的。毛泽东说过:"中国革命的根本问题是农民问题,而农民问题的关键在于教育农民。"在这个问题上,鲁迅的思路与毛泽东不谋而合。他用大量的精力描写农民,表现了他对革命主力军的关注,而且抓住了要害。

(三)努力探索知识分子的人生道路

知识分子为什么成为鲁迅小说重要的描写对象呢?首先是因为这个特殊的社会阶层反映出诸多时代动向。他们是中国推动社会进步的重要力量,特别是在时代转折关头,他们思想活跃,常常首先觉悟;但是,在激烈的矛盾和斗争中,他们往往动摇不定,队伍经常发生分化,积极与消极作用兼而有之。"五四"前后的知识分子便是如此,所以中国现代文学的第一代作家普遍关心这个阶层。其次,鲁迅早年就呼唤"精神界之战士",这种"战士"主要出自知识阶层。再次,"五四"前后活跃在鲁迅身边的正是知识阶层,鲁迅对他们感受特深。因此,知识分子必然成为他的小说描写的另一组重要对象。

宽泛地说,鲁迅小说中的知识分子大体可以分为旧式与新式两大系列。

旧式系列是封建型的知识分子,又可分为两类。一类是封建卫道者、文化流氓之类,如《肥皂》中的四铭、《高老夫子》中的高干亭等。他们"知书识礼",可归属于知识阶层,但是,鲁迅主要是把他们当作封建统治阶级的某种代表,而加以揭露、鞭挞和嘲笑的。另一类是封建科举制度的崇拜者和殉葬品,如《孔乙己》中的孔乙己、《白光》中的陈士成等。他们一肚子的"之乎者也",是地道的封建知识分子,然而处于社会下层,鲁迅主要是从他们被封建科举制度所"吃"的角度入手描写这些知识分子的。

属于新式系列的是一批形形色色的小资产阶级知识分子,这是鲁迅主要描写的对象。前边所说的知识分子既首先觉悟而又动摇不定的特点主要体现在他们身上,鲁迅对知识阶层感悟最深的也是这一批人。

这一系列的知识分子情况不一,面貌各异,反映了那个时代的许多动向与信息。

《弟兄》中的张沛君比较特殊,新、旧特点兼而有之。封建家庭观念追求几代同堂,多房一家,妯娌和睦,兄弟怡怡。倘若果真如此,当然不失为模范家庭的一种模式,但事实上,许多这样的旧式大家庭徒有其表,并无团结和睦之实。封建家庭观念偏偏以这种有名无实的和睦作为封建社会稳定兴旺的象征,其要害在于维护以伦理文化为表征的等级制度,扼杀家庭成员(特别是小一辈成员)的个性。张沛君尽管并非地道的封建古董,但他却标榜、崇尚"兄弟怡怡"的家庭和睦境界,声称他们兄弟俩亲如一人,从来不为"钱"字计较,以至旁人将他家视作这方面的榜样。其实,他在心灵深处并不能摆脱金钱利害的支配,也做不到不为自己打算。弟弟病了,他一方面四处奔波为之求医,一方面却梦见弟弟已经死去,他只安排自己三个孩子上学,而弟弟的两个孩子哭着也要跟去。此刻,他觉得有了最高的权威和极大的力量,"他看见自己的手掌比平常大了三四倍,铁铸似的",向弟弟的孩子脸上一巴掌批过去。鲁迅通过揭露张沛君的一系列心理活动,既表现了这个人物的两重性,也证明伦理文化"灭"不了"人欲",它是虚伪的。

《一件小事》描写一个人力车夫因自己的车带倒了一个老妇人而主动承担责任的小事,这件小事引起知识分子的"我"的自我心灵解剖。作品歌颂了劳动人民的优秀品质,批评了知识分子的狭隘自私,揭示其心灵的渺小,同时也反映了五四时代"劳工神圣"思潮对知识阶层的积极影响。

如果说《弟兄》和《一件小事》主要表现的是知识分子人格的不完善,那么,《端午节》、《幸福的家庭》、《在酒楼上》、《孤独者》和《伤逝》则从正面提出了知识分子在充满丑恶和矛盾的现实社会中应持何种人生态度、走怎样的人生道路的问题。这一主题,在鲁迅描写知识分子的小说中最引人注目。

1925年,鲁迅曾对许广平谈及自己的人生感受。他说,走人生长途,最易遇到两大难关,其一是"歧途",其二是"穷途"。许多人遇到这两关往往大哭而返,但鲁迅表示,不管遇到何种难关,他总是要择路而走;而且他对世上是否真有所谓"穷途",是怀疑的。他的这一组小说,就形象地展示了知识分子面对人生长途上的"难关"时所作的种种选择以及由此而造成的悲喜剧。[①]

《端午节》写于1922年6月,反映了鲁迅对知识分子人生态度和人生道路最早的关注。主人公方玄绰在五四运动中曾经觉醒过,有过"和恶社会奋斗的勇气",对北洋军阀统治下的黑暗现状抱有不满情绪。他后来将自己闭囿于平庸的个人生活圈子,沉溺在口头上的不平和感慨之中,渐渐地萌发了怯懦和麻木;但他毕竟受过新思想的洗礼,而且不愿意放弃新的理念,因此又想对现实的斗争"公表"自己的意见。面对这种两难的局面,他用"差不多"这一口头禅来应付,对现实矛盾持调和、折衷的态度。比如,上级拖欠教师薪水,教员们在端午节前夕组织索薪,而方玄绰却在"差不多"哲学指导下自命清高。但是,薪水毕竟与饭桌上的菜盘直接相关,所以,当教员们被打得头破血流而终于索来了欠薪时,对索薪运动曾以为"欠斟酌,太嚷嚷"的方玄绰还是"不费举手之劳的领了钱",分享了别人的胜利成果。但方玄绰并非堕落的不可救药者,他还保持着对黑暗现实的一些不满和不平,而且时时自省,略有自责。所以,鲁迅既批判了方玄绰的软弱、折衷、自命清高,又希望他走出狭小的生活圈子,在大动荡的大时代里,重新燃起觉醒的火花,丢

[①] 以上具体作品分析参考李希凡《〈呐喊〉、〈彷徨〉的思想与艺术》(上海文艺出版社1981年版)。

掉徘徊"歧途"的种种借口,开始新的征程。

《幸福的家庭》的主人公是个贫穷的青年作家,为了取得稿费,为了迎合当时社会上所谓追求"理想的配偶"的风气,闭门杜撰小说《幸福的家庭》。他模仿洋场绅士淑女的口味,设置小说人物关系、生活情景、细节对话。由于当时的社会到处黑暗混乱,这种脱离现实的"幸福家庭"实在太难杜撰,以至偌大的中国,竟无一个地方可以作为小说所要写的地点。这位青年作家自己家中实实在在的贫困,使他难以静心构思,生活中种种并不幸福的细节老是闯进他的视觉、听觉、思维之中;最后,仅仅写了一个《幸福的家庭》标题的稿纸,干脆被他用来擦拭女儿因不幸福而哭泣流淌的泪水和鼻涕了。这个轻松活泼的故事颇为发人深思。第一,从一个侧面反映了社会的黑暗,这样的社会决无幸福可言;第二,嘲讽了庸俗的幸福观、恋爱观;第三,讽刺了可笑的、脱离生活实际的、媚俗的创作思想和态度;第四,批判了知识分子在艰难的人生旅途中不正视现实、不求切实人生之路的态度,希望他们走出"歧途"。

《在酒楼上》里的吕纬甫的情况有所不同。他是在战斗中退伍、落荒,进而颓唐、消沉以至完全绝望的知识分子。吕纬甫在辛亥革命前后曾经是热情奔放、情绪激烈的青年,投入过反封建的斗争,比如到"城隍庙里去拔神像胡子",和朋友"连日议论改革中国的方法以至打起来"。然而,十年后,正如他自己所说,"先前的朋友看见我,怕会不认我做朋友了","我现在自然麻木得多了"。当年"敏捷精悍"的吕纬甫现在变得"敷敷衍衍,模模糊糊","随随便便",尽是认真地干一些十分无益无聊的事,借此寻找心灵上的安慰。以后怎么办?他的回答是"我不知道",对前途完全丧失了信心。吕纬甫为什么十年前后判若两人呢?对此,他自己作了一番形象的描述。他觉得自己的人生之路就如"蜂子或蝇子停在一个地方,给什么来一吓,即刻飞走了,但是飞了一个小圈子,便又回来停在原地点"。鲁迅曾经说过:"可惜中国太难改变了,即使搬动一张桌子,改装一个火炉,几乎也要血;而且即使有了血,也未必一定能搬动。"① 吕纬甫不了解现实斗争的复杂性和艰巨性,所以,一接触斗争实际,"给什么一吓",便失去了激情,败下阵来,一蹶不振。正如鲁迅所说:"激烈得快的,也平和得快,甚至于也颓废得快。"② 这是小资产阶级知识分子的通病。作品批判了吕纬甫对生活理解的肤浅,面对现实斗争时的脆弱,随之而来的苟活、颓唐、无聊,从"歧路"走进了"穷途";作品也从侧面反映了当时社会黑暗势力的强大、顽固,社会变革之艰难。

从"歧路"向"穷途"走得更远的是《孤独者》中的魏连殳。与吕纬甫较为相似的是,早在辛亥革命时,魏连殳就受到新思想的启蒙,被外界视为"异类",而且喜欢写文章,发一些没有顾忌的议论,讥评时事,干犯众怒。于是,他被辞退工作。庸俗冷酷的市侩社会将魏连殳逼向绝境。他曾经作过努力,并求助于朋友,但毫无结果。于是,他孤独、空虚、脆弱而又虚荣,把自己与周围隔绝,完全丧失了理想的活力。至此,魏连殳已经走上了人生的"穷途"。但是,狂热的愤激和虚荣心又把这个绝望的战败者引上了个人报复的绝境。他要报复欺凌、羞辱他的市侩社会,然而,他个人又无能为力,于是,他走向反面,投降他曾经抗争过的强大的黑暗势力,依附于它,躬行先前所憎恶、所反对的一切。就这样,他做了杜师长的顾问。然后采用"即以其人之道,还治其人之身"的手段,向他所身受的一切进行无情的报复。"我已经真的失败——然而我胜利了!"这是他怀着巨大创痛的心灵最后的告白。魏连殳的悲剧震撼着一代知识分子的心。首先,它告诉人们,旧中国封建势力残忍无情,它像一张"吃人"的网,将"异类"紧紧包围,使他透不过气,走投无路,以至思想扭曲,性格变异。其次,魏连殳的悲剧还告诉人们,

---

① 《坟·娜拉走后怎样》。
② 《二心集·上海文艺之一瞥》。

知识分子如果不接触广大民众,不抛弃个人主义的生活方式和思想方法,将自己裹在与世界隔绝的"独头茧"里,那么只会走向凄惨的绝境;如果不选择正确的方式,那么,"反抗"得越顽强,就会越背离原先的志向,自己的心灵的伤痛也越深。

恋爱是五四时期文艺创作的热门题材,鲁迅因另有更重要的创作话题,所以只有一篇描写青年恋爱的小说,这就是一鸣惊人的《伤逝》。

方玄绰和《幸福的家庭》中的青年作家徘徊于"歧路",吕纬甫,尤其是魏连殳走到了"穷途",《伤逝》中的女主人公子君也走向了"穷途",但是男主人公涓生却从妻子子君的悲剧人生中吸取教训,走出了"穷途","向新的生活跨进"。子君与涓生是经过五四风暴洗礼的知识分子,深深地受到新思潮的影响。"我是我自己的,他们谁也没有干涉我的权利!"这是五四时代青年追求个性解放的信条,也是子君争取自由恋爱的战斗宣言。子君就是在这种思想的指引下,向封建思想和道德挑战,取得了第一个回合的胜利,与涓生结合同居的。在这个过程中,涓生对子君也付出了深深的爱,并培育了子君对他的爱。但是,子君与涓生的爱却终于酿成悲剧,其原因是多方面的。首先,黑暗社会犹如一个无赖,子君与涓生难以逃脱这无赖社会对他们的阻挠和纠缠。他们的自由恋爱不为社会所容,封建势力的谣诼围攻导致涓生被解雇,他们失去了赖以生存的经济来源。他们的悲剧证明,在尚未取得广泛的社会解放之前,小资产阶级知识分子靠个人奋斗谋求实现个人的理想是不可能的。其次,他们自身目光短浅,短乏远大的社会理想,将恋爱自由当作人生要义的全部,当作人生奋斗的终极目标。其实,爱情是不可能与世隔绝的,爱的实现,爱的继续与发展,都离不开社会的现状。北欧挪威剧作家易卜生的剧本《玩偶之家》中的主人公娜拉,为争取人格独立而离家出走。1924年鲁迅借题发挥,在《娜拉走后怎样》一文中精辟地指出,娜拉走后"实在只有两条路:不是堕落,就是回来",因为家庭之外还有一个可怕的社会。所以,妇女要得到真正的解放,除了有一颗"觉醒的心以外",还必须掌有"经济权"。1933年,鲁迅在《关于妇女解放》一文中用马克思主义的观点将问题的要害说得更为明确:"解放了社会,也就解放了自己。"作品的主人公,特别是子君就没有认识到关于"爱"的这些含义。他们婚后陷入了个人生活的小天地,看不到外边还有一个可怕的社会,而且子君很快就失去了当初的热情和进取精神。于是,爱的斑斓色彩开始剥落,夫妻间隔膜、疏远、回避,爱成了双方的精神负担。涓生整天泡进图书馆取暖,躲避家庭内的冷漠;子君终于痛苦地回到了反抗过的家,不久便凄惨地离开了人世。小说不仅揭露了封建社会的可怕与可恶,批判了小资产阶级知识分子个人奋斗思想的局限性,而且还指引他们走向社会解放的道路:涓生从他与子君的爱情的曲折历程,尤其是从子君过早离开人世的悲剧中认识到:"第一,便是生活。人必生活着,爱才有所附丽"。他表示:"我要向着新的生路跨进我第一步去。"

从以上分析我们可以看到,鲁迅的关于知识分子题材的小说具有鲜明特点。

第一,鲁迅笔下的这些知识分子形象大多是悲剧形象。他们曾感受到时代精神,有理想、有追求,是反封建的思想革命的积极力量。但是,黑暗的社会、丑恶的现实将他们的理想扼杀、毁灭,他们后来大多变得情绪低沉,生活色调暗淡,其结局多是可悲的。鲁迅不仅注意真实地描写人物的悲剧性格,而且特别注意着力挖掘造成这些悲剧的社会、历史根源和人物自身的思想根源,从而使这些悲剧具有非常深广的典型意义。

第二,鲁迅这些小说具有鲜明的"寻路"的特点。鲁迅的同时代作家描写知识分子,大多侧重于表现他们在黑暗现实中的苦恼和不幸,相对地说,对他们自身的思想状况的描写有所不足。鲁迅在表现客观社会给知识分子造成悲剧的同时,更侧重于对知识分子自身的思想状况和人生态度作冷静的、深刻的描写和考察,在主、客观的结合点上,在种种不同人生态度的对比中,寻求知识分子正确的人生道路。从这一角度说,鲁迅小说的思想深度也为他同时代的作家和相同题材的作品所不可企及。

以上我们分三个方面论述了鲁迅小说的思想内容。其实,这三个方面是紧紧地交织、融合在一起的。封建社会"吃人","吃"各种各样的人,但主要是劳动人民和下层知识分子;劳动人民和知识分子的"不幸"与"不争"正是被封建社会"吃"的结果。对劳动人民、知识分子"怒其不争",就是希望他们丢掉精神包袱,奋起抗争,毁掉这"吃人"的世界,创造中国历史上从未有过的"第三样时代"。《呐喊》、《彷徨》是一个完整的有机的艺术世界。

第三节 《呐喊》、《彷徨》的艺术成就

《呐喊》与《彷徨》在文学史上之所以占有非凡地位,不仅在于内容上"表现的深切",而且在于"格式的特别"。这里所说的"格式"不只是指文体格式,而且泛指艺术风格。就文坛影响而言,《呐喊》大于《彷徨》,但就艺术成就来说,《彷徨》更为圆熟,更为炉火纯青。鲁迅的这两个小说集,特别是在《呐喊》中,并非篇篇都属小说精品,但是就总体而言,特别是那些代表作,确乎显示了鲁迅卓越的艺术才华,并形成了独特的风格。

(一)在总体构思上选材严、开掘深,作品简洁而凝重

鲁迅在《关于小说题材的通信》中说:"选材要严,开掘要深,不可将一点琐屑的没有意思的事故,便填成一篇,以创作丰富自乐。"这是鲁迅的经验之谈。

题材是指写什么的问题。写什么,虽不决定作品的成败,但是

所写材料必须有意义。由于鲁迅创作小说出于严肃的"改良社会"的目的,而且鲁迅是个严谨的脚踏实地者,所以他在创作小说时必然严格地选取与"改良社会"直接相关的题材。《呐喊》与《彷徨》从中国封建社会、封建礼教"吃人"这一社会实质切入,着重描写两类人的命运。一类是广大劳动人民,这一选材角度反映了鲁迅作为伟大的革命民主主义者,已经体察到中国人民民主革命的关键——教育农民问题的严重性。另一类是下层知识分子,这一敏感的阶层同样密切联系着时代,反映着时代的许多动向。鲁迅这样的选材保证了作品在反映时代、"改良社会"方面有了良好的基础。写什么,固然意义有大小之分,与作品的分量轻重乃至成败有关,但是,比之于选材更为重要的是如何开掘主题。在这一方面,鲁迅为我们提供了很多宝贵的经验。

鲁迅善于选择最佳角度,向纵深开掘。面对黑暗、残忍的封建社会,他的目光集中于封建精神统治的罪恶。这一视角颇有独到之处,反映出鲁迅当年"弃医从文"的总体思路。鲁迅根据自己对中国封建社会历史与现状的研究和体察,深深地感到要改变中国社会黑暗、落后的状况,关键在于改变落后的国民性,提高民族的精神素质,也就是要"立人"。这种特殊的视角,比之于人们常见的着眼于政治经济、生活状况层面展示社会黑暗与罪恶更有思想深度。正由于此,《呐喊》与《彷徨》乃被人们称之为中国反封建思想革命的一面镜子。

鲁迅往往将平凡的故事摆在重大的背景下加以考察。正如法捷耶夫所说:"鲁迅是短篇小说的能手。他善于简短地、明了地、朴素地把思想形象化,以插曲表演大的事件。"《药》、《阿Q正传》、《风波》、《端午节》等,不仅避免了就事论事的描写,开掘出民众"不争"的觉悟问题,而且巧妙地将其与辛亥革命挂上了钩。这样,不仅使民众不觉悟这一严重的问题暴露得更为触目惊心,而且又引出一个对资产阶级领导的旧民主主义革命的评价问题。

鲁迅非常注意对老中国社会人情世态的描写。在鲁迅的小说里,我们所看到的"鲁镇"、"未庄"和"吉光屯"都是一片死气沉沉,守旧,闭塞,排异,坚信"从来如此便对",人与人互不理解,甚至以嘲笑、作弄他人为乐。这种社会世态的描写,使得故事更有历史感和社会性,显示出了非凡的思想力量。比如,孔乙己已熟读"子曰"、"诗云",懂得"回"字的四样写法,却穷得"将要讨饭",这种开掘已有独到之处;然而,鲁迅又为孔乙己设置了一个冷漠的环境,而且这种冷漠又常常以"笑"的形态出现。这样,作品所反映的就不只是孔乙己本人的性格或人生态度问题,而是整个社会问题。小说最后描写孔乙己因偷书而被打断了腿,受人一番奚落之后,坐着用手慢慢地"走"了;此后,他未再露面,酒店老板几次提到孔乙己,仅仅是因为他欠下了"十九个钱";最后,由"我"(一个很不起眼的小伙计)估测道:"大约孔乙己已的确死了。"小说结束于轻描淡写,然而使人在心灵上感到十分沉重。这个可怜的孔乙己就此无声无息地消失。面对着人们对不幸者的如此冷漠,读者的思绪便会必然地由孔乙己扩散到对残忍、冷酷的社会的思考。

鲁迅有时还运用象征手法,使作品更为意味无穷,令人读后触目惊心。《药》中华、夏两个普通家庭的悲剧,使人们联想到我们古老的华夏民族的大悲剧,并以阴冷的气氛使人战栗。《狂人日记》凭借精神病学上的"迫害狂"症状和文学上的象征手法的巧妙融合,将狂人病中对人吃人的幻觉与病前对封建社会"吃人"本质的认识结合在一起,创造出一个象征性的非人世界,从而将封建社会的"吃人"本质揭露得淋漓尽致。

由于鲁迅严格选材,深入开掘,使作品显得特别简洁而凝重,虽貌似平淡,但其味无穷。

(二)在人物刻划上,"杂取种种人","烂熟于心",塑造了出色的艺术典型

鲁迅十分重视刻划人物形象,《呐喊》、《彷徨》中绝大多数篇什的主题都是通过光彩夺目的人物来表现的。塑造出了几个系列的出色的人物形象,这是鲁迅小说艺术成就的突出表现,也是鲁迅对我国现代文学的重大贡献。

鲁迅多次谈到自己笔下的人物是并不专用一个人作为模特儿的,而是"杂取种种人,合成一个"。他还说,写人就如"画家的画人物,也是静观默察,烂熟于心,然后凝神结想,一挥而就"①。"杂取种种人"并不排斥人物具有原型,事实上鲁迅笔下的许多人物是有原型的,比如孔乙己的原型叫"孟夫子",闰土的原型是章运水等等。但是,从鲁迅创作的实际情况来看,这些人物的原型的作用,主要是给鲁迅以创作上的触动,使他产生联想和深思;即便采用原型的某些思想与行为,也离不开鲁迅丰富的生活积累,对这些原型所代表的社会阶层的深刻理解,以及在此基础上"烂熟于心""一挥而就"的思想、艺术功力。离开了这一切,原型仍然是生活中的某人而不可能是既耐人寻味又生动感人的艺术典型。

《呐喊》、《彷徨》主要刻划了三个人物形象系列,每个系列都有一批出色的人物形象。其一,是封建统治阶级的各色人等,如鲁四老爷、赵太爷、四铭等;其二,是劳动农民,其中以阿Q、闰土、祥林嫂、爱姑、九斤老太等形象最为出色;其三,是知识分子,孔乙己、狂人、吕纬甫、魏建殳、涓生、子君等便是其中塑造得最为成功的。这些人物都具有独特、鲜明的个性,又内含着极为广泛的普遍意义,是个别与一般的高度统一。尽管他们各各统属于某一类,但又都是活生生的"这一个"。在鲁迅笔下,同样是地主老财,但各人性格不同:赵太爷蛮不讲理,小气贪婪;赵七爷浮躁、嚣张,扬长而来,飘然而去;鲁四老爷则沉默寡言,道貌岸然,阴险,伪善。同属贫困、

---

① 《且介亭杂文末编·〈出关〉的"关"》。

落后的农民,每个形象也个性鲜明。闰土的老实、忠厚,九斤老太的守旧、僵化而又自以为是,阿Q的陶醉于精神胜利等等,均呼之可出。尤其是阿Q,其精神胜利法的普遍性,大可涵盖各个阶级阶层、全民族乃至于全人类的"共性";但是,以精神胜利法为其主要性格特征的阿Q仍然是一个贫困、流浪、落后的地地道道的农民,其个性之鲜明独特,到了如果把他的那顶毡帽换成瓜皮小帽,阿Q便不成其为阿Q的地步。同样是带新气的知识分子,狂人是目光炯炯有神的叛逆者;吕纬甫、魏连殳承受着旧民主主义革命过来人的沉重的心灵伤痛;涓生与子君既有五四精神感召下的兴奋,又有兴奋过后的走投无路的怅惘。即便是同属一代的吕纬甫与魏连殳,一个以消沉和百无聊赖而使人扼腕,一个则以绝望、变态,以及躬行先前所反对的一切的"自我灭亡"式结局而令人动魄。涓生和子君尽管是一条战线的战友,子君的敏感、激动和易于消沉都胜过涓生,涓生则毕竟具有男性的成熟与冷静。

鲁迅在有限的二十多篇短篇小说中成功地塑造了这么多的出色的人物形象,这在现代文学史上可谓独一无二。

(三)情节结构单纯质朴而又灵活多变

《呐喊》与《彷徨》的每一篇作品都不以紧张曲折的故事情节见长,没有故作惊奇的首尾,没有曲折离奇的情节,没有错综复杂的线索,没有出人意外的穿插,没有紧张激烈的场面,一切平常如生活,决不以势吓人。列夫·托尔斯泰谈到安德列夫的作品时说:"他想吓我,然而并不怕,但关于契可夫,我们却想说,'他不吓我们,然而很怕人。'"[①] 在这一方面鲁迅正如契可夫,单纯质朴的故事显

---

① 罗喀绥夫斯基《契可夫与新文艺》。转引自陈尚哲《论鲁迅小说的艺术个性》,见《鲁迅研究》第2辑(中国社会科学出版社1981年2月出版)。

示出惊人而耐人寻味的力量。

然而,这种单纯质朴的结构却又能根据内容的需要而灵活多变;单纯质朴是一贯的,具体格式却是不断更新的。20年代初期,茅盾在《读〈呐喊〉》一文中称赞道:"在中国新文坛上,鲁迅君常常是创造新形式的先锋;《呐喊》里的十多篇小说几乎一篇有一篇新形式。"美国学者莱尔也说:"鲁迅小说的结构千变万化。"就拿最初发表的三篇小说来说,鲁迅即创造了三种艺术结构。《狂人日记》是日记的形式。日记用以记录主人的内心秘密,理应无所顾忌;这里的日记主人又不是一般常人,而是失去常态的"狂人",狂人说话本无所顾忌,其日记作为内心独白当然更有过之。作者用这种特殊的文体结构来揭露封建社会"吃人"的罪恶,便可毫无顾忌,淋漓尽致,大声疾呼,使"吃人"的主题表现得惊天动地。《孔乙己》虽然也是第一人称,但写作方式却不大一样。这个"我"并非主人公,而是做为叙述者出现的。那么,这个"我"为什么不是类似《祝福》、《在酒楼上》、《孤独者》等作品中的知识分子的"我",而偏偏是个小酒楼的小伙计呢?这完全是根据主人公孔乙己特殊的身份及表现作品主题的需要而选定的。馋酒是孔乙己的毛病之一,反映了孔乙己思想性格中的许多问题。既然馋酒,就得出入酒店,而酒店又是社会上各种人物聚集、口头传递信息的重要场所,是社会的一角和缩影。将孔乙己一生中的几个片断放在酒店里表现,就像把酒店当作主角孔乙己活动的舞台;那么让酒店小伙计作为目击者,有时又成为参与者,就十分合适了。从内容上说,他成了一个小小的方面,深化了主题;从结构上说,他是个叙述者,是孔乙己悲喜剧的报幕人。《药》既不是"我"的主观抒发,也不是"我"的叙述介绍,而换成第三人称的叙述方式,通过客观事件的描写来显示主题。其线索不是单线而是双线,一条是华老栓为儿子买"药"治病而无效身亡,一条是革命者夏瑜被杀而不被人们理解。双线结构带有一定的复杂性,然而两条线索一实一虚、一主一次,并以人血馒头相连,清晰明朗,仍然不失单纯与质朴。

从以上所举最初的三篇作品,可以看到鲁迅善于从内容特点出发不断变换作品结构样式的创造性。《呐喊》、《彷徨》中其他作品亦真可谓"几乎一篇有一篇新形式"。就叙述顺序而言,有《阿Q正传》式的顺叙,有《祝福》式的倒叙,也有《故乡》、《在酒楼上》式的补叙;《风波》之写场景有如独幕剧,《伤逝》是手记体,《头发的故事》为对话体,《示众》、《一件小事》采随笔体,《兔和猫》、《鸭的喜剧》则是"成人的童话"。我们不否认《呐喊》、《彷徨》中有些作品的艺术技巧尚欠精致,但是,茅盾说"鲁迅君常常是创造新形式的先锋",这是无疑的。

(四)艺术手法以传神的白描为主,富有民族特色

成功的小说,其艺术手法大多是全面的,《呐喊》、《彷徨》也是如此。正如许多论者所说的,肖象描写、细节描写、心理描写、梦境描写、背景描写等等,都可以举出许多生动的例子,足以证明鲁迅艺术手法的高超,中外艺术功底的扎实。但是,鲁迅艺术手法中最为独特的,或者说贯串在以上种种手法之中的手法是什么呢? 我们认为是传神的白描,而这正是我们民族艺术的重要特征之一。

鲁迅在《我怎么做起小说来》中说:"要极省俭的画出一个人的特点,最好是画他的眼睛……倘若画了全副的头发,即使细得逼真,也毫无意思。"显然,这里所说的"眼睛",尽管包括生理学上作为人的心灵窗户的眼睛,但是主要是泛指人的内在的最本质的特征。所以,人们习惯于用"画眼睛"表示传神的手法。

白描,本来是中国画的一种表现手法,其特点是简练、朴素、明快,除了线条本身的墨色以外,不加任何其他颜色,运用到文学创

作上,鲁迅将之概括为"有真意,去粉饰,少做作,勿卖弄"[①]。在我国传统艺术中,传神与白描是统一的;从另一种意义上说,传神是目的,白描是方法。这两者的统一,渗透在鲁迅小说的方方面面。

在人物刻划上,人物的主导性格特征便是"神"。由于鲁迅总能把握、突出这"神",所以,他笔下的人物个个都生龙活虎,栩栩如生。为了写活这些人物,作者必然要从具体的事件、细节、相貌、动作、心理乃至于梦境等等入手。鲁迅在这些具体描写中,总是不铺张,不虚饰,而以简朴的文字,以寥寥几笔,显示人物主要的性格特征,传出其"神"。阿Q脑袋后侧的小辫子,又黄又枯又细,足见其社会地位与生活状况之凄惨;阿Q偷偷地骂了"假洋鬼子""秃儿。驴……",不料这秃儿手拿"哭丧棒"大踏步走来,阿Q便"赶紧抽紧筋骨,耸了肩膀等候着",可见其生性之欺软怕硬;"他走近柜台,从腰间伸出手来,满把是银的和铜的,在柜上一扔说:'现钱!打酒来!'"仅此一笔,阿Q"中兴"后的得意劲已跃然纸上。笔墨无需多,用词不必花巧,竟可以直白写来,却又神情兼备,其妙无比。既然眼睛是人们心灵的窗户,那么,传神当然不排斥对眼睛的描写。在这一方面,鲁迅常有用白描传神之笔。刽子手康大叔的眼光如"两把刀",活画出此人的狰狞;华老栓眼眶围着"一圈黑线",这是劳累、烦神的结果;《长明灯》中疯子的眼睛"闪闪地发光",这是精神极端亢奋的特征;《幸福的家庭》中的少妇眼中"阴凄凄的",可见根本无幸福可言;《明天》中昏庸的中医说了半句话就"闭上眼睛",一副冷漠无情的样子;至于祥林嫂眼神的四次变化,更记录着她半生悲惨的历程。这些传神的眼睛描写又都是简短而朴素的。

关于背景描写,鲁迅说过:"中国旧戏上没有背景,新年卖给孩子看的花纸上,只有主要的几个人(但现在的花纸却多有背景了),

---

① 《南腔北调集·作文秘诀》。

我深信对于我的目的,这方法是适宜的,所以,我不去描写风月。"① 鲁迅的小说并非没有背景,而是文字不多,不长,十分简炼,像水墨画,淡淡几笔,不仅体现了人物活动的环境,更渲染了气氛,烘托了心情。《故乡》开头,阴晦的气候,呜呜的冷风,苍黄的天色,萧索的荒村,衬托着"我"悲凉的心境,预报了闰土近况的凄凉。鲁镇酒店的格局,交代了孔乙己可悲的地位。祝福气氛的渲染,反衬着祥林嫂命运的凄惨,并且透露出造成她的悲剧的部分原因。

传神的白描手法的广泛运用,使《呐喊》、《彷徨》显得特别朴素、简洁,富有民族特色。

(五)作品语言简朴,含蓄而又幽默

鲁迅在《答北斗杂志社问》中述及自己的写作习惯时说:"写完后至少看两遍,竭力将可有可无的字,句,段删去,毫不可惜","不生造除自己之外谁也不懂的形容词之类。"所以,他的语言朴素而又简炼。然而,这种语言却独具表现力,无比锋利,无论是叙事还是状物,总能文简意明,内容丰富含蓄而"传神"。

例如阿 Q 眼中的王胡捉虱子:

> 他看那王胡,却是一个又一个,两个又三个,只放在嘴里毕毕剥剥的响。

换上某些作家,很可能具体描写王胡怎样埋着头,眯着眼;怎样把破夹袄翻来复去,细细寻觅;他那粗笨的拇指与食指又怎样敏捷地捉住虱子,很快地一个个往嘴里送等等。可是,鲁迅只用少量常见的文字,描写王胡的捉虱子在阿 Q 心理上引起的反映。"一个又一个,两个又三个",可见虱子之多,战果之辉煌。"放在嘴里毕毕剥剥的响",可见王胡心情之得意。这是写意画的画法,达到了传

---

① 《南腔北调集·我怎么做起小说来》。

神的目的,具有极大的含蓄性。

然而,有时鲁迅也用工笔画的画法,细致地描写事情的具体状态。例如对小英雄闰土的描述:

> 这时候,我的脑里忽然闪出一幅神异的图画来:深蓝的天空挂着一轮金黄的圆月,一面是海边的沙地,都种着一望无际的碧绿的西瓜,其间有一个十一二岁的少年,项带银圈,手捏一柄钢叉,向一匹猹尽力的刺去,那猹却将身一扭,反从他的胯下逃走了。

这段文字,描绘了多种色彩,一系列动作,是一幅一望无际的色彩绚丽、活泼多姿的图画。不这样写,就不足以与眼前木偶式的闰土形成鲜明的对比。这同样达到了传神的目的。

鲁迅的小说富有幽默感,这有多方面的原因,而语言的俏皮是重要原因之一。前边说的写阿Q羡慕王胡抓虱子便是如此。"一个又一个,两个又三个",用语有意对称,以示王胡抓虱子频频得手。鲁迅还常常使用夸张手法,使语言产生浓烈的幽默感。例如阿Q与小D的"龙虎斗",在闲人们一片"好了,好了!""好,好!"的喝采声中,是这样展开的:

> 阿Q进三步,小D便退三步,都站着;小D进三步,阿Q便退三步,又都站着。大约半点钟——未庄少有自鸣钟,所以很难说,或者二十分——他们的头发里便都冒烟,额上便多流汗,阿Q的手放松了,在同一瞬间,小D的手也正放松了,同时直起,同时退开,都挤出人丛去。"记着罢,妈妈的……"阿Q回过头去说。"妈妈的,记着罢……"小D也回过头来说。

这里描写的是阿Q与小D这对难兄难弟认友为敌,为争夺饭碗而作的拼斗。就本质而言,这是一场十足的悲剧,然而作者采用了喜剧的形式。打架毕竟是打架,不可能像练操那样步伐整齐,但鲁迅强调相持不下的拉锯战的局势时把它写得何等整齐:整齐地斗,整齐地冒烟、流汗、散去。这里有情节的夸张,也有语言的夸张。语言的简洁、生动自不必说,而且故作俏皮,风趣横生。描述一系列动作时,用词、句式一再重复,人物语言的内容也完全相同,但次序颠倒。中间夹进关于时间的说明,不仅内容上符合当年农村的实际,而且在文气上给紧张的"龙虎斗"打了个顿,同样煞有趣味。

鲁迅十分重视人物语言的个性化,他在《看书琐记》中谈到,生动的人物语言描写,"能使读者看了对话,便好像目睹了说话的那些人"。一般来说,鲁迅小说中的人物语言不多,这与白描、传神手法相通;但个性化程度极高,而且因时而异。《祝福》中,人物语言极少,而且单调,变化不大,但个性鲜明。祥林嫂开初是"顺着眼,不开一句口";平时"不很爱说话,别人问了才回答,答的也不多"。在她出场以后,作品一直没有正面写她的语言。直到她再寡丧子以后,作者让她开口了:"我真傻,真的","我单知道下雪的时候野兽在山坳里没有食吃……"就这样,她逢人便唠叨,后来无人要听,便仰天独语。这样单调、噜嗦的语言,反映了阿毛的惨死对她的致命打击,以至精神近于失常,她要用诉说儿子惨死的故事来抚慰自己满是创伤的灵魂。那个鲁四老爷作为一个阴险伪善的道学家,也以寡言为其特征;尤其在女人面前,他不轻易开口,更无长篇大论。但是,他一出口便非同小可:"可恶!然而……"——"可恶!"——"然而……"这短短的,单调的几个字,何等毒辣,字字蘸满封建道学的毒汁。

《伤逝》中的子君前后没有多少话,引人注目的是以下三句话:1)争取自由恋爱时:"我是我自己的,他们谁也没有干涉我的权利!"2)当涓生被局里解雇时:"那算什么。哼,我们干新的。我们……"。3)当她与涓生之间感情业已破裂,将要分手时:"但是,……涓生,我觉得你近来很两样了。可是的?你——你老实告诉我。"第一句话充满五四时代青年的锐气,坚决,干脆。第二句话尚有时代锐气的残余,但"我们"如何干新的?不甚了然,说不下去。

第三句,已经话不成句,有气无力,是软弱的哀求了。这三句话标记着子君三个时期的精神状态。当与涓生分手时,她没有留下任何语言,默默地走了;最后默默地死去。

(六)悲、喜剧因素的奇妙融合

鲁迅说过:"悲剧将人生的有价值的东西毁灭给人看,喜剧将那无价值的撕破给人看。"① 《呐喊》、《彷徨》中这两种因素同时存在。悲剧,主要是指下层人民正当的愿望和纯朴的品质被封建主义毁灭。封建制度的叛逆者、劳动农民、知识分子这三组描写对象,无不经历着这种美的毁灭的悲剧,既有经济的,又有生命的,更有精神的。《呐喊》、《彷徨》所展现的人生是悲凉的,沉重的,含泪的。然而,《呐喊》、《彷徨》又不是单色调的,它在展现美的毁灭的同时,又无情地暴露了封建主义思想、行为的腐朽,荒唐,装腔作势,显得滑稽与可笑。值得注意的是,悲、喜剧因素在《呐喊》、《彷徨》中不只是同时存在,而且在不少作品中还奇妙地交融在一起了。这方面以《孔乙己》和《阿Q正传》最为出色。

阿Q的经历无疑是可悲的,可是他却在哈哈声中飘飘然、乐陶陶地度过令人心碎的一生,既可悲又可笑。精神胜利法把十足的大失败当作大胜利,既可悲又可笑。在阿Q身上,悲与喜、有价值的毁灭与无价值的炫耀交织在一起。孔乙己也是如此。封建教育、科举制度害得他身态畸形,性格迂腐,最后衣衫褴褛,坐地用"手"而行,可是他又始终放不下"读书人"的架子,这与其潦倒的处境形成鲜明对比,表现形态十分可笑。普列汉诺夫在《没有地址的信》(即《艺术论》)中谈到"对立的根源"时说,白种人的丧服是黑的,黑种人的丧服是白的,在与肤色的对比中都显得更悲。这种辩

---

① 《坟·再论雷峰塔的倒掉》。

证法在我国古代艺术中早就存在。由于阿 Q、孔乙己等人的遭遇在本质上是悲剧性的,所以这里的"喜"的衬托就强化了"悲",取得了惊人的艺术效果。为了更有效地以"喜"衬"悲",作者又采用一系列喜剧手法,或夸张情节(如阿 Q 的画圆圈),或采用幽默、俏皮的语言等等,使作品"喜"上加"喜",从而使悲剧内容悲上加悲。

第四节 《故事新编》

《故事新编》共收八篇小说,写作时间从 1922 年到 1935 年,历时十三年。其中《补天》、《奔月》、《铸剑》三篇写于 1922 年至 1926 年,属于鲁迅前期的作品;《理水》、《采薇》、《出关》、《非攻》和《起死》五篇写于 1934 年至 1935 年,是鲁迅后期之作。与《呐喊》、《彷徨》相比,《故事新编》在内容与形式上都有很大区别。①

(一)关于《故事新编》的"性质"之争

《故事新编》在取材与写法上都有别于《呐喊》和《彷徨》。鲁迅自己曾说,这是一部"神话,传说及史实的演义"的总集。与我国传统的历史小说有所不同,在《故事新编》中往往穿插一些与古代题材无关的现代生活细节,"叙事有时也有一点旧书上的根据,有时却不过信口开河"②。鉴于以上情况,学术界对《故事新编》究竟是什么体裁的作品,看法存在分歧。就此引起的争论,人称"性质"之争。这种争论始于 30 年代,至 50 年代尤其是 1956 年至 1957 年间特别集中、热烈,其后仍有延续。

论争的焦点是如何理解与评价许多作品中的现代生活的细

---

① 本节参考王瑶《鲁迅作品论集·〈故事新编〉散论》。
② 《故事新编·序言》。

节,即鲁迅所说的"油滑"之处。对此,鲁迅一方面说"油滑是创作的大敌,我对自己很不满"[①],另一方面却又坚持不改。

在长达半个多世纪的关于《故事新编》的体裁性质之争中,概括起来主要有三种意见:

其一,认为《故事新编》不是历史小说,而是以"故事"形式写的讽刺现实的杂文、寓言、小品,是卓越的讽刺文学。其主要理由是,作品混入现代细节,不符合历史主义和现实主义创作原则;如果承认《故事新编》是历史小说,等于承认鲁迅有反历史主义和反现实主义的倾向。

其二,认为《故事新编》是历史小说。鲁迅在《故事新编·序言》中说,历史小说有两类,一类是"博考文献,言必有据",一类是"只取一点因由,随意点染,铺成一篇"。《故事新编》无疑属于第二类。至于作品中那些现代细节即"油滑之处"尽管不少,但与作品的主要情节及人物相比毕竟是次要的,并不处于主导地位,是鲁迅适应特定社会环境需要而糅进的一种手法。如果我们着眼于主要情节和人物,那么,《故事新编》应该说是历史小说,是中国现代文学史上最先出现的一部杰出的历史小说集。

其三,认为《故事新编》是"故"事"新"编。用历史小说这个概念来解释这部作品,就如用五言歌行的形式去衡量曹操的某些五言诗,用律诗的格律去衡量李白的某些律诗一样,有许多想象不到的困难。作品所写的,不管是神话、传说还是史实,都是古人的事情、古代的生活,是"故"事;但由于所取的只是"一点因由",而且糅进了一些现实性很强的细节,所以是"新"编。因而,正如书名本身所标明的,是"故"事"新"编。

我们基本上赞同《故事新编》是历史小说的观点。它取材于古人古事,以之作为小说的主干;即使引进了"今人今事",也只是作

---

① 《故事新编·序言》。

品的次要部分。作者在描写这种古代题材时又不是照搬过去的记载,也不以对古代素材的广收博考为基础,而是遵循典型化方法,"只取一点因由","随意点染,铺成一篇"。所以,统称《故事新编》为历史小说大体上可以成立。当然,如果细作分析,这一组小说又存在一些差异,严格地说,《补天》和《奔月》是神话、传说的演义,而《起死》则是寓言剧。由于鲁迅没有"把古人写得更死",所以这些小说具有很强的现实性。这些古人的思想和行为,"古事"中的社会面貌和人情物貌,不管是光明还是黑暗,正义还是邪恶,经鲁迅的提炼和强化,再配以一些抹上现代色彩的"油滑",与现实社会都有相通相似之处,具有鲜明的现实针对性。所以,《故事新编》与《呐喊》、《彷徨》在这一方面又是一致的,它同样具有强烈的现实主义精神。

(二)《故事新编》的思想内容

《故事新编》中的八篇作品尽管在思想内容上有许多共同之处,或揭露批判,或歌颂赞美,表现出作者鲜明的思想倾向,但是,由于它们的写作时间长达十三年之久,跨越了鲁迅从革命民主主义者到马克思主义者两个时期,所以,写于不同时期的作品在思想内容上也存在一些区别。后期作品比之于前期作品,其批判、歌颂的现实指向更为具体,而且常常表现出马克思主义的思想风采。

第一组作品,是前期所写的三篇。

《补天》作于1922年冬天,原名《不周山》,曾收入《呐喊》初版。鲁迅在《故事新编·序言》和《我怎么做起小说来》中,都谈到了写作《故事新编》的缘起,提到《不周山》是以"女娲炼石补天"的神话为素材试作的一篇小说。这说明鲁迅在写作《狂人日记》、《阿Q正传》后,正在扩大视野,进行着艺术上的新探索。《补天》取材于女娲开天辟地,以黄土抟人、采石补天的神话。小说细致地描写女娲创造了人类,而后人类却互相残杀,共工与颛顼争权夺利,共工败,怒触不周山,天柱为之折断。女娲只得再"炼石补天",苦心经营地修补世界。作者着重描写了女娲进行创造工作时的辛苦和喜悦,借助女娲这个形象,热情赞颂了中国古代人民的劳动创造精神和创造毅力。这是作品的基本内容。此外,作品中还出现了一个头顶长方板的"小东西",站在女娲的两腿之间,嘴里念念有词,意思是指责女娲赤身露体,蔑视礼教,行同禽兽,当予禁止。女娲十分藐视它,"小东西"狼狈不堪。这就是鲁迅说的"油滑"的开始。这可笑的人物是因为作者写作过程中见到一位"道学家"(指东南大学的胡梦华)写文攻击以汪静之《蕙的风》为代表的白话爱情诗而临时加进去的,是对现实中的卫道者的嘲讽。

《奔月》与《铸剑》均写于1926年岁末,是鲁迅经历了"女师大"学潮和"三一八"惨案,离京南下后,在厦门和广州写的。

《奔月》取材于民间流传的嫦娥奔月的神话,以传说中的一个善射的英雄夷羿作为小说的主人公。据说尧的时候,"十日并出,焦禾稼,杀草木,而民无所食","封豨、脩蛇皆为民害"。于是尧命羿射九日,杀尽野兽,为民除害。鲁迅据此题材,对羿这个人物进行了再创造,一方面表现了他惊人的射箭本领和英雄气概,另一方面则描绘了他在功成业就之后的寂寞与孤独。小说突出的不是羿的成功,而是他完成历史功绩后的落魄。小说还塑造了羿的对立面形象:一个贪图安乐的妻子嫦娥和一个忘恩负义,"干着剪径的玩艺儿"的学生逢蒙。结果,嫦娥偷吃了羿的不死之药,弃他而去;而逢蒙却以从他那儿学来的本领反过来加害于他,使羿不得不处于绝望、愤怒而又无可奈何的处境之中。然而,作品突出了羿的勇敢豪迈的性格,虽然寂寞孤独,但并不悲观,而且渴望着战斗。小说的主要情节都有古书上的根据,但在主人公身上以及逢蒙这一人物形象的塑造上,却倾注着作者本人的经验与心情。

《铸剑》取材于古代一个动人的复仇故事。眉间尺的父亲是一位有名的铸剑手,在奉命为大王铸剑的任务完成之日,被多疑而残忍的大王杀掉。他有预见,只给了大王一把雌剑,而为已怀孕的妻子留下一把雄剑,让未来的儿子为其复仇。在复仇过程中,眉间尺得一黑衣义士宴之敖者舍命相助,他们用自己的头颅来反抗暴政,向国王讨还血债,最后与统治者同归于尽。小说在描写眉间尺的复仇行为时,着力描写了黑衣人宴之敖者的冷峻,令人颤栗的冷峻。他是一个久经锻炼的侠者,他的全部精力集中在一个目标上,就是要为一切遭受苦难的人民复仇。《铸剑》取材于相传为曹丕所作的《列异传》和晋朝干宝所著的《搜神记》。在这一组的三篇作品中,鲁迅本人更重视《铸剑》,这篇小说的特点是基本没有穿插现代化的细节,很认真,没有"油滑"的东西。鲁迅在写给日本友人增田涉的信中提到《铸剑》时说:"但要注意里面的歌",又说"第三首歌,确是伟丽雄壮"。这支歌是根据《吴越春秋·勾践伐吴外传》里的歌词改写的,强调了复仇的意义和性质。《铸剑》作于"三一八"惨案以后约半年多光景。"三一八"惨案的血痕使鲁迅总结出"血债必须用同物偿还"[①] 的经验。从辛亥革命的酝酿起直至它的失败,鲁迅目睹了不少革命者流的血,从而萌生出顽强的复仇意志,这也是鲁迅思想性格的一个重要特点。

综上所述,前期所写的三篇历史小说,主要是通过"改造"古代的神话传说,歌颂了古代劳动人民伟大的创造精神和复仇精神,赞扬了那些淳朴、正直、坚强的英雄人物,同时也无情地嘲笑和鞭挞了现实生活中的市侩习气和庸俗作风等等。

第二组是后期写的五篇小说。

《非攻》、《理水》等五篇作于1934年至1935年间,距离《补天》等作品已有七八年了。这些小说在思想内容、艺术技巧等方面都和前期所作有较大的不同。30年代中期,中国社会的民族矛盾和

---

① 《华盖集续编·无花的蔷薇》。

阶级矛盾日益激化,日本帝国主义和国民党反动派出于他们各自的政治利益的需要,正一唱一和地大搞其尊孔祭圣的反革命政治活动。在这种形势下,鲁迅一面以杂文揭露、控诉帝国主义和国民党反动派的罪恶行径,连续写了《关于中国的二三事》、《在现代中国的孔夫子》、《中国人失掉自信力了吗》等文;一面开始写作《非攻》、《理水》等历史题材小说,自觉地运用历史唯物主义观点来处理古代题材,努力反映历史的本质,发扬乐观主义精神。所以,阅读这几篇小说,要参照他这时期所写的杂文,这样可以理解得更深切一些。

《非攻》与《理水》是歌颂性的小说。在东北三省失守,榆关沦陷,华北告急之时,鲁迅选取了墨子止楚攻宋的故事,创作了《非攻》。历史上的墨子是墨家的创始人,主张"非攻",反对以强凌弱,提倡"兼爱",急公好义,其思想代表了小生产者的利益。而在《故事新编》中的墨子,则是一个机智、善辩、反对侵略、反抗强暴的古代思想家的形象。为了"于民有利",他不惜长途跋涉,同楚王及公输般辩论、斗智,一面积极布置宋国作好抗战准备。由于墨子的远见卓识和随机应变,在与公输般斗智、斗攻守策略、斗道义中都取得胜利,制止了一场不义的战争。小说在树立墨子这一理想人物形象的同时,也间接地讽刺、批评了那些在"九一八"以后鼓吹"民气"的"空谈家",以及国民党反动派的政治腐败、军队无能等状况。

《理水》是《非攻》的姐妹篇,作于 1935 年 11 月。当时工农红军刚刚完成长征,胜利到达陕北,鲁迅从他们身上看到了中国和人类的希望。这是《理水》的写作背景。《理水》歌颂了"中国的脊梁"式的人物——大禹。他是夏朝的开国皇帝,古代治水的英雄。他是和墨子不同类型的人物:墨子依靠智慧,与人斗;大禹辛苦踏实,与大自然斗。小说用当时官场的庸俗腐败来反衬禹的伟大。在第一、二节中,大禹并没有出场,作者以大量笔墨尽情地暴露了反动统治的黑暗腐朽和各色人物的丑态。在广大人民沦于一片汪洋,饥啼哀号,而政府官员及其御用文人却大办筵席,恣情享乐之际,一个样子平常,面目黑瘦如乞丐的大禹突然出现。在这"亮相"之后,又描写了他与众官员在如何治水上的一场争论,表现了他善于倾听百姓意见,总结父亲治水失败的教训,坚持改"湮"为"导"的机智与胆略。大禹在论战中力排众议、大胆革新的精神和那些官员的昏愦顽固、墨守成规形成鲜明的对比。《理水》对反面形象的描写也很出色,文化山上学者们趾高气扬的无聊争论,水利局里大员们脑满肠肥、作威作福的丑恶嘴脸,都被鲁迅以讽刺的笔触一一写来,在嬉笑怒骂中给以极度的蔑视和严厉的鞭挞。

《采薇》、《出关》与《起死》三篇小说以批判为主,是用历史小说的形式来进行的深刻的社会批判。《采薇》取材于武王伐纣的历史记载,通过周初伯夷、叔齐"义不食周粟",欲求隐逸而不能,终于饿死首阳山的描写,批判和否定了他们消极避世的的思想。郭沫若曾写过《孤竹君之二子》,对他们取歌颂的态度。而《采薇》中的这两兄弟,却是顽固守旧,迂腐可笑而又自命清高,披着"超然"、"隐逸"的外衣的糊涂虫的形象。从作品本身来看,主要是批判伯夷、叔齐的逃避现实,这与鲁迅当时反对"超然"、"闲适",执着于现实斗争的思想是一致的。此外,鲁迅还用漫画化的夸张笔法勾勒了小穷奇和小丙君这两个否定性的形象,前者是满嘴仁义道德的强盗,后者是以"文艺家"为自我标榜的无操守的官僚。对这两个人物形象的讽刺,都有很强的现实针对性。小说的最后还"捎带"着提到小丙君家的婢女阿金姐。这也是一个虚拟的人物,但鲁迅曾写过杂文《阿金》[①],杂文中的阿金在外国人家里帮工,蛮横放肆,喜欢散布流言蜚语,但也很卑怯。鲁迅把她"移植"到《采薇》中来,用她的流言蜚语给伯夷、叔齐以最后一击,要了这对迂夫子的命。鲁迅极其憎恶这类人物,这里是顺带地讽刺了高等华人及其奴才。

---

① 收入《且介亭杂文》。

《出关》写的是孔老相争,老子失败后西出函谷关的故事。小说的主题是批判老子的"消极无为"思想。春秋末期正是社会大变动时期,孔、老见解不同,孔子是"知其不可为而为之","以柔进取";老子则"无为而无不为","以柔退走"①,一事不做,徒作大言。小说安排了他们的论争,结果孔胜老败,老子只好"以柔退走"。小说对于孔、老都是批判的,但作品更突出了对老子"无为"哲学的批判。小说中的孔子是一个狡猾的逢蒙式的人物,从自己的老师老子那里悟到了"入世"的决窍,然后又逼得老师只好西出函谷关;而老子却像"一段呆木头",作者让他出函谷,走流沙,到处碰壁,突出地描写了老子在出关过程中的狼狈相。这篇小说是针对 30 年代社会上出现的崇尚空淡的危险倾向而写的。

最后一篇《起死》,在构思上与《出关》有联系,两篇的思想倾向也十分接近。30 年代有一些文人,在提倡"尊孔"的同时,还推崇老庄哲学,兜售无是非观的处世之道,鼓吹"彼亦一是非,此亦一是非"的人生哲学。要求老百姓"无是非",实际上是起着愚弄群众,培养奴才顺民的作用。鲁迅深恶这种"无是非观",故写《起死》刺之。小说取材于《庄子·至乐》中的一个寓言故事,用庄子与骷髅的对话,揭露"无是非"观的虚伪,说明现实是无法逃避的,从而批判了老庄哲学。情节是荒诞的:庄子路遇死于一千五百年前的骷髅,施法术使其死而复生后,对方却揪住庄子向他讨还衣物,纠缠不清。庄子在狼狈不堪之际,不得不一反其"无是非观",从而据理力争,最后不得不召来"巡警",才摆脱了这位复活过来的庄稼汉的纠缠。庄子的哲学是"达观",无是非,无生死,无贵贱,而为了摆脱那汉子,他却不得不喋喋不休地别生死,辨古今,分大小,明贵贱,从而自打耳光,宣告了虚无主义的破产。这篇作品采用讽刺短剧的形式,抓住了一系列喜剧性的矛盾冲突,尖锐地鞭挞了 30 年代某

---

① 《且介亭杂文末编·〈出关〉的"关"》。

些文人所宣扬的"无是非观"。

(三)《故事新编》的写作特点

1. 既依据古籍又容纳现代。

《故事新编》各篇的主要人物、主要事件都有历史文献的依据，在这方面，研究者已作了大量的考证。无论是对墨子、大禹的歌颂，还是对伯夷、叔齐及老子、庄子的批评，作者对历史人物的描写，基本上都符合文献所载历史人物的本来面貌；即使注入作者的批判精神，所写的主要情节仍于文献有据。鲁迅并未随意涂饰历史或对现实进行简单的比附与影射。但是，他运用文献只是为了获取历史小说的"基础材料"，在写法上，鲁迅又是只取"一点因由"加以"点染"的。这"点染"，也就是通过艺术虚构，在历史材料的基础上进行加工、提炼、改造和发展，将现代人的生活、精神融入古人古事之中。经过这样的艺术创造，形成了《故事新编》古今交融的艺术特点，使古人和今人有机地纳入同一艺术时空，将古代情节与现代情节有机地交融为一体。这是《故事新编》与《呐喊》、《彷徨》在写法上的最明显的区别。从《不周山》即《补天》起，直到末篇《起死》为止，都插入了现代生活的因素，其中《理水》尤其突出，使全文跳动着时代的脉搏，从而激起读者的共鸣。鲁迅这样做，目的显然是为了取得更好的战斗效果；而在做法上，则要在每一篇中努力发展古今同类人身上的共通之处，或歌颂或批评。这样做有一定的难度，由于鲁迅具有渊博的历史知识和对现实社会的深邃洞察力，所以《故事新编》的古今交融被处理得富有情趣，从而加强了作品的艺术感染力，满足了广大读者的审美需要。

2. 赋予古人以活的形象。

不是"将古人写得更死"，而是将古人写活，这是《故事新编》又一重要艺术特色。古书的记载以平面的记述为主,很少有对人物性格和内心世界的深入描绘。而鲁迅的历史小说则着重于对古人性格、精神和心理状态的深入开掘与扩展,并用"画眼睛"的手法加以渲染和强调。我们从《补天》中看到女娲的宏伟气度和创造精神;在《奔月》中看到羿的寂寞感与被欺骗后的愤怒之火;在《铸剑》中我们为黑衣人的冷峻与刚毅所震摄;而《理水》中大禹不辞辛劳、不怕诋毁的苦干和实干精神更是跃然纸上,引起读者尊敬。此外,诸如老子的迂腐、庄子的狼狈,也都得到栩栩如生的刻画。古人与现代人相距甚远,如何能将古人写活?从《故事新编》看来,鲁迅主要是从现实生活出发,寻找古今人物思想感情上的相通之处,加以推想和发展。不给古人戴上光圈,不"神化"或"鬼化"古人,而是将古人当作人,这也是将古人写活的重要经验。其中的关键,在于作者以其深刻的现代观念对古人古事所作的观照和重塑。

3. 运用"油滑"手段,在穿插性的喜剧人物身上赋予现代化的细节,以收"借古讽今"之效。

这一特点十分引人注目,使《故事新编》呈现出有别于《呐喊》、《彷徨》的独特的讽刺艺术风采。如何评价"油滑",这在关于《故事新编》的"性质"之争中曾经成为焦点。我们认为,对于"油滑"既不应该全盘否定,也不必加以一味赞美。正如鲁迅所说:"'有一利必有一弊',而又'有一弊必有一利'也。"① "油滑"之"利",首先在于这些糅入古人古事中的现代细节可以借古讽今,引发人们对现实生活中丑恶、迂腐的现象和人物的憎恶。面对这种"油滑","有些文人学士,却又不免头痛"②。这正是鲁迅明知"油滑是创作的大敌"却又不忍舍弃的主要原因。《故事新编》时有"油滑"之处,还与

---

① 《书信·致黎烈文(1936.2.1)》。
② 同①。

鲁迅长期从事杂文写作有关。当时的社会现实需要文艺作品具有更明朗的针对性,杂文手法恰恰具有这种功能,而鲁迅又非常精于杂文手法的灵活运用,以至成为"癖好"。于是,在他创作小说的时候,面对现实的需要,习惯地糅进了一些杂文手法。由于鲁迅没有让这种"油滑"上升为作品的主干,由于对主要人物的刻划并未采用"油滑"手段,所以作品并未失去历史小说的基本性质,而这些"油滑"之处也发挥了合理的战斗作用。其次,"油滑"之"利"还在于创造了独特的艺术效果,在历史小说的体裁上也不失为一种有益的探索。正如有的学者指出的:《故事新编》中的"油滑"犹如中国旧剧中的插科打诨,插科打诨的特点就是暂时离开剧情,而对现实的人、事进行嘲讽;有的学者干脆明确地将这种"油滑"比作戏曲中"二丑"所起的作用。他们认为,这种古今糅合为中国读者所熟悉并且乐于接受,增强了作品的艺术趣味。这些学者的见解颇有新意。事实上,"油滑"使《故事新编》中的那些"新"编的"故"事呈现出独特的"戏说"艺术的趣味。但是,"油滑"之"弊"也是多方面的。其一,作为历史小说,其现实战斗性主要在于主题对现实的渗透与深入,而不在让一些人物、细节游离古代环境生硬地与现实"接轨",否则就失之于浅。"戏说"艺术往往难以与严肃艺术(这里包括正常的喜剧)相比,原因就在于此。事实上,《故事新编》凭借"油滑"所发挥的战斗作用尽管明朗,辛辣,但毕竟缺乏深度与含蓄。其二,神话、传说、历史题材与过多的明明白白的现实生活细节混杂,有损于艺术的完整性,冲淡了典型环境与主要人物性格的关系。特别是《理水》,由于"油滑"之处占有相当大的分量与篇幅,甚至让不少次要人物满嘴洋话,如"古貌林","好杜有图","OK"等等,而主要人物大禹却迟迟不出场,未能得到充分的刻画,其血肉也并不丰满。从这些方面讲,鲁迅称"油滑是创作的大敌",当非自谦之言。

第五节 鲁迅小说名篇分析

(一)《狂人日记》

《狂人日记》,1918年5月发表于《新青年》,是中国新文学史上的第一篇白话小说。小说发表以后,令人耳目一新,引起了巨大的反响;它被公认为五四新文学创作的起点。一篇篇幅并不算大的日记体小说,何以引起这么大的轰动并能牢牢地确立文学史上的里程碑地位呢?

其一,主题怵目惊心。小说通过一个精神病患者内心的感受和活动,一针见血地揭露了封建社会、封建家庭、封建礼教"吃人"的本质。封建主义之残忍,是鲁迅同时代许多有识之士共同的感受,但唯有鲁迅首先以艺术的手段,大声疾呼地将这种残忍概括为"吃人",这就给人们以发聋震聩之感,使他们惊觉起来。为了充分表现这一主题,作品多层次、多角度地展现了狂人的心理活动。从横向看,首先展示了狂人周围的环境:人们对狂人围观、议论,特别是赵贵翁的眼色,孩子们的铁青的面孔,路人交头接耳的神秘议论,一伙青面獠牙的人不怀善意的微笑,以及赵家的狗叫等等,这一切构成了一个充满杀机的令人难以正常生存的空间。作品并没有停留在这个有限空间的描写,而是让狂人由身边有限的空间展开联想,扩展到更大的社会空间:狼子村佃户告荒时说,村里有人挖别人的心肝炒了吃;去年城里杀犯人,有痨病患者用馒头蘸血舐;著名的资产阶级革命党人徐锡麟被杀后,心肝被人吃掉,等等。由此可见,正如狂人所感受到的:整个社会对被吃者"布满了罗网"。再从纵向看,作品随着主人公的思绪和心理活动,追溯了中国封建社会的历史。原来,历史上曾有过"易子而食"、"食肉寝皮"

的记述;于是,狂人进一步研究历史,终于获得了怵目惊心的发现:"这历史没有年代,歪歪斜斜的每一叶上都写着'仁义道德'几个字。我横竖睡不着,仔细看了半夜,才从字缝里看出字来,满本都写着两个字是'吃人'!"作品还通过狂人的感受,写出对中国封建社会及其"文明"之本质的判断,这一判断极为准确、深刻而又形象。封建社会的残忍本质是"吃人",但是其表现形态却是十分虚伪而狡猾的,它用漂亮的"仁义道德"的礼教外衣来遮盖"吃人"的本质;"仁义道德"是表,"吃人"是本。正是由于这个原因,即便是先觉者,也得"仔细看了半夜",才能从"字缝里"看出满本都写着"吃人"两个字。作品对主题的开掘并未到此为止,而是通过狂人的深思进一步将主题深化。封建社会及礼教既然是这么一张巨大的残忍而又狡猾的吃人罗网,那么久居其间的人们就不仅难以逃脱被"吃"的命运,而且还会被其漂亮的外衣所迷惑,自觉不自觉地也去参与"吃人"。"四千年来时时吃人的地方,今天才明白,我也在其中混了多年";"我未必无意之中,不吃了我妹子的几片肉";清醒而又严于自剖的狂人终于认识到自己也被礼教毒害,因而成了无意的吃人者。鲁迅曾给朋友许寿裳写信说,他创作《狂人日记》,是由于"偶阅《通鉴》,乃悟中国人尚是食人民族,因此成篇。"[①] 狂人以"有了四千年吃人履历"的"我"为自称,这个"我",显然不仅仅是狂人个人,而且是代指处于封建宗法制度和礼教之下的"中国人",是整个"食人的"中华民族。由此可见,作品从现实到历史,从他人到自我、到全民族,从被"吃"到"吃人",由表及里、由此及彼地对封建制度和封建礼教吃人的本质作了鞭辟入里的揭露。作品还通过狂人的感受表示,相信将来的社会不会永远是吃人的社会。对此,随着时间的推移,鲁迅的认识与态度不断得到深化和发展。七年以后,他在杂文《灯下漫笔》中全面剖析了中国封建社会的历

---

① 《书信·致许寿裳(1918.8.20)》。

史,结论是:"所谓中国的文明者,其实不过是安排给阔人享用的人肉的筵宴。所谓中国者,其实不过是安排这人肉的筵宴的厨房。"文中号召青年奋起"扫荡这些食人者,掀掉这筵席,毁坏这厨房"。由于《狂人日记》对封建社会、封建礼教"吃人"这一本质发现、开掘得十分怵目惊心,所以,不久"礼教吃人"这句话便深入人心。《狂人日记》是新文学向封建制度和封建道德、礼教发出的一份激烈的宣战书,它也成为整个新文学的总序言。

其二,《狂人日记》成功地塑造了一个性格鲜明、蕴藉深厚的狂人形象。作品中的狂人尽管精神失常,情绪烦燥,语无伦次,常有错觉,但是透过这些表象,又可以清晰地看到一个活生生的颇有思想和个性的先知先觉者。首先,狂人思维敏捷,具有五四时代的怀疑与否定精神。他喜欢思考、研究问题,因为"凡事总须研究,才会明白"。他不盲从,不轻信,好独立思考,寻根究底,不相信"从来如此,便对"。这是先知先觉的前提。其次,狂人具有清醒的认识,这是他习惯于怀疑传统、独立思考的结果。狂人认识之清醒,最宝贵的表现就是对封建社会与骗人礼教"吃人"本质的判断。这是他长期来对历史、对现实悉心观察、深入研究得出的结论。这一结论代表了"五四"一代人对封建社会及其"文明"最清醒的认识。在这个总认识下,狂人对"吃人"者的吃人"心思"作了过细的研究,其中有"丧了良心,明知故犯"的,有"历来惯了,不以为非"的,等等。狂人对"吃人"者的吃人"手段"也洞察秋毫:他们不肯明吃,而是"布满了罗网",逼人自戕,以便逃脱"杀人的罪名";他们劝人安分:"不要乱想,静静的养!"其实是"养肥了,他们是自然可以多吃",等等。再次,狂人具有不屈的反抗、斗争精神。他的叛逆性格不是停留在对传统的怀疑与否定,对专制社会本质的精确判断,而是发展为敢于向"吃人"者进行不屈的抗争。我们可以看到,他对"吃人"者总是表现出主动出击的姿态,或"伸出两个拳头",或"放声大笑,充满了义勇和正气",令"吃人"者"都失了色"。他还强压心中怒火,苦口婆心地规劝"吃人"者翻然悔悟,丢掉吃人心思。狂人的抗争必然遭到更惨的迫害,他被关进黑屋,"横梁和椽子"堆在他身上,"万分沉重,动弹不得"。面对死亡,他毫无惧色,他看透了这种"沉重是假的",他坚强地"挣扎出来",继续规劝和抗争。狂人决非悲观主义者,他向往美好的未来。这也是五四精神重要的组成部分。他相信,吃人的社会必将成为过去,所以他警告食人者:"要晓得将来容不得吃人的人,活在世上",他渴望将来的人是没有吃人心思的"真的人"。当他发现"吃人"者决不可能翻然悔悟、丢掉吃人心思,甚至连自己也参与吃人这一严峻的事实以后,他痛苦地发出了"救救孩子"的呼声。这呼声尽管蕴含着狂人无可奈何的含泪的内心伤痛,但却仍然饱含着对美好未来的希望,他向世人呼救,希望有一条变革吃人社会的有效途径。在创作《狂人日记》之前,出于改造黑暗中国的目的,鲁迅一再呼唤"精神界之战士",狂人就是呼之而出的"精神界之战士";在《狂人日记》问世八年以后,鲁迅在散文诗《淡淡的血痕中》热情地赞美道:"叛逆的猛士出于人间;他屹立着,洞见一切已改和现有的废墟和荒坟,记得一切深广和久远的苦痛,正视一切重迭淤积的凝血,深知一切已死,方生,将生和未生。他看透了造化的把戏;他将要起来使人类苏生……。"狂人正是这样的"叛逆的猛士"。狂人是我国现代文学史上不可多得的里程碑式的形象之一。

其三,《狂人日记》在艺术手法上别具一格。首先,作品采用了现实主义与象征主义相结合的创作方法,形成了独特的艺术效果。《狂人日记》主题思想的深刻开掘,得力于这两者的结合,其奥妙全在于狂人形象的塑造。我们应当承认,作品所写的这位主人公具有地地道道的"迫害狂"精神病患者的症状。在这方面,作者用严格的现实主义手法描叙了狂人的一言一行和微妙的心理状态,使他的一切言行、思维活动都完全符合医学上的临床特征。例如,街上那个女人说"咬你几口才出气!"明明是农妇骂儿子的气话,但狂人却以为是要吃他的"暗号";在他眼里,为他治病的医生是"刽子手扮的",把脉是为"揣一揣肥瘠";医生嘱咐家属赶快让病人吃药,大哥点头答应,他立刻断定"合伙吃我的人,便是我的哥哥",等等。总之,外界的一切在他的病态思维中统统成为荒谬的妄想。然而,光靠这种现实主义的描写是无从表现封建社会、封建礼教"吃人"这一深刻的主题的。作品将肉体上的吃人上升到社会与礼教"吃人",将狂人的妄想症引申为对历史和现实的清醒认识,靠的是象征主义。作者巧妙地在狂人的疯话里,用象征、隐喻的手法,一语双关地寄寓了读者完全能够领略的反封建的深意;作品巧妙地在狂人的环境氛围、人物关系中融注了催人联想事物和情景,突出其象征意义,例如"黑漆漆的,不知是日是夜"、"赵家的狗"、"古久先生"、"陈年流水簿子"这些具有"符号特征"的意象,等等。尤其值得惊叹的是,鲁迅这种艺术处理又完全符合医学理论。作品在开头的"识语"中告诉读者,狂人患的是"迫害狂"。按医学理论,迫害狂病人往往是因受深重刺激,心理上形成一种"强迫观念",这种观念的压力一旦超越了他的心理承受能力,就会精神失常。失常以后,这种"强迫观念"就带上精神失常的病态特征,曲曲折折地表现出来。这些表现尽管是病态的,却恰恰曲折地反映了病前的清醒感受。小说里的狂人当是因为受了封建社会和礼教的残忍迫害或如"吃人"的现象的刺激而发狂的。精神失常后死死钉住其心灵的"强迫观念"就是"吃人"。所以,他病中那些颠三倒四、胡乱荒唐的"吃人"感受,正是他病前对封建社会、封建礼教残酷本质的清醒认识的曲折反映。狂人的感受,就其实际状况而言是病态的,但就本质上说却是清醒的。狂人心目中的"吃人",从医学上看是实实在在的幻觉,但从艺术上品味却是充满哲理意味的象征。作者运用医学上的知识,将狂人病中奇特的感受与病前清醒的感受奇妙地统一起来,完美地塑造了狂人形象,使封建社会与礼教"吃人"的主题表现得淋漓尽致。其次,小说采用日记体,又给作品带来了许多艺术上的优势。既是日记,必是第一人称,是诉说自身的经历和感受,易于写得真切;日记,对于外界是个人隐秘,对于自己却是心灵的剖露,是自己思想感情最真实的记录,这就更为真实可信;日记不求情节的完整,便于灵活地记录零星的事件和感受;况且,这不是常人的日记,而是一个虽然发狂但尚能书写日记的人的日记,他思维活跃,联想奇特,思维的跳跃性强。让这样的人在日记中断断续续地,毫无顾忌地记下自己的感受是最适合表现既定的主题的。总之,用日记体表现一个狂人对封建社会与礼教"吃人"的感受,可达到奇妙的艺术效果。

1918年5月新文学刚刚起步,《狂人日记》就如一颗耀眼的星星腾空而起,其夺目的光辉不仅在当时振奋人心,而且将永远照耀文坛。

(二)《阿Q正传》

《阿Q正传》是中国现代小说创作的最杰出的成就,是列于世界文学名著之林的不朽作品。小说共九章,最初分章发表于1921年12月4日至1922年2月12日《晨报副刊》。当小说正在连载的时候,著名评论家沈雁冰就在《小说月报》通信栏里指出:"《阿Q正传》虽只登到第四章,但以我看来,实是一部杰作。"此后七十多年,阿Q在中国几乎成了家喻户晓的人物,《阿Q正传》也被译成几十种文字,国内外所发表的研究、评论文章无以数计。这里,从几个主要的方面对《阿Q正传》作一些分析介绍。

第一,阿Q形象的基本特征。

阿Q首先是一个被剥夺得一无所有的贫苦农民。作品对阿Q的阶级地位和生活处境作了明确而具体的描写。小说第一章点出了阿Q的实际境遇:他没有土地,没有家,住在土谷祠里,没有固定的职业,靠打短工、做帮工维持生活,是一个地道的赤贫的乡村劳动者。在"恋爱的悲剧"发生之后,他唯一的一条棉被,最后的一件布衫、一顶破毡帽也被赵太爷和地保敲诈走了。由于没有固定的职业,他常常被挤进游手之徒的队伍中去。所以,鲁迅说过:阿Q"有农民式的质朴,愚蠢,但也很沾了些游手之徒的狡猾"[①]。

同时,阿Q又是一个深受封建观念侵蚀和毒害,带有小生产者狭隘保守特点的落后、不觉悟的农民。他不敢正视现实,常以健忘来解脱自己的痛苦;他同时又妄自尊大,进了几回城就瞧不起未庄人,而又因城里人有不符合未庄生活习惯的地方便鄙薄城里人;他身上有"看客"式的无聊和冷酷,如向人们夸耀自己看到过杀革命党,并口口声声说"杀头好看";他更有不少符合"圣经贤传"的思想,如"不孝有三,无后为大",严于"男女之大防"等等;他有着守旧的心态,如对钱大少爷的剪辫子深恶痛绝,称之为"假洋鬼子",认为"辫子而至于假,就是没有了做人的资格";他身上有着畏强凌弱的卑怯和势利,在受了强者凌辱后不敢反抗,转而欺侮更弱小者。阿Q的这些小生产者的弱点和深刻的传统观念,说明他是一个不觉悟的落后农民。

阿Q的不觉悟,更突出地表现在他对"革命"的态度和认识上。在传统观念的影响下,阿Q最初"以为革命党便是造反,造反便是与他为难",所以一向是"深恶而痛绝之"的,但当现实的阶级压迫将他逼到绝境,而辛亥革命的浪潮又已波及未庄时,在他朴素的阶级直感中,终于产生了"要投降革命党"的愿望。这是因为"革命"竟"使百里闻名的举人老爷有这样害怕","况且未庄的一群鸟男女"又是这样的"慌张",于是,阿Q成了未庄第一个真正起来欢迎革命的人。但是,他对革命的态度的这种变化,并不是政治上的真正觉醒,因为他对革命的认识十分幼稚、糊涂、错误。作品第七章写他听说革命党进城的当天晚上,躺在土谷祠里朦朦胧胧地想

[①] 《且介亭杂文·答〈戏〉周刊编者信》。

象革命党到达未庄的情形。这段想象表明,阿Q是带着传统观念来理解眼前的革命的。他不仅仍然厌恶没有辫子的人,不喜欢女人"脚太大",而且他想象中的革命党还"穿着崇正(祯)皇帝的素","革命"不过是反清复明、改朝换代而已;阿Q神往革命,不是为了推翻豪绅阶级的统治,而只是"想跟别人一样"拿点东西,是"要什么就有什么",可以随意夺取当年曾属于赵太爷、钱太爷们的"威福,子女,玉帛"(《灯下漫笔》);阿Q抱着狭隘的原始复仇主义,认为革命后"第一个该死的是小D和赵太爷";阿Q还幻想着自己革命后可以奴役曾与他一样生活在底层的小D、王胡们。总之,阿Q这种革命观,是封建传统观念和小生产者狭隘保守意识合成的产物。

阿Q思想性格最突出的特点是他的精神胜利法。他能用夸耀过去来解脱现实的苦恼,例如,他连自己姓什么也说不清,却还这样夸耀:"我们先前——比你阔多啦!你算是什么东西";他能用虚无的未来宽解眼前的窘迫,例如,其实他连老婆也没有,却还如此夸口:"我的儿子会阔的多啦!"他能以自己的丑恶去骄人,例如,别人说到他头上的癞疮疤时,他却认为别人"还不配";他能用自轻自贱来掩盖自己所处的失败者的地位,例如,他被别人打败了,就自轻自贱地承认自己是虫豸,并且立即从这种自轻自贱的"第一"中获取心理满足;他能用健忘来淡化所受的欺侮和屈辱,例如,他挨了"假洋鬼子"的"哭丧棒",便用"忘却"这件祖传法宝,将屈辱抛到脑后。总之,阿Q在实际上常常遭受挫折和屈辱,而在精神上却永远优胜,总能得意而满足,他所凭借的就是这种可悲的"精神胜利法"。

第二,《阿Q正传》的思想意义。

在《阿Q正传》中,作者把探索中国农民问题(即农民在民主革命中的处境、地位)和考察中国革命问题(即中国民主革命的前途、出路)联系在一起,作品通过对阿Q的遭遇和阿Q式的革命的描写，深刻地总结了辛亥革命之所以归于失败的历史教训。《阿Q正传》对辛亥革命作了正面描写。作品前六章，在赵太爷与阿Q的冲突发展中揭示出了当时农村阶级矛盾不断深化和激化的趋势，而关于阿Q走向"末路"的描写，正是对"革命"的呼唤。辛亥革命爆发后，赵太爷、钱太爷们和阿Q开始出现不同的动向。小说一方面写了赵太爷、钱太爷们从害怕革命、投机革命到垄断革命和镇压阿Q，由此揭示出辛亥革命的悲剧：革命的对象不仅仍然执掌着政权，而且"骤然大阔"，发了"革命"财，而应在革命中得到解放的民众依旧是任人宰割的奴隶。另一方面，小说着重揭示和批判了阿Q式的革命，触目惊心地写出了阿Q的至死不觉悟和他的可悲的"大团圆"下场，由此暗示了辛亥革命更深层次的悲剧：革命没有真正唤醒民众，并未觉醒的民众糊里糊涂地参加革命，又糊里糊涂地被杀；而且可以想象，阿Q即使参加革命并掌握政权，他那样落后的"革命意识"又将导致"革命"成为什么性质！《阿Q正传》要告诉人们的是：阿Q式的"革命"和杀害阿Q式的"革命"都只能使中国一天天"沉入黑暗"；中国迫切需要真正的革命，而要使真革命获得真胜利，首先需要有真的革命者和觉醒了的人民！

《阿Q正传》具有广泛的社会意义，它画出了国人的灵魂，暴露了国民的弱点，达到了"揭出病苦，引起疗救的注意"的效果。《阿Q正传》是鲁迅长期以来关注和探讨"国民性"问题的结果，他在谈到创作该作品的动机时明确说过，是想"写出一个现代的我们国人的灵魂来"，"是想暴露国民的弱点"。阿Q的身份虽是农民，但这个形象所表现出的性格弱点却并不只是农民才有的，它具有更广泛的普遍性。鲁迅把阿Q性格作为国民性的最劣表现加以鞭挞，因而也就具有更广泛的社会意义。因此，在作品发表的当时就有不少人惴惴不安，甚至"对号入座"，以为鲁迅在骂他。鲁迅从整个国民的思想和精神状况出发，对其精神、思想的痼疾进行典型概括，目的是要警醒人们，引导人们反思和自省，同时也是要吁请改革者们共同来做改造国民性的工作。

《阿Q正传》具有深远的历史意义,作品所揭示的"阿Q精神"作为一种历史的和社会的"病状",将在相当长的一个历史阶段中存在,它将作为一面"镜子",使人们从中窥测到这种精神的"病容"而时时警戒。《阿Q正传》所写的虽是辛亥革命前后的事,但它的深刻的思想价值却不会随时代的变迁而丧失。中国是一个由封建政权、封建思想和封建文化统治了几千年的国家,封建意识不可能一下子从人们脑中完全清除,用鲁迅的话说,是积习太深,以至于产生了巨大的惰性。又由于种种历史的原因,中国反封建的思想革命一直不是十分彻底,因此,当年存在于阿Q身上的落后意识和精神病态也不可能从今天或明天的人们身上消除得无影无踪。正是在这个意义上,我们可以说在当前乃至以后的一段时期内,在许多人身上,"阿Q精神"虽不再占主导地位,但却依然可能时时见到其影子。

第三,《阿Q正传》独特而鲜明的艺术风格。

一是外冷内热。作者将思想启蒙者的高度热情,在小说中转化为对阿Q的痛苦生活、愚昧无知和悲剧命运的深切同情,哀其不幸,怒其不争;转化为对辛亥革命中途夭折的无比痛惜;转化为对赵太爷、假洋鬼子之流凶残暴虐、横行乡里的憎恶、鄙视。他把一颗火热的心深深地埋藏在胸坎里,以犀利的解剖刀冷峻地解剖着一切。这种冷,是"不见火焰的白热",是"热到发冷的热情"。

二是以讽抒情。鲁迅善用讽刺手法,在《阿Q正传》中,他以讽刺手法批判了阿Q的落后、麻木和精神胜利法,鞭挞了赵太爷、假洋鬼子等人的凶残、卑劣,谴责了知县大老爷、把总、"民政帮办"的反动实质。而其讽刺,又贵在旨微而语婉,虽无一贬词,而情伪毕露,同时在讽刺背后处处隐含着作者改革社会、重铸国魂的革命热情。

三是形喜实悲。作品展示了一出出喜剧:阿Q种种可笑的行径,未庄人的种种可笑与可鄙,阿Q的衙门受审等等。但在这些喜剧性场面的后面却都隐藏着深刻的悲剧意识,我们在被那些喜剧性场面引得发笑的同时,又总是有一股无情的力量把我们的笑变成一种含泪的笑:我们在笑阿Q的精神胜利法时,又不能不为中国国民由失败主义引起的变态心理而感到悲痛;我们在阿Q可笑地厉行"男女之大防"和"排斥异端"的行径中,看到的是封建礼教对人民思想的扭曲;在阿Q滑稽的求爱场面里感到作者对三十多岁孤苦伶仃的阿Q的同情;在阿Q与王胡因比抓虱子而大动干戈中,看到了阿Q极度困窘的物质生活悲剧和极度空虚贫乏的精神生活悲剧;我们更在阿Q可笑的"革命经历"中看到了中国辛亥革命不发动群众、不被群众理解的悲剧……这种形喜实悲的悲喜剧色彩,正是作品产生巨大艺术魅力的重要原因之一。

(三)《祝福》

《祝福》写于1924年2月,是鲁迅第二本小说集《彷徨》中的第一篇。当时,中国社会的斗争形势发生了很大的变化,革命中心逐渐南移,而北方依然是北洋军阀政府的黑暗统治,封建势力大刮"尊孔读经"的妖风,妄图用封建伦理和宗法观念来毒害人民。鲁迅虽然彷徨,但并未停止战斗。《祝福》便是在这种政治背景下产生的。《祝福》之所以成为鲁迅小说的名篇,就在于它的深刻性和独创性。

第一,主题视角新颖而又开掘深刻。

暴露封建社会、封建礼教的"吃人"本质,描写被压迫农民的不幸和抗争,类似主题在鲁迅小说中屡见不鲜,但每篇各有侧重。《狂人日记》"意在暴露家族制度和礼教的弊害";《阿Q正传》侧重于从农民和地主的关系角度,鞭挞封建阶级以政权为中心实行的统治;《明天》侧重表现妇女守寡的艰辛及孤独,等等;而《祝福》另辟蹊径,在全面揭露代表中国封建宗法制度和思想的政权、族权、夫权、神权四条"绳索"对劳动人民的迫害时候,重点突出了夫权和神权对农村劳动妇女的残酷压迫和无情摧残,从而从一个新的角度深入揭露了封建主义"吃人"的罪恶。

作品在揭示这一主题时一波三折,层层深入,表现出劳动妇女绝对逃不出封建"四权"尤其是夫权与神权一轮又一轮的绞杀。

第一轮是祥林嫂死了丈夫,凶狠的婆婆要将她卖掉,她出逃到鲁四老爷家帮工,不久又被婆婆派人抓回,卖得一笔钱,逼她改嫁贺老六。其结果,祥林嫂几乎因祸得福,与第二个丈夫凭辛勤劳动平安度日,而且喜得贵子。然而,封建势力对祥林嫂的迫害并未结束,第二轮绞杀接踵而至。由于"天灾",祥林嫂死了第二个丈夫,儿子阿毛又被狼叼走,再加上"人祸",大伯收屋,祥林嫂已走投无路,只得再一次来鲁四老爷家帮工。此刻,封建神权通过善女人柳妈向祥林嫂进攻,使久居乡间、愚昧无知的祥林嫂相信她死后将被阎罗王锯开分给两个死去的丈夫。于是,她恐怖了。这一轮,以祥林嫂花尽历来积存的工钱向土地庙捐门槛以求赎罪而告终。经过这一轮的挣扎,祥林嫂"神气很舒畅,眼光也分外有神"。照理,按"神权规范",祥林嫂生前可以平安度日,死后可以平安步入阴司了。然而,封建权力对祥林嫂的致命打击还在后头,这就是第三轮的绞杀——鲁四老爷夫妇仍然不让祥林嫂碰神圣的祭器。也就是说,祥林嫂尽管向土地庙捐了门槛,仍未能赎罪,她的罪孽是永远赎不了的。这是致命的一击。"这一回她的变化非常大,第二天,不但眼睛窈陷下去,连精神也更不济了。"而后,祥林嫂便沦为乞丐,怀着死后被锯的恐怖,走向阴森可怕的地狱。

《祝福》主题的深刻性与独创性就在于通过祥林嫂命运的一波三折,充分显示封建政权、族权、夫权、神权是整个社会制度和统治思想的体现。它们对劳动妇女的迫害与绞杀,不是偶然的、一时的,而是绝对的、永远的,劳动妇女不仅在生前,而且在死后都逃脱不了这张封建权力的网罗。

《祝福》主题的深刻性与独创性还表现在全面、深刻地揭示了封建权力之所以有如此"吃人"神威的原因。其一,它有以鲁四老爷为代表的封建权力的制订者和执行者。鲁四老爷并不像常见的地主老财那样凶神恶煞、面目可憎,然而,从他陈腐的居室环境,从他与"我"交谈中的大骂所谓"新党",从他对祥林嫂守寡、外逃、赎罪、死亡的态度,一皱眉,一吐字,无不反映他是顽固僵化、道貌岸然的封建阶级、封建思想的代表人物,他是封建"四权"在鲁镇的体现者。其二,它有以善女人柳妈为代表的鲁镇民众作为群众基础。他们不加思索就信服"四权",对受苦受难的祥林嫂不仅不予关心,反而捅她的伤疤,嘲笑取乐。更有甚者,柳妈竟成为协助封建阶级施行权力的得力帮凶,是她给祥林嫂带来了最难以忍受、最无法摆脱的伴随她走向死亡的恐怖。其三,受害者祥林嫂本人也自觉就范,按封建"四权"来规范自己的思想。抵抗婆婆逼她改嫁,用全部积蓄到土地庙捐门槛等等,都是以服从"四权"尤其是夫权和神权为前提的顽强、自觉的行为。有鲁四老爷式的顽固的制订者和执行者,有柳妈式的愚昧的群众,还有受害者自身的自觉就范,封建权力岂能不通行无阻,威力无穷?祥林嫂的悲剧命运是注定的。

第二,人物性格独特而又发人深思。

《祝福》的主人公祥林嫂性格鲜明独特,内涵丰富而深刻。读者对她的认识,随着作者的描写而由浅入深,层层深化,最终使一个活生生的、立体的人物形象站在读者的面前。

作者精心刻划了祥林嫂倔强、反抗的性格。她尽管是个平凡的农妇,尽管她缺乏《离婚》中爱姑那种泼泼辣辣的性格,但她绝不是《明天》中单薄、凄苦的单四嫂子,更不像柔石《为奴隶的母亲》中那位逆来顺受的春宝娘。祥林嫂沉默寡言,没有爱姑那样一套抗争的宣言,但我们从她那双有神的眼睛,从她那使不完的力气,从她麻利干练的干活动作,便可约略觉察到她内在的刚强不屈的性格侧面。事实上,她有追求,有主见,肯努力,不服从别人对她命运的安排,希望凭自己勤劳的双手创造独立自主的生活。为此,她一次又一次地向命运抗争:她大胆外逃帮工;为创造独立自主的生活,她默默地拼命地干活;她为反抗婆婆不尊重她的意思而逼她改嫁,是又嚎,又骂,甚至撞破了头,打算以死抗争;她还颇有魄力,用所有劳动所得捐了土地庙的门槛,企图挣脱神权对她的绞杀。总之,在作者笔下,祥林嫂是个不顺从命运的敢于抗争的倔强女性。

但是,作者更是用尽笔力揭示了潜伏在祥林嫂顽强、抗争性格背后的奴隶性。祥林嫂固然有理想,有追求,但这种理想与追求又是十分渺小和可怜的。在鲁四老爷家,"她做工却毫没有懈,食物不论,力气是不惜的","实在比勤快的男人还勤快";年底最繁忙的活儿,全由她一人承包,得到的仅仅是每月五百文,这是极不公平的,"然而,她反满足,口角边渐渐的有了笑影,脸上也白胖了"。鲁迅在《春末闲谈》中说,中国人在历史上从来只有两种命运:一是想做奴隶而不得,二是暂时做稳了奴隶。祥林嫂苦苦追求,甚至奋力反抗,所争取的实质上正是安稳的奴隶地位。这是十分可悲的,但更为可悲的是,在她顽强抗婚的动力中尽管不乏独立做人的愿望,而更重要的却是为了捍卫封建夫权授予她的"从一而终"的"权利";她倾其所有向土地庙捐门槛也是为了弥补自己未尽"从一而终"义务而带来的罪孽。总之,她是"从一而终"封建道德的忠实实践者。正由于此,祥林嫂在这个问题上越是反抗,越是可悲。

不过,一个人的承受力总是有限度的,一旦被逼至绝路,就有可能出现新的转机。鲁迅令人信服地写出了祥林嫂于绝望之中对封建权力之一——神权的信念的动摇。她见到"见识得多"的"我","她那没有精采的眼睛忽然发光了",她问:"一个人死了以后,究竟有没有魂灵的?"如果有,"那么,也就有地狱了?"究竟希望对方回答"有"还是"无"呢?这连祥林嫂自己也难以选择:倘能与阿毛见面,则希望其"有";但为避免锯身灾难,则希望其"无"。不过,在人们"照例相信鬼"的鲁镇,祥林嫂竟然提出灵魂之"有"与"无"的问题,这提问本身就是对神权的"疑惑"。这"疑惑"颇为沉重,隐含着否定。更何况,从祥林嫂后来思虑的中心来看,她更忧虑的是死后下地狱遭锯身的酷刑,所以她的选择似乎更倾向于"无",尽管这一倾向连她自己也说不清楚。"她那没有精采的眼睛忽然发光了",这是希望之光,祥林嫂希望魂灵与地狱统统没有,怀疑原来人们和她自己相信的一套都是假的!都是骗人的鬼话!尽管祥林嫂未能得到明确的答案就悲惨地离开了人间,但她是怀着一颗抵触、抗拒神权的心走向"地狱"的。

祥林嫂就是这样一个活生生的真实可信的人物。她平凡而又很不寻常,她安分而又倔强,她颇有主见而又十分糊涂,她不服从命运却又不自觉地维护既定的命运。从根本上说,她一辈子循规蹈矩,但最终她对害她、逼她于死地的"规矩"提出了深深的怀疑。这一形象既有多种性格侧面,富有立体感,又有纵向发展过程,具有层次性;既有表,又有里,引发读者进行由表及里的深深思考。祥林嫂倔强地抗争,一波三折,但还是被冷酷的社会害死了。成功的叙事作品,其艺术魅力往往在于矛盾冲突的过程集中于接近高潮之时,祥林嫂命运的一波三折和最终被"吃",充分显示了封建权力对劳动妇女迫害的残忍。一次又一次,没完没了的,从生前至死后,这种无休止的心灵折磨,比之于一次性的残杀,从某种角度上说更为残忍。祥林嫂是我国现代文学人物画廊里出色的形象之一。

第三,艺术方法别具一格而又魅力无穷。

首先,标题的确定独具匠心。"祝福"是指那些买得起福礼爆竹之类的人家必须举行的年终大典。爆竹声声,烟气缭绕,喜气洋洋,福上添福,一派年关气氛。富有人家借此机会为自己祈求来年的平安与幸福,但对穷人来说又有何福可祝?乞丐祥林嫂偏偏就死在这富人祝福,烟气缭绕的街头,一喜一悲,使祥林嫂的悲剧获得一种强烈的对照,使其命运悲上加悲,使这个社会显得冷而又冷,有力地表达出作者对封建神权,对那些剥夺了别人幸福还永不满足,又正在贪婪"祝福"的人们的无比的憎恨。小说结尾与开头呼应,回到"祝福"本题,对"醉醺醺的""天地圣众"进行了无情的讽刺和有力的鞭挞。

其次,倒叙结构引人入胜。开篇写祥林嫂在祝福之夜冻饿而死,然后追叙她一生的悲惨经历,揭示其惨死的原因,最后在祝福气氛里结束全文。这样的结构别具匠心。篇首写祥林嫂死前对灵魂有无的怀疑,对此"我"极为不安;祥林嫂死后,写短工的漠不关心,鲁四老爷的刻毒辱骂。这样,故事一开始便引起读者对祥林嫂死因的极大关注,急切想看下文,明了究竟。另外,以祥林嫂的死为开头,制造了一种悲剧气氛,使之笼罩全篇,给作品定下基调,对人物性格的刻画和主题的表现,都起了很好的作用。

再次,肖像描写,性格毕露。鲁迅配合着对祥林嫂身世发展过程的描写,绘出不同境遇中的三幅肖像,给读者以深刻的印象。祥林嫂初到鲁镇,"头上扎着白头绳,乌裙,蓝夹袄,月白背心,年纪大约二十六七,脸色青黄,但两颊却还是红的。……模样还周正,手脚都壮大,又只是顺着眼,不开一句口……"这是一个虽然死了"当家人",但尚未受到更多生活折磨的年轻寡妇的肖像。祥林嫂重回鲁镇,虽然还是原来的装束,但两颊已经消失了血色,眼光也失去了精采。生活的打击已使她有些迟钝和失常,她受够了人们的冷漠、嘲讽和卑视。为了争取心目中能活下去的"人的资格"和死后的安宁,她默默地忍受,辛勤地劳动,倾其所有捐了门槛,本以为"赎了这一世的罪名",谁知冬至祭祖时节,主人家仍不让她拿祭品,"赎罪"之说成了泡影。小说精致地描写了这次致命的打击给祥林嫂的外貌和灵魂带来的巨大变化:一夜之间,她"眼睛窈陷",精神"不济","胆怯","怕暗夜,怕黑影,即使看见人,虽是自己的主人,也总惴惴的,有如在白天出穴游行的小鼠;否则呆坐着,直是一个木偶人。"这般凄惨的形相,充分地展示了这致命一击给祥林嫂带来的心灵创伤。受尽苦难的祥林嫂,终将死在祝福之夜,此时出现在"我"的面前的祥林嫂的最后一幅肖像,是地道的乞丐形貌,而且近于一具僵尸:头发"已经全白,全不像四十上下的人;脸上瘦削不堪,黄中带黑,而且消尽了先前悲哀的神色,仿佛是木刻似的;只有那眼珠间或一轮,还可以表示她是一个活物"。不同时期的祥林嫂的三幅肖像,显示了封建"四权"的重压,一步步地摧残了她的肉体,熬煎着她的生命,给她的心灵造成了无尽的恐怖和悲哀。

最后,环境描写,真实典型。作品十分注意对主要人物周围环境的描写,突出周围群众对祥林嫂不幸遭遇的冷漠和嘲弄。婆婆的凶残,短工的麻木,大伯收屋时的蛮横,鲁镇群众的奚落,柳妈关于死后的恐怖的宣教,构成了祥林嫂的生存环境。这些人物和祥林嫂同属受压迫受剥削的劳动人民,然而偏偏又是他们维护着"三纲五常",并用统治阶级的观念审视、责备、折磨着祥林嫂,使之处于孤立无援的地步。整个鲁镇,就像一座没有门的牢笼,祥林嫂周围的人,不管亲的、疏的、怀有恶意的、并无恶意的,统统将她往死路上逼,更使读者感到封建思想的强大压力,心情格外沉重。

(四)《伤逝》

《伤逝》写于 1925 年 10 月,是鲁迅唯一以知识青年的爱情生活为题材的小说。

挪威剧作家易卜生的剧本《玩偶之家》中,女主人公娜拉过着优裕的生活,但发现自己不过是丈夫的一个玩偶;为了争取人格独立,娜拉毅然离家出走了。这个剧本宣扬了人格独立、妇女解放的思想,在五四时期深受青年男女的欢迎,并接受其思想的影响。鲁迅对许多问题的看法常常显示出与众不同的思路,往往想到常人所想的一边的"那一边"。创作《伤逝》的前两年,鲁迅在北京女子高等师范学校作了一次著名的讲演,题目是《娜拉走后怎样》。鲁迅精辟地指出,娜拉走后只有两条路:不是堕落就是回来。两年以后,鲁迅将这一精辟的见解化为形象,这便是《伤逝》。它既是鲁迅对新型知识分子人生道路的深入探索,又是他对这一类知识分子婚恋问题的一锤定音式的回答;同时,在鲁迅的所有小说中,它在艺术上可谓独具一格。

  《伤逝》的独特意义就在于深刻地揭示了造成涓生、子君爱情悲剧的原因,显示了深远的思想意义。

  造成涓生、子君爱情悲剧的原因之一,是因为家庭之外有一个可怕的社会。正如鲁迅所说过的,娜拉离开家庭,就如小鸟飞离笼子,"笼子里固然不自由,而一出笼门,外面便有鹰,有猫,以及别的什么东西之类"。涓生与子君从自由相恋之日起,就置身于一个蛮横、冷酷、庸俗、无聊的社会环境之中。子君的胞叔就当面骂过涓生,最终竟不认子君这个侄女。涓生原来住在会馆,那些邻里,如鲇鱼须的"老东西"、脸上加着厚厚雪花膏的"小东西"之流,从来就不怀好意,一开始就鬼头鬼脑地监视着他们。他们走在路上,也"时时遇到探索,讥笑,猥亵和轻蔑的眼光"。更有甚者,当涓生搬离会馆与子君在吉兆胡同同居以后,社会上庸俗势力对他们进一步的打击接踵而来:由于"雪花膏"是涓生工作单位局长儿子的赌友,从中造谣生事,导致涓生被解雇。尽管涓生表示离开局里的"笼子"自己可以自由飞翔,但这谈何容易!涓生与子君最终分手,当然有多方面的原因,但涓生被解雇无疑是重要原因之一。鲁迅说得好,娜拉出走,光带走一颗觉醒的心是远远不够的,还应当有钱。子君带来的只有"我是我自己的,他们谁也没有干涉我的权利"这一颗觉醒的心,仅有的戒指与耳环即便当初不为凑足房租而卖掉,也与当年听鲁迅演讲的女生脖子上的紫红绒绳围巾没有多大区别,对于主人获取生存权利无济于事。对此,涓生感受颇深:"第一,便是生活。人必生活着,爱才有所附丽。"涓生被解雇,无异于掐断了他们生活的基本经济来源,成为他们经济生活的转折点。这以后,杀鸡,弃狗,译书,写文,均未能使他们摆脱困境。最终两人的生活资源仅剩几十枚铜元,外加少许"盐和干辣椒,面粉,半株白菜"。单就经济而言,面对如此困境,子君也难免一走的结局。可见庸俗、无聊、黑暗的旧社会,对新生的、纯正的、向上的思想与行为,真是极尽扼杀之能事。鲁迅通过涓生、子君的爱情悲剧,表达了对旧社会的愤怒。

涓生、子君的爱情之所以成为悲剧的原因,还在于他们基本上是爱情的盲者。尽管他们因相爱而同居,从精神到物质都付出了极大的代价,但他们其实都不真正懂得爱情。在这一方面,涓生与子君对爱情的认识以及他俩在这场爱情悲剧中应负的责任各不相同。首先,他们没有正确认识爱情在全部人生中的位置。其实,爱情尽管是人生不可缺少的一个组成部分,但决不是全部。大而言之,人生首先要有事业,小而言之,首先要"活着",即能够生存。然而,在他们看来,尤其在子君的心目中,爱情是至上的,唯一的。为了爱,子君可以反抗封建家庭,可以不顾闲人的非议和冷眼,可以卖掉仅有的戒指与耳环,这当然表现了非凡的勇气;但也正因为一切为了爱情,所以当爱情这个唯一目标一旦得手,她便失去了人生的动力,子君从未考虑如何开辟新的生活。于是,生活就变得庸俗、无聊,失去了应有的光彩。其次,他们把同居结合当作爱情的终极目标。这一方面,也以子君为甚。子君以为同居便是给她与涓生的爱情画上了一个圆满的句号。其实,婚恋是一个漫长的过程,同居结合不过是夫妻相爱的阶段性成果。正如涓生较早就认识到的,"爱情必须时时更新,生长,创造",否则便失会去生机和迷人的魅力。再次,他们不懂得爱情的维持与创新离不开负责的精神。这一方面,子君固然缺乏思想准备,结合以后一心扑在家务以及无聊的杂事上,压根儿没考虑对家庭作出更具实质性的贡献;但是,涓生应负更多的责任。与涓生初恋时,子君处处表现出单纯、腼腆的少女的特点。"我是我自己的,他们谁也没有干涉我的权利",这并非成熟的标志,而仅仅是一个少女对纯洁爱情的大胆追求。从这个角度讲,子君对爱情的方方面面缺乏周密思考和思想准备是可以理解的,对这样单纯的少女需要开导。相比之下,涓生的婚恋观念比子君成熟,对婚后子君的不成熟早有觉察,但他却基本上没有尽到开导妻子的责任。他躲避子君,终日躲进图书馆寻觅他个人的"天堂"。在这种情况下,子君曾作过一番努力,试图挽回冷漠的局面,但正如涓生自己所说,他感到她所显示的不是诚意,而是虚伪。于是,涓生将子君当作揪着自己衣角、阻碍自己前进的累赘,进而认为新的希望就在于分离;尽管他预计到分离后随之而来的可能是子君的死,但他仍然认为子君"应该"离去。更有甚者,在子君毫无思想准备的情况下,涓生过早地向一切为了爱的妻子明言自己已不再爱她。这对子君的精神打击,无异于不准接触祭器对祥林嫂的致命打击。子君绝望了,"她脸色陡然变成灰黄,死了似的","恐怖"地回避着涓生的眼睛。子君是在作为她人生全部意义的爱得而复失以后,无奈而且绝望地回去的。从同居到子君回去的全过程,涓生的自私,他那不肯承担责任的卑劣心理,暴露得相当充分。子君死后,涓生之所以如此伤感地追忆逝去的一切,谴责自己对子君的失责,其原因他自己最为清楚。

《伤逝》悲剧的成因,还在于男女主人公过高地估计了个人的力量。"我是我自己的,他们谁也没有干涉我的权利",既表现出子君争取个性解放、婚姻自由的勇气和决心,但也反映出她对自己的力量估计过高。比之子君,涓生对自己能耐的估计更不切实际。被局里解雇,涓生自以为飞出了笼子,"从此要在新的开阔的天空翱翔",又是译书,又是撰文,多方出击,似乎大有作为,"便轻如行云,漂浮空际"了。结果呢,"就如蜻蜓落在恶作剧的坏孩子手里一般",只差未曾送命。涓生与子君的悲剧充分显示,个性解放的思想虽有一定的反封建的威力,但毕竟不是锐不可挡的思想武器,在社会尚未解放之前,个性不可能获得彻底的解放。值得注意的是,正当许多作家全力歌颂个性解放,满足于描写婚姻自由的时候,鲁迅却描写了青年男女冲出封建家庭、取得自由爱情以后的失败,全面地剖析了爱情的方方面面,特别是批判了个性解放思想的局限性。在这之前,鲁迅的《端午节》、《幸福的家庭》、《在酒楼上》、《孤独者》等作品,对知识分子的人生态度作了连续性的思考,展示了知识分子彷徨于人生"歧途"甚至走进了人生"穷途"的种种情景,现在又让《伤逝》的男主人公通过对以往人生态度的悔恨而走出"穷途","向着新的生路跨进第一步去"。这样,《伤逝》不仅对鲁迅长期探索的知识分子人生态度问题作出了应有的结论,而且对当时的热门话题——青年恋爱问题,一锤定音地提出了最精辟的回答。《伤逝》充分显示了鲁迅作为伟大思想家的思想风貌。

《伤逝》的独创意义还在于创造性地运用了独特的艺术形式和手法,取得了最佳效果。

首先,作者采用"手记体",给作品带来了浓郁的抒情色彩。"手记",是对前一阶段生活的回顾和总结,便于真切地抒写自己亲身的感受;而这里又是悲剧的主人公之一悼念自己心爱之人,悔恨自己对心爱之人的过失,因此,采用"手记体"便最为合适。涓生带着心灵的伤痛,满怀着悔恨,回叙、检讨自己与子君恋爱的历程,有欣喜,有烦恼,有兴奋,有沉默。随着情节的展开,人物的性格和心灵得到生动的展示,无论是情节的描写还是人物的刻划,无不抹上手记主人公浓浓的感情。由于手记主人公不仅悼念作为亲人的死者,而且满怀着对死者的内疚和对自己的悔恨,所以通篇如诉如泣,写尽了哀伤、悔恨之情,颇为感人。这是一篇具有浓郁抒情散文风格的小说,在现代文学史上颇为引人注目。

其次,作品一系列真实的细节描写极为生动而感人。小说描写的是一对青年男女从热恋到同居最后又分手的过程。他们的生活圈子很小,除了涓生失业,并未碰到大的事件与矛盾。作品侧重表现他们思想感情的变化,以及随之而来的家庭氛围的变化,这些变化往往是默默的,微妙的。鲁迅善于通过夫妻间的一个眼神,一个姿态,一个小动作,细致入微地写出人物的心灵、思想、情感及其心灵距离的变化。这种例子不胜枚举,仅以鲁迅描写子君的眼睛为例:涓生求爱时,子君"孩子似的眼里射出悲喜,但是夹着惊疑的光,虽然力避我的视线,张皇地似乎要破窗飞去。"随着失业打击的到来,子君的眼神里显出了"怯弱";随着生活的艰难,子君眼神里显出了"凄苦";随着他们爱的消失,子君眼神里显出了"恐怖"和"忧疑"。当涓生狠心地说出:"我已经不爱你了"时,"她脸色陡然变成灰黄,死了似的;瞬间便又苏生,眼里也发了稚气的闪闪的光泽。这眼光射向四处,正如孩子在饥渴中寻求着慈爱的母亲,但只在空中寻求,恐怖地回避着我的眼。"常言道:眼睛是心灵的窗户。鲁迅正是通过对子君眼神的刻划,细致深入地再现了她的心理,活画出一位可爱、可怜的女性。此外,叭儿狗阿随在作品中出现四次,每次都只是廖寥数笔,却很有力地表明这一对新婚夫妇生活的凝固和无所寄托;子君死后,精瘦的、近于半死的阿随竟然回来了,犹如子君的"灵魂",具有惊心动魄的艺术魅力。再如子君离去时,没有留下一句话或半个字迹,只有"盐和干辣椒,面粉,半株白菜,却聚集在一处了,旁边还有几十枚铜元。这是我们两人生活材料的全副,现在她就郑重地将这留给我一个人,在不言中,教我借此去维持较久的生活。"这里没有痛哭流涕的描写,没有生离死别的渲染,有的只是几件静物的白描,但字里行间透露出来的悲痛、绝望和无私的爱,却在读者心中引起比任何直接渲染更为深远的回响。

第六章 鲁迅的杂文

作为文化战士,杂文是鲁迅一生中主要的战斗武器。尤其是在后期,他的思想最为成熟,他的大部分生命和心血都倾注于杂文创作。从1918年9月15日在《新青年》"随感录"专栏发表《随感录二十五》起,直至生命的最后一刻所写的未完稿《因太炎先生而想起的二三事》,鲁迅一生共创作杂文700多篇,结为16集,约135万字,在其170万字的全部著作中,占将近百分之八十。鲁迅的杂文全面地反映了他所处的伟大时代的风貌,深刻揭示了中华民族的文化心态,清晰地记录着作者自身的心灵历程,同时也展示了杂文艺术的风采。

第一节 鲁迅杂文的文学史地位

在我国现代文学史上有一个公认的话题,即一提到杂文,便要着重讲鲁迅;研究中国现代杂文的起源、历程、规律、特点等课题,离开了鲁迅的杂文创作便几乎无从谈起。鲁迅通过一生艰苦卓绝的实践,创作了大量的杂文精品,在我国现代文学百花园的杂文领域里出类拔萃,独领风骚。

(一)举起"匕首"与"投枪","和读者一同杀出一条生存的血路"

就对现实的态度而言,在所有的现代文体中,杂文无疑是最敏感的文体。杂文的文体特征决定了它对急剧变化中的现实必须迅速地、直接地作出反应。正如鲁迅所说,杂文"是感应的神经,是攻守的手足"①,"是匕首,是投枪,能和读者一同杀出一条生存的血路的东西"②。战斗性是杂文的灵魂。鲁迅作为我国新文化运动的旗手和主将,是充分发挥杂文战斗作用的光辉典范。鲁迅于"五四"前夕开始杂文创作,"对于中国的社会,文明,都毫无忌惮地加以批评"③,充满着强烈的反封建的战斗精神。1927年4月大革命失败,蒋介石建立反革命政权以后,政治斗争,民族矛盾,文化战线形形色色的论争,此起彼伏,错综复杂,鲁迅不惜以几乎全部的创作精力用于杂文写作。对这些年代中的生死斗争和是是非非,他都及时地作出反响,或揭露声讨,或支持赞美。杂文,成为鲁迅向敌人冲锋陷阵的主要武器。

在发挥杂文的战斗作用方面,鲁迅显示出鲜明的自觉性。他是中国现代杂文运动的倡导者,在他的倡导和示范下,杂文作家队伍空前壮大。20年代,由他领导、组织的语丝社创办的《语丝》,成为中国第一个散文刊物,而杂文正是"语丝体"中最主要的文体。《语丝》中"嘻笑怒骂、冷嘲热讽的杂文,在当时最为流行,且开了这一派的风气,影响到许多青年作家的文笔"④。曾经有人认为杂文缺乏艺术性,劝鲁迅集中精力创作小说而不要撰写杂文。鲁迅自信杂文是艺术,他表示,倘若有人将杂文排斥在艺术之宫门外,他也无所谓。他满怀深情地说:"我以为如果艺术之宫里有这么麻烦的禁令,倒不如不进去;还是站在沙漠上,看看飞沙走石,乐则大笑,悲则大叫,愤则大骂,即使被沙砾打得遍身粗糙,头破血流,而时时抚摩自己的凝血,觉得若有花纹,也未必不及跟着中国的文士

---

① 《且介亭杂文·序言》。
② 《南腔北调集·小品文的危机》。
③ 《华盖集·题记》。
④ 王哲甫:《中国新文学运动史·第五章 新文学创作第一期》,北平杰成书局1933年版。

们去陪莎士比亚吃黄油面包之有趣。"①

鲁迅坚持杂文写作,遭来论敌的诸多非议,他们嘲笑鲁迅的杂文,说什么"三心《二心》","五心六心","不是热骂,便是冷嘲",是"投机取巧",是"作者堕落的表现"等等。对此,鲁迅坦然自若,一一加以驳斥、揭露。反动当局对鲁迅的杂文更是视若寇仇,采用种种恶劣手段加以阻挠、查禁。他们组织检查官删改鲁迅的杂文,有的删后只剩四分之三,"短如胡羊尾巴",而且不许作者留下空隙"开天窗",以至全文上下脱节,"吞吞吐吐,不知所云"。鲁迅为了遮住编辑先生和检查老爷的眼睛,不断采用改变写法,更换笔名,托人抄写等办法,与反动当局周旋抗争。

总之,鲁迅从他倡导、创作杂文之日起,就意识到杂文独具的战斗性,而且随着斗争的的深入,随着他杂文创作经验的积累,这种认识越来越深化,运用杂文这一武器进行战斗也越来越自觉而坚定。在中国人民反帝反封建反独裁的斗争中,在文化战线上,鲁迅自觉地以杂文为武器,"与读者一同杀出一条生存的血路",为中华民族的解放作出了杰出的贡献。

(二)展示"时代的眉目"的"诗史"②

鲁迅谈到自己的杂文时曾说,"当然不敢说是诗史",但"其中有着时代的眉目"③。其实,正如唐代诗人杜甫几乎将全部思想感情寓于自己的诗歌那样,鲁迅也几乎把一生的思想情感倾注于他的杂文。鲁迅的杂文以史家的眼光与笔法,针砭时弊,论说古今,

---

① 《华盖集·题记》。
② 这一部分主要参考郭预衡《鲁迅杂文———一代诗史》(《鲁迅研究》1982年第2辑);陈鸣树《略论鲁迅杂文》(《鲁迅杂文札记》,江苏人民出版社1982年4月出版)。
③ 《且介亭杂文·序言》。

释愤抒情,喜笑怒骂,皆成文章,内容丰富,笔法多样,就展示时代的广度与深度而言,实在可以视为一代"诗史"。

首先,鲁迅的杂文形象地记录了当时社会的主要动向和重大的历史事件。杂文的文体特征要求作家关注社会动态并及时作出反响。鲁迅杂文创作伊始,就注意反映社会历史的变化。比如,我国早期马克思主义的传播,俄国十月革命的胜利等等,在鲁迅五四时期的杂文中就都有所反映。1925年以后,鲁迅开始以杂文与当权者进行短兵相接的交锋。围绕"女师大事件"、"五卅运动"和"三一八"惨案,鲁迅所写的一组组杂文直接干预事件,带有很强的时事性,对事件的真相与实质迅速地作出揭示和评述。1927年,上海、广州先后发生"四一二"、"四一五"反革命大屠杀,国民党反动派建立独裁政权以后一手制造了一桩桩、一件件政治迫害的血案,特别是左翼文艺,更是遭受到严重的摧残。"九一八"事变以后,日本帝国主义对中国发动了疯狂的武装侵略;国民党反动当局消极抵抗,积极反共;中国共产党人领导人民大众奋起抗战;国际上,法西斯势力猖獗,世界上第一个社会主义国家苏联生存艰难……总之,凡在中国现代史上被大书特书的社会动向和事件,乃至国际范围内的若干动向,在鲁迅的杂文中都有及时的反映和精辟的评述。鲁迅的杂文几乎是一部生动形象的中国现代史。

其次,鲁迅的杂文中活现着一批栩栩如生的中国近现代历史人物。军阀政客、学界要人、各式绅士、遗老遗少、"正人君子"、"革命小贩"、"第三种人"、"洋场恶少",还有"叭儿狗"、"落水狗"等等,半封建半殖民地中国社会的各式人等,一经鲁迅略加描摩与评述,即无不跃然于纸上。其中,在鲁迅笔下多次出面、被反复论及的有名有姓的历史人物就有胡适、梁实秋、段祺瑞、章士钊、杨荫榆、陈西滢、杨邨人等等。尽管鲁迅无意给这些人物列传,并未对他们作全面评价,但就鲁迅所涉及的侧面和相关的言行考察,他们的形象却颇为逼真。鲁迅对旧民主主义革命中曾经活跃过的较为复杂的一些人物如章太炎、刘半农等的评述,则极为严肃而公正。更可宝贵的是,鲁迅在杂文中对许多革命先驱者和革命烈士如李大钊、柔石、殷夫、刘和珍等,满怀深情地介绍他们的生平事迹或作品,勾勒他们令人敬佩的品格和精神,一个个都很真实感人。鲁迅对这些历史人物的记述,既表现了诗人般的热情,又表现出独到的史识。

再次,鲁迅的杂文形象地描绘了许多社会世象和心态。如果说历史事件、历史人物较实,那么社会世象和心态就较虚,但后者也是"时代的眉目"的重要组成部分。鲁迅的杂文非常擅长勾勒和描摹这些世象和心态,如瞒和骗、压与捧、调和骑墙、麻木健忘、阿Q主义等等。鲁迅对这些世象和心态,常常是不惜笔墨地反复加以勾勒和评析,还常常刨"坏种的祖坟",追溯其历史渊源,考察其前因后果,从而反映出"中国的大众的灵魂"[①]。

最后,鲁迅的杂文还给我们留下了许多宝贵的历史经验,从吁请勿再徒手请愿到寻求"火和剑"的斗争方式,从"费厄泼赖"应该缓行到不要陶醉胜利的"痛打落水狗"和"永远进击";从"即使眼角上确有珠泪横流,也须检查他手上可浸着辣椒水和生姜汁",到"自称盗贼的无须防","自称正人君子的必须防";从接触社会斗争实际、防止右翼作家转向左翼,到注重论争,决不辱骂与恐吓,等等。鲁迅的这些宝贵经验并非出诸抽象的推理论证,而是从活生生的事件中伴随着形象的描述而得出的。这些论述,其中不少已成至理名言,带有极大的普遍意义。

鲁迅曾说:"我的文章,未有阅历的人实在不见得看得懂"[②]。其原因之一便是他的杂文具有异乎寻常的历史容量和思想深度。面对鲁迅杂文中层出不穷的社会动态、历史事件、历史人物,还有那些具有很深历史渊源的社会世象、心态,以及蕴涵于社会发展过

---

① 《准风月谈·后记》。
② 《书信·致王冶秋(1936.4.5)》。

程和各类矛盾斗争中的规律、经验、教训等等,阅历不深的读者当然会感到难以把握,深不可解。然而,这恰恰表明鲁迅的杂文不属于消遣文字、"性灵"笔墨;它展示着"时代的眉目",是内容丰富,思想深刻,值得后人认真研读的一代"诗史"。

(三)"侵入高尚的文学楼台"

尽管在我国新文学史上,杂文早就属于丰收的文体,但直到30年代,仍然有人出于种种原因而怀疑杂文的艺术价值。鲁迅对杂文这一文学样式一向充满信心。他借为徐懋庸的杂文集《打杂集》撰写序言的机会,一方面批驳了种种贬损杂文艺术的言论,一方面满怀信心地表示:"杂文这东西,我却恐怕要侵入高尚的文学楼台去的。"[①] 鲁迅通过自己将近二十六年的大力倡导和创作实践,圆满地实现了预定的目标,使我国的现代杂文毫无愧色地走上了"高尚的文学楼台"。

鲁迅的杂文出色地继承了我国传统散文中的杂文因素。杂文作为正规的文体虽然发端于"五四"前夕,但它并非无根之木。鲁迅自己就曾说过,"杂文"在中国是古已有之的。至迟在南朝刘勰的《文心雕龙》中,就已将"杂文"作为文体的专名,并列专章加以讨论了。在我国古代的许多散文作品中,也早就蕴含着今之所谓杂文的某些特质。早在春秋战国时代,先秦诸子的历史散文和哲学散文就有某些"杂文因素",因而在当时的百家争鸣中显示了自己的优势。晚清学者章太炎在诸子百家中独尊庄子,称之为中国古代思想家的典范,授课时常常要求学生取法为文。鲁迅青年时代曾师从章太炎,追随导师,深受诸子百家特别是庄子的哲学和文学的熏陶,并且甚为推崇其文学特质;后来仍称"其文则汪洋辟阖,仪

[①] 《且介亭杂文二集·徐懋庸作〈打杂集〉序》。

态万方,晚周诸子之作,莫能先也。"① 庄子的文笔一向受到历代文学批评家的称道,被誉之为"汪洋恣肆"、"恢诡谲觚",具有意境开阔、想象奇特的魅力。以《庄子》为代表的古代散文,对于鲁迅杂文的思想与艺术无疑产生过潜移默化的影响。郭沫若曾撰写《庄子与鲁迅》一文,列举大量材料,论证了鲁迅文章在取材、构思、甚至遣词造句等方面与庄子散文的渊源关系。魏晋文章、唐宋散文继承了先秦诸子散文的传统,擅于论辩,长于攻驳。鲁迅师从章太炎学习的过程中,还较多地接触了魏晋文学。魏晋文章"清峻、通脱"的格调和战斗威力,深受鲁迅青睐,尤其是嵇康诗文那愤世嫉俗、"争天拒俗"的叛逆精神,机锋犀利、论辩雄健的新颖文风,更是影响到鲁迅杂文简约严明风格的形成。总之,鲁迅是继承我国古代散文、杂文的光辉榜样;鲁迅的杂文之所以特别丰厚、脱俗,其重要原因是它深深地扎根于我国古代散文的土壤之中。

鲁迅的杂文也取法、借鉴了外国散文中类似文体的艺术经验。英国的随笔,日本的小品,德国尼采的格言,俄国屠格涅夫的散文诗等,都对鲁迅的杂文创作产生过积极的影响。鲁迅从早年起就十分赞赏尼采的思想与文字,曾先后在二十多篇文章中引用过尼采的文字。鲁迅还用语体文翻译了尼采的《察拉图斯忒拉的序言》,并在《译后附记》中赞美其文章作法。鲁迅如此推崇、赞美尼采,一方面是因为在尼采的文章中蕴含了反叛传统、破坏偶像和张扬个性的思想,能唤起他的共鸣,有助于他所进行的斗争事业;另一方面,尼采的文章常常简言、寓言与谜语并用,熔哲理思考与形象描述于一炉,文词华美典雅,又有浓重的抒情色彩,这一切都深深地吸引着鲁迅,直接影响了他的杂文作法。此外,日本的厨川白村对鲁迅的影响也十分明显。20年代,鲁迅翻译过他的《出了象牙之塔》。鲁迅十分重视其中社会批判的内容,认为作者"于本国

---

① 《汉文学史纲要·老庄》。

的微温,中道,妥协,虚假,小气,自大,保守等世态,一一加以辛辣的攻击和无所假借的批评。就是从我们外国人的眼睛看,也往往觉得有'快刀斩乱麻'似的痛快,至于禁不住称快。"① 鲁迅之所以感到如此快意,是因为厨川白村所揭露的日本社会的弊端,"往往也就是中国病痛的要害;这是我们大可以借此深思,反省的"②。鲁迅杂文中的彻底反叛精神,对社会痼弊不留情面的针砭,哲理、形象和抒情的交融,还有文笔的灵活多变等等,与以上所说那些外国散文作品都有相通之处。

鲁迅建立了完整的关于中国杂文艺术的理论体系,并身体力行,以大量的杂文精品,形成了独特的"鲁迅笔法",将我国杂文艺术推到了高峰。

尽管散文本是我国传统文体之一,但严格意义上的杂文却始于五四时期,因此,人们对它还比较陌生,认识较为模糊;加以杂文因其独具的战斗性而常会遭到一些别有用心者的攻击,所以它要"侵入高尚的文学楼台"并非易事,须以权威的理论力量和精湛的创作成果为依凭。鲁迅在创作杂文的同时,十分注意总结和建立杂文艺术的理论体系,除了在每一个杂文集的前言、后记中不断总结、概括出杂文理论以外,还写了许多关于杂文艺术的专论,如《小品文的危机》、《小品文的生机》、《杂谈小品文》、《做'杂文'也不易》、《徐懋庸作〈打杂集〉序》等。鲁迅的这些杂文理论既包含着古今中外散文中所蕴含的与现代杂文相关的艺术营养,更是他自己杂文创作实践经验的总结,具有相当的权威性;而这种理论一旦形成,又反过来体现在他的杂文创作之中,形成了独特的"鲁迅笔法"。鲁迅建立的杂文理论相当丰富而完整,择其要者有以下几点:其一,杂文是"匕首"、是"投枪",而不是"小摆设",具有独特的

---

① 《译文序跋集·〈出了象牙之塔〉后记》。
② 《译文序跋集·〈观照享乐的生活〉译者附记》。

战斗性;其二,杂文不仅以理服人,而且"移人情",以情动人,无论议论还是描叙,都渗透着作者的爱憎;其三,杂文中常须塑造形象,其方法"常取类型",某一篇中所见仅为"一鼻,一嘴,一毛,但合起来,已几乎是或一形象的全体";其四,杂文,在内容上是"纵意而谈",在形式上则灵活多变,写法上喜笑怒骂、冷嘲热讽皆成文章。以上几点,是鲁迅杂文艺术理论与实践相结合的产物,不仅从理论上澄清了关于杂文艺术的种种错误观念,具有权威性的矫正作用,而且体现着鲁迅杂文的主要特点,体现了我国杂文艺术的最高成就,对同辈与后辈杂文作家产生了深远的影响。30年代一批师法"鲁迅笔法"的杂文作家的涌现,后来常常出现的关于"鲁迅笔法"的讨论,以及今天对杂文创作难以达到"鲁迅笔法"的感叹等,都足以说明鲁迅杂文所产生的深远影响。

第二节 鲁迅前期杂文的思想内容

鲁迅杂文的内容与鲁迅的生活道路、思想发展关系密切,因此,人们习惯于将他的杂文分为前后两期。贯穿于鲁迅杂文中的一条思想红线是彻底的反帝反封建精神,但随着时代的发展,随着鲁迅思想的变化,前后期杂文在思想内容上呈现出不同的特点。

鲁迅的前期杂文是指写于1918年至1926年间的杂文,主要收入《热风》、《坟》、《华盖集》、《华盖集续编》中。这些集子名称都有深刻的寓意。

《热风》:鲁迅在《题记》中说:"我却觉得周围的空气太冷冽了,我自说我的话,所以反而称之曰《热风》。"《热风》指作者改革愿望之"热",与之形成对比的是社会环境之"冷";冷冽的环境催发了"热风",其中颇含辩证法则。

《坟》:此集所收包括早期所写的文言论文,所以鲁迅在《题记》中说,这里的文字"总算是生活的一部分的痕迹","将糟粕收敛起来,造成一座小小的新坟,一面是埋藏,一面也是留恋"。书名含有埋葬和纪念过去,开拓未来之意。

《华盖集》、《华盖集续编》:鲁迅在《华盖集·题记》中说,绍兴民俗认为,人是会交"华盖运"的,这"在和尚是好运:顶有华盖,自然是成佛作祖之兆。但俗人可不行,华盖在上,就要给罩住了,只好碰钉子。"这是对于自己的命运,也是关于这两个集子所收文章性质、内容、遭遇的形象说明,这些杂文大多作于"女师大事件"之中或以后,因其战斗锋芒而遭来"学者文人"、"正人君子"的讨伐,鲁迅自称"四处碰壁"。以"华盖"为名,含有自嘲、反讽之意。

贯穿在这四个集子中的反帝、反封建主题,是通过对旧社会、旧文明的广泛而深刻的批评体现出来的。

(一)批判封建道德,宣传民主思想

五四新文化运动高举批判的大旗,反对以孔孟之道为主要标志的封建道德,宣传民主思想,提倡平等观念和个性解放。这种思想表现在《热风》所收以《随感录》为题的许多短篇之中,此外,写于"五四"前后、收入《坟》中的几篇长篇论文,对封建道德的几个重要组成部分也作了相当深入的批判。

《我之节烈观》写于1918年7月,批判了以封建"节烈"观念为集中表现的封建伦理道德,提倡以平等、民主为核心的新道德。封建统治阶级鼓吹"饿死事小,失节事大";感叹新思想的出现是"人心日下,国将不国"。鲁迅指出,前者是畸形道德,后者是骗人的鬼话。封建制度下的男子可以"多妻",却要女子守"节"赴"烈",这是十足的损人利己的卑劣行为。鲁迅指出,节烈是"很苦"的:"凡人都想活;烈是必死,不必说了。节妇还要活着。精神上的惨苦,也姑且弗论。单是生活一层,已是大宗的痛楚。"然而,不节烈的妇女也很苦,因为不节烈之女为社会所不容。鲁迅对封建道德表示了无比的愤怒,对受害女子表示深切的同情,他衷心地祝愿"人类都受正当的幸福"。

《我们现在怎样做父亲》写于 1919 年 12 月,主要批判封建孝道和父权观念,提倡以"儿童本位"为代表的平等、民主、进化的思想。封建的父权主义者把儿子当作自己的私产,父亲对于孩子威严十足。鲁迅从生物进化、社会发展的角度指出,欧美家庭着眼于将来,以幼者为本位,然而中国的传统伦理却相反,着眼于过去,以长者为本位。鲁迅认为,理想的家庭,应当以爱为基础,父母要有为下一代负责的精神;对子女一要理解,二要指导,三要解放。鲁迅号召觉醒的父母"各自解放了自己的孩子。自己背着因袭的重担,肩住了黑暗的闸门,放他们到宽阔光明的地方去;此后幸福的度日,合理的做人"。

鲁迅对封建道德观念的批判,对个性解放思想的理解,随着社会的发展而不断深化。这在 1923 年 12 月发表的《娜拉走后怎样》中表现得颇为明显。这是一篇关于妇女解放问题的专论。文章从挪威剧作家易卜生的剧本《玩偶之家》谈起。这个剧本宣扬了男女平等、个性解放的民主思想,深得"五四"青年的喜爱,鲁迅也曾受其影响。然而,此时鲁迅却语出惊人地指出:个人反抗式的出走并非妇女解放的真正出路。他认为,娜拉走后只有两条路,不是堕落,就是回来,因为家庭外面有一个更可怕的社会。妇女要真正取得解放,必须经过更"剧烈的战斗",实现整个社会经济制度的改革。鲁迅还清醒地看到实行改革的艰巨性,因为中国的封建统治根深蒂固,而且人们养成了反对改革的惰性。在中国"即使搬动一张桌子,改装一个火炉,几乎也要血;而且即使有了血,也未必一定能搬动,能改装"。所以,鲁迅号召人们进行"深沉的韧性的战斗"。我们可以看到,鲁迅关于妇女解放的观念已远远超过了初级状态的笼统反对封建道德阶段,而且看到了个性主义在反封建中的局限性:看到了个性解放、妇女解放与社会解放不可分离的关系。

(二)批判封建迷信,提倡科学精神

批判迷信,提倡科学,也是五四新文化运动的主要内容之一。封建主义者长期闭关自守,夜郎自大,把愚昧当文明,以鬼神迷信愚弄百姓,欺骗自己,"社会上罩满了妖气"。一时间,扶乩、静坐、打拳风行一时,乌烟瘴气。对此,鲁迅在《随感录》的一些篇章中,以科学的态度进行了揭露和批评。比如,当时有人把打拳宣传得玄而又玄,甚至以为可以强种强国。鲁迅引述中华民族历史上惨痛的教训,告诫道:"这件事从前已经试过一次,在一千九百年。可惜那一回真是名誉的完全失败了。"鲁迅举"义和团"为例,让事实说话,证明"国粹"已难以抵御西方文明,救国须另觅科学途径,显示出无可辩驳的力量。

鲁迅不只批判违背科学的迷信现象,而且着重揭露了反科学者的险恶用心和不讲科学的严重恶果。《随感录三十三》中指出:"现在有一班好讲鬼话的人,最恨科学,因为科学能教道理明白,能教人思路清楚,不许鬼混。"于是,他们或用迷信来抵制科学,或以讲科学为名东拉西扯,弄得连科学也带了妖气。鲁迅精辟地指出,要救治"几至国亡种灭"的中国,"只有这鬼话的对头的科学"!

反改革的势力为了维持愚民政策,必须诋毁西方科学,于是就胡扯出"西方科学破产"论,进而鼓吹"知识即罪恶"。鲁迅在《智识即罪恶》一文中编了一个荒诞的故事,对这种险恶用心和浅薄花招作了形象的揭露。文章说:"我"原来"满脸呆气",后来进京学了不少知识,比如 $x+y=2$,按照"知识即罪恶"的理论,"我"便有了罪恶。于是,按规定被送进阴间一个叫"油豆滑跌小地狱"去滑跌。本来根据"我"已有的知识,是可以设法摆脱这种困境的;但是不行,因为一旦运用已有知识,便表明"我"坚持罪恶。于是只得任其滑跌,直至跌昏了头,便获得了"自由"。这个荒唐的故事无情地揭露了所谓"科学破产论"完全是愚弄民众,要他们笨如猪羊,"满脸呆气,终生糊涂",以便反改革派可以"保持现状",而那些反改革的说客们也就可以永远一个个胖得如"大富豪"一般了。

(三)批判愚弱的国民性,启发国民觉醒

鲁迅早年苦苦思索的改造国民性问题,不仅成为鲁迅小说最中心的主题,重笔加以描写,而且也成为他杂文的重要内容之一。这方面的代表作为《随感录三十八》、《论睁了眼看》、《论"他妈的"》、《春末闲谈》、《灯下漫笔》等。

在这些文章中,鲁迅批判了愚弱的国民性的种种表现。其一,盲目自大,如"中国地大物博,开化最早,道德天下第一";"外国物质文明虽高,中国精神文明更好";"外国的东西,中国都已有过,某种科学,即某子所说的云云";"外国也有叫化子"、"娼妓"、"臭虫";"中国便是野蛮的好"等等。鲁迅一针见血地指出,这是一种"合群的爱国的自大",反映出我们是"不长进的民族"。其二,瞒和骗。鲁迅发现,"中国人向来因为不敢正视人生,只好瞒和骗";"用瞒和骗,造出奇妙的逃路来,而自以为正路。在这路上,就证明着国民性的怯弱,懒惰,而又巧滑。"[①] 其三,满足于"暂时做稳了奴隶"的现状。鲁迅回顾中国封建社会的历史,发现中国百姓好"中立",实质是唯求自保,不论是非,在对立之中不知自己属于何方。连年战乱,民不聊生,加上反动统治者的长期残酷统治和愚民政策,导致百姓希望有人将自己当牛马,一旦定下奴隶规则,暂时做稳了奴隶,便觉得"皇恩浩荡","天下太平"了。其四,即便不满于奴隶地位,也只图消极泄愤。比如,"下等人"在等级森严的封建社会,爱用"他妈的!"以示反抗,久而久之,"他妈的!"便成为"国骂"。鲁迅

---

① 《坟·论睁了眼看》。

认为这是消极的泄愤,这"国骂"的发明者只不过是个"卑劣的天才",于改造中国全无作用。

在这些文章中,鲁迅从来不限于揭露愚弱的国民性的表现,而是深入挖掘造成这种愚弱状态的历史原因。他指出,导致国民愚弱的原因,首先在于封建的等级制度。"天有十日,人有十等","一级一级的制驭着,不能动弹,也不想动弹了"。其次在于封建"文明"的统治。封建礼教鼓吹"非礼勿视",而这"礼"又非常之严,不但"正视",连"平视"、"斜视"也不许,于是将青年害得一个个"弯腰曲背,低眉顺眼"。鲁迅用细腰蜂的"麻醉术"来比喻封建的思想统治:狡猾的细腰蜂屁股上有一根神奇的毒针,对准小青虫的运动神经球一螫,小青虫便半死不活,既可保持新鲜,又不会反抗,细腰蜂就用它供其后代享用。鲁迅指出,封建"文明"的统治就如细腰蜂那根神奇的毒针,使百姓半死不活,不思反抗,可以终生乃至世代供其奴役。所以,他又指出:"所谓中国的文明者,其实不过是安排阔人享用的人肉筵宴的厨房。"

在这些文章中,鲁迅还一再启发国人觉醒,鼓励人们奋起抗争。鲁迅告诫人们,要有"睁了眼看"的勇气,切不能自欺欺人;要相信科学,用"科学"这一味药来医治中国国民"合群的爱国的自大"之病;不要消极泄愤,而要积极行动,"扫荡这些食人者,掀掉这筵席,毁坏这厨房","创造这中国历史上未曾有过的第三样时代"。鲁迅指出,《山海经》上记载的怪物"刑天","他没有了能想的头,却还活着","执干戚而舞",我们的国民也会如诗人陶潜所说,"刑天舞干戚,猛志固常在"。因而,阔人即使有细腰蜂样的狡猾,他们的天下恐怕仍旧难得太平。

从以上论述可以看到,鲁迅对愚弱国民性的批判与揭露是不遗余力、猛烈、深刻,满腔激愤,而又信心百倍的。

(四)反对旧文学、提倡新文学

五四文学革命以反对旧文学、提倡新文学,反对文言文、提倡白话文为主要内容,这必然遭到封建复古派的反对和攻击。对此,鲁迅与文学革命的其他倡导人一道,以杂文为武器展开有力的回击。

1919年以林纾为代表的复古主义者标榜旧文学为"国粹",攻击白话文,人称"国粹派"。鲁迅在《随感录五十七　现在的屠杀者》中揭露了复古派对待白话态度的虚伪相:他们一方面美化文言,攻击白话"鄙俚浅陋",另一方面这些"雅人"在实际生活中却不可能满口"乎"、"乎"、"乎"。他们是"现在的屠杀者",杀了"现在",也便杀了"将来"——"将来是子孙的时代"。

1921年南京东南大学的吴宓等人创办《学衡》杂志,用文言文攻击新文学,人称"学衡派"。鲁迅在《估〈学衡〉》一文中将他们美化文言文的文言文在表达上的不通之处一一列出,指出他们自以为满腹学问,可以衡量他人学问,其实他们自己连称量也未钉好,所以对他们只需估一估就明白价值几两几钱了。

1925年,北洋军阀政府教育总长章士钊将他创办的《甲寅》周刊复刊,充当新文化运动的拦路虎,人称"甲寅派"。鲁迅写了《答KS君》、《十四年的"读经"》等文。前者列举其文言文中的漏洞以示文言文的"气绝";后者揭露章士钊于1925年(民国十四年)掀起的读经运动"别有用意",其意即在"敷衍,偷生,献媚,弄权,自私,然而能够假借大义,窃取美名"。

1919年五四新文学运动刚刚兴起,北京大学部分学生在封建旧文化维护者刘师培、黄侃等人的支持下成立了"国故社",印行《国故》月刊。而后,资产阶级知识分子胡适又支持"整理国故",于1923年进一步掀起"整理国故"运动。在这过程中,鲁迅撰写了一系列杂文剖析这一运动的实质与危害。"整理国故"的倡导者宣扬旧学是"国粹",必须保存。鲁迅在《随感录三十五》中指出,所谓"国粹"是否值得保存,决定于它有无实际价值:"比如一个人,脸上长了一个瘤,额上肿出一颗疮,的确与众不同,显得他特别的样子,可以算他的'粹'。然而据我看来,还不如将这'粹'割去了,同别人一样的好。"国故派宣称,对祖传的好东西不去整理保存倒去求新,这等于放弃遗产的不肖子孙。对此,鲁迅在《未有天才之前》中以生动的比喻驳斥说:"我总不信在旧马褂未曾洗干净叠好之前,便不能做一件新马褂。"在"整理国故"运动中,胡适曾应《京报画刊》之请青年开列必读书目。鲁迅在《青年必读书》中故意针锋相对地建议青年少读或不读中国书,并指出青年"现在最紧要的是'行',不是'言'"。

鲁迅的这一系列杂文为新文学的生存与发展扫除了障碍。

(五)反对北洋军阀政府及为其辩护的文人,总结斗争的经验与教训

这一组杂文大都写于1924年至1926年间,主要围绕着"女师大事件"、"五卅运动"和"三一八"惨案而撰写,其代表性篇目有《导师》、《"碰壁"之余》、《并非闲话》、《忽然想到》、《我还不能"带住"》、《无花的蔷薇之二》、《纪念刘和珍君》等。在这些杂文中,鲁迅一方面严正斥责段祺瑞执政府"当局者的凶残",另一方面揭露那些为政府当局辩护的文人即"流言者的卑劣"。鲁迅愤怒地称3月18日"是民国以来最黑暗的一天",痛斥段祺瑞之流"如此残虐险狠的行为,不但在禽兽中所未曾见,便是在人类中也极少有"。他热情赞扬刘和珍等中国女性临难不惧的勇敢与无畏,称她们是"真的猛士,敢于直面惨淡的人生,敢于正视淋漓的鲜血",并充分肯定她们的牺牲一定会给人们以巨大的鼓舞:"苟活者在淡红的血色中,会

依稀看见微茫的希望;真的猛士,将更奋然而前行。"鲁迅还深刻地总结斗争经验,表现出不妥协的韧性战斗精神。正当围绕"女师大事件"而进行的斗争激烈之时,有的学者文人出面呼吁双方"带住",有人提倡"费厄泼赖"精神,反对打"落水狗"。鲁迅明确表示"我还不能'带住'",要坚持斗争到底。特别是在《论"费厄泼赖"应该缓行》一文中,他深刻地总结了历史上特别是辛亥革命的血的经验教训,提出"痛打落水狗"的重要原则。正如鲁迅在《写在〈坟〉后面》中说的,这篇杂文"虽然不是我的血所写,却是见了我的同辈和比我年幼的青年们的血而写的"。

第三节 鲁迅后期杂文的思想内容

鲁迅的后期杂文指的是写于1927年至1936年间的杂文。鲁迅在《且介亭杂文二集·后记》中说:"到写这集子里的最末一篇止,共历十八年,单是杂感,约有八十万字。后九年中的所写,比前九年多两倍;而这后九年中,近三年所写的字数,等于前六年"。鲁迅后期的杂文结集为十本,还有一些杂文收在《集外集》和《集外集拾遗》中。与前期一样,这些杂文集的名称也有一定的寓意。

《而已集》:鲁迅在《题辞》中说:"这半年我又看见了许多血和许多泪,然而我只有杂感而已。"该集取名包含着对国民党反动统治的指斥和抗议。

《三闲集》:鲁迅在《序言》中说,在1928年关于革命文学的论争中,创造社的成仿吾在文章中曾错误地指责鲁迅为"有闲阶级",说鲁迅"所矜持着的是闲暇,闲暇,第三个闲暇"。他将这一时期的杂文编成集子,"名之曰《三闲集》,尚以射仿吾也",意寓反讽。

《二心集》:鲁迅在《序言》中说,当时报界有称鲁迅为"文坛贰臣"者,于是便"仿《三闲集》之例而变其意,拾来做了这一本书的名目",即公开表示自己是反动统治阶级的"逆子贰臣"。

《南腔北调集》：鲁迅在《题记》中说，当时有个化名"美子"的文人著文攻击鲁迅，说他喜欢演说，只是有些口吃，并且是"南腔北调"。鲁迅以此为书名，表示决不与国民党反动派及其帮闲文人同腔合调。

《伪自由书》：鲁迅在《前记》中说，1933年他应约为《申报·自由谈》撰稿，栏目名曰"自由谈"，其实文网森罗，言多顾忌，"'自由'更当然不过一句反话"，故将此杂文集取名《伪自由书》，对国民党反动派钳制人民言论自由予以无情的揭露。

《准风月谈》：鲁迅在《前记》中说，在反动派的压制下，《申报·自由谈》编者于1933年5月25日刊出启事："吁请海内文豪，从兹多谈风月。"然而，题材是限不住作者的，"谈风月"照样可以抨击国民党反动统治。取名《准风月谈》，意思是说，这些文章即使谈风月，也够不上"钦定"的谈风月的标准，以此表示对国民党反动派文化高压政策的反抗。

《花边文学》：鲁迅在《序言》中谈到集子名称时说："这一名称，是和我在同一营垒里的青年战友（按指左联成员廖沫沙，他曾以'林默'为笔名，于1934年7月3日在《大晚报》上发表《论花边文学》一文），换掉姓名挂在暗箭上射给我的，那立意非常巧妙：一，因为这类短评，在报上登出来的时候往往围绕一圈花边以示重要，使我的战友看得头疼；二，因为'花边'也是银元的别名，以见我的这些文章是为了稿费，其实并无足取。"鲁迅取此书名，有对攻击者加以揶揄的意思。

《且介亭杂文》、《且介亭杂文二集》、《且介亭杂文末编》：鲁迅在《且介亭杂文·序言》中说，他写这些杂文时，住地处于帝国主义越出租界范围修筑马路的区域，曾被称为"半租界"。"且介亭"，即"半租界的亭子间"（"且"为"租"的右半，"介"为"界"的下半），所以将在这里写的杂文取名为《且介亭杂文》。

鲁迅后期的杂文与前期相比，反映的社会面更为广阔，与国内外论敌的战斗更为短兵相接,对问题的剖析更为精辟而深刻,很少片面性。其中《而已集》、《三闲集》写于1927年至1929年,此时鲁迅的思想正处于面对严峻现实,实现理性升华并趋向成熟阶段,这两个集子中的有些文章还残存着由进化论向阶级论过渡的痕迹;从《二心集》起的几个杂文集,则处处闪现着马克思主义的思想光辉。

鲁迅后期杂文的思想内容十分丰富,概括起来主要有以下几个方面。

(一)愤怒声讨国民党反动派的反共祸国行径和帝国主义的侵略罪行

鲁迅指出:国民党反动派实行反革命大屠杀是个大阴谋,他们为此寻找借口,给共产党人捏造了种种莫须有的罪名。鲁迅在《可恶罪》中指出,这些都是"花言巧语",屠伯们的逻辑是,凡有碍于他们的便"可恶",既"可恶",便"可杀",但又美其名曰"清党"。在《小杂感》中鲁迅进一步揭露,他们好像得了怀疑狂,按照自己的强盗逻辑,不择手段,无限怀疑:"一见到短袖子,立刻想到白臂膊,立刻想到全裸体,立刻想到生殖器,立刻想到性交,立刻想到杂交,立刻想到私生子。"这伙刽子手全是投机家和两面派,他们昨天还在高唱"革命"高调,今天却把昨天的高调忘得一干二净。鲁迅告诫革命者千万提高警惕:"防被欺"。

鲁迅愤怒声讨国民党反动派扼杀左翼文学,屠杀左翼革命作家的残暴罪行。1931年2月,柔石、殷夫等五位左翼作家被秘密杀害以后,鲁迅怀着愤怒和沉痛的心情写下了一组文章,公开地声讨反动当局的暴行。《中国无产阶级革命文学和前驱的血》全面揭露反动当局种种卑劣的手段:"一面禁止书报,封闭书店,颁布恶出版法,通缉著作家,一面用最末的手段,将左翼作家逮捕,拘禁,秘密处以死刑,至今并未宣布。"这一事实"证明了他们自己是黑暗的动物。"鲁迅还写了《黑暗中国的文艺界的现状》,通过美国友人史沫特莱送到国外刊物发表,向世界揭露这一暴行的真相。左联五烈士被害两周年,鲁迅又写了《为了忘却的纪念》,再次谴责刽子手的血腥罪行,赞扬先烈的高贵品质。

鲁迅写了大量的杂文揭露国民党反动派对外消极抵抗,对内积极剿共的丑恶行径。在为林克多《苏联闻见录》所作的序中,鲁迅揭露了帝国主义侵略中国的事实:"我看见确凿的事实:他们是在吸中国的膏血,夺中国的土地,杀中国的人民。他们是大骗子"。1934年,《国际文学》社请一些知名人士谈谈对苏联和资本主义国家文化等问题的看法。鲁迅借此机会在《答国际文学社问》中公开宣布:"我在中国,看不到资本主义各国的之所谓'文化';我单知道他们和他们的奴才们,在中国正在用力学和化学的方法,还有电气机械,以拷问革命者,并且用飞机和炸弹以屠杀革命群众。""九一八"事变发生以后,国民党政府视"国联"为"友邦",多次请求"国联"出面调停,要求爱国学生不再请愿,以防"友邦"惊诧,声称否则便会"国将不国"。鲁迅在《"友邦惊诧"论》中对"友邦"与"党国"作了阶级分析,他指出,所谓"友邦",其实是日本侵略者的同伙,是出卖祖国利益的国民党反动派的"友邦";所谓"党国",其实是拜倒在日本侵略者脚下的卖国政府。蒋介石为了掩饰"不抵抗主义"的真相,恬不知耻地大谈什么"诱敌深入"之类的"战略关系"。鲁迅在《战略关系》中指出,这种"战略关系"实质上是未战先退兵,不打便停战;至于"友邦"调停,不过是指使日本侵略者变换"深入"的地点,以便"有赃大家分"。"九一八"事变以后,蒋介石先提出"攘外必先安内"的口号,后又提出"抗日必先剿匪……安内始能攘外";一些政客、文人便在"攘外"与"安内"两者关系上大做文章。鲁迅在《文章与题目》一文中指出,种种粉饰文章已经做绝,现在只剩下了"安内而不必攘外","不如迎外以安内","外就是内,本无可攘"

三种做法了。而这三种文章在中国历史上早就有民族的败类做过,他们的原则是"宁赠友邦,不与家奴"。这也正是蒋介石政府提出"安内""攘外"问题的用意所在。

(二)坚持文化战线上的思想斗争

这是鲁迅成为马克思主义者以后重要的战斗业绩之一,而这种战斗主要是通过杂文来进行的。

首先是揭露"民族主义文学"充当国民党反动文艺别动队的本质。这一方面的杂文数量不多,但十分醒目,其代表作有《民族主义文学的任务和运命》、《沉滓的泛起》等。鲁迅联系对方的所谓理论与作品,对"民族主义文学"的性质、任务和命运作了十分深刻而精彩的分析。他指出,"民族主义文学"的倡导者都是受殖民政策保护和豢养的流氓、奴才和鹰犬,是"上海滩上久已沉沉浮浮的流尸";所谓"民族主义文学",实际上是"宠犬派文学"和"流尸文学";他们的任务是为主子除去"害群之马",其实呢,"他们将只尽些送丧的任务,永含着恋主的哀愁,须到无产阶级革命的风涛怒吼起来,刷洗山河的时候,这才能脱出这沉滞猥劣和腐烂的运命。"

其次是对形形色色资产阶级、小资产阶级派别反对左翼文学的文艺思想进行反批判。

1928年,针对以梁实秋为代表的"新月派",鲁迅写了《"硬译"与"文学的阶级性"》、《"丧家的""资本家的乏走狗"》等文,批判了梁实秋竭力鼓吹的"人性论"。鲁迅指出,在阶级社会里,文学有阶级性就如人有阶级性一样,是无法摆脱的客观事实。他指出:"文学不借人,也无以表示'性',一用人,而且还在阶级社会里,即断不能免掉所属的阶级性,无需加以'束缚',实乃出于必然。"

1931年和1932年,先后有以胡秋原为代表的"自由人"和以苏汶(杜衡)为代表的"第三种人"鼓吹"文艺自由论",非难左翼文艺。

鲁迅写了《论"第三种人"》、《又论"第三种人"》、《"连环图画"辩护》等文,围绕两个问题与他们展开论争。其一,"文艺自由论"者主张脱离政治,实现彻底"自由",鲁迅认为在阶级社会里这是不可能的。鲁迅虽然未能充分注意到在激烈斗争中,"中立"状态存在的可能性与复杂性,但他对"中立"特点的分析却颇为深刻。他指出:"即使好像不偏不倚吧,其实总有些偏向的,平时有意的或无意的遮掩起来,而一遇切要的事故,它便会分明的显现。"[①] 其二,"文艺自由论"者指责左翼文艺面向大众,所以艺术低下,不懂得"连环图画里是产生不出托尔斯泰,产生不出弗罗培尔来的"。鲁迅从捍卫文艺大众化的目的出发,同时也总结艺术史的经验,表示"我相信,从唱本说书里是可以产生托尔斯泰,弗罗培尔的"[②],"连环图画不但可以成为艺术,并且已经坐在'艺术之宫'的里面了。"[③]

1932年至1935年间,具有自由主义倾向的林语堂先后创办、主编《论语》、《人间世》、《宇宙风》等刊物,主要刊登"以自我为中心,以闲适为格调"的小品文,以古代"性灵说"为理论,提倡"性灵"文学,人称"论语派"。很显然,"论语派"提倡的这种文学倾向与当时严峻的现实、与左翼战斗文艺的格调很不协调。鲁迅尽管与林语堂一向关系友好,但在原则问题上却仍然是非分明。他写了《"论语一年"》、《小品文的危机》、《小品文的生机》等文与林语堂等展开论争。鲁迅以丰富渊博的学识,将古代的"性灵说"与林语堂等人所提倡的"以自我为中心,以闲适为格调"的"性灵"文学严加区别。鲁迅指出,明代的公安、竟陵和清代的袁枚的"性灵说"带有抗争世道的意义,而林语堂等在民族矛盾和阶级矛盾日趋紧张、尖锐之时重弹"性灵"旧调,则抹煞了文学的抗争意义,只能将屠户的

---

① 《南腔北调集·又论"第三种人"》。
② 《南腔北调集·论"第三种人"》。
③ 《南腔北调集·"连环图画"辩护》。

凶残化为一笑。鲁迅正是在对"性灵"文学的批判中,强调了"生存的小品文,必须是匕首,是投枪,能和读者一同杀出一路生存的血路的东西"①。

(三)大力倡导和扶植左翼文艺

鲁迅作为左翼文化的英勇旗手,扶植左翼文艺有多种途径,单就杂文所涉及者加以考察,其贡献也是多方面的。

其一,在1928年的"革命文学"论争中,鲁迅尽管是"革命文学"倡导者的论敌,但他却在《文艺与革命》等文中对如何建立无产阶级革命文学提出了许多有益的意见。比如,在文学与时代的关系上,倡导者认为文学可以"超越时代",而鲁迅则表示不相信文艺有"扭转乾坤的力量",文艺家应当有正视现实的勇气②;在作家世界观的改造问题上,倡导者鼓吹"突变",而鲁迅则强调世界观改造的艰巨性,"不要脑里存在着许多旧的残滓,却故意瞒了起来,演戏似的指着自己的鼻子道:'惟我是无产阶级'"③;在作品内容与形式的关系上,倡导者夸大作品的战斗内容而忽略了艺术本身的特点,而鲁迅则强调革命文艺应当追求"内容的充实和技巧的上达","一切文艺固然是宣传,而一切宣传却并非全是文艺"④。在这场论争中,尽管鲁迅也有某些失误,但就其观点的主要倾向来看,对纠正倡导者的无产阶级文学观的偏颇,对如何建设中国无产阶级革命文学,都具有十分重要的指导意义。

其二,从"左联"成立之日起,鲁迅即为其坚持正确的文艺方向

---

① 《南腔北调集·小品文的危机》。
② 《三闲集·文艺与革命》。
③ 《三闲集·现今的新文学的概观》。
④ 同②。

而进行了不懈的努力。鲁迅在"左联"成立大会上所作题为《对于左翼作家联盟的意见》的讲话,不仅提出了"'左翼'作家是很容易成为'右翼'作家的"这个发人深思的命题,而且对这种转向的原因作了颇有说服力的分析:第一,不接触实际的社会斗争,容易流于高谈阔论;第二,不明白革命的艰巨性,容易失望;第三,以为文学家高人一等,便处理不好与劳动阶级的关系。由此出发,鲁迅对"左联"的工作提出了切实的意见:第一,对旧社会、旧势力的斗争要坚决、持久、注重实力;第二,要扩大战线;第三,要造就大群新的战士;第四,联合战线必须以有共同目的为条件。鲁迅的这些意见,思想起点高,现实针对性强。这个讲话是我国左翼文艺运动史上经典性的文件,不仅弥补了"左联"指导思想上的不足,而且直到今天仍然发挥着令人深思的力量。"左联"在其战斗过程中不时地暴露出自身的一些不足之处,鲁迅常常及时加以纠正。比如,1932年针对"左联"机关刊物《文学月报》所表现的在文艺批评中以"辱骂"与"恐吓"代替战斗的不良风气,鲁迅写了《辱骂与恐吓决不是战斗》。文中尖锐地指出,"辱骂"与"恐吓"貌似厉害,其实与上海滩上的流氓行为或阿Q战法无异。鲁迅又从正面指出:战斗的作者应该注重于"论争",学会抓住对方要害,"伺隙乘虚,以一击制敌以死命"。"五四"以来新文学作家队伍复杂,而上海又是这支队伍的聚集之地,很有代表性。鲁迅的《上海文艺之一瞥》这篇长篇论文,对倡导革命文学以来上海的文坛作了宏观研究,特别是对左翼作家前进道路上的曲曲折折、是是非非作了十分精辟的剖析,对"革命文学"论争出现偏差的原因再次反思,作了更为冷静的判断。这对纯洁左翼作家队伍无疑是十分有益的。

其三,为了扶植青年作家队伍,繁荣左翼文学的创作,鲁迅替许多青年作家的作品撰写过序言。这些序言构成他的杂文集的有机部分,不仅论及小说、诗歌、杂文、木刻、翻译等许多方面,热情地赞扬有关作家的成就,中肯地指出他们的不足,而且论及许多文艺理论、文艺思想斗争中的问题。这些序言实际上也是文艺评论,篇幅都很短小,其风格常常大处着眼,判断精当,多属十分精彩的"印象式批评"。它们对左翼作家的成长和对左翼文艺健康发展的指导作用,都是不容忽视的。

其四,鲁迅常常总结、回顾自己的创作经历,回答、总结与创作、翻译有关的问题,为左翼文学提供宝贵的经验与理论,如《我怎么做起小说来》、《关于小说题材的通信》、《我与〈语丝〉的始终》、《答北斗杂志社问》、《什么是'讽刺'?》、《论讽刺》、《从讽刺到幽默》、《关于翻译》、《漫谈"漫画"》、《小品文的危机》、《小品文的生机》、《杂谈小品文》以及他的每一个集子的前言或后记等,其中所谈的,既有他自己创作的感受与经验,又有对文艺问题的理论思考,均甚新鲜活泼,很有生命力。

(四)歌颂中国共产党并庄严地宣示自己的政治信仰

作为文化战士,鲁迅对待美丑、是非一向爱憎分明,从不含糊。当他成为马克思主义者以后,在一系列政治事件中,他更是锋芒毕露,从不掩饰自己的政治倾向。他在晚年有一组文章,都是热情歌颂中国共产党,庄严宣示自己的政治信仰的。这一组文章与大量揭露、声讨、谴责国民党反动派的杂文在思想倾向上形成强烈的对比,显得特别光彩夺目。

鲁迅热情赞扬中国共产党人是"中国的脊梁"。这是他经历了一桩桩血的事件以后的自觉选择。1934 年,蒋介石面对日本帝国主义的疯狂侵略,不仅不采取积极措施,加紧抵抗,反而散布"三日亡国"论,说"我们全国的国民……像一盘散沙那样毫无组织了"[①]。资产阶级报纸《大公报》当时也曾发表社论,指责中华民族

[①] 转引自陈鸣树《鲁迅杂文札记》,江苏人民出版社 1982 年版第 301 页。

失去了自信力。鲁迅写了《中国人失掉自信力了吗》一文,一方面气愤地谴责当权者的屈膝投降、自欺欺人,另一方面指出,中国自古以来就不乏"并不失掉自信力"的志士仁人,"这就是中国的脊梁"。鲁迅还说:"这一类的人们,就是现在也何尝少呢?……他们在前仆后继的战斗,不过一面总被摧残,被抹杀,消灭于黑暗中,不为大家知道罢了。"显然,这是鲁迅对当时以毛泽东为首的中国共产党领导下的革命力量和抗日力量的衷心礼赞。

在鲁迅晚年,国内阶级斗争、国际民族矛盾、还有左翼文艺内部的宗派纠葛,错综复杂地交织在一起,而他本人又重病在身。此时,托派分子写信给他,挑拨他与中国共产党的关系,鲁迅愤而写了《答托洛斯基派的信》,以公开信的形式揭露托派的用心,并公开赞扬"毛泽东先生们"的理论,满怀喜悦地表示:"那切切实实,足踏在地上,为着现在中国人的生存而流血奋斗者,我得引为同志,是自以为光荣的。"鲁迅还表示:"中国目前的革命的政党向全国人民所提出的抗日统一战线的政策,我是看见的,我是拥护的,我无条件地加入这战线。"①

鲁迅还歌颂了共产党创建和领导的世界上第一个社会主义国家苏联。当时资本主义世界不断毁谤苏联,鲁迅在《林克多〈苏联闻见录〉序》中驳斥种种毁谤苏联的言论,在《我们不再受骗了》中表示再也不信西方舆论界在苏联问题上的种种谣言。

(五)丰富、广泛、深刻的"社会批评"和"文明批评"

由于鲁迅后期杂文的内容过于广博,以上所述几个方面还远不能囊括其全部内容。除了上述几点,鲁迅后期杂文中包括丰富、广泛、深刻的"社会批评"与"文明批评"。在这方面,往往涉及中国

---

① 《且介亭杂文·答徐懋庸并关于抗日统一战线问题》。

社会与"文明"的种种病态,比如名利思想、无是非论、"中庸"之道、文人相轻、尊孔复古等等,几乎无所不论。

总之,鲁迅的杂文不仅有"时代的眉目",而且有广博的知识,尽管鲁迅自谦地不同意人们将他的著作比为"百科全书",但实际上读者从他的作品中完全可以认识那个社会;尤其是他的杂文,其内容的广博与深刻,确实具有"百科全书"的特点。鲁迅的杂文是中国现代社会史、思想史、文化史的宝贵史料。

第四节　鲁迅杂文的艺术成就①

在研究鲁迅杂文艺术成就之前,必须先明确杂文的概念。鲁迅在《且介亭杂文·序言》中说:"其实'杂文'也不是现在的新货色,是'古已有之'的,凡有文章,倘若分类,都有类可归,如果编年,那就只按作成的年月,不管文体,各种都夹在一处,于是成了'杂'。"有些论者据此提出,杂文有广义与狭义之分,鲁迅这里说的"只按作成的年月,不管文体,各种都夹在一处",是广义的杂文,鲁迅杂文集中的文章便是这种广义的杂文。其实,鲁迅这里说的各种文体合在一起成了"杂"的文章,并非现在的文体概念上的杂文。我们认为,作为文体,杂文的概念是指"文艺性论文"。它是论文,但具有文艺性;没有文艺性的论文,便不是杂文。对照这一概念,便会发现鲁迅杂文集中的有些篇章基本上没有文艺性,所以并非严格意义上的杂文。我们这里探讨鲁迅杂文的艺术成就,无疑是以严格意义上的文艺性论文为对象的。不过,由于鲁迅一生中撰写了大量的杂文,而且形成文艺性的手段又多样而灵活,以杂文艺术的手段论述道理已成习惯与癖好,以致当他下笔撰文时,即使并非

---

① 本节主要参考唐弢《鲁迅的美学思想·鲁迅杂文的艺术特征》(人民文学出版社1984年版)。

严格意义上的杂文,也往往习惯性地、有意无意地运用了杂文的某些手段,使这些文章也带上某些杂文艺术的色彩。从这个意义上讲(而不是从鲁迅所说的成了"杂"的意义上说),如果划得宽泛一些,将鲁迅杂文集子中所有的文章统称为杂文,也不无道理;同样,从这个意义上说,我们在探讨鲁迅杂文的艺术成就时,主要应当着眼于那些严格意义上的杂文,但也可以适当引用一些严格意义的杂文以外的文章。

鲁迅的杂文既具有杂文艺术的共同特点,又具有独特的风格。

(一)逻辑性

杂文既然是"文艺性论文",因此必须具有政论文独有的严密的逻辑性。鲁迅的杂文特别擅长论证说理,层次清晰,说理透彻,显示出无可辩驳的逻辑力量。这主要得力于鲁迅善于揭露和分析事物各种形态的矛盾。

鲁迅善于分析事物内在的矛盾。"学衡派"、"甲寅派"反对白话文,攻击白话说理"最难剀切简明",但他们自己写的文言文却错误百出。鲁迅的《估〈学衡〉》、《答 KS 君》等文将对方文言文中表达不"剀切简明"之处一一加以分析,于是一味美化文言文的观点便不攻自破。

鲁迅善于分析不同事物或现象之间的本质联系。这种联系,表面上往往并不存在,或甚不明显,但只须略加评析,其内在联系便显而易见。1934 年 8 月 30 日,有两家报纸刊登了两条消息,一条是 8 月 27 日上海各界人士在帝国主义霸占的"夷场"附近举行盛大的祭孔活动,演奏据说当年孔夫子听了"三月不知肉味"的韶乐;一条是同一天宁波地区入夏几个月来久旱无雨,民众喝不到水,因争水发生冲突打死了人。鲁迅在《不知肉味与不知水味》一文中,将这两条本无联系的消息同时引出,特别点明发生于同一天,略加评点,就揭示了两个对立的世界:食肉者的世界里粉饰"升平"的韶乐不管奏得多响,也掩盖不了口渴者的世界为争水而死人的惨相。

鲁迅善于分析相似事物之间的本质区别。1933年希特勒上台,为实行法西斯统治而烧毁非德意志思想的书籍,中国有些论者将此与秦始皇当年的焚书相提并论。鲁迅在《华德焚书异同论》中指出,同样是烧书,却有本质区别:一个是为统一中国的"大事业",一个是为强化独裁统治。

鲁迅善于分析事物的发展趋势。《对于左翼作家联盟的意见》关于"'左翼'作家是很容易成为'右翼'作家的"这一命题的力量,便得力于这种分析。

鲁迅善于分析一种倾向掩盖下的另一种倾向。写于1927年"四一二"大屠杀前两天的《庆祝沪宁克复的那一边》,从人们陶醉于北伐胜利的"这一边",看到了其背后敌人磨刀霍霍的"另一边",目光之敏锐,令人惊叹。

鲁迅善于抓住最能体现本质特征的主要矛盾。1934年2月25日《申报》馆英文编译员记者秦理斋在上海病逝,其父用"从一而终"等封建道德和封建家风欺骗、威逼秦理斋夫人携子女回老家无锡,秦理斋夫人不得已而同三个子女一起服安眠药自杀。新闻媒界报道此案时大多指责秦理斋夫人。鲁迅却在《论秦理斋夫人事》一文中指出,不应当一味指责弱者,而应当看到导致弱者自杀的环境,因为"黑暗的吞噬之力,往往胜于孤军"。"倘使对于黑暗的主力,不置一辞,不发一矢,而但向'弱者'唠叨不已","其实乃是杀人者的帮凶而已"。鲁迅的思路别开生面,令人信服。

"分析好,大有益。"论证说理,说到底就是分析矛盾,揭示实质,以理服人。鲁迅面对纷繁复杂的论证对象,总能根据其特点,发现矛盾,加以剖析,思路严密,层层推开,使所论对象包含或蕴寓的道理豁然而出,清晰、透辟,发人深思,无可辩驳。

(二)形象性

杂文既然是"文艺性论文",必定不仅要有逻辑性,而且要有形象性,也就是须将抽象的道理形象化,也可说是形象化地说道理。这包括两层意思,一是让抽象的道理带上一定的形象性,一是刻画具有典型意义的形象。后一种形象有时在一篇文章里便已基本上完成,如《记念刘和珍君》中和爱可亲而又勇敢可敬的刘和珍形象,《论"费厄泼赖"应该缓行》中的"落水狗"形象等等。但是,更多的是在某一篇文章里只是"一鼻,一嘴,一毛,但合起来,已几乎是或一形象的全体",比如梁实秋、孔夫子、"正人君子"、"叭儿狗"等等。这些形象尽管画的是一人一物,但都具有普遍性和典型性,因此许多人甚至可以从中看到自己的面影和心态。

鲁迅杂文的形象化手法是多种多样的。

其一,比喻。以"落水狗"比暂时失利的作恶者,以"叭儿狗"比"中庸"之态可掬者,以细腰蜂屁股上的毒针比封建的精神统治,以碟子中培育的绿豆芽比没有群众基础的"天才",以好人脸上的瘤和额上的疮比封建"国粹"等等,一经鲁迅比喻,便使所喻对象的神情、实质昭然若揭。由于鲁迅习惯取比于日常生活,所以这种比喻通俗易懂,明白晓畅。

其二,说故事。故事本身生动形象,寓意深刻,一经引用,便使相关的道理新鲜活泼起来。《谈蝙蝠》引用伊索寓言,说有一天,鸟类与兽类同时开会,蝙蝠赴会,两边都以不是同类而不予接纳。其实呢,对于蝙蝠究竟属于哪一类,今天连小学生也不成问题。鲁迅通过这个故事将现实生活中绝对地"骑墙"是不可能的这个抽象的道理,表达得生动、形象而又无可辩驳。《扁》引用了一则笑话,说两个近视者都认为自己的眼力好,于是约定某日比赛读关帝庙门口新挂的匾上的字;争得不可开交之时,请来一人当裁判,裁判一看,匾还没有挂呢。鲁迅以此批评创造社、太阳社倡导"革命文学"是空对空的争论,因为实际上革命文学尚未诞生。

其三,生动地描叙完整的日常现象或情景,突出其象征意义,催人联想,发人深思。《现代史》描叙街头或广场上的变戏法者玩把戏,一套又一套,一轮又一轮,不断地卖关子,每到关子必要钱。鲁迅将这种情景描叙得有声有色,风趣横生。描叙之中不作任何评点,直到文章最后,说自己写错了题目。有心人一读便会联想到中国的现代史就是统治者变换花招,欺骗民众,搜刮民脂民膏的历史。《二丑艺术》生动地介绍了戏曲舞台上"二花脸"的品性特点,让人们推想到生活中帮闲文人讨厌可笑的丑行。

其四,描摹零星的人物神情、事态、情景,插入说理之中。《辱骂和恐吓决不是战斗》反对以辱骂与恐吓代替战斗,鲁迅说:"不过我并非主张要对敌人陪笑,三鞠躬。"《对于左翼作家联盟的意见》告诫诗人,别以为革命成功以后劳动阶级会请你坐特等车,吃特等饭,或者捧着牛油面包来献给你说:"我们的诗人请用吧!"这些描摹尽管并不完整,仅仅片言只语,但其动作、神情、语言都鲜明、生动,历历在目。

鲁迅杂文形象化的手法多样,运用灵活,与论证说理融为一体,使抽象的道理显得新鲜活泼,生动感人。

(三)讽刺性

鲁迅是严肃与幽默的统一体,在他的杂文中,严肃的内容常常以喜剧性的形态表现。他的幽默诙谐,令人发出会心的微笑;而那些辛辣的讽刺,则让敌人闻风丧胆,无处逃遁。这种强烈的戏剧效果主要得力于大量的修辞手法。

其一,夸张。这是"放大镜",将客观存在的特点放大,使人感到惊异或可笑。比如,鲁迅将"第三种人"比作拔着自己的头发,叫嚷着要离开地球的人。这当然是比喻,而这里描述的状态无疑是夸张的,漫画化的。经这比喻,将当"第三种人"不切实际这一判断形象化;一经夸张,又使这一实质性判断得到更充分的显示,并产生了喜剧性的效果。

其二,反语。鲁迅说他的杂文"好用反语,每遇辩论,辄不管三七二十一,就迎头一击"[①]。在《答托洛斯基派的信》中,鲁迅对托派分子的谬论无比蔑视,但却故意说:"你们的'理论'确比毛泽东先生们高超得多,岂但得多,简直一是在天上,一是在地下。"这里,捧得越高,越显得荒谬可笑。

其三,摹拟。鲁迅经常故意先承认对方的逻辑,按照对方的腔调、神情推理,将其逻辑和神态再现并放大,从而充分显示其荒谬与可笑。"五卅运动"中,陈西滢轻飘飘地嘲笑高喊"打倒帝国主义"口号的群众说:"打!打!宣战!宣战!这样的中国人,呸!"对此,鲁迅在《并非闲话》中经一番分析批判以后,故意摹仿陈西滢的口气并略加夸大说:"这样的中国人,呸!呸!!!"使论敌的语言成了攻击他自己的利器。叶灵凤、穆时英编辑《文艺画报》,自称是"中国第一流作家",办此画报的目的是使"读者能醒一醒被其他严重的问题所疲倦了的眼睛,或者破颜一笑"。鲁迅在《奇怪(三)》一文中揭露了该刊选材、编辑上的粗糙和不诚实之处,说:"原来'中国第一流作家'"玩的还是这些"小玩艺",:"那么,我也来'破颜一笑'吧—— 哈!"鲁迅的杂文有时甚至通篇摹仿对方的逻辑与口气推理,越是认真地推理,越显荒唐绝顶。例如30年代日本帝国主义鼓吹"王化政策",但中国土地上到处是压迫与杀戮。鲁迅在《王化》一文中不是正面怒斥,而是按照敌人虚伪的"王化政策"逻辑,从容地,一件件、一桩桩地加以解释,从而将敌人的残暴与虚伪暴露无遗。

---

① 《两地书·一二》。

其四,谐趣。鲁迅常常采用多种艺术手段制造诙谐趣味,从而产生独特的讽刺、幽默的艺术效果。有时故意违反语法常规,分拆词汇,改变词性,比如"永远'国'下去","节得愈好","烈得愈好"等。有时故意大词小用,庄词谐用,如讲缠足时说:如女士们"勒令"自己的脚小起来;或者相反,小词大用,俚词庄用,如称封建阶级心目中绝对神圣的孔夫子为"摩登圣人"。有时生造词汇,与有关词汇形成对应,如生造"婆理"一词与"公理"对应,生造"内寇"一词与"外寇"对应。有时故意在文章的标题上玩花样,如《论"他妈的!"》、《由中国女人的脚,推定中国人之非中庸,又由此推定孔夫子有胃病("学匪"派考古学之一)》、《"……""□□□□"论补》。有时故意调侃,说说俏皮话,如以前有人曾经给鲁迅加过种种头衔,又有人批评鲁迅不应该给阿Q以"大团圆"的结局,鲁迅在《阿Q正传的成因》中说,他事先并未想到阿Q是大团圆结局,甚至连自己的结局也难以预料:"是'学者',或'教授'乎?还是'学匪'或'学棍'呢?'官僚'乎,还是'刀笔吏'呢?'思想界之权威'乎……乎?乎?乎?乎?"有时采用新式"象形文字"的图解法,如在《中国人的生命圈》中说,日本侵略者从外面向里轰炸,蒋介石则在里面向"腹地"(工农红军的革命根据地)轰炸,夹攻之中,中国人的"生命圈"一天天缩小,终于成为——"生命○";又如张资平专写三角恋爱小说,鲁迅在《张资平的"小说学"》中说,张资平小说学的精华就是——"△";有时故意用外文,如"世界第一,宇宙第n"等等。

(四)抒情性

罗丹说:"艺术就是感情。"杂文虽然不同于诗歌等其他文体,但毕竟是艺术,离不开情感的抒发。鲁迅"论时事不留面子",他的杂文一向感情强烈,爱憎分明,常常运用各种抒情手段,造成丰富多变的抒情格调。

在大多数情况下,鲁迅的感情并不外溢,而是蕴藏在论述、描叙之中。比如《现代史》对变戏法场景作如实地描叙,最后似乎无所谓地说自己写错了题目。作者似乎不动声色,其实内心对当局那些"变戏法"者怀有无比的愤怒与蔑视。

有时直抒胸臆,怒不可遏,愤怒的激情如火山爆发的熔岩。例如《"友邦惊诧"论》中,作者对国民党反动派卖国媚外、镇压人民的行径愤怒之极,通篇基调是这样的怒斥:"读书呀,读书呀,不错,学生是应该读书的,但一面也要大人老爷们不至于葬送土地,这才能够安心读书。"全文用了许多斥责式的短语:"好个'友邦人士'!""好个国民党政府的'友邦人士'!是些什么东西!""摆什么'惊诧'的臭脸孔呢?""'军政当局'呀!"这些短语近于直指国民党军政当局的总头目蒋介石的鼻子加以怒斥,慷慨激昂,气势逼人,使对方招架不住。

有时虽然也是直抒胸臆,但却是抒发对友人、对先烈的无限崇敬、深深怀念之情。在《白莽作〈孩儿塔〉序》中,鲁迅先以满怀深情,由眼前的烈士遗稿引出自己与殷夫生前交往情况的回忆,然后控制不住内心激荡的情感,用诗一般的语言赞美殷夫的诗:"这是东方的微光,是林中的响箭,是冬末的萌芽,是进军的第一步,是对于前驱者的爱的大纛,也是对于摧残者的憎的丰碑。"这里是评论还是抒情,难以区分,也不必区分。这一类文字,鲁迅往往怀着极度的悲愤,将无法遏制的感情作哲理性的升华。《记念刘和珍君》通篇如抒情散文,作者的感情时而深沉,时而激荡,亦出现深沉感情的哲理性升华:"真的猛士,敢于直面惨淡的人生,敢于正视淋漓的鲜血";"真的猛士,将更奋然而前行"。

有时通篇如散文诗。《战士和苍蝇》、《长城》、《无花的蔷薇之二》、《夜颂》、《秋夜纪游》等,或为机智的讽刺,或为象征的暗示,或为警辟的格言,都闪露着诗意的光芒。例如《夜颂》,构思奇特,诗意浓烈。作者用充满诗情和哲理的语言赞美黑夜。他说,只有在黑夜,人们才恢复常态,露出了真相;一到"光天化日",人们又装模作样,然而其实却"弥漫着惊人的真的大黑暗";"只有夜还算是诚实的。我爱夜,在夜间作《夜颂》"。这里的"夜",既是实指,更是象征。作者对"诚实"的"黑暗"的歌颂,其实是对黑暗的"光天化日"的揭露和蔑视。

(五)多样性

鲁迅的杂文不仅内容广博,手法灵活,而且体裁样式丰富多彩。打开鲁迅的杂文集,其文体样式可谓琳琅满目。杂感、政论、随笔、讲演、通信、日记、传记、墓志、序跋、文评、考据、絮语、启事、寓言、对话、广告、表格等等,无所不包。与此相适应的是篇幅长短不一,长者达一万多字,短者则几十个字,三言两语。究竟采用何种形式,均由内容特点而定;不管采用何种形式,多带有不同程度的"杂文特点"。

(六)常用曲笔

曲笔是杂文常用的手法之一,而鲁迅用得更多,更"曲"。这与他所处的时代、环境有关。尤其是30年代中期,政治环境险恶,国民党反动当局对左翼文艺采用种种专制手段,作家失去了在作品中说真话、表真情的自由,不得不采用曲折的笔法,隐晦曲折地表达自己的是非观念与爱憎感情。比如《夜颂》,用歌颂诚实的黑夜来表示对黑暗的现实世界的愤怒与蔑视。又如《文章与题目》,巧妙地用历史上吴三桂等汉奸的行为来影射现实中蒋介石"以夷制夷"论的本质;《隔膜》、《买〈小学大全〉记》等借研究清代的文字狱,既论古,也讽今——讽刺了反动当局查禁进步书刊、屠杀左翼作家的文化专制主义。使用曲笔,增添了读者对鲁迅杂文阅读、理解的难度,但也给鲁迅的杂文艺术增添了特异的光彩。

第七章　鲁迅的散文

　　散文,在中国的古代文论与现代文论中是两种概念。古代所谓散文,是指与韵文相对的文体,即无韵之文;现代所谓散文,则是指与诗歌、小说、戏剧并称的一种文体。现代的"散文"又是一个复杂的概念,其中包括多种分支,比如杂文就是分支之一。由于杂文是鲁迅一生主要的战斗武器,又是他创作量最大的文体,所以,学术界习惯于将杂文单独列项加以研究。除杂文之外,鲁迅还撰有回忆散文《朝花夕拾》和散文诗《野草》。后者既是散文又是诗,其内在素质是诗,其外在形体是散文,我们认为着眼于文体,还是将其归入散文为宜。

第一节　《野草》的文学史地位[①]

　　《野草》共收写于 1924 年 9 月至 1926 年 4 月的散文诗 23 篇,这些作品曾陆续发表于《语丝》周刊,1927 年 4 月在广州编定,并写《题辞》。鲁迅本人在《〈自选集〉自序》中说:"后来《新青年》的团体散掉了,有的高升,有的退隐,有的前进,我又经验了一回同一战阵中的伙伴还是会这么变化,并且落得一个'作家'的头衔,依然在沙漠中走来走去,不过已经逃不出在散漫的刊物上做文字,叫作随便谈谈。有了小感触,就写些短文,夸大点说,就是散文诗,以后印成一本,谓之《野草》。"由于《野草》的写作背景及作者当时的思想都较复杂,又由于其格式的独特,以至问世以来,对其基本精神的总体评价及单篇作品的理解往往"见仁见智",莫衷一是。不过,随

---

① 本节参考孙玉石《〈野草〉研究》(中国社会科学出版社 1982 年版)。

着《野草》研究的不断深入,人们越来越认识到它不仅是鲁迅继《呐喊》、《彷徨》以后的重大收获,而且是中国现代文学百花园里的一朵奇葩,在我国现代文学史上具有独特的地位。

(一)中国散文诗走向成熟的标志

散文诗既有散文的形式,又有诗的灵魂。尽管我国古代就有类似散文诗的抒情散文,比如屈原的《卜居》、《渔父》以及庄子的《南华经》等,但散文诗这一概念毕竟来自外国,我国的散文诗是同中国新文学一起诞生的。

19世纪后半叶法国现代派诗歌的创始人波特莱尔创作的两本散文诗集《巴黎的忧郁》和《人造的乐园》,用象征主义手法表现了作者对世界独特的感受,成为散文诗艺术发展的先导。俄国著名作家屠格涅夫除了创作过几部驰名世界的长篇小说以外,也有五十多篇散文诗赢得读者的关注。随着五四文学革命的深入发展,这种独立的艺术形式开始传入中国。1918年至1924年间,刘半农等人在《新青年》等刊物上陆续翻译和介绍波特莱尔、屠格涅夫的散文诗,同时,刘半农、郭沫若等开始发表自己创作的散文诗作品。文学研究会更是自觉倡导散文诗这一新的文学形式,在其主要刊物《小说月报》、《文学旬刊》上,不仅发表文章介绍西方散文诗发展的历史和现状,从理论上阐述散文诗这一文学形式的合理性,而且有意识地发表散文诗作品。这一切,为《野草》的脱颖而出廓清了道路,做了艺术上的准备。但是,当时散文诗创作数量不多,精品更是凤毛麟角。1927年《野草》问世之前,散文诗集只有1925年出版的焦菊隐的《夜哭》,还有1926年出版的高长虹的诗与散文诗合集《心的探险》。这两个集子虽然在一定程度上反映了青年郁闷痛苦的呼声,艺术上也各有特色,但其思想尚欠深刻,艺术上也缺乏更多的创新。

鲁迅为推动中国散文诗的兴起与发展作了较为充分的准备。他不仅早就接触、关心波特莱尔、屠格涅夫的散文诗,而且还翻译过论述波特莱尔散文诗的文章。就在写作《野草》之前和写作过程中,鲁迅翻译了日本厨川白村的《苦闷的象征》和《出了象牙之塔》以及岛崎藤村的《浅草来》等作品,这些作品都有关于波特莱尔及其散文诗的叙述和介绍,在《苦闷的象征》一书中,还引录了波特莱尔的散文诗《窗户》。在创作上,鲁迅也早就有所积累。早在1919年八九月间,他创作并发表了总题为《自言自语》的七篇散文诗(现已收入人民文学出版社1981年出版的《鲁迅全集》第8卷),这是他写作散文诗的最早尝试。这一组优美的作品以短小的篇制表现作者的点滴感触和思绪,贮藏着战斗的哲理,具有散文诗的神韵和风采;而且,其中有几篇明显是后来《野草》和《朝花夕拾》中某些篇章的雏形。鲁迅趁我国新文学运动初期引进外国散文诗这一新文体的大好时机,吸取了我国早期散文诗创作的初步经验,再加上他自己创作《自言自语》的经验积累,于1924年至1926年,一气呵成地创作了《野草》。无论就思想的丰富、深刻还是就艺术的新奇、完整而言,《野草》都标志着我国散文诗的趋向成熟。

(二)心灵矛盾与时代斗争紧相联系的典范

正如高长虹的诗与散文诗合集的名称《心的探险》所显示的,散文诗必须探索作者的自我心灵,这种探索越深入细致,就越具思想分量和艺术魅力。不过,散文诗中作者的心灵尽管属于他的"自我",但这决不是一种与时代、社会绝对隔绝的"自我",而应该是特定时代和社会环境中的"自我";因此,在这"自我"中应当看到时代与社会的面貌和精神。我们说鲁迅的《野草》标志着中国散文诗趋向成熟,很重要的原因就在于《野草》在这一方面远远超越了其前后出现的同类作品。

焦菊隐的《夜哭》是我国新文学史上的第一本散文诗集。于庚虞在为这本集子写的序言中说:"这卷诗中情思的缠绵与委婉,沉着与锐利,固已满足了我们最近的欲望,但用这种文体写诗,而且写得如此美丽深刻的,据我所知,在中华的诗园中,这是第一次的大收获。"① 凡事贵在第一,《夜哭》在新文学史上的地位显而易见。至于高长虹的《心的探险》,鲁迅也曾给以中肯的评价。他说,此书"将他的以虚无为实有,而又反抗这实有的精悍苦痛的战叫,尽量吐露着"②。我们从这两个集子以及散见于其他书刊的散文诗作品,可以感受到那个时代一部分青年思想脉搏的跳动,这种脉搏所传达的,或是跋涉时代浪潮的疲倦和苦闷,或是陶醉于自然和母爱时的欢乐和快慰,或是个人生活追求失败的痛苦和呻吟,或是同内心的虚无和黑暗搏斗的战叫与叹息等等。我们应当承认,这些发自内心的感情与那个时代的反封建斗争是声息相通的。但是,作者的这些内心抒情所折射出来的时代内容毕竟比较狭窄,也未能从更深的思想层面上表现出作者的心灵矛盾与时代斗争的关系,因此这些作品所引起的反响也就有限。

《野草》的问世却别开生面。由于鲁迅是个彻底的文化战士,由于鲁迅从青年时期起就对社会、对中华民族特别投入,几经社会重大事变,他的感受特深;同时,还由于鲁迅对待社会与自我总是特别的执着,严谨,冷峻,所以他在 1924 年至 1926 年间出现的彷徨与苦闷的心境就更具思想分量,对现实也扎得更深。在这一方面,不仅《野草》之前的几个散文诗集未能达到这种完美的境界,甚至自"五四"以来直至今天,也没有一部散文诗集对心灵的解剖能像《野草》这样深刻而严峻。《野草》不是个人痛苦的倾诉,而是一个战士思想飞跃前夕的斗争的自白。《野草》是散文诗中将个人心

---

① 转引自孙玉石《〈野草〉研究》,第 261 页。
② 《集外集拾遗·〈未名丛刊〉与〈乌合丛书〉广告》。

灵与时代斗争紧相联系的典范。

(三)象征主义与现实主义两种方法相结合的艺术范本

诗情的抒发往往离不开暗示与象征。散文诗的鼻祖波特莱尔的散文诗就以鲜明的象征主义显示出独有的思想与艺术的风采。就总的倾向而言,鲁迅是我国现代现实主义文学的旗手;但鲁迅对其他文学思潮流派也怀有浓烈的兴趣,其中包括象征主义。象征主义的手法在鲁迅小说中已不少见,到了《野草》更得到广泛的运用,以至形成为《野草》最重要的艺术特色。

这里要说明的是,鲁迅尽管受到波特莱尔散文诗象征主义的影响,但两者存在本质的区别。波特莱尔在创作中表现的是资本阶级"世纪末"颓废、厌世的思想和情绪,而鲁迅此刻却是个坚定的革命民主主义者,尽管彷徨、苦闷,但总趋向是积极、向上、奋进的,可以说,鲁迅与颓废、厌世从来无缘。然而,鲁迅在政治思想、人生态度上与波特莱尔的泾渭分明,并不排斥他对波特莱尔散文诗艺术方法的借鉴。这种借鉴更确切的说是采用了大量的象征主义的手法,使作品抹上了浓烈的象征主义的色彩。

鲁迅对现实的执着,对自我的严于解剖,决定了他即便借鉴其他艺术手法,也绝不可能动摇对现实主义的追求。在《野草》中,他引进大量象征主义的手法,完全是为了更好地表现对严峻现实的奇特感触而使用的。在《野草》中,鲁迅为了达到含蓄蕴藉而又真切自然的艺术效果,吸收了象征与写实两种方法,交替运用,有时更多地采用象征与暗示,有时又更多地写实;在许多篇章中,幻想的意境、象征性的形象与充满真实性的描写刻划及辛辣战斗的嘲讽紧密结合,交相运用,使这些散文诗显得真实而深邃。《野草》为我国现代文学提供了象征主义和现实主义两种艺术方法相结合的范本。

第二节 《野草》的思想内容①

《野草》连同《题辞》共 24 篇,按每篇思想的主题倾向,可分为三类。

(一)揭露社会的黑暗和病态

鲁迅说:"中国大约太老了,社会上事无大小,都恶劣不堪,像一只黑色的染缸,无论加进什么东西去,都变成漆黑。"② 不过,他并未失去信心,他说:"但我总还想对于根深蒂固的所谓旧文明,施行袭击,令其动摇,冀于将来有万一之希望。"③ 鲁迅对旧社会、旧文明的袭击主要体现在杂文和小说里,但《野草》中几乎也有一半篇幅表现着这种批判精神。

揭露社会之黑暗犹如地狱。《失掉的好地狱》描写地狱的统治权经过神、魔、人的几次更换,但被统治的鬼魂们的命运却日益不幸。在写本篇前一个多月,鲁迅写过《杂语》一文,揭露辛亥革命后在军阀混战局面下,人民灾难之深重:"称为神的和称为魔的战斗了,并非争夺天国,而在要得地狱的统治权。所以无论谁胜,地狱至今也还是照样的地狱。"《失掉的好地狱》中所谓的"好地狱",既是对旧社会的统称,又实指北洋军阀统治下的社会;这里的"魔"与"神"指旧时代的统治者,而"人"则指那些即将成为统治者的野心家。1931 年,鲁迅在《〈野草〉英文译本序》中说,《野草》中的作品"大半是废弛的地狱边沿的惨白色小花,当然不会美丽。但这地狱

---

① 本节对部分作品的解释参考孙玉石《〈野草〉研究》。
② 《两地书·四》。
③ 《两地书·八》。

必须失掉。这是由几个有雄辩与辣手,而那时还未得志的英雄们的脸色和语气所告诉我的。我于是做《失掉的好地狱》。"那时还未得志的英雄们"即指当时尚未取得统治权的国民党要人政客。可见鲁迅有惊人的政治预见,当时他已预感到这批新军阀将要窃取统治权,而这以后的中国社会仍然将是地狱。

嘲讽"中庸"和奴才哲学。《立论》由老师指导学生作文如何立论谈起,说一个孩子满月,来客祝词不同而遭遇迥然有异。虚伪奉承孩子将来定要发财作官的,得到一番感谢;实话实说,讲孩子将来是要死的,遭到一顿痛打。那么,要"既不谎人,也不遭打"应该怎么办呢?那只能说"啊呀!这孩子呵!您瞧多么……"这样一些不置可否而又等于什么也没说的话了。鲁迅借此鞭挞现实生活中那种"今天天气,哈哈哈"式的"骑墙派"和市侩的圆滑作风,同时也批判了以谎言为真实的畸形社会。《聪明人和傻子和奴才》描写三种人的三种人生态度,而贯串始终的是奴才。奴才诉苦,聪明人深表同情,似乎要下泪,最后安慰说:"我想,你总会好起来……",奴才听后"舒坦得不少";傻子骂他"混帐",并帮他砸墙开窗,改善生活条件,奴才却慌了手脚,呼喊"强盗砸墙了!"结果得到了主人的夸奖,他以为大有希望,于是十分高兴。鲁迅揭露聪明人以虚有的希望麻痹人们的思想,批判奴才毕竟是奴才,歌颂傻子为改变奴才地位而表现出的勇于改革的精神。《求乞者》描写一个孩子拦着"我"求乞,磕头,哀号,另一个孩子不说话,摊着手;都是装的,并不悲戚。这里所写的孩子是屈服于奴隶命运、向黑暗社会乞怜的人生态度的象征。"我"厌恶奴隶式的求乞,渴望人们觉醒、反抗。

抨击精神麻木的"戏剧的看客"。鲁迅说:"因为憎恶社会上旁观者之多,作《复仇》第一篇。"[①] 篇中写一男一女裸着全身,捏着利刃,对立于旷野,将要拥抱或杀戮。于是"旁观者"从四面奔来,

---

① 《二心集·〈野草〉英文译本序》。

准备鉴赏这拥抱或杀戮,以安慰内心的空虚和无聊。然而,这男女两人既不拥抱也不杀戮,直到干枯死去。无聊的路人便觉得更加无聊,以至"干枯到失去生趣",也在无聊中死去。这时,干枯而立于旷野的男女则反过来赏鉴路人的干枯与死亡,而且因生命的飞扬而大喜。鲁迅一向痛恨无聊的麻木的"旁观者"。大约一年前他在《娜拉走后怎样》中说:"群众——尤其是中国的——永远是戏剧的看客。牺牲场上,如果显得慷慨,他们就看了悲壮剧;如果显得觳觫,他们就看了滑稽剧……对于这样的群众没有法,只好使他们无戏可看倒是疗救,正无需乎震骇一时的牺牲,不如深沉的韧性的战斗。"这一思想到了《复仇》里便化为触目惊心的丰满的形象。男女两人决不让无聊的看客有戏可看,而且反过来赏鉴看客的干枯,这就是"复仇",也是"疗救"的良法。《复仇(其二)》可视为《复仇》的续篇。"人之子"耶稣为同胞的解放而受难,但同胞对他牺牲的意义毫不理解,反而对他戏弄、辱骂、讥诮,以他的痛楚为娱乐材料。然而,耶稣面对死亡,反倒"沉酣于大欢喜和大悲悯中",这就是他对人们的"复仇"。鲁迅的这种"复仇"精神,是对"奴隶""怒其不争"思想的体现,也是为了"引起疗救的注意"。

鞭挞青年空虚无聊、忘恩负义的灵魂。《我的失恋》是拟古的新打油诗,并不是散文诗,只不过出于某种原因在《野草》的总题目下发表于《语丝》,因而被一并编入《野草》的。鲁迅说过,这"是看见当时'啊呀啊唷,我要死了'之类的失恋诗盛行,故意做一首用'由她去罢'收场的东西,开开玩笑的"[①]。《颓败线的颤动》描写了一件令人伤心的事:年轻的母亲为了养活两岁的女儿,忍着巨大的精神痛苦出卖肉体;现在女儿长大了,有了子女,却把老母亲"不光明"的过去当作自己的耻辱,连小外孙女也挥动钢刀般的芦叶向她喊"杀!"老母亲愤怒而冷静地离开了家,走进荒野,用她赤裸裸的

---

① 《三闲集·我和〈语丝〉的始终》。

身体照见了过去的羞辱和苦痛,用无词的言词向长天发出悲愤的呼号,用颓败的身躯的颤动,向忘恩负义的女儿进行痛苦的复仇。这是个象征性的故事,鲁迅批判的矛头不仅指向对母亲忘恩负义的子女,而且广及社会上普遍的忘恩负义的青年,其中也隐含着鲁迅自己对狂飚社中个别青年忘恩负义行为的愤激之情。

揭穿"正人君子"虚伪的假面。这个论题在鲁迅杂文中经常出现,而在《野草》中则得到更形象的体现。《狗的驳诘》描写"我"在梦中与狗的论辩,狗自愧不如人,因为它不能像人那样分辨铜和银、布和绸、官和民、主和奴,并由此来决定自己待人接物的态度。狗的驳诘成了对那些自以为是人的"正人君子"的辛辣嘲笑。《死后》写"我"梦见自己死了但知觉还在,于是感知到世俗社会各式人等对他的死的反响,有旁观者的冷漠,有蛮横巡警的无理指责,尤其是蚂蚁、苍蝇更为可恶,企图在他身上"寻做论的材料"。对照三四个月前鲁迅写的《夏三虫》、《战士和苍蝇》等杂文便可得知,鲁迅这里对蚂蚁、苍蝇的描写,矛头即指向"正人君子"式的文人论客。

(二)歌颂韧性战斗精神

面对"黑色的染缸"般的中国,鲁迅认为"正无需乎震骇一时的牺牲,不如深沉的韧性的战斗"①。《野草》中即以不少篇目从不同角度歌颂了韧性的战斗精神。

为刚强不屈的战斗者唱赞歌。《野草》的开篇之作《秋夜》便是表现这一主题的名篇。作品描绘了一幅富于象征意味的深秋夜色的图景。图景的中心是秋夜的天空和后园墙外的两株枣树,这是互相对应的象征性形象。天空象征当时黑暗、残酷的社会,秋夜严霜的肃杀景象象征现实生活中的阶级关系;两株枣树是不屈不挠

---

① 《坟·娜拉走后怎样》。

的战士形象。作者一再重复推出枣树直刺夜空的意象,实际上是赞颂枣树决意制敌于死命的顽强的斗争精神。

赞美坚韧不拔的探索精神。在漫漫的征途上,为了韧性的战斗,离不开上下求索。《过客》是《野草》的代表作。这是个诗剧。作品主人公过客是一个坚韧不拔的探索者的形象。作品描写黄昏时分,从寂寞荒芜的旷野上来了一位过客,他长途跋涉,异常疲惫而又依然倔强。老翁告诉他前边是坟墓,劝他回去或留下,他没答应;小女孩告诉他前边有许多野百合、野蔷薇,并送给他包扎伤口的布片,他谢绝了。他知道他的后面充满了压迫、虚伪和冷酷,他懂得回去是没有出路的;他对前途虽然茫然,感受孤独,但不管前边是坟墓还是开遍野花,他都要听从"前面的声音"的召唤,倔强地向前。老翁是在人生旅途上困顿不前的颓唐者,小女孩是未经生活风霜的对未来充满美好幻想者。在对比之中,过客倔强、执着、上下求索的精神分外鲜明。过客几乎可以视为鲁迅自己的化身。

颂扬无私无畏的献身品格。这是《死火》侧重表现的思想。"我"在冰谷偶得死火,用体温使它重新燃烧。死火宁愿离开冰谷烧完,作出应有的贡献,而不愿留在冰谷冻灭,无所作为。"我"为将死火带出冰谷而牺牲于大石车的轮下。结果,死火终于逃出冰谷,而大石车则毁于冰谷之中。对此,"我"得意而自乐。在鲁迅笔下,冰山象征险恶的社会,突然袭来的大石车代表了社会恶势力,死火与"我"都是决心为摆脱黑暗社会的束缚而与恶势力抗争的斗士的象征,都具有无私无畏的英勇献身的品格,鲁迅为之唱赞歌。鲁迅曾经说过:"人生现在实在苦痛,但我们总要战取光明,即使自己遇不到,也可以留给后来的。"[①] 作品中的斗士,不管是死火还是"我",都体现了鲁迅一生追求和坚持的英勇献身精神。

热情歌颂叛逆的猛士。《这样的战士》成功地刻画了一个头脑

---

① 《书信·致曹白(1936.3.26)》。

清醒、韧性战斗的叛逆者形象,是这方面的代表作之一。鲁迅在《〈野草〉英文译本序》中说:"《这样的战士》,是有感于文人学士们帮助军阀而作。"这里所说的"文人学士"主要指代表资产阶级思想倾向的"现代评论"派,他们在"女师大"事件中为北洋军阀政府帮腔,鲁迅曾在杂文中不断加以揭露,这里则热情地歌颂了这场斗争中的叛逆的猛士。他不为敌人外表的种种好名称、好花样所迷惑,也不受"文人学士"的"公正"的假面的欺骗,他举起了投枪;当敌人惨败时,他不怕担"戕害慈善家"的罪名,也不愿博"不打落水狗"的"美名",他还是举起了投枪……总之,他要与敌人决战到底。《淡淡的血痕中》为悼念"三一八"死难烈士而作。我们从中看到的正是"这样的战士"。面对死难者的血痕,有态度截然相反的两种人:"造物主的良民"在淡红的血色和微漠的悲哀中暂得偷生;"叛逆的猛士"则敢于直面渗淡的人生,敢于正视淋漓的鲜血,他不容许维持这似人非人的世界。作者对于前者,批判其怯弱苟安,期待他们觉醒;对于后者,则大力歌颂他们那种能使天地变色的战斗精神。

(三)严于解剖自我,真诚坦露心胸

由于写作《野草》之时,正值鲁迅通过长期探索将要发生思想飞跃的前夜,巨大的思想裂变必然伴随着深刻的思想矛盾。鲁迅一向无情地解剖自己,所以,在侧重抒写个人心灵的散文诗中,必然要更多、更真实地坦露自己的心胸。难怪40年代就有论者说《野草》是鲁迅"旧的世界观发展到极致,走到绝境,碰到现实的壁上所爆发出来的灿烂的火花"[①]。

告别和埋葬矛盾、虚无的旧我。鲁迅一向反对将脑子里旧的

---

① 绀弩:《略谈鲁迅先生的〈野草〉》,《野草》第1卷第3期(1940年1月7日出版)。

残渣瞒了起来而装出一副"唯我独尊"的样子。他在给一位青年的信中写道:"我自己总觉得我灵魂里有毒气和鬼气,我极憎恶他,想除去他,而不能。"① 《野草》中有不少篇章就是鲁迅痛苦地告别、埋葬旧我的心灵历程的反映。这类文字表现较为曲折而晦涩,但作者的心灵剖视精细入微。《影的告别》描写"人"在梦中,"影"来与形体告别时所发的一番议论。鲁迅在1925年3月18日给许广平的信(即《两地书·四》)里说:"我的作品,太黑暗了,因为我常觉得惟'黑暗与虚无'乃是'实有',却偏要向这些作绝望的抗战,所以很多着偏激的声音。其实……我终于不能证实:惟黑暗与虚无乃是实有。"散文诗中的"影"是鲁迅上述内心思想矛盾的化身,他执着现实,却无路可走;不愿彷徨于明暗之间,可是又只能获得黑暗与虚空;他决心在黑暗与虚空中作绝望的抗争,"独立运行",迎来阳光灿烂的白天。这一形象一方面反映了鲁迅"惟'黑暗与虚无'乃是'实有'"的虚无态度和不能证实自己想法的矛盾心态,另一方面又表现了不惜任何牺牲战取光明的决心。在这一组文字中,最有代表性的是《墓碣文》,写的是"我"在梦中见到墓碣上的文字和墓穴中尸体的情景。这是《野草》中格调最低沉、绝望,虚无思想最为浓烈的一篇,也是集子中最难解的文字。墓碣文刻于墓碣阳、阴两面。阳面文字的大意是:每当热情浩歌时,总感到周围万般冷冽;从所谓天堂般的美好生活看到地狱般的深渊;在人们所见的一切中看到虚无;在绝望中解脱了尘世的痛苦;这些想法久久萦绕心间,游魂般的化为有毒牙的长蛇,这毒牙不咬他人,只咬自身,直至死去。最后的"离去!"表示死者希望来者去寻找自己的路。从这里可以看到墓主心灵的矛盾与痛苦,他执着而又虚无,绝望而又追求,无法摆脱,万般痛苦,因而只得以死为超脱,实际上即使死也实现不了超脱。这种心情反映了鲁迅从"五四"前夕到20年代中期

---

① 《书信·致李秉中(1924.9.24)》。

复杂精神状态的一个方面。他的早期杂文为反封建而热情呐喊,吹起了阵阵"热风",然而"周围空气太寒冽了"①;他"常常觉得惟'黑暗与虚无'乃是'实有'"②,所以,墓碣文中的所谓天堂只能是实际的地狱:当权者正在争夺地狱的统治权,地狱是他们的天堂,但永远是被统治的鬼魂的地狱。鲁迅当时深深地感到人生的寂寞,"这寂寞又一天一天的长大起来,如大毒蛇,缠住了我的灵魂了","这于我太痛苦。我于是用了种种法,来麻醉自己的灵魂……甘心使他们和我的脑一同消灭在泥土里"③。鲁迅借这阳面碑文坦露了自己难以摆脱的心灵痛苦。不过,他本人是很快地摆脱了这种痛苦的。《墓碣文》中的"我"读完这断断续续的阳面文字,从坟墓缺口看见尸体"胸腹俱破,中无心肝",面无表情,茫然如烟雾。可见死者遭遇极为悲惨,而神志却冷峻而泰然自若,这种情景也隐约反映了鲁迅的境遇和态度。墓碣阴面文字的大意是:我进行自我解剖,以求认识自我,然而,这是十分痛苦的事;在创痛剧烈之时,岂能真正认识自己?待到痛定之后,或可慢慢自剖、体会,但时过境迁,自我又何从得知?死者急切地希望得到解答。这段文字反映了鲁迅无情地解剖自己但又难以正确认识自己的心情。与阳面文字一样,最后死者告诫生者,倘不能正确解答这些人生难题,就"离开!""我"欲离去,死者急忙坐起,表示:待到尸体"成尘",化为虚无,便有胜利的微笑。这里再一次表现了鲁迅思想中虚无的一面。但是,"我"深感死者这种思想十分可怕,疾步离开墓地,表现了鲁迅与这种消极、虚无思想尽快诀绝的态度。他创作《墓碣文》,不仅袒露了自己的心境,更是为了彻底埋葬消极、绝望、虚无的旧我。

---

① 《热风·题记》。
② 《两地书·四》。
③ 《呐喊·自序》。

对青年的绝望和希望。鲁迅一向关心青年,在进化论的影响下,曾经不加分析地将希望寄于青年。至20年代中期,在严峻现实的教育下,他认识到对青年不能一概而论:"有醒着的,有睡着的,有昏着的,有躺着的,有玩着的,此处还多。但是,自然也有要前进的。"① 在《野草》的一些篇章中,就体现了这种对青年不一概而论的态度:既有绝望,又有希望,不过绝望之中仍然深藏着希望。鲁迅谈及《野草》时曾说:"因为惊异于青年之消沉,作《希望》。"② 在《希望》中,鲁迅不是客观地谈青年令人绝望或希望,而是连同自己的心灵一道加以透视。鲁迅分明意识到自己的青春已经"耗尽",难免感到寂寞和衰老。但是,他并不悲观,而将希望寄于"身外的青春",并以此来充实自己。然而,令他"惊异"的是"身外的青春也都逝去"了,这使他陷入了更深的寂寞和痛苦。尽管如此,鲁迅还是引用匈牙利爱国诗人裴多菲的《希望》之歌来激励青年振奋精神,战取"希望"。鲁迅先引诗人的四句诗否认了"希望",因为希望是不真实的、不可靠的,是"自欺的希望";继而又引诗人另一句诗否定了"绝望":"绝望之为虚妄,正与希望相同"。"希望"被否定了,随之而来的无疑是"绝望";然而,"绝望"也被否定了,岂不又有"希望"?鲁迅用否定"绝望"来肯定"希望","希望"尽管如"茫茫的东方"的微光,但毕竟是"希望"。鲁迅两次引用这一诗句,鼓励青年千万不该"绝望"。一年以后鲁迅经历了"五卅"和"三一八"两起惨案,又写了《一觉》,其中不为青年的"绝望"而惊异,而是为青年的觉醒而惊喜。文章从鲁迅校阅青年文稿时军阀飞机的轰炸谈起,从这轰炸声中宛然目睹了"死"的袭来,而更感受到"生"的存在。他从文稿中看到了青年"不肯涂脂抹粉"的"愤怒而粗暴"的灵魂。鲁迅惊喜于他们的觉醒和抗争,称他们为"我可爱的青年们"。

---

① 《华盖集·导师》。
② 《二心集·〈野草〉英文译本序》。

鲁迅的惊喜不仅是为这批文学青年,而且也是为自己,惊喜于近年来自己告别和埋葬了绝望、虚无的阴影。

追求美好的理想和情操。鲁迅的心灵并非全是阴暗的,除了"毒气和鬼气",更多的是积极和美好的情操;而且,当时鲁迅思想上之所以产生这么多这么深的失望与希望的矛盾,也都与对美好理想的执着追求有着直接的联系。《雪》是《野草》中即景抒情的名篇之一,在自然景物描写中寄托着自己的爱憎。他向往、赞美南方的雪景,那是"滋润美艳"的,"隐约着青春的消息,是极壮健的处子的皮肤","冬花开在雪野中",活泼的孩子欢快地堆叠雪罗汉;他不喜欢北方的飞雪"永远如粉,如沙",但又为风卷大雪,"弥漫太空"的壮伟景象所感动,体味着那"孤独的雪"的寂寞。作者虽然身处严寒肃杀的北方,然而并未向风沙屈服,更向往着南方的春天和生机。《好的故事》通过梦境为我们展现了一幅交织着"许多美的人和美的事"的图画,"美丽,幽雅,有趣,而且分明"。梦醒了,"将整篇的影子撕成片片了","趁碎影还在,我要追回他,完成他,留下他"。鲁迅对这美好理想的追求如此热烈、急切、不懈、充满激情,他以"昏沉的夜"与"好的故事"形成强烈对比,激励人们为摆脱"昏沉的夜",争取"好的故事"成为现实而努力。在《风筝》中,鲁迅展现了自己严于反省和自责的心灵。幼年时期由于"我"不喜欢放风筝,便以封建式的态度管束爱放风筝的弟弟,而且粗暴地拆毁了弟弟苦心扎成的风筝;二十年后,他为当年对弟弟的"精神的虐杀"深感内疚和悔恨。"我"希望向弟弟深表歉意而恳求宽恕,却发现弟弟很可能因幼稚纯真而全然忘却了"我"的过错。变封建的"长幼有序"为纯朴、真诚、宽容的兄弟之情,十分动人。鲁迅又曾说:"《腊叶》,是为爱我者的想要保存我而作的。"作品叙述"我"为着保存一片病叶斑斓的颜色而把它夹进书中,然而一年以后它却变成黄腊似的枯叶了。当时,鲁迅在黑暗的社会现实里过着长期紧张的战斗生活,严重地损害了自己的健康,这引起许多进步青年特别是许广平的关切。许广平曾说,"腊叶"是鲁迅的"自况"。那么,文中的"我"应是比喻那些爱护鲁迅的青年。鲁迅对爱护、珍惜他的青年怀着深切的感激之情。但是,他又认为,既要战斗,又要保养,二者是不能两全的,在连很能耐寒的树木也会秃尽的严寒里,一片病叶的斑斓只能保存极短的时间。鲁迅从一片病叶,思索出战斗与保养难以两全的人生哲理,又抒发了自己对"爱我者"的感激和为抗争黑暗势力不惜献身的高尚情操。

鲁迅编就《野草》以后才写《题辞》,我们在全面评价了《野草》中的23篇作品以后,有必要看看这篇《题辞》。从文体上看,它不同于一般集子的前言、后记,而是一首典型的散文诗,而且比之于早就写就的23篇,无论在思想上还是在艺术上,都更为成熟。1926年8月,鲁迅为了避开北洋军阀政府的政治罗网,怀着对革命浪潮日益高涨的南方的向往,带着记录他前几年战斗心灵的23篇散文诗,先后到了厦门和广州。不料翌年4月,"革命的策源地"就变成了反革命的策源地。面对着这场"血的游戏",鲁迅除了撰写杂文,曲折地表达自己的愤怒以外,还能说什么、做什么呢?他在自己的住地白云楼推窗而望,楼下有荷枪实弹的警察,"看看绿叶,编编旧稿,总算也在做一点事。做着这等事,真是虽生之日,犹死之年"[①]。就在这种处境和心情下,他编就了《野草》。在1927年4月26日,即距广州发生"四一五"大屠杀后十天,他写下了《题辞》。作者首先用一个短句,曲折地表达了对残酷的现实的深沉愤怒。此刻,社会环境的险恶远甚于两三年前的北京,但鲁迅没有迷茫,没有虚无,即使沉默,他也感到"充实",因为对眼下常人意想不到的现实,他已心中有数,把握准确;但是,面对这样的现实,倘要开口,却又不许说,也无从说,因此他又感到"空虚"。不管是"充实"还是"空虚",都饱含着他对残酷现实的怒火。就这样,他为《题

[①] 《朝花夕拾·小引》。

辞》定下了深沉的愤怒的基调。接着,作者对自己过去的思想和战斗生活作了形象的总结。他对"过去的生命""有大喜欢",因为他战斗过,而且前进了,"还非空虚";他爱小小的《野草》,因为其中记录着他战斗的、前进的"过去"。鲁迅对"过去"生命的肯定,显得"坦然,欣然",表现了对自己革命的、战斗的生命的确认和自信。再次,作者宣布了与残酷现实和旧我彻底决裂的誓言。鲁迅早就说过,"我以为凡对于时弊的攻击,文字须与时弊同时灭亡"①,此刻,他说"我希望这野草的死亡与朽腐,火速到来",表达了他渴望早早埋葬滋生"野草"的"地面"(即旧的社会)以及《野草》中表现出来的自身心灵"毒气和鬼气"的急切心情。《题辞》是鲁迅对过去战斗生活和自我思想的形象总结,同时标志着他的思想将有新的跃进。

第三节 《野草》的艺术成就②

散文诗是我国新文学园地崭新的文体。鲁迅的《野草》标志着我国散文诗的成熟,其重要原因之一便是艺术上臻于完美。对此,一向自谦的鲁迅并不避嫌。他说:"我的那一本《野草》,技术并不算坏。"③

(一) 精巧奇特的艺术构思

《野草》中许多篇章的构思都很新颖奇特,各具特色,互放异

---

① 《热风·题记》。
② 本节参考钟敬文《略谈〈野草〉》(《鲁迅研究》1981 年第 2 辑);李国涛《〈野草〉艺术谈》(山西人民出版社 1982 年版)。
③ 《书信·致萧军、萧红(1934.10.9)》。

彩,显示了作者非凡的想象力,从而表现出艺术独创性。

首先,作者总能奇幻地构想出常人意想不到的故事。例如《死火》,作者别出心裁地从"我"在一个"大冰谷"中发现"死火"写起。"冻死"的火是十分奇幻的意象;尽管这火的生命已经被烧灭,被封冻,已经成为"死火",但"我"一经发现它以后,便决心将它拾起,用自己的体温乃至生命,使冰冷的"死火"复燃。作者以如此开阔的思路,表现了对黑暗现实决一死战的献身精神。而《复仇》则奇特地构想出一对男女对峙而并无动作的场面来挖苦、嘲弄那些无聊的看客,让他们兴奋、伫立、等待,直到失望、绝望而"面面相觑,慢慢走散",用这沮丧的"镜头"让读者细细咀嚼作者所设计的"复仇"的快意。这些故事出自作者异想天开,但又发人深思,绝对不会因故事的奇特而怀疑它的寓意。

其次,作者善于发挥神奇的想象,设想新奇的画面和细节。《好的故事》中小河里所反映的自然景物和人间事物,在打桨后形成诡幻奇丽的形象,常人难以构想。《颓败线的颤动》整个故事已相当新奇,而写及这位老母亲受到女儿的诟辱时,作者特意设想小孙女用钢刀般的芦叶"杀"的一声向外婆刺去,这一动作激起了这位老妇人异乎寻常的精神痛苦和疯狂行动。这"杀"的一刺堪称熠熠发光的一笔。

再次,作者特别擅长描写种种奇特的梦。《野草》共有九梦,都是借助梦境来反映现实。《影的告别》和《好的故事》虽没有直接说做梦,但实际上是写梦境;而从《死火》到《死后》,一连七篇都是一色地以"我梦见……"为开头,借用梦境,放纵想象,恣意点染,在似梦似真的境界中,表达"难以直言"的心绪。《野草》中的梦各具特色,《墓碣文》是恐怖的梦,《狗的驳诘》是幽默的梦,《死后》是荒诞的梦,而《颓败线的颤动》则是令人颤栗的梦。这些梦境看似荒诞离奇,然而梦是现实的曲折反映,梦又总是具象的。《野草》正是通过梦境与想象,揭示了生活的真理,具体、生动、形象地表现了作者的爱与憎,表现了作者对于黑暗现实的深刻的批判。

(二)浓郁的诗情与深警的哲理的结合

《野草》中绝大多数篇什都非常优美,既散发着浓郁的诗情,又有着精辟的哲理。

作者有时精心描绘优美的生活图画,如《雪》中生动描绘的南北方冬天雪景的图画,诗意盎然,情趣横生,同时蕴含着鲁迅所感受到的生活哲理,既有对春意、光明的向往,对严冬、黑暗的厌恶,也有孤独战斗者的傲岸和寂寞。

有时,作者刻意创造深远的抒情意境,使诗情、画意相得益彰。例如前边提到的《好的故事》小河中出现的画面,不仅新奇,而且清秀多彩,幽雅有趣,画意衬托着诗情,引起读者对美好事物的无边遐想。

作者还善于从极普通的生活现象或自然景物中发现诗情与哲理。《求乞者》从人们习以为常的小孩求乞,引发出"我将用无所为和沉默求乞……/我至少将得到虚无!"的生活哲理。《秋夜》中后园墙外的两株枣树,本来是那样平常,但鲁迅却从它与夜空的关系中发现了引人无限遐想的空间,成为人们赞美不尽的妙笔。

这些蕴含生活哲理的画面和意象,其色调是五彩缤纷的。有《好的故事》、《雪》那样的清秀、幽雅,有《风筝》、《腊叶》那样的温馨、质朴,有《立论》、《聪明人和傻子和奴才》那样的机智、俏皮;但更多的是荒诞的、恐怖的意象,如《影的告别》之神秘莫测,《求乞者》之悲凉萧索,《复仇》之冷漠无聊,《死火》虽奇伟瑰丽而终非实境,《颓败线的颤动》、《墓碣文》的残酷愤怒和阴森恐怖则确由心造,等等。鲁迅笔下之所以有这么多阴冷的画面和意境,一方面固然因为古老的中国"社会上事无大小,都恶劣不堪",另一方面却也因为鲁迅自身心灵残存着"毒气和鬼气";更主要的是"诗情"只有附丽于贴切的意象之时,才会写出好诗,《野草》正是作者掌握诗的艺术辩证法的成果。

(三)大量运用象征主义手法

如前所述,《野草》是现实主义与象征主义两种手法相结合的典范,而象征手法的运用尤使《野草》大放异彩。象征必须有"象",《野草》正是以各种具有物质感的意象,赋予鲜明的象征主义色彩,从而独特地表现某种抽象的思想情感或寄寓某种哲理性的思考。其途径有以下几种:

其一,自然景物的象征。这是《野草》中运用得最多的。《秋夜》中,对秋天夜空的描画是写实的,天空、枣树、月亮、小粉红花等等也都是实景。然而这幅画中的各个具体形象却都不同程度地拟人化了,而且各自有其象征意义。天空会映"冷眼";枣树像要直刺天空,"一意要制他的死命";月亮竟然"窘得发白";而小粉红花则尽在"做梦"。这样,写实的画面与想象的画面重叠交织在一起,就构成了一个幽深奇诡的意境,充满诗情画意,同时又富有战斗精神。象征主义的表现手法使《秋夜》这篇散文诗给人们留下了永远讲不完的话题。

其二,突出自然景物或者某些事物的自然特征,从而引伸、阐发其精神实质。《腊叶》就是这样的一篇。"腊叶"是一片"有一蛀孔,镶着乌黑的花边的病叶",这是鲁迅的自况,取病叶的自然特征(被虫蚀)而联想到作者本人的身世,并由此引伸出了"爱我者的想要保存我"的构想。

其三,直接诉诸于人和事,赋予某些人物或故事以象征的意义。《这样的战士》、《复仇》、《聪明人和傻子和奴才》等篇,都是以象征性的人物形象来表现作者在现实生活中的"小感触"的。那个在任何情况下始终高举投枪的战士,那对始终对峙而没有动作、直至干死的裸身男女,他们当然都不是生活中的真实形象,但在他们的身上所体现的坚韧、顽强的战斗精神和那种宁与敌人同归于尽的复仇性格,却深刻地反映了作者在现实斗争中所感知的本质与真谛。《过客》中的黄昏时刻、荒郊土屋,随遇而安的老翁、涉世未深的小女孩、困顿倔强的过客、甚至那隐隐传来的召唤人们前进的"声音",无不有着特定的象征意义。它们共同构成了一个幽深奇崛的艺术世界,寄寓着来自生活的哲理思考,从而发人深思。

象征手法的成功运用,使《野草》中不少篇章能够以短小的篇幅而取得含蓄凝炼、耐人寻味的艺术效果,给人以美的享受。

(四)优美瑰丽的艺术语言

散文诗的语言应当富有诗情美和哲理美,既包含着诗情又警示着哲理。与鲁迅的小说和杂文相比,《野草》的语言显得特别优美和瑰丽。

《野草》的语言精炼而警拔,往往精炼得近于浓缩,有的成为警句。《题辞》中描述"我"面对"野草"的死亡和朽腐时的态度——"但我坦然、欣然。我将大笑,我将歌唱"。《好的故事》中那个好的故事——"美丽,幽雅,有趣,而且分明"等,可谓精得不能再精。《题辞》开头关于"我""沉默"时"充实",开口时反"空虚"的心境表达,《淡淡的血痕中》关于叛逆的猛士屹立于人间,洞察一切的赞美等,皆已浓缩成令人百谈不厌的人生警语。

《野草》的语言又是含蓄而曲折的。鲁迅曾批评清末谴责小说的语言"辞气浮露,笔无藏锋"[①]。浮露而不藏,必然直白无味,《野草》力避这种弊病,力求在含蓄曲折的语言中包含深刻的诗意,更发人深思、也耐人寻味。前面说的《题辞》中近于警语的开篇文字,

---

① 《中国小说史略·清末之谴责小说》。

因过于精炼、浓缩又含蓄曲折,以至使人难以理解,但当你把握了鲁迅写作此文时的政治背景、愤怒心情以后,便会发现其中包含着无限丰富、沉重的思想和情感。《希望》引用裴多菲的诗句"绝望之为虚妄,正与希望相同",这是典型的警语,其表达更为曲折费解,但当你一旦理清了这种近于"否定之否定"的思路,就会惊叹它的寓意之深刻、用心之良苦。

《野草》中的对话往往也寓意深警,不管是讽刺还是抒情,常常闪现着诗意的光彩。《聪明人和傻子和奴才》中奴才与傻子的对话简洁、朴实,轻松的讽刺外衣下隐藏着作者机警而深刻的诗情。《过客》中过客、老翁、小女孩三人都是富有人生哲理的象征人物,都具有诗人气质,三人的对话诗意盎然,从中不难体会到作品蕴含的深刻哲理和隽永的诗意。

《野草》的语言还富有音乐美,常用排比句式,多结构相似的短语,关键性句子尤其是警句每见重复等等。凡此种种,都增强了语意与诗情,甚至回环反复,意味浓烈,诗情回荡。有时甚至还参差错落地押韵,例如《影的告别》:

  我不愿意!
  呜呼呜呼,我不愿意,我不如彷徨于无地。
  我独自远行,不但没有你,并且
  没有别的影在黑暗里。只有我被黑暗
  沉没,那世界全属我自己。

又如《求乞者》:

  我走路。另外有几个人各自走路。
  微风起来,四面都是灰土。

在更多的篇章里,其语言虽不押韵,但声调抑扬顿挫,读来琅琅上口,情感随语气的顿挫而起伏回荡。

第四节 《朝花夕拾》[①]

(一)《朝花夕拾》的总体构思与创作动机

鲁迅称《朝花夕拾》的素材是"从记忆中抄出来的"[②],所以该集所收,均属回忆散文。这些作品写于1926年2月至同年11月,共10篇,曾陆续发表于《莽原》半月刊,总题目为《旧事重提》,结集时改名为《朝花夕拾》。

这组文章虽然各自独立成篇,但又有总体的构思,先后安排基本上以作者的童年和青年的生活轨迹为序,如果从1887年初读《鉴略》,到1912年范爱民之死,即从自己的童年到辛亥革命之后,历时达二十多年。在《莽原》上发表时每篇都注明《旧事重提》第几篇。第一篇至第六篇主要写童心世界,七、八两篇写青年时代面临的人生道路的抉择,九、十两篇怀念师友,回顾自己走上文学道路的经历。篇与篇之间略有脉络可寻,甚至语气上都互相承接。可见,作者对这一组回忆散文有比较完整的构思,对各篇内容和如何安排,一共写多少篇,都有过通盘的考虑。因此,尽管各篇均独立成文,但全书又是一个有机的整体。

鲁迅为什么要写这组回忆散文呢?原因是多方面的。其一,在紧张的斗争间隙,反顾自己所走的生活道路。写作《朝花夕拾》之前一年的时间里,鲁迅花了大量精力,以杂文为主要武器,与北洋军阀政府以及为其帮腔的"正人君子"们展开了紧张的斗争。对此,鲁迅不免感到"困倦"和"无聊","常想在纷扰中寻出一点闲静

[①] 本节主要参考王瑶《鲁迅作品论集·论〈朝花夕拾〉》。
[②] 《朝花夕拾·小引》。

来",咀嚼和思索以往的生活,聊解"思乡蛊惑"。其二,在现实斗争直接触发下,兼用这组文章参与对现实的斗争。尽管《朝花夕拾》是回忆散文,与"匕首"、"投枪"式的杂文不同,它不要求作者对现实斗争及时作出反响,但这并不等于说回忆散文就绝对不介入现实的矛盾。《朝花夕拾》的少数篇章明显是来自现实而又将矛头指向现实的。比如写于北京的开篇之作《狗·猫·鼠》就是回击"现代评论派"的人身攻击的。其三,更重要的是给青年提供认识中国历史和社会的教材。鲁迅感到虽然"民国"已经有了十五年的历史,但社会上的思想、习惯以及人际关系并无多少实质性的变化,因此他说"我觉得什么都要重新做过"[①]。他劝人翻看史书,从而可以"知道我们现在的情形,和那时何其神似"[②]。遗憾的是这一主张不为当时许多青年所注意,所以他说"我希望有人好好地做一部民国的建设史给少年看"[③]。《莽原》正是一批鲁迅寄以期望的青年人办的刊物,鲁迅对它全力支持,并将这组文字题名为《旧事重提》发表于该刊。这组文章所记述的二十多年里,帝国主义侵华战争不断,国内政治事件迭起,封建统治顽固而又腐朽;《朝花夕拾》虽然没有直接取材于重大事件,而只是叙述一些作者童年和青少年时代亲身经历的、耳闻目睹的事情,甚至是一些似乎无关紧要的琐事,但将时代的许多信息诉诸笔端。鲁迅之所以愿意"重提"这些"旧事",不仅因为它们对现实仍有重要的借鉴或启示作用,而且正因为是"重提",说明经过时间的考验,作者对这些"旧事"的认识和理解已经深化,就更值得引起人们的思索和重视。所以,1931年初日本文学青年增田涉来到上海,希望了解中国和中国文学时,鲁迅就送他一本《朝花夕拾》,并对他说:"须了解中国的情况,先看看

---

① 《华盖集·忽然想到》。
② 《华盖集·这个与那个》。
③ 《坟·杂忆》。

这本书。"

事实上,《朝花夕拾》问世以来,除了作为文艺作品为人传诵外,还越来越显示出它的文献价值。首先,它是关于鲁迅生平史实的第一手资料。《朝花夕拾》并非鲁迅传记,但我们从中可以看到鲁迅早年较完整的形象,通过其中许多具体的史实,可以看到鲁迅成长的过程及其思想形成的脉络,看到一个对封建思想从反感到决裂,不断探索和追求的爱国者的足迹。有关鲁迅生平传记的许多重要问题,可以从《朝花夕拾》中找到渊源或解答。其次,《朝花夕拾》作为参考文献,为我们理解和研究鲁迅的小说提供了重要的、有用的资料。鲁迅小说有许多是以"旧事"为背景的,《朝花夕拾》中关于社会风习、人们的心理状态以及自然风景的记述,都有助于我们对鲁迅小说中的环境气氛的理解与研究。特别是人物,鲁迅早年生活中接触到的和感受很深的真实的人,同他小说中所创造的典型形象之间往往存在某种联系。我们从《朝花夕拾》所描写的许多人物的情况可以产生联想和推论,有利于我们理解鲁迅小说中的人物的性格和心态,同时有利于我们从文艺与生活的关系研究鲁迅小说运用典型化创作原则的特点。再次,《朝花夕拾》为中国近代史提供了比一般历史记载更为鲜明和准确的形象化的社会史料。19世纪末和20世纪初正是中国历史新旧交织、发生剧烈变化的时代,《朝花夕拾》从家庭到学校、从浙江的绍兴到日本的仙台,多方面地展示了当时真实的生活场景和社会风习。

(二)《朝花夕拾》的主要内容

学龄以前生活的记忆。《狗·猫·鼠》是"旧事重提"的开篇之作。和以下诸篇相比,此文有其特殊性。从表面上看,文章叙述了童年时代对猫与鼠的好恶,回忆了由于猫儿吃掉自己心爱的隐鼠,因而仇视猫的原因与经过,并首次提到了自己的保姆长妈妈。实际上,这是鲁迅由于受现实中论敌之所作所为的启发而给"媚态的猫"所绘的画像。文中对猫的媚态和残忍的憎恶,对它们那种"无所不为"而又奴气十足的"猫性"的描述与讥刺,具有鲜明的论战性,是专门为回击"现代评论派"的诬蔑而写的。

自《阿长与〈山海经〉》以下,不再是论战性作品,而更多的显示出"回忆文"的特色。此篇与前文写作时间相距仅二十天,文中深情地描述了长妈妈的纯朴与善良。长妈妈虽然"并非学者",甚至把"山海经"说成"三哼经",但她却能体察孩子的心情,终于觅到了童年的作者渴望已久的这本"最为心爱的宝书"。为了孩子,"别人不肯做,或不能做的事情,她却能够做成功"。儿时的鲁迅是何等钦佩长妈妈所具有的"伟大的神力"!

第三篇《二十四孝图》则回顾了童年时阅读长辈所赠的第一个图画本子时的具体感受。在这个画册里不仅有荒诞不经的《哭竹生笋》、《卧冰求鲤》,同时还有那"将肉麻当作有趣"的令人作呕的《老莱娱亲》和因违反人性、沽名钓誉而得到"天赐黄金"的《郭巨埋儿》等故事。作者从儿童阅读此书所感到的恶心与恐惧的描述中批判了反动、荒谬的封建孝道,并联系现实,猛烈抨击了那些反对白话、毒害儿童的封建读物。这开首三篇,从童心的爱憎的角度,表现了对劳动人民的眷恋和对封建礼教道德的厌恶,并由此展开了《朝花夕拾》全书的思路。

私塾阶段生活印象的描绘。鲁迅七岁开蒙读书,读的第一本书是《鉴略》。《五猖会》记叙的是儿时某日,鲁迅正"笑着跳着"准备随大人去东关看五猖会即迎神赛会的化装游行时,严厉的父亲却迫令他背诵"粤自盘古,生于太荒"这样连一句也读不懂的《鉴略》,鲁迅尽管因背诵熟练而获准赴会,但已兴趣全无了。虽然鲁迅很爱父亲,但对于他对自己儿童生活乐趣的摧残和压抑却大不以为然,以至四十多年以后,一想起这事,还诧异"我的父亲何以要在那时候叫我来背书",表现出对那个年代封建家庭教育的不满。

如果说儿时爱看迎神赛会的乐趣在《五猖会》里全被父亲扼杀,那么到了《无常》中,少年鲁迅就看得颇为尽兴了。《无常》从记叙故乡"迎神赛会"中大家"最愿意看"的"活无常"讲起,回顾了童年时"和'下等人'一同"欣赏目连戏并且参加扮演戏中鬼卒的情景,热情地歌颂了那"鬼而人,理而情,可怖而可爱的无常",以及那穿着红衫,具有顽强复仇性格的"女吊"——在童年鲁迅的心目中,这是"比别的一切鬼魂更美、更强的鬼魂"。由此可以看到,鲁迅——更美好的童年回忆是与劳动人民的善良、勤劳和反抗的性格以及民间艺术(包括年画、民间故事和目连戏等)密切相关的。

《从百草园到三味书屋》是《朝花夕拾》中的名篇,作品进一步发挥了《五猖会》的思想,批判了封建教育制度。文章以充满感情色彩的笔墨,对比地描述了"乐园"百草园的盎然生趣和三味书屋寿镜吾先生教学的枯燥刻板。

记述青少年时代的生活断片。《父亲的病》回忆少年时为父亲寻找各种"奇特的药引"和"特别的丸散"所作的徒劳奔走,揭露庸医骗人、害人的罪恶行径。《琐记》回忆、描述一位令人憎恶的衍太太对孩子的欺骗、戏弄和伤害,正是衍太太之流的流言中伤,成为迫使鲁迅决心背井离乡,去投异地、寻异路,寻找别一类人们的主要动因。那两位"名医"和衍太太之流的所作所为,是少年鲁迅所畏惧、厌恶甚至憎恨的,作品通过少年儿童鲜明的爱憎,对封建习俗和封建思想文化进行了尖锐的讽刺与批判,尽管这种讽刺与批判是朴素的、直感的,然而它们真切动人,富有艺术感染力。

怀师恋友,回顾"从文"经历。《藤野先生》是《朝花夕拾》中的名篇。作品回忆了在日本留学时,为了祖国的前途和命运,不顾藤野先生对自己在医学上能有所成就的殷切期望,毅然决定弃医从文的经过,深情地怀念、歌颂了那位对中国人民有着友好感情,严谨热诚,诲人不倦的藤野先生。作为弱国子民的留学生的青年鲁迅,尤其能够理解藤野先生对他孜孜不倦的教导是为了中国、为了科学,他为藤野先生高尚正直的品质和对中国人民的深情友谊所感动,认为"在我所认为我师的之中,他是最使我感激,给我鼓励的一个"。这种感激与鼓励,甚至贯穿了鲁迅的一生,只要一瞥见挂在墙上的藤野先生的照片,他就会产生工作的力量,激励自己"再继续写些为'正人君子'之流所深恶痛绝的文字"。《范爱农》回忆和悼念的是鲁迅青年时代的挚友范爱农。范爱农耿直不阿而终生不得志。文章回忆了辛亥革命前后与范爱农的相处经过。作者同情革命前范爱农在故乡"受着轻蔑,排斥,迫害,几乎无地可容"的遭际;对范爱农在辛亥革命后仍然受到打击、排挤,终至潦倒而死感到极度愤慨。《范爱农》一文既为旧友的遭遇鸣不平,更沉痛地批判了辛亥革命未予反动势力以致命打击的不彻底性。范爱农的悲剧是旧民主主义革命时期一个要求进步的知识分子的悲剧。《藤野先生》、《范爱农》和《琐记》等篇表明,鲁迅的青年时代和他的童年一样,也有着不少令他难以忘怀的人和事,对这些浸透着深厚爱憎的人和事的"反顾",更能揭示出它们在现实生活中的意义和价值。尽管已经是"夕拾"的"朝花",但"花"总是美丽的。

从上述内容可以看出,鲁迅的散文和他的小说一样,善于以生活琐事反映社会面貌,以个人遭遇抒写时代风云。虽然是一些生活片段,但经过作者的回味、咀嚼和总结,连缀起来,就构成了一幅半殖民地中国生活的风俗画。

(三)《朝花夕拾》的艺术特色

回忆往事与批判现实的融合。作为回忆散文,《朝花夕拾》每篇中都有"我"。读者可以从散文集中掌握有关鲁迅的家庭、童年和青少年时代的许多真实资料。这个散文集的整体构思和单篇文章都体现了以回忆为主的写作特点,较少杂文的论战性,因为这组文章基本上是追怀往事,而不是面对现实斗争而写的。但是,细细阅读，又可以体察到鲁迅行文中善于"以插曲表现大的事件"的特点，从而在每篇中可以发现，在叙事中往往掺有杂文笔法和对现实的批判。例如在给媚态的猫画像时，狠狠鞭挞了帮闲文人的恶险；在批判《二十四孝图》等封建读物时，作者也没忘记捎带抨击那些"以不情为伦纪，诬蔑了古人，教坏了后人"的"道学先生"和"流言家"，恨恨地说："我总要上下四方寻求，得到一种最黑，最黑，最黑的咒文，先来诅咒一切反对白话，妨害白话者"。写后五篇时，鲁迅正面临着内心的矛盾，一方面继续战斗，另一方面又时时有"游勇"式的寂寞感。这一时期所作的散文触及现实的成分虽然减少，但笔端仍不免时有社会批判的内容出现。

叙事和议论、抒情的结合。回忆散文必以叙事为主。既是叙事，文章自然注意写事写人，尤其是重视人物描写。不仅是那些用笔较多的人物如范爱农、藤野、长妈妈等，即使如寿镜吾、衍太太和陈莲河等人，有时虽仅寥寥数笔，但由于在写人物中凝聚着"我"的褒贬与爱憎，下笔时注意勾勒人物神态，因而也都神情皆备，栩栩如生。在写人写事时，作者也没有忽视人物与时代、社会的关系，从而发掘其所蕴含的内在的意义。如对范爱农的描述，正是在回顾、感喟这一辛亥革命时期的知识分子的悲剧中，寄寓着作者对旧民主主义革命的反思。这也是全书虽仅三万多字，却能反映出中国近代史上一个重要阶段的社会生活画面的原因之一。但是，《朝花夕拾》并不是单纯的叙事文。这组散文不仅在叙事中穿插着议论与讽刺，而且大都具有较浓厚的抒情性，是以抒情笔调进行叙事与议论的。对童年和青少年时期的回忆，实际上也是作者成长中心灵历程的记录。当作者回顾往事，重提旧事时，总是撷取那些体会最深切的典型感受，以抒发内心的方式表达出来，从而赋予作品以抒情的、感人的力量。例如从一个不谙世事的儿童眼中看长妈妈为自己找来向往已久的《山海经》这件大事，孩子是何等惊讶长妈妈那无所不能的"伟大的神力"啊！同时，在一个天真烂漫的儿童心目中,那生机盎然的百草园,那菜畦、首乌藤、皂荚树、黄蜂、蟋蟀和云雀组成的"大千世界",更别提有多么迷人的魅力了。尽管长妈妈其实只是一个连"三哼经"都不知道为何物的缺乏知识的劳动妇女,百草园中的草木、昆虫、翎毛也都是人们所习惯的东西,可是在一个受着封建家庭和封建教育制度禁锢、束缚的童心世界里,能让个性得到那么一点自由驰聘的机会,这种喜悦是多么动人、感人啊!

　　清新恬淡与讽刺幽默的统一。这是《朝花夕拾》的艺术特点之一,更是它的艺术风格所在。作为艺术风格,我们可以将它概括为于清新恬淡中暗寓着幽默与讽刺,或简化为具有某种幽默的雍容格调。这一组回忆散文,基调恬静明快,读来亲切动人;但在恬静平淡的回忆中,却时时可见讽刺机锋和幽默笔调,使人咀嚼回味之余颇多启发。例如《父亲的病》中,写城中那位"名医",当病人服了他的一剂药后,竟然连脉息都摸不到了,但他还能坦然地"开药",字里行间不无讽刺意味。《琐记》中描述南京水师学堂因淹死过两个学生而填平游泳池,加盖关帝庙,营造字纸亭,再加上每年七月半请和尚念经放焰口以作镇压、超度等怪现状,作者并不多作褒贬,而是以漫淡的方式,絮絮道来,在白描中使丑态毕露;待行文几番曲折后,才略加评点:"'乌烟瘴气',庶几其可也。"表明作者的轻蔑与否定,令读者一同发出会心的微笑。在《无常》等篇中,鲁迅在歌颂鬼的可爱的同时,将现实生活中敌手们的自我标榜或互相吹捧,以寥寥数语或作分析、引伸,或作点染、发挥,使之原形毕露。

第八章　鲁迅的诗歌

第一节　鲁迅诗歌的创作历程

在鲁迅的全部创作中,诗歌是极小的,也是最"不正式"的一部分。鲁迅说过,他既不喜欢作新诗,也不喜欢作旧诗。他无意作诗人。但是,中国是一个诗的国度,鲁迅的古典文学功底又异常扎实,源远流长的中国诗歌传统,在鲁迅身上留下了深刻的影响。他在以主要精力从事杂文、小说等文体的写作以外,也偶有诗作,而且表现出丰富的思想和精湛的诗歌创作技巧,成为他创作中引人注目的组成部分。

从目前所见到的资料来看,鲁迅共作有诗歌七十多首。就诗体来说有三种:旧体诗、新诗和民歌体诗。鲁迅称自己写旧体诗是"积习",就是说他本无意作这些诗,只是由于习惯才及时把一些感受写下来的。这些诗有的最早记载在周作人日记里,有的夹写在他的杂文和小说中,但更多的是朋友间的应酬之作。鲁迅说:"我平时并不作诗,只是在有人要我写字时,胡诌几句塞责,并不存稿。"[①] 所以,这些诗常存于朋友手中。鲁迅称自己之所以写新诗,"只因为那时诗坛寂寞,所以打打边鼓,凑些热闹;待到称为诗人的一出现,就洗手不作了"[②]。到了 30 年代,因形势需要,鲁迅又作过为数不多的带有杂文意味的民歌体讽刺诗。他写的新诗与民歌体诗都是有明确现实针对性的,是有意而作,当时大多在报刊上发表过。

---

① 《书信·致杨霁云(1934.10.13)》。
② 《集外集·序》。

其实,鲁迅的文学创作始于诗歌。从 1900 年春写《别诸第三首》开始,到 1935 年底写《辛亥残秋偶作》,诗歌创作几乎贯穿了他的一生。从时间上看,可分为早期、中期和后期三个阶段。

(一)早期(1900 – 1912),即南京求学至辛亥革命前后

这一阶段的诗作均为旧体诗,涉及的社会面不宽,思想缺乏深度,技巧较为稚嫩。主要是抒写早年的感时愤世之情或表现对高尚理想的追求。两组《别诸弟三首》写自己离乡背井、赴外地寻求新的生活道路,难免产生离愁别绪,但并不悲悲切切,而是以"文章得失不由天"来勉励诸弟。《庚子送灶即事》和《祭书神文》二首(后者是骈文),表现了对封建迷信、偶像崇拜、世俗价值观念的讽刺和清贫书香人家子弟的孤芳自赏。《莲蓬人》、《惜花四律》表现对美好事物的爱恋和对高洁志向的追求。《自题小像》写于离别祖国来到异国日本之时,表达了为多灾多难的故国报效终身的决心,标志着这一阶段鲁迅思想的升华。十年以后写的《哀范君三章》,忧国忧民的情怀更趋于深沉。

(二)中期(1918 – 1926),即"五四"前夕至"五四"退潮期

这一阶段偶有旧体诗作,如《替豆萁伸冤》"活剥"曹植《七步诗》,针对"女师大事件"中某些教师为校长杨荫瑜辩护的言论,为正义学生辩诬;但大多是新诗,从思想到形式显然受到五四新潮及其诗风的影响。《梦》、《爱之神》、《人与时》等,从不同角度反映了当时青年在冷冽社会中的感受,表现了诗人正视现实,着眼现在,努力前进的精神和对美好事物、先进思想的热烈向往。《我之失恋》等嘲讽了诗坛的不正之风;《哈哈爱兮歌三首》(见于《铸剑》)歌颂了以死向暴君复仇的精神;写于 1926 年 10 月,后来作为《而已集》题辞的八句新诗则声讨了北洋军阀屠伯们残杀正义学生的罪行。这些新诗体现了五四新诗风貌,跳动着时代的脉搏,表现了鲁迅独特的积极进取的精神和越来越坚韧的反抗精神。

(三)后期(1928 – 1935),即大革命失败至 30 年代国民党白色恐怖时期

这是鲁迅诗歌创作的高峰期和成熟期,作品主要是旧体诗,也有新诗与民歌体诗。这些诗作的基调是反映与国民党反动派的艰苦卓绝的斗争。与前两个阶段的诗作相比,对现实的爱憎更为分明,常有短兵相接之作,而且充满了辩证精神和革命乐观主义。例如《无题(大野多钩棘)》、《惯于长夜过春时》等愤怒地控诉了国民党反动派挑起反革命内战,实行血腥大屠杀的罪行;《好东西歌》等一组民歌体诗,辛辣地嘲讽了国民党内部的倾轧和争斗,暴露他们丑恶腐败的内幕;《学生和玉佛》、《吊大学生》等鞭挞了蒋介石集团卖国、自私的行径;《无题(万家墨面没蒿莱)》揭露了国民党统治下人民饥寒交迫的境遇,并预示在中国大地上必将响起滚滚惊雷。这一阶段的诗作题材广泛,除了上述内容以外,还有抒写与国内外朋友的友情,抒写自己当年创作小说时的心境等等的诗歌。

从上述三个阶段的诗作可以看到,鲁迅诗歌的内容涉及中国现代史上近半个世纪的沧桑变化,从清光绪年间到抗战爆发前夕,其间戊戌变法、辛亥革命、倒袁运动、五四运动、北伐战争、"四一二"政变,反对蒋介石法西斯统治以及日本帝国主义侵华战争等等,这些重要时事在其诗作中都有所反映。从这个意义上说,鲁迅的诗歌具有"诗史"的性质。这些诗作,又清晰而形象地记录了鲁迅心灵的历程,从中可以看到他从一个热诚的爱国青年到激进的革命民主主义者,最后成为坚定的左翼文化战士的心灵演进过程。从这个角度讲,鲁迅的诗歌又是诗人的"心史"。

第二节　鲁迅诗歌的思想内容[①]

(一)抒发献身祖国的豪情壮志

与同时代的一般青年相比,鲁迅关心祖国和民族的命运更早。他早在青年时期就已成为一个热诚的爱国主义者,献身祖国是他一生的坚定信念。这一信念集中体现在他的《自题小像》之中。

灵台无计逃神矢,风雨如磐闇故园。
寄意寒星荃不察,我以我血荐轩辕。

这首诗写于1903年3月,即鲁迅到达日本近一年之际。写这首诗的直接动因是剪去辫子又照了相。鲁迅为了寻求救国本领而东渡日本留学,由于自己来自贫穷弱国而倍受民族歧视,因此,他无论如何不可能不加倍地思念自己的祖国和人民。此刻,剪去了当时被认为民族压迫象征的辫子,又照了相,显得十分英俊有为,心情特别舒畅而激动,这就更激发了他的民族使命感,于是豪情满怀地写下了这首凝聚着他思想精华的感人诗篇。

前两句写对祖国的眷念,痛感祖国灾难重重。灵台,即心灵。诗人用罗马神话中的典故,写自己对祖国的思念与热爱,就如自己的心灵中了爱神丘比特的神箭必然产生深深的爱那样无法摆脱。诗人用不想爱来写不得不爱,无法不爱。眼看着中华大地由于统治者治国无方,内忧外患,风雨飘摇,如磐石压顶,使古老的祖国阴霾密布,昏天黑地。后两句借景生情,表达赤子的心怀。荃,原指香草,屈原《离骚》中比作国君,这里比作祖国人民;轩辕,指黄帝,

---

[①] 本节对具体诗篇的分析主要参考孙郁等《走进鲁迅世界·诗歌卷》(北京工业大学出版社1995年5月出版);周振甫《鲁迅诗歌注》(浙江人民出版社1962年版)。

传说是中华祖先,所以常比作祖国。诗人面对茫茫夜空,遥想多灾多难的祖国,多么希望闪闪烁烁的寒星,把自己对祖国的这番心愿,这颗赤诚之心带给祖国人民。然而令人伤心的是,由于愚昧的精神统治,祖国人民尚未觉醒,根本不理解诗人这一片丹心。不过,诗人已下定决心,要将自己的一腔热血奉献给祖国和人民。

鲁迅从小滋长的爱国之情在这里得到了升华。"我以我血荐轩辕"是他一生的战斗宣言,鲁迅一生战斗不息,都是为了实现当年立下的志向。直接抒发为国献身情怀的诗篇在鲁迅的全部诗歌中尽管不多,但这一首《自题小像》便足以充分表达他为国献身的豪情壮志了。它像一条红线贯穿于鲁迅的一生,也渗透在他全部诗篇之中。鲁迅诗歌的其他内容大多与此诗所表达的主题相关,或者可以说是这种为国献身精神在不同历史条件下、从不同角度得到的反映。

(二)揭露国民党反动派的残暴和丑恶

早在北洋军阀统治的年代,鲁迅就对段祺瑞执政府屠杀手无寸铁的青年学生表现了强烈的义愤。1926年10月,他怀着愤怒的心情写下了"这半年我又看见了许多血和许多泪"等八句诗,声讨段祺瑞执政府"屠伯们"的罪行和流言家的嘴脸。1927年发生"四一二"政变,以蒋介石为首的国民党反动派开始了对中国共产党人的大屠杀,鲁迅又将这八句诗作为杂文集《而已集》的《题辞》。这样,这八句诗又转而成为对国民党反动派的愤怒控诉。

以蒋介石为代表的国民党右派集团靠投机起家,以血腥大屠杀为手段,建立了法西斯独裁政权。而后,一方面对苏区人民和中国工农红军展开疯狂的反革命军事"围剿",一方面对国民党统治区实行反革命的文化"围剿"。对此,鲁迅写过许多诗篇加以猛烈的抨击。

写于 1931 年 3 月的《湘灵歌》便是侧重于揭露反革命军事"围剿"的优秀诗篇。

> 昔闻湘水碧如染,今闻湘水胭脂痕。
> 湘灵妆成照湘水,皎如皓月窥彤云。
> 高丘寂寞竦中夜,芳荃零落无余春。
> 鼓完瑶瑟人不闻,太平成象盈秋门。

1930 年 7 月至 10 月,在国民党反动派疯狂的反革命军事"围剿"中,14 万中共党员和进步分子在长沙惨遭杀害,这就是惨绝人寰的长沙事件。《湘灵歌》表达了诗人对长沙事件中死难者的无限悲悼,对国民党的暴虐提出了强烈的控诉,并无情地揭穿了统治者粉饰太平的无耻嘴脸。

湘灵,指湘水的女神。诗篇一开首便用强烈的对比映衬手段,凸现了这场流血事件的惨相。昔日潇湘之美已属过去,如今的湘水漂流着鲜红的血水。接着,诗人借用湘灵妆罢临水,不见碧水如镜,但见鲜血满川,白云映流,竟也成赤霞片片,进一步形象地渲染了大屠杀的酷烈。第三联写大屠杀后整个湖湘大地椒焚桂折,芳荃零落,萧索荒芜,夜气竦人,春光绝迹。这是国民党统治下中国大地的真实写照。最后,写湘灵目睹这般惨相,手把瑶瑟,在凄怨的琴声和如泣的歌吟里,寄托对死难者的悲悼和对屠夫的愤恨。可是,在严密封锁之中,这琴声、歌声不能传达到人间;屠夫们却在制造歌舞升平的假象,企图掩盖真相,欺骗天下。

如果说《湘灵歌》将矛头主要指向反革命的军事"围剿",那么《无题(大野多钩棘)》则将矛头同时指向反革命的军事"围剿"和文化"围剿"。

> 大野多钩棘,长天列战云。
> 几家春袅袅,万籁静愔愔。
> 下土惟秦醉,中流辍越吟。
> 风波一浩荡,花树已萧森。

诗歌前四句描绘了反革命军事"围剿"给中国带来的灾难。赤县神州,大地刀光剑影,充满杀机;长空战云密布,杀气腾腾。大好春光只为少数豪门所拥有,偌大的中国沉静可怖。后四句控诉反革命文化"围剿"的恶果。天帝大概醉得发了昏,竟然让中国政权落到了独裁者的手中,让他们独断专横,醉生梦死。处于如此险恶境遇,哪有可能再吟唱故乡之歌,以抒发胸中的郁闷?文化"围剿"一声令下,犹如狂风大作,恶浪滚滚,本该花团锦簇的文苑,只能变得一片萧杀。

在反革命的文化"围剿"中,国民党反动当局采用种种政治手段,扼杀、迫害左翼文艺,甚至秘密枪杀左翼文化人士。鲁迅作为英勇的左翼文化旗手,对此无疑特别悲愤。《悼杨铨》、《悼丁君》等便是抒写这种心情的诗篇,而最有代表性的是"左联"五烈士被害后不久写下的《惯于长夜过春时》。

1931年1月17日,左翼革命作家柔石等被国民党反动当局逮捕,鲁迅受到牵连,举家移居避难。不久,得悉柔石等五位青年作家被秘密枪杀。2月,鲁迅怀着极其悲愤的心情写下了这首著名诗篇。

> 惯于长夜过春时,挈妇将雏鬓有丝。
> 梦里依稀慈母泪,城头变幻大王旗。
> 忍看朋辈成新鬼,怒向刀丛觅小诗。
> 吟罢低眉无写处,月光如水照缁衣。

首联主要写实,意思是:在漫漫长夜般的黑暗中度过春天,我已是见多不怪了;虽然已经鬓发斑白,还不得不携妻带子移居避难。诗人用"惯于"反写无奈和抗议;"长夜"正是30年代蒋介石统治下黑暗现实的写照,"长夜"气氛笼罩全篇。第二联,由眼下实况发生开去。意思是:我在梦中仿佛看见慈母为牵挂亲子的安危而潸然泪下;现实世界里则是各路军阀你争我夺,连年混战,强盗旗在城头不断变换。"慈母",既指诗人自己的母亲,又指柔石等死难者和一切遭迫害的革命者的母亲,她们都在为儿子焦心落泪。第三联,诗人将抒写重点集中到五位烈士被害的事件上,哀悼战友,并表达自己继承烈士遗志战斗到底的决心。意思是:我真不忍坐视自己的青年朋友在风华正茂之时就悲惨地死去;我要愤怒地面向刽子手的刀丛,构思出正气凛然的诗篇。"忍看"与"怒向"两语,如奇峰突起,一爱一憎,对比分明地激起全诗的情感高潮(也是"主题高潮")。尾联使上一联的感情高潮转向深沉。意思是:战斗的诗篇吟诵出来了,可是静心一想,倘若要写下来,在这禁锢得比罐头还严密的环境下,实在是无处发表啊!只有凄清的、如水一样的月光,似乎善解人意,含情脉脉地照着我身上的的黑色长衣,此时此境,或可稍稍寄托我对死者无限的哀思。

国民党反动派对中国共产党人和人民群众如此凶残,其实他们内部却热衷于争权夺利,常常演着狗咬狗的丑剧。对此,鲁迅曾以民歌体的形式,用讽刺的笔调,加以无情的揭露和嘲笑。例如,《好东西歌》、《"言辞争执"歌》等,将国民党上层头目间的贼喊捉贼的丑态公之于众;又如《南京民谣》,揭露他们表面上精诚团结,实际上口蜜腹剑;而《学生和玉佛》、《吊大学生》等带有讽刺意味的通俗古体诗,则嘲讽了蒋介石集团不思积极抵抗日本侵略,不顾人民死活,只顾搬运古董,而且从中抢劫文物,大发国难财的行径。在鲁迅的这些诗篇中,国民党反动派内幕的丑恶可见一斑。

鲁迅的一生,尤其是在上海战斗的十年,始终处于是非丛生、斗争激烈的社会环境之中,他所遇到的,既有同一阵线中战友的误解,又有不友好人士的非议,更有来自反动政治势力的迫害。在这种情况下,作为当事者的人生态度最能显示其品格操守。在这方面,鲁迅的《自嘲》给我们以无限丰富的启示。

运交华盖欲何求,未敢翻身已碰头。
破帽遮颜过闹市,漏船载酒泛中流。
横眉冷对千夫指,俯首甘为孺子牛。

　　　　　　躲进小楼成一统,管他冬夏与春秋。

　　这首诗写于 1932 年 10 月 12 日。鲁迅创作这首《自嘲》的直接动因,与郁达夫请鲁迅等友人吃饭有关。清代有一秀才好酒,对其子溺爱过甚,饭后常与子嬉戏,其柱联云:"酒酣或仕庄生蝶,饭饱甘为孺子牛。"鲁迅十分喜爱儿子海婴,有人认为过于溺爱。对此评价,鲁迅不以为然,曾在给朋友的信中谈及自己的孩子,表示甘为"孺子牛"。鲁迅常常面临多种反对者,包括 1928 年革命文学论争中对他曾有诸多指责的创造社同人。郁达夫请客吃饭,海婴成了席间的重要话题,另外还很可能由《三闲集》的出版谈及与创造社同人对鲁迅的非议有关的话题。由于上述情况及话题的触动,鲁迅便"偷得半联","戏作"了《自嘲》一诗。所以,诗中"千夫指"原指众多的反对者对鲁迅的非议,"孺子"则指鲁迅的爱子海婴。从这里,我们可以看到鲁迅面对纷繁的是非,复杂的矛盾,众多的对手,何等泰然自若,轻松磊落。这应当是这首"戏作"的原意。不过,如果我们拓宽视野,注意到鲁迅所处的更大的社会政治环境和他对敌人的一贯冷眼貌视,对人民一贯的赤胆忠诚的品格,那么,毛泽东将诗中的"千夫"解释为敌人,将"孺子"引申为人民,也是符合鲁迅的实际处境和一贯的爱憎态度的。"横眉冷对千夫指,俯首甘为孺子牛"是鲁迅感情世界最集中、最凝炼的形象概括,以至成为千古绝唱。全诗,特别是另三联诗句,紧扣着一个"嘲"字,写得别有情趣,而内涵则十分丰富、深沉。

(三)为革命风雷唱赞歌

　　鲁迅的诗歌不仅暴露黑暗,嘲讽丑恶,还呼唤光明,赞美人民的革命斗争,有时两者对照,使诗人的爱憎更为鲜明。
　　《无题(血沃中原肥劲草)》便是两者对照的优秀诗篇。
　　　　　血沃中原肥劲草,寒凝大地发春华。

英雄多故谋夫病,泪洒崇陵噪暮鸦。

此诗写于1932年1月。在这之前一年,中国共产党粉碎了国民党第二、第三次军事"围剿",并在革命根据地建立了中央工农民主政府。1932年1月,上海十九路军奋起抗日,得到人民的赞扬和拥护。就在此时,国民党内部矛盾加剧,丑态百出。蒋介石在半年之内先是被迫辞职,后又与汪精卫合流,联合执政;其间,蒋介石、胡汉民等国民党上层要员曾先后托病,各自谋划于密室,孙科则因争权失利而往中山陵祭陵,痛哭一场,不久即被迫下台。鲁迅在诗中首先热情赞美人民革命斗争的喜人形势。在与国民党的斗争中,人民付出了高昂的血的代价,然而这鲜血浇灌了广袤的中州原野,肥沃了革命根据地的土壤,培育了坚韧不屈的劲草——富有韧性战斗精神的革命力量。虽然天寒地冻,冰封中原大地,但这阻止不了春花吐蕊,烂漫成长。鲁迅以此比喻人民革命力量在白色恐怖下不仅不会被斩尽杀绝,反而将愈战愈强。接着,诗人让国民党右派内部的四分五裂的丑态曝光,并加以辛辣的讽刺。这些上层要员,"英雄"既多变故,谋士又常"托病";至于中山陵前哭哭啼啼的闹剧,则如日暮黄昏的群鸦噪鸣,令人可笑而又厌恶。全诗蕴含幽愤、悲慨之气,是鲁迅的优秀诗篇之一。

写于1934年5月的《无题(万家墨面没蒿莱)》更是直接唤呼革命风雷的优秀诗篇。

万家墨面没蒿莱,敢有歌吟动地哀。
心事浩茫连广宇,于无声处听惊雷。

诗人首先用高度凝炼的笔触,描绘了旧中国哀鸿遍野而又无人呼号的悲惨景象。数以万计的家庭离乡背井,人们衣衫褴褛,形容枯槁,颠沛在蒿莱丛生的原野;在专制残暴的独裁统治下,他们哪里还敢发出震憾大地的哀吟呢?然而诗人并不悲观,他接着抒写了从眼前这番情景中发现的激动人心的趋势和前景。他的心事很广、很远,与广阔的宇宙相通,与民族的过去、现在、未来相连,他从惨象之中感悟到大众的觉醒,从万籁无声之中听到了人民内心的"惊雷",它预告着地覆天翻的革命必将到来。

在黑暗无比的年代,鲁迅每时每刻都在翘首以待光明的到来,并相信光明一定会到来。他离开人世前十个月写下的最后一首诗《亥年残秋偶作》,表达的正是这样的心情。

曾惊秋肃临天下,敢遣春温上笔端。
尘海苍茫沉百感,金风萧瑟走千官。
老归大泽菰蒲尽,梦坠空云齿发寒。
竦听荒鸡偏阒寂,起看星斗正阑干。

这首诗写于1935年12月5日。此时中国内忧外患,惨状惊心。国民党在实行反革命的军事和文化"围剿"的同时,进一步推行对日不抵抗政策,"何梅协定"签订之后,国民党驻军及政府官员撤出华北,将大好河山拱手让给侵略者。对此,鲁迅满腔忧愤。诗中写道,早就惊骇于国情危难,犹如萧杀深秋之遍及中国大地,此刻怎能让和煦温暖的春色流露于笔端呢?"秋肃",既实指革命"残秋",又象征政治环境险恶,危机严重。面对着沧茫人世,诗人百感交集,但在这白色恐怖的年代,只能让它沉没于心底;就在这秋风萧瑟之时,成千文武官员,竟然纷纷不战而南逃。人们老来只能归宿于那连水草也无法生长的大泽荒野,这种人生,犹如坠入梦境,或如空中浮云,实在令人齿发皆寒。这里,一方面继续揭露日军的侵略和国民党的横征暴敛使人民饥寒交迫、无处安身,另一方面也显示消极退让是没有出路的。最后,诗人引用了"荒鸡"这一典故。古时称鸡不按时啼鸣为荒鸡,系不祥之兆,这里用来喻指对统治者来说是不祥之兆的人民革命的必然性。诗人企立、翘首静听这"荒鸡"之"恶声",然而却偏偏出人意外地只有一片静寂;他忍不住披衣下床,抬头仰望夜空,发现满天星斗已经横斜,这不正预示着天快要亮了吗?诗中感情复杂细腻,沉稳凝重,一波三折;最后心胸明亮开朗,对未来充满了希望。

(四)抒写与亲人、友人的真挚情怀

鲁迅是坚定的左翼文化战士,对敌一贯"横眉冷对";但正如他在一首诗中所坦言的:"无情未必真豪杰",他本人不仅深沉地爱着祖国和人民,而且对亲人、朋友也充满深情。他的诗,在这方面也留下了不少真实的记录。

鲁迅的早期诗歌偏重于抒发兄弟之情。他的开篇之作《别诸弟三首(庚子二月)》抒写了自己为日后谋生,无奈远赴外地求学,不得已离别兄弟之苦。在学校时,孤灯下听着凄雨声,正是思念弟弟的时刻;回家探亲来去匆匆,一路上一草一木都令人断肠相思;临别之际,作为兄长,他给弟弟们临别赠言:"文章得失不由天",告诉他们:日后事业的成功,全在现时发愤努力。翌年,度过寒假回到南京,鲁迅又作《别诸弟三首(辛丑二月)》,再一次抒发兄弟手足之情。他以梦魂的驰向故乡来表达对弟弟的日夜思念,他真切地感受到与亲人别离之苦。在途中停留之地,眼前景物令他想起在家乡时与诸弟共处时的乐趣;当船行驶于水上之时,他对弟弟们的怀念也是思绪万千。这些诗作尽管诗思浅显,技法尚未完美,但兄弟之情的抒发却很真挚、强烈。

鲁迅诗歌中也不无抒发夫妻父子之爱之作。他在 48 岁时才喜得爱子海婴,所以对海婴特别喜爱,以至有人不理解而讥笑他,鲁迅除在《自嘲》中有所回应外,还写有《答客诮》:

无情未必真豪杰,怜子如何不丈夫。
知否兴风狂啸者,回眸时看小於菟。

诗人开门见山,真诚坦言:没有亲情未必就是真正的英雄豪杰,爱怜亲子为什么就不是大丈夫?知道吗?山林中兴风狂啸的猛虎,也会时时用爱怜的眼睛回顾他的小老虎呢。诗人表现出为人父必爱其子的独特自信和自豪,读来颇为感人。

鲁迅与许广平在1925年"女师大"事件中互相了解,进而相爱,从许广平给鲁迅写第一封信起至1934年2月,整整已经十年。这十年中,两人共度患难,既恩恩爱爱,又并肩战斗。1934年3月,鲁迅购得心爱的《芥子园画谱三集》赠许广平,并作《题〈芥子园画谱三集〉赠许广平》诗。诗中回顾了两人相识、相爱,"十年携手共艰危,以沫相濡亦可哀"的历程。许广平与鲁迅结婚十年,为了丈夫的事业作出了极大的牺牲与奉献,对此鲁迅心有所知,情有所感。他在诗中表示:希望许广平疲倦的双眼能从这美丽的画册中得到难得的轻松,相信许广平与他心心相知,明白他的这番苦心。

鲁迅的诗歌还歌颂了志同道合的朋友间的友情。他青年时代的好友范爱农是一个追随辛亥革命的民主主义战士,因为生性刚直,不与地方复旧势力同流合污,竟为封建势力所不容,遭受排斥,郁郁寡欢,英年早逝。鲁迅闻其死讯而作《哀范君三章》,一方面怀念他们之间的深厚情谊,另一方面对辛亥革命以后导致范爱农过早死去的黑暗社会环境提出了悲愤的控诉。"狐狸方去穴,桃偶已登场";"故里寒云恶,炎天凛夜长",便是这种环境的真实写照。郁达夫也是鲁迅的好友之一。30年代国民党反动派对左翼文化人士大肆迫害,对郁达夫也有所恐吓。于是,1933年郁达夫举家离开上海迁居杭州。其实,杭州反动势力之猖獗,甚于上海。对此,鲁迅颇为清楚。半年多后,正好郁达夫夫人王映霞向鲁迅求字,于是鲁迅写了一首诗,后来即题为《阻郁达夫移家杭州》。诗中指明杭州无论在政治环境还是自然环境方面,皆不宜居留。鲁迅规劝郁达夫离开杭州,到那风波浩荡的广阔天地去,那里足以让你尽情地如屈原那样徜徉行吟。鲁迅以诗直言相劝,对朋友的关怀之情溢于言表。可惜郁达夫尽管对鲁迅颇为敬重,但这次未能听从鲁迅的劝告,结果在杭州惹来诸多事端。他后悔莫及,对鲁迅的情谊更为感激。

鲁迅因青年时代赴日留学,因此后来有较多的日本朋友,在他的诗中也常常歌颂与日本友人的友谊。日本汉学家增田涉因翻译鲁迅的《中国小说史略》,于 1931 年特来上海,请鲁迅为他讲解此书及《呐喊》、《彷徨》等作品,与鲁迅结下了深厚的友谊。1931 年 12 月,鲁迅写有《送增田涉君归国》一诗:

　　　　扶桑正是秋光好,枫叶如丹照嫩寒。
　　　　却折垂杨送归客,心随东棹忆华年。

诗人以十分愉快的心情写道:当前日本正是风和日丽的大好秋天时节,火红的枫叶映照着微寒的秋光。我却在此折了道旁的柳枝赠送归国的远客,此刻,我的心仿佛随着东去的航船,想起了青年时代值得留恋的留日生活。鲁迅在这首诗中,不仅赞美日本迷人的景色,而且歌颂了与增田涉及日本人民的深情厚谊,寄托着对自己豪情满怀的青年时代的美好回忆。

尤其值得称道的是在日本侵略者给我国人民带来深重灾难的时候,鲁迅并没有感情用事地将日本人民与帝国主义侵略分子混为一谈。1933 年 6 月写的《题三义塔》,直接抒写了中日交战以后发生的实事。

题 三 义 塔

<small>三义塔者,中国上海闸北三义里遗鸠埋骨之塔也,在日本,农人共建之。</small>

　　奔霆飞熛歼人子,败井颓垣剩饿鸠。
　　偶值大心离火宅,终遗高塔念瀛洲。
　　精禽梦觉仍衔石,斗士诚坚共抗流。
　　度尽劫波兄弟在,相逢一笑泯恩仇。

1932 年"一·二八"事变中,上海三义里一带被日军夷为废墟,日本人西村真琴在炮火中拾得家鸽一只,带回日本喂养,鸽子却因恋旧,忧郁而死。当地农民为之共建义冢安葬,并请鲁迅题诗。鲁迅这首诗表现了极高的思想境界,可谓爱国主义与国际主义的统一。他一方面愤怒谴责日本侵略者狂轰滥炸的残暴行为,另一方面又将日本人民与日本侵略者严格加以区别,歌颂了日本人民对中国人民的友好态度,并希望中日两国人民共同抵制逆流,待到战争结束,中日两国结成友邦,中日人民兄弟般地相逢之时,战争中的恩恩怨怨,将会在一笑之中泯灭。一只鸽子之所以引起中日双方友好人士如此这般地大做文章,是因为鸽子象征着和平,而这只鸽子的事件与话题恰恰来自日本侵略者轰炸上海的炮火之中。鲁迅抓住这一典型事件,"做"出了一个侵略与和平的主题,战斗与友谊的主题。诗人立意很高,这是一首反对侵略,歌颂和平的优秀诗篇。

第三节 鲁迅诗歌的艺术成就[①]

鲁迅的诗歌具有极高的艺术成就,与丰厚的思想内容相得益彰。他在充分吸取我国诗歌传统艺术营养的基础上,又融进了新的时代特色,逐步形成了自己的独特的风格。

(一)沉郁、深厚与激越的统一

鲁迅是我国现代文学史上杰出的文学大家,尽管诗歌创作在他浩繁的全部创作中所占分量微乎其微,但也形成了独有的风格。这种风格的形成当然有个过程。早期,诗人思想单纯,艺术上主要吸取的是旧诗的优良传统,多咏物抒怀之作,由柔婉趋向刚健。中期,诗人成为革命民主主义者以后,思想更加深沉,风格趋于沉郁。至后期,鲁迅成为左翼文化战士,思想成熟而深刻,态度坚定而激烈,技巧老练而圆熟,形成了深厚、激越的艺术风格。

深厚,指内容的深广、忧愤;激越,指格调的高亢、刚健。这种

[①] 本节主要参考周振甫《鲁迅诗歌注·后记》、徐战垒《论鲁迅诗歌》(《文艺论丛》第11辑,上海文艺出版社1980年10月出版)。

风格的形成有多种原因。首先得力于鲁迅强烈的革命精神,他要用诗歌来战斗;而战斗的诗,应该是真实、深切的情感经过"发酵"、"升华"之后的产物。他反对诗人"感得太浅太偏,走过宫人斜就做一首'无题',看见树桠叉就赋一篇'有感'"[1]。他从不无病呻吟,总是严格选材,深入开掘,哪怕赋的是一张小照,一只鸽子,也蕴含着丰厚的思想和情感。所以鲁迅的诗歌传达着时代的声音,植根非常深厚。其次,这种风格也是时代赋予的。鲁迅所处的时代内忧外患交作,民生多艰,尤其是以蒋介石为首的国民党右派集团建立了独裁政权以后,更是"万家墨面",哀鸿遍野。鲁迅的诗歌写出了这个时代的灾难,写出了人民的愤懑,所以,显得特别深沉。其三,鲁迅诗歌风格的形成得益于诗人高度的文学修养。鲁迅特别钟情于魏晋文学,而沉郁、慷慨正是魏晋诗歌的特征。鲁迅吸取以魏晋诗风为代表的中国古诗营养,贯注自己的审美情操,用凝炼、含蓄的笔调来抒写这个沉重的时代,以愤懑的呼声来抒发自己沉郁的感情,获得了完美的效果。

(二)楚骚的遗响

鲁迅的诗歌接受了我国古代诗歌多方面的影响,其中最为突出的还有对以屈原为代表的《楚辞》的继承。鲁迅早年就称赞屈原"抽写哀怨,郁为奇文","放言不惮,为前人所不敢言"[2]。后来在研究中国文学史的著作中又称《离骚》"逸响伟辞,卓绝一世";称以屈原为代表的《楚辞》,"较之于《诗》,则其言甚长,其思甚幻,其文

---

[1] 《集外集拾遗·诗歌之敌》。按"宫人斜"指古代埋葬宫女的坟地;斜,指地势倾斜。

[2] 《坟·摩罗诗力说》。

甚丽,其旨甚明,凭心而言,不遵矩度。"①

"抽写哀怨","放言不惮","凭心而言,不遵矩度",同样成为鲁迅诗歌的特点。这是因为鲁迅深感他所处的时代之艰难,与屈原时代颇为相似。30年代进步作家的处境,也许比屈原当时更为惨酷。屈原那种愤世嫉俗的意气和九死而不悔的故国之思,都引起鲁迅的共鸣;屈原诗歌创作中的构思立意乃至技巧运用,也常常影响到鲁迅。这种影响在早期诗作中便已初露端倪,如《自题小像》,从字面到精神均可看出屈原的影响。特别是到了后期,这种影响更深,可谓比比皆是。例如《送O.E.君携兰归国》、《湘灵歌》、《无题(洞庭木落楚天高)》、《无题(一支清采妥湘灵)》等等,从命意到措词,均宛然类乎楚骚,可谓神形皆似。不过,这些诗作又包孕着与楚骚不同的时代内容和思想意义。比如,湘楚之地是屈原的祖国,洞庭潇湘,故国风物,触绪萦怀,屈原在诗中借之倾诉深沉的爱国之情。而鲁迅诗中的湘楚之地,固然有其文学传统上的借喻含义,但更赋予了特定的时代内容。当时湘楚一带正是国民党反革命军事"围剿"的重灾区,鲁迅对此特别关注。"泽畔有人吟不得,秋波渺渺失离骚",鲁迅仿佛神游于泽畔,产生历史的联想,暗示当时社会比屈原的楚国还要黑暗——屈原还能徜徉行吟,写出《离骚》,而现在连《离骚》也不能写了。楚骚遗响的回荡,更增强了鲁迅诗歌的沉郁风格。如前所述,"魏晋文章"的沉郁和慷慨,则又是楚骚的承续和发展。由此可以发现鲁迅诗歌艺术的一道历史渊源,集中而鲜明地宣示着鲁迅和优秀的民族传统文化的关系。

(三)辛辣的讽刺

鲁迅擅长讽刺,这在他的小说、杂文中颇为突出,同时也是他

---

① 《汉文学史纲要·屈原及宋玉》。

诗歌的重要艺术特色之一。不管是旧体诗还是新诗、民歌体诗,无不如此。诗中的讽刺笔法,其形式也是丰富多彩的。

其一,"活剥"古诗,注入今人今事。"活剥"一语,出于《文子》:"其文好者皮必剥。"后人遂称模仿别人的诗文形式为"活剥"。鲁迅在《咬文嚼字(三)》中谈到《替豆萁伸冤》诗是"活剥"了曹植的《七步诗》,来为正义学生辨诬的。"女师大"事件中,教师汪懋祖曾发表《致全国教育界》的意见书,其中颠倒事实,称学生对校长杨荫榆家长式统治的反抗是"相煎益急","相煎"一语即出自曹植《七步诗》。鲁迅为了批驳汪懋祖的说法,就"以子之矛攻子之盾"地对《七步诗》来了个"活剥":"煮豆燃豆萁,萁在釜下泣——我烬你熟了,正好办教席!"在曹植原诗中,"豆"和"萁"是兄弟关系;鲁迅所"剥"诗中二者关系转换成为"牺牲者"("萁",学生)和"利用者"("豆",校长)的关系。"活剥"之妙,全在三、四句——一语揭示了校长杨荫榆"煎煮"学生以达到不可告人之目的的居心。讽刺得既一针见血,又辛辣无比。此外,《我的失恋》拟张衡《四愁诗》,以讽刺诗坛上那些庸俗颓废的失恋诗;《吊卢骚》"活剥"《三国演义》上后人感叹袁绍的一首五绝,以嘲讽梁实秋;《吊大学生》"活剥"崔颢的《黄鹤楼》,以幽默的笔调揭露当局"不抵抗主义"的嘴脸。这些"活剥"的古诗,都被巧妙地注入新意,以"古今杂糅"的风致呈示了独特的讽刺力量。

其二,采用旧体,半文半白,以通俗浅显的文字,收讽刺幽默之效。例如《赠邬其山》:"廿年居上海,每日见中华。有病不求药,无聊才读书。一阔脸就变,所砍头渐多。忽而又下野,南无阿弥陀。""邬其山"即鲁迅的日本朋友内山完造,来中国已有二十年,"内"字的日语发音如"邬其","山"字仍取中文读音,合起来就成了"邬其山"这个中日合璧、富有滑稽意味的名字,可见鲁迅与内山完造关系的亲密。诗歌形式是五律,但格律不严,用韵自由,亦庄亦谐,嘲讽了国民党反动集团政客的装模作样,诡计多端,一阔变脸,任意杀人等丑恶嘴脸。最后一句"南无阿弥陀",按浙江人的口头用法,有"谢天谢地"之意;鲁迅在书写时并将这五个字写得特别大,以示对那帮军阀、政客的蔑视和冷嘲。又如《教授杂咏四首》,这是游戏之作,也采用五律诗体,以通俗幽默的笔调,对当时执教于南北各大学四位有名教授的言行谬误之处加以微微的嘲讽。

其三,采用轻松活泼的民歌体,使之与严肃的内容形成不协调,从而产生幽默感和讽刺性。这些诗歌又有两种类型。一类篇幅较长,类似歌行体,运用口语,刻画形象口吻毕肖,让讽刺对象丑态活现。例如《好东西歌》,用轻松的笔调描述了国民党反动政客在日寇进犯,民族危难的时刻,忙于勾心斗角,争权夺利,但又装模作样;最后说:"大家都是好东西,终于聚首一堂来吸雪茄烟",点出他们本来都是一丘之貉。《公民科歌》首句"何健将军捏刀管教育",一笔就勾勒出一个讽刺性极强的漫画式形象——"捏刀"管"教育",其"教育"性质不言而喻。接着用让反动派"现身说法"的讽刺口吻,历数"公民科"的内容,将法西斯奴才教育的实质揭露得淋漓尽致。《"言词争执"歌》可以作为《好东西歌》的姐妹篇来读,全用口语,包括"吴老头子"吴稚晖的习惯用语"放屁,放屁,真正岂有此理",间或夹用一点古诗句法,雅俗相映成趣,令人忍俊不禁。另一类是短小精悍的民谣体。篇幅虽短而形象逼真,喜笑怒骂,凝炼犀利,其讽刺锋芒所向披靡。例如《南京民谣》:"大家去谒灵,强盗装正经。静默十分钟,各自想拳经。"诗人摄取国民党各派军政头目到中山陵"谒灵"的小镜头,抓住"静默十分钟"的典型瞬间,把静默、虔诚的表面之下,这伙"强盗"内心的紧张、奸诈和盘托出。一般谒灵仪式皆静默三分钟,但这里诗人故意把它拉长为"十分钟",一方面讽刺这批伪君子竭力要装出对"国父"的"忠心"之"诚";另一方面暗示:对这批"强盗"来说,"装正经"与"想拳经"这种虚伪、矛盾状态的时间拉得越长就越是难熬,而难熬中的内心活动也就特别微妙。鲁迅的这些诗歌大多抒写政治题材,于轻松幽默之中喜笑怒骂,堪称我国现代文学史上出色的政治讽刺诗。

(四)娴熟的手法

鲁迅诗歌艺术的完美性,还表现在许多具体手法的娴熟运用,择其要者有以下几法:

一曰对比映衬。用相反的事物或意境构成对比。从而映衬出对象的本质。例如:《湘灵歌》中以湘水之今昔为对比,以白色恐怖下的萧条寂寞与反动派诳称的"太平景象"相对比;《无题(大野多钩棘)》中以上层统治者的"几家春袅袅"与人民大众的"万籁静愔愔"对比;《自嘲》中的"横眉冷对千夫指"与"俯首甘为孺子牛"的对比,等等。通过对比,将所比事物映衬得更为鲜明、强烈。

二曰气氛烘托。通过浓烈的环境气氛烘托主旨。例如:《惯于长夜过春时》,用"长夜"、"变幻大王旗"、"无处写"烘托当时反动统治的黑暗、混乱、封锁严密,在这样的环境气氛里,"忍看朋辈成新鬼,怒向刀丛觅小诗"的悲愤和战斗激情得到极大的强化;又如《无题(万家墨面没蒿莱)》用"万家墨面"、"敢有歌吟"的黑暗环境来烘托"听惊雷",强调了哪里有压迫哪里就有反抗的真理。

三曰反复强调。同一意象的反复呈现,起到了很好的强调作用。例如《送O.E.君携兰归国》首句"椒焚桂折佳人老","椒焚"与"桂折"是同类意象的复沓,都指革命者的遭受残害;《赠画师》中"风生白下千林暗,雾寒苍天百卉殚",是白色恐怖摧残进步文艺的喻象之复沓,造成一片黑暗荒凉的气氛。

四曰用典贴切。鲁迅反对滥用典故,但又并不绝对地反对用典,特别是写律诗,用典是免不了的。例如《自题小像》中用罗马爱神的典故比喻自己对祖国之爱;又如《阻郁达夫移家杭州》用伍子胥为替父兄报仇而投奔吴国,后来反被吴王夫差沉尸江中,以及宋朝钱塘林处士一生不阿权贵、洁身自好,然亦终生寂寞等典故,说明杭州政治环境的险恶,自然风光虽好,毕竟不是久居之地,等等。用意都很贴切,联想亦极自然。

　　五曰对仗工整。鲁迅的许多诗,尤其是律诗,善于借助丰富的联想、贴切的用语构成对仗。诗联寓意深刻,对仗工整,有很强的表现力。例如五律《无题(大野多钩棘)》、七律《亥年残秋偶作》,通篇皆用偶句,而且工整和谐,凝炼含蓄,尾联以偶句作结,诗意连贯,结束有力。绝句虽然可散可对,对仗不像律诗那样严格,但第三句必须情切意深,结句才凝重有力。鲁迅的名篇《自题小像》、《无题(万家墨面没蒿莱)》,结句分别为"我以我血荐轩辕"、"于无声处听惊雷";它们之所以慷慨激昂,动人心弦,就是两个前句("寄意寒星荃不察"、"心事浩茫连广宇")引发的结果,其中亦见对仗功力。这一切都说明,鲁迅诗歌在艺术手法的运用上,完全达到了"得心应手"的境界。

第九章 鲁迅的学术研究

鲁迅的知识和兴趣是多方面的,这从他的藏书中就可略窥一斑。仅就北京鲁迅博物馆现在所收集到的鲁迅藏书来看,这些书籍约计4000余种,13000多册,其中除了较多数量的文学艺术书刊外,还有许多社会科学(其中涉及历史、哲学、美学、经济学、教育学、法学、逻辑学、伦理学、心理学、宗教学等学科),自然科学(其中涉及医学、农学、生物学、数学、化学、物理学、地质矿物学、天文学、地理学等学科)的书籍,还有许多难得的善本古籍、名著和珍贵的金石拓片等。卷帙浩繁的鲁迅藏书,说明了知识海洋的浩瀚深广,也揭示了鲁迅勤奋苦学的历程和潜心治学的途径。

"五四"是一个可以同欧洲文艺复兴媲美的伟大时代,这是一个"需要巨人而且产生了巨人"[①]的时代,鲁迅就是这个时代产生的一位巨人。与任何一个伟大时代的开创者一样,鲁迅所涉及的领域必然也是十分广阔的,他以其巨大的思想深度和博学多才而无愧于伟大转折时代赋予他的历史任务。他不仅是伟大的思想家、革命家、文学家,而且在有关的学术研究方面也取得了可观的成就。

第一节 鲁迅的文学史研究

五四新文化运动作为一次伟大的思想解放运动,使我国学术文化的发展进入了一个崭新的历史阶段,也使我国的文学史研究取得了划时代的突破。鲁迅在这方面劳绩甚大,建树颇多,他写下

---

① 恩格斯:《〈自然辩证法〉导言》。

的一系列文学史研究的专著和文章,开辟了中国文学历史研究的新途径、新方法。

鲁迅最先从事的是中国小说史的研究。约从1920年起,他就多方搜集中国小说史料,以便编写中国小说史讲义。该年11月,他开始在北京大学讲授小说史,每周一小时。1921年始,鲁迅先后在北京高等师范学校、北京女子师范大学、北京世界语专门学校、北京中国大学文科等院校讲授"中国小说史",达五年之久。1923年12月,新潮社出版了鲁迅根据自己的教课讲义编写的《中国小说史略》(上),1924年6月出版了《中国小说史略》(下)。《中国小说史略》初版后,很受读者欢迎。1925年9月,经过鲁迅修订,由北京书局将上下两卷合成一册出版。一直到1936年10月,共印刷11版。这部著作是第一部系统地论述我国两千年小说发展历史的专著,是中国小说史研究的奠基之作。它的诞生,结束了中国小说研究长期止于零散评点或评论的状况,改变了"中国之小说自来无史"的局面。

1924年7月,鲁迅应西北大学邀请,在该校开《中国小说的历史的变迁》的讲座。9月间,应西北大学出版部的要求,将《中国小说的历史的变迁》记录稿修改订正,寄往西北大学出版部出版。它是白话文(《中国小说史略》则是文言文),它提取了《中国小说史略》的精华,并进一步加以发挥,个别论点、例证的阐释比《中国小说史略》有所充实和丰富。

1926年9月间,鲁迅为厦门大学讲中国文学史课,开始准备编写一部"中国文学史",最初定名为《中国文学史略》,一共完成了十篇,作为在厦大和广州中山大学讲授中国文学史课的讲义。由于鲁迅不久就辞去了厦大和中大的教职,所以《中国文学史略》只编写到自先秦至西汉前期部分而中辍下来(已编就的部分,就成了鲁迅逝世后编入《鲁迅三十年集》的《汉文学史纲要》)。此后,鲁迅仍一直想完成这部"中国文学史"的编写工作,在1932年6月间,他还专门和瞿秋白讨论了对中国古典文学的评价问题、士族文学和平民文学的关系问题,以及关于编写"中国文学史"的方法、体例、分期等问题。① 这部"文学史"的具体编写提纲,鲁迅曾和他的好友许寿裳谈过,也曾和 1936 年特地从日本前来探望鲁迅病情的增田涉说过。他曾向增田涉表示,虽然自己的身体很不好,但仍想把唐以前的部分写出。根据许寿裳的回忆和增田涉的笔记,这部"中国文学史"的大纲是:

第一章 从文字到文章
第二章 "思无邪"(《诗经》)
第三章 诸子
第四章 从《离骚》到"反离骚"
第五章 酒、药、女人、佛(六朝)
第六章 廊庙与山林(唐)②

从这个大纲看,鲁迅只设想到唐代。第一章主要是想阐述文字和文学的起源,这可从《汉文学史纲要》第一章《自文字至文章》中见其雏形;此外,鲁迅写于 1934 年 8 月的《门外文谈》中的"字是什么人造的"、"字是怎么来的"、"写字就是画画"、"古时候文言一致么"、"于是文章成为奇货了"、"不识字的作家"等节亦可视作一种补充。第二章《思无邪》,主要是论述我国第一部诗歌总集《诗经》,这也可从《汉文学史纲要》第二篇《书与诗》中知其概略。第三章《从〈离骚〉到反离骚》,主要是论述从楚辞到汉赋这段文学史发展过程,这在《汉文学史纲要》第四篇《屈原与宋玉》中已见雏形。1929 年 12 月 4 日,鲁迅在上海暨南大学作了《离骚与反离骚》的专题讲演,讲演稿于 1930 年发表于《暨南校刊》时,虽因未经鲁迅审阅而不免有所脱误,但其基本内容和观点还是能反映出鲁迅关于

---

① 见《瞿秋白文集(二)·关于整理中国文学史的问题》。
② 许寿裳:《亡友鲁迅印象记·杂谈著作》。

"中国文学史"第四章的总体构思的。第五章,主要是论述魏晋南北朝文学,1927年7月,鲁迅在广州市夏期学术讲演会上作的《魏晋风度及文章与药及酒的关系》的讲演,就是"中国文学史"这一章所要写的内容。第六章,鲁迅想要论述的是他所概括的唐代文学的两大倾向,即廊庙文学和山林文学。这一方面的观点,鲁迅1932年11月在北京大学第二院所作的题为《帮忙文学和帮闲文学》的讲演中曾约略提到过。总之,鲁迅对中国文学史是作过系统研究的,虽然"中国文学史"未能如愿终篇,但留下了《汉文学史纲要》以及其他有关文章,其内容也已经相当丰富了。

鲁迅对中国文学史的研究并不局限于古代,他还曾在一系列文章中论及中国近现代文学的发展,较为突出的是写于1931年的《上海文艺之一瞥》。该文大体勾勒了近现代文学发展的线索。此外,鲁迅为《中国新文学大系·小说二集》所作的序,以及他为许多现代作家、作品所作的小传、序跋等,也可以看作他对中国现代文学的研究成果。

鲁迅已经完成的一系列文学史研究著述,为文学史研究提供了丰富详实的材料和精彩独到的观点、见解,并将作为中国文学史研究之一大家而永载中国文学研究的史册。同样值得注意的是,鲁迅通过他自己的文学史研究的实践,为后人提供了文学史研究的一些原则和精神。

第一,在鲁迅的文学史研究中充满了革命的批判精神,这主要表现在敢于冲破以儒家正统观念为准绳的框框,广泛而深刻地批判了封建传统思想。鲁迅的文学史研究最初是从小说史研究开始的。写一部前所未有的中国小说史,这本身就是对传统文艺观和传统思想的挑战,是对儒家视小说为"小道"、"末流",对传统思想视小说为"闲书"、"邪书"等观念的批判。在鲁迅的文学史研究著述中,其批判的锋芒涉及哲学、宗教、伦理、文艺等许多方面,其中有对孔孟之道、封建礼教、宋明理学的批判;有对佛家因果报应和对道教、方士迷信的批判;也有对形式主义创作方法和艺术教条主义的批判。例如,在《汉文学史纲要》中,鲁迅以鲜明的态度批判了儒家的"思无邪"说和"诗教"说。他认为"思无邪"说是束缚文学发展,禁锢诗人思想情感的教条,并通过对《诗经》的分析告诉人们:从《诗经》起,其主要倾向就不是"无邪"、不是"温柔敦厚"的,其中不乏"怨愤责数""甚激切者"。鲁迅还对"诗教"进行了批判,他嘲笑了东汉班彪、班固因为"局蹐于诗教"而贬抑《离骚》、《史记》的陈腐论调,并抨击了宋元理学家"提挈经训,诛锄美辞"的扼杀文学生机的主张。在《汉文学史纲要》中,鲁迅的批判锋芒所向不限于儒家,而是针对整个封建文化的,因此在《老庄》一章中,对老庄的出世哲学及其对文学的影响也有较深刻的剖析和批判。又如在《中国小说史略》中,鲁迅发扬批判精神,高度赞扬了那些敢于抨击封建礼教习俗和因果迷信等思想的作品。鲁迅之所以给《儒林外史》以较高的赞誉,就因为它"指摘时弊","抨击习俗","且洞见所谓儒者之心肝";作者"虽然束身名教之内",但能突破传统思想的限制,有独立的是非见解。在《中国小说史略》中,鲁迅对于那些"盛陈祸福"、"专主惩劝"的作品,则给予坚决的贬斥,认为它们"已不足以称小说"。对于一些侠义公案小说,鲁迅一针见血地指出了它们所表现的奴才思想,认为那些所谓英雄,无非是以"为王前驱"为乐,以甘为隶卒为荣的"心悦诚服"的奴才。总之,在鲁迅的文学研究中,正因为以革命的批判精神贯穿始终,才使得这种研究能以一种全新的面貌出现。

第二,在鲁迅的文学史研究中充满了现代意识。鲁迅是为了当时新文化运动的需要而从事中国文学史的研究的。鲁迅意在通过研究文学史,一方面批判封建主义文化,另一方面能从对旧文化的批判中继承一些有利于新文化发展的因素。所以,鲁迅研究的虽然是历史,其中却到处闪烁着"五四"的时代精神。例如,在《汉文学史纲要》中,鲁迅评论《诗经》时,强调的是"激楚之言,奔放之词","怨愤责数"的"呐喊"之声。评价屈原时,强调的是屈原的"呵而问之"的"愤懑",是他"睠怀宗国,终又宁死而不忍去"的爱国热忱和"九死未悔"的高尚气节。评论李斯,鲁迅着重的是"斯虽出荀卿之门,而不师儒者之道",有吾爱吾师但更爱真理的反潮流勇气。评论两司马时,鲁迅特别指出司马相如不甘居于弄臣地位,"不慕官爵,亦往往托辞讽谏",其志向不凡;强调司马迁"恨为弄臣,寄心楮墨","发愤著书,意旨自激"的进取精神。鲁迅认为,文学史上凡有"个人主张,偏激的文字"者,其文章乃可流传,而鼓吹"温柔敦厚","禀承意旨,草檄作颂"的人的文章,"流传至今者偏偏少得很"。从这里,我们基本可以清楚地看出鲁迅是怎样通过文学史的研究,努力发掘着现代所需要的精神传统的;同时,也可以看到反抗一切,重新估价一切,追求真理,敢于反潮流,爱国进取,个性主义等等的五四时代精神、现代意识,在他的古典文学史研究中起着核心和灵魂的作用。这在《中国小说史略》以及《魏晋风度及文章与药及酒的关系》等论著中也有较突出的体现。如在后一篇中,鲁迅就是一方面从建安文学中发掘着五四时代所特别需要的敢于面对现实、敢于同情下层人民疾苦、敢于解放思想等文学传统,另一方面又从这些方面给建安文学以较高的评价。正因为鲁迅以现代意识去研究中国文学史,这就使他站在一个前人所无从企及的历史高度,从而避免了使这种研究沦为食古不化。

第三,鲁迅在文学史的研究中,特别注重文学发展规律的探讨,即充分显示其"史"的特点。鲁迅曾在《中国小说的历史变迁》中讲到,他在研究中国文学的发展时,总是要尽可能地"从倒行的杂乱的作品里寻出一条进行的线索来"。也就是说,他在研究中不仅注意对具体作家作品的分析,而且注意对文学起源、文学派别、文学变迁以及种种文学现象作历史的考察,注重历史的"演进之迹"。例如,在《中国小说史略》中,鲁迅特别注重从纷纭复杂的小说历史中,从历代形形色色的小说创作中,总结小说发展的规律。

他深刻而具体地向人们说明了中国小说发展过程的全貌:从神话传说、志怪小说,到唐代传奇、宋元话本,再到明清小说,其间所经历的漫长的发生、发展、成熟、兴盛的过程,以及该过程所显示的中国小说自身发生、发展的特殊规律。鲁迅一方面从一个个作家、作品、流派、现象的纵横联系里去概括小说历史的发展规律,另一方面又注重从整个文学历史发展规律的高度,去观察、评价一个个具体的作家、作品和流派。这使他的小说史研究显得特别深刻,也特别鲜明地具有"史"的特点。鲁迅曾说,"讲文学的著作,如果是所谓'史'的,当然该以时代来区分,'什么是文学'之类,那是文学概论的范围,万不能牵进去"①。这里提供了一种文学史研究的原则。《中国小说史略》的"史"的体系是很突出的。这部著作就是首先以时代的发展为顺序,即从汉、六朝、唐、宋、宋元、元明、明清等时代——写来,"史"的线索很分明。为了突出不同时代小说的不同特征,鲁迅特别注意选取最能代表或一时代的作品来加以论述,而不是面面俱到。例如六朝,主要讲志怪小说和《世说》(志人小说)等;唐突出了传奇、杂俎;宋则分为志怪、传奇、话本,其中以话本为主;宋元讲拟话本;元明着重讲"讲史";明代讲神魔小说、人情小说;等等。鲁迅既注意到了大的时代顺序,又从时代发展中概括出小说性质的变化和小说形式及内容的演变,从而达到了揭示小说发展规律和历史"演进之迹"的目的。又如在《汉文学史纲要》中,鲁迅也是在理出从先秦到西汉文学发展的脉络的基础上,尽可能地揭示文学起源、发展、演变的历史原因和轨迹的,从而对文学的起源、文字的产生、各种文体的兴衰等作出了令人信服的解释。总之,鲁迅注重探讨规律和揭示"史"的线索,使文学研究在方法上摆脱了中国传统的评点式研究和清末以来的考据式研究的窠臼,从而结束了中国文学研究的零星分散局面,使之进入有完整科学

---

① 《书信·致王冶秋(1935.11.5)》。

体系的系统研究的时期。鲁迅为中国文学研究开辟了一条新的广阔的道路。

第四,鲁迅在研究中国文学时,特别注意把作家作品和文学现象摆到特定的历史背景之下去考察,从影响文学发展的诸多时代因素中去揭示文学现象和文学作品特点形成的原因。鲁迅曾提出"我们想研究某一时代的文学,至少要知道作者的环境、经历和著作"[①]的主张。所谓环境,即时代背景,主要指当时对作者的生平、思想和创作产生过影响,以及对或一文学流派、文学现象的出现产生过影响的政治、经济、文化、思想、社会心理和风土习俗等状况。通过对这些社会状况与当时文学的关系以及它们影响文学的途径、方式等的考察,可以发现一些在纯文学研究中难以发现的一些关乎文学的深刻根源和规律。例如,在《中国小说史略》中,鲁迅指出六朝小说多志鬼怪,其原因在于"中国本信巫,秦汉以来,神仙之说盛行,汉末又大畅巫风,而鬼道愈炽;会小乘佛教亦入中土,渐见流传,凡此,皆张皇鬼神,称道灵异,故自晋讫隋,特多鬼神志怪之书"。魏晋小说中的清谈,除了与老庄思想有关外,还由于魏晋时期是四海骚然的篡夺时代,名士议论政事,往往遭到执政者的杀害,遂一变而谈玄理,于是有《世说新语》一类作品。宋之小说则与崇儒、并容释道、信仰巫鬼的社会风气有关,加之宋代文人害怕触犯讳忌,便设法回避,所以宋人传奇不敢触及时事。明代小说与归佛、崇道、重视方士之术的社会风气分不开,明代的几个皇帝皆重用方士,这类人物常聚致通显,因而"小说多神魔之谈,且每叙床笫之事"。清代游民常以从军而得功名,为人们所慕,所以有侠义小说的产生和兴盛。清嘉庆以来,中国"屡挫于外敌",有识者幡然思改革,于是有谴责小说。以上见解,至今看来仍是非常精到而深刻的。在《汉文学史纲要》和《魏晋风度及文章与药及酒之关系》中也

---

① 《而已集·魏晋风度及文章与药及酒之关系》。

是如此。例如在《汉文学史纲要》中,鲁迅在分析东周时诗亡而散文发达的原因指出,这与周室衰落,《诗》失去了政治上的作用有很大关系:"周室既衰,聘问歌咏,不行于列国",于是"风人辍采";而在当时国家分裂、社会动荡、战乱频繁、民心不定的情况下,"志士欲救世弊,则空竭神虑,举其知闻。而诸侯又方并争,厚招游学之士;或将取合世主,起行其害,乃复力斥异家,以自所执者为要道,骋辩腾说,著作云起矣。"这使春秋战国时百家争鸣,文章代替诗歌而盛行这一现象的形成,得到了令人信服的合理解释。这样精彩的分析,举不胜举。正因为鲁迅注重把文学作为一种社会存在,并将之摆到各种社会存在的关系中来加以考察,所以他的分析和得出的结论常常较一般人深刻,而且也更接近历史的真实,从而使他的文学史研究真正具有了"史"的价值。

第五,鲁迅在中国文学史的研究中,能以其卓越的史识,正确区分中国文学的精华与糟粕,并对之作出实事求是的价值评判。鲁迅曾对郑振铎所作《中国文学史》中的小说部分作过这样的评价:"郑君所作《中国文学史》,顷已在上海预约出版,我曾于《小说月报》上见其关于小说者数章,诚哉滔滔不已,然此乃文学史资料长编,非'史'也。但倘有具史识者,资以为史,亦可用耳。"① 这里,鲁迅提出了文学史研究必须以史识来统帅史料的问题。所谓史识,是史家对"史"的独到的真知灼见,这在文学史研究中是至关重要的。鲁迅在其一系列文学史研究著述中,不囿于传统的偏见,也不受时兴理论的左右,以科学的分析的态度去区分中国古代文学中的精华与糟粕,显示了卓越的史识。我们在这些著述中所看到的,不仅是大量丰富翔实的史料,而且是鲁迅基于对史料的科学分析所作出的种种深刻的价值评判和精到的结论。例如,在《魏晋风度及文章与药及酒之关系》中,鲁迅一反"史家成见",肯定了曹

---

① 《书信·致台静农(1932.8.15)》。

操"至少是一个英雄"。又如在《中国小说的历史的变迁》中,鲁迅对《红楼梦》所作的价值评判,也是一个突出的例子。以《红楼梦》为"诲淫"之作,这是多少年的定论。钱玄同虽然否定了这种论调,但是缺乏令人信服的具体说明。鲁迅推翻了"诲淫"的历史旧案,通过对作品的具体分析作出了独具史识的评价:"《红楼梦》的价值,可是在中国底小说中实在是不可多得的。其要点在敢于如实描写,并无讳饰,和从前的小说叙好人完全好,坏人完全坏的,大不相同,所以其中所叙的人物,都是真的人物。总之自有《红楼梦》出来以后,传统的思想和写法都打破了。"又如《中国小说史略》中对《儒林外史》的评价等等,此类例子俯拾即是,不胜枚举。总之,正是由于鲁迅以他所掌握的翔实"史料"和过人的"史识"来治文学史,才使他的中国文学史研究著述至今仍不减其独特的学术价值。

鲁迅在文学史研究的实践中所提供的许多原则和精神,对于今天的文学史研究者来说,仍是应该好好学习的。

第二节　鲁迅的翻译和古籍整理

五四时期是一个新旧文化转换的伟大时代,中西文化的撞击是这种转换得以完成的必不可少的动力。鲁迅作为一个开创新的文化时代的巨人,他必须站在中西文化的交汇点上,因此他也必然面临对两种文化的利弊的批判和选择。鲁迅与其他文化先驱一道,一方面努力将西方先进的思想文化介绍给中国人民;另一方面,他又以科学的、审慎的态度对待中国固有的传统文化,光大中国文化传统中有生命力的民主性精华。为此,鲁迅一生中做了大量的翻译介绍工作和古籍整理工作。要全面了解鲁迅,固然不能忽略他在翻译外国文学和整理古籍方面所取得的实际成就,但从学术研究的角度来看,他在翻译和古籍整理实践中所积累的理论和经验,有着更为重要的意义。

在鲁迅一生的文学活动中,翻译、介绍外国文学始终占有十分重要的地位。早在日本求学时期,他便翻译了大量文学作品,并出版了与周作人合译的两本《域外小说集》。可以说,鲁迅的文学生涯是从译介外国文学开始的。鲁迅非常热心于翻译介绍被压迫人民和民族的文学,"五四"以后,其重点则是俄罗斯文学及十月革命后的苏联文学。他曾译过果戈理的《死魂灵》,法捷耶夫的《毁灭》,爱罗先珂的《童话集》,普列汉诺夫的早期著作《艺术论》,卢那察尔斯基的《艺术论》及《文艺与批评》、《文艺政策》等大量苏俄文学作品和理论著作。他的译作总计达 300 多万字。

鲁迅翻译、介绍外国文学的指导思想是很明确的,他怀着普罗米修斯"偷火给人类"似的目的,企望通过翻译的作品来唤醒和激发中国人民的斗争意识。鲁迅曾经说过,他翻译介绍外国文学作品,"并不是从什么'艺术之宫'里伸出手来,拔了海外的奇花瑶草,来移植在华国的艺苑",而是为了"要传播被虐待者的苦痛的呼声和激发国人对于强权者的憎恶和愤怒"[1],为了"从外国药房贩来一帖泻药"[2],用以狙击"中国病痛的要害"[3]。另一方面,鲁迅还希望通过翻译介绍外国文学的精品,来为中国新文学的发展提供借鉴。他认为,中国文学如果"没有拿来的,文艺不能自成为新文艺","所以我们要运用脑髓,放出眼光自己来拿!"[4] 鲁迅的大量翻译实绩,就是在这样的思想指导下取得的。

值得重视的是,鲁迅在大量翻译实践的同时,还写下了不少有关翻译理论的文章,较为详尽地阐述了自己对翻译的见解。这些

---

[1] 《坟·杂忆》。
[2] 《译文序跋集·〈从灵向肉和从肉向灵〉译后记》。
[3] 《译文序跋集·〈观照享乐的生活〉译后记》。
[4] 《且介亭杂文·拿来主义》。

文章主要有《"硬译"与"文学的阶级性"》、《几条"顺"的翻译》、《风马牛》、《再来一条"顺"的翻译》、《关于翻译的通讯》、《"题未定"草(一至三)》、《关于翻译》、《拿来主义》等等。

鲁迅翻译理论的核心是"宁信而不顺"的翻译原则。对于这一原则,在翻译界至今仍存在着争议。要对之作出较为公允的评价,我们首先必须弄清鲁迅为什么要提出这一原则,他是基于什么样的思考来确立这一原则的。

第一,鲁迅"宁信而不顺"的翻译原则,是针对30年代翻译界出现的"宁错而务顺"的观点提出来的。30年代初,翻译界出现过一番"信"与"顺"的争论。梁实秋于《新月》月刊发表了一篇题为《论鲁迅先生的"硬译"》的文章,对鲁迅进行攻击,把鲁迅的译作说成是"硬译"、"死译",实质上是企图以此来对翻译和传播马克思主义文艺理论及革命文学提出非议。梁实秋在该文中抛出了他们这派人的有代表性的"宁错而务顺"的主张,他说:"一部书断不会完全曲译……部分的曲译即使是错误的,究竟也还给你一个错误,这个错识也许真是害人无穷的,而你读的时候究竟还落个爽快"。所以,他主张翻译不妨"宁错而务顺,毋拗而仅信","与其信而不顺,不如顺而不信"。面对挑战,鲁迅写了《"硬译"与"文学的阶级性"》及一系列相关的文章,对梁实秋等人的主张加以驳斥,并针锋相对地提出了"宁信而不顺"的翻译主张,以"宁信"来击他们"宁错"的要害。

第二,鲁迅是本着对读者负责的认真严肃态度而提出"宁信而不顺"的翻译主张的。他认为"宁错而务顺"的主张,是翻译界的一股胡译乱译的歪风邪气,是对读者不负责任的作法。这种翻译固然可能使人读起来感到"爽快",但读者恰恰会在这种"爽快"中不知不觉地被愚弄和被欺骗,因为"倘不对照原文,就连那'不信'在什么地方都不知道。然而能用原文来对照的读者在中国有几个呢?"于是"就只好胡里胡涂地装进脑子里去了"①。鲁迅列举了大量错而"顺"的译例来说明这一问题。他认为,如果从读者的角度来考虑,不同的翻译原则孰是孰非将是很明确的,"译得'信而不顺'的至多不过是看不懂,想一想也许能懂,译得'顺而不信'的却令人迷误,怎样想也不会懂,如果好像已经懂得,那么你正是入了迷途了"②。

第三,鲁迅在翻译理论上把"信"放在首位,是为了强调忠实于原著的思想内容和忠实地传达原著的精髓。在"信"与"顺"的关系上,如果二者一时还不可兼得,必须有所取舍的话,鲁迅认为理所当然应选择"宁信而不顺",这样做,起码能保证不改变原著的基本意思。从忠实于原著考虑,鲁迅始终坚持"直译",即不加变通地传达出原文的意思。他说:"我自己的译法,是譬如'山背后太阳落下去了',虽然不顺,也决不改作'日落山阴',因为原意以山为主,改了就变成太阳为主了"③。当然,鲁迅主张的"直译"并不是"死译","宁信而不顺"之"不顺","决不是说'跪下'要译作'跪在膝上','天河'要译作'牛奶路'的意思"④,而是为了忠实原著,宁可容忍一些"不顺"。鲁迅自己的翻译一向是很忠实的。许寿裳称赞鲁迅"实为译界开辟一个新时代的纪念碑"⑤。瞿秋白在给鲁迅的《论翻译》的信中,也称赞鲁迅道:"你的译文,的确是非常忠实的。"⑥ 应该看到,鲁迅主张"宁信而不顺",首先考虑到的是忠实于原著。

第四,鲁迅主张"宁信而不顺",还包含着他希望在译文中尽可

---

① 《二心集·几条"顺"的翻译》。
② 同①。
③ 《二心集·关于翻译的通信》。
④ 同③。
⑤ 《亡友鲁迅印象记》。
⑥ 同③。

能保存外国文学风格的目的。鲁迅认为,"凡是翻译,必须兼顾着两面,一则当然力求易解,一则保存原作的丰姿","但这保存,却又常常和易懂相矛盾:看不惯了",这正如看不惯长着高鼻子和蓝眼睛的"洋人"一样。翻译决不能因为有人"看不惯",而去"削鼻剜眼",以求"归化",即将之完全中国化。也就是说,要保存洋气,因为那是出自外国人手笔的作品,而外国之为外国,就是因为有那么一些与中国不尽相同的地方,为了保存外国作品中的异国情调和风格特色,"有些地方,仍然宁可译得不顺口"[①]。

第五,鲁迅主张"宁信而不顺"的直译,也是为了向外国学习语言文法,以便丰富现代中国语言。他认为,翻译外国文学作品,其目的"不但在输入新的内容,也输入新的表现法","要医这病,我以为只好陆续吃一点苦,装进异样的句法去,……后来便可以据为己有。"[②] 这就要求在翻译中尽可能"直译",尽可能多保存些外国语言文法的原样,以便使读者有可供学习、借鉴的东西,进而使现代汉语在词汇、文法等方面得到丰富和发展。

鲁迅正是基于以上种种考虑,才提出了"宁信而不顺"的翻译原则。应该看到,这是鲁迅在30年代特定历史条件下,针对"宁错而务顺"的观点而提出的带有矫枉过正性质的主张,这在当时是起了积极的作用的,而且鲁迅对这一原则所作的种种解释,至今看来仍是基本正确的。但是,同时我们也应看到,鲁迅为了论战的需要,有时不免有些偏激。虽然"信"与"顺"是在翻译中常常遇到的一对矛盾,有时确实难以两全,但作为理想的好的译文,无疑是应该,也可以达到两全其美的。离开了鲁迅所处的特定历史时代,如果我们今天仍一味强调"宁信而不顺",就显得过于片面并无助于翻译事业的发展了。

---

① 《且介亭杂文二集·"题未定"草(二)》。
② 《二心集·关于翻译的通信》。

鲁迅在他的一生中,做了大量的整理辑录古籍工作。鲁迅辑录过古代史地著作、古典小说、类书等佚书,考证过文物,校录过古代文集、小说集,摘编过小说评论方面的资料,其整理古籍的面不可谓之不广。早在1909年,鲁迅在杭州、绍兴任中学教员期间,就辑录过亡佚的古小说和会稽的历史、地理佚书。1911年辑录唐刘恂的《岭表录异》;1912年辑成《古小说钩沉》;1913年辑录吴谢承《后汉书》,晋谢沈《后汉书》,晋虞预《晋书》,并开始校勘《嵇康集》;1914年辑成《会稽郡故书杂集》,宋张淏《云谷杂记》、《范子计然》、《魏子》、《任子》、《志林》、《广林》;1916年整理了《寰宇贞石图》;1920年起陆续摘编《小说旧闻钞》,编校《唐宋传奇集》;1924年编成《俟堂专文杂集》。此外,鲁迅还编有《汉碑帖》、《汉画像》、《六朝造像目录》、《六朝墓志目录》,作过许多碑记、墓志的考证。在新版《鲁迅全集》中收入的《辑录古籍序跋集》,就有三十多篇。以下就鲁迅辑录古籍工作的基本特点略作介绍:

第一,以"正史"为主,兼采杂书。鲁迅辑录古籍,往往首先在"正史"中搜寻、摘引,"正史"中无记载或注有"散佚"者,再从"三通"及其他类书、杂记、笔记甚至《文选》及其注文中辑录。在鲁迅的许多篇为所辑古籍而写的序跋中,列出的辑录出处常常是自"正史"到种种杂书的一长串书目。鲁迅重视"正史",又不唯"正史"是求,而是广搜博采。

第二,"考而后信"。古代史书繁缛而且菁芜丛杂,因此鲁迅在辑录古籍时,审慎地遵奉着"考而后信"的原则,言必有据,落笔必实,常常为了一个问题,要校比几十种书籍。因此,他的辑文比较翔实、可靠、完善。

第三,钩沉辑佚,细密拼补。鲁迅辑录的古籍,大多数正是已经散佚的历史篇目。他常常为钩稽残文,找寻散佚的篇目,甚至是一个片断,而翻找大量的古籍,有时还要作一些拼补的工作。例如在辑录《古小说钩沉》时,有时一则小说以片断的形式散见于不同的书中,支离破碎,不易窥见全貌,鲁迅在辑校时便尽可能将它们找齐,并把这些碎片拼补起来,以恢复其旧观。正因为鲁迅下了很大的力气,所以他对古小说的辑佚规模超过了以往任何人,而且空前完备,仅作品就有36种之多。

第四,考订工作注重文、物互证。既重文献,又重实物,以二者互为补证,这是辑古考史者必须注意的。鲁迅早年拟编一部以古物(主要是古砖甓)为贯穿线的家乡文物录——《越中专录》,并曾收集到散佚于家乡的古砖甓多件。在鲁迅所辑的古砖拓本集《俟堂专文杂集》中,收有汉魏六朝文物达170件,隋2件,唐1件[①]。可见,鲁迅在重视古籍的同时,也很重视古物的收集和收藏。他所写的《吕超墓志铭跋》、《吕超墓出土吴郡郑蔓镜考》(均见《集外集拾遗补编》)等文字,都是文、物互证的杰出成果。

第三节 鲁迅与语言文字改革

自新文化运动发生一直到30年代,鲁迅对中国语言文字的改革问题发表了相当多的见解,涉及面较广,概括起来,主要有这样几个方面:

第一,鲁迅从历史唯物主义的观点出发,阐述了语言文字的起源和发展,并指出了汉字改革的必然性。

鲁迅指出:"文字成就,所当绵历岁时,且由众手,全群共喻,乃得流行,谁为作者,殊难确指,归功一圣,亦凭臆之说也。"[②] 他批判了"仓颉造字"的唯心史观,肯定了人民群众创造文字的历史功绩。鲁迅对文字的起源作了科学的考察,认为真正的文字是源于图画的,而原始人之图画,则与劳动相关,例如他们画一头牛,"为

---

① 《古籍序跋集·〈俟堂专文杂集〉题记》注[1]。
② 《汉文学史纲要·自文字至文章》。

的是关于野牛,或者是猎取野牛,禁咒野牛的事"[1]。这就揭示了文字起源于劳动的道理。鲁迅还分析了汉字从象形、指事、会意到谐声(形声)的变化过程,揭示了汉字由象形到表音,由繁到简的发展趋向,并进而指出由于汉字发展到现在,"成了不象形的象形字,不十分谐声的谐声字",因此文字的改革势在必行。

第二,鲁迅分析了汉字的繁难,以及形成汉字繁难的原因,并从"将文字交给大众"的目的出发,指出了汉字改革的必要性。

他说:"文字在人民间萌芽,后来却一定为特权者收揽。"这些统治阶级的特权者们为了垄断文字,又"竭力的要使文字更加繁难起来"[2],其结果是"我们的最大多数人,已经几千年做了文盲来殉难了"。正是在这个意义上,鲁迅将汉字称为"方块的带病的遗产"[3]。他从人民群众的利益出发,提出了"将汉字交给大众"的口号,而要真正将汉字交给人民大众,就必须对汉字作彻底的改革。

第三,鲁迅总结了汉字改革的历史经验,一方面提倡简化文字,另一方面又提出了根本改革汉字的拉丁化方向。

他认真分析了清末以来文字改革的利弊,指出汉字改革的第一步可以先从简约汉字开始,要打破传统的"正字"观念[4]。同时他又指出,简化汉字"不过是治标之法","待到拉丁化的提议出现,这才抓住了解决问题的紧要关键"。这里的"拉丁化",是指"拉丁化新文字",其重要特点是摆脱方块汉字的影响,走拼音化的道路。当然,鲁迅是把"拉丁化"作为汉字改革的最终方向提出来的,所以他同时又提出以"汉字夹用拼音"的方法,作为从方块字向拉丁化过渡的一种途径。

---

[1] 《且介亭杂文·门外文谈》。
[2] 同[1]。
[3] 《花边文学·汉字和拉丁化》。
[4] 《且介亭杂文二集·从"别字"说开去》。

第四,鲁迅从纯洁和统一祖国语言的目的出发,还坚决主张发展普通话和提倡实现汉语规范化。

鲁迅认为,在人们的语言交流中,"确实已有着一种好像普通话模样的东西",它"既非国语,又不是京话,各各带着乡音、乡调,却又不是方言",它使不同地区的人们得以在语言上相互沟通。如果将这种普通话"加以整理,帮它发达",是可以使之发展成为一种通行的语言的。鲁迅指出了中国有实行普通话的基础和必要性,同时还进一步预见到"北方话"将会成为普通话的主力[①]。对于汉语规范化的问题,鲁迅虽未直接用"规范化"这一术语,但在许多论述中都讲到应提炼语言,尤其是书面语应较之口语"简洁明了",勿使用"太僻的土语"和已经"僵死的语言"等等[②]。

我们不能孤立地看待鲁迅对语言文字改革问题的这些论述。五四以来,语言文字问题曾引起过普遍的兴趣,仅二三十年代,涉及语言文字问题的较大论争就有白话文与文言文之争,语言欧化问题的论争,以及汉字拉丁化问题的讨论等等。"五四"时代中国文化处于全面反省的历史阶段,文化界对于语言文字问题的普遍关注,包含着一代文化先驱者对中国传统文化的全面反省。作为伟大的反封建思想革命家的鲁迅,他对语言文字问题的兴趣,其总的出发点也正是在于将语言文字作为一种文化现象,通过分析语言文字与中国传统文化的关系,进而达到揭示传统文化弊端,推动文化进步的目的。离开了这一总的前提,就不能真正了解鲁迅对语言文字问题的阐述所具有的深远历史意义,尤其是对鲁迅的一些偏激之论,诸如"汉文终当废去"[③],"汉字不灭,中国必亡"[④] 等,

---

① 《且介亭杂文·门外文谈》。
② 同①。
③ 《书信·致许寿裳(1919.1.16)》。
④ 转引自芬君:《鲁迅先生访问记》,《救亡情报》第四期(1936年5月30日出版)。

很难作出准确的评价。

鲁迅是如何分析语言文字与中国传统文化的关系,并进而揭示传统文化的弊端,以推动文化进步的呢?

首先,鲁迅认为,一个民族的语言,与该民族在长期的文化历史过程中所形成的思维方式有着密切的关系。因此,鲁迅在指出中国的传统语言文字所具有的不准确、不确定的毛病的同时,还深刻地揭示出形成这一语言现象的文化根源,并从文化进步的历史要求出发,提出彻底改变中国语言文字现状的主张。

文化的含义非常广泛,广义的文化囊括了人类所创造的全部物质文明与精神文明;但一个民族的历史文化特征中相对稳定的因素,往往集中体现在作为精神形态的思维方式和民族心理上。鲁迅在考察中国语言文字与传统文化的关系时,首先注意到了语言与思维方式的关系。鲁迅指出,作为中国传统语言文字的文言文,具有不确定、不准确的毛病,即有许多"含混的地方"。他在《中国文与中国人》一文中,曾向中国读者推荐瑞典学者高本汉的著作《中国语和中国文》。高本汉在该书中指出,中国语言有好多"含混的地方,中国人不但不因之感受了困难,反而愿意养成它";他对中国文字与外国文字的不同特点作了一个形象的比喻,即"中国文字好像一个美丽的贵妇,西洋文字好像一个有用而不美的贱婢"。鲁迅很赞同高本汉的这一看法和比喻,由此进而指出中国语言文字的弊端:"美丽可爱而无用的贵妇的'绝艺',就在于'插诨'的含混",而为了保存这种"高妙文雅"的语言文字,就只好拿牺牲文化的进步和思维的精确化发展为代价。[①] 中国语言的不精确性,一方面是本民族长期文化历史进程中形成的思维方式所决定的;另一方面,它又确实成了思维进步的障碍。作为现代科学思维必要条件的演绎推论,是以概念的精确为前提的。鲁迅正是从文化的

---

① 《准风月谈·中国文与中国人》。

进步,从中国传统语言所标示的思维方式与现代科学发展趋势不相适应的状况,来看待中国语言的弱点的。正是基于这样的认识,使得鲁迅对改变中国语言文字现状的见解高出于当时一般的仅仅局限于从语言自身去看问题的语言学家们。鲁迅注意到了中国文言文在达意上的不严密性,提出"我们要说现在的,自己的话,用活着的白话,将自己的思想情感直白地说出来";同时,他又未仅仅停留在语言的"达意"这一层次,而是进一步注意到了作为思维载体的符号系统,语言文字对民族思维的发展、智力水平的提高所具有的制约作用。"思维的进步取决于符号系统的效能",当这种符号系统的效能低下,以至于阻碍思维发展时,打破这种语言符号系统,改革和创造新的语言符号系统,就成了关系到文化进步的历史大任务。如果从这个角度去评价鲁迅反对文言文、提倡白话文的有关见解,乃至评价整个五四时期的白话文运动的历史功绩,我们就不会仅仅把它们看作是一种语言形式上的革命,而会看到一个时代的文化觉醒。在 30 年代展开的有关大众化问题的讨论中,有人认为"五四"以来形成的白话文中有"欧化"倾向,因此白话文是非大众化的,应在被取缔之列。鲁迅认为,大众语应力求浅豁,但也需要吸收外国语文的词汇和语法,使之丰富和精密。鲁迅在一片反对欧化的声浪中,明确提出了"仍在支持欧化文法"的主张。他认为,"讲话要精密,中国原有的语法是不够的,而中国的大众语文也决不会永久含糊下去"[1],建立大众语,"到大众中去学习,采用方言;以至于要大众自己来写作",都不失为好的方法,但仍"要支持欧化文章",只要不是"故意胡闹",而是"为了立论的精密"[2]。鲁迅是把使大众能看懂、学会语言文字,与同时培养中国大众严密的思维联系起来考虑的。这里足以显示鲁迅看问题的历史深度。

---

[1] 《且介亭杂文·答曹聚仁先生信》。
[2] 《书信·致曹聚仁(1934.9.29)》。

总之,鲁迅通过语言现象对中国民族的思维方式所作的反省是非常深刻的。"五四"以后发展起来的现代汉语,实际上是"欧化"了的白话文,这种语言不仅在一定程度上接近了口语,更重要的是它经过吸收欧化文法、概念而形成了一个新的规范的语法系统,从而大大加强了语言思维的逻辑力量和表达的准确性、严密性,淡化了中国传统语言固有的含混、感性化、不严密的缺点,使之能够在较大程度上适应现代科学的思维要求。中国文化的这一巨大进步,正是鲁迅等一代先驱者们努力的结果。

其次,鲁迅还对中国语言文字与中国民族心理的关系作了考察,从而通过一些语言现象,揭示和批判了落后的民族心理素质。

语言从本质上看是心理现象,民族语言正是民族心理的积淀。鲁迅对语言文字改革的论述,有好多是在考察了中国语言与中国民族心理的关系后作出的,他也常常通过一些语言现象,来挖掘其背后的落后的民族心理素质。例如,他曾多次分析中国语言中的"国骂"——"他妈的"。鲁迅认为,在这"国骂"的背后,隐藏着的是一种"精神胜利"的自欺心态。有时,对"依赖门第"、"倚仗祖宗"的不满发泄为"他妈的",其攻击矛头自然是指向"高门大族"的,然而其"战略"却"真可谓奇谲"——"瞄准他的血统",于是在精神上便自以为作了"高门大族"的"祖宗"。鲁迅还指出,在中国,这种"国骂"远不止被用于攻击"高门大族",而且几乎可以出现在一切场合。他就"曾在家乡看见乡农父子一同用午饭,儿子指一碗菜向他的父亲说:'这不坏,妈的你尝尝看!'那父亲回答道:'我不要吃,妈的你吃去罢!'"这里"他妈的""简直已经醇化为现在时行的'我的亲爱的'的意思了"①。这个词被如此普遍地运用着,"有时骂骂,有时佩服,有时赞叹,因为他说不出别样的话来"②。鲁迅认为"国

---

① 《坟·论"他妈的!"》。
② 《且介亭杂文·答曹聚仁先生信》。

骂"之盛行,一方面说明了语言的贫乏,另一方面,在这种语言贫乏的现象背后还掩藏着中国人的凡事不求精确表达的"笼统"心理。每个民族都有一套自己特有的无法翻译的道德用语,"他妈的"便是这种无法译成外文的中国式语汇,在德文中只能译作"我使用过你的妈",日文中只能译作"你的妈是我的母狗",纵然"俄国也有这类骂法,但究竟没有中国似的精博"①。"他妈的"这一特殊语言现象,也恰好表现出了中国人特有的一些落后的民族心理素质。要改变这种现状,还有赖于社会的根本变革,有赖于落后民族心态的彻底去除。

此外,鲁迅还对中国语言文字与文化发展的相背离,中国传统语言文字所带有的旧文化机质,以及中国语言文字与新的文化节奏的不相适应等问题,作了精到的分析,从而使语言文字改革问题进一步在文化发展这一更为广阔的历史背景上被提出来,使之得到充分强调。

总之,鲁迅对中国语言文字改革的一系列论述,其出发点和意义决不仅仅在于语言文字改革本身。因此,我们在了解鲁迅就语言文字改革本身提出的具体意见、方案的同时,还应深入理解这些论述中所包含的对中国传统文化的反省和批判。

第四节 鲁迅与自然科学

鲁迅与自然科学的关系是非常密切的。在他的一生中,从来没有间断过对自然科学问题的探索,直到他临终前几年,还在一再呼吁从事文学的人应当学点自然科学。

由于自然科学是专业性很强的领域,所以在这里不详细阐述鲁迅对自然科学具体问题所发表的种种见解,仅就他与自然科学

---

① 《坟·论"他妈的!"》。

的关系作些介绍。

鲁迅从幼年起就热爱自然科学,喜欢读自然科学的书籍。1898 年,他到南京水师学堂,第二年转入矿务铁路学堂,开始比较全面地学习近代自然科学。他学习了格致(即物理学)、算学、地学(即地质学)、金石学(即矿物学)等课程,此外还阅读了一些生理学和医学的书籍,如《全体新论》和《化学卫生论》等。1902 年,鲁迅从矿路学堂毕业,抱着科学救国的愿望去日本留学。1903 年发表了《说钼》、《中国地质略论》两篇科学论文,前者是我国最早介绍法国居里夫人发现镭的经过的论文,后者论述了中国地质的发展历史和矿产的分布,向国人介绍中国的地质情况。与此同时,鲁迅还从日译本转译了法国科学幻想小说家儒勒·凡尔纳的科学幻想小说《月界旅行》和《地底旅行》,翻译了《北极探险记》,与顾琅共同编著了《中国矿产志》一书。1904 年,鲁迅进仙台医学专门学校学医,学习过骨学、血管学、神经学、解剖学等等课程。1906 年,他弃医从文,把自己的主要精力倾注于文艺和其他思想文化战线,但并未完全中止与自然科学的联系,1907 年他写了《人之历史》和《科学史教篇》两篇重要论文。前者介绍了达尔文的生物进化学说及其发展史略,后者考察西方自然科学发展的历史,说明了科学的本质及其在改造自然和改造社会方面所起的作用,实为一篇出色的科学哲学论文。1909 年 8 月,鲁迅从日本回国后,曾在杭州的浙江两级师范学堂任教,讲授化学、生理学等自然科学课程,并编写了长达 11 万字的生理学讲义《人生象敩》。

鲁迅的自然科学活动主要是在早期,"五四"以后,他与自然科学的关系更多地体现为在反封建的思想革命中运用科学的武器,批判种种封建迷信和落后观念。同时,他也写过像《〈进化和退化〉小引》、《"蜜蜂"与"蜜"》、《经验》、《电的利弊》这样一些较多涉及自然科学知识的文章。

由于与自然科学有着特殊的、较为密切的关系,鲁迅一生受益甚多。他写作中国新文学史上第一篇现代白话小说《狂人日记》时,就曾"仰仗"过"一点医学上的知识"①。在新文化运动中,作为文化革命的主将,他为提倡科学民主而大声呐喊,由于具有自然科学的功底,所以他在批判迷信、落后、守旧等封建文化现象时能达到惊人的深刻程度。自然科学知识的运用,还构成了鲁迅杂文特色的一个重要方面,他常常从自然知识生发开去,从生物现象谈到社会现象,深刻、生动的取譬常达到奇特的效果,增强了杂文的批判力量和感染力量。可以说,鲁迅的杂文常常是政治、科学和文学三者的有机结合。

概括起来说,鲁迅与自然科学的关系主要体现在四个方面:第一,鲁迅早期专门从事过自然科学的学习和研究,翻译介绍过一些外国的先进科学成就;第二,鲁迅对自然科学的某些领域曾有过一定的研究,并撰写、编著过专业性很强的科学论文和论著;第三,鲁迅一生高举科学的旗帜,自然科学构成了他的宇宙观、方法论的重要基础和内涵,他又以科学为武器,反对束缚科学发展的封建文化;第四,鲁迅以精博的自然科学知识来丰富自己的文艺创作。

了解鲁迅与自然科学的关系,将有助于我们更好地把握鲁迅的"全人",更好地理解鲁迅的小说创作、杂文创作以至他的学术成就。

---

① 《南腔北调集·我怎么做起小说来》。

后　　记

　　本书是用于大学本科段汉语言文学专业及其他相关专业的《鲁迅概论》选修课的教材,以客观介绍和分析鲁迅生平、思想和创作为主,考虑到这是大学本科的选修课程,因此也适当融入了有一定理论深度的研讨性内容。这样可以让读者在自学中不仅增长知识,而且也能在理论修养、方法能力的训练等方面有所获益。

　　作为大学本科选修课教材,在编写中我们尽可能吸收了该学科的最新研究成果,但在观点的取舍上还是力求稳妥,尽量采用少有争议的、能被学界多数人认可的既成定说,内容也力求深入浅出,以便于学生学习。本书参考了许多已经出版和发表的有关研究专著和有关研究论文,这基本上已在每章或每节注出,但也难免有所遗漏,在此一并向有关作者致谢,并请谅解。

　　本教材的第一章、第三章、第四章、第九章由朱晓进主编;第二章、第五章、第六章、第七章、第八章由唐纪如主编;本校及外校许多同志参与了本教材的编写工作。由于教材编写的时间紧、任务重,编写者受学识水平所囿,粗疏之处在所难免,恳请专家和读者批评指正。

　　本书在编写过程中,得到了江苏省高等教育自学考试办公室、南京师范大学自学考试办公室和文学院诸多同志的大力支持,谨致谢忱。

编　者
1999 年 8 月 15 日

高等教育自学考试
汉语言文学专业

《鲁迅概论》自学考试大纲

（本科段用）

江苏省高等教育自学考试委员会办公室

汉语言文学专业
《鲁迅概论》自学考试大纲

一、课程性质和学习要求

《鲁迅概论》是汉语言文学专业及其他相关专业的一门重要的选修课程,本书则是该课程的教材。该课程以全面系统地介绍、分析和研究鲁迅的生平、思想和创作等各方面情况和成就为主要内容。该课程在介绍、分析和研究鲁迅时,注重将其摆在中国现代文化发展史和中国现代文学发展史的背景中来加以考察,以期考生能通过对鲁迅这一中国现代文化伟人和文学巨擘的全面把握,进而加深对整个中国现代文化思想史和中国现代文学史的理解。

本课程的学习要求:基本了解鲁迅在中国现代文化史和中国现代文学史上的地位、意义和价值;把握鲁迅生平思想和文学创作的基本情况;理解鲁迅文化思想和文学思想的主要内容;能运用马克思主义的观点和方法,从历史的和美学的角度对鲁迅的各类文学作品作较为深入的分析。

二、课程内容和考试要求

第一章 绪 论

第一节 鲁迅对中国现代文化发展的历史贡献

(一)领会
1. 鲁迅对待中外文化传统的基本态度。
2. 鲁迅所选择的文化革新的主攻方向。

3. 鲁迅对整体文化发展的全局性眼光。

(二)理解、运用

鲁迅对中国现代文化发展的历史贡献。

第二节　鲁迅的人格魅力

(一)领会

1. 鲁迅成为文化伟人的客观条件。
2. 鲁迅的"多才多艺和学识渊博"主要体现在哪些方面。
3. 鲁迅超常的"热情和性格"集中体现在哪些方面。

(二)理解、运用

1. 鲁迅式思维的特点。
2. 构成鲁迅人格魅力的主要方面。

第三节　鲁迅的当代意义

领会

1. 鲁迅文化遗产的真正价值。
2. 鲁迅精神和思想对当代的启迪意义。

第二章　鲁迅的生活道路

第一节　热忱的爱国主义者

(一)识记

1. 鲁迅的原名、字、籍贯、生卒年。
2. 鲁迅赴南京、日本求学的时间,学校名称,受到较大影响的书刊、导师等概况。
3. 鲁迅弃医从文后在东京主要的文学活动。

(二)领会

1. 鲁迅从小所受的文化教育与影响。

2. 鲁迅与进化论的关系。
3. 鲁迅对辛亥革命的软弱性和妥协性的思考。
(三)理解、运用
1. 从家庭和个人经历角度看鲁迅从小产生爱国主义的原因。
2. 从南京求学至"五四"前夕鲁迅爱国主义思想的发展。

第二节 激进的革命民主主义者

(一)识记
1.《新青年》创刊及倡导新文化运动和文学革命的概况。
2. 五四时期至大革命期间与鲁迅展开论争的文学派别的概况,鲁迅与之论争的主要情况。
3. 五四时期至大革命期间鲁迅领导、支持的文学社团的名称、代表人物、刊物、文学倾向等概况。
4.《彷徨》扉页引诗及题诗的基本情况。
5.《无花的蔷薇之二》、《论"费厄泼赖"应该缓行》、《纪念刘和珍君》、《庆祝沪宁克复的那一边》等文的特殊意义。
(二)领会
1924年至1926年间鲁迅在彷徨中求索而获得的新的思想认识。
(三)理解、运用
"五四"前夕至大革命期间鲁迅在文化战线上反帝反封建的战斗业绩。

第三节 英勇的左翼文化旗手

(一)识记
1.《答有恒先生》、《惯于长夜过春时》、《中国无产阶级革命文学和前驱的血》、《黑暗中国文艺界的现状》、《对于左翼作家联盟的意见》、《答托洛斯基派的信》等文的特殊意义。

2. 鲁迅与"左联"五烈士及其他共产党人的交往与友谊。

3. 鲁迅参加中国共产党发起组织的群众团体及活动的概况。

4. 鲁迅拥护中国共产党抗日救亡斗争的有关情况。

5. 1928 年至 1936 年间与鲁迅展开论争的文学派别的概况,鲁迅与之论争的主要情况。

6. 1928 年至 1936 年间鲁迅翻译马克思主义文艺论著的主要成果。

7. 1928 年至 1936 年间鲁迅扶植左翼青年作家概况。

8. "两个口号"论争的概况。

9. 鲁迅病逝及葬礼的有关情况。

(二)领会

1. 促使鲁迅完成思想根本转变并趋向成熟的原因。

2. 1928 年至 1936 年间鲁迅在文化战线上战斗业绩的几个方面。

(三)理解、运用

1. 鲁迅为纠正"左联""左"的错误倾向所做的工作。

2. 1928 年至 1936 年间鲁迅坚持文艺思想斗争的主要业绩。

第三章 鲁迅的文化思想

第一节 鲁迅的文化哲学思想

(一)领会

1. 鲁迅进行文化反省的价值依据。

2. 鲁迅对文化发展的基本认识。

(二)理解、运用

鲁迅进行文化反省的方法特征。

第二节 鲁迅的改造国民性思想

(一)领会
1. 鲁迅的"立人"思想。
2. 鲁迅所提"国民性"的含义。
(二)理解、运用
1. 鲁迅批判了"国民性"的哪些弱点。
2. 鲁迅改造国民性思想的意义。

第三节 鲁迅的伦理文化观

(一)领会
1. 鲁迅对封建伦常的批判。
2. 鲁迅对封建家族制度弊端的解剖。
3. 鲁迅对封建"孝道"观念的分析批判。
4. 鲁迅对新伦理道德观的提倡。
(二)理解、运用
1. 鲁迅从哪些方面批判了封建"女德"。
2. 鲁迅伦理文化观的主要内容。

第四节 鲁迅的宗教文化观

(一)领会
鲁迅对宗教文化的总体认识。
(二)理解、运用
1. 鲁迅与佛教文化的关系。
2. 鲁迅对道教文化的态度。

第五节 鲁迅的民俗文化观

(一)领会

鲁迅对民俗文化的关注。
(二)理解、运用
1. 鲁迅文学创作与民俗文化的关系。
2. 鲁迅对民俗文化的解析和研究。

第四章　鲁迅的文艺观

第一节　鲁迅的文艺本质论

(一)领会
1. 鲁迅早期对文艺本质的认识。
2. 鲁迅对文艺审美特性的强调。
(二)理解、运用
1. 鲁迅功利主义文艺观的主要内容。
2. 鲁迅对艺术美的基本形态所作的阐释。

第二节　鲁迅的文艺创作论

(一)领会
1. 鲁迅对文艺创作独特性的认识。
2. 鲁迅对文艺创作方法的论述。
(二)理解、运用
1. 鲁迅对文艺创作真实性问题的阐述。
2. 鲁迅对文学创作应该"写什么和怎样写"问题的阐述。

第三节　鲁迅的文学文体论

领会
1. 鲁迅在文体选择中体现出的文体意识。
2. 鲁迅对新诗文体的思考。
3. 鲁迅对小说文体的理解。

4. 鲁迅对杂文文体特点的论述。

第四节　鲁迅的文学欣赏论

(一)领会
1. 鲁迅对读者在文学欣赏活动中的作用的阐述。
2. 鲁迅对"趣味"在文学欣赏活动中的作用的强调。
3. 鲁迅对文学欣赏活动中读者的艺术"再创造"问题的论述。
4. 鲁迅对文学欣赏的复杂性和差异性问题的阐述。
(二)理解、运用
鲁迅从哪些方面阐述了文学欣赏活动的主要特点。

第五节　鲁迅的文学批评论

(一)领会
1. 鲁迅对文学批评作用的论述。
2. 鲁迅对文学批评任务的论述。
3. 鲁迅对文学批评标准的论述。
(二)理解、运用
1. 鲁迅对批评家应有的科学态度的阐述。
2. 鲁迅对文学批评方法的阐述。

第五章　鲁迅的小说

第一节　鲁迅小说的文学史地位

(一)识记
鲁迅创作白话小说之前的小说创作概况。
(二)领会
1. 鲁迅小说的文学史地位。
2. 鲁迅小说创作的历史使命感

3. 鲁迅对创作崭新的中国现代小说艺术的贡献。

(三)理解、运用

鲁迅小说在形成我国现实主义文学主潮方面的贡献与特点。

第二节 《呐喊》、《彷徨》的思想内容

(一)识记

1.《呐喊》、《彷徨》的基本情况。

2.《狂人日记》、《孔乙己》、《药》、《白光》、《故乡》、《阿Q正传》、《祝福》、《明天》、《在酒楼上》、《孤独者》、《伤逝》、《离婚》、《肥皂》、《长明灯》、《示众》、《风波》等小说中的主要人物、内容等概况。

(二)领会

1. 鲁迅在小说中关心农民命运的原因。

2.《药》的命名、结构与主题。

3.《风波》命名的寓意。

4. 鲁迅小说中的知识分子形象两大系列。

5. 鲁迅小说把新型知识分子作为重要描写对象的原因。

6. 鲁迅新型知识分子题材小说的特点。

7.《在酒楼上》、《孤独者》、《幸福的家庭》的思想意义。

(三)理解、运用

1.《狂人日记》"吃人"主题在《呐喊》、《彷徨》中的延伸与扩展。

2. 鲁迅的劳动人民题材小说的特点。

3. 鲁迅小说对辛亥革命前后社会生活的描写与思考。

4. 鲁迅小说对新型知识分子走入人生"歧途"与"穷途"的态度的描写与思考。

第三节 《呐喊》、《彷徨》的艺术成就

(一)领会

1. 鲁迅小说艺术成就的主要方面。

2. 鲁迅小说白描、传神手法的表现。
(二)理解、运用
鲁迅小说深入开掘主题的经验。

第四节 《故事新编》

(一)识记
《故事新编》中各篇人物、主题等概况。
(二)领会
学术界对《故事新编》文体性质的几种意见。
(三)理解、运用
1.《补天》、《奔月》、《铸剑》的共同主题。
2.《故事新编》中的"油滑"的利弊。

第五节 鲁迅小说名篇分析

(一)识记
1.《狂人日记》、《阿Q正传》发表的概况。
(二)领会
1.《狂人日记》的象征手法对表现"吃人"主题的作用。
2.《祝福》篇名的寓意。
3.《伤逝》独特的艺术形式和手法。
(三)理解、运用
1.《狂人日记》对"吃人"主题的描写。
2.《狂人日记》中狂人的思想性格特征。
3. 阿Q的性格特征。
4.《阿Q正传》的思想意义。
5.《阿Q正传》的艺术特色。
6.《祝福》对"吃人"主题的开掘。
7. 祥林嫂性格的反抗性与奴隶性。

8. 从酿成涓生、子君爱情悲剧的原因看《伤逝》的思想意义。

第六章 鲁迅的杂文

第一节 鲁迅杂文的文学史地位

(一)领会

1. 鲁迅杂文的文学史地位。
2. 鲁迅杂文的中、外艺术渊源。
3. 鲁迅的杂文理论。

(二)理解、运用

鲁迅杂文是展示"时代眉目"的"诗史"。

第二节 鲁迅前期杂文的思想内容

(一)识记

1. 鲁迅前期杂文集的书名及含义。
2. 《我之节烈观》、《我们现在怎样做父亲》、《娜拉走后怎样》、《智识即罪恶》、《春末闲谈》、《灯下漫笔》、《估〈学衡〉》、《答 KS 君》、《十四年的"读经"》、《无花的蔷薇之二》、《记念刘和珍君》、《论"费厄泼赖"应该缓行》等代表篇章的特殊意义。

(二)领会

鲁迅前期杂文主要内容要点。

(三)理解、运用

1. 鲁迅前期杂文对愚弱的国民性的批判。
2. 鲁迅前期杂文中对复古派所作的斗争。

第三节 鲁迅后期杂文的思想内容

(一)识记

1. 鲁迅后期杂文集的书名及其含义。

2.《中国无产阶级革命文学和前驱的血》、《黑暗中国文艺界的现状》、《为了忘却的记念》、《答国际文学社问》、《"友邦惊诧"论》、《文章与题目》、《民族主义文学的任务和运命》、《"硬译"与"文学的阶级性"》、《论"第三种人"》、《小品文的危机》、《文艺与革命》、《对于左翼作家联盟的意见》、《辱骂与恐吓决不是战斗》、《我怎么做起小说来》、《中国人失掉自信力了吗?》、《答托洛斯基派的信》、《答徐懋庸并关于抗日统一战线问题》等代表性篇章的特殊意义。

(二)领会

鲁迅后期杂文主要内容要点。

(三)理解、运用

1. 鲁迅后期杂文对国民党反动派反共卖国罪行的揭露。
2. 从鲁迅后期杂文看鲁迅对左翼文艺的倡导和扶植。

第四节 鲁迅杂文的艺术成就

(一)领会

1. 如何理解鲁迅杂文集中所收文章的文体。
2. 鲁迅杂文的艺术特色要点。
3. 鲁迅杂文的讽刺手法。
4. 鲁迅杂文的"曲笔"。

(二)理解、运用

1. 鲁迅杂文的形象性的含义及手法。
2. 鲁迅杂文的抒情格调。

第七章 鲁迅的散文

第一节 《野草》的文学史地位

(一)识记

1.《野草》、《自言自语》写作概况。

2.鲁迅创作《野草》受到外国象征主义影响的概况。
3.《野草》问世前中国现代散文诗集出版情况。
(二)领会
1.《野草》的文学史地位。
2.《野草》与波特莱尔象征主义诗作的联系与区别。

第二节 《野草》的思想内容

(一)识记
1.《聪明人和傻子和双才》、《复仇》、《颓败线的颤动》、《秋夜》、《雪》、《过客》、《这样的战士》、《墓碣文》等代表性篇章的主要内容。
(二)领会
1.《过客》中的过客形象。
2.《这样的战士》中的战士形象。
(三)理解、运用
1.《野草》对社会的黑暗和病态的揭露。
2.《野草》对韧性战斗精神的歌颂。

第三节 《野草》的艺术成就

领会
1.《野草》的奇特构思。
2.《野草》中的象征主义手法。
3.《野草》的语言艺术。

第四节 《朝花夕拾》

(一)识记
1.《朝花夕拾》的创作、命名概况。
2.《阿长和〈山海经〉》、《二十四孝图》、《从百草园到三味书屋》、《父亲的病》、《琐记》、《藤野先生》、《范爱农》等代表性篇章的主要内容。

(二)领会

1. 鲁迅创作《朝花夕拾》的动机。
2.《朝花夕拾》的文献价值。
3.《朝花夕拾》的艺术特色。

第八章　鲁迅的诗歌

第一节　鲁迅诗歌的创作历程

(一)识记

鲁迅诗歌的分类。

(二)领会

1. 鲁迅诗歌创作的三个阶段。
2. 鲁迅诗歌是"诗史"与"心史"的统一。

第二节　鲁迅诗歌的主要内容

(一)识记

1. 背诵《自题小像》。
2.《湘灵歌》、《无题(大野多钩棘)》、《惯于长夜过春时》、《自嘲》、《无题(血沃中原肥劲草)》、《无题(万家墨面没蒿莱)》、《亥年残秋偶作》、《答客诮》、《送赠田涉君归国》等诗篇的主题思想;背诵《惯于长夜过春时》、《自嘲》、《无题(万家墨面没蒿莱)》诗中的关键性诗句。

(二)领会

1. 鲁迅诗歌的思想内容。
2. 鲁迅诗歌对国民党反动派实行反革命"围剿"的揭露与抨击。

第三节 鲁迅诗歌的艺术成就

领会
1. 鲁迅诗歌的艺术成就。
2. 鲁迅诗歌的讽刺形式。
3. 鲁迅诗歌的艺术手法。

第九章 鲁迅的学术研究

第一节 鲁迅的文学史研究

(一)领会
鲁迅文学史研究的主要实践。
(二)理解、运用
鲁迅文学史研究的原则和精神。

第二节 鲁迅的翻译和古籍整理

(一)领会
1. 鲁迅的文学翻译活动及其目的。
2. 鲁迅辑录整理古籍的基本特点。
(二)理解、运用
鲁迅"宁信而不顺"的翻译原则及其评价。

第三节 鲁迅与语言文字改革

(一)领会
鲁迅从哪些方面阐述了语言文字问题。
(二)理解、运用
鲁迅对语言文字与中国传统文化关系的阐述。

第四节 鲁迅与自然科学

领会
鲁迅与自然科学的关系主要体现在哪些方面

三、有关命题的说明

本课程考试题型,一般有填空题、选择题、简答题(含名词解释)、论述题。填空题与选择题,体现纯客观性。简答题,要求简明扼要回答有关要素,无须展开论述。论述题,要求论点明确,有材料,有分析,文字简洁。

课程内容和考试要求中,"识记"部分大多为纯客观的知识点,主要出现于客观性试题;"理解、运用"部分既有一定的客观性,又有很强的主观性,常出现于论述题;"领会"部分,主客观性介于上述二者之间,常出现于简答题。识记内容不单独出简答题与论述题,领会内容不单独出论述题;但是领会内容可出现于填空题与选择题,理解、运用内容也可出现于其他任何类型的试题。